我很中意你

默菲斯契约

上

妄鸦 著

长江出版社

期待你未来带来的更多惊喜。

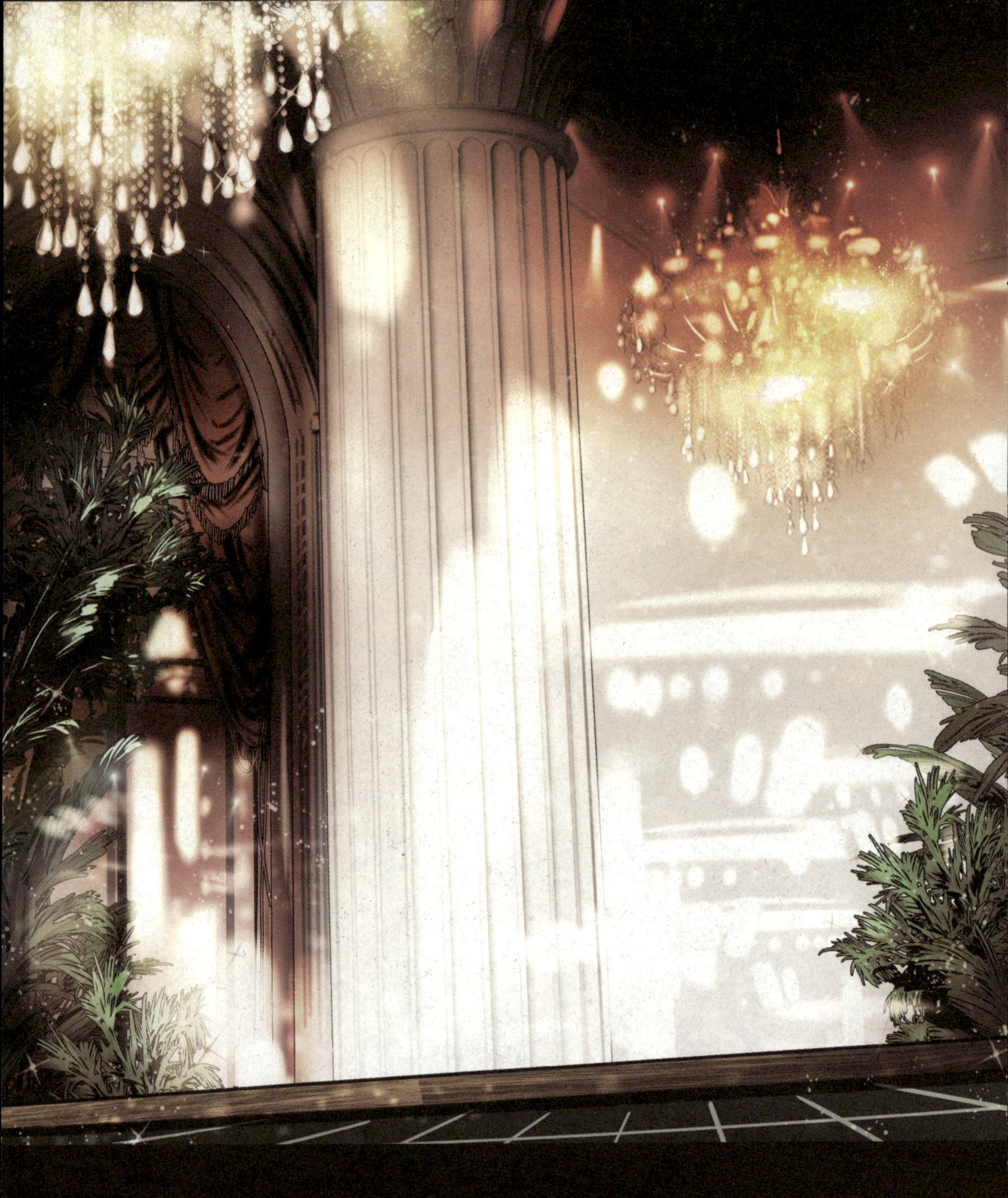

门后那个世界霓虹绚烂,大厅的穹顶上缀满了闪耀的碎钻。

目 录
CONTENTS

收容所

第一章	玩家宿舍	002
第二章	收容所	019
第三章	升　级	036
第四章	各种意义上的S级	056
第五章	质　疑	067
第六章	聚　头	082
第七章	情况不对	096
第八章	等级评定	111

韦加游戏城

第九章　首　席　　　　　　　　126

第十章　大胆的新玩家　　　　　144

第十一章　意料之外　　　　　　159

第十二章　换个方式　　　　　　176

饥荒山村

第十三章　打破准则　　　　　　190

第十四章　饥荒山村　　　　　　209

第十五章　邪　门　　　　　　　225

第十六章　危机四伏　　　　　　240

第十七章　头脑风暴　　　　　　255

第十八章　不按常理出牌　　　　269

第十九章　不是冤家不聚头　　　280

默菲斯契约

Mephos Indenture

収容所

第一章

玩家宿舍

时针稳稳地指到了"7"上。

屋里亮起冰冷刺目的灯光,准确无误地投射到了每个沉睡的人的脸上。

【请所有玩家在三十分钟内洗漱完毕,到三楼会议厅集合。】

【请所有玩家在三十分钟内洗漱完毕,到三楼会议厅集合。】

【请所有玩家在三十分钟内洗漱完毕,到三楼会议厅集合。】

毫无感情的声音骤然响起,将同一道命令机械地重复了三遍。

下铺的人一下子惊醒,慌忙从床上爬了起来,差点滚到地上。

另一个同样从浅眠中醒来的人面带恐惧,惊疑不定:"你……你听到那个声音了吗?"

几人面面相觑,同时窥见了对方眼里不加掩饰的震惊。

无怪乎这些人会露出这样的表情。

在过去的一天一夜里,他们早就将这个狭窄的宿舍翻了个底朝天。

宿舍内部十分简陋,没有窗户,四周是发黄的白墙,内里摆放着四张上下铺铁床,就连被褥也带着一股陈年的发霉气味。

宿舍内隔出了一间盥洗室,但是仅容一人进入,逼仄到可怜。盥洗室内,惨白的老式电灯泡悬在天花板下,只有一面贴在墙上的镜子、一个脏兮兮的洗手盆和一卷孤零零地挂在墙上的卫生纸,墙缝边角还遍布青黑色的苔藓。

这间宿舍里不存在任何广播或者通信设备,可方才出现的机械音却生生炸响在每一个人的耳边。

一片沉默中，有人问："……这到底是怎么回事？"

距离机械音上一次出现，已经过了整整一天一夜。

这一天内，众人相安无事，风平浪静。

没有人知道自己为什么会出现在这里。

他们来自五湖四海、世界各地，职业也五花八门，不尽相同。其中籍籍无名者居多，但也不乏各个领域的专业人士、顶尖人才。有普通的公司职员、辛劳的环卫工人、沿街乞讨的流浪汉，也有平日只在大荧幕上得见、为众人熟知的演艺明星，甚至还有家财万贯的亿万富豪。

可现在，这些人被迫聚集在了这个《默菲斯契约》的集体宿舍里。

上一秒，他们也许还在片场，在飞机上准备赶下一场通告，在法庭上准备展开辩护，在手术室里操作医疗器械，在讲台上侃侃而谈。

下一秒，毫无例外，他们全都出现在这里，就像通过科幻电影中的空间变换，或是魔法故事里的幻影移形，抵达了这个全然陌生的环境。

无人能够合理解释这般神秘莫测的手段；被转移来的人也无法打开这间宿舍的门，只能就这样干坐着。

"我要告这个节目非法监禁！"

一个长相出众的青年狠狠地捶了一下床。

这人是夏川，是最近娱乐圈一个声名鹊起的男团的主唱，粉丝不少，平日名字经常出现在网络上。宿舍里其他几位虽然不追星，但也或多或少有所耳闻。

身为当红小生，他的行程一直都排得满满当当，从早到晚都要录制各种通告。

无故缺席一天，或许还能以身体抱恙开脱。可现在他却被困在这里，脱不开身。这让夏川心急如焚。

"夏哥，你也别急，刚刚那个声音不是说了吗，到楼下去集合，说不定待会儿就有人来给我们开门了。"另一个人安慰他，"你是大明星，一旦失踪，公司肯定会帮你报警的，粉丝们也不会坐视不管，先别急。"

夏川正想开口，却听见上铺传来窸窸窣窣的声音。

一缕长长的白发从床沿垂了下来，似乎有人不经意从上铺低头看了眼，很快又收回了目光。

紧接着，白皙纤细的脚腕从上铺滑下，踩在铁梯上，轻巧地跳落到地面。

青年皮肤苍白，因为太过修长消瘦的缘故，身上的衣服仿佛都空荡荡地兜着风。长长的白发披散在身后，发梢垂到了后腰处，在开着暖光灯的室内微微发着光，有如浮动的碎冰。这样一个人即便是随意站着，也能轻而易举成为人群中的焦点。

或许"漂亮"这个词放在男性身上有些奇怪，但若是看到那这脸，一切违和都将不复存在。

那是一种超越了性别的美丽。

他下床后什么也没说，打了个哈欠后自顾自走到没人使用的盥洗室，拉好帘子。

其余七人面面相觑。

遭遇这样的变故，所有人昨天晚上都没睡好。反倒是这个白毛，昨天所有人乱成一团的时候，他事不关己地坐在一旁活动手指，晚上又安安稳稳睡了一夜，一副对自己的处境半点担忧也没有的事不关己高高挂起的模样。

有人低声嘟囔："这也太装模作样了。"

夏川嗤笑一声："一个男人长成这样，简直像个大姑娘！"

其余几人都隐隐以他为首，此刻更是随声附和。

"就是，还是夏哥这种大明星又阳刚又有魅力，那种小白脸有什么好看的！"

他们丝毫没有要掩饰自己声音的意思，隔着一层劣质的塑料门帘，那些嘲笑轻而易举便传进了宗九的耳朵里。

宗九不感兴趣地抬眸，看着镜中的自己，修长的十指颇有些生疏地用黑色发圈将这一头麻烦至极的白色长发扎到脑后。

他的手指动作十分奇怪，不仅关节僵硬，指尖还不自觉地在颤抖，颇为怪异。

镜中人容颜昳丽，眼尾狭长，因为带着三分懒倦，抬眸间更显动人心魄。

比起外面另几个强打精神、睡眠不足又神经紧绷的人，他的气色明显要好上不少。

当初人物介绍曾用了大量辞藻盛赞这个角色超越性别的美貌，简直夸得天上有地下无，胜却人间无数，引得众生倾倒。

宗九看人物介绍的时候，还觉得这描写着实油腻又夸张，结果等自己代入角色后才发现，介绍里的形容半点没错，这人的样貌的确是无法用文字表达的。

没错，他此刻是在一个虚拟现实类的真人游戏里，还是他前不久才看过的游戏。

随着时代快速发展，如今的游戏已经摆脱了设备的束缚，可以利用传感器连接玩家的大脑，给玩家带来身临其境的体验感。

在这个虚拟现实类游戏大火的年代，一个名为《默菲斯契约》的游戏比赛横空出世，一开赛就风靡一时，人尽皆知。

昨天早上，宗九翻看过这本《默菲斯契约》攻略手册里对第一个副本的剧情描述。因为看那个和他同名同姓的配角不顺眼，在看完那个角色的剧情后，他便随手把手册搁到了一旁。

结果没想到，短短一天之后，他不仅亲身进入了游戏，还成了那个和他同名同姓的"炮灰"角色。

或许是为了增强参与者的游戏体验，镜子前的这具身体，看起来依旧是宗九自己的身体。外貌上似乎也没什么明显的变化，只不过变得年轻了一些，发色和眸色变成了游戏手册里描述的原角色的颜色，同时手上因为自小开始练习魔术而留下的老茧也消失了。

但是，宗九还是能确定，这就是他的身体，是因为——那双手依旧没有任何恢复，哪怕是一点好转的迹象也没有。

宗九低下头，有些费力地捧了冷水扑到脸上，抬手揉了揉自己的太阳穴。

隔着帘子，他能听到外面关于他的讨论已经逐渐平息，转而开始讨论起眼前最迫切的问题。

这些人立场一致，都十分坚定地认为《默菲斯契约》是一个骗局。

"会不会是什么综艺节目的隐藏环节，需要在参加者不知情的条件下进行？"

"我看这架势可不像，说不定是什么恐怖分子。"

"来这里后我们的手机一点信号都没有，房间里也找不到信号屏蔽器，一看就是早有准备，都没办法报警。都这么久了，我们不会活生生在这里困到出局吧！"

听着外面的声音，宗九无奈地摇头。

在来到这里的二十几个小时里，他们就没有感受到任何需要喝水或进食的生理需求。

他们不曾想过，为什么主系统的声音会准确地出现在每个人耳边；为什么他们能够瞬息从千里之外来到这里？若是有人记得时间，即便手机不能同外界

联系，看看时间也能发现前后可能不过一分钟而已。

或许他们注意到了，只是不敢去想。

毕竟，大多数人都是这样，不愿接受有事实依据的真实的一面，他们永远都能坚定不移地躲在自己固执的幻想里，找遍理由自己说服自己。

宗九撕下一张卫生纸，将脸上的水珠擦拭干净。

普通的游戏倒无所谓，偏偏这是个无限流游戏。

刚开始看攻略手册的时候，宗九还以为这个费了无数笔墨的家伙是游戏主角。结果不知道游戏策划是出于什么恶趣味，给原主身上加的美貌高光有多么厚，原主在第一个副本里淘汰得就有多早。

这一切都发生在《默菲斯契约》第一个副本的剧情中。

宗九是从一本游戏攻略手册上了解到《默菲斯契约》的，手册开篇就介绍了，玩这个游戏的人都会进入一种失忆的状态，玩家会忘记自己在现实生活中发生的事，接受自己在游戏里的"设定"，变成一个完全不一样的人。

既然是游戏，那必然就有结局。

游戏攻略里只说若是通关成功，会有丰厚的奖赏，至于奖赏是什么，并未说明。

若是游戏失败，被淘汰出局，会被系统送回现实生活，同时会将游戏里的事情忘得一干二净。

当然，在游戏的过程中，玩家不会知道自己只是"出局"，会把游戏里的一切都当成真实发生的事情，会体验到非常真实的生死挣扎。

作为一款热门的群像型虚拟体验类真人游戏，《默菲斯契约》没有固定的视角，更没有固定的主角，可能玩家刚刚把主视角放在这个人身上，下一秒这个人就"死"了——直接被淘汰出局。

更可怕的是，宗九的游戏攻略没有看完，只看到了原主被淘汰，对之后更深入的游戏剧情一无所知。

要是换作其他人，恐怕根本无法接受这个既不知道后续剧情又要面对无法避免的出局的事实。

宗九却不怕。

不单单是因为他知道在这个游戏出局，不过只是回到现实。

他甚至还对未来那些不确定跃跃欲试。

从小到大，宗九都是一个感情十分淡漠的人，喜怒哀乐与寻常人不同，淡漠到近乎没有。旁人轻而易举就能体会的感情，对他来说困难无比。

他三岁开始学魔术，二十出头便成为世界首屈一指的纸牌魔术大师，却年仅二十五岁便黯然宣布永别舞台，再也没有出现在公众视野中。

一切，都是因为一场突如其来的车祸。

车祸后，宗九捡回了一条命，但是双手却粉碎性骨折。

对于一个完全依靠手指灵活度来进行表演的纸牌魔术大师来说，这无疑是一个惊天噩耗。

或许心灵魔术、硬币魔术，以及其他使用道具的情景魔术一样能让宗九混口饭吃，可他最爱的依旧是纸牌魔术。

世界顶尖骨科医生曾为他开过专题研讨，却皆是摇头叹息。

现在，宗九却意外进入了这个神奇而诡谲的无限流游戏中。

这意味着什么？

意味着他或许能够在这个虚拟世界里，重新体验拿起纸牌的乐趣。

而这里，对他而言，也会成为一个崭新的舞台！

多么让人期待啊。

宗九弯起嘴角，嘴里哼着不成调的歌，顺手挑开帘子。

盥洗室就在门旁，他出来后便径直将手覆在了宿舍门口那扇生锈的铁门上。

正在叽叽喳喳讨论的人碰巧看到了这一幕："你干吗呢！我们昨天试了一天，这门根本就是被人从外面锁死了，你是打不开的，与其白费力气，倒不如乖乖等人来开……"

那人话还没说完，便目瞪口呆地看着门板缓缓开启。

这扇昨天被他七个人齐心协力敲砸踢撞各种方法都用遍仍然没有丝毫松动的门，在白发青年修长纤瘦的手中轻飘飘地被推开，发出"嘎吱"一声。

听到响动，夏川不耐烦地回头，脸上露出喜色："门开了！"

不过这欢喜也只持续了数秒，很快，他的语气便充满狐疑："我们昨天弄了那么久都没开，怎么你一碰就开了？"

宿舍中其余几个人立马附和。他们坐在一起，紧紧围在夏川四周，一看就是有了明显的分帮站队。

或许是宗九一开始就表现得格格不入的缘故，好几个人看向他的神情都带上了显而易见的怀疑。

宗九却懒得多说，只撂下一句话。

"如果不想出局的话，最好按照声音的指示去做。"

几个人皆被吓了一跳，一时间竟无人回话。

不是不敢，而是不能。

不知道为什么，在看到那双仿佛不带任何感情的浅粉色眼眸时，他们只觉得脊背发寒，毛骨悚然。

宗九继承了原主的记忆，所以明确地知道系统是怎么给玩家安排身份的。他很清楚，这些玩家只是活在自己的人设里，他们记忆中"现实世界的身份"都只是系统给他们的人设，他们自以为拥有的"现实"的记忆，也不过是系统依据真实世界搭建的游戏背景而已。

对宗九而言，这些人和游戏里的NPC没两样，自然也不愿意多搭理。

就在宗九转身离开后，那个冰冷的机械音再度响起。

【距离集合时间只剩十分钟。若未在规定时间内到达指定地点，后果自负。】

【距离集合时间只剩十分钟。若未在规定时间内到达指定地点，后果自负。】

【距离集合时间只剩十分钟。若未在规定时间内到达指定地点，后果自负。】

几个人终于回神，惊觉自己后背已被冷汗浸透。

"我呸，装神弄鬼的，践什么践！"

其中一人"呸"了一声："我看这事多半和这个小白脸脱不开关系。他肯定知道什么内情，不然我们这么多人急得团团转，怎么就他一点反应都没有。"

"就是，还说什么出不出局的，就知道吓唬人！"

夏川翻了个白眼："真晦气。算了，门开了，我们先走。"

一行人走出了宿舍。他们都默契地没有提方才宗九撂下的冷话。

宿舍外面是一条长长的走廊，两边分布着大小如出一辙的铁门，放眼望去竟然看不到尽头。

和他们一样，不少人发现了铁门的开启。

被困了一天一夜的人们蜂拥而出，推推搡搡，骂骂咧咧。

"怎么这么多人？"

"哪儿呢，哪儿呢，咋回事？"

"到底是谁在玩恶作剧？"

众人面面相觑。

关了这么久，每个人都充满了焦虑。

"快过来，这边有楼梯。"

夏川一眼就看到了走廊中央的楼梯。他露出一个如释重负的表情，连忙回头招呼："走，我们赶紧出去。"

"好嘞，夏哥！"

楼梯旁边的墙上挂着一张指示牌，一群人挤在前面看。

七楼：S级玩家宿舍

六楼：A级玩家宿舍

五楼：B级玩家宿舍

四楼：C级玩家宿舍

三楼：会议厅

二楼：餐厅

一楼：正厅

负一楼：D级玩家宿舍

负二楼：E级玩家宿舍

负三楼：F级玩家宿舍

本层所处位置：E级玩家宿舍

有人茫然地发问："这块牌子上的是什么意思？玩家宿舍？刚才还称呼我们是什么玩家？"

"奇怪，这到底是怎么一回事！"

看到指示牌后，一位壮汉破口大骂："我们难不成现在还在地下，得往楼上走？"

众人不约而同地想起了方才那个凭空出现在自己耳边的机械音。

一切都变得扑朔迷离。

夏川冷哼一声。他忽然改变了主意，双手抱臂，直接靠着台阶坐下："装神弄鬼。我还不信了，这世道还没有王法了？"

看到外面还有这么多人后，他反而安心下来。

刚开始夏川怀疑是粉丝或者是劫匪绑架，现在一看人这么多，总算松了一口气。

这完全算社会事件，足以解释他缺席通告和无故失踪的原因。

"行了行了，都坐下吧，安心等就行。"

"可……可夏哥，那个广播……"跟在他后面的人不安地发问。

"广什么广，都放你出门了你还怕？真想照着广播说的做也随你。"夏川不耐烦地打断了他，"我们这么多人，那个把我们弄到这里来的人还能对我们怎么样？"

不少人都认出了夏川。或许是被这样的情绪感染，众人纷纷附和："就是！"

夏川现在可是国内的当红小生，公司的摇钱树，他的经纪人肯定会第一时间报警。

"这里还有明星呢，别急，说不定警察一会儿就来了。"

"也是……这么多人，还不如坐在一起等待救援。"

"大家都别慌，我们人这么多，没事！"

一时间，原本想要顺着机械音指示上楼的人纷纷停下了脚步，露出犹豫的神色。

众人将楼梯口堵得水泄不通。越来越多的人口中振振有词，开始自发形成人墙拦在楼梯前，劝说大家不要上楼。

他们僵持了一会儿，机械音再一次出现。

这一次，声音并没有重复三遍。

【距离集合时间还剩五分钟。】

一直沉默地跟在他们身后的一个男生忽然想起了那句"如果不想出局的话，最好按照声音的指示去做"。

他咬咬牙，低声说了句"夏哥对不起"，忽然一个箭步上前，生生冲破了人墙，朝着楼上飞快地跑去。

夏川闪躲不及，被撞到了一旁。

他揉了揉自己的肩膀，连连冷笑："还真有人信那个小白脸的鬼话。"

"一个小孩子，哪里知道夏哥的厉害。"有人谄媚地给他捶肩，"夏哥坐，别为了一个小孩子动怒，不值得。"

早已走到三楼的宗九垂眸，淡淡地看了眼楼梯之间的空隙。

该提醒的他都已经提醒了，算得上仁至义尽。至于怎么选择，那是他们的事。

现在……他还有更迫切的事要做。

宗九抬起头，在袖子里活动着自己僵硬到没有多少知觉的双手，同不断从各方汇聚的人一起，踩着地上柔软的红毯，慢慢走进了会议厅。

主系统所谓的"会议厅"是一间足够明亮且奢华的大厅。

造型华丽怪诞的赤金吊灯从高高的穹顶上垂下，墙壁上有精美的浮雕彩绘。墙角摆放着金色的烛台，火焰明灭不定。

大厅整体呈阶梯形分布，一共九级台阶。阶梯越往下越宽敞，最宽敞的一级甚至足以容纳一个大足球场，每级阶梯上又铺着不同颜色的地毯，摆放着不同的装饰品。

当然，最引人注目的还是位于最顶层台阶上的那十张王座。

王座的基座用水晶打造，极尽奢华，上面垫着绒毯，旁边还摆放着饮料和水果，明晃晃地昭示了森严的等级差距。

阶梯的共同点只有一个，那就是一致朝向一块浮在空中的立体投屏。

投屏上悬浮着"默菲斯契约"五个大字。

这几个字以立体影像的形式，投射在每个人的眼中。不管大厅有多大，都可以让每个人毫不费力地看清。同那个凭空出现、不需要任何传递介质的声音一样，明显不是现实生活中会出现的事物。

从各处楼梯上上下下的人，汇集在了会议厅的中央。

这个大厅的大小靠肉眼根本观察不出，只让人觉得一眼都看不到尽头，黑压压的人头不计其数。

人们脸上的表情五花八门，现场嘈杂的吵闹声不绝于耳。焦躁不安的情绪几乎左右了所有人。

宗九却镇定自若地站在原地，一边活动手指，一边坦荡地接受各方视线的洗礼。

炮灰原主被设定好的美貌不必多说，又因为先天缺乏色素，表现出轻度白化病人的外形特征，例如这头天生的白发。一路走过来，只要是有人的地方，宗九就能毫不费劲地收获目光。

这让他感觉有些可惜。

如果这是个娱乐圈类游戏，光凭这张脸，也不愁没有观众。

这时，人群忽然骚动起来，尖叫声此起彼伏。

每个人都发现了自己胸口凭空出现的东西。

"这是怎么回事？！"

一片嘈杂里，宗九默默地低下头，毫不意外地看到了自己胸口凭空出现的蓝色字母。

《默菲斯契约》玩家。E级。

原主就是个漂亮"花瓶",身材纤细清瘦,一看就没什么战斗力,只给个E级也算是合情合理。

只不过,如果说先前的种种都有解释余地,那如今这个凭空出现的胸牌可就没得说了。

众人一片哗然。但也并非所有人都如此惊慌失措。

至少墙边那一群人完全不是这样。

他们脸上挂着如出一辙的平静和冷漠。

这些人的字母牌清一色都在C级以上——视线范围内最高的有A级——和宗九身边一大群惊慌失措的E级、F级形成了鲜明的对比。

除此之外,他们内部似乎还分成几个不同的组织,互相井水不犯河水,保持着必要的距离。

虽然不知道游戏主线剧情,但知晓游戏背景的宗九对这一幕毫不感到意外。

《默菲斯契约》作为一个虚拟现实类游戏,游戏设定为一个奇怪的无限循环的世界。参与游戏的人需要通过特殊的技术手段,让自己的意识进入这个世界参与游戏。

渐渐地,游戏的发展脱离了最初的设定,参与者们不再是主动进入,而是基于不为人知的原因,被从世界各地选中进入这个虚拟世界。这些人以为再也无法离开这个世界,只得永无休止地在一个又一个副本中挣扎求生。这些副本不但难度各异,而且都拥有非常高的"现实"还原度,参与者会有极为真实的体验——包括痛苦的淘汰。

不管怎么样,能经历重重考验,一次又一次通过副本的,都不是简单的人物。和这些经验丰富、不知道有多少保命手段的玩家相比,宗九这种仿佛拉来充数的新人明显没有丝毫赢面。

"好久没有一次性看到这么多人了。"

就在宗九暗暗观察那群人的时候,那边的玩家也在交头接耳。

这些人往日属于一个个固定小队,小队与小队之间平时无法见面,只能在副本里相遇。如今乍一看到这么多老面孔,还有下面吵吵闹闹不计其数的新人,不禁有些感慨。

虽然游戏的奖励诱人无比,但主系统给出的淘汰率也让不少玩家望而却步。所以即便玩家那么多，真正敢主动报名参赛并通过筛选的不过十之一二。

参赛的老玩家不多，为了造势，当然得拉些新人进来。

"人多又有什么用。"

秦也抱臂嗤笑："现在看到的高等级全都是老面孔，新人估计就是主系统拿来送菜，让咱们多些参与感的。"

另一人不语，心里也认可他的说法，只用怜悯的目光看了那边一眼："可惜了，要是让新人多经历几个副本，胜算还大些。上来就是地狱模式，惨。"

那边的新人还在吵闹，仿佛在市集上一样七嘴八舌。

老玩家们都冷漠地看着，并不打算上前解释或者维持秩序。

这还是《默菲斯契约》出现以来的第一次大型活动，更何况还有格外丰厚的奖励，难度可想而知。

老玩家们都不能保证自己不被淘汰，一路赢到最后，更何况是手无缚鸡之力的新人。

谁也不是圣母，这个时候泥菩萨过河——自身难保，照顾好自己就不错了。

【时间已到，会议厅大门已封锁。】

仿佛呼应般，在声音落下的下一刻，大厅的大门宛如千斤坠般落下，将所有来不及进入会议厅的人拦在了外面。

【第一轮初评结束。】

不带任何感情的机械音响彻大厅。

蜡烛开始一根接着一根熄灭，熄灭后的火星飘到空中，组合成一个燃烧着的虚拟人影。

"欢迎成功入场的各位玩家们，我是主系统的拟人态。"

"接下来将由我为你们讲解有关《默菲斯契约》的基本规则和游戏赛程安排，敬请期待。"

*

夏川一只手拿着手机，百无聊赖地坐在台阶上，时不时低头看上一眼。

经过了这么久的折腾，他的手机快没电了，电量栏退到刺眼的红色，指不定什么时候就会自动关机。

令人失望的是，信号栏依旧空空如也。

经过一番鼓动，楼梯间聚集了许多人，还有不少人掏出手机来到楼梯上和夏川合影。夏川虽然心里不耐烦，但无奈身边没有助理和保镖，只好默许。

"不对啊，怎么这么安静？"

在大家排着队和大明星合完影后，终于有人察觉到了异常："哎？之前上楼的那些人哪去了？怎么连个声音也没有。"

在那个机械音进行了最后一次倒数五分钟的播报后，走廊里便再也没有了声响。连带着之前的脚步声和嘈杂的响动也消失得一干二净。楼梯间只回荡着他们的声音，听起来莫名有些瘆人。

"等等，不会是楼上有出口，他们都已经出去了吧！"

男人刚和夏川合完影，忽而灵光一闪，一拍大腿："别人都出去了，我们还傻乎乎地坐在这里，还愣着干什么，走啊！"

"对啊！不然怎么解释这么安静！"

"真就是傻了，还呆呆站着。"

众人恍然大悟，纷纷朝着楼梯上冲去，楼梯上发出"咚咚咚咚"的声响。

"可恶，在这里被困了这么久，老子早就待够了，走走走！"

他们一哄而上。

刚跑过几个拐角，最前面跑到楼梯转角处的人忽然集体顿在了原地。

"怎么了，别挡着，走啊！"

后面的人吵吵闹闹，不明白队伍怎么突然停了下来。

不知为什么，一股强烈的不安感骤然将夏川包裹。

他刚想抬头，却感觉有滚烫又黏稠的什么东西从空中落到了自己的头上，挡住了自己的视线。

骤然被蒙住眼的夏川下意识地将眼前的东西拂开："这是什么东西？"

等他看清这东西的时候，才意识到事情的严重性。

夏川开始颤抖，他尖叫一声，比他任何一场演唱会飙出的高音都要高。

因为他看到，面前出现的，竟然是一个满身伤口的人。

*

主系统用平铺直叙的口吻为会议厅内的所有玩家讲解了这场游戏的规则。

虽然这些规则宗九早就知晓，但他还是从头到尾认认真真地听了一遍。

他们目前身处一个无限循环世界中，玩家必须在这里完成一个个求生游戏，赚取积分，提高排名，来争夺为数不多的获胜者名额。

大厅里都是成功入围初评的玩家，少说有数万人，未来都得一同参与角逐。

他们将经历无数个副本，不断淘汰排名靠后的玩家，直到角逐出一百人和唯一的"首席"。

据说，这位首席，能够获得大奖。

而初评就是按照主系统评估的个人实力，粗略将玩家划分成S、A、B、C、D、E、F七个档位。

"每场小节赛结束后，系统和游戏指导师都会根据玩家个人在小节赛中的表现重新评估等级。

"等级越高，在玩家宿舍里拥有的特权就越多，个人权限越高。高等级的玩家能够单独拥有房间，享受被服务的特权，甚至能提前知晓关于下一场小节赛的提示或内容。"

大厅内的所有人都已经按照自己胸牌上划分的等级，在不同的阶梯上站好。就连另外九张王座也各有所属，唯独那张代表着第一名的王座上，依旧空空如也。

宗九默默抬起头，看向身后最高的那一排。

可惜宗九站的位置太低，上面的人能够轻而易举地看清他，他却没法看到高处的人。

宗九想起游戏手册里的描述。

S级玩家的宿舍在玩家宿舍顶层，是超豪华的露天观景房，拥有三百六十度空中花园的超级豪华套间，光冲浪浴池就有一个平层那么大。

而E级住的就是简陋的八人间，简直天壤之别。

"游戏会全程面向其他没有加入本次游戏的玩家进行直播，并且开启弹幕功能。为保证游戏效果和防止泄密，弹幕和直播间功能暂不向玩家开放，玩家看不到弹幕内容。同时，除了共同参选的玩家，通信系统不面向其他玩家开放。讲解完毕，接下来是自由提问的时间。只要是规则内的问题，我都会为你们解答。"

立刻有人提出了最大的疑惑："为什么最上面那个象征第一名的座位没有人？"

"这是个很好的问题。"主系统冷冷地说，"如果你是第一名的话，你也可以拥有不参与集会的特权。"

人群中顿时一阵骚动。老玩家们眯着眼睛交头接耳了一番，神色间皆带着畏惧，看起来并不意外那张空出来的座位的归属。原先众人只是被眼前的场景吓到，这才静静听着主系统的讲解，待消化了这番信息后，便有人冒出了不服气的声音："凭什么我们要听你的话啊？"

"就是，我们这么多人，每个人出一份力，一定能离开，我们齐心协力，有什么事情做不到？"

对于这些吵闹的质疑声，主系统始终没有回答。

而站在一旁的老玩家，在新人们没摸清状况、还有心情质疑的时候，已经早就将主系统方才所说的规则熟记于心，并且开始快速分析。

这时，一个平淡的声音忽然响起，轻而易举便盖过了大厅里的争辩。

"你并没有提到淘汰的规则。"

声音从顶层的十张王座处传来。

老玩家们纷纷交换了一个眼神。

"如果在副本里出局等同于淘汰的话，等级划分是否与此有关？若是有关，是否可以视为等级落后，淘汰即出局？"

那个好听的声音一针见血，直接将主系统没有讲解的问题指出。

不知道是提问人的权限过高，还是问题足够尖锐，主系统很快便给予了回答。

"等级划分的确同淘汰有关。每轮小节赛重新评估后，便会淘汰一个当前最低的等级。"幻化出来的金红色虚影答道，"因为等级而淘汰的玩家将会被投入惩罚副本。若是能够通过惩罚副本，则享有一次复活机会。"

"如果是在副本内出局的话，则不享有挑战惩罚副本的机会。"

"那么，最后一个问题。"那个声音冷冷地说，"游戏指导师，又是谁？"

所有的老玩家眼神一闪，绷紧了神经。

方才主系统已经提到，等级评估将由系统和游戏指导师共同完成。这就意味着那位神秘的游戏指导师手上掌握着所有人的生杀大权。

在无限循环里，只要是有名有姓的强者全都报名加入了《默菲斯契约》，无一例外。而这么久以来，除了主系统以外，他们也未曾接触其他握有绝对话语权，甚至干涉生死的人物。

主系统平静地回答："问题超出权限范围，不予作答。"

"等等。"

听到这番对话，刚刚还闹哄哄的新人们一愣："你在开什么玩笑，怎么可能会这样！"

一个新人一边说一边笑："不是吧，我们这么多人……就算你有本事把我们弄到这里来，难不成还想要我们的命？"

"既然事到如今依旧不肯面对现实，"主系统说，"那就用你们的眼睛去验证一切吧。"

中央的高台之上，主系统那道明明灭灭的身影骤然裂开，重新散成了千万点璀璨的火星，飞到了先前熄灭的蜡烛之上。

被封锁的会议厅大门缓缓从地面上升起。

说是大门也不全对，因为在上升的，其实是整个大厅的围墙。

四周的屏障全部被撤走，灿烂的光从外面射进来，照到厚厚的地毯上。

走廊地板上，倒着大片的玩家。只有一人还在吃力地向前爬行。

会议厅里一片沉默。

老玩家经历过无数大风大浪，对这一幕尚能接受。那些低等级的新人，一个个被惊得目瞪口呆。

一片混乱里，忽然有人恐惧地发问："等……等等……那……那不是夏川吗？那个组合的主唱，夏川啊！"

几乎是同时，正在地上爬行的男子听到了铁门升起的声响，狂喜地朝着这边爬了过来。

他似乎正强忍着剧痛，面容痛苦不堪，喉咙里发出破碎的声音，在微弱地呼救。

只可惜，在他就快要到达门口的时候，终于还是因为体力不支，倒了下去，再也没能起来。

一个平日里只会出现在摄像机前、被众人簇拥着的明星，如今却毫无还手之力，就这样在众目睽睽之下，莫名其妙地出局了。这一幕令在场的新人们哑口无言，全身颤抖，没有人敢上前查看。

"这就是不按照规则行动的后果，也是你们所要的解释和证据。"

"你们做出了正确的选择。"

仿佛是呼应般，穹顶重新从高高的上方落下。

刹那间，大厅内所有人都感到被一股看不见的力量紧紧拉扯。

主系统的声音响彻大厅："收到游戏指导师通知，原定明日上午开始的第一场比赛提前至今日，请各位即刻做好准备。"

众人大惊失色。

下一秒，他们脚下踩着的地板骤然一变，那股未知的力量，拖着所有人陷入一片深不见底的黑暗之中。

第二章

收容所

破旧铁床上的人睁开了眼睛。

入眼是一片苍白泛黄的天花板,角落有点点滴滴渗水的痕迹。

【嘀嘀嘀……主系统成功链接。】

【欢迎E级玩家宗九。】

这是一间四面白墙的房间,没有窗户,甚至就连室内的装饰也屈指可数。

宗九仰面躺在房间中央生锈的铁床上,身上盖着同色的棉被,右边的铁柜上放着一杯冷掉的水。

宗九睁着眼睛,并没有急着起身,而是在脑海里快速消化自己如今所得的信息,并且将从游戏手册中得到的信息和主系统讲解进行了比对分析与整合。

第一场比赛采用的是个人模式。这就意味着在这场评级赛里没有团队合作环节,参赛的玩家们不需要关心他人的情况,只需要考虑怎样在本场角色扮演中更好地表现自己,坚持到第一场结束后的等级评估。

对于他们来说,首要任务是"活"下来,其次则是要尽可能地表现自己。因为即使活着通关,但如果在主系统和游戏指导师那里拿到了低评价,也会面临被淘汰的窘境。

虽然主系统说得好听,但看过游戏攻略的宗九却很清楚,惩罚副本根本就不是什么好闯的地方,副本攻略里描述惩罚副本时列举的淘汰率高达百分之九十五,这意味着若是因为等级过低被淘汰去了惩罚副本,基本就没有希望再复活回到比赛中了。

至于如何在副本里表现自己，拿到更高的评分，主系统也在不久前讲解过这个问题。

身处险境绝地翻盘、强势逆袭，绝处逢生惊人反杀……这些都能够提升评价的分数。相反，若是唯唯诺诺，为求安稳瑟瑟缩缩，那评价自然高不到哪里去。

总的来说就是两个字：作死。

或者说得更直接点，主系统在鼓励大家去冒险。

这样的做派让宗九敏锐地察觉到了一丝不同寻常的，甚至是阴谋的气息。

只可惜他没有看完游戏攻略的内容，不然就能彻底知晓了。

宗九在心里叹了一口气，偏了偏头。

床头的一侧正对着一个破破烂烂的铁柜。

透过铁柜的反光，他看清了自己如今的模样。

白发、浅粉色眼眸，四肢苍白纤长，以及穿着蓝白色条纹的病号服都难以掩饰的精致容颜。

唯一不变的，是他衣服胸口处的蓝色字母E。

宗九看了一会儿后重新闭上眼，在脑海中打开了自己的身份卡。

身份卡的信息十分简洁，只显示本场的身份设定：一个患了自闭症的十七岁白化病少年，平日里沉默寡言，入院时间显示是今天上午。和游戏攻略里提到的人物资料一模一样。

沉默了一会儿，确定周围没有其他声音后，宗九终于从床上翻身而起。

明明是很简单的动作，却因为剧烈的眩晕感和无力的四肢，做起来感觉十分吃力。

宗九立刻意识到，这具身体被动了手脚。

他弯起臂膀，简单地按压几下，得出了结论——

先前他被服用过精神类镇定药物，时间大概在六到八个小时之前，如今血液里还有残余未散的药力。

他用力收紧手指，僵硬地去拿铁桌上的水杯。

本来他的手就难以用力，加上药效后更是连水杯都拿不起来。无奈，宗九只好凑过去看。

水杯是普通的不锈钢水杯，仔细观察可见，杯子外围还裹着一层厚厚的水垢，看起来像是用了很久。

杯底镌刻有三个血红色的小字。

收容所。

与此同时,冰冷的系统提示音再一次在空寂狭窄的病房响起。

【《默菲斯契约》第一场个人赛开启,位于十三号分场:收容所。】

【主线任务:生存三日。额外任务:找出本次个人赛中与他人身份卡不同的人。】

【主线任务失败则直接淘汰。额外任务为非强制任务,成功则等级评估系数翻倍,失败无影响。】

【注意,全景摄像头已开启,所有玩家已进入全程直播状态。】

霎时间,方才还黑漆漆的直播间骤然亮了起来,中央巨大的"默菲斯契约"字样显眼无比。

在直播间外面守了许久的玩家观众们顿时一片欢呼,蜂拥而入。

也难怪他们这么热情,毕竟这是无限循环系统头一次举办这样的娱乐性质的比赛。

每个副本开放的时间都不一样,有些暂时被淘汰或者成功完成任务从副本出来的玩家,就会去直播间观摩其他玩家去副本玩游戏。

这些玩家一进来,就向排名最靠前的那几个玩家的直播间涌去,像宗九这样的E级"小透明",根本没人会花费时间去关注。

宗九看了眼依然停留在零的直播间人数,回了回神,抬眸打量着四周。

一共不过几平方米大的房间,一张铁床,一个铁柜,一个铁杯,全都生了锈,单调又破旧,看起来空旷无比。

很明显,这里只供给病人休息,并不提供洗漱和淋浴的功能。

铁床的正前方是一扇铁门。

铁门上生满暗黄色的几近剥落的铁锈,没有锁,也没有门把手,只有一扇开在铁门上的正对着床头的小窗。巡视医生或研究员能够轻而易举地从外面监视病人的情况。

门上没门把手和锁,这两样东西都在门外。可以从外面上锁,里面的人无法自己开门。

除此之外,唯一让宗九有些在意的,就是另一面墙上密密麻麻的数字了。

正在这时,老旧的大门外传来一阵"咔嗒咔嗒"的开锁声。

下一刻,扭曲的铁门被轻而易举地打开。

"吱呀——"

冷风从走廊深处呜呜灌了进来。

来人是一位神色冷漠的女性,身上穿着一件微微有些泛黄的白色科研服。

即使面对宗九的和善微笑,研究员脸上深入骨髓的冷漠和疏离感依旧没有任何缓解的迹象。

她冷冷地说:"12号,晚饭时间到了。餐厅在楼上,你自己过去。"

宗九也不说话,尽职尽责地扮演一个自闭症少年的角色。

研究员也不管他,径自打开旁边另一道门,朝里面喊了一句一样的话,只不过开头换成了13号。说完后也不等回应,转身便提着手中那盏灯径直朝更深的楼下走去。

走廊很暗,暗到根本看不清其中有什么。即便有一盏散发着微弱光芒的灯,也依旧难以照亮楼梯拐角处幽深的黑暗,只能模模糊糊看到泛黄到生锈的铁板,滴滴答答滴水的残缺台阶。

宗九弯了弯嘴角。他并没有在原地多待,甚至没有朝旁边的病房多看一眼,便往楼梯上走去。

出乎意料的是,病房虽然很破,到处都是污垢,但餐厅却意外很整洁。

浅蓝色的瓷砖贴在四壁和地面,所有人一个接一个拿着铁盘到窗口面前排队打饭,气氛紧张,给人一种冰冷的压抑感。

餐厅里已经稀稀拉拉坐了不少人,他们都穿着和宗九身上一模一样的病号服。

想要分辨出哪些是参赛的玩家是很简单的事,因为每个玩家的等级牌都挂在胸前。很显然,除了玩家以外,其他的NPC都看不到这块胸牌。

或许是为了更好地推动剧情,现在餐厅里的人几乎全是挂着胸牌的病号。

宗九走进来之前,餐厅的气氛便有些诡异。他一进来,就吸引了绝大多数人的注意。

此刻在众人眼中,身穿病号服的白发少年慢吞吞地行走,丝丝缕缕的白色长发从他的肩头倾泻而下,像夜空里垂落的月光,在昏暗的病房内闪着清冷的银色光华。

他深邃的侧脸在发间忽隐忽现,有如古希腊神话中爱与美的女神阿芙洛狄忒最钟情的美少年阿多尼斯,带着足以摄人心魄、超越性别的魅力,即便什么都不做,也能轻而易举地成为所有人目光的焦点。

直播间里同样炸开了锅，观众们纷纷尖叫——

【啊！这位才是正儿八经的明星吧，这张脸也太好看了，我的天！】

【这太帅了啊，什么叫作秀色可餐，我今天算是明白了！】

【啊啊啊啊啊！就冲这脸我都看定了！这个小哥哥在哪个直播间，我这就过去！】

当然，在一片感慨中，也有唱反调的声音存在。

【行了行了，又不是只要长得好看就行。我们要看实力的。】

【就是，这个E级新人，看起来弱不禁风的，多半第一关都过不去。】

【长得好看有什么用啊，头脑好、体格强重要多了！要看也是先看暗、圣他们啊！】

"是个E级新人。"

另一条长桌上，正在观望的贺建蓝回过头来："长得倒是挺好看的。"

秦也用尖端快被磨平的筷子夹起面前铁盘里蔫蔫的青菜，面色不豫："你要有这个心情，倒不如去观察一下暗和文森特。"

"文森特根本就没来餐厅，应该是想占得先机。"

贺建蓝的目光不着痕迹地扫过后排："暗还坐在那里。"

他们是老玩家，秦也经历了十几个副本，评级为A；贺建蓝虽然是B级，但也是B级的高位，距离A级不过几名之遥。

"这里已经有两个S级了，A级也有三个，其他E级、F级的新人更是有十几个。"

贺建蓝没有把话说完，但两人都心知肚明。

无限循环里的副本也有难度等级，人越少，副本的难度便越小。若是难度越高，相对人数也会增加。

"……比起文森特，我更关心暗。"

秦也抬起头去，视线越过人群，落到了尽头的人身上。

一名黑发披肩的俊美男子坐在那里，神情冷淡，如同从古画中走出的人物一般。

唯一不同的，就是他胸口上醒目无比的S级，上面还落着一个小小的数字3。

数以万计的玩家里，S级仅仅只有十位。他们坐在会议厅最高的王座上，俯瞰众生。

而暗，就是一个高位S级，是主系统初评价的No.3。

无限循环的玩家里也有不少大人物，其中最顶尖的那位，仅仅是说出名字都让人敬畏。

而暗的名字同样位列这些大人物之内，他以智谋冠绝、多智近妖闻名，可谓是算无遗策，让人不敢小觑。

贺建蓝对此心知肚明。若是随机任务里说的那个"不同的玩家"是暗的话，恐怕他们根本没有丝毫招架之力。

"既然不是必要任务，失败了也不要紧，就先防着吧。惹不起，咱们还躲不起吗？"

防着总没错。最主要是他们两个一个A级一个B级，也不敢去招惹一个S级。

那可是S级，数万名《默菲斯契约》参选玩家的前十名！

就算退一万步讲，非要招惹一个除了No.1以外的S级，那他们宁可招惹其他八个，都不愿意招惹这位手段神鬼莫测的No.3。

不光是他们，其他老玩家之间的气氛也略显诡异。

一切问题的根源，还是出在主系统发布的随机任务上。

无限循环的历史上从来没有出现过这样的情况，他们经历的副本都是团队型副本，新人能享受到来自系统的扶持和奖励，两个团队连在副本里碰面的情况都少，相互之间的矛盾冲突更是几乎不存在。毕竟在无限循环中，系统的力量是要高于玩家们的，若是再加上一个自相残杀的设定，恐怕玩家们也剩不下多少人了。

可现在，这个任务却打破了这个界限，就和《默菲斯契约》一样，从宣布规则的那一刻起，他们就知道未来会有让他们自相残杀的那一天。

但是首先，他们得有命活到那个时候，所以现在倒还不用想那么多。

在食堂里打完饭后，宗九端着铁盘走到角落，开始一个人安静地解决餐食。

这里的饭说不上难吃，但也绝对算不上好吃，处处透着对这些病患的敷衍。

宗九感觉残留在体内的药物作用开始减退，手的僵硬程度稍微缓解了些，但动作依旧滞涩，带着一种显而易见的不协调感。

但这一切宗九早已习以为常。

车祸后的几年里，虽然经历过大大小小很多次手术，但他的手依旧无法恢复到正常人的水平。最糟糕的时候连动一下都难，现在好歹在他锲而不舍的锻炼下，能够做到生活自理。

冰冷到没有丝毫温度的灯光从餐厅顶上投射而下，铁盘映出一双浅粉色的眼眸。

迄今为止，虽然剧情有了许多改变，但大体还是在宗九的所知范围内。

但很快就不是了。

因为……距离游戏剧情里原主出局，只有不到两个小时了！

餐厅内的气氛相当诡异。

老玩家们成双结对抱团，新人们则基本都吓破了胆，只期待着能抱个大腿。

用餐时间才过了一半，就有不少打着小算盘的新人凑到老玩家面前主动献殷勤。

"眼镜"也是其中之一。

在进入无限循环游戏前，眼镜在"现实世界"不过是一个普普通通的上班族，平日里循规蹈矩，兢兢业业完成上司安排的工作，从未想过别的。

可现在，他却进入了这个前途未卜、险象环生的《默菲斯契约》里，不仅回不去，还有丢掉小命的危险。

因为常年从事案头工作，眼镜身体虚胖且羸弱，也没有其他的一技之长。

他的评级就和他在现实世界最底层的工作一样，只有F级。如果这场比赛不能在重新评估里拿到E级以上的分数，一样面临淘汰。

谁都不想出局，眼镜也一样。于是在进入第一场比赛后，他就打起了自己的小算盘。

在研究员开门后，他立马连滚带爬地来了楼上餐厅，默默观察着每一个从入口进来的人。

守株待兔还是有用的，眼镜对本场次的玩家有了一个较为全面的认识。

身上挂着S级牌子的人有两个，A级的有三个，B级十几个，C级、D级的更多，但最多的还是像他这样的E级、F级。

其中那个黑长发的S级神色冷漠，周身散发着冷如坚冰的寒意。

另一个同样也是S级的金发男子笑容令人如沐春风，即便穿着病号服也无法掩盖他的圣洁气质。

还没等眼镜鼓起勇气上前，就看到有几个和他打着一样主意的E级、F级先他一步，端着餐盘朝着那两个S级走去。

暗眼皮也不抬，直接把筷子一放，什么也没说，就吓得那几个新人双腿发抖。

出乎意料的是，那名金发男子并没有因为这些新人写在脸上的心思而冷面以对，反倒理解般地笑笑。

"你们都是新人吧？我是圣，你们这么叫我就行。"

或许是他的随和态度让众位新人安心了些，这几个新人立马叽叽喳喳开始介绍起自己来。眼镜在一旁观察了一会儿，也厚着脸皮过去加入其中。

众人你一言我一语，抒发着心中的恐惧，还有对现今情况一无所知的茫然无措。

圣没有打断他们，而是静静地听着，等到最后一个人说完后才点头认可："的确，评级高的玩家基本都是在无限循环里活过一段时间的玩家，你们还是新人，不给你们一点成长的机会便扔到玩家选拔来，的确太过残酷了些。"

"放心吧。"圣神色温和，"这只是第一场，如果有我能照顾到的地方，我会尽可能地帮助大家的。"

在众多玩家看不到的地方，围观的弹幕也刷出一片感叹。

【呜呜呜，圣大人还是这么温柔，落泪了。】

【真的同大人的名字一样！】

【上次副本我遇上了圣大人，他就是这样把处于危机之下的我救出，还温柔地安慰我，真的可以说是大善人。】

"……圣还是老样子。"

贺建蓝咬了一口火腿："那些新人明摆着就是抱大腿，故意表现得那么夸张。"

他说这句话的时候，有个富豪新人正在那边大声嚷嚷说只要圣保护他，回去后便支付圣一笔金额达到七位数的酬劳。圣听了哭笑不得，连连说不用，只是举手之劳。

秦也不感兴趣地看了一眼："他不一直都这样。"

排名前十的玩家里，除了第一名以外，当属圣的人气最高。

因为他是无限循环里公认的大善人。

现在的老玩家曾经也是新人，许多老玩家在新人时期受过圣的照顾，自愿相报的也不在少数。

在无限循环这样危机四伏的世界里，这样的性格可谓十分难得，很容易成为精神领袖。

圣自身实力深不可测，性格又好，身边拥护者不少。就算有看他不顺眼的人，心里觉得他伪善，却也不得不认可他和他的追随者的实力。

此刻，那些新人的表现，简直像是要把圣供起来。他们看着他的眼神，就像看到了真正的神明，恨不得三天三夜跟在他身边不离开。

贺建蓝在心里叹了句目光短浅，旋即收回了视线。

跟在圣身边固然不错，或许能够保住一条命。但这些新人在个人赛里的评级恐怕也不会高到哪里去，圣护得了他们一时护不了他们一世，该出局的时候还得出局。

所有进入无限循环的新人都要在生死之间走上一遭，才能有自己奋斗的觉悟，做缩头乌龟或者靠别人，下场只有被淘汰。

在收回视线的时候，贺建蓝的余光不小心扫过了餐厅的角落，不自觉地停顿了片刻。

那个容貌惊为天人的白发青年正安安静静地坐在角落，机械地重复着抬勺、放勺的动作。

他半低着头，从贺建蓝的角度只能看到形状优美的下颌线。

这个新人倒是有点意思。

贺建蓝眯了眯眼。

大厅里几乎所有新人——别说是新人了，就连几个C级都有围到圣身边寻求庇护的趋势。

在这种环境中，这个白发青年还能安安稳稳地独坐一边，不卑不亢，甚至连看都没抬头看一眼，显然极为不同寻常。

"老秦，你对那个随机任务有什么看法？"

秦也不耐烦："你想说什么，别给老子拐弯抹角的，有屁快放。"

他最不喜欢说话费劲的人，可惜自己的搭档就是这么一个喜欢话里有话的家伙。

贺建蓝是个B级，但因为拥有一个特殊道具，令不少A级也对他有些忌惮。

特别是后来他和秦也组成了搭档，对他来说简直如虎添翼，战斗力翻番。这次他又好运气地和秦也分到了同一个赛场，令餐厅里的不少老玩家都羡慕得牙痒痒。

"我说你别有点怀疑就老往暗那里瞟。让人家注意到，什么时候把你算计了你都不知道。"贺建蓝无奈道，"你想想在'诅咒面具'里暗干过什么，别不明不白就踏进人家的陷阱里。"

这番话果然有用，秦也立马臭着一张脸收回了自己的目光。

贺建蓝无语，顺便默默将那个白头发新人在自己心里的怀疑名单上的位置往前提了提。

另一边，宗九的饭也吃完了。

他像是没有注意到四面八方投射过来的视线，安安静静地将筷子摆好，垂首不知道在想些什么。

按理来说，出众的相貌难免会吸引别人的目光，令人想要接近，最直接的就是，只一顿饭的工夫，宗九直播间的人数就从零跳到了好几千。然而，因为他周身都充斥着极强的疏离感，导致一时间竟无人敢上前搭话。

远处那个默默注视了他许久的男生终于鼓起勇气，端着餐盘坐到了宗九的对面。

宗九关闭了自己的直播间，淡淡地抬眸。

面前坐下的是一个十分腼腆的少年，不论面庞还是神态都带着未脱的青涩，看起来不过十六七岁，看向自己的眼神包含感激和忐忑。

"我……我……我是盛钰。"

看到对方看过来，盛钰连说话都开始结巴："之……之前谢谢你。"

像是怕宗九不记得般，他连忙小声补上一句："先前在宿舍，多亏了你的提醒。"

盛钰这么一说，宗九终于想起，这名少年也是E级八人间宿舍的一员。

宗九静静地看着盛钰，直到把他看得浑身发毛，才轻描淡写地颔首一笑："是你自己的选择救了你自己。"

夏川不信他的话，连参与角逐的机会都失去了。

若是盛钰自己不信，那此刻已经落得和夏川一样的下场了。

盛钰还想再说，嘈杂的餐厅却忽然像是被按下暂停键般安静下来，只能听到突然出现的、高跟鞋在瓷砖上敲打的清脆声响。

"嗒、嗒、嗒。"

一队穿着科研服的研究员走了进来。她们神色冷漠，看护科的科长手上提着一盏摇摇晃晃的油灯，正是先前给宗九开门那人。

这些研究员的脸色都很白，并非正常的白或是贫血的苍白，而是诡异的惨白。

有经验的老玩家们都下意识朝她们身后看去。

在白炽灯的照射下，黑色的影子在瓷砖上浮动，证明她们确实是如假包换的真正的人类。

"你们都是今天上午新入所的病人，本院的日程活动安排表都贴在了那边的墙上。除此之外，我只提醒各位几点。"

"一、禁止夜游。二、禁止病人相互打架斗殴。三、绝对服从科研人员的命令。"

科长语气冷漠："若是试图违反，轻则关入禁闭室，重则被实施强制治疗，全看你们病情的严重程度。相信我，你们不会想挨个尝试的。"

餐厅里，所有人都沉默不语，安静得如同置身坟墓。

"很好，你们比上一批入所的病人要听话多了。"

显然，这样的态度让科长感到满意，她冷漠而刻薄的脸上难得掠过一丝笑容。

"配合我们的治疗，对你们自己的病情只有好处，你们能想通这一点，我感到很欣慰。"

跟在圣周围的几个新人已经被吓得抖如筛糠，没有一个人敢问上一批病人去哪儿了。

"好了，规矩讲完了，现在开始排队服药吧。"

科长挥了挥手，身后的研究员们便拿着药瓶一个接一个地走出阴影，将药片和水分发给餐厅里的玩家。

众人在私底下交换着眼神。

盛钰悄声问宗九怎么办。

宗九却没有说话，他将药片凑到鼻子前闻了闻，轻轻皱眉。

吃，还是不吃？宗九盯着药片，陷入了沉思。

药瓶上面没有标识，他们根本不知道这是什么药。用脚指头想也知道这吃不得，更何况他们根本就没有病。

不吃的话，就是违反了第三条规定。没有人想像小白鼠一样，率先体验科长口中说的禁闭室。

有研究员不耐烦地说："快点，别耽误了时间。"

众人犹豫了一下，一边乖乖照做，一边背地里各显神通。

眼镜悄悄抬头去看仰头喝水将药吞服的圣。

但遗憾的是，由于角度的原因，他根本看不出来对方有没有真的吞下手中那片药，只不过，盯着圣的那个研究员随后便满意地将视线挪到了眼镜的身上。

那簇视线看得眼镜后背一凉，连忙哆嗦着将白色的药片塞到嘴里。

另一边，宗九的手指微不可察地一动，直接将药片扔到了嘴里。

在所有人都吞服完毕后，科长忽然下令："把他们的袖子挽起来，张开嘴，抬舌头。"

完了。眼镜心里一咯噔，也顾不上没有水了，急忙硬生生把药片吞了下去。

餐厅里不少人都和他出现了同样的反应。最惨的是一个过度紧张的玩家，直接被吓得连连咳嗽，不小心把没有吞服的药片给咳了出来，掉到了地上。

那个玩家瞬间脸色惨白。

科长冷笑着挥了挥手，几个看起来十分强悍的护工立刻出现，不由分说便直接抓住那个玩家，拖着他消失在了黑暗的楼道里，只能听到渐渐远去的惨叫。

【天哪，看起来好凶啊……】

【讲真，在这种副本里，总会有一个人是被用来杀鸡儆猴的，好惨，这人估摸着是回不来了。】

【这个副本不简单啊，上来就开大招，我现在很好奇科长给他们吃的到底是什么药。】

【结合故事背景，应该是抗精神病类的药吧。】

叫声戛然而止，下一刻便是重重响起的落锁声。

这便是科长所说的关禁闭了。

餐厅里静悄悄的，没有一个人说话。

看到没有人再有异议，科长满意地点点头，撂下一句"自由活动"便转身离开。

因为并不是所有进入这个赛场的玩家都聚在餐厅中，还有少数人选择了直接开始探险，想必这些研究员接下来是要去给那些人送药。

宗九盯着研究员们消失在黑暗中的白色衣角，忽然弯起嘴角，张开了自己的手掌。

像是魔术一般，在他手心中，一枚完整无缺的白色药片静静地出现在那里，甚至没有一点沾湿过的痕迹。

盛钰睁大了眼睛:"你没有吃吗？"

宗九瞥了他一眼:"一个小把戏而已。"

对魔术师来说，灵巧的手指，可以说是入门的基础。就算宗九现在双手依旧僵硬，但他熟知各种藏匿技巧，藏个小药片绰绰有余。

不光一直跟在他旁边的盛钰，直播间的观众也惊讶无比。

【哇，我刚刚明明看到他把药片扔到嘴里了，还喝了好大一口水！】

【对啊对啊，我也看到了！而且那个科长明明一直盯着他，不可能蒙混过去的。】

【难道是道具？不可能啊，他不是个新人吗，哪来的道具？】

【如果没道具，那就是凭本事藏的！这一招瞒天过海厉害啊，这个新人果然有点东西。】

盛钰的惊呼吸引了所有人，餐厅里其他玩家看着宗九手上那枚药片，神色各异。

在这个无限循环体系内，不论是老玩家还是新人，仅仅从身体素质这点来说，其实每个人之间的差距并不大。

因为不管怎么说，再强大的玩家，也无法超脱"人"的能力范围，即使在特殊的副本里获得了其他种族的能力特点，本质上还是普通人，这是不可更改的事实。

每个副本结束后结算的求生点数，倒是可以用来强化玩家们的自身能力。但不管怎么强化，也不可能让他们脱离人类的能力范畴。

不过，玩家们还可以在副本里根据NPC提供的线索，搜集到不同的道具，而这些道具各自都拥有不同的能力，玩家们可以用来保命。而且这些道具的能力也可以通过求生点数得到强化。

相比强化道具，强化自身所需的生存点数实在是太多了，所以除非手上实在没有称心的道具，一般不会有玩家选择直接强化身体。

于是，在一众研究员的盯守下，由于无法明目张胆地使用道具，几乎整个餐厅里的玩家都直接把药片吞了下去。即便很多老玩家在研究员们离开后立刻跑去催吐，但药物也已经或多或少地对他们产生了影响。

而在这些人中，除了宗九以外，只有三个人做到完全没有让药物入口。

暗和圣这两位S级大佬，手段自然超乎常人想象。秦也则是直接硬生生靠着自身蛮力把药片捏成了齑粉，躲过了研究员的视线。

"我就说这个新人不简单……"贺建蓝费力地咳出药片,脸色十分难看。

作为有幸和S级、A级大佬一样做到避免服药的人,宗九受到了热烈的视线洗礼。不仅仅是早就对他有所防备的贺建蓝,就连暗也意外地瞥了他一眼。

而此刻盛钰看向他的眼神,可以说是崇拜无比,俨然一副小弟看大哥的模样,甚至十分上道地改口叫起了"九哥",让人十分受用。

研究员们离开后,餐厅里的打饭窗口收了摊,玩家们以外的病人NPC一个都没有出现,除了玩家们低低的讨论声,这里空旷而静寂。

方才科长提到墙上贴着日程表,于是不少玩家都围过去看。

日程安排表旁有一张收容所的楼层平面图,上面标示了这一层所有的房间和设施。

这里是一楼,建有餐厅、图书馆,还有一个多媒体室。

"吃完晚饭是自由活动时间……原来下午我们就洗漱过了,十点半上床睡觉,十一点查房。"

盛钰凑了过去,一字一句地念:"明天早上七点起床,啊,每天晚上都要定时服药!"

这个噩耗让新人玩家们顿时脸色发白,身体摇摇欲坠。

这时之前服下的药开始发挥作用了,不少人都开始眼皮打架。

盛钰更是一脸慌张:"怎么办,九哥,我吐不出来那颗药。"

宗九正想开口,圣却忽然缓缓在新人的簇拥下越众而出。

"诸位,不妨听我说一句。"

吵闹的人群顿时静了下来。

圣面带微笑,语气温和,湛蓝色的眼睛看向众人的眼神,就像从海上吹来的暖风,并不让人感到高高在上,反倒沁人心脾,但没有人敢就此小觑他。

因为他胸口上那个清晰的S级和上面小小的数字7。

No.7,实力和人气不言而喻。

"主系统虽然将这一关设置成个人赛关卡,但这并不代表副本难度有所降低。"

为照顾新人,圣热心地开始说明。

"根据我们老手的经验,如果是普通或者难度较低的副本,主线任务一般是逃出收容所,或是进行某个物品和线索的定向解谜。但这个副本没有,它的主线任务仅仅是要求我们存活三天。"

"这就意味着，玩家只需要活下来就可以了。甚至不需要弄清这个医院到底发生过什么，又掩埋了什么真相。因为在主系统的设置中，这些的难度都不如活下去。"

玩家新人们恍然大悟。

当生存和解谜被列为同一等级，那就意味着，在这个副本里，活下来就是最大的难点。

想通这一点后，所有人不禁四肢发冷，遍体生寒。

"这样的难度，我建议大家不妨选择抱团活动。"圣说，"虽说个人赛的目的是表现自己，但主系统并没有说不允许玩家合作，我们没有必要为了生存将矛头指向同胞。"

见还有新人似存犹豫，圣继续说道："诸位放心，无限循环的规则严禁玩家们互相攻击。这一点方才收容所的研究员也说过。"

"玩家的敌人从来不是玩家，我们有共同的敌人，那就是那些未知的存在。"圣意有所指，"等级评估固然重要，但眼前最重要的还是先在这个副本里活下去，不是吗？"

这一番话有如醍醐灌顶，将浑浑噩噩的新人们完全点醒。

没错，活下去才是最重要的。等级评估固然重要，那都得他们通过这个副本之后。如果连这三天都坚持不下去，他们连参加评估的资格都不会有。

越来越多的新人站到了圣的身后。

或许这样的情况在收容所里十分常见，只要他们没有违反科长所说的规则，自然无恙。

新人们在做选择，而老玩家们明显考虑得更为周到全面。

"走吧，这个副本明显没有那么简单。"贺建蓝叹了一口气，拉着秦也一起也站了过去。

在无限循环的副本里，大多数时候大家都是团队行动，而且这时每个人都可以放心地将后背交给自己的队友。毕竟本来这里就已经足够危险，要是还团队内部自相残杀，那还得了？

可偏偏这个副本里，主系统明确点出了他们之间存在着一个内鬼，搞得大家人心惶惶。

圣会说出这一番话，其实并不意外。因为眼下不管内鬼存在与否，抱团都是最好的办法，对新人和老玩家都一样。

宗九站在一旁观看了全程，并不出声表态，只是默默地往圣那边挪了几步。

【太厉害了，这种号召力，不愧是圣。】

【这个赛场有个领导者是真的幸运啊，隔壁另一个赛场的直播里，诅咒小队和夜族的人就差没打起来了，现在正在暗中较劲，只可惜新人啦，直接沦为炮灰了。】

【只有我一个人在意暗大佬吗……我觉得暗大佬就不是那种会循规蹈矩的人。】

最后，所有人都表明了立场，只有一个人还站在众人之外。黑发男人身形瘦削，双手抱臂，眼眸如同寒潭般深不见底。

在圣激情演讲的时候，他站在墙边看日程表。等到圣讲完后，他也没有对已经抱团结盟的一行人多看一眼，直接原地转身离开，留给众人一个冷漠孤傲的背影。

宗九从人群的缝隙里看了一眼，确定了那个人走去的方向是楼梯。

等那个背影消失在黑暗中后，才有人低声开口："你们看见了没有，那个人气场好强。"

"我们都选择了结盟，怎么就他一个人不合群？"

众人心有余悸："主系统不是说有人拿到了不同的身份卡吗？你们说会不会……"

圣皱了皱眉："那个是No.3的暗，智谋过人，实力深不可测，选择单独行动也无可厚非。在一切都还没有盖棺定论的时候，不要把无谓的怀疑强加于他人身上。玩家理应统一战线，这种只是猜测的事情，心里想想就行了，没必要说出来伤和气。"

新人哪敢反驳，只如小鸡啄米般点头，生怕刚刚抱上的大腿对自己生出不满。

见新人态度诚恳，圣便略过这个话题："好了，既然我们达成了共识，就赶快抓紧时间讨论一下后续安排。"

"现在有强烈困意的或者是刚才催吐没能把药片吐出来的，请站到我的右手边；没有困意、刚刚没有吃药或者是把药吐了出来的，请站到左手边。"

圣有条不紊地组织着餐厅里的玩家们，等到所有人站好后，他才朝着右手边开口："药的成分未知，但从服过药的人表现出来的犯困症状看，应当是镇静剂、抗抑郁一类的精神病常用药物。可是在如此短暂的时间内，你们就出现

- 034 -

了反应，说明用药剂量大……如果你们选择继续搜集信息的话，很有可能会在中途直接倒下。

"对此，我给你们的建议是不要做无谓的挣扎，不如早点回宿舍去休息，保存体力。"

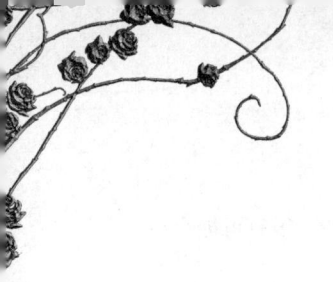

第三章

升　级

听了圣的分析，吃下药的玩家纷纷目露恐惧之色。

"可，可——"

睡觉？是个人都能想到，在副本里呼呼大睡无异于等着被送出局。

更何况他们还都是单人病房，若是发生什么根本无法照应。想起负一楼宿舍里那逼仄的环境，在场的玩家们即便再困，也没人率先迈动脚步。

"别怕。"圣给了他们一个安抚的眼神，"大家可以分成两组，睡在同一个宿舍。"

"这样应该不符合规定吧？"有人忧心忡忡。

圣笑笑："怎么不符合规定？科长列出的几条规定里可没有说不允许多人同宿舍。再说了，现在才八点，日程表上显示查房时间是十一点。你们现在就睡下，等到查房的时候你们肯定都因为药力作用进入了深度睡眠，这样即使是研究员带着护工一起，也不可能把你们一个个叫醒，让你们回到自己的宿舍吧？"

这一番强词夺理的话，不光是在场的玩家们，直播间的围观群众也是叹为观止——

【哎呀，这个办法真的绝了，如果按照这个办法，至少第一个晚上应该能够安稳度过了，我之前完全没想到！】

【真厉害啊……不愧是排名第七的S级，真能抓规则漏洞。这种时候才能体会到大佬和吾等普通人的差距。】

【这可太真实了。难怪别人都说顶级玩家不同凡响，以前没开直播的时候还真体会不到这种差距，现在这么一对比，在这种副本里真是各种素质都重要。】

【最难得的还是圣喜欢站在集体的角度思考，换成普通人……我觉得我要是有圣的实力，肯定是和暗大佬一样，选择做一匹孤狼。】

大家都知道，在求生类副本里并不是人多力量大，但落单的话淘汰率足有百分之九十多。这么多人一个宿舍，出事的风险和概率都大大降低，的确是上上之策。

圣既然拿出了让众人信服的办法，于是吃了药的玩家便就地分了两个组，成群结队到楼下睡觉。

又一轮催吐失败的盛钰耷拉着头，朝着宗九挥挥手，跟着大部队下楼了。

原本一大片人如今只剩下不到十个。除了圣这个S级外，还有几个把药吐出来的A级和B级，C级则是一个都没有。

在这种情况下，挂着蓝色E级标识的宗九格外引人注目。

"大家都是老玩家，想必不需要多讲。那我就长话短说了。"新人们走后，圣的脸色严肃不少，"这一楼有图书馆和阅览室，我们分组去搜集信息。"

"虽然是求生型副本，但主系统不可能一点提示都不给。事关生存，大家务必仔细，不要错过任何一个信息。"

众人都点头，圣又将视线移向了站在一旁的宗九："这位小兄弟就和我一组吧，也好有个照应。"

宗九无所谓地点点头，对自己即将和S级组成搭档的消息反应平平。

他好歹看过一点游戏攻略里的剧情，知道有些事和圣说的有出入。

无限循环系统的确有玩家不可互相攻击的铁律，但若是"不小心"导致出局的话，那就没办法了。

副本里设置的生物很可怕，这不错。但人心却是更为可怕的东西。

再说了，最后只能留下一百人，《默菲斯契约》的赛制，就决定了所有人最终都会是竞争对手。到了游戏后期，互相攻击可以说已成定局。

只不过现在《默菲斯契约》才刚刚拉开帷幕，习惯了团队合作的玩家们还没有办法这么快就改变这种"参赛者都是同盟者"的思维模式，这也很正常。

圣不说，倒也不能算故意隐瞒。有老玩家意识到了，也还是选择了团队合作，没有吭声。毕竟这消息要是明说，只会让原本就浮动的人心越发焦躁不

安，不说也未必是件坏事。

宗九一边思考，一边同没有吃药的玩家们行走在一楼的走廊上。

这条走廊的灯光比起负一楼要亮上不少，两边的墙也明显翻新过，就连藏在角落的污垢、青苔也少了许多。

吃完饭后，距离剧情里原主的淘汰时间更近了一步。

宗九没法将原主的淘汰时间精确到几分几秒，但他却清楚地记得其中过程。

剧情大体并无偏差，原本也是圣提出合作，将玩家分为探查和睡觉的两队。只不过原主跟着睡觉小队去了楼下，在搬被子的时候感到尿意，约了个新人一起去洗手间，然后完美达成送"首杀"成就。

想要避开原本剧情里原主被淘汰的命运简直再简单不过，只要在这段时间里别去负一楼的洗手间就行。

思考完毕后，宗九将注意力投到了眼前的工作上。

他们站在阅览室里。这里堆放了大量的陈年报纸，查阅起来十分辛苦，但也不是全然没有收获。

很快，阅览室里的玩家们就找到了几篇专题报道。

老旧报纸上面十分隐晦地提到这家收容所的原址在几十年前曾是一个科研基地，后来在战争中发生了一桩十分可怕的事件而被废弃，曾经还一度因为"闹鬼"而无人居住。没想到几十年后被不知名商人买下，草草粉刷了一遍便改造成了如今的收容所，面向社会开放。

所有老玩家都松了一口气。原先他们都被圣那番话吓到，已经铆足了劲，但好在这个副本获取信息并不太难。

按照这类副本的套路，几十年前的旧事估计就是这个副本的源头了。虽说主系统发布的任务里并没有要求他们弄清楚事件的成因，但想要活下去，秘诀多半还是和源头息息相关。如果运气好能搞清楚当初到底发生了什么，甚至还能够趋利避害，安稳地活过三天。

可是，真的有这么简单吗？

宗九摸了摸下巴，忽然听到圣温润的声音在他身旁响起。

"冒昧一问，你的手是不是……"

宗九这个角色的形象设置，可以说是近乎完美，因此那一点点瑕疵便显眼无比。

圣也是在宗九低头翻阅报纸的时候才注意到他双手不正常的僵硬。

或者说，是当事人故意让他注意到的。

宗九的脊背一顿："是啊。"

他并没有试图掩盖自己手上的问题，反而就着力道，有些费力地抽出报纸："是粉碎性骨折。"

【天哪，难怪我之前就感觉他手的姿势有些别扭，原来是粉碎性骨折！】

【我的天……手要是粉碎性骨折了，就算穿了钢针后恢复良好，那也绝对会留下后遗症，肯定会影响日常生活的。】

【这个也要视情况而定吧。如果太严重了没法完全恢复，那基本上是废了。如果是简单的断裂，只要好好休养还是可以恢复正常的。】

【什么，竟然有人看出来了，可是看他之前的动手情况，我完全没发觉啊。】

"我很抱歉。"圣脸上出现怔愣的神色，犹豫了一下，"介意让我看一下吗？"

宗九将手伸了过去。

下一刻，圣的指尖冒出一团浅浅的暖洋洋的金光，不过片刻又消隐无踪。

宗九猜，这应该就是游戏攻略里提到过的特殊道具或能力了。换句话说，是让圣成为No.7，被万人敬仰，赋予圣称号的关键所在。

"抱歉……这种程度的伤，我也没有办法。"圣摇摇头，目光落在面前修长的手指上，宽慰道，"虽然无限循环不是什么好地方，但不得不承认，这里能够创造许多奇迹。"

"你的意思是……我的手有恢复的可能？"

"是的。"圣耐心地说，"只要有足够的生存点数，主系统会十分乐意为你治疗。曾经我在一个副本被穿透了半边心脏，只花了三秒钟就被主系统恢复如初。"

游戏攻略里只描述过作死可以增加评分，倒是没说生存点数的获取方式。

"那生存点数要怎么获得？"宗九抛出问题。

"按理来说，评分越高，结算的时候得到的生存点数就越多。当然，如果你能完成额外的特殊任务，生存点数也会增加。"圣作沉思状，"这一点在《默菲斯契约》的规则里应该也是通用的。"

想要评分高，去进行险境挑战就完事了。但换个思路想，既然能够增加评分，获得大额生存点数，似乎也正常。

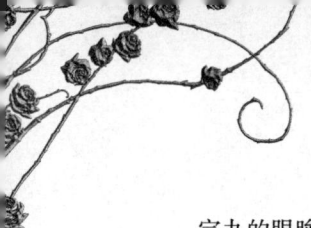

宗九的眼眸闪了闪。

看来，想快点恢复自己手指的灵活度，势必需要付出一些代价。不入虎穴焉得虎子，既然有一条路摆在他面前，那么——

宗九顺手捞过一旁的圆珠笔。

听到报纸放下的声音，圣疑惑地抬头："你要去哪儿？"

只见那白发青年头也不回地挥挥手："去洗手间，马上就回来。"

"我和你一起吧，现在落单可不是个好决定。"圣不赞同地皱眉。

"还是不劳烦圣大人了。"清越的声音从昏暗的走廊远处传来，"我没有和别人一起尿尿的习惯。"

长长的走廊黑黝黝的，悬挂在两壁的老式电灯泡光线昏暗，可见度极低。

吃了药的玩家们抱团分成两组，两个组的组长都是C级的老玩家。其他组员纷纷强打精神，三两个结伴去自己的房间里，把被子和床单搬到组长的病房打地铺。

眼镜被分到了第二组。他跟在组员的背后，一起将被褥转移到另一个病房。

看着地上的被子，眼镜苦笑一声："看来今晚只能勉强挤着睡了。"

本来单人病房就狭窄逼仄，即便用被褥将地面整个铺满，也不过两三个床位大小。可他们小组却有足足九个人，全部挤在这个小病房里睡一晚上，实在够呛。

"……其实这样比较有安全感。"盛钰蹲在旁边安慰他，"大家都靠在一起睡，要发生了什么事情也好照应，至少我们人多。"

的确，他们这些新人都被吓破了胆。一想到自己置身于随时可能会被淘汰的环境，别说是躺着了，宁愿在这里站一晚都不可能回到自己的病房，自己一个人睡下。

"也是。"眼镜没有多说什么，卷着被子缩到了墙角。

不知道是不是刚刚多喝了一碗汤的缘故，他感到了一丝尿意，刚躺下就蜷起了腿。

这一组九个人里，只有三个是和他一样的F级，其他的都是E级和D级。

组长明显更关照那几个评级高些的新人玩家，拉着他们在一边聊天。

而眼镜这个人实在是不擅交际，日常的交流对象仅限于同事，这次抱个大腿都是辗转反侧好久的结果，如今根本没有上前搭话的勇气，只能默默在角落里和同为F级的盛钰交流。

虽然大家都穿着一样的病号服，也可以看出后者比眼镜足足高了一个头，面容却尚有稚气。

"你的年纪应该不大吧？"

"今年刚考上研究生。"盛钰铺好被子，"昨天早上实在太困，在上课的时候打了个盹，醒来就发现自己到这儿了。"

眼镜同情地说："没事，好歹不用参加考试了。"

盛钰勉强笑了笑。两人同时沉默下来。

在药力作用下，人会变得乏力，甚至连话也懒得说。但不知道为什么，明明刚刚站起来的时候那么困，但一躺下后他们精神又开始紧绷，难以入眠。

特别是眼镜，他眯着眼睛想睡，却感觉尿意越发上涌，难受极了。他盯着墙上那个歪歪扭扭、难以辨认的字母，努力忽视生理上的感觉。

为了保险，他们连灯都没关，就等着晚上研究员查房的时候再熄。

拥挤的病房里，不远处的交谈显得格外刺耳。

"高等级的都去楼上了，也不知道他们能探查出什么线索来……"

"他们不会觉得我们拖后腿，故意不告诉我们信息吧？"

"放心，旁人或许还会有什么问题，但组织者是圣的话，可以放一万个心。"

组长忽然话锋一转："你们谁知道那个E级白头发的底细？"

几个新人面面相觑，无人应答。

组长盯着铁床上的天花板："走了什么狗屎运，一个E级竟然抱到了圣这个大腿。"

组长很清楚，C级的自己在新人面前算是大佬；但是，和那几个去搜集信息的S级和A级相比，C级根本不算什么。连圣都说有一定难度的副本，他能不能活下来还是个未知数。

"谁知道呢，那白头发长得那么好看，一看就知道肯定有什么特别的门路……"

假寐的盛钰蓦然攥紧了拳头。

"你认识？"这一幕被眼镜无意间看到了。

"嗯。"盛钰低声说，"九哥是我的救命恩人。要没有他提醒，我早就……"

F级是最差的等级。评价是根据综合素质评估，不仅仅局限于身体素质，还会结合大脑开发程度。就算是新人，但凡脑子好使一点，或是平日里有坚持运动的习惯，在等级初评定中都能得到E级。

盛钰还是个尚未踏入社会的学生，而自己也不过是个在社会中摸爬滚打多年依然一无所有的穷小子。即使换个环境，一样是最底层，连反驳都不敢。

"别冲动。"眼镜默默伸过手去，在盛钰背上拍了拍。

过了一会儿，看盛钰冷静下来后，眼镜犹豫地说："我想去尿尿，你要一起去吗？"

眼镜实在是憋不住了。让他一个人去他又不敢，宁愿尿在被子里都不敢。

所有人都挤在一起，连腿都难以伸展，他要真这么干，其他人会怎么看他。

但现在想找人一起去上洗手间无疑很难。那几个等级高点的玩家看F级的眼神就像看垃圾一样，思来想去，也就只能问问同为F级的盛钰了。

果不其然，盛钰二话不说从被子里钻出来："走。"

眼镜松了一口气，忙不迭爬起。

还在那边讲着粗俗笑话的人注意到了这一幕，阴阳怪气地笑了起来："瞧瞧，两个F级。"

他们朝着两人的背影大喊："外面那么黑，别被吓得尿了裤子！"

"砰——"

盛钰狠狠地把病房门摔上。

铁门关闭的巨响在幽深的走廊上回荡，铁锈和乌黑的油渍从高处簌簌掉落。

眼镜默默地叹气："走吧，别和他们置气。"

走廊很黑，两个人安静地并排走，时刻警惕周围的环境。

负一楼不仅有病房，还有供给病人们洗漱的淋浴房和堆放床单被套的杂物间。和洗手间一样，全部位于这条幽深走廊的左侧尽头。

而走廊右侧尽头处则是大名鼎鼎的禁闭室，不久前的那个倒霉蛋正是被关进了那里。睡觉小队下楼的时候特意去禁闭室看过，铁门外面落着的锁还没有要开启的迹象。

在一个老玩家用特殊道具探测到禁闭室里还有活人的气息后，他们大着胆子掰开了禁闭室铁门上的铁片。就是不知道是不是由于过度惊吓的缘故，那个新人可能直接晕了过去，怎么叫都没有回应。

不过总算是保住了一条命，也是不幸中的万幸了。

"这副本也太难了，也不知道什么时候才查房。"

他们早就观察过收容所的环境。别说是病房里，就连外面的走廊和楼梯间也没有窗户，只在天花板上安了简陋的换气设备。这个配置与其说是收容所，更像监狱。

眼镜憋着尿，连走路都有些困难："应该还早吧，晚饭时间是七点，我们大概八点半离开的餐厅，搬好东西，满打满算，应该快到十点了。"

"说起来……这么久了我们都没看到之前入院的病人。"

冷静下来后，盛钰脸上不免带上忐忑的神情："你发现了没，之前会议厅里的玩家都是男的，这个收容所里好像也是。"

"谁知道呢。"眼镜苦笑一声，"男的女的又有什么所谓，这种时候哪有心情想这个，能活下来就不错了。"

"咱们走快点吧。"不知道为什么，他看着面前布满黑色污垢的瓷砖，无端有些慌张，"黑不溜秋，怪瘆人的。"

四周静得只能听见脚步声。

走了一会儿后，他们终于来到了走廊尽头的洗手间。

到洗手间后，眼镜安心多了。

这是个公用洗手间，虽然只分了四个隔间，但好歹比起外面的走廊要亮堂不少，给人的观感好上不少。

眼镜问："你要上吗？"

盛钰摇摇头："我在外面等你。"

既然盛钰不去，眼镜也不勉强。

他挑了个最外面的隔间，特地没关门。这时候少有人来洗手间，毕竟性命攸关，猥琐一点也是没办法的事。

可能实在是水喝多了，眼镜尿得格外久。呼呼的寒风从眼镜背后灌了进来，吹得他半边屁股发冷。尿着尿着，眼镜忽然觉得自己左边脑袋有些发晕。

他眼前蒙眬了一瞬，忽然一个激灵，心道不好。

先前因为憋尿的缘故，他根本无暇顾及其他。现在生理问题已经解决，困意又重新抬头，来势汹汹。

圣之前说的因为药效走着走着就倒下可不是开玩笑。镇定类药物用药剂量一大，极易让人感到疲惫困倦，严重的时候站着都能睡着。

眼镜头晕目眩，几乎站不稳。

恍惚间，一只冰冷的手轻轻搭到了他的肩上。

"谢……谢谢。"

借着那只手的力道,眼镜总算将自己身形稳住。

他连忙低头拉好裤链:"盛兄弟,多谢多谢。要不是你,刚刚我铁定得摔了。"

按下冲水键的刹那,眼镜忽然感到了有些不对劲。因为搭在他肩头的那手正在逐渐用力。

"盛……啊哈哈,盛兄弟,你别吓我……"眼镜的肩膀冻得发麻,声音都在打战。

他吓得面如土色,不敢回头,就差没跪下来恳求了:"你……你……你说句话啊盛兄弟……"

"倒是说句话啊……"

盛钰靠在洗手间门外昏昏欲睡。

那颗药看起来小,药效却是实打实的。就算是站着也能让他睡着,头点得如同小鸡啄米。

"你怎么一个人?"一个声音冷不丁响起。

刚刚还眼皮一开一合的盛钰顿时清醒了。

看到面前是熟悉的人后,盛钰松了一口气:"九哥!"

从楼上急匆匆赶下来的宗九皱眉:"怎么一个人站在洗手间门口?"

"我陪眼镜哥来上洗手间,站外面帮他望风。"

宗九抬眸看了眼背后的洗手间。白炽灯好端端地挂着照明,几个隔间门板虚掩,脏兮兮的拖把挂在布满污渍的臭水槽里,安静得不可思议。

"他进去多久了?"

"啊……这个,我也不记得了,应该进去有一会儿了吧,说不定是上大号呢。"

盛钰挠挠头,回头朝着里面喊了句:"眼镜哥,你好了没?"

无人应答。

这下就是盛钰也能察觉到明显不对了。他打了个寒战,哆哆嗦嗦地开口:"不会吧……我一直在这里守着,没听到什么声音啊。"

宗九没有回答,而是十分干脆地走进洗手间,一脚踹开了隔间的门。

门后空空如也。

他又如法炮制,一连将剩下三个隔间踢开。出乎意料的是,四个隔间里都没有人。

洗手间就这么大，几个人站下都够呛，想要藏一个大活人根本不可能。

"怎么回事？人呢？！"盛钰惊了，"我亲眼看着他走进去的。"

直播间里的弹幕同样瑟瑟发抖。

【我的天，你们刚刚谁在那个眼镜的直播间，该不会是出事了吧！】

【看吧看吧，非要落单，说了落单送一血，就是不听。】

【两个新人，这里这么多大佬，谁没事会去他们的直播间看啊。】

"你把过程详细描述一下。"

宗九的视线轻飘飘地扫过那个放着拖把的脏水槽，一只硕大的黑色蜘蛛正趴在水龙头下结的大网上。

"我和眼镜哥一起来上洗手间，他问我要不要一起，我说我不上。然后我就看着他走进洗手间，把门关上，这才靠在墙边打盹。"

盛钰努力回忆着每一个细节："虽然我困，但我绝对没睡着。要是眼镜哥从洗手间里走出来，我不可能听不到。而且他上洗手间的时候，我还听见了窸窸窣窣的声响，他一直在里面的！"

宗九眯了眯眼，内心掠过游戏攻略关于这一段的描述，在病号服长长的袖子里慢慢攥紧了那支顺来的圆珠笔。

"轰轰轰轰——"

就在此时，最外面的抽水箱忽然发出一阵轰鸣，声音传出去老远，回荡在空旷的走廊上。

他们同时转过头去。

下一刻，站在洗手间门口的两人分明看到，从坑位上方出水口冲出来的水，好像变了颜色！

"走吧，回去通知大家。"

宗九耸了耸肩："如果我没猜错的话，眼镜应该是出事了。"

"听说了吗！昨晚有一个F级出事了！"

"听说了，听说了。"

"唉……老玩家都这么说，我们这些新人可怎么办啊，难道就这样等着出局吗？"

清晨七点，在研究员将每个病房外的门锁打开后，所有的玩家就迫不及待地起床，匆匆洗漱过后便聚集在了餐厅，叽叽喳喳讨论着昨晚的事。

昨晚在宗九把盛钰送回病房后，他就去了阅览室，把眼镜失踪的消息告诉了圣。

老玩家们对视一眼，一致放下了手上搜集情报的事，联手将一楼和负一楼搜了个遍。

第一个出局的人通常能够带来不少信息。

在默菲斯游戏中，NPC和玩家被淘汰之后，躯壳的数据依旧会保留在副本中，毕竟系统要保证副本的世界观是完整的，玩家进入副本，留下了痕迹，自然需要"有始有终"，走的时候也要是顺理成章的。

只是这个躯壳不能自由行动，没有意识，而且游戏还会根据生物腐化的数据，让明明只是游戏数据捏造出来的躯壳呈现出正常腐化的样子，以求达到最真实的效果。

在游戏中，NPC"死亡后"留下的躯壳被称为"遇难者"。

而玩家被淘汰后留下的躯壳则被称为"模型"。

"模型"会告诉还在副本里的其他玩家，此人是怎么"死"的，"死状"如何。如果其他人能够找到该玩家的模型，甚至可以就此推断出事件发生的过程。

想在无限循环里活下去，没有点法医知识可不行。

奇怪的是，他们从十点找到了十一点研究员查房，几乎把两层都找遍了，依旧一无所获。

宗九走进来的时候，餐厅里已经笼罩着一片愁云惨雾的气息。

他和盛钰打了个招呼，轻车熟路地给自己舀了一碗粥，正巧看到圣端着两人份的包子、油条走过来。

"一起？"

宗九点点头，跟在圣身后，坐到了最中央的餐桌前。

除了他以外，这张餐桌上还坐着不少人。仔细观察的话就会发现，他们全都是昨天晚上没有吃药的那些资深玩家，这些老玩家的等级无一例外全在B级以上。

其他人都在暗地里打量这张仿佛众星捧月般坐落在最中央的餐桌。

"喊，这白头发还真有本事，真让他混进去了。"

"真是好运气啊，也不知道那张脸在其中起了多少作用。"

人们窃窃私语："不说圣，还有秦也他们，那里坐着的可都是些大人物。

他一个E级，怎么就认为自己当得起！"

话虽这么酸溜溜的，但所有人都心知肚明——

这次副本里的核心领导团体应该是分出来了。

往日里大团队进副本也是这样，指挥层指挥，其他人只需要听从命令就行，若是在副本里得了道具，指挥层也有优先分配权，副本结算时生存点数也能拿大头。

看这个E级和圣熟稔的模样，众人都认定，这人往后定会得到圣一力庇护，可谓性命无忧，地位不愁。

然而中心餐桌上的气氛却有些诡异，因为——

宗九被孤立了。

除了知道他手不方便，热心帮他拿早餐的大善人圣以外，这张餐桌上的其他人都有意无意地无视他。

都成年人了，竟然还搞这种小学生一样的手段，宗九实在是哭笑不得。

没人理他，他反倒还乐得自在，一边慢吞吞地吃饭，一边听其他人交换情报。

眼镜被淘汰后，宗九的剧情先知优势便不复存在。在这种情况下，情报便显得格外重要。

不过好在比起其他两眼一抹黑的人，宗九已经占了极大的先机。他不仅几乎锁定了内鬼的人选范围，还越发接近了这个副本的源头。

险境挑战他要做，随机任务也不能放。只要是有能够赚取生存点数的地方，就必定会有宗九的身影，勤快打工人说的就是他！

圣敲了敲桌面："昨晚你们留在图书馆和阅览室里查阅情报，有没有什么新发现？"

说来也奇怪，这间收容所看上去破破烂烂，拥挤不堪，图书馆却占地宽广。

"没有。"负责查阅图书馆的玩家摇头，"图书馆里都是些功能性很强的书籍，没有关于这方面的记载。"

"阅览室呢？"圣将目光转向了贺建蓝。

"除了昨晚找到的那篇以外，其他的报道都语焉不详。唯一能够确定的线索就是这家收容所在多年前曾是一处战时研究基地，并且发生过一件可怕的事情。"

贺建蓝谨慎地说："昨晚我们没有足够的查阅时间，今天如果我们按照规

划的时间范围进行检索，应该还能找到更多的蛛丝马迹。"

说到昨晚的事，众人都陷入了沉默。

倒不是惧怕，毕竟他们混迹无限循环这么久，熬到了这个等级，什么惨状没见过？

真正让他们在意的，是丝毫没有迹象可循的案发经过。

"待会儿再去问问那个在事发现场的F级，看看他有没有什么遗漏的地方。"

大家一致同意。

因为昨晚盛钰吃了药睡了，很多情况都是宗九代为转述。

"那今天上午的目标就很明确了。"

圣十指交叉："阅览室一队，图书馆一队，负一楼搜查一队，找研究员NPC想办法套取信息一队，回案发现场调查一队。多线并行，总能找到线索。"

秦也冷不丁出声："还有一个人没有回来。"

"谁？"

秦也言简意赅："文森特。"

餐桌旁的人彼此交换了一个震惊的眼神。

文森特是A级，还是夜族小队的二把手，No.2的左膀右臂，实力自然不会差到哪儿去。虽然比不上最顶尖的S级，但也是在无限循环里成名已久的玩家，实力不容小觑。

众所周知，夜族小队之所以被冠以这个名字，是因为队内的人都拥有一个共同的特征——他们都曾经在副本内遭遇过夜族并全身而退，自此拥有了在副本中使用夜族能力的资格。

无限循环里什么类型的副本都有，有关夜族的题材也不在少数，例如著名的"幽暗古堡""暗夜深渊"等高等级副本里，都有能让副本内的玩家获得夜族能力的途径。

只不过，要获得夜族的能力，需要玩家选择接受夜族的血液，而夜族的血液带有剧毒，玩家在转化的过程中随时有可能会被淘汰，痛苦和风险自不待言。

因此，虽然能够大大增强身体素质，并能够得到夜族的能力而不用再寻找特殊道具，但还是鲜少有玩家有勇气选择这样一条道路。

但在无限循环的副本里，风险与收益总是成正比的，例如如今位列No.2的梵卓，便曾经在"暗夜深渊"这个S级副本里接受了夜族亲王输送的血液，自身素质呈几何倍数增长，几乎达到了人类能力的顶峰，这才得以在个人实力方面立于一人之下。

至于秦也对文森特敏感的原因也很简单——

他在另一个副本里拥有和夜族小队的人差不多的经历，只不过他获得的能力是狼人。

在各类传说故事中，狼人和夜族都是天生的死敌。在这个背景下，文森特要是出现在这个副本里，秦也肯定是第一个知道的。

秦也继续道："昨天刚进副本，我和老贺便会合了。上楼的时候，看到文森特从隔壁的房间里走了出来。但他没来餐厅，我猜他可能是想提前一步搜集信息，直接自由行动了。"

既然秦也都这么说了，众人自然不会不信，只是这个消息太过匪夷所思。

"失踪了整整一夜……这不太可能吧？"

这间连窗户都没有、白天也有如黑夜、一点阳光都透不进来的收容所，按理来说，是夜族最喜欢的环境，甚至能力也能得到提升。

更何况文森特本身还是一个经验丰富、足够老练的资深玩家，开门送一血这种事情，说出来几乎没人会信。

"可昨天我们把整个一楼负一楼都搜遍了，空着的房间也找了，都完全没发现文森特的痕迹。"

"不。"

圣沉声道："还有两个地方我们没去。"

餐桌上一片沉默。

的确有两个地方他们没去，一个是一楼南边上锁的铁门，一个是负二楼整层。

南边上锁的那道铁门坚固无比，推也推不动，根本没法探查。

负二楼则是根本连灯都没有，从负一楼的楼梯间看下去只能见到黑黝黝的一片，楼道破得像是数十年来未修缮过一般。

本来昨天他们打算下楼去找眼镜，才刚刚走到楼梯口，队里一个B级的灵媒脸色骤然发白，直接晕倒在地上。

被称为灵媒，是因为这类玩家拥有十分难得的、同样需要特殊副本才有可能获得的特殊能力。他们或许战斗力不强，但感知能力都一等一地出色。在拥有超自然生物的副本里，这个能力的重要性体现得可以说淋漓尽致，所以一般

大团队都会招纳一两个这样的队员。

　　这个分赛场只有一个灵媒，在确定这个副本有一定的超自然力量存在其中后，众人对他的态度可说是呵护备至。

　　而这位灵媒玩家醒来后，脸上露出毫不掩饰的恐惧神色，开口第一句话就是——

　　"别……别下去，危险。"

　　正是这个缘故，他们暂时避开了负二楼。

　　现在看来，如果其他地方全部搜完都没有找到任何线索，那结果就显而易见了。

　　他们有三天时间，今天才只是第一天。

　　按照一般规则来看，越往后拖延，事态的发展将会越发不可控。

　　如果中午还没搜集到足够多的线索，那他们就只能主动出击。

　　"负二楼的危险程度超乎想象，不要擅自行动。"

　　圣表情凝重："等今天中午各方将所有线索和情报汇总后，再进行投票定夺。"

　　"先吃早餐吧。"

　　这一边讨论完了，另一边已经吃完早饭的宗九正无所事事地以手撑头，继续思考着自己昨天在墙壁上看到的东西。

　　昨晚宗九和其他几个老玩家睡在了圣的房间，他十分主动地搬被子睡到墙角，没想到却在墙角发现了一串奇怪的字母——PNPSO。

　　这串无法构成一个单词的字母，引起了宗九的注意。

　　为了确定这串字母并不是偶然，今天早上洗漱完毕后，宗九特意拐了个弯，去了昨天那个属于自己的12号房间。

　　果然，在12号房间那面密密麻麻布满数学公式的墙面上，同样出现了PNPSO这串字符，只是看起来不太明显，辨认起来稍微吃力。

　　宗九又随便去了几个房间，发现所有房间无一例外。

　　出现这么多次绝非偶然，一看就是有人故意涂上去的。可这些字母背后又代表着什么呢？

　　宗九有预感，自己这是发现了一条重大线索，只不过由于缺少了某种关键信息，被挡在了门外，不得其门而入。至于要不要和其他人分享，在主系统明确告知有内鬼的情况下，自己怎么可能干这种搬起石头砸自己脚的傻事。

这条线索他们能不能发现，自然是凭自己的本事。靠别人提示，这不就丧失了解谜的乐趣？

作为一个专门给人带来惊奇和快乐的魔术师，宗九当然不会扫大家的兴。

此刻他眯着眼睛，全然不在意其他人对他冷漠的态度，反倒怡然自得。

玩家们早餐刚用到一半的时候，熟悉的高跟鞋声再次从楼道深处响起。

科长出现在门口，手里拿着一张白纸，开始点名。

"1号和7号，12号和3号，5号和9号，2号和16号……"

被念到序号的玩家们面面相觑，不知道发生了什么事。

很快，所有人的序号被一个不落地念完，科长才神色冷漠地宣布："以上是今晚房间的分组名单。"

她的脸色阴沉："昨晚就算了，但我奉劝大家最好不要再试图投机取巧。如果再出现昨晚那样一个房间多人扎堆睡觉的情况，研究所将直接按违反规定进行处理。"

新人们的眼神顿时充满惊恐。

"那我们今晚怎么办啊……两个人一间房间，这也太危险了吧。"

多亏圣的计策，大家才能安稳无恙地度过第一晚。可现在科研人员明显对他们利用规则漏洞的行为十分不满，拿出了相应的对策，直接掐断了这条后路。

对此，中心餐桌上的玩家都没有多余的表示，依旧低头各自吃各自的。

老玩家们都清楚，也许前期可以用投机取巧的办法赢来短暂的喘息，但终归不是长久之计，在所有副本里都一样。那个完全钻了规则空子想出来的办法，能撑过一晚就谢天谢地了，他们绝无可能把希望寄托在上面。

宣布完这件事后，科长示意身后的研究员汇报日程。

"八点钟，所有人都到一楼南边的铁门前集合。"

"褚主任今天心情不错，打算让你们现场观摩一下本所进行研究的过程。"

人群又是一阵骚动。

宗九揉了揉自己僵硬的手指，没有说话。

比起现场观摩治疗，科长前面所说的房间安排反倒更让宗九在意。他是12号，而3号好巧不巧，正是暗。

鉴于刚才科长的一番话，餐厅里阴云惨淡的气氛越发浓重。

经历了这一系列令人胆战心惊的事件后，有一个新人明显走到了心理崩溃的边缘。在研究员宣布了日程后，他忽然一个箭步冲上前去，朝着她们大吼大叫。

"昨晚有人出事了啊！你们还有没有一点良心！"他的眼眸中闪烁着毫不掩饰的愤怒。

"这里是收容所，不是托儿院，你们自己的命，自己看着。"科长苍白的脸上露出一抹讥讽的笑容。

新人浑身发冷，嘴唇嗫嚅着，一句话也说不出来。就在众人都以为他不会说什么的时候，他忽然尖叫一声，状似癫狂般从餐厅里冲了出去，头也不回地没入了楼梯间里。

"把他带回来。"科长朝着研究员们挥挥手，头也不回地下令。

等到他们离开餐厅后，玩家们才从方才那种压抑的气氛中回过神来。

别说是餐厅里的人了，直播间弹幕里也议论纷纷。

宗九的直播间观众数稳定在一千人左右，虽然和排名靠前的高位玩家直播间上百万的观众无法相比，对于新人来说却是足够引人注目的。

【瞧这个发展，今晚看来是铁定会出事了。】

【刚刚从隔壁直播间里溜过来的路人说一句，隔壁个人赛的主线任务也是存活三天。虽然那边没有什么内鬼和随机任务，玩家也已经被淘汰掉近一半……这边有圣，存活率应该会大大提升。】

【主系统真的离谱，这还只是第一场啊，难度设置得这么高，就不怕给新人留下心理阴影？】

在这种情况下，作为集体推选出来的领袖，发挥领导作用，给众人注入强心剂显得格外有必要。

很显然，圣也不是第一次经历这种情况，只见他放下餐具，从餐桌旁起身："大家少安毋躁。"

餐厅里人的视线都追随着他，骚动渐渐平息。

"今天的重点是线索情报的搜集，待会儿我会将昨晚得来的情报全部告诉大家。

"事不宜迟，在观看完现场治疗后，大家就可以分组进行信息搜集。我们已经讨论出了结果，既然房间已经分组，那就按照房间的分组来。"

圣露出那种让人安心的笑容："请大家放心，我会尽全力保护所有人的安全。"

这句话若是其他人来说，还不一定有这个效果，但如果是从圣口中说出来，意义就完全不同了。

经过昨晚老玩家们的科普，新人们也对这位No.7有了初步了解。圣能够在无限循环里拥有堪称一呼百应的威望，可不仅仅是因为他悲天悯人和乐善好施的性格，更多的还是因为他的实力。

他之所以被大家尊重，是因为曾经在一个S级副本里，获得了具有特殊能力的身份。

作为通关奖励，圣保留下来的不仅仅是在副本中的金色发色，还有一根手杖。

圣从这个副本里拿到的手杖拥有卓越的治疗能力。同时，杖上附带光明和生命的气息，在有超自然力量存在的灵异类副本里，具有奇效。

换句话说，拥有这个手杖的圣，就相当于一个治疗师，还是一个自带驱散效果的治疗师。所以，无限循环所有高阶小队里，就属圣领导的圣殿小队伤亡率最低，每次招新的时候都能接到数万份申请名单。

此刻，知晓圣强大之处的新人们再度安定下来，看向金发圣的眼神越发狂热。对这样的场面，所有无限循环的老玩家都已经见怪不怪了。

"七点五十了，还有十分钟，我们赶紧走吧。"

即使餐厅时钟上显示现在是大清早，收容所的走廊却还是一如既往的阴暗。

众人鱼贯而出，怀着紧张的心情，朝着一楼南边那个上锁的铁门而去。这段路不长，但众人心里都十分忐忑。

盛钰走在最后面，身边是负责详细问询他昨晚事情经过的贺建蓝。可能是昨晚被眼镜的惨样吓到，盛钰的脸色明显不太好，黑眼圈挂到了脸颊上。看到宗九回头后，盛钰失神的眼中才流露出一点回过神来的笑意。

贺建蓝立马警惕地眯了眯眼："你和他认识？"

盛钰毫无戒心地回答："是啊，那可是我九哥。"

宗九心里一阵无语，没再关注后边的情况。

现在整个圣推举出来的指挥层里，唯一被孤立的就是他。

指挥层的老玩家们看不起他这个E级，觉得他不配和他们平起平坐。没能加入指挥层小团体的老玩家更是对他心怀不满，觉得自己怎么也比一个E级强，恨不得立马取代他在指挥层的位置。

至于剩下的新人就表现得更加明显了，大家等级都一个样，凭什么他就能

混进小团体？不仅混进去，还成功抱上了圣的大腿。在这种性命攸关的时候，新人没一个不对此眼红的。

宗九知道，如今置身于这个危险局面，自己很有可能沦落为三方不讨好的炮灰。更别说还有一个虎视眈眈、对他处处提防的贺建蓝。

例如今天早上洗漱完，宗九去其他房间寻找线索的时候，贺建蓝就鬼鬼祟祟地跟在他的背后，力求找到他是内鬼的罪证。

宗九觉得自己无辜得很，他明明什么也没做，就受到了一个B级的敌视。

更可恨的是贺建蓝这家伙在小团体里还有不错的好人缘，连带着其他几个玩家看他的眼神也充满了蔑视。

不过这倒在某种程度上顺了宗九的意。

团体行动有团体行动的好处，自然也有弊端。宗九跟着团队，也差不多把自己想要的线索弄到手了，接下来要是没什么事，开溜也不失为一个好选择。

这次重新划分的房间，正好合了他的心意。

在其他人眼里，暗多智近妖，亦正亦邪，又不服从组织安排，是内鬼的可能性很大。但对于宗九而言，暗反而是这一整座收容所里，第一个能够排除内鬼嫌疑的人。

这里就不得不感谢游戏攻略了。

游戏里这一段是必走剧情，正好有一段视角转到了暗身上。

所以宗九知道，暗拿到的，还真就是普通身份卡。

也就是说，看上去最像内鬼的暗，在这个副本里竟然清清白白！

此刻，最前边的圣终于走到了那扇铁门前。

门依旧是锁着的状态，根本听不到任何声响从内里传出。

圣给左手边那个B级灵媒递了个眼神，后者立马会意闭眼。片刻后又睁开，点了点头，给出了肯定的答复。

圣舒展眉头："去敲门吧，是安全的。"

秦也上前一步，正想敲门，门却骤然发出"嘎吱"一声。

厚重的铁门自动从里面打开了。

秦也的反应速度很快，几乎是在铁门发生异动后的一瞬间，他便后退一步，摆出了防御的姿态。不仅仅是他，站在第一排的老玩家们几乎同样如此。

门后空无一人，也并没有他们想象的景象。

这是一间看起来十分古老的、有些年头的研究室。

其中摆放着一个陈旧的木制研究台。上方明亮的油灯便是室内唯一的光源，扶手的托盘上摆放着刀具。

除了研究台外，墙角还立着一张老旧椅子。

古铜色的破旧铁柜靠墙而立，脏兮兮的茶色玻璃后面摆满了东西。

"看起来像是经过了防腐处理。"圣看了一眼，说。

宗九静静地打量着周围的一切。

陈列柜上摆放了许多东西，无一例外，全都是各类动物器官标本。

忽然有新人发出了尖叫。

"啊啊啊啊，它动了，它刚刚动了！"

"就在那里，那个标本，它的眼睛动了！"

正在观察这间研究室的老玩家们皱了皱眉，都没当一回事。刚刚灵媒已经确定过铁门里并没有异常的东西存在。

另一个新人不耐烦地说："哪里动了，本来大家心里都很害怕，你还在这里危言耸听——"

他的话才说到一半便戛然而止，吓得直接一屁股坐到了地上。

老玩家们却无暇顾及他。他们狂热的视线全部集中在另一个地方。

在研究台的另一边，所有人眼中突然映入一片光晕，有一个小小的"S"正悄然浮现。

一件珍贵无比的S级特殊道具！

第四章

各种意义上的S级

在无限循环里，S级副本是公认难度最高的副本。

如今被主系统划分出来的S级和A级玩家几乎都成功通关过一个S级副本，属于在这种"优胜劣汰"的残酷环境中角逐出的强者。

由于难度过高，S级副本每年只会出现一次。并且不能由单独的团队开启，必须由三个配置齐全的顶尖团队共同参加。即便如此，想要在S级副本里活下来依旧是一件十分困难的事情，三个团队一起团灭那是常有的事。

但毫无疑问的是，如果能活下来，那将不亚于脱胎换骨，涅槃重生。更有甚者，直接跻身顶尖强者行列也并非不可能。

每个等级的副本都会产出和副本等级相对应的道具，例如S级道具就是由S级副本产出的。

但道具也并不是每一个副本都会产出，有些副本也会让参与其中的玩家获得其他特殊能力来代替道具，例如"暗夜深渊"副本里最珍贵的是获得夜族能力的途径，"观落阴"副本则是开启顶级阴阳眼的可能性。所以，这些特殊能力的重要性也是和S级道具一样的。

并不是每一个通过S级副本的玩家都能有此奇遇，好几个副本才有可能出现这么一个天选之子，还是在没有团灭的情况下。

这样闯过重重关卡的所有玩家里，持有S级道具的也不过九个人而已。

直播间的围观群众也陷入了讨论中。

有实力入选《默菲斯契约》的高位玩家都已经参加了，现在在直播间的大都是资历不深或者实力不济的人。如今看到这一幕，反应比玩家们还要大。

这些观众不像宗九这样，带有真实世界的记忆，他们沉迷在虚拟世界里。在这个"强者为王"的游戏机制里，努力让自己变得更加强大是大多数玩家的追求，大家崇拜强者，喜欢等级高、能让自己变得更强的道具。

【啊啊啊，我看到了什么，我的天！】

【是S级道具，天哪！】

【有生之年第一次看到S级道具，我的天啊！】

【这可能是我第一次离S级道具这么近的时候了。】

除了这些感叹以外，也有观众敏锐地察觉出了其中的不同寻常。

【等等，不对啊，这不是一个普普通通平平无奇的个人赛副本吗，怎么可能会出现S级道具？】

【惊呆了，真是一下子把我点醒。这里要是有S级道具的话，那岂不是……】

【这个副本看上去也不像是S级副本啊，比起那些动不动就天灾灭世丧尸围城的S级副本来，收容所只能算是"清粥小菜"吧。】

【确实，我也没感觉到这个赛场厉害在哪儿。】

确实，多如牛毛的个人赛场里，当属这个最有看头。

这个收容所副本不仅有其他个人赛都没有的随机内鬼任务，还出现了一个S级道具。更何况一个副本里，竟然同时存在两位S级大佬，这是其他的、玩家最高等级连A级都没有的赛场无法比拟的。

可见，这场个人赛副本的难度绝对不会低到哪里去，达到S级完全有可能。

与此同时，研究室里的玩家们一个个急红了眼。他们的视线都停留在那个放在研究台上的破旧铁盒上。

那可是S级道具。若是能得到这个S级道具，对玩家们来说，不仅多了一个强有力的保命手段，在主系统那里的评价也势必会大大提高。高等级玩家不仅能够享有数不尽的优待和特权，甚至还能提前知晓下一场比赛的线索和内容。谁会不想要呢？

有人一声不吭地出手了。

指挥层的一个玩家上前一步，另一位也不甘示弱，伸手去抓。站在后头的人看没希望了，干脆直接飞扑而上。副本里的特殊道具可是会认主的，谁第一个拿到，就和谁绑定。

然而下一刻，只见一只手杖突然从旁边伸了过来，准确无误地挡在了那个铁盒的上面。

圣皱眉："等等。"

众人盯着大祭司之杖上泛起的金光，纷纷停手。得罪圣一个人，但是得到一个S级道具，基本上所有人都会选择后者。但偏偏圣用上了S级道具，这下大家都没法突破他的防御，只好干瞪眼。

暗刚进入研究室，看到的就是这一幕。他颇感兴趣地挑眉，看起来并没有要插手的打算。

"大家先少安毋躁。"把所有人压制下来后，圣才无奈地说，"你们仔细看看，这片光晕是白色的。"

玩家们一惊，连忙仔细观察。

果不其然，笼罩在那个小小的"S"背后的，是一片苍白。只不过因为研究台顶上照下来的具有迷惑性的暖黄色灯光，才让他们没能第一时间发现这点。

众人愣了愣，纷纷讪讪地收手。

道具不可多得，获取不易，副本也会给出相应的提示。例如在一定范围内接近道具时，会有所提示。如果物体是金色的话，就是道具本身。如果是白色的话，就表明这只是一条线索，而非实物。

顺带一提，等级越高的特殊道具，线索越多，越难找到。

圣温言道："冷静下来了就行，不要因为这个道具伤了大家的和气。"

他稍稍将木杖往下挪了几寸，借着力道将铁盒推开。

"既然是线索，按照规矩，理应一同分享。"

满是锈斑的盖子"哐当"一响后被推到一旁。

所有人都屏住了呼吸。

出乎意料的是，盒子里空空如也，什么也没有。

正在众人想要凑近一点，好好研究一下这个S级道具的线索时，铁门外忽然传来一阵急促的脚步声。只见身材高大的研究员扛着一个人走了进来，把人绑在木制的研究台上。

"这不是昨晚那个被关禁闭的人吗？"玩家们窃窃私语。

碍于研究员并没有离开，谁也不敢轻举妄动。

就在众人进行眼神交流时，铁门外再度传来脚步声。来者穿着一身白大褂，脸上架着一副金丝边框的眼镜。

这应该就是科长口中的"褚主任"了。

不知道为什么，明明这个主任看来十分平常，却偏偏给人一种危险与魅力并存的感觉。

宗九皱了皱眉。他能感到对方的视线似乎在他身上停留得格外久。

一直一副事不关己的样子靠在墙上的暗倒是收敛了先前的懒散，多了几分认真。

"啊呀，看来人都到齐了。"主任嘴角挂着令人不安的弧度，漫不经心地扫过了在场的每一个人，最后将视线落在了中央的研究台上。

察觉到他的视线，被绑在研究台上的新人越发惊恐。

"主任，需要让他安静下来吗？"之前一直沉默的研究员开口问道。

"不需要。"褚主任笑着说。

研究员们点头。

主任满意地转过身去，拿起摆放在研究台上的白手套，慢条斯理地戴上，走到陈列柜前。

"笃、笃、笃。"主任屈起手指，在脏兮兮的茶色玻璃柜上敲动三下。

一条极细的黑蛇，从干瘪的头颅标本的嘴巴里游弋而出，吐着猩红色的蛇芯，爬到了外面那只骨节分明的大手上。

安静的空气里响起轻微的"嘶嘶"声。

原来之前他们看到的头颅眼球诡异地移动，是因为里面藏着一条毒蛇！

这一幕让人寒毛直立。

主任摸了摸黑蛇三角形的蛇头，转而将手搭到研究台的照明灯上。

"我做研究的时候不喜欢被别人打扰，如果有人打扰我……你知道该怎么做。"

黑蛇仿佛真的能听懂人言般从他的手上爬下来，将自己倒挂在灯管上，半身拳曲，呈现出攻击的姿态。

"真乖。"褚主任笑着夸了一句，接过研究员递过来的木盒。

"我们接下来进行的实验，会让大家大开眼界。"

弹幕中开始了叽叽喳喳的讨论。

【这个主任看上去很有问题啊，虽然声音好像有点好听……】

【按照我看的各种高级副本解说视频，我怀疑这个主任是BOSS。】

【只有我一个人还在回想刚才那个S级道具的线索吗，那可是S级道具啊！】

讲解到一半，褚主任便止住了话头。

"算了，诸位想必也听不懂我在说什么。"褚主任耸耸肩，"不过没有关系，你们不需要听懂，只需要记住这一幕就好了。"

绑在研究台上的玩家开始颤抖。

圣不着痕迹地对众人摇头，向旁边指了指。

不远处，那些身形高大的研究员正牢牢守在一旁。而照明灯上，一滴毒液便足以杀死研究室所有人的黑蛇正直勾勾地注视着玩家的方向。毫无疑问，如果他们选择干涉，不论研究员还是黑蛇，都会发动攻击。

褚主任没有再关注玩家众人，此刻他看着研究台上新人的眼神就像在看一个不听话的孩子，充满了宽容。

"很快，你就会没事。"

研究台上的新人早已昏死过去。

褚主任笑了笑："经过这个研究，你们将会变得安静。"

宗九站在一旁，眼皮微不可察地动了动。

他曾经听说过这个研究，病人之后看起来是安定了下来，但后遗症却令人心惊。

"这就是本所的终极研究。"主任将工具扔到一旁，"除非你们的情况十分严重，违反太多规定，否则，一般我们更倾向于用其他方法让你们安静下来。"

"现在时间还早，倒是可以给你们做个简单的检查。"他视线一转，准确无误地落到了宗九的身上，"12号，你先来。"

宗九跨出研究室的脚步一顿。

贺建蓝猛然回头，眼神毫不掩饰地在宗九和褚主任之间打转。

圣也略带错愕地看过来，湛蓝色的眼睛里带着担忧。

谁也不知道这个危险的主任口中的"检查"到底是什么，又为什么忽然点名让宗九先上，但被选中的人无疑没有任何回绝的可能。因为在这里，玩家没有权力违抗研究所人员的任何命令。刚刚那位躺在研究台上的倒霉蛋就是最好的例子。

在无限循环的副本里，玩家们不可以做出伤害NPC的行为，否则便会被倒扣分，之前也曾发生过因为玩家杀死了关键的NPC导致副本后续剧情崩溃、进入副本的玩家最终被全体出局的情况。因此，玩家们对NPC可谓是多有忌惮。而这也导致副本中的NPC的权力空前巨大，尤其是在个人赛类型的副本里。

收容所中的主任NPC的权力之大，更是不言而喻。

"排队，一个一个来。"

主任挥了挥手，研究员们就像推小鸡一样，把所有穿着病号服的人推到研究室和走廊之间的过道上。

顿时，偌大的研究室中就只剩下两个人。

宗九老老实实地站在原地，双眼盯着地面的一角，静若死水。他还没忘记自己身份卡上自闭症少年的设定，如今也在按规则完美扮演这个角色，力求不被这个看起来就不好惹的NPC看出破绽。

暗影完全将宗九笼罩。

紧接着，褚主任慢条斯理地脱掉自己的左手套，冰冷的手捏住了宗九的下巴，半强迫性地将宗九的脸抬起。穿着白大褂的主任站在室内唯一的光源下，脸上带着令人捉摸不透的笑容："瞧瞧，一位罕见的白化病自闭症患者。"

金丝边眼镜后，褚主任的双眸泛起浓重墨色，低声感叹："真是难得……"

一边说着，他一边从身后的盒子里，再次拿出了工具。

但宗九却只是一声不吭，沉默以对。只不过，在心里他暗自想着，这庸医最好祈祷自己不要落到他的手上。

可能是宗九的沉默让主任失去了兴趣，他顺着宗九的视线回头，意味不明地笑笑："你对那个黑色的铁盒感兴趣？"

"那个盒子里曾经装了一件很有意思的小东西，只可惜在几十年前……它就被一个可耻的小偷偷走了，下落不明。"

门外的玩家们全都兴奋了起来！那可是一条关于S级道具的线索，谁不想知道呢？

"不过，毫无疑问。"他的声音低沉蛊惑，"它会被我找回来的，从现在起，而非过去。"

主任压低声音轻笑，俯身看着宗九："想知道更多吗？"

他们靠得太近了，近到宗九能够轻而易举地嗅到主任身上的消毒水和铁锈味，感到那种居高临下的垂怜。

君子报仇，十年不晚。宗九在心里默念，压抑着心头的怒火。

片刻后，主任突然凑到他耳边，用只有两个人能听到的声音说道——

"你相信……在3和4之间，存在着一个整数吗？"

宗九眸光一闪。

说完这句话后，主任双手插兜，重新直起上身，脸上恢复了那种玩世不恭的轻慢笑容。

"检查完毕。你的身体很健康。"他随意地挥了挥手，"剩下的明天再说吧。"

"是，褚主任。"

研究员们扯着宗九纤细的胳膊，将他和其他的玩家一起从研究室赶了出去。

态度这么随意，说不检查就不检查了，让宗九怀疑对方就是冲着自己来的。可他实在想不通自己哪里引起对方注意了，他明明在进入这个副本后一直保持低调。

宗九看了一眼自己被抓住的手臂，另一只手不着痕迹地伸向了面前的研究员。

"哐当——"

沉重的铁门被重重关上。

另一边，身披白大褂的主任摘下眼镜，抬手熄灭了研究台上方的灯。整个房间归于永寂般的黑暗。

就在宗九反手将一个东西塞进自己口袋后，褚主任忽然朝着宗九的方向看了过来，勾了勾嘴角。

直播间弹幕疯狂讨论。

【难怪这个副本能有S级道具，隔壁其他直播间的赛场里都没发现。你们想啊，这个赛场看起来普普通通，但是却有两个S级，一个No.3，一个No.7，按照主系统一贯的操作风格，这个副本搞不好真的能到S级了……】

【要是这些猜测成立的话，那岂不是……为这个副本所有的新人祈祷。】

宗九对褚主任那句关于S级道具的线索十分在意。

在3和4之间，存在着一个整数。

毫无疑问，这句话单纯用数学来解释是完全行不通的，这个存在根本不作数，属于伪命题。但既然它从一个重要NPC的口中说出，那即便看起来再没有意义，也变得有了意义。或者换句话说，这个线索在当前副本必然成立。

宗九怀疑，这句话不仅仅与那个神秘的S级道具有关，甚至同这个副本的主线剧情也大有关联。

几十年前，正好能够对应他在阅览室里找到的破旧剪报。那时的收容所还是一个研究基地。

若是等式成立的话，那个神秘的整数，会是什么呢？

几十年前到底发生了什么？

那个黑色的铁盒里曾经装着一个怎样的S级道具，它对这个副本又会产生什么样的影响？

直到研究员放开他的手转身离去后，宗九依旧站在原地思考。

等他回过神来，才发现自己已经被其他玩家里三层外三层地包围了。这些人一个个眼眸中闪着贪婪的光，看着宗九的眼神里满是猜疑、妒忌和觊觎。

"喂，我们叫你好久了，你怎么没点反应！"

"那个主任到底告诉了你什么，大家问你你都不答话！"

"你是不是想私吞？明明线索是大家一起发现的，见者有份！"

宗九无奈。他怀疑那个主任是故意的，就是要造成这个局面。

就算宗九三面不讨好，但要沦落为众矢之的，也还是需要一点时间再准备一下的。偏偏这个褚主任的出现，打乱了宗九所有的计划，让他没办法在圣这边蹭完今天上午的情报再全身而退。

真够缺德的。宗九在心里暗骂，懒懒地挑眉说道："哦，我必须告诉你们吗？如果没搞错的话，是你们求我把情报告诉你们才对吧。

"你们这是求人的态度？"

众人大为惊讶。

他们对这个白头发的印象都是脸长得漂亮但沉默寡言，此刻看到他拿到了S级道具的线索，正打算用威逼利诱的方式把话套出来，没想到这个E级竟然这么强硬，直接出言怼了回去。一时间，刚刚还气焰嚣张的一群人纷纷哑火。

正打算直接离去的暗脚步一顿，饶有兴趣地抬眸。

因为宗九狂妄大胆的发言，昏暗的走廊上一时静寂无声。

宗九的直播间里，弹幕笑成一团。

【太有胆子了，我还是第一次看到新人敢用这个语气和老玩家说话！】

【你看那些被怼玩家的脸色，他们不就打着新人好欺负的心思，想从人家手里抢S级线索，没想到被人给骂回来了……】

C级玩家中刚刚率先发话的江源此刻脸涨得通红："你一个E级新人，怎么和前辈说话的？"

"还前辈，想倚老卖老啊？"宗九嗤笑一声。

"你！"江源恼羞成怒地拔高了音量，"我就知道，贺前辈说的果然没错，连S级线索都不愿意共享，你一定就是那个拿了不同身份卡的内鬼！"

这一下玩家们炸开了锅，其他对S级线索也垂涎三尺的老玩家纷纷附和。

"就是，之前贺前辈说看到你一大清早鬼鬼祟祟地在大家房间里溜达，要不是心里有鬼，怎么可能会干这种多余的事情。"

"对对对，刚刚那个主任也是，直接就点中了你，莫不是早就知道了你的身份，有意跟你里应外合！"

老玩家们在这点上已经达成了一致，新人们也毫不怀疑，纷纷响应。毕竟这些新人还没有特殊能力和道具，想要凭自身实力完成副本考验难度实在太大，选择和老玩家们抱团，通关的可能性会大大提升。

宗九差点气笑了，想要掉头走掉。

"安静。"

一直紧蹙眉心的圣终于开口，嘈杂吵闹的众人立时停了下来。

"我早就说过，在没有明确证据的情况下最忌胡乱猜疑。"圣神色严肃，往日温和的脸此刻冷冽似冰，"团队里最忌讳的就是这一点。如果我们彼此间没有最基本的信任，那还谈什么合作？"

全场鸦雀无声。

圣继续道："S级线索虽然有发现者共享这一规定，但既然褚主任选择了只告诉宗九一个人，那这个线索就属于宗九的私有财产，他有权不告诉别人，这是他的自由，所有人都无权置喙。"

在S级线索的巨大诱惑下，仍有老玩家心怀不甘："可我们有证据，刚刚说的那些全都是他干过的事。"

"你问贺建蓝，他都亲眼看到了。"

被推选出来的贺建蓝一咬牙："没错，我的确是看到了。"

他顶着圣不赞同的视线开口："圣大人，早在副本开启第一天我就注意到了这个E级。他一个人坐在餐厅，没有表现出丝毫对环境的陌生或畏惧，之后被强迫吃药的时候也表现得游刃有余。而且今天早晨我亲眼看见他鬼鬼祟祟地在其他空着的房间里走来走去。由此推断，他要么就是隐瞒了什么线索，要么就是他根本就拿到了和我们不一样的身份卡，有着不一样的主线任务。"

看越来越多的玩家开始动摇，贺建蓝抛出了撒手锏。

"如果这还不够的话，还有最重要的一点——昨天晚上那个F级新人被淘汰的时候，他也是在场的！"

一旁和其他人为宗九的身份争得脸红脖子粗的盛钰回头，直接爆了句粗口："你放屁！昨晚我也在场，你怎么不说眼镜哥是我杀的！"

"呵呵。"贺建蓝扶了扶自己脸上的黑框眼镜，冷笑一声，"我还没说，你就自己急着跳出来了？没错，我想说的正是这一点：你们两个根本就是同伙。当初主系统的原话是'找出本次个人赛中与他人身份卡不同的人'，可没说每个分赛场到底有几个内鬼。那在场的内鬼可能有一个，也有可能有两个，甚至更多。按照这个赛场的人数比例来推算，我认为这个数字大于等于三的概率并不高。"

他口若悬河，侃侃而谈："和我们这种拿了普通卡的人比起来，内鬼肯定在人数上不占优势。按照主系统的一贯作风，它绝对不会让敌对的两方实力太过悬殊。所以比起我们，你们内鬼肯定有独特的暗号或者办法，方便你们找到彼此，联手和我们普通人抗衡，这样你们才有完成内鬼任务的可能。这样就可以解释，为什么昨晚的案发现场没有一点线索和痕迹，那个F级却走得那么惨。你们根本就是团伙作案，等布置完现场才来找我们的。"

众人纷纷露出恍然大悟的表情。

"你们是不是想不通自己到底是怎么暴露的？"贺建蓝露出胜利的微笑，"最重要的一点是，我们在检查的时候，让孟天路在洗手间里感知了一下。"

孟天路就是那个B级灵媒，闻言在一旁颔首说道："我在洗手间里利用灵媒的能力感知过，并没有发现任何残余的怨力气息。"

灵媒的能力可以感知到超自然事物的存在。如果眼镜真是因为超自然力量被淘汰的，灵媒不可能什么感觉都没有。孟天路的言下之意，就是他怀疑眼镜根本就不是"死"于超自然力量，而是被人杀害的。

"圣大人的高明大义人尽皆知，但您也不要太过轻信他人，被这样包藏祸心的小人给骗了。"贺建蓝情真意切，"我们都相信您的领导和判断，只是如今情况难明，您也不妨参考我们的意见。"

众人纷纷应和："对啊，圣大人，贺前辈说的不无道理。"

"逻辑清晰通顺，推理合情合理，不愧是有智脑之称的贺前辈！要不是有前辈在，我们恐怕就得被这个白毛骗了。"

"前辈真是太厉害了！"

直播间弹幕也是议论纷纷。

【这么说其实也有道理，毕竟昨天晚上案发现场全程只有他们两个人知道。如果他们是串通好的，那现场情况可不就随他们编造，是黑是白都能随意颠覆。】

【确实，贺前辈推断得合情合理，有理有据，而且每一个环节这两个人确实都有充分的可操作余地。】

【我想不明白的是，昨晚那么短的时间，一个E级和一个F级，到底是怎么完成那样的现场布置的？】

【一般这种副本，拿了内鬼卡的肯定在人数上不占优势。所以要么就是内鬼卡比普通卡强大太多，要么就是主系统会为内鬼开放特殊权限。】

【这样分析下来，确实是这个E级的嫌疑最大。】

第五章

质　疑

圣眉心紧锁。

所有人都在等待着他的最终决断。

他思考良久，最后还是摇了摇头："虽然你们说的不无道理，但我还是选择相信他。从他的待人接物来看，他不是你们口中所说的那样。"

"再者，你们先前列举的那个所谓的铁证，在S级副本里并不通用。"圣意有所指。

孟天路一愣，脸涨成了猪肝色。

他的确拥有灵媒的能力，但这能力也是分等级的。

无限循环里流传着一句话——十个低级灵媒集体冥想都比不上一个中级灵媒的感知。

在无限循环里，灵媒这个能力的获取门槛并不算非常高，但是灵媒的能力一定要到中级后，才能真正开始发挥作用。如果只是拥有低级灵媒能力，其实比普通人也强不了多少，甚至面对超自然力量的时候还会因为体质特殊而更加容易成为目标。如果不是实在没有特殊道具而走投无路，玩家们一般都不会选择这条路。

但是中级灵媒能力的获取，又可以说非常之困难，在与之相对应的B级副本里，获取途径可谓寥寥无几。更别提还有A级副本对应的高级能力者，S级副本对应的顶级能力者，这些根本就是可遇不可求的存在。例如这次《默菲斯契约》中的一位S级就是顶级灵媒，其实力可见一斑。

还有非常重要的一点，高难度的副本对低位灵媒的能力压制非常严重，例如在S级副本内，只有顶级灵媒能力才能够发挥作用。

而低位B级的孟天路，只是一个中级灵媒。

圣想要表达的，就是这个情况。

先前贺建蓝和孟天路沾沾自喜，以为自己找到了宗九的破绽。但他们没想到，研究室里出现的那个S级道具线索，让其他的玩家们推断出了这个个人赛副本的具体等级，也侧面印证了贺建蓝推理中的遗漏。

宗九双手抱胸，在一旁冷冷地看完了全程，就贺建蓝这样还能被称为智脑，让他觉得实在搞笑。

"你们说完了？"他耸了耸肩，漫不经心道，"说白了不就是你们怀疑我是内鬼，想各自拜拜呗。何必拐弯抹角呢？大家都是聪明人，何不敞开天窗说亮话？反正今天我这话就撂下了，接下来两天，你们走你们的阳关道，我走我的独木桥。至于那个线索……呵，想都别想。"

他又转头看向圣："多谢你这半天来对我的照顾，也谢谢你选择相信我。不过大家都对我有意见，我也不想你为难。离开是我的选择，和你无关。珍重。"最后，宗九微不可察地朝他点点头，头也不回地离开了。

面对他的选择，弹幕中有人表示了担忧，更多的还是对他敢于单打独斗的魄力表示欣赏。

站在后边的盛钰气得脸色通红："九哥才不是你们说的那样，你们血口喷人！"

他狠狠地一跺脚，一路小跑朝着走廊尽头宗九的身影追过去。

贺建蓝推了推眼镜："看，多半是一伙的。"

"嗤，一个E级、一个F级，还好意思在这里大放厥词，能不能活过今天还是个未知数呢。"

江源朝着他们的背影狠狠地呸了一口，转头看到圣的脸色，顿时噤声。

圣视线朝向宗九离开的方向，长长的金发垂在脸颊两侧，脸上却没有了往日的笑容。

往日他笑起来的时候，总能带给人如同救世主一般的亲切和善的感觉。但此刻笑容隐去、神情严肃的他，不知道为什么，却让每个人心头都无端涌起了几分畏惧。

片刻后，圣叹了口气，湛蓝色的眼眸如同刀锋般锐利地扫过在场的每一个玩家，缓缓说道："既然你们愿意相信我，选举我成为这个副本的临时领队，那你们就应该听从我的指挥和安排。在没有确切证据的情况下，不应该在这种场面下发表如此言论。这次可能是宗小兄弟，下次呢？下次又会是谁成为你们无端怀疑的牺牲品？我很失望。"

贺建蓝心下一颤。他收紧拳头，避过秦也的眼神："大人——"

"不必多说。"圣疲惫地挥了挥手，"没有下次。"

在圣的怒火下，其他人就算再惦记那条线索，也不敢再多说什么。他们匆匆收拾收拾，按照之前已经定好的分组名单，继续在一楼和负一楼之间搜查遗漏的信息。

然而另一边，宗九却遭遇了一件怪事。

此刻，他正眯着眼，不动声色地打量着楼梯。

这条水泥楼梯十分破旧，上面有一些坑坑洼洼的痕迹。

他记得很清楚，从一楼到负一楼的楼梯只有二十一级。而刚才，他却走出了整整二十三级。

宗九停下脚步，若有所思地抬头。不远处的墙上，悬挂着一个已经生锈的老式挂钟。此刻挂钟的时针稳稳指在十点的方位，分针停在了十二。

十点。

宗九盯着那个一动不动的表盘，若有所思。

这个研究所的钟表都很有意思。时钟只有餐厅和楼层与楼层之间的楼梯口的墙上挂着，但它们没有秒针，只有时针和分针。而分针只会每隔五分钟走一步。这就是说，分针走完每一步后又会在那个时刻上定格五分钟，直到下个五分钟才会再次转动，等走完十二次，就是时针推进的时间。

这倒让宗九想起一件事情。

昨天晚上，他从一楼阅览室走到负一楼洗手间，准备按照游戏攻略里的剧情去感受一下原主的险境挑战。

就在拐过楼梯角的时候，他特意留意了一下时钟上的时间。如果没记错的话，那时候的时针也是指向十点钟方向。

只不过昨天晚上大家离开餐厅时已经八点半了，又在阅览室里找了一段时间的资料，差不多也到十点了，所以昨晚楼梯间挂钟上的时间并没有引起宗九的注意。

但今天不同。

他们吃完早餐正好八点，即使在一楼研究室耽搁了一段时间，拖到十点的概率却不大。

再加上这莫名其妙多出来的两级楼梯……

宗九不相信这个世界上存在这么巧合的事情，特别还是在这个个人赛副本里。

两个十点的出现一定意味着什么，其中一定存在着宗九不知道的信息。

他如今正好站在这条楼梯的顶端，身后是幽暗蜿蜒、通往负二楼的楼梯，正对着的则是负一楼的走廊，四周光线昏暗，充满怪异的违和感。

虽然收容所里通常就这么安静，但今天的安静明显不同寻常。更有意思的是，负一楼的铁门变了。

原本锈迹斑斑的门此时崭新如初，就连镶嵌在每个门板上的玻璃窗也干干净净的，像是刚刚换上去一样，反射着冰冷的光芒。

直播间观众也发现了异常。

【妈呀，我不过是一个恍神，怎么面前的门就一下子变新了，太奇怪了啊！】

【等等，这是什么情况，难道这是被拉入某个异次元空间了？毕竟这个副本已经用那么硬核的方式告诉我们它的上限很高了……】

【通常此类副本出现这种情况，都是要出事的节奏啊。我就说，干吗和圣闹崩啊，那么强的大腿不抱，非要自己单干，这不就是作死？无语，果然是新人，真是初生牛犊不怕虎。】

宗九当然不会轻举妄动。

他甚至没有走过去，反而原地蹲下，手指在地面上擦过。

等到宗九把手抬起来，他的手上已经沾了一层细细的灰烬，像是某种东西放久了的沉淀物。除此之外，宗九还在地上发现了一些不明物体，例如玻璃碎掉后散落的晶体、散落在墙边无人问津的空白残页等。

这很奇怪，因为这些东西不应该出现在这里，而是应该出现在被废弃多年的建筑里才对。

在他认定这里有问题的时候，楼梯间的灯光也变得更加昏暗了。宗九解开手臂上缠着的另一个发圈，将那支顺来的圆珠笔握在手中，充当临时武器。

负一楼走廊里的灯完全熄灭了，此刻只能看到浓雾遮掩般的黑暗。

宗九后背紧贴墙壁，不仅没有回头往有灯的楼梯间走去，反倒慢慢朝着负一楼的走廊深处移动。

弹幕一片惊叹。

【哎呀，他不要命了？都这时候了，不掉头就跑，还朝没有光的地方去了？】

【这种漆黑一片的地方，很有可能会发生一些不太好的事情的……】

【一个E级新人，连特殊道具都没有，一个人竟然敢这么"莽"，要不就是对自己的能力有自信，要不就是单纯没脑子。】

很明显，在宗九和老玩家们硬刚一顿后，直播间的观众对他的前景普遍都不太看好。在这样明确了难度等级的情况下，自己放弃优势落了单，不是搬起石头砸自己的脚是什么？看着屏幕里远处黑黝黝的一片，所有人都为他捏了把汗。

宗九当然不知道旁观者的这些想法，他只是贴着墙，继续一步一步稳健地往负一楼的左边走去。

负一楼的右边是禁闭室，左边的尽头是洗手间，走廊上只有一侧有房间，

另一侧是纯粹的墙壁，这也方便了宗九的行动——他行进的尽头正是那间洗手间。

直到他左手摸了个空。

左边走廊的尽头靠右的第一个房间就是洗手间。终于到了。

短短一段路，宗九走了快十分钟。不过总算是风平浪静，什么也没发生。

他并没有急着进去，而是紧贴着墙面，继续观察着周围的动向。

一切安全。

宗九转身进了洗手间，之前那股刺鼻的消毒水味已经荡然无存，取而代之的是浓烈的血腥味。

他在心里大致估摸了一下位置，从口袋里掏出一个小木盒。他暗自庆幸那个主任只划破了他的衣服，没有检查他的口袋，否则这东西铁定会被没收，那自己也就没可能在这里探险了。

他从木盒里抽出一根火柴点燃。

火苗升起，驱散了周围的暗色，洗手间内的场景渐渐显露出来。

在他的正前方，是肮脏的污水槽，身穿病号服的无头模型倚靠在水槽边，模样惨不忍睹。

是圣等人一直没有找到的眼镜的模型。

谁能想到，在这个小小的收容所里，竟然还隐藏着一个不为人知的异空间。

宗九举着火柴凑过去，抓紧时间细细查看。

这时，那根并不长的火柴，燃到了尽头。

火焰突然闪烁了一下，随之熄灭了。

宗九眯了眯眼。

联系所知不多的游戏剧情，他终于验证了心里的那个猜测。

但这里并不是什么适合久留的地方，搞不好分分钟就会身首异处，宗九不打算在这里耽搁下去，可就在他转身的时候——

"咚。"

一道微乎其微的脚步声轻轻从他的右后方传来。

宗九眼神一凛，手中抓着圆珠笔，迅捷地朝那个方位扎了过去。

然而对方比他更快。几乎是宗九出手的刹那，黑暗中那人已化掌为刀，狠狠地砍向他的手腕。

这个劈砍还真是毫不留情，用上了十成的力道，估计是早有准备。

宗九吃痛，圆珠笔应声而落。

是个练家子。只交了一下手，宗九就得出了这个结论。

他忍着手腕的疼痛，继续和对方过招。要是宗九的手尚且完好，说不定还能再对峙几个回合。但遗憾的是，现在的他已经没有曾经的灵活和力量，每一招都显得勉强。

"你不是我的对手。"几个回合后，黑暗中的人忽然出声说道。

那人一招太极提手上势，轻而易举地扣住了宗九的手腕。

宗九蓦然一愣。

他记得这个冷淡又轻慢的声音。

当初在《默菲斯契约》会议厅，这个声音曾在数万人眼前向主系统提出了质疑，从简单的几句话便能听出问话的人心思缜密，思虑周全，为其他玩家争取到了不少宝贵的信息。

宗九正想反唇相讥，那个神秘的声音骤然低沉。

"有东西来了。"

宗九也听到了从远处走廊传来的响动。

两个人在黑暗里对视了一眼，然后几乎下意识地同时闪进了一旁的洗手间隔间内。

这个隔间狭窄而逼仄，能够落脚的地方十分有限，更别说站两个大男人了。不过现在情况危急，他们也顾不上这么多，只好凑合着站了。

宗九眼疾手快地落锁。两人都没有说话，在黑暗中绷紧了身体。

整个洗手间重新归于一片沉寂。

"咚——咚——咚——"

约莫三分钟后，走廊里的声音越来越响。

那个不知名的东西已经到了洗手间的门口，距离躲在门后的他们不过几米距离。

"咚——咚——咚——"

声音越来越近了。

同他们只有一个隔板的距离了。

黑暗里传来清晰可闻的清亮的弹珠声。

在这种危险至极的关头，宗九发现自己果然还是一如既往地冷漠，内心丝毫感觉不到恐惧的情绪。

他居然开始思考起和自己一起躲在洗手间的神秘人。

曾经，他为了能治好自己的双手，各种方法尝试了个遍，结果最后手伤没治好，倒是练出一身不错的功夫。

他确定，除非是正经的练家子，不然自己绝不可能这么早败下阵来。想想这次一同进入这个副本的玩家，稍微一想，这人的身份可谓呼之欲出。

"咚——"门外忽然又是一响，声响在来到他们所在的隔间外的时候戛然而止。

空气中弥漫着血腥气。

被发现了吗？

下一秒，灯忽然亮了，血腥味瞬间消弭无踪。

门外传来叽叽喳喳的声音。

"你说圣让我们再来这里检查一遍有什么用啊。"一个嗓门大些的声音抱怨，"他们这些高等级的把这个洗手间掘地三尺般探测了一遍，不也还是没发现什么吗？"

"谁知道呢。可能他们就是想使唤人，再吓吓我们呗。"

另一个人抽了抽鼻子，声音低些："你说今早他们说的不会是真的吧？那个F级真的……"

"你就信他们说的？编故事都编得比这个像样点吧。"

嗓门大的新人骂了一句："别说这些了，我们现在还在这检查呢，多晦气。"

"行了，来都来了，随便检查一下我们也赶快回去吧，反正他们也不会知道。"

说着，新人推了推洗手间的隔间门，疑惑地说："嗯？这个门怎么推不开？"

"喂，是不是有人在里面上啊，我们是来检查的，回个话！"

宗九扫了眼站在他身旁的暗，顺手拉开门走了出去。

外面的新人们看着他俩一前一后走了出来，愣住了。

这是……连圣都不放在眼里的E级新人？和……No.3的暗？

这两个人……是在密谋什么吗？

另一边，圣等人经过整整一个上午的地毯式搜查，依旧没有任何发现。

队里有对密码学有研究的玩家，将整个图书馆的图书排列情况、各个小组在不同地方得到的线索，包括之前得到的"PNPSO"综合在一起，绞尽脑汁冥思苦想，依然毫无斩获。

"按理来说，这种前研究基地不可能不留下密报的。"那个人拿着圆珠笔在白纸上圈圈画画，"但我用了好几种不同的解法，都没能得出任何线索。不排除这个基地有自创密码的可能。"

一般出现这样的字符字母，第一个想到的都是密码相关，特别还是在战区研究基地这个前提下。

"古典密码学里不是还有维吉尼亚密码这类需要密钥的密码吗？"圣若有所思，"先停下吧。要么就是我们方向错了，要么就是缺少了关键线索。"

站在一旁的贺建蓝深深拧眉。

现在已经快到中午了，他们却依旧没有收获到多少有效信息。一切都和昨天晚上一样，被卡在了某个当口，前进不得。

这就是赤裸裸地浪费时间，然而现在他们最缺少的就是时间。如果还没有更多的线索，最迟到今天晚饭后，他们就得开始不计损失地主动出击。

就在贺建蓝思忖的时候，一串急促的脚步声由远及近从门外传来。

他从座位上站起，走到门口。

"圣……圣大人。"

一个从楼下跑上来的C级玩家站在图书馆门口,弯腰喘气:"出事了!"

等圣带着留驻在图书馆的人来到事发地点的时候,现场已经围了一些人。大家正在低声交谈,每个人的脸上都带着毫不掩饰的惊惧神色。

看到圣过来,大家都松了一口气,像是服下了一颗定心丸。

"圣大人。"

"太好了,圣大人终于来了。"

……

圣朝着人群点点头,从那条众人自发分开的通道中穿过,侧头往负二楼更黑暗的深处看去。

"发生了什么事?"他一边走,一边朝负责这块区域的秦也发问。

秦也说道:"我带他们在负一楼房间挨个检查有没有遗漏的信息,然后突然有个新人过来汇报,说是在楼梯间里听到了奇怪的声音,我就带人过来了。"

圣抬起手,示意所有人安静下来。

众人纷纷噤声。

起初,大家什么都没有听到,在大概一分钟后,渐渐地,每个人都听到了那种窸窸窣窣的诡异声响。

这个声音很奇怪,并没有节奏可循,像是什么尖利的东西划在铁板上,让人不禁汗毛直立。

弹幕中满是热烈的讨论。

【都到第二天中午了,他们竟然还没把一整个收容所探索完,明明白天那些科研人员根本就不见踪影,多好的机会。】

【主要还是因为圣的组织力太强了。换成其他副本,老玩家们个个都是刺头,谁也不服谁,那样落单的概率就大,这时候就比较容易发生意外。】

【确实,你看这个副本,也就淘汰了一个落单上洗手间的,其他时候大家都抱团行动,反正大家只需要执行圣的命令就稳了。】

【如果他们还没有更多的线索,那恐怕再不想也得下负二楼了。】

贺建蓝眼里满是掩饰不住的震惊:"这个底下有活物?"

"不,不一定是活物。"秦也说,"也可能是其他的东西。"

他们齐齐看向站在一旁闭眼凝神的孟天路。

"我现在暂时没有感知出什么,也有可能是因为昨晚的损耗还没有恢复。"看着笼罩在黑暗中的负二楼,孟天路心里也没底。

上次在负二楼，孟天路试图进行感知，结果却直接昏迷过去。这就意味着灵媒的精神力全部被抽取一空，大脑会处于一种近似被抽干的感觉，难受到好几天都缓不过神来。

好在孟天路当时并不是独自一个人。

因为大家都知道，对于具有灵媒属性的人来说，精神力的透支是一件十分可怕的事。

曾经在一个S级副本中，一位高级灵媒在刚进入副本不久后，无意间连接上了副本中最强大、最邪恶的超自然力量，精神力被抽取一空。最终的结局是一同进入副本的三个团队无一幸免，遭到了团灭。直到后来副本被重启，进入副本的玩家找到了上一次开启副本的玩家留下的日记，才了解了这一桩惨事。

"我再试试，如果发现有什么不对劲，立刻打晕我。"

这实在是没办法了，这次一同进入这个副本的，就他一个人具有灵媒的属性，虽然只是个中级灵媒，但如今也只能赶鸭子上架了。

孟天路睁大眼睛，努力忽视自己昨天晚上在这里遭遇的失败以及随之而来的不适感，准备再次将精神力探下去。

"等等。"圣忽然出声制止，"直接放绳子吧，我们现在需要信息。"

圣说的绳子是贺建蓝的特殊道具。

说是绳子其实并不准确。这件道具的全名叫作绳结套索，是贺建蓝在一个B级副本里得到的B级道具。它的用法简单，用途却十分广泛，可以攻击可以防守，甚至还可以拿来探测，十分强大。可以说，这件道具是贺建蓝得到高位B级评价的倚仗。

贺建蓝犹豫道："会不会……"

"不会。"圣说，"有我在。"

一边说着，圣的手里已经握上了那根大祭司之杖。枯木般的枝节上垂着几片新鲜的绿叶，在昏暗的走廊上泛起浅淡的金色光晕，看起来相当让人安心。

看到S级道具都被拿了出来，贺建蓝自然不会再扭扭捏捏。他十分干脆地拿出了绳结套索，在孟天路的配合下，从楼梯与楼梯之间的缝隙中缓缓将它放了下去。

众人将这里围得水泄不通。

每个人都紧张地盯着绳子垂下去的地方。

绳结套索有一个特殊的能力设定——只要被放出来，必定会绑到某样东西。这也就是说,下面的某种未知的东西,一定会被这个套索捆住,然后被他们合力拖上来。

说实话,这样确实有些冒险。要是放在往常,贺建蓝是绝对不会铤而走险的。但现在时间紧迫,已经顾不得这么多了。

从洗手间里出来的宗九,正好看到这一幕。

正巧一直找不到他的盛钰从楼上急匆匆地下来,看到人群后面那一头显眼的白发,顿时眼睛一亮:"九哥!"

盛钰估计确实是急了,一下没控制住,喊得声音有点大。

这下,围在楼梯口的人全都听到了。

九哥?

众人纷纷回头,正好看到宗九笑眯眯地站在那里。

这倒没什么奇怪的,令人惊讶的,是站在宗九身后的那个眸似寒潭一脸漠然的黑发男人。

这人的出现,不光震惊了在场众人,也让直播间观众们大吃一惊。

【哎呀,这才多久,这家伙就抱上暗大佬的大腿了?】

【我就说吧,谁会傻到拒绝圣的邀请,还直接硬气地退出队伍,噢,原来是早有准备啊。】

【之前他们还在这里猜来猜去,说这个白头发和那个F级在一起是两个内鬼联手。其实我就一直觉得,跟那个小小的F级比起来,暗才更像,他们两个组队也合理很多。】

【厉害哦,长得又好看,又有实力,还连着得到两个S级大佬的青睐,这个E级运气可真好。】

也不怪有人怀疑。

这两天暗可谓是神龙见首不见尾,除了吃饭时间还能见到,其他时候都不知道他去了哪里,总之是神神秘秘的。这次可以说是除了在餐厅里,众人第一次见到这位No.3。但奇怪的是,他和宗九,居然好像是认识的,两个人之间的气氛可以说是相当的融洽!

这实在是有点可疑!

只不过这种剑拔弩张的气氛完全影响不到宗九,他漫不经心地朝盛钰点了点头:"什么事?"

盛钰哭丧着一张脸:"九哥,我下楼来找你,但来来回回好几次都没发现

你在哪里。"

宗九看了眼楼梯间那段忽然紧绷的绳子："是吗？谢谢你还愿意相信我。"

"贺前辈，绳子动了！"

贺建蓝正想开口，却发现手中的绳子正在被不知道什么东西拉动，急忙重新回过头来，手忙脚乱地和其他人一起拉扯。

盛钰费劲地穿过人群，挤到了宗九面前。

"九哥，这是……"

正在盛钰看到暗、想要悄悄询问宗九的时候，宗九忽然拍了拍他的肩膀，语重心长道："小盛啊，我有一个任务要交给你。"

这还是宗九第一次用这么正儿八经的称呼来叫盛钰，涉世不深的研究生一下子就像打了鸡血一样："九哥你说！"

宗九指了指背后："你过去看看他们在做什么。"

"可是……"盛钰有些沮丧，"他们现在看到我都避如蛇蝎。"

"别怕，他们现在自己都乱成一团，你只要挤到里面去，悄悄看几眼，把事情经过搞清楚就好了。"

宗九一脸真诚，笑眯眯地："你不是说想跟着我混吗，我现在给你找到了个新靠山。"

闻言，新靠山冷淡地瞥了正在窃窃私语的他俩一眼。

"我现在去和他谈条件，你去打探消息，等到吃午饭的时候我们再会合。"

可能这番话让盛钰想到了他们如今的处境，他立马鼓起勇气，立正敬礼："好！九哥交代给我的事情，我一定会办好！"

"有活力，真不错。"宗九敷衍随意地夸了一句，最后再看了眼那边已经开始合力把绳子扯上来的众人，便和暗一前一后地拐进旁边的房间里。

"咚——"

房间门被轻轻合上。

一片寂静中，暗忽然嗤笑一声："谈条件？"

宗九面色平静："怎么？难道暗阁下如今还有多余的线索不成？"

暗没有说话。

"若是有多余的线索，阁下也不至于鬼鬼祟祟地在我背后跟踪我吧？"

虽然对方表面上看起来滴水不漏，但宗九也没有在意，自顾自继续道："不巧，我身上恰好有阁下想要知道的线索——关于研究室里的S级道具的线索。不是吗？"

没错，宗九宁愿选择提前离开团队，也不愿意将S级线索透露给其他人，本身就是想将这个消息当作最大的王牌。毕竟这个线索不仅仅关乎那个S级道具，更和这个副本的主线剧情息息相关。如果丢失这条线索，副本的未来发展就是一个未知数。

有了这张王牌，宗九就相当于拥有了一个保命符。在他把这条消息透露给别人，或者是其他人想办法从褚主任口中同样套出线索前，他都能够底气十足地靠这条线索和其他任何一个人谈条件。

这就是他敢于找上暗的原因。

暗眯了眯眼："你倒是够自信。难道你就不怕我用其他的手段，逼着你将线索说出来吗？"

"不，你不会。"宗九十分肯定。

这是他从游戏剧情里推导出来的信息。

之前他在看游戏攻略的时候，曾经有一段的人物视角切到了暗的身上。正是通过这里，宗九得知这位大佬拿到的身份卡确实是普通人。

同时，事先了解剧情的优势，让宗九更清楚地知道了一些暗的性格特点，例如倨傲又自负，乖张又清高。

所以，他不会去做假设中的那些威逼利诱的事，不是不能，而是不屑。

他不屑用那样令人不齿的手段。

暗深深地看了宗九一眼。

宗九知道，自己赌对了。

于是，他的脸上笑容越发生动，同时伸出手去，充分表达出了自己的友好态度。

虽然，这份友好对此时的宗九来说，仅限于有利可图。

"怎么样，合作愉快？"

"试探我很愉快？"

暗眯着眼睛看他，唇角讥讽地扬起："你倒是比外面那些头脑简单又无知的家伙有意思一点。"

说着，他象征性伸出手，浅浅一握，十分嫌弃地一触即分，好像和宗九这种普通的低等级玩家接触已经是他纡尊降贵的最大恩泽。

宗九内心疯狂吐槽。他很想问一句大佬你是中二期还没有结束吗，平日不

- 079 -

说话的时候看起来那么高冷，怎么一开口说起话来就这么讨打呢！

虽说缔结了合作关系，但房间里的气氛却因为暗那句话再度陷入沉默。

为了缓解尴尬，宗九决定活跃一下气氛。

"大佬说的是，毕竟您的名字一听就很聪明，名字越暗，脑瓜越亮嘛！"

这话说完，房间里陷入了一片更加沉默的死寂。

宗九感觉，自己这个冷笑话，似乎把气氛往更冷的地方带去了。

于是他连忙补救："这是夸奖的意思，不含贬义，不是说反话。"

弹幕出现一连串的"……"，观众都似乎被这句没头没尾的话给搞蒙了。

【啊，这个新人这个时候说什么冷笑话啊。】

【这好像是个俗语，你们有谁听说过吗？】

【绝对没听过这个俗语，但是好奇怪啊，为什么偏偏又感觉怪耳熟的……】

【我也是，我甚至还觉得这个俗语听起来有几分道理？】

所有人都一脸茫然。

不仅如此，就连被开玩笑的对象本人，也带着几分探究看了过来。

看暗眉心拧起，宗九忽然意识到，自己现在可是在游戏里。

但转念一想也很奇怪，毕竟这些玩家也都是活生生的人啊，怎么会不知道这一句在华国耳熟能详的俗语呢？更何况还有历史相关题材的副本。如果没有人知道俗语，那其中一定有什么问题。

思忖再三，宗九还是决定冒险试探："……你是华国人吗？"

暗抬眸，向来古井无波的脸上头一次出现了带着明显情感波动的神色。

下一秒，暗忽然抬手。

只见他有力的大手朝上悬在空中，五指虚握，像是要将什么看不见的事物收拢到掌心。

一黑一白的双鱼纹路旋转着出现在他的手掌上空，形成了一个巨大的太极图。

不仅如此，无数长短不一的黑色条纹同样凭空而现，组合成八种不同的图案浮在太极两仪周围，形成众星捧月之势，缓缓旋转游移。

在房间单调的背景下，这一幕格外有视觉冲击力。

弹幕中惊讶满满。

【不是吧，为什么忽然一下就看不见房间里两个人了？】

【是不是暗大佬的道具的能力啊！到底是什么对话，竟然要这么戒备，太

叫人好奇了吧！】

【啊！就是那个传说中的S级道具对吧！我至今也没听说过它的用途到底是什么，据说相当全能！】

【对的对的，那件道具可是从"天空之城"副本得到的，那可是超难的S级副本，当时好像只有暗大佬一个人活着回来了。】

……

宗九看着面前的暗，瞳孔一缩。

毫无疑问，这罗盘应该就是暗的王牌，也是他除了城府和谋略以外最让其他人忌惮的地方，结合他No.3的高位排名，这百分百是件S级道具没跑了。

可是明明刚刚已经达成了共识，怎么对方突然就把自己的王牌道具掏了出来？难不成是自己说了什么不该说的话，让人家临时反悔，打算直接动手了？

宗九百思不得其解。

然而出乎意料的是，罗盘里只冒出了一道浅浅的光晕，将暗和宗九两人笼罩其中。

虽然依旧身处房间中，却让宗九产生了一种与世隔绝的奇妙感。

宗九谨慎地发问："这是某种隔绝空间的手段？"

暗略带赞赏地看了他一眼，沉吟道："天地定位，山泽通气，雷风相薄，水火不相射。八卦相错，数往者顺，知来者逆，是故易逆数也。然，今动卦扰命数，自然不在五行之内。"

宗九："您能说点我能懂的吗？"

暗收回了刚刚的赞赏眼神，冷冷地说："你只需要知道现在直播间的观众看不到我们就行了。"

"那么现在，你给我仔细讲讲，"暗薄唇轻抿，神色严肃，"你刚刚说的那个俗语和'华国'分别是什么？"

宗九脑中缓缓冒出了一个问号。

第六章

聚头

另一边的楼梯间里，在秦也的帮助下，贺建蓝的绳子也在慢慢地回收。

连观众都替他们捏了一把汗。

【看他们老是找不到新线索我好着急啊，这个副本难度这么高，不会最终落得个团灭的结局吧！】

【万一一直找不出关键线索，在副本的最后一天按照惯例可是会开启大清洗模式的。如果真的演变到那一步，除非有S级道具，可能还能有一线生机，否则可一点办法都没有了。】

所有人都站在一旁，精神高度集中。

圣手上的大祭司之杖也在冰冷的空气中泛起光芒，时刻警惕着。

绳结套索确实是在被放下去的瞬间就捆到了东西，但谁也不知道那究竟会是什么。

声音随着绳子的摆动越来越近，所有人都能听到那仿佛忍着疼痛、用力呼吸的喘息声。

贺建蓝仔细听了听："应该是人，还活着。"

在众人紧张的注视下，一张苍白的脸渐渐从楼梯间隙显现出来。灵媒并没有发出预警。所有人都松了口气，仔细打量那个被拖上来的人。

那张脸苍白如纸，呼吸断断续续，胸口微弱地起伏着，大半截身子都还吊在幽暗的楼梯间里。

是今早那个情绪崩溃后夺门而出的E级新人。

见到他此刻这副半死不活的模样，在场的F级新人被吓得双腿发软，面如土色。

"先别把人完全带上来，万一……"贺建蓝没有把话说完，但所有老玩家都懂他的意思，纷纷选择了默许。

谁也不能确认此刻这个人就是原来的那个E级。

江源用鞋尖踢了踢那人凹陷的脸颊，拿起水就从他的头顶浇下。

"喂，醒醒。"

冰冷的凉水浇头而下，刺激得那个新人一个激灵，呕出一大口鲜血，喷在了江源的腿上。

江源气得面目扭曲，贺建蓝急忙抬手把他拉得后退了几步。

圣的阴沉脸色这才有所好转。他警告地看了江源一眼，手中的大祭司之杖发出一道道裹挟着光点的金绿色光芒，落在了E级新人的身体上。几乎是立竿见影的，新人惨白的面孔多了几分血色，看起来似乎有了些活力。

大家都看到，新人在意识回笼的瞬间便开始颤抖，面庞上流露出恐惧的神色。

"不要急，慢慢来，如果暂且难以开口的话，可以一个字一个字地说，或者直接做动作也行。"大祭司之杖的作用还在继续，圣语气柔和地安抚，"我问你问题，你回答或者给反应就行。在这期间，我不会中断对你的治疗。"

新人的眼中满是感激。

圣低声问："负二楼有什么？"

新人眼中的光彩立刻消失了。

他疯狂地摇头，面部肌肉痉挛，竟是一个字也说不出来。

这样的反应，让早已知道负二楼存在异常事物的众人依旧大惊失色。

贺建蓝紧紧地盯着那个新人，试图从他的神情中找出一丝一毫的破绽。可惜，最终一无所获。

这个问题得不到答案，圣有些遗憾，却也没有强求："那么，下一个问题，下面是不是还有人？"

新人疯狂摇头的动作停止了，他犹豫了一下，点了点头。

老玩家们彼此交换了一个眼神。到现在为止，在进过一楼的研究室后，他们就只剩下负二楼还没有探查过了。

文森特进副本之后就神秘失踪，如今线索全部指向了负二楼。而且除了负二楼，他也根本无处可去。E级新人的这个答复，正巧验证了大家的猜想。

可他们怎么也想不通，文森特为什么会一直在底下不上来。

毕竟获得了夜族的天赋，如果只论在这类有超自然力量存在的副本里生存的能力，A级的文森特甚至比S级的圣还要强。

这也是夜族小队的成员们一贯的作风。

现在文森特一直不见人影，要么是他已经被淘汰了，要么就是被困在下面无法上来。但是，无论哪种情况，对于他们都不是个好消息。

"那你知道他是死是活吗？"正当圣准备深入挖掘更多消息时，却看到新人忽然开始剧烈挣扎起来。

可怜的新人眼中盈满恳求的泪水，发出尖厉而沙哑的呼喊："救……救……"

贺建蓝大惊失色："不好，下面有东西在拉他！"

秦也已经同时出手，一把抓住了那根不断后退的绳索，粗壮的手臂上青筋暴起。

可以和获得了狼人能力的力大无穷的秦也抗衡，这股力量的强大，令众人目瞪口呆。

新人的脸色越来越痛苦。他被两方力量互相拉扯着。

所有人都知道，这样僵持下去不会有好的结果。可看着新人恳求的眼神，谁也没办法说出"放手"这两个字。

就在圣心下不忍，正想做个决断的时候，下方的力道陡然增强。

新人"嗖"地一下隐没在了黑暗的楼梯间里。秦也不可遏止地被那力量扯得一个趔趄。

秦也瞳孔骤缩，下意识地松开手。空旷的楼梯下方传来一道重物落地的沉重声音。

没有人说话。

圣立即低声祈祷。这样悲悯的行事作风，放眼整个无限循环体系内，只有他一个。

"唉。"贺建蓝沉默片刻，将绳结套索重新拉上来收好。

看着光洁如初的绳索，谁又能想到，刚刚有一个人被绑在上面。

但所有人都清楚，他们的一番努力，又一次付诸东流了。

"先去吃午饭吧。"圣结束了祈祷，"午休完，我将带一个小队去负二楼看看。"

这一刻终于来了。

圣开诚布公道："我知道大家都不想身处险境。但从这个副本开启以来，我们一直抱团行动，从未经历任何一个险境挑战，这可能会导致我们在副本结算时评分都不太乐观，更严重的话甚至有掉级的风险。当然，如果实在不想去的话，我自然不会强迫，但有野心、想在副本结束后评级更上一层楼的玩家，欢迎午休的时候私下来找我。"

位高权重的圣都这么说了，有些人不免又心思活络起来。

圣的能力大家是知道的，跟着他混，个人安全方面能够得到最大限度的保障。这种机会可以说是过了这村就没这店了。

众人沉默地上楼，个个儿都在心中暗自盘算。

走在后面的江源注意到了队伍最后正打算偷偷溜走的盛钰，他冷冷一笑，嘲讽道："好啊，这个内鬼还敢来我们这里打探消息！"

先前和宗九的那番对峙，让江源觉得自己的脸简直都丢尽了。刚刚虽然面上不显，但他分明看到有几个新人在私底下悄悄议论，这更让江源怒中火烧。

不行，一定得想个办法把面子找回来。江源暗想。

等确定圣已经离开后，江源低声嘱咐几个新人："你们在这里守着，待会儿看到那个E级和F级出来后再上来，有什么消息情报随时和我汇报。"

新人们哪敢违抗一个C级，唯唯诺诺纷纷称是。

江源满意地点点头，头也不回地走了。

宗九觉得，事情的发展实在是叫他始料未及。

他只是简单给暗普及了几句华国的事情，真的没有扯多少别的，结果就被对方套到了不知道多少信息。为了显示自己合作的诚意，他又不能对对方的话避而不谈，这让他陷入了进退两难的境地。

暗面无表情地看了宗九一眼，没有出言拆穿，直接抛下了最关键的问题。

"我很好奇，你没有通过正常途径进入无限循环，是怎么瞒过主系统的？"

宗九眼皮一跳，心里有了不祥的预感。

暗眼神锐利，对着宗九上下打量："是什么原因？怎么做到的？通过副本吗？你是不是某个S级副本的智能NPC？还是像超自然生物那样，通过'夺舍'的方式过来的？"

这您也能看得出来？宗九觉得自己要是说一声虽然不是那也差不了多少，恐怕环绕在他们头顶的那两条阴阳鱼就得招呼到他身上了。

"不，不可能。"

不等宗九出声，暗就推翻了自己的猜测："如果你属阴，我的罗盘不可能没有丝毫反应。主系统更不会允许灵识被替换的存在，这不合常理。而你既然存在……必定是直接从正常的现实世界进入了无限循环，并未经过筛选，更像是瞬间的转移。"

灵识就是玩家或者NPC的意识，由于这是一个真人全息游戏，身体、感官等都可以捏造，但是灵识却是属于玩家自己的，独一无二。

"更重要的是——你似乎很了解我。"

宗九无话可说。他艰难地挣扎了一下："为什么这么说？"

"因为你还记得，并且能够说出有关于现实世界的事情。"

暗深深地看了他一眼："来到无限循环的玩家，会被屏蔽掉关于现实世界的记忆。所谓屏蔽，是指你曾经在现实世界所拥有的记忆，被封锁在你脑海最深处，不能被你主动想起，也无法有人用言语进行表述，并且这份记忆会随着时间的推移逐渐被本人遗忘。被屏蔽的并不是全部，在现实世界学到的知识不会被忘记，被模糊的只有'自己曾经生活在现实世界'的这个认知。而其他的记忆只有在被允许的时候才能想起，例如你刚刚说的俗语和'华国'，如果在副本中有线索指向这两个名词，我应当能够想起它们而毫无障碍。也就是说，主系统只会在有前提条件并接触到该条件的情况下为玩家开放部分记忆。"

这估计是暗说过的最长的一段话。

他的话语不疾不徐，但是其背后的深意却令人毛骨悚然。

如果玩家们关于现实世界的记忆被屏蔽，那久而久之，他们就不会再主动想起自己究竟来自何方，就像他们生来就是在这个危机四伏的世界艰难求生一般。

宗九眯了眯眼。

他终于知道自己在回忆游戏剧情时冒出来的违和感到底是什么了。

游戏里曾经提到过，无限循环里不存在任何能够脱离游戏回到现实世界的方法。例如这次《默菲斯契约》的最终No.1的奖励是一张万能许愿券，可根据之前宗九在游戏攻略中看到的描写以及自己亲自的经历来看，没有一个玩家想到用这张许愿券兑换一个回到现实世界的机会。

原来……并不是现实世界发生了改变，而是这些玩家在某种更高的智慧下，被迫更改了自己的认知。无限循环里的玩家们，被主系统给他们每个人的记忆上了一把锁，所有人都被困在这里，逃脱不得。

宗九笑了笑："那你又为什么会记得？"

暗没有说话，而是改用一种审视的目光，双眼一眨不眨地看着他。

不知道是不是错觉，宗九感到，在有了这么一番对话后，刚刚还冷漠无比的暗的目光稍微柔和了一些。

"你需要展现你的价值。"暗没有继续方才的话题，而是淡淡地说，"如果你的发言让我感到智商被侮辱，那将随时有终止结盟的可能。"

……果然是错觉。宗九收回了刚刚的情绪："你刚才虽然和我握手，但并未表态。你心里果然不打算真正合作，只是想要打着合作的幌子从我这里套话。"

"礼尚往来，兵不厌诈。况且，你不也打着相同的主意？"

闻言，宗九露出假笑。

"你学过情绪控制？"看着宗九的表情，暗挑了挑眉，"没必要这么防备。如果我真想做些什么，你就不会站在这里了，放松点。"

好歹也算是开诚布公了，宗九只好硬着头皮认账："行吧行吧，上了贼船算我倒霉，我认命。"

宗九心里发誓，在说完这句话后，他看到暗脸上掠过一丝极淡的笑意。

"我猜……你暂时也无法解开你从褚主任那里得到的S级线索。"明明只是推测，暗的语气却是笃定无比，像是根本不认为自己可能会出错一般，"因为你缺少关键的信息。"

反正已经上了暗的贼船，宗九也不在意了。因为权衡利弊之后，他意识到，暗的确会是他唯一的突破口。

他算是看出来了，即便没有主任提供的那条线索，以暗的能耐，未必不能通过其他蛛丝马迹自己把结果推断出来。他告诉对方线索，也只不过是提前了对方完成推断的时间而已。

"3和4之间，存在着一个整数？"暗重复道，眉心紧蹙。

"PNPSO是一串密码，毫无疑问是最具代表性的维吉尼亚密码。别问为什么，我懒得和你解释这段过程，你只需要知道结果就好了……它需要密钥，然而现在却缺少必要的密钥。"

古典密码的解谜宗九多少有点了解，很清楚这样的密码大多分为"密文""密钥"和"原文"三个部分。他们现在知道的PNPSO是密文，只要再得知密钥，就能知晓原文。

而此时的暗，正在房间里走来走去，一边沉思一边如话痨般自言自语，原先浑身充斥的拒人于千里之外的气息早已荡然无存。

"图书馆里一共摆放了三千多本书，如果仔细检索的话，能够根据页码表得出当前所处年代的推断。其中只有一本书上有被撕毁的痕迹，正好是第34页。更巧的是，那本书不应该出现在这个时代。"

大佬就是大佬啊。宗九心里感叹。想到自己仅仅凭着一个没有多少头绪的线索就套到了一个S级单独行动一天多得到的信息，宗九觉得自己这次真是稳赚不赔。

喋喋不休的暗忽然回头："我已经得到了这个副本的答案，如果我想的话，现在就可以退出副本直接通关。"

"你已经把你的底牌掀了，可我手上掌握着比你更多的线索。"暗说，"你展示了你的价值，所以——最后一个问题，如果你给了我让我满意的答案，作为肯定，我可以把剩下的线索告诉你。"

宗九双手抱臂："你问。"

"你认为拿了不同身份卡的内鬼是谁？"

宗九挑眉："他很快就会过来敲门。"

暗眼中的赞赏愈盛，爽快地兑现了自己的承诺。

"既然你也是有预谋地脱离了圣的团队，进入了异空间，那你应该清楚，这个S级副本里存在着两个互不干扰的异空间。S级线索的3和4之间，并非是单纯的3和4，而是指的三维空间和四维空间。"

飓风从房间地面平地卷起。

"你果然同预言分毫不差，宗九。"暗将手撤开，悬浮在空中的罗盘登时开始消散。暗垂眸，"最后一个忠告——小心一个人。"

"我不确定他是不是在这个副本里，但他一定是与你宿命相连的死敌。"

宗九一惊："谁？"

"No.1。"暗说。

"没有人知道他的名字，我们通常称呼他——恶魔。"

"这也是你口中所说的预言吗？"宗九笑笑，"魔术师从不相信预言。"

在罗盘消散前的最后一秒，暗好像也笑了。

"你还会来找我的。在命运的纺锤线显现后的未来。"

与此同时，所有正在收容所副本里的玩家都收到了一条冰冷的系统提示。

【S级玩家暗，已通关。】

下一秒，房门传来被敲响的声音。盛钰的脸出现在了厚厚的玻璃窗外，一边敲门一边高喊着"九哥"，神情焦急。

一条线索换到了这么多东西，倒是不亏。宗九站在原地，按下心头的情绪，转身走了过去。

餐厅里，圣正召集所有在收容所里搜查的队伍，准备整理已经得到的情报。

在冰冷的系统提示出现后，所有人的动作全部为之一顿。

没人能够形容听到这条系统提示后收容所里其余玩家的心情。大概每个人都是茫然的。

别说玩家了，就连上帝视角的直播间观众们同样一片震惊。

【不是吧，暗大佬他做了什么，怎么突然就知道了答案？】

【他们刚刚凭空消失了一下，然后暗大佬就宣布通关了，这中间发生了什么？】

【我服气了，真的服气了，第二天都还没过半啊，难度接近S级的关卡啊！不愧是大佬，厉害了。】

【这里是不是换了一批人啊，你们想想当初在"诅咒面具"里人家暗大佬干过什么，就会觉得这次快速通关不算什么了，不然你们以为人家大佬的No.3是白捡来的？】

【可是正常来说，主线任务有时间要求，要待够时长的，难道这次是特殊情况？】

"暗通关了？！"

沉默片刻，大家开始难以置信地交头接耳，发出此起彼伏的讨论声。

这时，秦也正好带着所有的负一楼搜查小队成员回到餐厅。

"这两个新人不久前在洗手间里得到了新情报。"他指了指站在自己身后的两个新人，"你们和圣大人说吧。"

"圣……圣大人。"面对着No.7，那个嗓门有些大的新人明显十分紧张，说起话来支支吾吾。

"别怕。"圣温和地说，"说出你得到的情报即可。"

"就在刚才，我和徐文吉一起在负一楼的洗手间搜查。"新人努力将舌头捋直，"然后我们发现一个洗手间隔间的门怎么也打不开……就在我们想过去推门的时候，门忽然开了。黑头发的S级和那个长得很漂亮的白头发E级一起从里面走了出来。"

两个人偷偷摸摸躲在洗手间狭窄的隔间里，难不成是想要交换什么不为人知的情报？闻言，不少人露出了若有所思的神情。

圣眉心皱起："好，辛苦你了。"

本来这听起来只不过是一件不大不小的事情，但结合方才的系统提示，其背后的深意便大为不同。

"刚刚在楼梯间的时候，暗和那个白头发的E级不是走在一起吗？"

贺建蓝凝视着勺子上自己模糊的倒影："白头发肯定是把手上那条S级道具的线索告诉了暗，不然他不可能这么快通关副本。"

如果暗有一个人通关的本事，那他早脱离副本了，不可能拖到现在。

"依我看，当务之急是把那个E级给抓回来。"江源在一旁恶狠狠地说，"他身上的线索肯定至关重要，直接同这个副本的主线有关。"

孟天路也表示赞同："没错，我们现在缺少了必要信息，既然已经出现了通关者，这就意味着那条S级道具的线索确实至关重要。"

"的确如此。圣大人，我们不能冒险拖到第三天。"

"是啊，第三天会发生什么谁也说不准。况且这里还有这么多没有自保之力的新人，全都需要老玩家们的照顾，现在的情况老玩家们也不知道会不会自顾不暇。圣大人，您再考虑一下吧！这条线索实在对我们至关重要啊！"

不少老玩家心里还惦记着他们在研究室里看到的黑色铁盒。

现在已经出现了第一个通关者，谁也不能确定暗有没有拿到那个神秘的S级道具，万一没有拿到的话，岂不是……

大家窃窃私语，一致将目光转向了圣。他们都需要一条明路，一条摆在面前的明路。在这种缺乏线索又没有头绪的情况下，最具领导力的圣被推到了风口浪尖。

在所有人的注视下，圣疲惫地闭上双眼。

片刻后，他终于开口。

"他会加入我们的。"

宗九推开了房间的门。

盛钰站在人群的外面，眼神不断往后瞟去："九哥！"

"九哥你听到刚才那条系统提示了吗？暗通关了！"盛钰脸上满是震惊，甚至还忍不住扬起手来比画，以充分表达他如今的心情。

宗九意味不明地看了他一眼："是啊，我也很惊讶。"

其实宗九心里对暗的通关很无所谓，反正和他也没半点关系，他只知道自己已经从暗身上得到了所有他想要的情报。

真正让宗九惊讶的，是盛钰堪称天衣无缝的演技。

从一开始，盛钰就是宗九心中两个有内鬼嫌疑之人的头号人选。

因为之前他看过的游戏攻略的剧情里，根本就没有他这个人。

从另一个角度来说，这其实也还算好理解。

因为宗九进入了游戏，又在玩家宿舍门口说了那样一番话，就像蝴蝶效应一样，在这样的影响下，剧情出现合理偏差也并不是不可理解。

先前盛钰在餐厅里端着餐盘来找他说话时，宗九虽然意外，但没怀疑到他的头上。更何况游戏攻略的剧情里也有找出内鬼这个随机任务，于是宗九便先入为主，觉得既然原阵营就有内鬼，后加入的盛钰当然不会有问题，便直接将他排除了。

那么为什么后来宗九又如此笃定盛钰就是那个内鬼呢？

是因为游戏剧情里提到过的原主被淘汰时的情况。

在游戏里，原主这个花瓶炮灰当时约了另外一个新人一起结伴去上洗手间。结果十分不幸地在洗手间里遭遇了收容所副本第一次事故。

具体是什么事故宗九倒是不知道。因为游戏策划在表现第一次淘汰时，通常不会展现出具体是怎么出局的，只会不断渲染气氛，以保持神秘。

但饶是如此，宗九依旧从剧情里得到了一段十分宝贵的信息。

原主进隔间去上厕所，和他结伴而去的新人守在洗手间外面。因为太过害怕，原主特地没有关洗手间门，结果一半的时候就领了便当。

当时原主在隔间内"死于非命"，守在外面的新人被吓得根本不敢进去看，直接转头就跑，结果在洗手间的门口惨遭淘汰。

按照原来的剧情走向，应该是去上洗手间的两个人都未能幸免。

而现在，那个一起去上厕所的盛钰却没被淘汰。不仅没被淘汰，他还准确描述了眼镜上洗手间的经过。那时，宗九就在袖子里攥紧了圆珠笔，肌肉紧绷。

两个一起送上门来的落单者，难道还要挑着杀？在有着充裕时间的情况

下，总不可能只杀眼镜一个，更何况游戏剧情里这里可是达成了双杀成就，这么一对比就更显突兀。

他对盛钰起了疑心。

为了验证这个猜想，宗九只身潜入异空间的洗手间。

顺带一提，宗九隐约知晓这个副本里存在着另一个空间，因为原剧情描写文森特的那一段里，曾经语焉不详地写过一段关于负二楼的场景。只不过刚开始的时候，宗九以为负二楼是通往异空间的唯一途径，没想到单独落单也会有概率被拖进异空间里。

宗九在异空间的洗手间里看到了眼镜的模型。看模型的样子，印证了宗九之前的设想，比起那个所谓"存在于异空间里的未知力量"，更像是人动的手。

虽然贺建蓝看起来不太聪明的样子，推断也漏洞百出，但是还真被他误打误撞说对了。

眼镜是被人为谋杀的，那个时间并不是整点。这下，到底谁是内鬼，答案呼之欲出。可这并不代表结束。因为这个副本还存在着一个内鬼。

这事宗九不知道暗清楚不清楚，反正宗九自己清楚得很。因为宗九在踢开洗手间三个隔间门，检查了里面的确空无一人后，还抽空看了眼洗手间的水槽。

水槽是空的。

水龙头下还有一张大大的蜘蛛网，黑色的蜘蛛在上面吐丝。如果有人想往里面放东西，肯定得把蜘蛛网搞破才行。

更别说在宗九踢门的时候，眼镜的状态和原剧情里对应的原主也不一样，可是后来在圣带领着老玩家们搜寻后，原剧情里应该在那里的拖把，又神不知鬼不觉地被人放了进去，说是没同伙都不可能。

而且，原来的游戏剧情里并没有盛钰的出现，主系统却依旧发布了随机内鬼任务。这样一下子就可以得出结论：除了盛钰以外，原剧情里，玩家之间本来就存在着另一个内鬼。

会是谁呢？宗九一边听着盛钰说话，一边暗地思忖。

盛钰正绘声绘色地和宗九形容方才楼梯间里的那一幕。说完后，他神神秘秘地压低了声音："九哥，你看到那两个人没有？"

走廊不远处，两个新人正有意无意地靠近这里，就差把"我们在监视你们"这几个大字写在脸上了。

盛钰："我觉得他们好像在看我们,怎么办?"

宗九无所谓地耸耸肩："什么怎么办。我们现在可是被两位大佬都抛弃了,不如先去餐厅看看。"

从各种蛛丝马迹推测看来,盛钰拿到的内鬼卡应该有着极高的权限。不然无法解释为什么一个F级可以轻而易举地杀人,并且能随心所欲地赶在宗九发现之前把模型转移到异空间。

他百分之百拥有暗口中那个能够随意打开异空间的钥匙,也是维吉尼亚密码通过密钥加密之前的关卡。只要得到钥匙,便可以完成普通卡主线任务。暗就是最好的例子。

宗九很好奇盛钰的目的是什么,他拿到的内鬼卡主线任务又是什么。

若是说单纯以逼人出局为乐,想要把玩家们全部淘汰的话,盛钰完全可以在洗手间就和他这个E级撕破脸,或者在自己还没有通过剧情发现他的破绽的时候捅自己一刀。

可盛钰没有。不仅如此,他甚至也没有一点想要推波助澜、挑拨离间的想法和意思。他近乎完美地扮演着一个不谙世事的学生,一口一个"九哥"跟在自己身后,伪装成毫无心机的模样。

宗九才不信他没有图谋。不过……这倒是让他想起了暗临走前说的那个预言。

"你们要去哪儿?嗯?"低沉的声音忽然从高处传来。

身穿白大褂的男人缓缓从阴影中走出。昏暗的光线将他的轮廓映得格外清晰。

主任的视线饶有兴味地从面前的四个人身上扫过,目光在宗九身上停留得格外久。宗九觉得自己似乎被一条毒蛇盯上了,脊背不自觉如滚起战栗的电流。

"研究员找了你们很久,你们该上楼去吃药了。"

盛钰疑惑地开口："吃药?什么吃药?吃药的时间不是晚上吗?"

褚主任没有说话,他指了指他们的身后,脸上诡异的笑容逐渐加深。在墙壁悬挂的油灯上方,钟表指针正慢悠悠地指向10。

十点!

盛钰和另两个新人露出难以置信的神色。

怎么可能？他们分明记得自己连午饭都没吃啊！

宗九站在一旁，面色渐沉。

眼镜被淘汰的时间，宗九被扯入异空间的时间，都正好是十点。这个时刻，很有可能就是异空间开启的象征！

宗九猛然抬头。可是，戴着金丝边眼镜的主任依旧站在那里，周遭的景色也没有丝毫变化。

"快上楼去吃药吧，大家都在等着你们呢。"主任眉眼弯起，似是好意提醒，"一群人晃荡可不是一个明智的决定。"

"哦，对了。"他低下头去，漫不经心地看了一眼手腕上的金表，"马上就是查房的时间。科长应该和你们说过，本所有规定，禁止夜游。"

"如果违反研究所规定，夜游被抓到的话……"褚主任同宗九擦身而过，遮掩在眼镜后的瞳孔中满是晦暗恶意。

"不听话的人……是会受到惩罚的。"

等到白大褂的一角消失在负二楼的楼梯转角后，盛钰才颤抖着开口："九哥，怎么一下子就晚上十点了，怎么办？"

装，你继续装，我就静静地看着你表演。宗九心生嘲讽，一脚把皮球踢了回去："啊，看来没有办法了呢，我们先上楼去找圣吧。"

几个人走到餐厅门口，在一众研究员的注视下再次走了一遍吃药的流程。

宗九将夹着药片的手不着痕迹地扫过宽大的病号服口袋，抬头正好听到科长和其他研究员的对话。

"明天就是这批人过来的第三天了，看来我们又有一段休息时间了。"

说来也奇怪，这好像还是他们第一次听到研究员之间的对话。毫无起伏的声音逐渐在空旷的走廊上远去，两个新人在后面露出了毛骨悚然的神色，双腿颤抖。

事实上，现在餐厅的气氛也好不到哪里去。

餐厅中的众人脸上，也都带着如出一辙的焦躁和惶恐，甚至都没注意到走进餐厅的宗九一行人。

被众人环绕其中的圣面色凝重："时间被加快了。"

老玩家们沉默不语，满脸惊惧。就在刚才，他们还在餐厅里讨论着今天下午要去负二楼的名单，下一秒，提着药篮的研究员们就突然冒了出来，冷冷地通知他们吃药时间到了。

时间凭空加快了十个小时！

更可怕的是，他们并不清楚这件事情发生的原因。

是因为暗的提前脱离副本，导致副本难度在后期陡增，还是因为原先这个副本就存在着变量？大家不得而知。

"我们不能再拖延下去了，今晚所有人都得和我一起去负二楼。"

新人们大惊失色："我们也要去吗？"

"你没有听见刚才研究员说什么？"贺建蓝冷冷地说，"如果拖过了今晚，谁也没法保证第三天会发生什么。过了午夜，可就算是第三天了。"

"可，可是……"在这些没有一点经验的新人眼里，"负二楼"这三个字已经成为洪水猛兽的代名词。

"可是什么可是！"有老玩家不耐烦地开口。

圣递了一个制止的眼神过去，转头安抚新人道："如果留在宿舍，就如今这个情况来说，多半是死路一条。"

"跟着我，我会尽量保障你们的安全。"说最后这句话的时候，圣余光一瞥，湛蓝色的眼睛看向餐厅门口。

所有人的目光齐刷刷地看了过去。

宗九正站在那里。

他坦然地接受了所有人的注视，那些目光里有愤怒、怨恨，以及毫不掩饰的垂涎。

宗九却像没有感受到一样，十分坦然。

圣看着宗九，目光真挚："现在暗已经通关了，重新加入我们，好吗？"

宗九觉得，自己并没有一定要答应的理由。脱离圣的组织，转而找暗结盟，对他来说是深思熟虑后的结果。

不过——

"好啊。"宗九爽快地答应了。

第七章

情况不对

没人会相信宗九居然这么痛快地答应了圣的邀约。

"其实吧，我那个线索告诉你们也没用。"

这话引来玩家们的不忿："啊？那你倒是说啊！"

"大家想啊，我们的主线任务不都是存活三天吗？可现在这才两天没到，暗就跑了。你们说他为什么能跑？"宗九抑扬顿挫，循循善诱，"那当然是因为——他才是那个内鬼啊！"

众人半信半疑。但细细揣摩，好像确实有几分道理。

暗能够不按主线剧情发展，没待够三天自己提前跑了，这当然意味着，暗的主线任务和其他人不一样，这就说明，他拿到的身份卡也和其他人的不一样。

"唉，你们之前真的误会我了。"宗九义愤填膺，"暗这家伙简直卑鄙无耻至极，不仅假意答应和我合作，还把我的线索套走了！太缺德了这个人！"

"他已经通关了，估计那个S级道具也被他拿走了。"宗九摊手，"我这条线索已经没什么用了，告诉你们不碍事。但我没想到即便这样你们竟然还愿意帮我，你们人真好。"

听到S级道具被拿走的消息后，所有人的表情都像吞了一口苍蝇。老玩家们面面相觑，一时间不知该作何言语。

讲道理，现在暗人不在这里，这不随便宗九怎么说？

要是暗平时作风和圣一样正派，那估计在场的人没一个会信他的话。

可惜，暗还真不是这样的角色。这家伙亦正亦邪，性格古怪，做事又不按常理出牌，在副本里被他当棋子算计的人数不胜数。不少人都对他感情十分复杂。

抢S级道具，假意合作再套话这种事，还真像暗的一贯作风。

而且本来暗就是众人心目中内鬼的头号人选。

所以在宗九卖力地给暗扣黑锅的情况下，很多人也都信了。

但是，暗有问题是一回事，宗九这副装腔作势的样子，一众老玩家还是十分不爽。

"没事。"圣看起来反倒像是松了一口气，"我们并不是为了获得线索才邀请你重新加入我们的。"

圣浅浅地笑了："总之，欢迎回来。"

既然圣都表态了，其他人也只好接受。

好在，宗九的态度看起来十分诚恳，这下其他人对宗九多少有点改观，勉强算是默认了他的加入。

先前一直嚷嚷着宗九才是内鬼的贺建蓝此刻彻底没了声，看起来像是极力想要找出他话语中的漏洞，可惜却一无所获。

宗九弯了弯嘴角。他在心里毫无诚意地感谢了一下暗这个完美的替罪羊。

虽然宗九现在就能着手寻找密钥准备通关，没必要和圣去负二楼进行劳什子探险。可除了通关以外，他还需要大量的生存点数。

宗九的视线轻轻扫过站在他身后的盛钰。

既然有这么好的机会，为什么不把随机任务一起做完呢？

目前，他只能靠智取。

但是，等通过这个副本后，他一定要攒够积分，把手给治好，让纸牌再次在自己的十指上翻飞跳跃。

然后……找回自己曾经身为魔术师的舞台。

宗九的事情解决后，以圣为首的指挥层很快就敲定了今晚的计划：不回房间，直接翘掉查房，去负二楼探险。

不过这个计划还是不够保险，很多线索都是圣和贺建蓝循着收容所科研人员态度中的蛛丝马迹推断得出的。因此，在敲定计划后，虽然经过贺建蓝等人的施压，大家已经不敢再多言，但餐厅里还是有几个新人在窃窃私语。

"现在都已经十点半了，如果我们现在下去负二楼，是不是太晚了点……"

虽然有圣的领导，但是心思活络的新人们私下抱团，又组成了好几个小团体。这些小团体，有的唯老玩家们马首是瞻，对老玩家们言听计从；也有的存了私心，阳奉阴违，什么便宜都想占。

如今这几个新人正是这样，他们不愿意跟着圣以身涉险，在心里打起了小算盘。

"我们这么多人，圣大人真的能顾得过来吗？而且不是说了负二楼不是什么好地方吗，为什么还要主动去？"

"对啊，而且现在这个情况，房间才是最安全的吧。这里还有新人吃了药，一时半会儿也离不开。"

圣皱了皱眉："如果实在不想去，我自然不会强迫大家。"

"但按照我们资深玩家的经验，今晚出事的概率的确很高。第三天必然是这个副本的分水岭，我不建议大家单独行动。"

那几个新人拖拖拉拉，支支吾吾，不肯表态。

"这样吧。"圣舒展眉心，也不强求，"愿意和我一起下负二楼的，十分钟后我们在通往负二楼的楼梯间会合。如果不愿意和我一起，那我也会给留下来的人每人上一个祝福加持。"

新人们忙不迭地点头，喜上眉梢。所有人都知道，拥有圣的祝福加持，相当于多了个一次性护盾，能抵挡一次伤害，其珍贵性不言而喻。

原先答应要下去负二楼的其他人也有些动摇，其中不乏低等级的老玩家。

"要不然我们也待在房间里吧。反正这还只是第二天，圣又不是不会再上来了，何必要去以身涉险呢，留在房间里还能坐享其成。"

"就是。这个副本的难度可是无限接近S级……我们能活下来就不错了，谁又会去在乎那点险境挑战的奖励呢。"

这些中等水平的玩家本来就是因为《默菲斯契约》的丰厚奖励而报的名，副本刚开始也都信心满满。结果现在全部被吓破了胆。S级副本代表什么，新人们不知道，老玩家可是都清楚得很，于是打退堂鼓的心思便越发强烈。

宗九站在一边冷眼旁观。一个突然的时间加速，便将这个临时组建的以圣为中心的团队的缺点暴露无遗。

"九哥你真是太厉害了，不费吹灰之力就洗刷了我们身上的嫌疑。"盛钰在一旁叽叽喳喳，"那我们现在怎么办，是要跟着圣一起去负二楼吗？"

"不然呢？"宗九问他，"你怕？"

"是有点。"盛钰挠挠头,"但九哥要是不怕,那我也就不怕了。"

你当然不怕啊,宗九腹诽,顺口敷衍道:"那我们就跟着一起下去吧,反正横竖不就是淘汰?这么多人,要真出局了还能做个伴,不孤单。"

众人无语。

弹幕中"哈哈哈哈"一片。

【我要笑死了,我发现这个白头发真的好有意思,不说话的时候看着就又安静又漂亮,说起话来明明表情也一本正经的,但是说的话可太气人了。】

【我也想说这个,他真的很喜欢把人噎死。亏他之前还和暗大佬胡编一句俗语,这不是明晃晃地糊弄人家No.3?他反应倒是很快。】

【哎,马上就要去负二楼了,也不知道这个E级能不能留到最后。】

当然,这些玩家不知道,在暗离开后,宗九的个人直播间在线人数竟然如同坐火箭一般飙上了第二名,仅仅位居圣之下。

对于一个毫无基础的新人来说,这实在是一件相当不可思议的事。

一番讨论后,所有人都做好了决定,准备跟着圣的纷纷动身前往楼梯间。

宗九站在一旁,一边看着圣拿出大祭司之杖给准备回房间休息的玩家挨个施加祝福,一边开始思考自己从暗那里得来的线索。

暗说,3和4之间的整数只不过是一个隐喻和代称,它真实的解代表着自由穿梭在异空间和正常空间的钥匙。

顾名思义,这把钥匙并不是能够单纯从数学角度解释的存在。

X轴和Y轴构成二维平面世界。

X轴、Y轴和Z轴构成三维世界。

而四维世界,则是一个存在于物理学中的空间概念。

从收容所的图书馆里可以得知,这里的四维世界并不是广义上的四维世界,而是科学家于两百年前借用非欧空间提出来的时空猜想,就是在X、Y、Z轴的基础上再加了一条时空线,则构成狭义的四维概念。

人类生活在三维世界里。

三维世界的人们俯视着二维世界,四维世界的人俯视着三维世界。

这个副本给了他们一个从三维跃迁到四维的途径,他们只要得到那个3和4之间的钥匙,就可以在这个空间的不同时间里进行穿梭。

这个所谓的异空间,其实就是这个收容所的三十年前。

曾经这里还是战时基地的时候,曾致力于研究穿梭时空,结果在研究过程

中却发生了意外。维度的错乱使得三十年前的基地被割裂出去，基地里所有的研究人员全部成为时间的囚徒，游荡在没有出路的异空间里。多年后，原址建起的收容所里，依旧还留存着去往那个异空间的通道。

这些就是暗告诉宗九的线索。

而主系统，其实也给过他们足够的暗示。

主线任务是"在这个副本里存活三天"。事实上，根据暗的推断，只要第三天午夜钟声一响，收容所里的所有人都会被瞬间拖入异空间，相当于把肥肉扔进关押着猛兽的牢笼。

钥匙则拥有时空穿梭的权能，只需要得到钥匙，随便调一个几天后的时间节点都能够达成完美通关。若是傻傻地根据主线任务说的那样拖到第三天，等待玩家们的只有被淘汰这一条路。

第一天晚上，所有人都在睡觉的时候，暗在拿着罗盘夜游。

第二天圣他们还在苦苦寻找下一个线索的时候，暗就已经把这个副本的内核搞得一清二楚。

所以他能够率先脱离副本。

至于宗九，既知道密文"PNPSO"，又知道密码是维吉尼亚密码加密法，再加上至关重要的来自暗的暗示，那个钥匙到底是什么，答案简直呼之欲出。

宗九发自内心觉得他应该给暗鼓掌，所以他反手给人扣了一口黑锅，权当礼物。

只要他想，他现在也能念出那串钥匙，不费吹灰之力地成为第二个通关者，根本无须跟着圣他们去负二楼探险。

但他猜暗应该是没有去拿那个S级道具。当时对方明显走得很急，而且原因很大可能和他口中的那个"预言"有关。

宗九不关心那是什么预言，反正他也不怎么相信。他在乎的，是怎么完成更多的险境挑战，弄到更多的生存点数。至于S级道具，那当然是不要白不要。

送上门的便宜都不要，那还是他宗九吗！

一行人来到了负一楼通往负二楼的楼梯间。

底下一如既往黑黢黢的，根本看不清路，就连楼梯也只是勉强在灯光下有个轮廓。

"圣大人，灯拿到了！"就在所有人等待的时候，贺建蓝匆匆从走廊的那头走了过来，手里还摇摇晃晃地提着一盏灯。

宗九仔细一看，发现就是科长带着研究员查房时手里提着的那盏，第一天宗九还看到她提着灯去了负二楼。如今贺建蓝居然弄到了，多半是用了不可言说的手段。

"拿到了就好。"圣长长地舒了一口气，将木杖从新人的肩头抬起。

后者感觉到身上传来一阵热流，手背多出一个金色标记来。

圣疲惫地揉了揉自己的太阳穴："我们的时间不多了，赶紧走吧。"

在时间被莫名其妙地推进了十多个钟头后，时间流速明显变得不正常起来。

他们现在还在楼道里，也就算是夜游了，要是被发现那就惨了。

众人看了一眼负二楼黑乎乎的楼梯，深吸一口气。

"我打头吧。"秦也说。

他的手掌朝上虚虚一握。所有人赫然发现他指甲尖端开始染上深沉的黑色，毛发也变成了水泥般的灰色。这条手臂转瞬之间便化作狼人的形态，这是秦也的能力，也是他的底牌。

其他人也火速找到了自己的位置。

作为团队核心，圣被稳稳地护在中心，他的左边是灵媒孟天路，右边是拿着绳结套索的贺建蓝。

宗九和盛钰两个人在队伍的边缘，位置也不算靠后。

其他打算留在负一楼房间的玩家也看着他们，准备目送他们到楼梯拐角再回去。

就在这时，楼梯上忽然传来了一连串的脚步声。

尖锐冰冷的女声从上面传来："好啊，你们不仅偷了研究所的灯，还聚众夜游？"

玩家们震惊地抬头。就在刚才那个瞬间，原本还没到十一点的时针再次前进了一格，稳稳地停在了12上。

恐惧如同潮水般爬上了他们的脊背。

已经不是第二天了，现在是第三天！

那个如同地狱般恐怖的第三天！

在这样的情况下，根本没人顾得上阵型不阵型了，一个个吓得拔腿就跑。有几个人吓得回头往负一楼的房间跑去，刚刚冲进去就听到了门外的落锁声。

收容所晚上会锁门，一旦过了查房的时间，研究员把门锁上后，便一晚都没法离开房间了。

江源愤怒地捶了一下门："放我出去！"

然而门外的研究员却只是冲他笑笑，将钥匙扔进嘴里，一口吞了下去。

江源又急又怕，倒退两步，几乎是以最快速度从系统背包里拿出了自己的特殊道具，一把将一张红色卡牌贴到玻璃门上。

卡牌在贴上的刹那，便从边角冒起大火，开始自燃。这说明外面的绝对不是普通的人类，而是拥有某些超自然力量的存在。

这种卡牌是一次性道具，江源手上也没有几枚，一直很省着用。

此刻他也顾不上心疼了，什么都没有命重要。

看到门外的研究员被卡牌驱赶离开后，江源感觉自己的后背几乎被冷汗浸透了，等回过神来后才发现自己腿都软了，根本站不起来。缓了半天才再次站起来。

负一楼的灯本来就暗，外面走廊的能见度有限，根本看不到什么东西，安静得更是让人觉得像是进了坟墓。刚刚那个研究员把门锁了，这就意味着江源只能自己一个人待在房间里整整一夜。

他警惕地收回视线，重新回过头。

房间里同样一片黑沉。

江源背贴着墙，时刻注意着附近的风吹草动。按理来说，刚才烧了一张卡牌，在接下来的一定时间内应该不会有奇怪的东西主动靠近这个房间。

但是，这可是个S级副本。难度等级越高，安全时间便越短。江源虽然只有C级，但也是个老玩家了，还不至于忽略这种细节。

他继续注意着周遭的动静，左手从背包里拿出自己最后一张卡牌，右手摸索着去找墙上电灯的开关。

黑暗中，他在开关上摸到了一只冰凉至极的手。

转身跑回负一楼的玩家毕竟是少数。

大多数人都跟着大部队冲进了负二楼的楼梯间。

"咚，咚，咚——"

楼梯上铺着的铁板被他们踩得咚咚作响，声音回荡在黑暗的楼梯间里，让人根本分不清方位。

走廊两边是一排望不到尽头的房间，除了房门破旧许多以外，乍一看和负一楼没有什么区别。非要说区别的话，可能就是地面上那具看起来格外凄惨的模型了。

慌乱间，那盏摇摇晃晃的油灯不知道被谁撞了一下，掉落在地，摔得粉碎。众人再次陷入伸手不见五指的黑暗中，一切都巧合到可怕。

圣当机立断："分开跑，别被抓到了！"

一片漆黑中，谁也不知道身边的人是谁。众人你撞我一下，我推你一把，跌跌撞撞地寻找藏身之处。

为了不被抓到，他们都开始拔足狂奔。

比起其他人，掌握了通关钥匙的宗九可谓是悠闲得很，不仅有余力左拐右拐甩开盛钰，还不慌不忙地随便挑了一个房间进去，躲在门后打量外面的情况。

很快，脚步声渐渐平息。取而代之的，是那天宗九和暗在洗手间里听见的诡异拖曳声。

宗九知道，他们被转移到了异空间，转移到了这个被永远固定在三十年前的时空流放地。黑暗如同潮水般涌来，拖曳声摩擦过凹凸不平的水泥地，在外头的残破走廊上响起。

玩家大多已经躲了起来，走廊再度恢复一片宁静。

偶尔，脚步声会停下，通常下一刻便会传来不同的惨叫声。

每当那个声音响起，就是一个人被找到的证明。

宗九依然镇定自若地蹲在门边。他觉得，自己应该猜出来那个剩下的内鬼是谁了。

在收容所前两天里，只有落单来到这里的人才被拖入异空间。在这种情况下，如果所有人抱团提前来负二楼探索，说不定也能找到解决问题的方法。

毕竟，只有来到这个异空间，才能发现这个副本的源头。

可惜，所有玩家在那个人的领导下，直到最后一天都坚持不懈地选择了抱团远离这里，由此错失了这个最重要的信息，而不得不选择在最危险的最后一天下楼。

更别提大家还在那个人有意无意的暗示下，错过了不知道多少关键线索。

从一开始那人便给所有人指了一条明确走向"错误"的道路，误导、模糊信息，以自身的威望和信服力，把所有人玩弄于股掌之上。那个人高明到甚至没有正面出手，仅凭三言两语将好人做到极致，轻轻松松就让所有人对他感恩戴德。

但事实上，他才是一切的幕后黑手。

那个看似最不可能的、没有人怀疑过的老好人。

如果宗九是圣，他现在一定在内心里哈哈大笑了。

"咚，咚，咚。"

走廊上的脚步声近了，距离宗九如今所在的宿舍似乎不过数步之遥，每一步都像踏在人的心头。

宗九蹲在地上，悠闲地听了一会儿，随机任务完成，自己差不多可以走了。

可是，就在他意兴阑珊地准备念出那个钥匙时，上扬的手腕忽然碰到一个冰凉又坚硬的东西——一块闪亮的金表。

宗九猛地抬起头，正好同上方那双在金丝边眼镜背后的、满含惊喜的双眸对视。

"哎呀，瞧瞧我抓到了什么？"褚主任声音低沉，语带嘲讽，"嗯？一只不听话，违反规定夜游的小猫咪？"

脖颈处传来针尖的刺痛，呛人的消毒水味笼罩在宗九四周。

宗九实在没想到，在他进入这个狭窄房间之前，这个奇怪的主任就早已等在这里，好整以暇地守株待兔。

宗九努力撑开眼睛，视线却越来越模糊。

昏过去前，他的最后一个念头就是——

可恶！翻船了。

"啪——"

就在众人逃跑的时候，贺建蓝不知道被谁猛地撞了一下，脸上的眼镜直接落到黑暗里，镜片在后来者的踩踏下碎成了渣。

"老秦！"贺建蓝低喊一声，"我眼镜碎了。"

他的眼睛高度近视，脱离了眼镜甚至就只能看到一团团模糊的色块光晕，连人脸都得凑到面前才能看清。本来这个问题是可以让主系统进行修复的，但越是这种无足轻重的小毛病，修复起来反倒越贵，因此贺建蓝始终不愿意将宝贵的生存点数用在这种地方。

"怎么搞的，偏偏这个时候……先躲起来再说！"秦也知道贺建蓝这个情况，他低骂一声，扯住对方的袖子，同时抽空看了一眼后方。

凭借狼人特别附带的夜视能力，他轻而易举地看到视野走廊两边的异状。

墙面暗沉，像是有人拿着一把破旧的油漆刷，从负二楼的楼梯间开始，一路贴着墙面刷了下来。铁锈在空中翻飞舞动，墙面大片大片剥落，墙角满是肮脏的杂物，空气中充斥着难闻的气味。

虽然圣大喊分开跑，但一众被吓坏了的玩家却十分默契地选择了靠拢。

谁都不傻，在这种危急关头，因为慌乱就远离圣这个保命符，简直是得不偿失。

牢牢地跟在圣身边的，除了贺建蓝、秦也，还有孟天路。

几人一路狂奔，在灵媒的带领下，躲进了走廊两边破旧的房间之一。

远处，在楼梯间尚且有些光亮的地方，一道黑影投射在地面。脚步声伴随着黑影一起逐渐拉长。

找到藏身之处后，几个人都看向孟天路。

"怎么样？线索在哪里？"

孟天路的脸色很难看，双眼紧闭，浑身都在颤抖。大颗大颗的汗珠从他的额头滚落："不……没有……没有线索，我没有感受到。"

先前他只不过是略微试探，精神力便瞬间被抽得一干二净，痛不欲生。现在这个地方，更是让孟天路感觉浑身都被阴冷包围，五感都被无处不在的尖厉笑声笼罩，仿佛有千万只手把他拖入泥潭。

怎么会没有线索呢？众人大吃一惊。

"怎么可能没有？"贺建蓝大惊失色。

"那个新人不是说文森特在负二楼吗？"

孟天路却说不出话，双唇发紫，瞳孔泛白。

"他的情况不太对。"

圣将大祭司之杖搭在了孟天路的肩头，面色冷肃。杖尖冒出一团浅金色的光晕，将孟天路笼罩其中。

可惜他的治疗对于精神力的恢复微乎其微，更多还是体现在外伤的治愈上。

破旧狭窄的房间内一片沉默。

走廊上继续传来可怖的声响，尖叫声持续不断。

绝望笼罩了这里。

正在这时，前面不远处的那扇门后忽然传来沉重的脚步声。

随着门被打开，身穿白色研究服的主任抱着一个人出现在他们的视线中，随后稳稳地朝着楼梯间走去。从他们的角度只能看到一头从臂弯里露出的白发，和昏迷不醒的宗九的一半眉眼。

"那个东西要来了。"秦也盯着褚主任消失在不远处的身影，打破了死寂，"我们拼一把逃出去？"

虽然没法同超自然力量进行任何正面对抗，但依靠他们几个人联起手来的综合实力，暂时脱离险境还是没问题的。

但是这样做的话，也意味着行动再次宣告失败，他们不仅没能得到任何有助于通关副本的线索，更糟的是，随着副本时间进入第三天，留给他们的时间已然所剩无几。

就算他们能够躲得过追杀，可第三天还有整整二十四个小时，所有的道具都有使用频率和冷却时间的限制，这中间的空当期对他们来说实在太危险了。

贺建蓝紧紧盯着自己的脚下。没有了眼镜，他现在什么也看不清，更别说还身处这么一个黑暗逼仄的环境。

他总觉得自己好像忽略了什么。

刚开始，在S级道具线索还未出现时，没有一个老玩家真正将这场个人赛副本放在心上。

所有人都以为主系统塞了这么多新人进来，怎么也不会下死手。更别说这个副本还有圣做领导者，指挥层的意见也十分统一。大家有条不紊地搜寻线索，再将得来的线索拼在一起，一切都行进在轨道上。

S级线索被他们得到了。整个收容所的一楼和负一楼也全部被他们找遍，不存在任何遗漏的信息。拼图只剩下未补完的唯一一块，理所当然的，他们将视线投射到了从未搜寻过的负二楼。

按照贺建蓝的推断，如果此行顺利的话，应该能够在负二楼得到线索，并且成功通关。

但现在，事情却走向了最坏的方向。他们不仅身陷囹圄，就连原先预计的回报也竹篮打水——一场空，更别说他们还对此毫无头绪。

为什么会没有线索呢？

秦也的暴喝忽然将贺建蓝的思绪打断。

"就是现在！突围！"

秦也孔武有力的身躯生出狼毛，撑破蓝白条纹的病号服，四脚落地朝着门外奔去。

贺建蓝急忙站起身来，和圣一起拉着孟天路，一只手拿着绳结套索，紧紧跟在搭档的身后。

狼人化的秦也在黑暗中长啸一声，不要命地朝着那个盘踞在走廊上的黑影冲去。

"等……等等，不要去……"

正在这时，虚弱至极的孟天路忽然发出一声微弱的呼喊。

"有，有危险——"

然而已经迟了。

"砰——"

秦也庞大的身躯轰然倒地。

"老秦！"贺建蓝目眦欲裂，双目淌泪。

身为仅仅居于S级之下的A级，秦也的实力有目共睹，结果居然在底牌尽出的情况下，当场就被秒杀。

所有人都意识到了。

【天哪，这个副本的BOSS是一个无解型的灵异类！】

【完蛋了，这下是真的要团灭了。我就说呢，这个副本看上去难度不高，怎么会出现S级道具？如果是无解型的BOSS，那就说得通了。】

【这个副本看起来还是够不上S级那种变态的难度，但是A级绝对有了。这个BOSS能当场秒杀A级，这是什么水平？】

"走……走……走啊。"

秦也徒劳地张了张嘴，身躯死死挡在那道扭曲黑影面前。

贺建蓝看不清发生了什么，他也没勇气再去看，只是忍着泪水朝前狂奔。

他和秦也是高级玩家里极为出名的黄金搭档，不少人都听说过他们的名号。排除这个因素，他俩本身也是一起在无限循环里共同打拼了很多年的好友，感情深厚程度不言而喻。明明那么多凶险的情况，他们都一起闯过来了，可没想到，秦也却折在了这次这个小小的副本的第一关。

更残忍的是，他没有悲伤的时间。A级的秦也连一招都走不过，对方根本就不是可以以人力规避的存在。

绝望摄住了贺建蓝的五脏六腑。原本他以为虽然线索不齐，但只需要东奔西逃，躲过剩下的二十几个小时就能挨到回去，可现在就连这最后一条路也被

切断，彻彻底底将他们堵在死胡同里。

这怎么可能呢？贺建蓝在飞快地思索。

即便再难的副本，主系统都不可能设置一个无解的局。它肯定会留下线索，让玩家抽丝剥茧，从重重迷障中找出唯一正确的路。

可如今已成死局。

没由来的，冷意蹿上了贺建蓝的脊背。

太巧了，巧合到像是冥冥之中有一只看不见的手操纵着这一切，在即将看到曙光之前出手截断。

经过一路狂奔，他们已经重新站到了通往负一楼的楼梯间里。

昏暗的光从楼梯的间隙洒落下来，映在满是灰尘的阶梯上。

还有一个解释。贺建蓝脑海中，突然灵光一现。

除非……从一开始，他们就被误导了。

是谁？是暗给他们留下了错误的信息吗，还是那个白头发的E级没有说实话？

"大人——"贺建蓝迅速侧过头去，想要询问圣的想法。

然而出乎意料的是，原本站在他身旁和他一起扶着孟天路的圣却不见人影，原该站着圣的位置此刻空无一人。

"圣大人？"贺建蓝惊疑不定。

难道是刚刚秦也出事的时候，圣在一旁停下来治疗，所以不小心走散了？

他朝楼梯间回望一眼。黑洞洞的楼梯像是会吃人一样，在他眼中化为一片黑暗，看起来模模糊糊的。

研究所变得很安静。

肩膀上的重量越来越沉。

一缕黑发渐渐垂落下来。

圣居高临下地出现在楼梯上方，笑意盈盈地望着他。

贺建蓝颤抖着低头，看见一张惨白的脸。

不知何时，孟天路早已停止呼吸。

等到意识再度回笼时，宗九只感到自己头脑昏沉，浑身无力。

一看就是被人用药算计了。

他没有睁眼，而是保持着醒来之前呼吸的频率，静静地聆听周围的动向。

说实话，宗九现在的处境实在算不上好。他能感觉到自己被绑在一张狭窄的椅子上，周身绑满了宽大的束缚带，动弹不得。最重要的是，嘴里还被塞了一条满是消毒水味的毛巾，这导致他不能开口说话，也就不能立刻念出钥匙直接原地通关。

宗九无语。这回真的是完了。

"醒了？"就在他不动声色思考对策的时候，低沉的声音在空旷的室内幽幽响起。

既然已经被识破，宗九也懒得再装了。他已经掌握了决胜的底牌，现在唯一的问题就是需要和这个主任智斗周旋。

只要对方能把他口中的毛巾取出来，哪怕就一秒，他都可以反败为胜。

想清楚后，宗九慢悠悠地睁眼，警惕地打量着周围的环境。

研究室内相当昏暗，唯一的光源就是那盏从研究台投射而下的射灯。

不过对于宗九来说，还有一个光源——

放在研究台上的黑色铁盒，正安静地散发出璀璨的金色光芒，轻飘飘地洒在周围狭长的纹理上。

宗九眸光闪动。

上次在研究室的时候，他得到过一个十分宝贵的信息。

"那个小盒子里曾经装着一个十分有意思的东西……只可惜在十几年前，它便被一个可耻的小偷偷走了……"

根据暗的推断，异空间正是这座收容所时间轴的三十年前。而第三天十二点的钟声敲响，整个收容所所有玩家都被拖进了异空间，这就意味着，宗九不仅在异空间里，也恰好回到了三十年前。

三十年前，这个S级道具还未被盗窃，而是好端端地放在这里，摆在一个宗九触手可及的地方。

虽然势在必行，但宗九表面上还是不动声色。

褚主任就站在宗九的左侧，可以说是近在咫尺，一副居高临下的姿态看着宗九，满脸意味不明的笑容。

不知道是不是身处异空间的缘故，比起三十年后的研究室，这里的设备看起来要更加陈旧。就连宗九坐着的这张椅子，看起来也格外古老。

"我说过了。不听话的人如果被抓到，是要接受惩罚的。"

宗九气结。人为刀俎、我为鱼肉，说的就是现在的自己！

"唔……唔……"

他试图发出声音来引起褚主任的兴趣。只要拖延时间，争取到把毛巾取下来，他就能翻盘。

第八章

等级评定

看着宗九因为紧张而大汗淋漓的样子，褚主任满意地说道："消毒过后就可以开始研究了。我保证，你会是我最得意的作品。"

更远的地方，时钟停在了整点上。

上次褚主任的出场同样在整点。电光石火间，有灵感击中了宗九。他无力地低下头，似乎昏了过去。

"只能到这种程度吗？"主任叹了一口气，露出兴致缺缺的表情，"真遗憾。"

主任手上的刀缓缓挪动，就在刀尖即将碰到宗九的时候，宗九垂下的头忽然猛地抬起，以迅雷不及掩耳之势，朝着那把锃亮锋利的研究刀撞去。

这无疑是自杀行为。

一切都发生在瞬息之间。等到主任下意识偏移刀柄时，宗九已经成功用口中的毛巾裹住了刀尖。

"嘶啦——"

毛巾顺着刀尖的力道被拖了出来，落到满是灰尘的地面。迎着褚主任的视线，宗九回敬了一个充满挑衅意味的微笑，念动了钥匙。

周遭环境瞬间变化。

斑驳的墙面和破旧的研究工具尽数消失，取而代之的，是素白的墙面和一面面脏兮兮的茶色玻璃构成的陈列墙。柜子里面的骷髅空洞的眼眶凝视着他，细长的黑蛇露着獠牙游走其间。

他从三十年前的异空间回来了。

宗九躺在椅子上，胸膛剧烈起伏着，大口大口喘气。

解答PNPSO的密钥如果和整点有关的话，整点的英文是O'CLOCK，排除掉多余的K，用维吉尼亚密码反推一下，那么就可以得出原文是BLEEM，就是那个钥匙。

但这只是他的猜测。

机会只有一次，如果猜错的话，他就彻底失败了，不会再有第二次推断并且念钥匙的机会。

这本来就是极其冒险的一件事。他选择了赌。

幸好，他赌对了。

一片静寂里，宗九慢慢等待着手臂恢复知觉。

刚才念钥匙的时候，他完全可以选择直接将返回的时间节点选定到主系统指定的三天后，这样就能即刻成为继暗之后的第二位通关者。

但宗九偏偏没有。不仅没有，他还选择了往前调动时间，回到了剧情里的三十年后。

究其原因……那当然是咽不下这口气啊。

待身体勉强恢复知觉后，宗九从椅子上颤颤巍巍地站起，拖动着自己依然有些麻痹的身体，一瘸一拐地在这间研究室里四面观察。

很快，宗九就在一个堆满杂物的角落找到了自己的目标。

他费力地弯下腰去，从地上捡起那把沉甸甸的榔头，在手里掂量了两下，露出一个满意的笑容。随后便冷着一张脸，回到研究台旁，再次念起了钥匙。

不过瞬息之间，墙面剥落，铁锈飞舞。宗九再次回到了三十年前。

上天也在眷顾宗九，昏暗的研究室里安静无比，那个穿着白大褂的身影正好背对着他站在椅子一旁，低着头似乎在医疗箱里整理着什么，绝不会想到自己身后竟然会凭空出现一个人。

宗九得意地笑了。

趁着褚主任还没反应过来，宗九高高扬起了手中的榔头。

"咚——"

第三次念钥匙之前，宗九一脚踢向那架着金丝眼镜的鼻梁，抬手将桌上冒着金光的黑色铁盒揽入怀中。

一切都如同融化了一般，从宗九的视野中飞速散去，最终化为一个个模糊的色块，消失不见。

冰冷的系统提示响起。

【恭喜玩家宗九获得S级道具。】

【E级玩家宗九，已通关。】

在另一片遥远的黑暗里，坐在高靠背椅上的男人猛然张开了双眼。修长手指上的透明傀儡丝翻飞旋转，穿过虚空，开始缓慢地回收。

【NPC扮演任务进度已失败。】

【赛场：A级个人赛副本收容所。】

【扮演NPC角色：拥有奇怪收集癖的主任。】

【失败原因：人物失去行动能力。】

"没有选择直接离开副本，反倒蛰伏重新回头。"一片死寂里，男人忽然轻笑，"有趣。"

破旧的收容所衰败的装潢逐渐褪去了色彩，宗九身周变成一片空茫无尽头的白。

【随机任务正在进行中。】

从空中慢悠悠地飘下来一张白纸一支笔，准确无误地落在了宗九的面前。

宗九将纸拿下，拧开笔盖，龙飞凤舞地将"圣"和"盛钰"的名字写了上去。

盛钰的身份他是有百分之百的把握，但圣实在是伪装得太完美，即便证据确凿，宗九也不敢把话说满。

不过无所谓，反正有一个是对的就行。

系统声音在空旷的室内响起。

【请稍等。系统检测中……答案已提交。】

【马上将开始赛后评级，三十秒后马上进行传送，传送地点：会议厅。】

白纸在脱离了宗九的手指后慢悠悠飘起，开始自燃。

宗九揉了揉自己因为刚刚挥舞榔头太过用力而隐隐作痛的双手，陷入了沉思。

他不仅弄到了S级道具，险境挑战也没落下，还借着暗搞清楚了整个副本的来龙去脉。凭借这几点，他在这个副本的评价绝不可能低，甚至一举冲进上三级也不是没有可能。

想到这里，宗九抽空往怀里看了一眼。那个黑色的铁盒依旧在散发着璀璨的金色光芒。

他将铁盒的盒盖打开，轻轻拂过里面摆放着的一摞冷金色纸牌。

【已检测到您手中持有S级道具，是否将其收纳到系统背包内？】

宗九毫不犹豫地选择了"是"。马上就要被传送到会议厅了，如果还不收起来，届时所有人都会看到他手上金光灿灿的S级道具。

这个S级道具可算是得来全不费工夫，唯一一个看到他拿走道具的人还被宗九一榔头解决了。既然没有第二个人知晓，倒不如将它当作底牌来使用，正好有一个出其不意的效果。

就在他思考的时候，空间再次如拼图般开始了碎裂和重组。

高高的穹顶下垂着的赤金吊灯，折射出明艳的色彩，映照在深红色的地毯上，像是给地毯镀上了一层厚重的华丽油彩。

不知何时，大厅周围立起了一尊尊用白色石膏铸造的天使雕像，它们双眼紧闭，手持神剑或橄榄枝，神色肃穆，呈圆形围绕着中央的金红色大厅。

宗九直接出现在了E等级所属的阶梯上，他出现时大厅里已经黑压压站满了人，还有不少玩家也正在陆陆续续被传送回这里。

每个副本通关的人数和时间都不一样，但大家却能同时出现。由此可见，主系统应该是模糊了时间的流速，让所有玩家不管通关时间前后都在此刻汇集到会议厅。

宗九想起暗曾经说过主系统会模糊掉玩家脑海中关于现实世界的部分记忆，眉宇间出现一抹深思。他不受影响的原因很有可能是因为他异常的进入方式，并没有走常规流程，成了漏网之鱼。

可惜宗九现实了解到的剧情太少，还不足以挖掘出这个庞大的无限循环世界的内核。但现在以他一个局外人的角度看来，总觉得在这场比赛里嗅到了某种阴谋的味道。

很快，所有成功返回的玩家都到齐了。

宗九环视一圈，发现大厅里的玩家们个个面色苍白，神色惊惧，人数少了几近一半。

那些没能回来的人发生了什么不言而喻。

人数削减最厉害的当属F级、E级、D级这三个下层等级的玩家，之前台阶上挤满了人，现在却还留有不少余地。不仅如此，就连上三级的人数也有着不同程度的减少。

唯一没有发生变化的……

宗九抬头，看向整个大厅的最高处。

远处的十张王座处，暗和圣都位列其中。除了至今还未露面的那个神秘至极的No.1以外，九把王座座无虚席。

其实宗九也有些好奇那个传说中连名字都不被人知晓的No.1。不过，能让暗都忌惮的人，想来也不会是等闲之辈。

【所有玩家已集合完毕，即将开始第一轮小节赛后评级。】

【每一轮小节赛结束后，将会淘汰当前等级最低的玩家。根据比赛规则，在本轮等级重评定后拿到F级的玩家，将被自动投入惩罚副本。】

【惩罚副本以单人模式展开，被淘汰的玩家只要能在单人惩罚副本中活下来，则可以获得一次奖励复活机会，重回赛场。】

话音刚落，站在宗九下方那个阶梯上的F级玩家们不约而同地陷入了恐慌之中。

刚刚才从副本中死里逃生，好不容易才保住这条命，没想到出来后却还要进行等级再评定，F级玩家们几乎崩溃了。

"这不公平，我们又不像那些老玩家一样拥有什么特殊道具，凭什么要这么对我们？！"

"我不想再待在这里了，这是什么破地方，我想回家……"

"能活下来就已经很难了，为什么还要再评级？"

没有人想出局，但无限循环却把刀架在每一个人头上。谁也不知道那把刀将会什么时候落下。

对于这些声音，主系统充耳不闻。

【等级评定从最低等级开始，一个等级评定结束后再开始下一等级玩家的评定，等到全部评定完，全体玩家再进行统一等级位置的移动。】

【评定分为两个部分，第一个部分是系统评价，第二个部分是游戏指导师评价。玩家最终评定等级将取两个评价的中间值。】

【生存点数的多少则根据最终评定的等级进行发放，玩家们可以使用生存点数对自己进行强化，提高存活率。】

【全景摄像头开启中……】

脱离副本后，直播是默认不开启的，除非是一些万众瞩目的时刻，例如最激动人心的等级评定环节。

在主系统开启直播间的刹那，无限循环的观众们顿时如潮水般涌了进来。

【哈哈，我进来了！终于到第二次等级评定了，我好紧张！】

【我的天，大厅里的人真是少了好多啊，新人真惨。】

【拉乌那边的新人运气超级好，抱着No.4的大腿稳稳过关，什么体验都没有。谁能想到这位大佬竟然这么好心肠的呢！】

【他们那边居然这么和平？我看的那个副本，诅咒小队和夜族撕得不可开交。啊，他们那个副本里的新人好像全军覆没了。】

【什么，你们管这个叫激烈？你们是没看暗大佬和圣那个副本，BOSS居然是无解型灵异类存在，而且一个副本里还有拿了不同身份卡的内鬼！】

【我没听错吧，无解型灵异存在？这个副本的难度得到S级了吧，怎么可能出现在第一场？】

在比赛进行得如火如荼的时候，不少分析大佬数据帝已经推断出了系统对于第一个副本的难度评定，是按照参与的玩家的综合实力来设置的。这就能解释没有高位玩家的副本，难度会比有S级玩家的副本简单许多的原因。

至于收容所这个副本，有两个S级存在让副本的难度非同一般，但即便如此，最后出现的无解型灵异存在还是有点夸张，更别说还有一个S级道具。

所以可以合理怀疑，在这个副本的参与者里，还有另一个不为人知的存在。

"你们说，有一位一直不见踪影，会不会——"

这个猜测虽然令人惊讶，但也并非不合理。

结合所有人都没有找到这位No.1的直播间这个事实，众人对于这个猜测，心里不免更加认可了几分。

就在所有人讨论的时候，会议厅这边终于进入了正题。

华美怪诞的吊灯开始一个接一个暗下去。

整个大厅除了最下面那级阶梯外的其他地方，都陷入了一片深沉的黑暗。

【F级玩家等级评定开始……系统评分正在发放中……】

顷刻间，胸口挂着紫色F级胸牌的玩家头顶上纷纷冒出不同颜色的等级字母。

S、A、B、C、D、E、F级按照红、橙、黄、绿、青、蓝、紫的颜色分列，看过去一目了然。

这个最大底层也是人数最多的阶梯上站着的，无一例外全是新人。他们全都是在现实世界里疏于自我提升、综合实力不高、初评就拿了最低评分的玩家。

系统对他们的期许值也很低，放眼望去，F级玩家的主系统评分整体都不高，大半还是紫色。

不少在第二次评定里依旧拿了F级的玩家蹲在地上崩溃大哭，整个大厅内笼罩着一片愁云惨雾的气氛。

游戏指导师评价也随之而来。

大多数玩家头上的游戏指导师评价和系统评价相差无几。系统给出F级，游戏指导师一般也是F级，基本没有系统给出E级、游戏指导师给出F级，或者系统给出F级、游戏指导师给出E级的情况。

两个评价字母在空中悬停了几分钟后，慢悠悠地组成了一个新的字母。与此同时，玩家身上的胸牌也发生了变化。晋级的玩家胸牌字母和颜色通通改变，而留在当前F级的玩家则胸牌维持原状。

几十个F级玩家里才有一个人能够侥幸晋级，这些人一个个面带喜色，和周围陷入崩溃歇斯底里的F级格格不入。

【F等级玩家等级重评估结束，接下来即将开始E级玩家等级评定。】

低等级新人很难打破界限。就像刚刚F级重评估的时候，近万人里出现最高的等级也不过D级而已，还只有寥寥几位。所以下三级的等级评定也基本没什么悬念可言。不论是正在直播间观看的观众，还是位于上三级的老玩家，都显得对开头的评定兴致缺缺。

对他们来说，这不过是些开胃菜，正餐怎么也得到C级才算开始。就在一片漫不经心的打量里，忽然有人惊疑不定地发问："等等，那是……红色评价？"

红色，七种颜色中最尊贵、最顶尖的存在，也是S级的代表色。

立马有老玩家嗤笑："开什么玩笑，现在才刚刚进行到E级玩家的评定。他们都是些新人，让主系统给出S级评价，你怕不是在梦游？"

然而下一秒，这人却不敢置信地睁大了眼睛。因为在底下那片紫色和蓝色交错的海洋里，真的有一抹刺眼的红，深深扎进每个人的眼底。

弹幕瞬间炸开了花。

【什么，我没看错吧？一个E级新人拿了主系统的S级评价！】

【你在胡说什么？怎么可能……等等……对不起，是我在胡说！】

【一个E级怎么可能拿到S级评价？主系统不会是出BUG了吧？】

【我再三确定了，退出直播间又重进，拉近镜头好几次，才不得不承

认……那个E级，主系统真的给出了S级评价。】

【不是，难道只有我一个人注意到，这个E级小哥哥长得怪好看的吗？】

【注意到了，好看是没错，但总不可能因为他好看主系统就给他一个S级啊！】

会议厅里，每个人都震惊地看着那个有如被众星拱月般簇拥在蓝色和紫色中间的红色，呆呆地揉眼睛。

"S级评价？怎么可能？"不少人惊呼出声。

一个E级新人，拿到来自主系统的S级评价，是什么概念？

或许他们不知道游戏指导师是谁，也不知道游戏指导师评价的具体标准。但除去游戏指导师这个不确定因素外，毫无疑问，主系统绝对是最公平公正、不可能出现偏袒的存在。

主系统虽说掌握着所有人的生死，但它本身更像一段被设置好的程序，冰冷无情，像机械一样严格按照规章流程办事，没有实体，更不存在丝毫人类的感情。

有不少玩家曾经猜测，主系统很有可能是来自更高的维度，所以才拥有超乎人类常识的权能。

也正因为如此，能拿到S级评价才更值得称道。因为这意味着，这个E级新人几乎拿到了全部主系统事先列好的得分点，例如险境挑战、推理论断、道具获得、人物实力评价等。

可以说，能够在主系统那里拿到S级评价的人，现在都高高在上地坐在最高处呢，怎么可能站到倒数第二级去呢？更别说，还是个新人！

宗九随意地站在那里，淡然地接受着千万道意味不明的视线的打量。

没有人会忽视他。

所有人都在注视着他。

他就是万众瞩目的焦点。

从比赛初评选开始，穹顶下的那排王座几乎一直保持着静默。此刻，静默终于被打破。

在整个会议厅的最顶层，十把象征荣耀和地位的王座上，No.5忽然偏过头去。

"这个新人这么猛？搞不好要成为我们的同僚咯。"

这位No.5拥有驱魔人的能力属性，比起其他性格千奇百怪的顶级玩家，算是一个左右逢源的存在。他自身实力过硬却没有固定组织，经常组野队，所以和哪个组织都能说得上话。

No.6冷笑一声："同僚？上三级的人数都是固定的，如果新增了一个S级，就意味着我们之中一定会有一个人被挤下去，你想暗示什么？"

不管是谁被挤下去，对于他们这种顶尖玩家来说，都是奇耻大辱。不能保住自己S级的席位就算了，对方还是个新人，这谁能忍？

驱魔人耸了耸肩："我可没那个意思，只是觉得这个新人潜力着实恐怖了些。"

圣也加入了谈话："我也没想到。"

"他和你一个赛场？"No.6问。

圣点点头，脸上依旧带着悲天悯人的笑容："是个很有趣的孩子。不过最后那个副本出现了一个无解型存在，我们走散了，现在看到他活下来我也很欣慰。"

十个人里，一直看圣不爽的No.4重重地冷哼一声，充分表达了嗤之以鼻的态度。

一直闭目沉思的暗忽然睁眼，眼神锐利。

没想到……那个S级道具，竟然被他拿到了。

因为急着回来确定一件事情，所以暗虽然是第一个通关者，但收容所这个副本的整体完成度却没有宗九高。

暗的视线扫过宗九头上那个红色的字母，眯了眯眼。

会议厅中，众人的讨论越发热烈。

"看来，前十名的S级有一个要易位了，也不知道是谁……"

"被一个新人压一头，说起来真是不甘心。他到底在第一个副本里干了些什么，在没有任何特殊道具的情况下怎么可能拿到这么高的系统评价？"

"谁知道呢，他确实够厉害，但可就压我们这些老玩家一头了。"

A级玩家们窃窃私语，面色不豫。

众所周知，新人是不可能有特殊道具的，在这种情况下还能拿到这样的评价，实力不容小觑。

"先别把话说得这么满，这不还有游戏指导师评价吗？万一只是个A级呢，直接S级也未免太夸张些。"

有人不服气地说，但声音却淹没在众人的声浪里。不止一个人和他有一样的想法，但无奈事实如此。从F级评定的时候就可以看出，游戏指导师评价基本和系统评价相同，也就是说，这个新人的评级就算达不到S，最起码也是个A。

宗九站在原地，姿态闲适。他对自己能拿到什么评价倒是无所谓，即便从E级跳到S级也不是让他觉得多么值得炫耀的一件事。

毕竟他曾是平步青云的天之骄子，是享誉国际、已然封神的大魔术师；双手骨折后也曾跌落云端，坠入谷底，颓废到以酒度日。在经历过么多心怀希望却最终绝望的锤打后，现在的宗九可谓心态良好。

等级不是宗九的最终目的。他的目的很明确，治好自己的手，然后继续进行自己的魔术师事业。评级多少无所谓，不过当然越高越好，因为主系统也说了，评级直接和生存点数挂钩，还有不少好处和特权，不要白不要。

正在众人讨论的时候，系统提示随之而来。

【正在进行E级玩家等级评定。系统评价已发放，接下来即将发放游戏指导师评价。】

俟尔，整个大厅再次安静了下来。

全场陷入死寂，众人脸上都带上了毫不掩饰的错愕，难以置信地看着宗九头顶上冒出来的另一个等级。

面对众人的目光，宗九纳闷地蹙了蹙眉，懒懒地抬眸。下一刻，他双唇紧闭，眼神锐利。

在鲜红色的S级旁边，一个更为显眼的紫色等级悄然浮现。F。

在上一个副本的等级评价里，游戏指导师竟然给他打出了最低的F级！这怎么可能？！

看着宗九头顶上明晃晃的"S"和"F"，静寂如潮水般席卷而过。

直播间观众也是一脸茫然。

【看过整场直播就知道了，主系统给了S级评价，可能是因为他在副本里和暗大佬达成了某种不为人知的交易。而且一榔头把那个主任敲了后，还顺手牵羊，把副本里那个S级道具给弄到手了。感觉这家伙拿个S级也没问题吧？】

【那就更奇怪了，游戏指导师怎么会只给阿九一个F啊？】

【在主系统那里都能拿到S，在游戏指导师这里评分这么低，这就非常不合理了！】

【不过非要说的话，感觉可能是阿九一榔头把NPC砸死的缘故吧，毕竟

无限循环里不能伤害NPC是不成文的规定。可能游戏指导师因为这个给出了低分？】

【也有可能是暗大佬帮了他的缘故吧，当时在房间里大佬用了S级道具封锁了空间，谁知道发生了什么。】

会议厅更是议论纷纷。

驱魔人夸张地"哦呵"一声："F级，好家伙，这小子是惹到游戏指导师了？"

王座上几人皆沉默不语。就连之前一直阴阳怪气的No.6也一副思索的模样。

目前为止，还没有一个人知道主系统口中的"游戏指导师"究竟是何许人也。但根据他们之前的推断来看，游戏指导师评价和系统评价既然相差无几，这也侧面说明了游戏指导师评价和系统评价具有一定的一致性。

可现在，宗九得到的那个"F"级评价却打破了大家一贯的认知。

No.9冷不丁说："听起来，游戏指导师倒是像某种高于常规的存在，有意思，难不成主系统'修炼成精'了？"

其他人都以为这是一句俏皮话，唯独一直闭眸端坐的暗掀了掀眼皮，冷冷地撂下一句："别说这种不可能的话。"

众人无言以对。

暗难得开口，大家也都忘了之前的讨论，王座之上再次变得如死水般波澜不惊。反倒是端坐在No.2位置的那人侧过头去，意味不明地扫了暗一眼。

顶层的讨论告一段落，下方却还闹哄哄吵个不停。即便整个E级玩家的重评级已经结束，大家讨论的焦点也依旧是那个拿了两极分化评价的新人，继续时不时瞟一眼过去。

"这可真是戏剧化啊，谁知道最后会是这么个结果呢，真遗憾。"

"就是啊，本来还以为出了匹黑马，能够杀杀那些老玩家的气焰，唉，没想到啊……"

这些话实在是阴阳怪气，明面上在表示可惜，实则满满都是幸灾乐祸。

"我就说嘛，都是和我们一样的新人，怎么可能拥有这么大的本事，说不定是作弊呢。"

"确实，你看他那副模样，真挺漂亮的，完全可以靠脸混出来！搞不好游戏指导师就是看清了他的真面目，才给出一个F吧。"

……

身处话题中心的宗九岿然不动，垂眸淡淡地看着自己胸前的绿色胸牌，上面大大的"C"格外瞩目。主系统给出S级评价，游戏指导师给出F级，取一下中间值，可不就是C级了。这样一来也算是升了两级，总归是比E级多了点余地。

只是……

宗九有点不爽，就好像那种考试中所有题都答对了，以为自己一定能得一百分，结果试卷发下来之后，发现自己只得了二三十分的心情。

他面色不变，身旁的人也不敢说什么，只敢一个个暗中打量。经过刚才这件事，新人们都好像同他有了微妙的隔阂，无一人敢上来搭话。

随着时间的流逝，主系统的重评估已经到了A级。所有人的视线又重新回到会议厅的现场。

在此之前，整个大厅里都只出现过一个红色的S级。好在实力过硬的A级玩家也没让人失望，不到两百个人里有近十个人的头上都冒出了红色的字母。而且这些人得到的评价都是游戏指导师评价高于主系统评价。有几个主系统只给出A级或B级，游戏指导师也慷慨地给出S级评价以示鼓励。

这么看下来，宗九越发觉得自己是被针对了。

游戏指导师评价。他在心里念叨着这几个字，陷入了沉思。这个游戏指导师绝对是故意给他F级的。

但宗九顺着这个逻辑在脑海中搜寻时，又找不出一个可以联系起来的原因。想来想去，第一场个人赛里，最大的谜团还是盛钰。

盛钰没能回来，但这个人却留下了数不清的未解之谜，令宗九对他印象深刻。最可疑的是他的离开又那么无足轻重，像是被骤然抹去一般，没有下文。

至于另外一个看起来就很可疑的主任……反正宗九当时就报复回来了，而且就像猜测的那样，他弄伤NPC应该是会受到扣分处理的。尽管如此，宗九也觉得自己那一榔头算是值了，简直是为民除害。再说，他在乎一个NPC干吗，反正脱离副本就此生不见。

所以，按他的推断，问题的根源应该还是在盛钰身上。

就在宗九沉思的时候，S级的等级评估也完成了。毫无例外，王座上每个人的头顶都是一片耀眼的红。直到最后，真正交换了位置的也不过No.9和No.10。

其实越往上走，排位变动的范围越小。对高等级玩家来说，他们的实力都和主系统预计的差不了多少，只有一起进入难度足够的副本内，才有可能拉出距离，不然比分咬得很紧，根本不分伯仲。

【第二轮等级评选结束，接下来是玩家位置变动时间。】

宗九慢悠悠地随着人群一起，从代表E等级的阶梯登上两级，站到C级阶梯上。

大厅内一片嘈杂，玩家们不管晋升没有，只要没沦落到F级的玩家，都喜形于色。

与此同时，形成鲜明对比的，就是身上挂着紫色胸牌的人了。他们面色颓丧，哭喊不断，歇斯底里。

因为，这一轮淘汰的是F级玩家，他们将要进入惩罚副本。

【惩罚副本正在开启中……】

韦加游戏城

第九章

首　席

　　等到其他等级的玩家站好位置后，不管愿不愿意挪动，F级都被主系统尽数强制转移，凭空从会议厅里消失了。

　　这下整个大厅最低级变成了E级。E等级的玩家们在庆幸逃过一劫的同时，也纷纷开始担忧接下来的比赛该怎么办。如果下一场副本他们没有晋级的话，像这一场的F级一样被淘汰，就是他们近在咫尺的命运。

　　【强制传送已执行完毕。】

　　冰冷的系统提示响彻大厅。

　　【第二轮副本开启时间在三天后，同时根据本次等级划分的结果随机进行副本分配，严禁玩家私下因等级优势所获情报进行交换或买卖交易，一经发现，严惩不贷。】

　　先前宗九就听过小道消息，据说S级玩家可以提前知道下一个副本的背景和赛场，高位的S级甚至可以自行选择副本，权限多到超乎想象。越高级的玩家能够得知的情报就越多，以便提前做更多的准备。但像他们这样的C级玩家，就只能两眼一抹黑，听天由命等分配了。

　　根据宗九现在C级玩家身份的赛后结算，他只能拿到两千点生存点数。

　　如果他的手是在副本里受伤，即便是折断甚至是更严重的伤，都通通只需五百点生存点数就能完全修复。但偏偏宗九这个手伤是进入无限循环之前就存在的，那么按照无限循环的规矩，点数要翻五倍。

再加上宗九还有点小心思——既然无限循环提供了这个条件，那么可以顺带给手强化一下，如果能够恢复到当初自己身为大魔术师时的最高水准，那就再好不过了。

　　而且还有一件事，现在的玩家中，新玩家和老玩家之间实力和经验拉开了一大截。所以按宗九的猜测，经过了第一个副本的筛选后，主系统应该会给他们提供一个平台，不至于让新玩家在原地停滞不前或者差距越拉越大，毕竟主系统的目的并不是要把新玩家都淘汰，只不过是想要优胜劣汰。

　　就在宗九沉思的时候，主系统揭晓了副本间隙这三天的活动安排。

　　【为了给新玩家更多的机会，也为促进玩家的感情，在两个副本中场休息的间隙，玩家宿舍北区将开放特殊场景：韦加游戏城。】

　　【玩家们可以在这三天内参与到游戏城的各个活动当中，赚取更多的生存点数。】

　　【生存点数可以在游戏城限时商店内兑换部分特殊道具，或是直接进行身体强化，以提高在下一个副本的生存率。】

　　大厅内一片哗然。

　　韦加游戏城就是一座利用运气去博机遇的游戏城，运气好的能赚得盆满钵满，运气不好的能输得倾家荡产。

　　在这里，以小博大的事经常发生。

　　无疑，主系统口中开放的这个"韦加游戏城"对每一个新玩家都是宝贵的机会，对老玩家来说也有着致命的吸引力。

　　因为在无限循环里，特殊道具获取的唯一途径只有副本，产出概率还低得可怜。

　　而现在，主系统却直接给了他们一个生存点数兑换道具的途径，不少手上正缺道具的老玩家都摩拳擦掌，恨不得现在就冲进游戏城里大显身手。

　　就在所有人都陷入对韦加的热烈讨论的时候，高层忽然传来一片倒抽凉气的声音，低位新玩家们顷刻间停止了讨论，疑惑地朝着上方望去。

　　最高处的王座背后，有人哼着不成调的歌，踩着弥漫而上的无尽黑暗而来。

　　【天哪天哪天哪，是不是我猜的那样！那位要来了吗？】

　　【这应该是除了当初论坛那段视频外，第一次能看见这位的真容吧，哎，我圆满了！】

　　他来了。

男人穿着一身整整齐齐的黑色西装，半长黑发束在脑后，白色古典衬衫的领结叠得整整齐齐，胸口插着一支沾满露水含苞待放的红蔷薇，口袋里金色怀表的冰冷链条垂下，似是正待盛装出席一场豪华浩大的宫廷舞会。他的姿态优雅而高贵，掩盖着内在的癫狂。

他的面容完美地融合了圣洁与冷酷，既带着如同孩童般纯稚的神色，又拥有魔鬼般令人畏惧的威仪，叫人无法忤逆，只能臣服。

他一步一步地走着，身后黑暗弥漫，修长手指上透明丝线翻飞旋转。

所有人都在看着他，满眼是毫不掩饰的热切。

【欢迎莅临现场，首席。】

系统平淡地说。

首席！

目前游戏排名第一的大神！

新玩家们彼此交换着震惊的眼神，看着那个人在最引人注目的王座上缓缓落座。

"夜安，诸位。"首席声音低沉，语气轻快。

他十指交握，戴着白色手套的双手在空中下压，会议厅众人便真的静寂下来。

宗九眯了眯眼。就在刚才，他的脊背感到一阵战栗，像是有一道锋利的视线，一寸一寸从他身上划过。

熟悉的眼神。

他脑海中浮现出一个大胆的猜想。

今晚注定是一个不眠夜。

第二次等级评定涌现的话题可谓是数不胜数。

前有E级玩家让人大跌眼镜获得S级评价，后有久久未曾露面的首席终于登场，不论随便拎出哪条都能轻而易举地成为今晚玩家们的话题焦点。

会议厅的集会结束前，主系统宣布这三天将连续在宿舍二楼的全景餐厅举办豪华晚宴，玩家不限等级，均能入场。

虽然在加入《默菲斯契约》游戏后，大家都被剔除了生理需要，但口舌之欲谁又没有呢？更何况他们还身处在这样一个不知道自己能活到什么时候的绝望环境里，正是因为如此，大家才更愿意放纵自己沉浸在酒精里，缓解压力。

集会结束后，玩家们拥挤着往楼下的餐厅走去。

宗九抬眸看了一眼熙熙攘攘下楼的人群，默不作声地选择了上楼的路。

他也算是拿到了上三级的入场门票了。虽说不像之前别人猜测的那样一飞冲天，直登王座，但也是极少数一举打入上三级的新玩家之一，更是所有新玩家里最引人注目的那个。

C级玩家的宿舍位于四楼。

放眼望去，一间间干净整洁的房间分立在走廊两侧，地上铺着厚重的红棕色地毯，每隔几步摆放着茂盛的绿植，上方浅黄色的灯光又为整个楼层镀了一层暖洋洋的色调。如果忽略这里是个怎样的地方，一眼看过去，指不定还以为自己进了什么高级酒店的客房层。

上三级的待遇和下三级截然不同，E级睡八人间，D级睡四人间，等到了C级直接就能享受单人间了，还是标准星级酒店单人间的待遇。

宗九按着自己胸牌上的序号走到对应的房间门口。正想开门的时候，却听到身后冷不丁传来一阵略显急促的脚步声。

他随意地往旁边一闪，从背后冲过来的那个人一下没刹住，重重地撞到了墙壁上。

"啊——"那个C级的老玩家一击不中，正想回头，冷不丁却挨了一记肘击，踉跄几步摔倒在地。

"你……"宗九站在原地，居高临下地看着他。

浅粉色的瞳孔在刘海的掩盖下神色依然锐利，像是浮着浅浅的碎冰，只一眼，就让地上的玩家浑身僵硬。

"不想死的话，别惹我。"

他的视线带着警告，将走廊两端站着的C级扫了一遍，头也不回地走进了自己的房间里。

"砰！"响亮的关门声在空旷的走廊上响起。

过了好一会儿，才有老玩家回过神来。

"搞什么，这个新玩家真嚣张。"

"不就拿了个S级？还真当自己飞上枝头变凤凰了，踩跶个屁啊。"

"就是，真该给他点颜色瞧瞧。"

话虽这么说，但众位C级也没人第一个打头当出头鸟。那个被宗九一手肘推倒在地上的老玩家气愤于自己在众目睽睽之下出丑，面色一阵红一阵白。

但不知道为什么，一想起刚才宗九的眼神，他又有些腿软。最后也只是撑着站起来，对着那扇门踢了两脚，骂骂咧咧地走了。

关上门后，宗九反身躺到床上。

房间不算大，就和普通酒店里的标准间一样。好在这是个单人间，能够很好地保障各位玩家的隐私，也让人有了点独处的空间。

他没有将外面那些C级玩家的挑衅放在眼里。

只要是从无限循环来的老玩家，等级都在C级以上，稍微能力强点的都不止C级。可以说这个等级在新玩家眼里厉害得很，在老玩家内部却是底层。而且这些人不仅抱团思想严重，实力也没有强到哪里去，还各种心思算计。

那个强行出头的C级，本来多半只是想来给自己个下马威。自己可没时间和他们搞这个。只有比他们更强硬，让这些人知道自己不是个好捏的软柿子。

现在更重要的是——

宗九抬手从系统空间里拿出了那副牌。纸牌整体呈暗金色，背面花纹用黑金勾勒着眼睛图案，周围缠绕着繁杂晦涩、神秘华丽的符号，掺杂着闪亮的细金粉，即便在昏暗的地方也能发出浅淡的光芒，相当吸引视线。

宗九将牌在床面上铺开。

一共二十二张。

虽然这也是一副牌，但并不是宗九作为魔术大师最擅长的纸牌。

系统中的道具名称明晃晃地揭示了这二十二张牌的庐山真面目。

【S级道具：星辰牌组。】

宗九心下微凉。

所谓的星辰牌就是用来测算运势的，让玩家抽牌看看未来会发生什么事情。当然，这些牌的解释一般都是模棱两可的，准不准全看自己怎么解读。

亏他当时摸到铁盒里的牌时还开心了好一会儿，结果没想到这竟然不是一副普通的牌，而是一副天机牌。虽然他是个魔术师，但魔术师变魔术用的也不是星辰牌啊！

"这玩意到底要怎么用……主系统，它有什么特殊用处吗？"

【道具用途：测算。】

宗九无语："别的S级道具都有特殊能力，我的S级道具只能测算运势？"

很明显，这句话并不在主系统为宗九回答的权限范围之内，房间里再次陷入一片静寂。

过了一会儿，主系统冷冰冰的声音在半空中响起。

【该S级道具附赠一本《星辰指南》，已发放到玩家系统背包，请查收。】

嗨，这才对嘛。

宗九取出那本纯黑色封皮的《星辰指南》，端坐在床上，老老实实地翻开了第一页。主系统十分贴心地照顾到了他这个星辰牌新手，附赠的小册子相当通俗易懂，还是彩色图文结合版，堪称良心产品。

等宗九把《星辰指南》从头到尾看了一遍，又把每张牌都摸了一遍，这才不得不承认——

这二十二张星辰牌不具备任何战斗能力，唯一用途只有测算运势。

但作为S级道具，它要只是仅仅具备一个所有星辰牌都具备的测算运势能力，也未免太过鸡肋。对此，主系统给出的解释是用这副牌进行的测算都有窥探未来的能力。

"窥探未来？！"这下宗九可就精神了。

窥探一次未来就意味着在没有头绪的情况下多一条线索。从某种意义上来说，虽然卡牌没有战斗能力，但也绝对担得起S级道具的名头。

"这个测算运势的范围可以自己随便定吗？"

主系统没有答话，反倒给他拉出了一个冷却条。上面显示宗九现在可以测算三次，三次过后就要等冷却时间恢复后才能再次进行抽牌。

宗九："暂时好像没啥想知道的事，算了，那就先不测吧。"

"对了，主系统，如果我想治疗我的双手的话，需要花费多少生存点数？"

【两千五百点。】

"那如果想要强化一下双手，恢复到极为灵活的程度，需要多少生存点数？"

【强化一次需要五千点生存点数。】

系统甚至还给出了友情提示。

【目前玩家账户余额：两千点。】

"限制别放得那么死嘛，如果我不需要直接治好，而是只需要在短时间内将手恢复到巅峰水平呢？"

【可以，但所需生存点数数额庞大，不建议玩家选择此种方式。】

"无所谓。"宗九耸了耸肩，活动着自己不甚灵活的手指，"只需要三天就够了。"

【两千点生存总数可以选择兑换七天内普通恢复，或是三天内强化恢复。】

宗九沉思片刻："那就三天吧。"

其实也可以选择先去玩一局，赚个五百点，然后把自己手先给恢复了。

三天，正好是韦加游戏城开启的时限。如果直接选择用两千五百点治疗双手的话，只能恢复到正常人的水准。

而所有魔术师的手上功夫都没有一点可以取巧的地方，全部来自从小到大夜以继日的练习。譬如宗九，在刚刚练习魔术的时候也是每天一眨不眨锻炼眼睛，天天抓着纸牌睡觉，为了锻炼肌肉记忆。

这样的锻炼能够带来什么呢？

譬如在宗九表演的时候，将一摞纸牌直接扔到空中，在五十四张纸牌纷纷扬扬散落的时候，他能够直接抓出观众说出的任意一张牌，达到让观众分不清这到底是他的手快还是魔术的程度。

在这三天里，宗九的双手只要能恢复到当初他大魔术师的水准，他就能让所有人领教一下，把一个玩纸牌魔术的魔术师放进游戏城会造成怎样的后果。纸牌大师坐在你面前，就算有十个摄像机对着他，放慢速度，也抓不到他的痕迹。

要知道，在当初宗九的那个世界，所有的游戏厅就差没在入口处挂一个"魔术师宗九与狗禁止入内"了。

难得进入游戏后名声还没沦落到那个地步，宗九打算能多玩一局就是一局，赚完就跑。

他不想稳妥求全，他想玩票大的。

宗九看着自己系统余额里的点数被清空。

下一刻，滚烫的热流骤然从他的指尖涌起，奇迹般淌过那些早已坏死不知道多少年的经脉，舒服到他不禁喟叹出声。热意持续了半分钟有余，才逐渐归于平静。

【两千点生存点数已支付，倒计时三天，开始计时。】

宗九的手在不自觉地颤抖。

他拿起那摞放在床面上的星辰牌。暗金色的牌面在他指尖翻飞跳跃，一张张轻巧地立在指尖，下一刻又飞到空中，旋转着落下，轻而易举地被宗九拢在掌心。

任何一张牌，只要宗九想，手指不过轻轻在上面拢住翻过，他便闭着眼睛都能直接抽出那张牌。

他的手在颤抖。

他的手越来越快，嘴角翘起的弧度越来越高，连带着好像纸牌也在颤抖，颤抖着迎接纸牌皇帝的短暂回归。

这是无法用言语形容、无可比拟的高超洗牌技巧。当牌从手心划过，宗九的脑海中就自然而然将这副牌像3D影像般投射出来。接下来的时间里，不管怎么洗牌，只要经过了他的手，他就能准确地说出任意一张牌的位置。

宗九将牌往空中一扔，忽然闭上了眼睛，随意从里面抓出一张。

他一边笑着，一边缓缓将牌面翻开。

身披长袍的男人正站立在宫殿前。男人的头上悬浮着一个象征着法力无边的无穷大标志，手中拿着魔法棒指天通地。

他拥有无限法力，他无所不能。

一号牌，魔术师。

他回来了。

在绝大多数时候，玩家宿舍里的时间都没有什么意义。

除了在每个开启副本的早上的七点钟主系统会进行广播集合以外，其他时候玩家们都可以自由地安排自己的时间。

除了自己的生命无法掌握这点以外，《默菲斯契约》游戏的待遇还是不错的。

除了玩家宿舍的条件，这栋楼里其他的设施也堪称完备。

三楼会议厅平日无事不得随意入内。

二楼的餐厅包罗万象，只要是你能想到的美食，就没有找不到的。

一楼正厅更是恍若一个小型城市，高高的穹顶呈现天空的样子，白天和黑夜轮回交替。不仅有和现实世界几乎无差的景观区，还有各大城市皆有的基础设施，洗浴中心、KTV、游乐场、超市等，应有尽有，并且还不需要额外花费玩家的点数。于是各处都熙熙攘攘，人流如织。

晚宴没有开放时间的限制，穿着礼服的侍者端着酒杯穿梭在人群中，玩家们醉生梦死，一派奢靡颓废的景象。

午夜零点，主系统口中的"韦加游戏城"准时开启。

玩家宿舍北区的空间开始扭曲。最尽头那扇高到抬头看不到尽头的大门被缓缓朝内推开，发出一阵沉重的轰鸣声，传遍整座宿舍。

【限时场景：韦加游戏城，已开启。】

【全景摄像头已开启，韦加游戏城开放期间将对所有游戏桌进行全程定点

直播。】

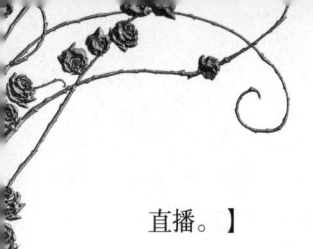

【三日后早晨七点，该场景将自动关闭，请在场景关闭之前兑换自己手中所得的游戏币。】

门后那个世界霓虹绚烂，大厅的穹顶上缀满了闪耀的碎钻。入口的喷泉用纯金打造，从神女雕像提着的酒壶中源源不断地冒出深红色的酒液，在空气中挥发出纸醉金迷的气息，馥郁难言。

一张张铺着深绿色桌布的游戏桌前站满了游戏主持官。这些主持官都是NPC，他们会负责做裁判，维持游戏池的公平以及负担发牌等工作。

更远一些的环形桌后，游戏城的工作人员正站在堆叠成山的游戏币面前，面带微笑，宛如雕塑。

无数玩家蜂拥而入，一个个兴奋地冲到游戏桌前。

"不好意思，先生们，"游戏主持官的脸上挂着甜美的笑容，"每人需要至少一百游戏币才能在E级桌上开始游戏哦。"

"走走走，赶紧去兑换。"

游戏主持官的笑容晃花了他们的眼，新玩家们一个接一个从游戏桌前离开，急吼吼冲到中央游戏城工作人员的面前。

"这个游戏币怎么换，和生存点数等比例兑换吗？先给我来一千个！"

工作人员面无表情："抱歉，韦加城的游戏币无法和生存点数流通。游戏币可以换成生存点数，生存点数无法兑换游戏币。"

"什么？！"新玩家疑惑道，"生存点数不能换游戏币？但我们进来的时候身上也没带钱啊。"

"这位先生，您恐怕理解错了我的意思。"工作人员拿起桌上的表格，"游戏币可以用您拥有的东西来兑换。例如特殊道具，或者某种能力。如果离开游戏城时手里的游戏币没有比进入游戏城时更多或者等同，那道具和能力就会被游戏城收走做抵押，不会归还。"

"这是什么意思？！"

工作人员这一番话让新玩家们直接炸开了锅。

"你们说的那些什么道具也好能力也好，全都是那些老玩家才会有的东西，我们新玩家怎么可能有。"

"就是！难道这个游戏城就是给老玩家安排的地方吗？我们新玩家不配玩？"

"假惺惺地说着什么给新玩家们发展机会……"

新玩家们骚动越来越大，围在环形桌面前吵了几十分钟，这才逐渐安静下来。

"您误会了，先生。"工作人员慢悠悠地开口，"并不是只有特殊道具和能力才能被归类于您拥有的东西。"

"事实上，玩家拥有的东西远远超出您的想象。例如，视觉，味觉，痛觉……"

在新玩家们睁大的瞳孔里，韦加城的工作人员露出一个僵硬的微笑："这些不都是最好的初始游戏币吗？"

新玩家们被这番话吓得愣在了原地，不知所措。

如果想要开局的话，最低级的E级游戏桌都需要一百个游戏币，最顶尖的S级游戏桌所需的游戏币数就更不用说了。如果没有相匹配的游戏币，根本连参与的资格都不具备。

有老玩家不屑地瞥了一眼这些战战兢兢的新玩家，径直走上前去，将自己手上的道具往桌上一放。

"特殊道具，抵押五千游戏币，承蒙惠顾。"

老玩家并不在意游戏币的多少。对他们而言，怎样将手中的游戏币变多才是最重要的事。因为无论是直接兑换成生存点数还是兑换特殊道具，韦加城都只认游戏币，不认生存点数。

他们在无限循环里摸爬滚打这么多年，自然知道韦加城的开启是一个多么千载难逢的机会。别的不说，刚才老玩家们查阅了一下游戏城可以兑换的道具列表，数量竟然高达近百种，而且皆是闻所未闻、只能在游戏城兑换的种类。其中最高道具等级直达A级，价格也说得上一句实惠。

最有利的一点是，这些道具可以自由挑选。不少高等级的老玩家手上都拥有不止一个特殊道具，但因为不适合自己所以一直闲置，也找不到交换的机会。

如今好不容易盼到自由挑选合适的道具的机会了，自然得抓紧。

看着老玩家们交换得如火如荼，有新玩家大着胆子上来问："那……那痛觉能够换多少游戏币？"

大部分玩家首先想到的自然会是痛觉。

"痛觉可以换一百游戏币。"

"才一百？！"新玩家们大叫。

工作人员面带微笑："主系统的确只给出这个价格，只要在E级游戏桌赢下一局就能游戏币翻倍。

"再说了，如果一点风险都没有的话，那叫作慈善，不叫机遇。"

众人沉思。

一百游戏币刚好能够去E级游戏桌上拼一场。

按工作人员的说法，最低等级的游戏桌应该不会有多难。要是这点风险都受不了，那估计三天后的新副本也没什么指望了。

新玩家们咬咬牙："换！"

"那我用味觉来换。"

"我用触觉来替换。"

……

新玩家们一个个上前，工作人员示意他们在空白纸张上签字画押，然后回头将贮存了游戏币的卡片递了过来，就代表抵押交易完成。

人体有那么几个即使失去也不会有多大影响的感官，拿这些感官来兑换的话，便能够十分轻易地拿到初始游戏币。至于会不会输，输了之后游戏币又要怎么获得，这些新玩家都无暇思考。

人人都觉得自己会是那个幸运儿。

就在玩家们排队的时候，后方忽然传来一个懒洋洋的声音。

"一种感觉只能换一百游戏币，玩家在你们的眼中未免也太廉价了吧。"

宗九慢悠悠地从门口走了过来。

站在游戏城中心的玩家们都认出他就是那个拿到系统S级评价的E级新玩家。

对于刚刚工作人员和新玩家的对话，宗九嗤之以鼻。

玩家的欲望是永无止境的，特别是在游戏城这种地方，只要尝到了甜头就会越滚越大，到最后站得多高，跌得就会有多惨。

宗九走到桌前，面容冷淡。

"只用一个感官来换，那未免太没有意思，不如玩个大的。"宗九抬眼，双眸亮得惊人，"不知道我的全部感官，又能值多少游戏币呢？"

众人哗然。

全部感官？这要是输了，不就意味着会变得没有思想，不能动弹？

那和直接被淘汰有啥区别。

别说是新玩家了，就连老玩家也惊讶万分，看着他的眼神就像在打量一个疯子。直播间观众更是议论纷纷。

【哇，上来就玩这么大？】

【这个新玩家是不是在主系统那里拿了个S，所以就飘了啊。】

【他是不是没听懂规则啊，如果三天后关闭游戏城时没有拿到比抵押时更多的游戏币，那可是会死的。哪有人赶着把自己做抵押的，绝了。】

和玩家们不同，工作人员纷纷目露欣赏之色。环形桌边所有工作人员清一色为他鼓起掌来，掌声许久才逐渐平息。

"直接用全部感官做抵押，您非常有胆量。"

宗九笑而不语。他相信，在这个游戏城开着的三天里，会有无数玩家走到这个结局。

"一般而言，玩家用全部感官做抵押，可以换来五千游戏币。"工作人员说，"但因为游戏指导师的急讯，所以韦加将给您额外赠送五千游戏币。"

"游戏指导师的原话是：您的美丽和勇气永远值得嘉奖。"

又是游戏指导师。宗九心潮翻涌，面上却不动声色。他按下手印，在所有人的注视下，拿起工作人员递给他的紫金卡，直截了当地朝着游戏池方向走去。

不少人暗中跟在他的后面。有幸灾乐祸想要看他倒霉的，也有敬畏好奇、想弄清楚他为什么这么有底气的。他们都想看看，这个在第二次等级评定里出尽风头的玩家现在在搞什么幺蛾子。

韦加城内的游戏池一共有六个，毕竟都是拼运气的游戏，所以游戏都很简单，且大部分是卡牌游戏。

参与游戏的玩家需要将一定数额的游戏币抵押在游戏池里，赢得游戏的人可以拿走游戏池里的全部游戏币。

玩不同游戏池所需要的游戏币不一样，有一百的、五百的、一千的、三千的、一万的……还有上不封顶的无限制游戏池。

大家看宗九豪情万丈用全部感官去换游戏币，还以为他的目标是一万或者无限制游戏池。

结果没想到，宗九带着所有人在游戏城里兜了一圈，忽然脚下一转，半路拐了个弯，居然走到了只需要一百游戏币的游戏池面前，泰然自若地坐下，对着游戏主持官来了一句——

"开始吧。"

围观众人:"什么!"

我们等了这么久,你就给我们看这个?

"怎么回事,这小子是不是在耍我们!"有老玩家愤愤不平,"都闪开,让我去会会他!"

一时间,这张E级游戏桌面前被围得水泄不通,人人都想上去和这个嚣张的白头发玩一局。

"啊呀。"等到游戏桌座位都坐满了之后,主持官忽然抱歉地宣布,"不好意思各位,根据第一位加入游戏桌的玩家决定玩法的规则,本轮仅限三名玩家参加。除了第一位加入的这位C级玩家以外,只需要再加入两名玩家就够了。"

固定只能参与三名玩家?

人们窃窃私语:"游戏城上好像还没听说过固定三个玩家才能玩的玩法。"

等主持官回头修改了游戏桌告示牌后,所有人都沉默了。

因为上面只写着三个字——

斗富翁。

别说是玩家了,就连弹幕也无言以对,只因斗富翁算是《默菲斯契约》系统里最简单的卡牌游戏。

【不是吧,在这种激动人心的大型游戏城里玩斗富翁?我惊呆了!】

【我比较惊讶的是这个游戏池竟然真的能玩斗富翁啊!】

【有一说一,其实斗富翁也行,只是显得不太入流,玩起来没那么刺激而已,娱乐还行,搬上台面就有点不够看了。】

围观的玩家们也叫开了。

"拿了一万游戏币,结果却跑到一百游戏池的游戏桌上来玩斗富翁,真没劲!"

"就是,看这副细皮嫩肉的样子,该不是不会玩别的模式吧?"

"亏我们还以为直接上一万,算不算男人啊。"

宗九不耐烦地往游戏桌上一拍:"我是第一个开始游戏的玩家,玩什么当然由我来定。你们想玩别的就自己开桌去,别围在这里吵。"

正是此时,围在一旁想玩游戏的玩家也终于分了个胜负出来。

一众看这个白头发不爽的玩家,也分出了三六九等,两个C级摘得桂冠,成功坐到了宗九的对面。其中一个C级宗九瞅着还有点眼熟,这家伙眼神饱含怨毒，似乎正是不久前被他在宿舍门口教育了一顿的那位。

两个C级的游戏币毫无疑问要比下三级玩家多得多，那事情不就好办了嘛，放开了玩就完事了。

"玩家入座完毕，游戏即将开始。"

游戏桌周围骤然出现一道透明的空气墙，将所有人都隔绝到了数米开外，拉开一条泾渭分明的地界。即使玩家拿着牌背对着外面的围观者，围观者也看不到玩家手上的游戏卡面，甚至连无法和玩家通信的弹幕观众也看不到游戏卡，保证了绝对的隐私。

主持官从桌面拿起一套游戏卡。

韦加游戏城的卡牌游戏算是诸多游戏里比较常见的游戏了。

游戏卡一套分为绿、黄、红、黑四个颜色，每个颜色有十三张卡，从小到大依次是：一、二……十二、十三。还有两张特殊游戏卡，一张画的是戴着王冠的国王，一张画的是戴着后冠的皇后，一般而言，国王卡是能压过皇后卡的。

宗九用手抵着头，不动声色地从指缝里看着她的动作。

事实上，并不是他一个人这么做，游戏桌上的所有人都在看着主持官，试图看出一点什么来，只可惜主持官洗卡的速度实在太快，动作几乎化成残影，难以被肉眼捕捉。

主持官发卡的速度很快，三张三张顺时针发下来，不一会儿就将手上的一摞卡牌分发完毕，只在桌面上留下三张富翁卡。

游戏桌上的三个人拿起摆放在自己面前的游戏卡，陷入沉思。

斗富翁的规则是在游戏卡分配结束后，三位玩家分别根据自己拿到的游戏卡选择要不要增加游戏池的游戏币。出游戏币最多的玩家就能成为富翁，拿到主持官手上没有发下来的三张富翁卡。其他两位玩家则组成平民，一起对抗富翁。

如果富翁获胜，将赢得两位平民共同的游戏币；如果两位平民其中一位获胜，两人将对半平分富翁的游戏币。

"现在开始抢富翁，拥有黑3的玩家可以率先抢富翁。"

主持官微笑着开口："E级游戏池开场游戏币为一百，最高加到五百游戏币，即D级游戏桌的开场游戏币。"

宗九懒洋洋地将一张黑心3甩出来："那就直接加到五百吧，这个富翁卡

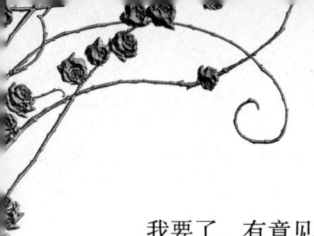

我要了，有意见吗？"

一片静寂。

坐在宗九左手边的C级握紧拳头。

易锐思觉得自己真的够倒霉。他自恃老玩家的身份，想要给这个大出风头的新玩家一个下马威，却被这个从E级升上来的新玩家在大庭广众之下狠狠地教育了一顿，可谓颜面尽失，不论走到哪里都能听到别人暗地里的嘲笑。

结果他现在坐在游戏桌上，主持官给他发的游戏卡还臭到不行。看着自己手上零零散散的小卡，易锐思简直气得咬牙。

五百游戏币对C级玩家来说算不了什么，但他就是看不惯这个白头发目中无人的样子，想要挫挫对方的锐气。可现在看来，自己运气不好，硬撑着抢富翁才是得不偿失。

正在易锐思灰心丧气的时候，对面的C级忽然给他递了个眼神。游戏城上虽然不能语言交流，但递眼神和神态动作总是可以的。

那个C级不动声色地朝他努了努嘴，又点了点头，露出一个势在必得的笑容。

易锐思顿时就懂了。对面的人是在暗示自己他的游戏卡不错。

也是，当平民只需要联手把富翁斗赢就行了。两个人联手总比一个人单打独斗来得有优势。他自己的游戏卡虽然不好，但他位于宗九后面，可以和同盟打配合战。只要帮着自己的同盟赢了，那易锐思也算赢了。

"一号玩家率先追加到五百游戏币，游戏桌游戏币已达上限，无法再追加。恭喜一号玩家抢到富翁。"

既然富翁已经诞生，主持官就将压着的三张富翁卡翻开递了过来。

三张富翁卡谁都看得到，分别是黑白色的皇后卡、红13、黑11。

"按照规则，富翁拥有第一轮优先出卡的特权。"

宗富翁挑挑眉，将它们加入自己的游戏卡套内，反手甩出一张游戏卡。围观的人们瞪大眼睛去看。甩出来的就是那张最小的黑3。

"第一张出单卡，难不成富翁手上集齐了所有的特殊卡？"

"我觉得有可能，不过也有可能是没有三张卡去带单卡，富翁卡里就有一张皇后，要是富翁凑到皇后卡和国王卡就稳了啊。"

既然宗九出了黑3，其他两个人也就跟着把单卡先出了，等到第二轮出到宗九面前的时候，卡面已经出到了10，于是他又理所当然地把那张黑11富翁卡给出了。

对面的C级给易锐思使了个眼色。易锐思心领神会，扔出一张13。

在斗富翁规则里，除了特殊卡以外，13就是最大的卡了。前期只要出了这张卡，一般都能压过一轮。

没想到的是，宗九直接推出了一张卡。

黑白色卡片上的皇后正咧开嘴大笑。

【这么早就出皇后？我感觉富翁有全部特殊卡的可能性真的很大，只有特殊卡都在富翁手上，一般前期才会这么拆出来玩。】

【但也有可能富翁没有国王卡，或许他只是想拿这个皇后卡把别人的国王卡试出来呢？】

【如果皇后卡和国王卡都出了或者都在同一个人手上，那明面上最大的卡就是13了。】

C级皱了皱眉。他捏着自己手心的国王卡，心中思虑万分。虽然看不到牌面，但他能看到这一轮玩下来，富翁刚好出了三张卡，手里还剩十七张。

十七张卡，大不了让他再出一次。总不至于他十七张卡还能秒了他们吧！

"过。"他犹豫着挥了挥手。

宗九露出一个意料之中的笑容，不动声色地抖了抖袖子。

然后……反手又出了一张单卡。

"怎么一直在出单卡啊，这个富翁没双卡吗？"

玩家口中的"双卡"，就是指颜色不同但是数字相同的一对卡牌，比如绿3和黑3，是可以凑成"双卡"一起出的。

"难道是这把散卡太多？不过也不好说，要是富翁拆了特殊牌，的确是出单卡比较占优势。"

很显然，富翁这样一直出单卡终于把那个手里捏着国王卡的C级搞烦了。在这一轮玩到宗九出了13的时候，他终于将手里一直捏着的国王卡丢了出来。

宗九弯了弯嘴角，在心里将C级手里的牌减去一张，推了四张卡出去。

四张12，大运组合！

大运组合卡是可以压过单张特殊卡的，除非有国王卡和皇后卡一起组成的"皇冠组合卡"才能盖过大运组合卡。

当初就不该把富翁让给他！易锐思直觉有些不妙，他抓着手里的游戏卡，看着对面C级不妙的脸色。

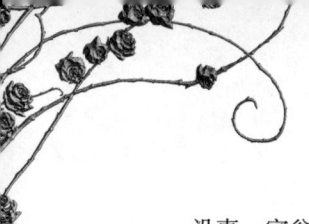

没事，富翁手里应该还有十张卡。

下一秒，宗九懒懒地撑着头，扔出一条"行云流水"。

所谓"行云流水"是指按照游戏卡的顺序组成的五张以上的游戏卡组合，比如1到5，2到10等。

游戏桌上其他两位头上的冷汗越来越多。

还有三张卡。

宗九不紧不慢地丢出一对13。

对面的C级疯狂给易锐思使眼色。可易锐思没有比对13更大的卡了。

"看来是我赢了。"

见没有人再出卡，其余两个人沉默无比，宗九顺势把手中另外一张游戏卡放到了桌面上，手指微抖，从座位上径直站起。

主持官宣布富翁获胜。

"我不信，你肯定是作弊了！"那个C级狠狠地将自己手上根本没出几张的卡扔到桌面上。

怎么会这么巧呢？如果他当时出了国王卡，如果他抢到富翁，是不是后面的局势就会截然不同？这个C级有一种十分强烈的、像是被牵着走的感觉。不仅自己要出哪一张卡都在这个白头发的预计中，就连自己手上握着的卡，好像也从一开始就被看清了。最可怕的是，这个人竟然连他们心里所想也掌握得分毫不差！

【我的天，这个人是不是傻啊，斗富翁怎么作弊啊。】

【对啊，斗富翁还是比较公平的，三个人把卡一对就知道了。】

【说到作弊这个问题，主系统刚刚挂着的告示牌里好像也没提能不能作弊的问题。】

【不过……确实没说不能作弊，我在想这是不是主系统某种默认的潜规则之类的？毕竟作弊也是凭本事。】

【一般作弊也得有证据吧，这么直接说别人作弊，简直就是输不起啊。】

正双手揣兜准备离开的宗九挑了挑眉，回头做了一个"请"的手势。

这一局宗九的确没作弊，不，或者说他只是做了个实验。刚刚他背着手，大摇大摆在整个游戏城逛了一圈，可不是真的像其他人猜的那样，像大少爷游园一样带所有人逛街。

在这个过程中，他左摸摸右看看，成功顺走了一副游戏卡。韦加里面用的游戏卡花色都一样，也方便发挥。

刚才，从主持官发卡开始，宗九就十分随意地开始了魔术的基本操作：换卡大法。

他没有换卡的大小，也没有动其他，只不过将主持官发下来的卡换成自己顺来的游戏卡而已。其他的操作全都是建立在他看清了主持官留下的三张富翁卡的卡面，算出了另外两个人手中游戏卡的基础上。

在宗九疯狂把游戏卡换来换去的过程中，主系统十分安静。就算宗九手法再怎么高明，想要瞒过一个高维度存在依旧是一件困难的事。但既然主系统不说，那就是默认了这是韦加规则的一部分。

现在这个C级主动提出让主系统检测，倒也还能再验证一次，看看事情是不是宗九推测的那样。

主系统冰冷的声音响起。

【除非主持官当场指出作弊，才能指认作弊现象，主系统不负责进行此类判定。】

果然。

主系统不在乎玩家作弊，它只在乎谁有本事能瞒过主持官的眼睛。

没被抓到的作弊不叫作弊，叫技术。

宗九嘴角的弧度越来越大。他在指尖旋转着那张金色的魔术师星辰牌，朝着游戏桌上两位面色难看的C级挥挥手，头也不回地拿着自己的一万一千五百点游戏币，走向了下一个游戏桌。

旁边的人看着他的举动，皆是倒吸一口凉气。

因为宗九的方向，正是入场游戏币数一万的中心游戏池。

第十章

大胆的新玩家

宗九径直走向了中心游戏池。

【这个白头发有点猛啊，直接走向游戏币一万的游戏桌了。】

【他手上不是只有一万一千五百游戏币吗，这要是在一万的游戏桌上失败可就完蛋了。】

【厉害，有胆量，我看好这家伙！】

弹幕议论纷纷，正站在中心游戏池附近的玩家们也看了过来。

想要在A级游戏桌玩游戏，最低都得要一万游戏币。

换算一下，一件B级道具也不过五千而已。想要在这里玩上一局，最少也需要两件道具，昂贵到令人咋舌。就如弹幕所说，在这种游戏上输掉，那可真是要命。

能够在中心游戏池玩游戏的玩家，清一色都是A级以上的，绝无例外。偶尔散着的其他玩家，也是些上三级的玩家，他们远远地站在一旁看着，鲜少走上前去。

毫无疑问，逆人流而来的宗九再一次成了焦点。因为他行走的方向，因为他胸前挂着的绿色C级，也因为他令人过目不忘的外貌。

"有点意思，是想来A级游戏桌上玩游戏？"一个A级玩家冷眼看着这一幕，"说起来，刚刚我倒是听说，这个C级直接在前台抵上了全部感官，还得到了游戏指导师的赏识，平白送了五千游戏币给他。"

"抵了全部？这新玩家还挺有胆量的。"另一个A级笑笑，"没猜错的话，他应该是这届进来的新玩家里最出彩的那个。"

"可不是嘛，主系统的S级评价哪里是这么好得到的？就连我们……"坐在一旁听着他们对话的一个A级忽然从沙发上起身，"我去会会他。"

棕发碧眼的白人起身走到游戏桌边，一路上挡在他面前的玩家都给他让出一条路来。

等到他离开后，沙发上另外两个A级才互相对视一眼。

"安东尼今天怎么这么积极，平时不都是守在殿下的身旁吗？"

另一个A级耸耸肩："殿下之前好像对这个C级有些感兴趣，回宿舍前还特意吩咐人去查。作为殿下如今唯一的忠犬，安东尼不上去才奇怪吧。"

的确，在这位殿下失去了另一条得力臂膀文森特的时候，安东尼急着上去表忠心也不是什么让人难以理解的事。

那个A级哼笑一声，不再应答，而是好整以暇作壁上观，打算看一出好戏。

和他抱同样想法的人数不胜数。

宗九踩着轻快的步伐走进了中心游戏池。

中心游戏池装潢极为豪华，因为开手需要的游戏币高，所以游戏桌也不过零零散散几张，每张之间都隔得极远，中间空旷的地方交错摆放着豪华沙发、水果点心挞和香槟酒廊，不似E级区域那般密集。

除去这些一万游戏币才能开手的游戏桌，还有一张游戏桌更为众人瞩目。它众星捧月般被全游戏城的游戏桌簇拥在正中心的位置。游戏桌上方穹顶高悬着水晶吊灯，折射出柔和的七彩光芒。

无数个全景摄像头对准了这张游戏桌，不论是位于无限循环直播间的观众，还是位于韦加游戏城的《默菲斯契约》游戏成员，都能在直播间或游戏城内部的屏幕上看到这张游戏桌的情况。

这正是大名鼎鼎的不设上限的游戏桌。

在最中央的游戏桌上，开手需要的游戏币全依第一位主持者而定，最高投币无上限。堪称一局致富，或者一局输到底掉。

在韦加任何一个区域都能看到中央游戏桌的战况，也鲜有玩家敢上去打扰。

宗九的视线在最中央短暂停留了一下。

中央游戏桌上围着的七个人，无一例外，全都是位于玩家顶层的S级。

他们如今这一局的游戏币已经加到了五万，战况激烈到令人咋舌。

在宗九看过去的时候，正将游戏卡压到桌上的暗似有所觉般抬头。迎着宗

九的目光,他微不可察地朝他颔首。

宗九无语。

他总觉得暗这个笑相当意味深长,甚至让他有些受宠若惊的惊悚感。想起自己在研究所副本里顺势给人扣了一个黑锅的举动,多半不是什么好事。

宗九也回了一个礼貌的笑容,视线从暗旁边的圣身上掠过,重新落到下方的A级游戏桌上。

他没有注意到的是,另外一个深灰色头发的男人恰好在这时抬眸,暗红色的眼瞳若有所思地扫了过来。

被游戏城拒之门外这么久,即便现在双手恢复到比巅峰时期更甚的良好状态,宗九难免还是有点手生。好在刚刚那把他的身体看似放松,实际上手指一刻都没停过,也算是难得地找回了手感。

他这次的目标很明确,不管是用全部感官做抵,还是小心试探,再直接来到最中心的游戏池……看似鲁莽冲动的举动背后,都是对自己实力的绝对自信。

宗九打算等在一万游戏币的桌上赢了一局后,就直接去无上限游戏桌上玩把大的,最好是赶在所有人放松警惕的时候,赚个盆满钵满。

守在游戏池旁、身穿黑白燕尾服的侍者同他确认:"A级游戏桌入场需要最少一万游戏币。"

宗九扬了扬自己手上的紫金卡,在侍者的指引下,走到了游戏桌前。

和低级游戏桌白衬衫黑马甲的普通主持官不同,高级游戏桌的主持官们穿的制服更为正式,深红色套裙,丝巾叠得整整齐齐,如出一辙的只有僵硬的笑容。

中心游戏池的玩家们面上不显,实则都在暗自关注着宗九的入场。

宗九坐下的时候,游戏桌上已经有了其他五位玩家。他们一个个倚靠在椅背上,面色带着显而易见的倨傲,斜睨着他这个在众位A级中入座的C级。

其中那个白到不正常的白人敲了敲桌:"怎么让一个C级入场了?我们这一桌刚刚已经增加到了两万游戏币。"

"如果没猜错的话——"安东尼那双绿眸看了过来,"他手里只有一万游戏币,连和我们一起玩游戏的资格都没有吧?"

跟在宗九身后的侍者连忙小声道:"抱歉客人,这一桌玩的是鸦咒游戏。刚刚庄家已经将游戏币抬高到了两万。请问您是选择去其他游戏桌开始游戏,还是在我这里临时兑换游戏币？"

中心游戏池相当于整个韦加的贵宾区，这里每个玩家在入场时都会分配一个专属侍者，就是为了保证让每个玩家在没有足够游戏币的时候能够及时进行兑换。这样可以省下去前台排队兑换的时间，快速开始游戏。

看着四面八方投来的看好戏的眼神，宗九挑了挑眉。

如果非要游戏币的话，他也不是不能把自己那副S级道具暂时抵押出去。反正只要在游戏城关闭前拿到比之前更多的游戏币，道具就不会被收走。

他背过身去，低声同侍者交谈。

【看来这些A级大佬是铁了心要给新玩家一个下马威啊。】

【其实也正常，你们想想，昨天整个A级里拿到单个S级评价的玩家也才不到十个，一个E级忽然拿了主系统的S级评价，他们想要杀杀他的威风也正常吧。】

【正常？他们这样真的过分了，要是人家输了直接就是送命啊。】

无限循环一直是个弱肉强食的地方。如果没有表现出足够的实力，永远不会有人看得起你。

游戏桌上的人冷眼旁观。大家都在这里看笑话，没有人会再去开一张一万游戏币的游戏桌。这个C级要么想办法凑够两万游戏币，要么只能灰溜溜地离开。

可能也是觉得这个下马威还不够，另一个站在一旁围观的B级忽然开口。

"游戏币不够？"他的眼神缓缓从宗九漂亮的脸上扫过，"你要是愿意跪下来求我，这游戏币大家帮你凑上也不是不行。"

游戏桌旁围观的人发出一阵起哄的笑声。

"怎么样？不错吧，一万游戏币可相当于你把自己换两次呢。"

"可别说不错了，弯个膝盖就能得这么多游戏币，稳赚不亏啊。"

虽然这个面色蜡黄的B级是在安东尼示意下开的口，但他打量宗九的目光也同样放肆。

恰在此时，侍者回过头来，恭恭敬敬地为宗九拉开了游戏桌前的凳子。宗九将紫金卡扔向主持官。卡片在空中划过优美的弧度，不偏不倚落在主持官面前，浮现出来的电子框上显示着卡内额度还剩三万。

三万！围观群众皆是大吃一惊，露出不敢置信的神色。

明明就在刚才，这个白头发的游戏币不过才一万出头。怎么可能不过短短

几分钟的时间就飙到了三万？！

刚刚出言不逊的B级更是不敢置信。他看着宗九同身后的侍者低语一句。

也不知道宗九和侍者说了什么，总之在对话结束后，宗九弯了弯嘴角，手肘微动，下一刻，一个东西以迅雷不及掩耳之势，如箭矢般破空而来。

"啊——"B级惨叫一声，径直跪倒在地，捂住了自己脖子。

在他的身后，沾染着血液的凶器——皇后卡牌正静悄悄地躺在地毯上。

所有人都因为这一幕震惊了。众所周知，虽然主系统没说，但在韦加城公然伤人绝对是有严重惩罚的。

站在宗九身后的侍者也恰在此时开口："根据规则，韦加城内不得蓄意伤人。玩家已被扣除一万游戏币，以示惩罚。"

卡面上的三万骤减一万，余额两万，正好在主持官手中冻结，作为本场游戏的入场费。

宗九冷淡的声音缓缓响起："一万游戏币，着实有些昂贵了。我也不是次次都愿意脏自己的手。"

因为那人的伤势太重，游戏城工作人员直接上前将人抬了出去。后续是送去医疗舱免费医治，还是等这个B级自己用五百点生存点数保命，谁也不清楚，毕竟B级本人已经因为失血过多直接昏过去，失去了自我决定的机会。

宗九这一手，着实镇住了整个中心游戏池的人。

【妈呀，这个新玩家是不是搞到了什么特殊道具，嗯……游戏卡？】

【应该不是，主系统基本没设置过这种攻击型的道具，一般都是功能性道具偏多，就连大名鼎鼎的S级道具血色匕首都只对灵体类存在产生效果，这么凶残的玩意儿一看就不是道具吧？】

【那你怎么解释游戏卡能伤人，你家的游戏卡能做到吗？】

【啊……其实我猜，那就是一张普通的游戏卡。因为你们看背面，花色和摆放在韦加游戏桌上的游戏卡花色一模一样。】

众人沉默了。

要是用的是其他的武器就算了，但这可不是什么武器，甚至根本不被归于武器的范畴，只不过是一张平平无奇的游戏卡，顶天也不过算是玩具而已。

谁会将游戏卡视作武器呢？

可就是刚刚，在众目睽睽之下发生的那一幕，可谓震撼至极。

而宗九却安然端坐于游戏桌之前，眸光闪烁，神情懒倦。所有人的视线都不禁落到他那修长纤瘦的苍白双手上。谁想得到,就是这双手扔出的游戏卡,力道竟如此之强,甚至能够伤人于毫厘之间?

众人的神情中带上了些许畏惧。

因为有着新玩家这一前提条件,又因为两个差距过大的评级,大出风头的宗九收获了很多敌意,但在这里,只要是真正的强者,就会得到尊重。

不远处的中央游戏桌上,驱魔人啧啧两声:"这个新玩家应该是给自己的手进行局部强化了吧,看这力道,不仅强化了,还是个练家子。"

以他们的眼力自然不可能看不出来,刚刚那幕和卡牌的关系不大,反倒对手腕的要求程度相当之高。

"应当是把手强化到了高级,距离顶级还差了点火候。不过说起来,他哪来那么多生存点数?这是向主系统赊账了?"

"开什么玩笑,主系统要是能开放这项业务,我还至于在这里干等着?他那个多半是有时间限制的强化。不过,我倒更加好奇他那多出来的两万游戏币是怎么回事,众所周知,能够凭空加两万游戏币的只有用S级道具作抵押。"

No.6一口气说完,把手上的游戏卡往桌上一扔:"没劲,不玩了,算不过你们。拜拜。"

中央游戏桌正在进行的游戏简直毫无悬念。

众所周知,暗这个家伙一旦认真起来,在场的七个S级没一个能玩得过他。而且他今天看起来兴致还不错。他们刚刚试水玩了几把,除了有两次暗实在因为手气不行早早放弃之外,他们一块游戏币都没能从这铁公鸡身上掏出来。

这张游戏桌上,十个S级并没有全部到齐。

首席自然不在,毕竟这人常年神出鬼没,只在第二次评级的时候露了个脸就又不见了。另外还有两个S级,心里清楚完全不可能从暗手里讨到好处,过来看了看就走了,估计去了A级区域试手气。

虽说不能跟前三名一较高下,但是拿到主系统的S级判定的,都不是等闲之辈。除了拥有大量特殊道具外,还有不少难得一见的稀有材料。更别说其中几个大势力的头领,拿出十几万游戏币对他们来说简直轻而易举,当场输了五万也能面不改色心不跳。

随着No.6的离开,中央游戏桌的人纷纷离场,暗也把手里的游戏卡铺开,拿起桌上的卡片起身。

"曜,老乌,他终于走了。"驱魔人推了推身边的拉乌,"不如我们开一局?"

拉乌拧眉,看了眼暗离去的背影。

"行,那我们找个A级空桌SOLO,多人没意思。"

另一边,宗九镇定自若地入座。

主持官在冻结了每个人卡里的游戏币之后,按惯例开始随机打乱游戏卡。

这张游戏桌上玩的是鸦咒游戏。

鸦咒游戏的参与人数一般在二到十人,和斗富翁一样,也是一个大家都很熟悉的卡牌游戏。

游戏开局后,主持官会随机给玩家发两张游戏卡,因为游戏卡都是倒扣在桌面上的,除了玩家自己,其他人都看不到卡面,所以这个环节被称为盲发。

盲发之后,主持官会依次再在公共桌上亮出五张游戏卡,玩家需要判断自己手中的游戏卡和公共区域的游戏卡组合起来,是否可以形成特殊的卡牌组合以获得游戏胜利。这个过程又叫做公发。

玩家可以根据公发的游戏卡以及自己手上的游戏卡进行组合,选择是否要继续游戏。

选择继续游戏的玩家需要继续投入游戏币,其他玩家如果同样选择继续游戏的话,则要投入相同或者更多的游戏币,否则视为自动放弃资格,损失已经投入的游戏币。这个环节被玩家简称为投币。

公发结束之后,还在参与游戏的玩家可以亮出游戏卡和其余玩家比大小,游戏卡卡面大的或者是运气组合——也就是双卡、行云流水之类的组合多的,则为胜利,每一轮只有一个胜利者,其他玩家的游戏币都会归胜利者。

这张游戏桌上投币最高的是安东尼,他直接把原本的一万游戏币投到了两万。

宗九一看他白到不正常的肤色和夹杂着明显的红色的瞳孔,就知道这人和之前那个副本里只活在大家口中的文森特隶属同一个组织——夜族小队。

之前他猜测,文森特应该是太过自负,开局便直接深入负二楼,结果因为单独行动被扔到了异空间,然后也没能翻盘逃出来,就此下落不明,杳无音信。

如果没有看错,之前那个B级对自己出言挑衅,就是眼前这位安东尼示意的。而且他知道,文森特与安东尼,都是位居No.2的梵卓的左膀右臂。

宗九想不明白，自己和夜族也没有什么过节，这么突然的试探，着实令人生疑。

而且，按游戏设定，被等级越高的夜族NPC转化，所拥有的夜族特征也越纯粹越明显，安东尼只算是表现出了明显的夜族特征，但是据说夜族小队的首领梵卓，当初是由副本内的夜族亲王亲自转化的，瞳孔已经彻底转变为纯粹的暗红色。

就在宗九兀自沉思的时候，主持官的盲发卡终于发到了他的面前。

宗九弯了弯嘴角，手指虚掩着贴在桌面，轻轻盖住卡面，作势掀起一角来看自己的游戏卡。

这个动作十分普通，几乎所有玩家在盲发了两张游戏卡后的第一个动作都是用手掩住盲发卡，朝着自己的位置掀起一角，方便看清卡面，也保证不让这张游戏桌上的其他人看到自己的盲发卡。

很多情况下，鸦咒游戏并不完全靠运气。

事实上，熟悉规则勤加练习，完全可以通过对手每一轮的投币以及对手表现出的情绪，得到更多的信息，最后计算推断出对方手里的游戏卡卡面，选择是投币还是就此放弃。也正是因为如此，此类游戏的高级玩家，个个在游戏开始后都是面无表情，绝对不会泄露出更多的情绪。

然而这些对宗九来说都没有用。

就在主持官继续为他下面那个人发游戏卡的时候，他就把自己的盲发卡换成了一对双卡。双卡开局的概率仅仅占到百分之零点四五。除非这张游戏桌上出现运气爆表的幸运儿，不然宗九不需要再换卡都能稳赢。

值得一提的是，在他换卡的时候，主持官似乎往他这边扫了一眼。资深主持官和刚才低级游戏桌上的主持官自然不是一个等级，勘破作弊术的概率直线上升。

既然主持官看过来了，宗九也不避讳，反而舒展四肢，任由主持官打量。

弹幕对此议论纷纷。

【说起来，这种游戏桌上应该不会有人作弊吧？】

【不知道，反正要是被主持官抓到，冷冻金得翻三倍扣，这个成本也不是一般人能玩得起的，我刚刚看B级桌那边抓了个作弊的，直接扣了九千的游戏币，这个桌要是作弊，那可得扣六万。】

【乖乖，六万，这应该也没谁会想不开挑战一下作弊术吧。】

— 151 —

正如宗九所想,这个A级游戏桌的主持官还没那个眼力看出一位魔术大师换卡的痕迹。

她的视线在宗九周身打了个转,旋即礼貌地收了回去。

话虽如此,但这个主持官倒也算敏锐。想必在更高一级的无上限游戏桌上的、全韦加只有一个的紫衣主持官面前,作弊会更为棘手。

宗九百无聊赖地敲击着游戏桌桌面,等待着其他人投币。他喜欢有挑战性的事情,越有难度越喜欢。要是这一整个游戏城的游戏都被他轻轻松松赢下,那多没意思啊。有压力才有动力嘛。

正在此时,第一轮投币结束。主持官开出了三张公共卡。

红5,绿7,黄5。

"投币。"安东尼冷冷地扔出一摞游戏币。

看来他的游戏卡还不错,不然加游戏币不会这么痛快。

宗九看了眼公共卡,手一抖,佯装拿起自己手边的卡片,实际上以肉眼难以捕捉的速度把自己的一副底卡换成了黑5和红5。

黑5,红5,绿5,黄5。这四张游戏卡可以组成"大运组合"。除非这张游戏桌上出现同样颜色、能够组成"超级行云流水"的特殊卡牌组合,不然宗九怎样都是稳赢。

当然了,出现"超级行云流水"也是要看条件的。公共游戏卡五张里没有出现能够凑出行云流水组合的三张卡,玩家即便手里抓着两张游戏卡也没用,因为两张游戏卡没法组成超级行云流水组合。简而言之,想要出现"超级行云流水"组合的概率难如登天,就算真的能够出现,也不过就是让宗九动动手指,再换一次游戏卡而已。

现在,他的目的只有一个。

鸦咒游戏有个规矩,任何时候,只要玩家觉得自己手里的游戏卡不好,都可以选择弃牌。弃牌的话就可以及时止损,只需要留下之前投的游戏币就可以抽身离开。而A级游戏桌的开局游戏币统一只按三千来算。

换句话说,如果这张游戏桌上其他五个人全部放弃,那宗九只能拿回自己的两万,再外加一万五的游戏币,相当于没赚也没赔。所以现在在确保自己稳赢的前提下,宗九需要做的就是制造假象,给这些人足够的自信,让他们不断投币,抛出更多的游戏币来。然后,他就可以愉快地收获胜利的果实了!

围过来观看的玩家越来越多,在中央游戏桌暂时没有玩家玩游戏的情况下，大家都把视线投到了这里。

"这个C级新玩家真嚣张，刚刚据说还伤了一个B级……"

"游戏城里不是不允许故意伤人吗？"

"是啊，所以主系统扣了他一万游戏币，但人家不知道从哪里又弄来了两万游戏币。扣完刚好还能再打一局。"

"两万游戏币？这还真是奇怪啊，难道他拿S级特殊道具换的？"

"怎么可能，他一个新玩家，哪来的S级道具！"

外面观众的讨论声无法传到里面，游戏桌上一片静寂。

游戏桌上，众人都在不动声色地观察着，想从其他人的脸色上看出些端倪来。

正在这时，宗九忽然朝后挥了挥手。身穿燕尾服的侍者立马上前一步，恭恭敬敬地垂首。

所有人都将视线集中在了他的身上。

宗九同侍者低语一句，侍者脸上露出惊讶的神情。

"当然，我们当然会满足您的要求，先生。"

然后他们就看着侍者一路小跑到前台，又气喘吁吁地跑回来，将手里那本小册子递给了宗九。

"那是什么东西？"游戏桌上立马就有人嚷嚷开了，"公然作弊？"

【这么明目张胆？】

【就算是作弊，也不至于还能联合侍者吧？】

【还在众目睽睽之下，那也太傻了，当其他人是傻子呢。】

别说是游戏桌上的人了，直播间和围在场外的观众都一样。

他们一致盯着宗九手上那本深绿色封皮的小书猛看，眼神充满狐疑。

"啊，你们是在说这个吗？"宗九佯装成一副刚刚注意到大家眼神的模样，单手捏着书脊，在空中挥了挥。

"这个啊……"他抿了抿唇，露出一个不好意思的笑容，和刚刚那个谈笑风生间出手伤人的他简直判若两人。

"这还是我第一次接触鸦咒游戏，不太清楚规则，只好临时抱抱佛脚。"

说着，他还扬了扬手中那本《鸦咒游戏入门指南》。

安东尼脸色阴沉："你是在耍我们吗，不会玩还来捣什么乱？"

宗九一脸无辜："我刚刚不小心看错了告示牌，还以为你们在玩斗富翁

呢，斗富翁我可是高手。"

游戏桌上的玩家各怀心思，谁也没信。他们也不是傻子，怎么可能信宗九什么没看清告示牌的鬼话。

这可是两万游戏币呢！两万！输了可是相当于丢命的。

有人嗤笑一声："游戏卡都已经公发了，反正盲发卡和公共卡都是固定的，你也跑不了。玩都玩了，不如玩把大的，All in吧。"

All in，全下。

这意味着，要将自己所有游戏币投入到游戏桌上。

"行啊。"宗九爽快地答应，把自己面前的紫金卡往前一推，"我也只剩一千多了，赶紧玩完这一局，我要去隔壁斗富翁开局，别耽误我的时间。"

难道这家伙的盲发卡不错？所以才这么自信？

众人心里虽然不信，但不得不说，宗九表现得极具迷惑性，极大程度上影响了他们的判断。

正在这时，主持官又开出来了一张游戏卡。

黄9。

安东尼眯了眯眼。他回忆起自己有一张黑7和红9的盲发卡，心下已然十拿九稳。

现在开出的四张公共卡里，他的两张盲发卡刚好能和公共卡凑出两个双卡来。

只要他拥有两个双卡组合，除非有人有其他更特殊的组合，不然他都照赢不误。因为说实话，想要凑出比他这个组合分值更高的概率，大概还不到百分之一。

既然新玩家直接选择All in，倒是给了安东尼机会，他不如顺水推舟，激一下其他人。

"呵，装疯卖傻。"安东尼冷笑，继而话题一转。

"既然新玩家都All in了，我们老玩家也不能输了面子才是。"他如鹰隼般的视线紧紧盯着宗九，将手里的游戏币都扔了出去。

又一个All in！

围观者无不为之瞠目结舌。

有安东尼这个老玩家带头，游戏桌上另外几个A级也顿觉自己不能失了面子，一时间，"All in"的叫声此起彼伏。只有两个老玩家皱眉看了自己的盲发卡许久，最后还是招手，朝主持官表示放弃游戏。

游戏桌上剩下的四个人，无一例外地选择了All in。

安东尼沉声："直接亮卡吧。"

既然事已成定局，他也缓缓露出一个势在必得的笑容。四个人，除去他的两万以外，其他三个人在奖池里还投了六万游戏币，再加上放弃的两人的开局币还有六千。如果他获胜，最少能拿到近九万游戏币的大奖，那真是做梦都得笑醒。

主持官闻言，示意玩家翻开盲发卡。

宗九脸上的笑容越来越明显，将自己的盲发卡缓缓推出。

人群中传来此起彼伏的倒抽冷气声。

大运！仅次于超级行云流水组合之下的大运！

他注视着安东尼铁青的脸色，弯了弯嘴角："多谢多谢，前辈盛情难却，在下却之不恭，只好笑纳了。"

围观群众无不瞠目结舌。

【什么情况……等等，怎么就大运了？】

【厉害啊，第一轮就抽中大运组合，这可能就是被上天眷顾的幸运儿吧？】

【安东尼开了两个双卡都没能赢？这概率也是厉害了。】

【只有我一个人感觉这个白头发新玩家是故意在下套吗，不然前面安东尼也不至于直接All in了。】

【其实我只是单纯觉得安东尼卡好，所以他才选择All in而已。这是鸦咒游戏又不是过家家，心理战本来就是很重要的一部分，失之毫厘，谬以千里，这个道理他会不懂？既然输了就要承担风险。】

安东尼怎么可能不懂。他脸色难看到简直和游戏桌上铺着的深绿色桌布一般无二。

安东尼无论如何也想不通，明明是仅有百分之一概率的特殊组合，都能被他给撞到？

难道还真就有这么巧？

"主持官，我要申请查游戏卡。"他死死地盯着宗九。

鸦咒游戏一共使用五十二张游戏卡进游戏。也就是除了国王卡和王后卡的其他卡牌。如果把每个玩家手上的卡牌全部收集在一起，逐一清查的话，很容易就能查出是不是有人使用了换游戏卡等作弊手法。

身穿深红色外套的主持官摇了摇头，礼貌地举起一只手，直截了当地拒绝了安东尼请求查游戏卡的提议。

"抱歉，这位先生，韦加城不接受这种检验方法。"

安东尼拔高了声线："那就是说你们允许作弊了？"

主持官满面笑容："韦加城尊重强者。如果玩家有本事作弊且不被工作人员发觉的话，这也是在规则允许之内的事。"

围观群众一片哗然。

的确如此，他们之前在观看其他游戏桌游戏的时候也不是没抓出过作弊的，每一个惩罚都极重不说，还要倒扣游戏币，甚至暂时关闭几个小时的游戏桌权限，导致人人自危。

但主持官这一席话却是直接将他们点醒。只有被抓出来的作弊者才会被惩罚，那如果没被抓出来，意味着也会被主系统承认的！

"我的天，这样也行，那岂不是人人都可以作弊了？"

"作弊可以，那你也得要有本事不被抓啊。"

"也不知道这个白头发的C级作弊没有，这可是A级游戏桌，主持官肯定差不到哪里去，搞不好人家还真就是运气好呢？"

"就是，九万游戏币呢！我要是有这个运气，我做梦都笑醒了。哈哈哈哈，说起来真好笑啊，刚刚安东尼还一副稳操胜券的模样，结果怎么着？啪！脸疼啊。"

在一旁围观的群众七嘴八舌地讨论着，其间还夹杂着毫不留情的笑声。

安东尼脸色青红相交。他的性格本来就暴躁，可谓一点就炸，现在怀疑自己被耍后更是怒火中烧，把手上的卡狠狠一扔，径直从游戏桌边站起，大跨步走到宗九面前。

宗九只是笑眯眯地看着安东尼，样子着实令人火大。

安东尼手背暴出青筋，指甲尖端染上深沉而不祥的黑色。不知道为什么，他总有一种感觉，面前这家伙绝对动用了某种不为人知的手段。而他，安东尼，则在大庭广众之下踩进这个圈套，颜面尽失，被狠狠戏耍了一番。

"你这个该死的骗子……"安东尼上前一步，胸中燃烧着被愚弄的怒火，想要抓起宗九的衣襟。

宗九察觉他的动作，敏锐地提前后退一步，指尖骤然出现一张卡牌，嘴角的弧度变得引人深思。

"这是什么意思，难不成阁下是输不起？哦——"他拉长了声音，"原来夜族的二把手是个输不起的人物啊。"

这下，旁边的人议论的声音越来越大。

"想用舆论逼我就范？"安东尼冷笑，"那你可就大错特错了。我不在乎输赢，但你既然敢愚弄我，就要付出相应的代价。"

坐在沙发上的A级一抚额："安东尼开始了。"

另一个B级显然心有余悸："他这种一根筋的家伙，半点道理都不讲，真不愧是野蛮人。"

"野蛮人"确实是众人送给安东尼的外号。这家伙要是脾气上来了可不会管讲不讲道理，只要他觉得有问题，那就是直接动手，又急又暴，绝不会在乎别人的看法。

就在宗九耸耸肩，准备感受一下和A级对战是种怎样的体验时，高处忽然传来一道冷酷的声音。

"安东尼，退下。"

这道声音坚硬威严，十分直接地让人联想到杀伐果决的将军或是某些阶层的掌权者。

一名身穿黑金色制服的男人缓缓从中央游戏池上走下，胸口No.2的赤色标识刺目无比。老银打造的方尖钉伴随锃亮的长筒皮靴的步伐发出"笃笃笃"的声响，陌刀（一种长柄的大刀）垂在腰间微晃。

他皮肤苍白，面容深邃而冷峭，灰发利落，暗红色的眼眸高傲锐利。每走一步，身上浓郁的阴沉气息都仿佛要喷薄而出，极具压迫感。

听到这个声音，安东尼脊背僵硬，瞳孔骤缩，直接半跪在地。

"殿下。"

安东尼这一跪让全场陷入了静默。

以前在无限循环之中的时候，各个组织之间很难碰面，更没有观看直播这种直观的信息传播方式，所以对于夜族这个庞大又强大的组织，大家多是耳闻为主。除了这个组织的成员都拥有夜族的能力和外貌特征，最被人津津乐道的就是夜族组织内部森严可怕的等级制度。

直播间观众都在看热闹。

【我的天哪……这是什么情况，直接就跪下了？】

【原来以前传言说夜族内部制度很可怕都是真的啊，百闻不如一见。】

【是这样，稍微了解一下跟夜族传说相关的副本应该就能知道，在夜族内部，等级就代表一切。从亲王到公爵到侯爵到伯爵到子爵到男爵，中间的等级差距都是不可逾越的。梵卓可是由夜族亲王亲自转化的，对安东尼这种低等级的有天然的血统压制。】

【对，而且最夸张的是，只要你的血统低于他人，别说力量比不过了，就连心理都会臣服于对方。】

【果然获得什么样的力量就要付出什么代价啊。】

安东尼额角渗出冷汗，余光看到皮靴冷漠地从身边走过。

就在第二轮等级评比后，梵卓殿下曾经吩咐他留心那个白头发C级。但很显然，《默菲斯契约》里想找到一个和这个新玩家有些关系的人实在太难，于是安东尼便自作主张亲自试探。本来他想借机给新玩家一个下马威，顺便还可以办好殿下的吩咐。可后来自己的火气上来了，无暇顾及其他，就给忘了。

他万万没想到的是，殿下竟然亲自下场了！

悔恨和焦灼交织在安东尼的内心，其间还夹杂着对那个白头发骗子的痛恨。

可现在却没人会在意他了。

所有人都看着那个穿着军装的男子一步一步走到了宗九面前。

第十一章

意料之外

宗九抬眼。

面前这人很高,宗九自觉不矮,但这男人却比自己还要高出近一个头,给人十足的压迫感。

宗九不喜欢抬头看人,更不喜欢后退,于是他十分淡然地重新坐回到椅子上,一只手把玩着卡牌,一只手撑着头,眼神慵懒,姿态放松而随意。

这样的反应让周围人倒吸一口冷气。

众所周知,这位No.2性格冷酷,说一不二,敢在他面前如此造次的,宗九还真是头一位。

不仅如此,宗九还缓缓地让指尖上的卡牌转了个圈,率先开口:"阁下此番前来,难不成是想为自己的属下讨回公道?"

众人一愣。

【不是吧,他竟然先开口,他竟然先开口了?】

【不管是不是……我先给这位白头发的勇士上一根香。】

【我觉得就算是找回公道也不太可能在众目睽睽之下吧?No.2好歹也是夜族的首领,手下输牌就是输牌了,这么点气度还能没有?】

【我觉得楼上说的有道理。】

话虽这么说,但宗九隐藏在长袖下的手臂却早已绷紧。

对方身上的气息,一看就是真正在战场上厮杀过的人,极有可能经历过某种特殊副本。还是要小心为上。

面对A级的安东尼只需要抢占先机，在自己如今手暂时强化的情况下，打起来胜负还可能是五五开。但要面对这个人，宗九保守估计，以现在他的实力，估计走不过三招。

保守起见，宗九决定不能让对方掌握说话的先机，倒不如自己先发制人。

"你多想了。"良久，那意味不明的锐利眼神从宗九身上缓缓划过后，对方才开口，"我是为驭下不严前来表达歉意的。"

现场一片哗然。

还跪在地上的安东尼更是不敢置信地惊叫出声："殿下——"

这回反倒是宗九愣住了。片刻后，他收起卡牌，笑着鼓起掌来，掌声在金色殿堂内回响。

"阁下不愧是No.2，此等心胸令人肃然起敬。"宗九从游戏桌旁起身，漫不经心地在指尖把玩着那张有着九万游戏币的金卡。

"但我这个人并不太喜欢被人误会。既然阁下的手下质疑我，我们倒不如再开一局，以证清白。"宗九抬眸，毫不避讳地同暗红色眼眸对视，微微一笑，"阁下以为如何？"

宗九在赌。

赢下A级游戏桌这一局后，他的下一个目标就是中央游戏桌。

当然了，在进入中央游戏桌前，他得找一个名正言顺的同那些S级对战的理由。不然那些S级个个自恃身份，不会愿意和他这一个小小的C级新玩家玩。

更别说他还得找几个冤大头，好从他们口袋里掏出点游戏币。

结果没想到，冤大头这就送上门来了！

除此之外，还有一点让宗九格外在意。他觉得这个叫梵卓的No.2看他的眼神有点奇怪。

这种奇怪很难用言语形容，带着六分审视，三分沉思，还有一分说不清道不明的古怪意味。

非要形容的话，就像是……以前认识他一样。

但怎么可能。

宗九十分确信自己不认识对方。

所以唯一的解释，就是梵卓认识被宗九替代了的原主。

这个猜测其实不无可能。毕竟宗九当初连游戏的第一个副本的介绍都没看完，而原主在第一个副本刚开头没多久就领了便当，No.2也根本不在那个副本

- 160 -

里，根本没有机会碰面。

再往深了想，以原主这个张扬无比的外貌，在现实世界应该也不可能是什么默默无闻的存在，所以搞不好两人真的曾经认识。毕竟，主系统虽然会屏蔽关于现实世界的一切，但总会有那么一两个漏网之鱼，他不就是最好的例子吗。

宗九一边等待回答，一边心下思量。

二人对视，宗九确信自己十分清楚地在后者的瞳孔里看到藏在冷厉背后的些许复杂情绪。

片刻后，梵卓优雅地缓缓颔首："有何不可？"

他微倾上身，胸口的双头鹰徽章顺着他展开的手臂滑落，指向中央游戏桌的位置。

"可以，我来和你玩。"

这下，一直大气都不敢出的群众再次沸腾。

"这是要再玩一局的意思吗？"

"等等，这是什么情况，不是安东尼再玩一局，是梵卓要和他玩？"

"梵卓大人要亲自和这个白头发的C级开一局？"

"我的天，这可是No.2本人啊……"

宗九微微一笑，挺直脊背，穿过两边熙熙攘攘的、用敬畏目光注视着他们的人群，径直走向那张位于整个韦加城金色大厅最中央的豪华游戏桌。

然而下一刻，穹顶之下再度静默了。

因为在那张游戏桌最尽头的主位上，已经坐了一个人。

那人一袭黑色西装，领巾叠得整整齐齐，胸口的蔷薇花沾着晚露。他俊美的面容在灯光的映照下邪魅而诡秘，徘徊在脚下暗处的虚影不祥地游弋着。

"哎呀。"恶魔眯起了眼睛，视线牢牢地锁定在宗九的身上。他舔了舔嘴唇，嘴角的笑容越发扩大。但那如同孩童找到一件新鲜玩具般的神情，却让人不寒而栗。

"是要玩游戏吗？不如加我一个吧。"

金色殿堂最高的彩绘穹顶正中心下方，正好是那张万众瞩目的中央游戏桌。

整个韦加城的目光都聚焦在放映着中央游戏桌画面的屏幕上，场外直播间内也一样。

惊呼声，倒抽冷气声，喃喃自语声……各种声音此起彼伏，不绝于耳。

【我的天，是那位大人！】

【啊啊啊啊啊，我已经语无伦次。】

【刚刚切出去看了一眼论坛，论坛已经全部炸了，火速赶往直播间，呜呜呜，还好赶上了。】

这是所有玩家第一次在这么近的地方看到这位大人。

首席——恶魔。

无人知道他的真名，所有人唯一知道的，只有这已然在无限循环里封神的代号。他有多可怕，没有人敢下准确定论，因为涉及"恶魔"这两个字的故事，已经全都被传说化，他简直如同登上至高无上的神坛，仅让人仰望。

很少有人真正见过他，所有的一切都仅仅存在于口耳相传之中。

留给众人的，只有一个个在副本中无可撼动的战绩评分，还有永远单打独斗、不分敌我的行动模式，以及神出鬼没的轨迹行踪。一切尽数掩在灰蒙蒙的迷雾里，带着难以形容的恐惧。

在无限循环这个全员都不希望自己被淘汰的游戏环境里，无数人狂热地追捧他。

不过很显然，这一切都是他们自发的。身为首席的恶魔本人从未对此有过表态。

毕竟，以他的身份和等级，根本无须像其他人那样构建自己的势力，或是招揽追随者。

不需要，更不屑。

但这种冷漠、蔑视所有人如蝼蚁的态度，却让追随者们愈发狂热。

男人端坐在聚光灯下，半长的黑发用猩红发带束在脑后，顺着肩头斜斜滑下。他的身上沉淀着一种矛盾至极的阴冷气息，游走于优雅与癫狂之间，轻而易举攫取旁人的视线如同将之吸入黑洞般，令所有人沉入他那深邃沉郁的恶念里，充斥着极致危险又惊人的魅力。

宗九站在梵卓的身后抬眸，好巧不巧同对方对视。面对那双掩映在黑发下、仿佛某种冷血动物一样的暗金双眸，宗九心里涌起不安。

这一回，他率先挪开了视线。第二次等级评定时感觉到的战栗再次爬上宗九的脊背，裹挟着黏腻的恶意一起，让人难以忽视。

宗九觉得，他好像抓住了上次没能抓住的某种一闪而过的灵感。

这样的视线，宗九只在一个人身上感受过。

梵卓皱了皱眉。

"既然是公共游戏桌,玩家当然可以自由参与,阁下请便。"

"话可不能这么说。"恶魔笑了笑,"既然我是决定玩法的人,那无上限的门槛游戏币自然应该由我来定才对。"

这是又想给他一个下马威?宗九挑了挑眉。

他现在虽然手里掌握着九万游戏币的巨款,但说句实话,九万游戏币放在中央游戏桌这些S级面前,着实还不太够看。

所有人都觉得这位大人是要给那个白头发的C级玩家一个下马威。但谁也没想到,恶魔懒洋洋地扬了扬手,示意站在他身后的紫衣主持官同众人讲解。

主持官恭恭敬敬地朝椅背鞠躬,缓缓开口。

"根据大人的意思,本场的展开方式依旧是鸦咒游戏,参与开局游戏币为五万游戏币。"

五万游戏币?!这可不是一个多高的门槛。别说是S级了,要是实在想参与,A级的玩家们勉强挤挤也能凑到。

正当所有人摩拳擦掌,跃跃欲试,打算给这位大人留下印象的时候,紫衣主持官又微笑着宣布了第二条规则。

"投币一共分为三轮,每次投币的额度不设上限,但必须比前面一位高。除了当场弃牌,每轮每位玩家都必须投币,如果投币失败,则视为自动放弃游戏。"

众人哗然,弹幕中更是议论纷纷。

【五万游戏币的开局游戏币对于高级玩家来说可能不高,但后面这个必须投币的规则就有点可怕了,一轮就算了,还三轮……】

【的确,如果是普通的只有五六万游戏币左右的A级上去玩,很有可能玩到第一轮就没有游戏币进行投币了,毕竟投币还必须得比前面一位游戏币高……万一中间有个大佬直接把投币翻倍,岂不是就算你拿到好的盲发卡,没有足够的游戏币投币,也得被迫放弃?】

【对啊……而且这种放弃真的弃得很憋屈,还得把整整五万的游戏币留在游戏池,虽然能够以此得到和那位大人同桌的机会,但风险实在太大了,得不偿失。】

【唉,你们说得都对。但这可是那位大人啊!同一张游戏桌!别的不说,要是我真的有这个能力,花五万游戏币上去给大人留个印象也好啊!】

- 163 -

其中利弊，所有人都能看出来。

饶是如此，想要登上中心游戏桌的狂热崇拜者依旧数不胜数。在紫衣主持官宣布完规则后，无数高级玩家纷纷举手，表示自己也要参与到中央游戏桌的游戏中去。

甚至S级也有几位过来凑热闹。

No.5爽朗的笑声从不远处传来："我和老鬼刚离开了一会儿这里就这么热闹了？先说好了，位置也算上我们俩的。"

跟在他身边的拉乌双手抱臂，余光在扫到游戏桌旁的圣时眉心紧锁，但最终还是没有反驳驱魔人的话。

另一旁不计其数的A级玩家们又开始按游戏币多少进行排列，决定登上中心游戏桌的名额。

最后，中央游戏桌上坐了十个人。

首席恶魔，第二名梵卓，第四名拉乌，第五名驱魔人，第七名圣，第十名阴阳师。

除了这些提起名字都能让人抖三抖的S级大佬外，还有三位视线不约而同紧紧追随主位的A级，再加上宗九这个乱入其中的C级，中央游戏桌上刚刚好凑到十位玩家。

黑白燕尾服的侍者们跟在十位玩家身后，为他们拉开座位，并手捧香槟和毛巾无微不至地为他们服务。

至此，事情的发展已经完全超脱了宗九的掌控。

如果首席铁了心不让宗九上中央游戏桌的话，随便开个二三十万的游戏币就可以了。但首席偏偏没有，他只让紫衣主持官甩出一条更改后的规则。

现在宗九最需要担心的问题不是他能不能在这张桌子上顺利作弊，而是他的游戏币够不够多。

他不担心自己的技术，或者说他有的是底气和方法。偏偏对方设置的这个规则，看似平平无奇，门槛也不过五万，实则细想之下，需要的游戏币绝对比一开始要求二三十万开局游戏币来得更加可怕，近乎无底洞一般！

如果宗九没有足够的游戏币，挨不过三轮投币，那即便他手里掌握着超级行云流水组合，也只能被迫弃牌。更何况刚刚宗九才在A级游戏桌狠狠赚了一笔，如果他现在进不了中央游戏桌，只能退而求其次，暂时返回A级区域。

可偏偏因为宗九之前那把牌太过夸张，一时半会儿也绝对不会有A级玩家愿意和他玩大额的游戏。而九万游戏币远远达不到宗九此次进入韦加城的目标。

想到这里，宗九忽然发现了一个问题。

他觉得这个首席好像天生和他有些犯冲。

上次等级评定的时候，对方居高临下地用一种饶有趣味的目光打量他，结果好巧不巧，那次就倒了大霉。这回宗九好不容易通过安东尼这条暗线把梵卓这条大鱼钓到手，有了一个名正言顺进入中央游戏桌的理由，结果这个首席又忽然跳了出来，直接将他的计划打乱。

这种时候不得不联想到暗口中的那句"宿敌论"。

他垂眸看着自己袖口露出的"国王"，眸光微暗。

可惜，一切依旧同宗九那时对暗说的那样。

魔术师从不信命。

就在众人入座完毕的时候，宗九忽然从游戏桌旁起身。

毫无疑问，在这个万众瞩目的时刻，所有人都因为他突然的动作集中了视线。

"抱歉，我去一下洗手间。"

宗九拿起桌上的紫金卡，朝其他人点点头，顺着下行的阶梯，头也不回地朝盥洗室走去。

在中央游戏池旁围观的人们见状，彼此间开始小声交谈。

"和那么多大人物坐在同一张游戏桌上，这个C级该不会是有些怕了吧？"

"就是，比赛期间生理需求早就被暂停了，这种时候说要上洗手间，搞不好是想尿遁。"

"哎，其实也正常。你们想想中央这张游戏桌上都是些什么人。他不过一个C级而已。刚刚能够赢下九万游戏币搞不好还是运气好。可现在看中央游戏桌的情况就不像是运气能够解决的，万一那几个S级大佬心情一好，投币到十几万，岂不是刚刚赢下来的九万都打水漂了？要我看啊，还不如早点看清自己的位置，及时止损，急流勇退。"

"是这个道理，就看他能不能认清事实了。"

将一片嘈杂的讨论声甩在身后，宗九面不改色地走进了盥洗室。

纯金打造的神女雕像披着长巾，臂弯里的红酒蜿蜒流淌，在酒池内发出滴滴答答的声响。

韦加城内一切装潢都令人联想到纸醉金迷，就连几乎没人使用的盥洗室也同样奢靡华贵。

宗九走到洗手台前，用手掬了凉水，慢悠悠地洗了把脸，扯过台面上熨好的毛巾，一边擦脸一边冷不丁开口："不是说下一次见面要等我去找你吗？"

他抬头看向镜子里抱臂倚靠在墙边的黑发男人。

暗没有说话，反而十分平静地看着他，目光里带着沉思。

"怎么不说话？"宗九挥了挥手，"我猜……这个时候找上门，难不成你是来给我送游戏币的？"

暗眯了眯眼，终于开口回应，但是他没有回答宗九的试探，反而另开了一个话题。

"你知道……为什么所有人都对首席如此忌惮吗？"

的确不知道。既然有人把信息送上门，当然是不听白不听。

宗九挑眉，摆出愿闻其详的姿态。

高级玩家基本都有在副本中获得的特殊能力，或是特殊能力对应的绝技。

有的是获得了拉乌称号后拥有的令人闻风丧胆的养灵术，有的是获得了驱魔人称号后拥有的灵水，还有的是夜族的能力、灵媒的特殊能力……

但与这些相比，还有一种十分罕见的能力者，依靠的不是与获得的身份相关的能力，而是一些独立存在的奇异的能力，例如能操纵水元素的No.6、拥有物品追踪术的某个A级玩家……

比起前者，这种能力者的技能更灵活，实力上限更高，数量也更加稀少。

位居首席的恶魔就是这样一位能力者。

"操纵。他的能力是操纵。"暗说，"人偶师、傀偶师、木偶师、提线师、傀影者……你怎么称呼他都可以。他能够通过丝线神不知鬼不觉地操纵旁人。"

暗展开宽大的手掌，露出一个"五"。

"恶魔一共有五根傀偶丝，分别代表着读取、潜意识、行动、脑海和灵识侵占，每一根的植入都需要某种前置条件。一旦五根傀偶丝同时植入，被植入傀偶丝的人将失去自我意识，直接化作恶魔手下的一具行尸走肉、提线木偶。

"他用丝线操纵的人可能是游戏主持官，可能是普通NPC，甚至可能是身边任何一个玩家。最可怕的是，他的操纵不会留下痕迹，无法被人发觉。任何人都有可能被他操纵，被植入傀偶丝的人不会有感觉，从一到五，随时随地，无知无觉。

"……他无处不在。"

盥洗室内一片静寂，深红色的酒液依旧从神女雕像臂弯的酒壶中静静流淌，让周遭的空气染上芬芳馥郁的酒香，仿若传说中神山上通宵达旦的奢靡酒会。

傀儡师！

宗九的眼神微动，不确定地重复一遍："被傀儡丝操纵的人身上不会留下丝毫被操纵的痕迹？"

暗缓缓点头："不错，没有任何痕迹，只能通过这个人与往日的不同表现，从蛛丝马迹中勉强进行辨认。"

毫无疑问，如果首席恶魔的能力真的如暗所说，那这个能力绝对足以称之为无解型技能。五根傀儡丝，可以完全将人变作提线木偶，被操纵者竟然还对此一无所觉，完全失去感知能力。

当然，最可怕的还是毫无痕迹，即便知晓他的能力也没有太大用处，因为旁人根本分辨不出恶魔操纵了谁，谁又是恶魔手下的木偶之一。这么一想，实在让人毛骨悚然。

难怪他会有那么多狂热追随者。这个能力的确无愧首席之名。

宗九缓缓吐出一口气："能力越强，制约越大。"

这可怕的、堪称BUG的能力，若是没有制约的话，完全可以直接操纵所有玩家或NPC，根本没必要再多加比试。由此可见，傀儡师的能力虽然听起来可怕，但应该还是有诸多限制因素。

"不错。"暗赞赏地点点头，"但问题是——没有人知道恶魔发动能力的条件是什么，连条件都不清楚，更遑论规避。"

后面那句话他没说，但两个人都心知肚明。因为知道的人，要么死了，要么化作了傀儡，又怎么能把条件告诉他人呢？

宗九再度陷入沉思。照暗这个意思，他实在想不出恶魔有参加游戏的必要，难道只是为了第一名那张万能许愿券奖励吗？

虽然逻辑上完全说得通，但宗九的直觉告诉他，这其中必定还有什么不为人知的阴谋。

"我们换个话题吧。"了解了首席的能力后，宗九话锋一转，"那你又怎么会对恶魔的能力知晓得如此清楚呢，暗大人？既然恶魔的操纵没有痕迹，那我是否有理由认为，你的身上同样有洗不清的嫌疑？"

面对这个问题，暗的反应十分冷淡，连带着看向宗九的眼神都带上了微妙的嫌弃。

"不敢置信，你竟然会提出如此愚蠢的问题。"

如果暗真的早已被操纵，那他根本没可能在第一个副本对宗九施以援手，更遑论如今好整以暇地站在这里，告知他首席究竟拥有何等能力了。

宗九当然明白，但他无论如何都要向暗抛出这个问题。这个家伙身上的谜团数不胜数，包括他对自己的态度，都让宗九有一种十分微妙的认知。

现在他和暗之间的信息是不对等的，暗明显对他知之甚多，根源很有可能就是对方口中的那个"预言"。然而宗九却对暗一无所知，仅仅知道一个孤傲清高的性格，和聪明绝顶、多智近妖的形象。

他不喜欢超脱掌控的感觉。更何况对方还是这么一个危险的智谋型角色，这种人不得不防。

"你大可不必用如此拙劣的方式试探我。"暗冷冷地说，"有些事情，到了该知晓的时候，你自然会知晓。"

"如今不告诉你，只不过是时机未到。"

宗九哑口无言。

他上次就想说了，这个No.3说话神秘兮兮的，简直像个招摇撞骗的神棍。

"你这个态度不得不让我生疑啊，No.3。"宗九双手抱臂，似笑非笑，"口口声声说着预言里我和首席是命定的宿敌，实际上却一直在我的面前激化矛盾……依我看，你才是真正和首席有过节的那个吧。"

这句话宗九没有用疑问的语调，因为很显然，暗和恶魔之间就不是什么良好的关系。不然对方犯不着一而再、再而三地来他面前晃荡，白送他这么多宝贵的情报。

"不。"

暗矢口否认，言简意赅。

"只有你。"

宗九挑眉："是吗？真是糟糕的台词。"

暗没有理会这句调侃，他神色冷峻，深深地看了宗九一眼。

"我并不喜欢作承诺。但无论如何，我都不会是与你敌对的那个，我们的最终目的一致，这点你大可放心。"

- 168 -

宗九耸了耸肩，也没说自己是信还是不信。

"我不是来给你送游戏币的。"暗放下双手，从倚靠着的金色墙壁上起身。

之前在收容所副本中，所有玩家都穿着一身研究服，极大程度地模糊了个人色彩。现在回到玩家宿舍，大家都换成了自己平日里习惯的装扮，倒是方便了宗九观察他人。

面前的男人乌发如墨，双眉如剑，神情清冷，俊美无俦。一袭长袍通身纯黑，袖口绣着流云暗纹，腰间系着龙纹古玉。走动时下摆和袖口微微扬起，很有轻狂绝俗、孤高寒月之感。

这身装扮倒也算不上古怪，毕竟玩家里什么奇装异服的人都有。

但是没想到，这个看起来仙风道骨的家伙，实际上却是个一毛不拔的铁公鸡。

刚刚宗九在A级游戏桌玩牌的时候，还听到有人说到暗，仗着自己会算牌，几次在中央游戏桌玩，要么就是运气不好拿到低概率的盲发卡后直接放弃，开局游戏币都不要了；要么就是三十六计齐上，一招比一招用得溜，几乎没人能在他一通算计下全身而退。

因此，宗九对暗会说出这话也没有感到意外。

他没有开口，而是从容不迫地站在原地，等待着对方接下来的话。

果不其然，在表明了自己不会提供现金游戏币后，暗又给他送来了一个线索。

"主系统可没说只能用特殊道具、生命或珍稀材料兑换游戏币。如果你仔细看过前台的规则板就应该知道，还有一种非实物存在，一样能够在主系统那里兑换游戏币。"

暗意味深长地看了他一眼："你在上个副本拿到的S级道具，也应该派上用场了。"

暗会知道他拿到了S级道具，宗九倒也不意外。

面前这位No.3可是第二天就搜集完了全部线索，直接通关无解型副本的神奇存在。宗九在上个副本拿到那么高的评价，其中有一半功劳来自他。

再者，暗已经收集到了上个副本的全部信息，别的不说，阅览室可能就被这位大佬翻了个遍。虽然他选择直接脱离副本这个行为便宜了跟在后面的宗九，但他知道那个S级道具到底是什么的可能性同样极高。毕竟所有特殊道具都是来源于副本本身，甚至有的副本还会围绕这件道具展开。

但是，双方信息的不对等让宗九感到不爽。他对暗一无所知，暗却好像早已看透他的过去，甚至未来。

这让宗九怎么可能放下戒心？明明知道彼此都不可能对对方建立信任，还要说一句"大可信任他"，也不知道这人到底是何用意。

看着黑色的衣角消失在盥洗室墙角，宗九摇头收回夹在指间的卡牌，转头走进隔间，反手从系统背包里掏出自己的星辰牌。

他将星辰牌摊开，它们便一张张悬浮起来，自动垒成一摞停在空中，等待着下一步指示。宗九看着浮在空中的牌，脑海里不断回想着收容所副本里那个NPC主任的一举一动。

在会议厅的时候，宗九就留意到了首席。

那时候，几乎在那道包含着黏腻恶意的目光落在身上的刹那，他就不禁感到一阵战栗。

那个瞬间，宗九甚至还以为褚主任从收容所副本里追杀出来找他报仇了。

很难形容这种感觉。

褚主任这个人给他的感觉十分不好，虚假刻意，浮于表面，但是当同他对视时，却又仿佛从那双金丝边眼镜背后的眼眸中坠入了深渊。

那个医生绝对没有表面上那么简单。但到底他不过是个NPC，宗九也报过仇了，脱离副本后便没把这个人放在心上。

但刚刚在中央游戏桌时的感受，和那个时候一模一样。

多亏了暗，那些断断续续、零零碎碎的灵感此刻全部被整合到一起，拼成一个不可思议的图案。

"那就让我来看看，你们究竟是不是同一个人吧。"

冥想，洗牌，切牌，排牌。

宗九修长的手指轻轻地从牌背拂过，最终落在其中一张之上。

他轻轻将这张悬浮在空中的星辰牌从牌堆里抽出。

与此同时，系统显示他本次测算运势剩余抽牌数变成了二。

距离下次抽取的冷却时间为十二个小时。

这个冷却时间说长不长，说短不短，刚好合适。

宗九缓缓翻开了抽出的星辰牌。牌的正面上，巨大的恶魔头顶倒五芒星，踩着缚在玩家脖颈上的锁链，咧开了大嘴。

第十五号牌，恶魔。

果然。

难怪他总是从对方身上感到若有若无的压迫和恶意，原来是当初他赏了人家的傀儡一榔头，直接把人给打出副本了。

这梁子算结下了。

不过……所有的玩家都位于同一起跑线，结果现在首席却公然操纵NPC作弊。真能算计啊。

"主系统，申请兑换游戏币。"

【已为您开启兑换渠道，直接默念兑换则可以兑换相应的游戏币。】

宗九沉眸。

暗不会给他一个无用的信息，既然他提到了可以通过主系统的非实物通道兑换游戏币，那这个线索就一定有价值。再加上他之前刻意把话题引导到首席的身上，宗九觉得猫腻多半出在这个上面。

他尝试着把这条玩家扮演NPC的信息反馈给系统，下一刻，冰冷的声音在他的脑海中响起。

【兑换成功，游戏币增加五万。】

【信息已兑换。注意，玩家不得通过任何途径将该信息告知他人，否则将受到惩罚。】

宗九一愣："什么情况？"

为什么将首席的信息反馈给主系统，主系统还会给他增加游戏币？而且主系统的第二条通知细想十分微妙，明显带着给钱封口的意思。

宗九脑袋里冒出了一个大胆的想法。

他重新将视线投注到悬浮的星辰牌上，开始了剩下的两次测算运势。

冥想，洗牌，切牌，排牌。

毫无疑问，这两次测算运势里抽出来的，依旧是那同一张牌。宗九手里捏着那张恶魔牌，笑得腰都直不起来了。

可能首席做梦也想不到，他引以为傲的、连暗都认定从未被人发觉过的傀儡术，竟然会在一个小小的C级面前，通过星辰牌测算运势这样近乎玩笑的方式暴露无遗。

宗九觉得他一点也不用担心暗说的那些话了。只要有这副S级道具在，分分钟都能揪出恶魔的马甲。

他保留三次测算运势里得到的最重要的那条信息，和主系统又兑换了一次，然后揣着新鲜出炉的十九万游戏币，大摇大摆地回到了游戏池。

穹顶之下，宗九双手插兜，重新登上了金色阶梯。

这回宗九可没有避开恶魔的目光，反而主动朝他意味深长地微笑。

游戏桌主位上，首席的右眼皮忽然跳了跳。

所有人都对宗九的折道而返表示惊讶。

【哟，这个新玩家怎么又回来了？唉，年轻人啊，就是不听劝，非得要去中央游戏桌上输个五万游戏币吗？留着换成生存点数不好吗？】

【就是啊，这一下场，别说五万游戏币了，刚刚好不容易在A级桌上赢来的九万估计都得打水漂……明明不是我的游戏币，为什么我感同身受地心疼啊！】

【现在的新玩家怎么这么眼高手低，明明之前看他飞卡牌的时候我还真情实感地有点欣赏了，唉，要真上了中央游戏桌，面对那么多大佬，出丑了真不好收场。】

【我替人尴尬的毛病又犯了。】

不仅仅是场外观众的弹幕，场内的玩家们也一个个露出不敢置信的眼神，低声交头接耳。

"他这一趟盥洗室去得可真是有点久啊，明明紫衣NPC都说如果五分钟内没看到人就直接开始游戏，没想到就这样还能踩着点赶上。"

"你们说这个C级是不是想在那位大人面前留下一个印象分，到时候好……"

"谁知道呢，反正他现在回来了，要不就争口气，要不就灰溜溜拿着九万走。"

"是啊，要么一战成名，要么成个笑话。"

对这些议论，宗九充耳不闻。他脸上挂着意味深长的笑容，不躲不避，反而挑衅般朝着游戏桌主位挑眉，不疾不徐地在侍者拉开的座位上坐下。

有点意思。不过，这副和先前截然不同的姿态，这副稳操胜券的模样……

究竟是什么改变了？

恶魔眯起眼睛，眼眸中发出如寒潭一般诡谲幽深的光，叫人一眼望不到底。

他拍了拍手，笑着说："既然人都到齐了，那就开始吧。"

"是，大人。"紫衣NPC朝他恭敬行礼后，开始进行发牌的准备工作。

四周鸦雀无声，人们焦急又期待地围观着这场游戏的进行。

底牌按照顺时针顺序逐一下发，落到十个人的手里，立刻被屈起的指节压下。

宗九坐在圆形游戏桌的最下方,同正上方的恶魔遥遥相对,像是光与暗的两端。

这一回将牌发下来后,宗九倒没有急着换牌。他随着大家的动作,装模作样地低头看了眼自己的盲发卡。

虽然宗九和系统兑换了灵活双手的三天使用权,但他现在也不过恢复到当初魔术大师巅峰时期的水平,如果他能从韦加城赚到更多游戏币的话,说不定能试着在系统那里进行更进一步的强化,甚至超越巅峰时期自己的水平。

刚刚在A级游戏桌的时候,红衣NPC就对他的换卡似有所觉,很难说更高一级的、整个韦加城只有一位的紫衣NPC会有什么撒手锏。

保险起见,宗九决定先按兵不动。总而言之,他只需要在最后开出盲发卡之前完成换卡就行,等到五张公共卡都展示出来再换也不迟。

这次宗九同样不打算留情。

他不仅要狠狠地薅羊毛,还要薅得漂亮。反正,他和首席的梁子已经结下了。

想到刚才自己测算运势出来的三条信息,宗九不禁在心里冷笑。对方都欺负到他头上了,这还能忍?不回赠一份大礼都说不过去。

"盲发卡分发完毕,第一轮投币开始。"

或许因为只是第一轮,大家都存了试探的心思,默契地没有将游戏币抬得太高。

按规则,投币最高的人享有优先权,恶魔却饶有兴味地挥挥手,示意从他左手边先开始,他做压轴。

其他人也没有反对。要是按游戏币数量来排名,这位绝对是毫无疑问的榜首,如果他第一个投币,开心了下个几十万的游戏币,这一桌估计就不用玩了。

所以他当压轴确实是再好不过。

一路投币。

宗九报了一万游戏币。

轮到最后一位时,首席懒洋洋地扔了五万游戏币出来。

NPC将游戏币冻结,翻开了头三张游戏卡。

红8,黑13,黑9。

这个底牌……宗九眯了眯眼，内心掠过一丝不好的预感。

游戏卡翻开的刹那，游戏桌上众人的微表情泄露了不少信息。宗九飞速扫视一圈，内心有了推论。

就在众人屏息凝神，准备开始第二轮投币的时候，紫衣NPC忽然抬了抬手，示意暂停。

她径直走到一位A级玩家身边，语气温和："这位先生，请将您的左手抬起。"

被点到名的A级浑身僵硬，目光闪闪躲躲，一边把手往后缩，一边色厉内荏地开口："你干什么？！"

不待NPC再开口，首座上的人懒懒地抬起了手指。

A级惊恐地发现自己的左手臂忽然变得不受控制起来，像是被某种不可抗拒的东西拉扯着，猛然被从深绿色的桌面上拉到了空中。

两张游戏卡从他敞开的袖口里簌簌落下，打着转儿掉到了地上。游戏卡的主人身体被固定在半空，只能眼睁睁地看着这一幕。

这一变故几乎引爆了整个游戏城。观众的讨论声排山倒海般呼啸而来。

"作弊被当场抓住了，这家伙真倒霉……"

"这个A级挺有胆子啊，中央游戏桌上公然作弊，这么多人看着呢！而且那个紫衣NPC也不好惹，整个游戏城可就这一个紫衣。"

"作弊就算了，被NPC抓出来不承认，结果被首席抓个现形，这也太尴尬了吧。"

"其实也还好，毕竟韦加城也没规定作弊偿命，就是游戏币估计得扣不少了。我没记错的话应该是翻三倍扣？乖乖，整整十五万游戏币，这A级估计也出不起吧。"

此起彼伏的议论里还夹杂着毫不留情的嘲笑，让那个A级更加难堪。

主系统的判决即刻下达。

【A级玩家韦正浩作弊，即刻扣除该场游戏三倍开局游戏币，确认执行。】

一旁的紫金卡余额登时跳到了鲜红的负数。

吊灯的金色光晕笼罩下，首席语气冷淡："我不喜欢没有实力还要在大庭广众之下卖弄取巧的家伙。"

随着首席手指微动，那个A级竟被甩出了中央游戏池，重重落到大厅的地板上。

窃窃私语戛然而止，人们看向游戏桌的目光中盛满了恐惧与崇敬。

没有人看到他是怎么出手的。

就连坐在游戏桌上的梵卓也一样。他若有所思地抚摸着陌刀的冰冷手柄，眉头紧锁。

紫衣NPC将刚刚那个A级的底牌收起，重新回到了游戏桌旁。

"下面开始第二轮投币。"

或许因为不再是为了彼此试探，又或者是因为游戏桌上只剩下九个人，这一轮投币要激烈许多。

作为游戏桌上唯一的C级，宗九可谓备受瞩目。所有人都在猜测他能够在这张游戏桌上走多远，会不会在这一轮被刷下来。

驱魔人笑了一声："老乌你下四万，那我就下个五万吧。反正我们两个就是玩玩，抬太高也没意思。"

驱魔人本来就是拉着拉乌过来凑个热闹的，他俩都不在乎输赢，更何况贸然抬高游戏的限额还容易拉仇恨。

驱魔人这个人，单枪匹马走到如今No.5这个位置，没加入任何组织却和各个组织的关系都不错，实力过硬自不待言，但和他的左右逢源也不无关系。

这个桌上除了S级，还有A级和C级，大家都是从新玩家走过来的，其中辛苦都清楚。这个游戏既然无所谓输赢，驱魔人自然不会故意抬高游戏币的额度来刻意难为别人，把人不体面地从游戏桌上挤下去。

所谓做人留一线，日后好相见。

宗九友好地朝驱魔人笑了笑。

正在这时，他冷不丁听到旁边传来一道温润的声音。

圣将面前的游戏币推出，语气柔和。

"十万。"

众人哗然。

第十二章

换个方式

弹幕议论纷纷。

【啊……圣坐在白头发C级的前面,他如果投币十万,那C级岂不是得拿出比十万更高的游戏币来?】

【的确是这样,但问题是,我记得这个C级的游戏币,只有刚刚在A级游戏桌上赢来的九万啊,还不够十万……等等,如果游戏币不够是不是得弃局?】

【圣这个操作我怎么有点看不懂……说起来有没有人觉得他好像变了很多,之前在收容所他看着贺建蓝死的时候竟然笑了一下!我总觉得他在参加这个比赛后就有点怪怪的。】

【同意。】

这条弹幕出现后,直播间顿时出现了无数不一样的声音。

【说什么呢!不要随意污蔑人好不好!那一场的直播我也看了,圣大人是空不出手去救贺建蓝,你这么一说好像他故意把贺建蓝害死了一样。后面贺建蓝被抓住,圣不也立马取出大祭司之杖帮忙了吗?】

【就是,要不是遇上无解型存在,怎么可能是这样的结局。】

【这些什么都不知道的新玩家简直在乱猜。当初我们还是新玩家的时候,圣大人有多照顾我们,大家都清楚。再说了,这可是中央游戏桌,弃局只需要交五万游戏币,总比无底洞一样地一直投入游戏币,到掀开盲发卡的时候才发现自己输得一干二净、血本无归要好吧。】

【对咯,明明圣就是在帮这个C级,这么多人看不懂人家的好意,非要曲

解，无语。】

……

宗九看向自己右手边的圣，对方的脸上依旧挂着令人如沐春风的笑容，看不出一丝阴霾。

"不好意思，是我自作主张了。"看到宗九看过来，圣轻声解释道，"这还是第二轮，等到第三轮恐怕得抬到十万游戏币以上，现在弃局是最明智的选择，不要贸然被奖池里的高额游戏币冲昏了头脑。对C级而言，能拿到九万游戏币，已经是很不错的结果了。"

圣的声音里隐含担忧，听起来似乎真情实感地在为对方着想。

要是宗九接受了圣这个绝世大好人的设定，恐怕也不会觉得他这番说辞有什么不对。但是——偏偏宗九知道，圣这个人有很大的问题。

从收容所副本来看，圣这人绝不像外表看起来那样光风霁月、宅心仁厚。行事风格看似温柔体贴处处为他人着想，但仔细观察就可以发现，其实他也是以自己的利益为出发点，为谋私利不择手段。实在是虚伪。

不过，在那个副本里，圣的身份是内鬼……

可惜每次测算运势只有三次机会，下一次还得等十二个小时以后，不然宗九刚才一定会顺手看看圣和首席是不是也有什么不为人知的联系。

宗九不再看他，而是转头将紫金卡递给NPC："十万。"

他回头，迎着一旁圣错愕的眼神，微微一笑："多谢圣大人的好意，但我对自己有信心。说不定，我才是那个最后的赢家。"

这番狂妄的发言，吸引了桌上其余几人的注意。

梵卓双手交叉，暗红色的瞳孔里满是深意。

驱魔人直呼好气魄，看起来十分欣赏这份勇气。

拉乌不动如钟，改用一种审视的眼光打量着他。

第十名和另几个A级也是神态各异，有人明目张胆地嗤笑一声，像是在嘲笑这个C级的自不量力。

"这番言论可真是勇气可嘉。"恶魔慢悠悠地鼓掌，双眼目光锐利地看着宗九，丝毫没有掩饰自己对其兴趣浓厚的意思。

圣愣了愣，又立马挂上柔和的笑容："是我多此一举了，小兄弟见谅。"

宗九假意一笑，扬了扬手，示意自己并没有放在心上。

第二轮投币结束。NPC翻开第四张公共卡。

黑12。

宗九的左手登时收拢。他察觉到自己最不妙的那个预感应验了。

鸦咒游戏里，首屈一指的特殊组合被称之为"皇家行云流水"。皇家行云流水是指任意花色的13、12、11、10、9五张卡，出现概率低到令人发指。也正是因此，每出现一次，都堪称是幸运女神的眷顾。

可以说，它的存在凌驾于所有卡牌组合之上。只要出现，就意味着"皇帝"的出现，游戏结束。

现在公共卡里出现了黑13、黑9和黑12。宗九只需要将自己的盲发卡换成黑10和黑11，他就能得到一副完美的皇家行云流水。

但现在……

宗九猜，恐怕首席的盲发卡也是这两张。

直觉告诉他，不管首席现在的盲发卡是什么，反正等到最后亮卡的时候，游戏桌上也一定会是这两张，因为没有比皇家行云流水更大的组合了，更何况公共卡里连续出现同花色13、12、10，这个巧合不得不让人做出如此猜想。

众所周知，游戏桌上不可能出现两副一模一样的卡牌。

出现了，就意味着有人作弊。

宗九抬眸。

察觉到宗九的视线后，隔着一张游戏桌，对面的首席漫不经心地扯开自己的领带，朝他露出一个暧昧至极的危险笑容。

打死宗九也不信这三张公共卡的出现是意外。虽然他没看到，但恶魔一定用了某种他不知道的高级手段作弊。想起这家伙的另一个隐藏身份，宗九觉得也不是不能理解。

所以现在宗九面临的问题是——

他们两个可能作弊作到一起去了。

投币继续顺延，从宗九身上跳到了下一名的身上，很快便走完了这一轮。

NPC完成了游戏币的清算。截至两轮投币结束，整个中央游戏桌的游戏币竟然已经高达六十万，围观众人无一不瞠目结舌。

"刚刚他从A级游戏桌上下来，不是只有九万游戏币吗？"

"对啊，我也记得这个，所以他这十万游戏币怎么来的？"

"难道他还有什么道具没兑换不成？"

"想什么呢，他一个新玩家怎么可能……我倒更偏向于有哪个大佬帮了他一把。"

这些人一边讨论，一边继续看着中央游戏桌的战况。

宗九正襟危坐，垂眸盯着自己那两张盲发卡。

本来他还只是猜测，现在看到对面恶魔笑得一脸不怀好意，他就知道作弊撞车这事多半是板上钉钉了。

这要是都能撞上，肯定是谁没后台谁尴尬。宗九心知肚明，如果是拼后台，他绝对拼不过首席。

更别说，此人还有一个谁也想不到的身份，和他们这种纯粹的选手有着身份地位上的差距。

至于为什么宗九会知道——

在盥洗室测算运势的时候，宗九在心里默念了三个问题。

问题一：收容所里的褚主任和首席有什么关系？

结果：恶魔，正位。

问题二：F级玩家盛钰和首席有什么关系？

结果：恶魔，正位。

问题三：《默菲斯契约》游戏的游戏指导师和首席有什么关系？

结果：恶魔，正位。

在星辰牌里，同样的牌面，正位或逆位会有截然不同的解释。

但是宗九三次抽牌，次次都抽到了同一张牌，并且是同样的牌位。结合暗之前告诉他的消息，传说中无人可以认出的恶魔的马甲，有三个就这么轻而易举地被他找到了。

想到这里，宗九视线陡然一转，定格在了一点。就在中央游戏桌的侧后方，一道修长的黑影正倚靠在墙上看过来，周身淡漠的气息，和这纸醉金迷的大型游戏城格格不入。

宗九同暗对视，片刻后便不动声色地挪开。

他觉得，这家伙绝对是来看戏的。

正在这时，NPC翻开了最后一张公共卡。

黄5。

其实这张卡出不出现也没有太大意义了，因为公共卡里已经出现了三张黑色，完全能够凑出一副皇家行云流水。

紫衣NPC面带微笑："公共卡已经全部亮出，接下来在五分钟休息时间过

后，将开始最后一轮投币。"

游戏桌上所有人都看着这五张公共卡，神色各异。

五分钟的休息时间，也是一个短暂思考的时间。

梵卓双手交叉，眼神锐利。驱魔人正有一搭没一搭地和拉乌聊着天，两个人聊的都不是关于游戏的内容，看起来也没把这场游戏放在心上。圣依旧一脸柔和的微笑。阴阳师有些紧张地搓了搓手，时不时抬头看一眼其他人，姿态局促。另两个A级玩家，则始终用狂热的目光注视着首座上的首席。

恶魔则依旧端坐着，手里漫不经心地把玩着一个盛满红色酒液的玻璃杯，白色的手套在灯光映照下微微闪亮。

宗九暗暗叹了一口气。

现在想这么多也没用，当务之急还是得先把自己手里那两张盲发卡给换了。

宗九懒懒地抬手，朝着背后扬了扬。

"先生，请问您有什么吩咐？"守在他身后的侍者随即上前，倾身询问。

宗九低声吩咐几句，侍者立刻转身朝着中央游戏池的休息区走去。

这一行为，让其他人心有余悸地窃窃私语。

"看看，这熟悉的一幕再次上演了。"

"你说这个白头发C级不会又让侍者去拿一本《鸦咒游戏入门指南》吧……"

"也不是没可能，那本书那么厚呢，他刚刚一下子看得完？"

宗九简直要笑了。

身为魔术师，通过表演转移观众的注意力，扰乱大家的视线与心理认知，这一套宗九运用得可谓炉火纯青。

之前他让侍者拿《鸦咒游戏入门指南》来，其实就是搅乱当时的气氛，搞一搞那几个玩家的心态，很明显，他的目的已经达到了。

但他也有自己的职业"操守"，同一个招数，在短时间内不会再使用第二次。

所以，这次他要换一个方式。

很快，就在其他人的好奇观望中，端着托盘的燕尾服侍者回到了游戏桌旁。

这一回，托盘里放着的不是那本《鸦咒游戏入门指南》，而是一个小巧的烟盒，烟盒上还镶着一个银色的骷髅头标志。

宗九撕开包装掏出一支烟，侍者连忙弯腰为他点火。

"啾——"

- 180 -

金红色的火苗从冰冷的打火机中蹿起，轻轻舔舐着烟卷。

宗九熟练地吸了一口，慵懒地微微眯起双眼，修长白皙的手指夹着烟，顺手将烟灰掸了掸，唇角带笑："烟瘾犯了，不好意思。"

众人鸦雀无声。

烟雾让宗九的轮廓看起来影影绰绰，另一边那双暗金色的瞳孔里饶有兴味的目光也在烟雾笼罩下不再真切。

宗九一边在心里对烟味直皱眉头，一边迅速趁着烟雾的遮掩，对自己摊开在桌面的两张盲发卡动了手脚。这一招神不知鬼不觉的偷天换日，宗九用得可是纯熟至极。

等宗九把这一切做完抬头一看，紫衣NPC果然还站在首席的身后，看其神色竟是未曾察觉半分。

在烟雾的笼罩下，宗九快速地推测着。

如果恶魔作弊的游戏卡和他一样，那结果不外乎两个，要么就是权限比他高的恶魔动用某种手段，让紫衣NPC判定宗九作弊；要么就是他们两个都算皇家行云流水，中央游戏池的奖金每人平分一半。

根据暗给出的蛛丝马迹，宗九认为主系统更像是一个没有感情的程序，那么恶魔很可能就是和这个程序达成了某种协议。但这对恶魔来说却并不能说就此高枕无忧。否则，拥有等同于主系统权限的恶魔，没必要在之前评级的时候，给自己打个F。

而且刚刚在自己换卡的时候，紫衣NPC并没察觉。

结合这些推断，宗九猜测，即使身为首席，恶魔的权力也没有大到可以左右一切的地步。就像他的傀儡师能力一样，强大，却带着某种不为人知的苛刻制约。

烟燃到了尽头。

宗九将烟头在侍者端着的托盘里摁灭，抬头看了一眼。

中央游戏桌的另一端，那道黑色的身影已经隐没不见。

俗话说，富贵险中求，自己可不是那种只求稳妥的人！最重要的是——说实话，他一毛钱都不想让给那个恶魔！

"诸位，我有一个提议。"迎着众人的目光，宗九缓缓笑了。

"既然已经是最后一轮了，那我们倒不如玩点有意思的，比如……"

宗九薄唇轻启，把手里的游戏币猛然推出："直接All in吧。"

这个提议把所有人的期待点燃，气氛直接被推上了最高点。

首座上那人用愈发意味不明的目光打量了他一眼，忽然低低地笑了。

"好啊。"恶魔欣然同意。

这会儿，明眼人都看得出，这个新玩家在一众大佬中间不仅没有收敛，反而还在积极搞事情。

驱魔人大笑一声："All in？玩得挺大，看来热闹还是不能随便凑啊。"

坐在他身旁的拉乌冷冷地交叉双臂："无所谓，All in就All in吧。"

他倒是不心疼，本来就不太会玩纸牌游戏，而且早在进入韦加城时，他已经去前台那里用带来的材料把自己看中的道具兑换了，现在卡里的余额还非常可观。

随着他二人的表态，梵卓终于将视线从自己的手背上抬起，再次用那种十分奇怪的眼神看了宗九一眼，手腕斜斜下压，用刀柄将桌上的卡推了出去。

又一个All in！

接连四位S级All in，奖池里的游戏币直线突破一百万。

这时，两位A级咬咬牙，几乎在同一时间也选择了All in。

只有阴阳师眉头紧锁，片刻后还是举手选择了放弃。在这种场合下放弃的确是一件丢脸的事，不过其他人接连All in，也让阴阳师确定了自己盲发卡真的很烂这个事实，那也就没必要浪费游戏币了，不如留下游戏币，趁早抽身。

现在，游戏桌上只剩下最后八个人。

此时此刻，所有人都焦急地注视着金色穹顶下的中央游戏桌。

【我来看看现在的局势：这波一个作弊被抓，一个放弃，桌上还剩下八个，除了C级白头发以外，其他全部All in了，是这样没错吧？】

【没错，马上就要开卡了，奖池都超过一百万游戏币了，这要是谁组成一个特殊组合，岂不是得全部拿了？】

【啊？你们没看主系统给的规则吗？奖池里的奖金最后按比重分，如果有特殊组合的话肯定会分到大头，但也不至于把一百多万游戏币全部拿走，除非组成皇家行云流水……等等，我看看，哦，如果组成了皇家行云流水的话，应该刚好可以分到一百万。】

【别说笑了，怎么可能组成皇家行云流水？】

【我笑死了，看看清楚好吧，桌上已经开出了三张黑色公共卡，怎么不可能组成皇家行云流水？】

- 182 -

弹幕吵得不可开交，游戏桌上更是剑拔弩张。

驱魔人吹了个口哨："既然大家都All in了，那不如直接亮卡吧。"

就在这时，宗九又开口了："且慢。"

他笑意盈盈："直接亮卡的话，未免有些不太公平。"

这话落在那些期待着这一幕的人耳中，简直觉得莫名其妙到了极点。

"哪有什么公平不公平的，你是不是没玩过游戏？"

"就是，大家一起All in一起开卡，哪里来的不公平？"

面对这些质疑，宗九面不改色心不跳。

"虽然大家都All in了，但有些人投的游戏币多，有些人投的游戏币少。例如我就是游戏币最少的那个。"

"大家仔细想想，这样All in的话，游戏币多的人也要享受和我一样的亮卡待遇，这岂不是不太公平吗？"

其他人愣了一下。

"好像也是这个道理啊。"

"看逻辑似乎没问题。"

首座上的人放下酒杯，将下颌放在交叉的双手上，玩味的神色越发浓重。

处于众人视线焦点的宗九露出一个神秘的笑容，将食指轻轻竖在唇边。在宗九自己都没有发觉的时候，他已经下意识把整个韦加城当成了自己复出后的第一个舞台，迫不及待地上演了一场复出秀。

宗九将视线转向游戏桌的首位："解决的办法很简单，不如从游戏币最低的玩家开始亮卡，游戏币最高的玩家理应有压轴的资格。"

说这句话的时候，宗九故意调转视线，毫不避讳地同首位上的人直视。

"如何？"

恶魔将冰冷的红酒一饮而尽。很久很久没有人敢向他发出这样的邀请了。

不可否认，这让他非常兴奋。

紫衣NPC皱眉："韦加城从来没有这样的先例……"

然而她的话才刚刚说到一半，就被人懒洋洋地打断了。

"可以。"

众人惊愕地看向首席。

宗九笑着鼓掌："能得到大人首肯，在下献丑了。"

他的目的已经达到了。

与此同时，宗九迅速联系上主系统。他做了一个十分危险也十分可怕的决定。

先前宗九只用"盛钰和首席的关系"与"NPC主任和首席的关系"这两条线索和主系统兑换了游戏币，手里还留了一张底牌。

游戏指导师就是首席这条线索是王牌，同样也是宗九最大的赌注。他在赌，赌主系统到底是不是和他猜测的那样，是一个没有感情只有规则的高维智能程序。

因为从始至终，他都没发现主系统下达过任何带有主观色彩的命令或指示。

对玩家来说，危险的永远是难度各异的副本。至于主系统，除非是有人违反了无限循环里无可撼动的铁律，不然绝对不会主动危及玩家的生命。就像当初刚进入无限循环时，进入会议厅的玩家可以逃过一劫，没进的只能直接被出局。

主系统所有的决断都带着这样冰冷又机械的意味。

如果宗九赌对了，那就算他把游戏指导师就是首席的消息捅给主系统，主系统也不会越过权限来处置他。反而，他还可以借用这个把柄在主系统那里反过来威胁一下恶魔，得到自己想要的东西。

至于赌错了……或许是当场淘汰，或许是即刻出局，或许是其他更可怕的下场。

不过，谁在意呢？这份刺激，让宗九乐在其中。至于输了的后果，他并不在意。

宗九面前的两张盲发卡被翻开。

所有人都震惊了。惊呼声几乎掀翻了绘着众神的穹顶。

无他，只因所有人都看清了桌面上的那两张卡：黑10和黑11。

【天哪天哪天哪，刚刚谁说的皇家行云流水，大预言家啊！】

【这这这这，我人傻了……】

【皇家行云流水，绝了，谁能想到呢，难怪这个白头发这么有勇气，好家伙，原来是在这里等着呢！】

【刚刚谁说皇家行云流水出现可以拿一百万游戏币的，那可是一百万啊……天哪！】

【等等，那他岂不是把游戏桌上的人全算计到了？他都没想到自己面对的究竟是谁吗……】

与直播间的热切讨论相比，游戏城内则是静寂无声。

所有人都懂了宗九刚刚那一连串举动的意思。先是号召所有人All in，后是争取先翻开自己的盲发卡。

之前，大家都在诧异他为什么在一众大佬面前面不改色心不跳。

现在看来，也难怪人家气定神闲胸有成竹，原来确实有底气。

若是宗九老老实实等到第三轮过后再亮卡，那谁也不会说他的不是。虽说玩到兴头上全体All in很正常，但他偏偏搞了那么多花样，仗着自己是个C级，大佬都不把他放在眼里，挖了个坑引着大家一个接一个跳下来。

这是明晃晃的算计。但谁也不知道，这番大胆的举动会不会引来这位大人的不悦。

就连同一张游戏桌上的其他人也个个眉心紧锁。

然而处于整个风暴中心的宗九反倒泰然自若，甚至还有心情同侍者点了杯龙舌兰。

作弊不丢脸，谁后亮卡谁才丢脸。反正所有能做到的前期准备工作，他全部算无遗漏，最后结果如何，究竟是一举把恶魔坑下马平分奖金，还是自己被反将一军，只能看运气了。

宗九猜，这个时候的主系统已经将他知道了游戏指导师身份的消息传达给恶魔了。

虽然宗九不知道游戏指导师是谁，但根据星辰牌的答案，要么恶魔就是游戏指导师本人，要么就是恶魔利用某种不知名的办法控制了原本的游戏指导师。但不管怎么样，这个消息被主系统判定为不能随意透露，或者说如今还没有到能够透露的地步。

大家沉默着，都在等待一个结果。

出乎意料的是，几分钟过去了，首座上的人依旧没有任何动作。

恶魔依旧优雅地端坐在靠背椅上，半长的黑色发辫从肩头滑落。他稍稍垂下视线，漫不经心地落在了自己面前那两张盲发卡上面。

花纹在灯光下暗淡不明。

没有人知道，这两张游戏卡和刚才翻开的那两张，一模一样。

恶魔双手交叉，缓缓摩挲，像是陷入某种不自觉的沉思。光影从他头顶铺开，映得他面孔明暗交织，明亮一面纯洁得仿佛有洁白羽翼掉落，暗的那面阴沉得如同缠满了不祥黑影。

就在众人都以为大事不妙的时候,恶魔忽然低低地笑了。

"哈哈哈哈哈哈哈——"

笑声越来越大,从低沉转向高昂,最后变作尖厉,直叫人毛骨悚然。

在座之人无不脊背发寒。

恶魔从高高的首位上站起,黑色皮鞋踩着水晶吊灯张牙舞爪的倒影,闭上眼睛旁若无人地放声大笑。

任谁都能听得出,这并非冷笑或是讥讽的笑意,而是真真切切的笑。

那是发自内心的愉悦。

很显然,在座众人没有一个知道他为什么笑得这么开心。但毫无疑问,这一幕让人脊背发凉的同时,也充斥着难以形容的诡异蛊惑力。

紫衣NPC轻声提醒:"大人,游戏中不能长时间离开座位。"

在发下盲发卡后三轮投币到游戏出结果,这个过程中是被绝对禁止离开游戏桌的。如果玩家执意离开超过三分钟,主系统则按放弃处理。

很快,主系统冷冷的播报声响起:【首席放弃资格。】

谁也没想到,首席竟然选择了直接放弃游戏。

这就意味着他在本场游戏里的所有游戏币开销,全部拿不回来了。

然而恶魔对此似无所觉。

他紧紧盯着站立在那里的白发青年,突然迈开了脚步。皮鞋踩在柔软的金红色地毯上,每一步都让黑暗更加迫近两分。

这个过程似乎变得很漫长,漫长到近乎遥遥无期,让人感到极大的强压迫感和危机感,产生游走在死亡边缘的错觉。恶魔跨过了对于陌生人而言象征着危险的那个界限,将二人的距离拉近到仅一臂之遥。

然而宗九却像事不关己一样站在原地,一步也没有后退,甚至还扬起一个礼貌的微笑。

可恶。他甚至还有心情暗骂一句。这里的人是不是都用了生存点数换了身高增幅,怎么个个都比他高这么多?他自认身高不低,没想到进入这里后接连被两个人俯视,真的相当让人不爽。

两人对视片刻后,恶魔做了一个所有人都意想不到的动作。

他忽然从自己胸前衣襟上抽出那枝含苞待放的红蔷薇。

周围此起彼伏地传来倒吸冷气的声音。

两个人之间的距离隔得很近,近到宗九能够看到鲜红色花瓣上沾着的晶莹露水，也能看到对面那双眼里透露出的黏腻恶意，像是要就此扯着他堕入泥潭，陷进一片永世不得脱身的暗金色牢狱。

所有人都不知道恶魔抽出蔷薇花的这个举动有何含义，但人人都知道那枝红蔷薇几乎是他的标志性物品之一。难不成他是觉得这个白头发C级有天赋，在表达自己的欣赏之情？

如果对方身上没有传来那种令人寒毛直竖的尖锐杀意，宗九差点也就跟着信了。

但事实上，他现在被笼罩在对方高大身躯的阴影下，浑身肌肉都绷紧了。

看着宗九如炸毛的猫咪一样警惕的眼神，恶魔又笑了。

他压低声音，将红蔷薇送了过去，低声呢喃，声音低哑，充满撩人的魅力："我很看好你。"

明亮的灯光下，红蔷薇越发娇艳欲滴。

金色穹顶之下，一黑一白两道身影在游戏桌旁对峙。身穿黑色西装的恶魔一只手撑在游戏桌上，面上带着意味不明的笑容，微倾上身，周身萦绕着危险迷人的气息，隐没于黑暗中。

没有人能想到，这个C级面对众多S级居然毫不胆怯，甚至敢于给首席暗中下套。同样，也没有人能想到首席居然会如此直截了当地选择当场放弃。

而此刻，就在大家都以为首席或许是要给狂妄挑衅的宗九一个教训或是警告的时候，首席的行为，再一次让所有人为之惊讶。

首席这番举动，这直白的欣赏，对在场的所有人而言，都可以说是一份难以置信的荣耀。

无数带着惊讶与妒忌的视线在宗九身上燃烧。

而此刻的宗九，薄唇紧抿，面色沉沉。

他当然知道，这一幕落在旁人眼里，是一位前辈对后辈充满欣赏，在表现自己的鼓励和提携。但是没有人能感觉到他此刻在面对什么样的压迫。来自上方的森寒杀意如阴影般笼罩下来，沉重到让人难以喘息，令人头皮发麻。

这种危险的恶意，似乎只是针对他一人。

但宗九还是没有动，一副波澜不惊的样子。只不过，这份平静外表下，他早已悄然做好随时出手的准备——这是他面对危险时最自然不过的身体反应。

首席与宗九目光相交，轻声一笑："真有意思，本来以为不过是两副一模一样的盲发卡，没想到你的手里还掌握着这样的惊喜。"

"我有点相信那个预言了。这么久了,敢威胁我的,你是头一个。"

不仅是头一个,还是最让他兴奋的一个,让他寒冷如冰的血液都沸腾了起来。

宗九还是没有说话。但他却感受到了对方"敢不接下蔷薇就当场杀了你"的潜台词。

众目睽睽之下,他终于伸出一只僵硬的手,勉强地接过了那红蔷薇。

杀气一扫而空。恶魔露出一个满意的笑容。

即便没有杀意和恶念,同这个人对峙时依旧能够感受到难以名状的恐怖压力,扼着人的喉咙和躯体。身体在用本能反应告诉他,面前这个人有多可怕。

宗九的眼睑在颤抖。并非因为惧怕,事实上他从来没体会过害怕这种情感。他同样在兴奋,不自觉地兴奋。因为棋逢对手,乍逢强敌,也因为这游走在死亡边缘获得的战栗快感。

"今天这些就当作初次见面的见面礼。"恶魔笑眯眯地看着他,视线却落到了宗九的手上。

宗九这才发觉,在刚才压力的胁迫下,他完全没有发觉那蔷薇的枝丫上还带着尖锐的刺。

尖刺刺破了他因为用力而泛白的手指。猩红的血液缓慢流淌,在苍白的皮肤上留下蜿蜒的血痕。

恶魔上前一步,居高临下地点了点宗九的手指。

一尘不染的洁白手套沾上一块触目惊心的红色,慢慢朝着周围晕开。

恶魔眯着眼睛,慢条斯理地脱下手套,忽然低头凑到宗九耳边低语,几缕束着的黑发落到了白发披散的肩头:"期待你未来带来的更多惊喜。"

在恶魔触碰过的地方,皮肤一片光滑平整。

伤口已然消失无踪。

饥荒山村

第十三章

打破准则

首席离去后，整个韦加城一片沸腾。

落在宗九身上的是无数道充满好奇与期待的目光。

不知道首席动了什么手脚，二人后面的对话，除了他们自己，没有一个人听到。

所以方才全程落在其他人眼里，就是高高在上的首席将自己的标志物亲手赠给这个白头发的新玩家，新玩家太过激动被花枝刺破手指，首席又纡尊降贵为他治疗，充分表达了自己对新玩家的欣赏之情。

"刚刚那是什么意思，那位大人竟然这么看好这个新玩家……"

一片赞叹中，夹杂着充满妒意的声音。

"区区一个C级而已，凭什么得到大人的青睐？"

"原来他先前各种表现，又是斗富翁又是玩鸦咒游戏，都是打着这个主意。"

"你们想想，要是能借此机会给那位大人留下个好印象，对以后也是大有益处，这个家伙这么拼也不奇怪。"

原先宗九在老玩家们眼中的定位还只是一个势头很猛的新玩家，现在……众多首席的追随者，已经将他视作了眼中钉。

没有人知道恶魔是什么时候成为传说的，毫无疑问，在第一个玩家知道他的时候，他就已经居于那个遥不可及、高高在上的位置。长久以来，他都是那样的强大孤独，那样的冷酷淡然，从未对任何人表现出过和"友好"两个字沾边的态度。

但现在，这一切却因为一个小小的C级玩家打破。

在那些将他奉若神明的人眼里，这无异于打破了界限。没有人会愿意心中的神明从神坛上走下，而神明又怎么会做错，所以这些由于妒忌产生的恨意，全都转移到了宗九的身上。

……很难说恶魔的举动不是故意的。

宗九一向不吝惜用最大恶意去揣测这个人。就算真的不是故意，那他也一定是抱着看好戏的心态才这么做的。

在这一片如同浪潮呼啸的议论里，宗九径自岿然不动，只是凝视着手里的蔷薇，在心里笑了笑。

起初表现得气定神闲，是因为宗九很清楚首席不可能在此刻做什么，因为玩家之间不能互相攻击，这是一开始主系统就宣布过的铁律。

而对方随后的一番所作所为，更是让宗九确定了自己的思路没错，也就是说首席就是游戏指导师的消息确实有着相当重的分量，否则不会逼得恶魔连盲发卡都不开，直接退出游戏。

毫无疑问，这一次自己是大获全胜。

但这是有代价的。

自己用知道了游戏指导师与恶魔的关系这一点威胁到了恶魔，同时当然也暴露了自己。可想而知，在接下来他将会经受怎样的狂风暴雨。

只不过，早在宗九知道自己出手砸了的是首席的马甲时，他就预料到了这个结局。

他给了NPC医生一椰头，游戏指导师反手给了他一个F级。这仇已经结下了。

反正预言都说了他们两个会是死敌，无所谓，暴风雨来得还可以再猛烈些，不怕。

最重要的是，这一切都值得。因为那可是整整一百万游戏币！一百万啊！

韦加城的游戏币和生存点数呈一比一的比率兑换。有了这些游戏币，宗九不仅可以恢复自己的双手，甚至还能将其强化到玩家体能的巅峰水平，超越曾经的自己。

早在房间里的时候，宗九就已经想好了。

拿着一百万游戏币，双手自然不用多说，魔术师的动态视觉也很重要，眼睛完全可以强化到巅峰水准。连带着再把自己的力量和格斗方面强化一下，这点当初在收容所洗手间和崎对峙时宗九就感受到了，强化前后简直是天壤之别，决不能在这点上吃亏。

剩下来的游戏币，减去之前用命兑换的和抵押的部分，还能剩下一些去兑换道具。

想要兑换的道具宗九早就看好了。

有一个道具叫"奇怪的黑色暗匣"，是个极其冷门的A级道具。这个道具很实用，只要主人想，就能随时随地从里面拿出想要的东西来。

这个功能其实和系统背包有点像，但系统背包只能放入特殊道具，没法放其他的东西。而暗匣里能拿出的东西则仅限于普通用品，例如绳子、剪刀、菜刀、蜡烛，等等。

暗匣不是攻击性道具，功能对很多人来说也比较鸡肋，却堪称是为魔术师量身打造。因为可以随时随地打开，就好像一个随身携带的准备间，也意味着拥有这个道具的宗九，随时随地都可以开始他身为大魔术师的表演。

第二个道具叫作"替身娃娃"，同样也是个A级道具。和无人问津的黑色暗匣相比，替身娃娃可以说位列《默菲斯契约》游戏参与者愿望清单的第一名。无他，只因这个道具的能力，是在主人遭遇生死危机时为其抵挡一次致命危机，使用这件道具，就相当于多了一条命啊！

盘点无限循环里出现过的所有特殊道具，可以看到，除了曾经在S级副本"拉丽西斯"里出现的《亡灵书》以外，还真没人见过其他能够给玩家生命保障的道具。而随着持有人的淘汰，S级道具《亡灵书》也销声匿迹，再也无人见到过，只留下只言片语的记载。

如今又出现了一个这么宝贵的保命道具，自然人人向往。

只不过，那些F级、E级的低级道具价格极其低廉，越高等级、越是稀缺的道具就越是贵得吓人，特别是替身娃娃这个堪称镇场之宝的道具，同为A级，比黑色暗匣的价格高出两倍不止。

按宗九本来的计划，大赚一笔，让双手恢复如初，再额外换一个黑色暗匣。至于替身娃娃，其实并没在他原本的兑换计划内。

可他没想到恶魔非要给他寒冬送温暖，一下子就是一百万游戏币送上门来，这实在是飞来一笔横财，干脆一不做，二不休，所有计划内计划外的强化兑换一股脑全部安排上。

接过紫衣NPC恭恭敬敬递过来的紫金卡后，宗九表面平静，心里乐开了花。

圣从座位上起身，满面笑容："恭喜。"

一旁的驱魔人客套了几句，和拉乌一起转身离去。

那两个A级看过来的眼神，充满了恨不得将他生吞活剥的嫉妒。只可惜他们虽然有情绪，但谁也不敢现在就对得到首席青睐的宗九做些什么，只是恶狠狠地看了宗九一眼，转身离去。

只有一个人没有走。

梵卓缓缓起身，厚重的披风在他身后扬起，刀柄闪烁着冷厉的光芒，帽檐边的阴影投射在他轮廓分明的脸上。

他走到宗九面前，不苟言笑的脸上神情冷峭。

"你变了很多。"梵卓深深地看了一眼宗九，视线微不可察地在他指尖已然干涸的鲜血上停顿片刻，暗红色的眼眸神色暗沉，旋即头也不回地转身离去。

宗九视线在梵卓的背影上稍作停留，艳丽的蔷薇花在宗九的指尖轻轻转动。

宗九抬手将蔷薇花递到了紫衣NPC的面前。

【他想干什么！不会是我想的那样吧？】

【那可是恶魔的蔷薇花啊！他难道就打算这么送人？】

【不是吧不是吧不是吧！我敢保证，就算之前没能惹怒首席，这下也一定能了。这个白头发新玩家可真是作死的好手！】

【这怎么可能，他的胆子那么大的吗？这可是等于直接同恶魔作对啊！】

事实证明，宗九胆子是真的大。

"美丽的小姐，"宗九笑道，"是您的发牌让我幸运地夺得了胜利，我想，您应当比我更该得到它。"

和恶魔作对，一次一百万游戏币，稳赚不赔，甚至可以多来几次。

宗九心下暗爽。

韦加游戏城，对于魔术师来说，果然是个好地方。

很快，时间就到了下一个副本开启的日子。

听说这个副本的架构就是一个古代玄幻故事，背景是在一个兵荒马乱朝代里的小山村里，但具体内容如何，还有待玩家们去挖掘。

【前置剧情开启中，请稍候。】

秋风寒瑟，枯叶凄凄。

今年的秋天格外冷，冷到风刮过来都像一片片削薄的刀，在皲裂的皮肤上割出一个个血口子，直叫人狠命哆嗦。

这里是一个荒凉的村落，名叫通伯村，两面都是山，一面靠向滚滚河流，一面衔接荒野，平日只能从山与山之间的小路走进。村子里人烟稀少，低矮的房屋零散分布，村后的莽莽青山一眼望不到头。

今日天色乌沉沉的，阴得像是就要下雨。

拖着破烂木板车的贩夫走卒来往于山路，各家各户都聚在村头空地上，远远地瞧着。沉默的女眷躺在板车上，瞪着一双乌溜溜的眼睛，破边的线衣挡不住严寒的侵袭，边角处几乎可以搓出污垢。

贩夫用僵硬的手指数着手里脏兮兮的毛票，唾沫横飞。

"现在生意不好做了，隔壁江口那家寨子以前可是我们出货的好地方，现在都卖不起价格了。"

他口中隔壁江口的村寨距离这儿只有几里路，却在山外，除去那一段陡峭难走的山路，地理位置不知道比通伯村要优越多少。

王守恶狠狠地"呸"了一声："这年头，有银子赚就不错了。"

这几年，人们年年都吃不饱，恰好今年又逢大旱，粮食颗粒无收，闹起了大饥荒。外头已经十分严重，而越往大山深处走越可怕，最严重的地方据说一个村里十之八九的人都饿死了。

一路走来，人人面黄肌瘦，骨瘦如柴，衣不蔽体，路边连树皮都被剥得一块不剩。

于是为了活命，人们什么都卖。家里的镇宅之宝啊，房子、土地，甚至是骨灰都卖。

贩夫们虽然往返于各个村落做一些小生意，但有时也会对这座隐匿于深山中的通伯村生出些无名的畏惧。

这种感觉不太好形容，非要说的话就是几天前来那一趟，他在村后头集市上看到的那一幕，他走南闯北，自以为什么都见识过，那场面却也是第一次见。

回去之后他辗转反侧，想了许久，又在外头转了几圈，终于决定进来做最后一笔生意。

其他地方的生意都不好做，要么就是灾情还没严重到那个地步，要么就是不愿意做违背祖宗的事。

只有这个灾情严重的通伯村,全村都是给银子就卖。

本来这该是贩夫在这个村的最后一笔生意,但村民这番话又让他起了心思。

贩夫数钱的手顿了顿:"行吧,你做事严实点,后天夜里我再来一趟。"

王守笑笑:"我做事你还不放心?"

瘦到面颊凹陷的他蹲了下来,朝着木轮恶狠狠地踢了一脚。

贩夫不说话,把同样瘦的骡子赶到道上,慢慢离开了这座深山内的荒村。

风裹挟着枯叶,打着旋儿从远处吹了过来。

等干完这票,他就不来这邪门的村子了。

骡子蹄声顺着木轮的辚辘印迹逐渐远去,没入更远的森林,再也听不见了。

……

一切陷入凝固般的静止状态。

【嘀嘀嘀……主系统正在链接中。】

这一段前置剧情过后,空地上的玩家们发现自己终于可以挪动脚步了。

他们都被换上了和这个副本所处时代相符的粗布衣裳,胸口悬挂的等级牌表明了各自的身份。

虽然周遭事物完全停滞了,玩家们却可以自由地在这片空旷的广场上走动。不少人都在暗中打量着这一回副本里的其他玩家。

在看到两位在场的S级——还是两位S级高位后,所有人纷纷倒吸一口冷气。

不仅仅是S级,A级、B级、C级的上三级玩家也不在少数,这让不少D级和E级玩家的脸色瞬间变白。

已经有不少玩家分析出副本的难度会随着参与者实力的高低进行调整。

这还只是这场比赛的第二场,一个副本中就出现了两个高位S级,这个副本的难度会被抬高到一个怎样的水平可想而知。

对于新玩家们而言,好不容易才在第一场比赛中活了下来,又在韦加城以生命的代价换来了留下来的机会,深知生命的宝贵。

所有人都记得韦加城的可怕——贪念让不知道多少人最终输得体无完肤,却再也不能回头。

那是奢靡而疯狂的三天。

开始,一无所有的新玩家们接受了主系统的建议,用感官换取游戏币,进入游戏场,希望能为自己赢到丰厚的奖励,却渐渐地在游戏桌上杀红了眼。

赢家拿着更多的游戏币，走向更高级的游戏桌，走向他们面前未知的命运。败者灰溜溜地回到前台，用更多感官进行抵押。

低级游戏桌的玩家，赢了输、输了赢，反反复复，最终很多人剩余的游戏币只够兑换一些E级、F级道具，没能完全赎回抵押感官的人也不在少数。

赢得丰厚游戏币的人，有些见好就收，及时抽身；更多的，却被丰厚的奖励冲昏了头脑，得意忘形，贪念越滚越大，最终输得一败涂地，连给自己赎身的游戏币都拿不出来。

那些将游戏币挥霍一空的人，有的破罐子破摔，聚众买醉，只等活动结束的审判时刻到来；有的不惜向他人摇尾乞怜，只求讨要到能维持生命的游戏币。

三天后，主系统冰冷的机械音响彻整栋玩家宿舍。

【特殊场景"韦加城"将在十分钟后永久关闭，即刻开始对每一位玩家进行游戏币清算，游戏币不足初始游戏币的玩家将即刻执行感官移除或强制淘汰。】

一时间玩家数量锐减，原本上万名参赛者，现在只剩下不过七千人左右。

这个看起来对玩家十分有利的游戏城，简直比所有副本都要难。

但即使这样，依然有一个人博得了所有人的关注，就是那个算计了所有人的白头发C级玩家。

魔术师宗九。

没有人能想到，这个新玩家能够如此大出风头，赢得盆满钵盈不说，还赢得了首席的青睐。

好巧不巧，此刻他也出现在了这个赛场。

【全景摄像头已开启，此轮比赛全程不开放个人直播间，仅开放副本公共直播。】

【玩家已进入直播状态。】

虽然剧情还没有加载完成，但是直播已经率先开启。

直播间里立刻展开了激烈的讨论。

【我来啦！让我来看看这个副本是什么场景！嗯？好像是荒村？年代不知道，好像很早以前的样子。】

【怎么说好呢，这个建筑模式看起来挺奇怪的……】

【能看到了能看到了，我的天，这个副本的配置这么豪华，暗和拉乌都

在，两个高位S级！太有看头了吧！】

【可是，之前的比赛出现两个S级，副本的难度就直接被抬到近S级了。这么一看，这个副本会不会……】

宗九静静地站着，满脸冷漠，无论是四周新玩家们的仰慕畏惧，还是老玩家们的高傲不屑，对他似乎都没有丝毫影响。

他先把刚才那幕前置剧情好好揣摩一遍，又打量了一下周遭的环境，同站在离他不远处的黑发男人对上了视线。

暗。又是他。

宗九觉得他未免和这人太过有缘了些。但对方能文能武，知道的东西比自己多得多，还特别聪明，还算是个神棍，实在是个难以预知的变数。

暗朝他冷淡地点头，算是打过招呼了。

除了暗，拉乌也在不远处，眉头紧锁，不知道在想些什么。

A级的安东尼双手插兜，看到宗九后面色明显阴沉下来。

之前那个和宗九打斗富翁的易锐思同样在场。

宗九仔仔细细观察一圈后发现，除了这几个人外，没他眼熟的面孔了。

也没有首席的身影。

想起首席的能力和那时森冷的杀意，宗九几乎可以肯定，对方一定会来这个副本里找他麻烦。

见招拆招吧。他漫不经心地想。恶魔只知道自己发现了他游戏指导师的这个身份，不知道自己连带着把他扮演NPC、控制玩家的能力也给扒了个底朝天，更不知道自己居然还有一个能够同他的能力抗衡的掀马甲专用S级道具。

这一点利用好了，完全可以来一个出奇制胜。

这时，系统终于加载完毕。

【主系统已成功链接。】

【《默菲斯契约》游戏第二场开启，当前位于三号赛场：饥荒山村。】

【该场通关模式为身份卡任务模式。玩家分为两个阵营，阵营不同，主线任务和额外任务也不同。】

【完成主线任务即可通关，完成额外任务即可获得额外奖励，主线任务失败则直接淘汰。额外任务为非强制任务，成功则等级评估系数翻倍，失败无影响。】

【身份卡已发放到各位玩家背包，请注意查收。】

两个阵营？玩家们神色一凛，纷纷在脑海中查阅起自己的身份卡来。

宗九打开了自己的身份卡。

今日份惊喜。

他拿到了——内鬼卡。

内鬼卡的主线任务是找到一个完美的遇难者。什么叫"完美的遇难者"？

至于额外任务……内鬼卡没有额外任务。

主系统显示，由于内鬼卡具有一定特殊性，所以默认内鬼只需完成主线任务就能自动得到特殊任务的附加奖励。

呵呵，主系统会这么好讲话？宗九暗自发誓，打死他也不信。

果不其然，等看到下一行，他就知道内鬼卡的特殊性到底是什么了。

看着最下方的那行小字，宗九陷入了沉默。

主系统口口声声说着本场分为两个阵营，但事实上——本场拿到内鬼卡的内鬼只有一个，那就是宗九！

在三十几个人里扮演唯一的内鬼，宗九，危险！

广场上一片静寂，所有人都在低头查看自己的身份卡。

身份卡把他们分为两个阵营，每个人在副本里扮演的身份角色也有差别。

在扮演模式里出现角色人设偏差是一件十分严重的事情，如果让NPC察觉出异常，轻则影响玩家的任务进程，重则副本结算时判定淘汰。也正因如此，人人都不敢大意。

出乎意料的是，这个副本对角色扮演要求的比重不大。反倒和宗九经历的收容所副本一样，勉强过得去就行，重点还是在阵营和主线任务上。

宗九也在脑海里继续看自己拿到的内鬼卡。

身份卡上显示，这个身份的主人原先并不是这个村的原住民，而是跟随其他逃难者一起来到这个村庄的难民。

以上是表面身份。

事实上，他的真实身份并不是难民，而是一个伺机来这座村子做买卖的人偶师。

这个身份……有点意思。

之前宗九看游戏背景介绍的时候，上面说到了这个朝代的人有这种习俗。

战乱时期，许多人背井离乡，客死异乡。为了给死者和死者家属一个安慰，人偶师应运而生。

所以，这个游戏里说的人偶，并不是普通的人偶，而是人偶师根据已经遇难的人的样子制作的，它们栩栩如生，仿若真实存在，毕竟人们坚信死者灵识可以附着在上面。

某种意义上来说，这些木偶能够代表遇难者。

然后人偶师带着这些"木偶"回到遇难者们出生的地方，算是帮助他们落叶归根。

这个过程，被称为："归根"。

按照人偶师的习俗，他们在帮助遇难者"归根"前，需要先找到一个符合人偶师通过各种方法测算，可以充当"归根"领队的人偶队长。

如果没有一个这样的好头领，就没法进行"归根"活动。

也就是说，先有遇难者，才有人偶，有了人偶，才能"归根"。

身份卡上还显示，他只是个初出茅庐、刚踏入这个行当的半吊子新玩家，揣着几句念着都不太熟练的口诀就上路了。所谓初出茅庐不怕虎，人偶师出师后直接测算了一下，就一路向着这块"风水宝地"赶了过来，混在这些准备躲进深山的难民里，伺机寻找一个可以充当"归根"头领的遇难者，根据他的样貌特征制作人偶队长。

难怪。

宗九之前还在想，内鬼卡和普通卡之间一定有着什么必然联系。现在看到内鬼的身份设定后就明白了。普通人一定会站在人偶师的对立面，既然内鬼卡的主线任务是"找到一个完美的遇难者"，由此推测，普通卡主线任务是保护村民的概率很大。

既然玩家不能互相攻击，那么这位遇难者一定是这座荒村的NPC。

普通人要保护村民，内鬼要寻找遇难者。

宗九不知道谁才是所谓的"完美遇难者"，但毫无疑问，在接下来的任务时间里，死的村民NPC越多对他越有利。当然，玩家也不能杀NPC，这是游戏铁律。

这个副本还有这么多高级玩家，难度不会太低。

不过，无所谓，反正之前刚进入游戏的时候都敢搞事情，现在各种素质都得到了提升，当然更要大干一场啊！想罢，宗九将意识从身份卡上抽离。

因为身份卡是人偶师，宗九一下子收获了一批对应他人偶师身份的道具，还有C级特殊道具摄灵铃和一包不知道什么用途的F级特殊道具黄卡牌。

副本里的特殊道具相当难得，不然玩家们不会千方百计也要兑换。这次如果顺利通关的话，这几个道具就能顺利收入他的腰包了。之前的收容所副本里，内鬼拥有不被无解型BOSS捉到的豁免权，如果这个副本里的内鬼也有个豁免权，那就太爽了。

　　不过，即便心下思绪万千，宗九表面上还是不动声色，静静地站在原地。

　　为了贴合副本背景，玩家身上的衣服都被换成了裘衣、布衣，脚上清一色踩着草鞋，肩上背着布囊。

　　主系统的声音也适时地响起。

　　【饥荒山村已正式开启。】

　　【本次副本时长为七天，第七日午夜十二点准时关停副本，开启结算，请玩家注意时间合理调配与安排。】

　　机械音消失后，周围的景物也像是被水流漫过般荡起波澜，动了起来。

　　玩家们都在暗中打量着其他人，谁也没有率先动作。

　　"喂，你们是谁？哪里来的！"通伯村的广场在靠近村口的地方，忽然出现三十几副陌生面孔，自然吸引了村民NPC的注意。

　　前置剧情里出现过的那个村民王守就在不远处，正神情不善地朝着这边走来。在他身后，几十个村民扛着锄头和镰刀，面色警惕。

　　这次进入副本里的玩家里，可没有像圣那样足够有威望又热情和善的领袖型人物。两个被投放到这个副本里的S级都是少言寡语、喜欢单打独斗的性格，没有主持大局的兴趣。

　　一时间，众人面面相觑，不知道该如何回答。

　　两方对峙许久，眼看着空气中的火药味越来越重。这时，终于有一个长相看起来敦厚老实的A级开了口。

　　"各位大哥们别误会，我们是从外边逃难过来的，没有恶意，只想在村里求个歇脚的地方。"

　　王守狐疑地打量了他们一眼："逃难过来的？"

　　整个村子的人个个面黄肌瘦，衣着破旧。而所有人都看得出，这群自称逃难的人不仅面色红润，还个个儿衣着整洁，说是逃难的，看起来简直比城里的那些少爷还要神气。

　　"不行，我们村不欢迎外来人。"王守恶声恶气地说，作势要同身后的村民一起把他们赶出去。

- 200 -

这一下玩家们都急了。

林国兴连忙上前一步："等等！"

他就是刚刚那个率先开口的A级。作为资深玩家，林国兴当然清楚如今是个怎样的情况。要是真的被村子里的人赶出去了，风餐露宿还是轻的，最关键的是很可能完不成主线任务啊！

想起身份卡上那个"保护村民"的主线任务，林国兴心里一阵苦笑。

A级玩家不仅可以独自拥有专属的套房，还可以提前知道关于下一个副本的线索。

所以，林国兴已经知道了第二轮比赛的背景，是相当常见的荒村题材。

林国兴当时就猜测这个副本可能会用老套的角色扮演模式展开。可他没想到的是，等副本开启后，主系统竟然告诉他这是阵营模式。这就算了，主线任务竟然还是最麻烦的保护型任务。

一般来说，副本的主线任务分为很多种，有探明真相、寻找物品、完成委托、绝境逃生、时限存活……但要问玩家们最不愿意碰到哪种类型，保护型任务绝对能拔得头筹。

众所周知，副本里的NPC脑回路大多异于常人，难以用常人的思维理解沟通。想要保护他们，或者劝他们不要去作死，简直就比登天还难。

但是，此刻更大的问题是连能否留在村里都不一定，又何谈保护？

很明显，其他人也意识到了这点，纷纷上前帮腔。

"对啊对啊，我们只是暂时来逃难的，不会对你们村里人造成影响。"

"大哥们高抬贵手，我们在这里歇息七八天就走，绝对不打扰你们。"

看到这些人脸上的焦急后，王守眼睛转了转。

他挥挥手，示意身后的村民们少安毋躁，然后摆出了一副不耐烦的姿态。

"行，想住可以。但村里不可能让你们干吃白饭，总得给点好处。"

好处？

众人面面相觑。

有玩家发问："你说的好处是？"

王守拾起地上的锄头，指了指玩家的背囊。

其他村民一个个交换眼神。通伯村不是没来过逃难的人，但逃难还带着这么鼓鼓囊囊一大包东西的，这还是头一遭。

"可是——"玩家们有些犹豫。他们虽然都是难民，但身份也有差别，彼

此背囊里拿的东西都不一样。

村民们不耐烦了："少废话，想在村里住下来就把背囊放下！"

双方陷入僵持。谁也没想到，一直站在人群边缘的拉乌反倒头一个动了。

他走过去，将手里拎着的背囊扔到村民面前。

好几双脏兮兮的手一起扯开了背囊的绳结，看到里面的东西后，村民们个个儿眼睛都绿了。

拉乌的包裹里没什么特别的东西，除了几个铜板外，最显眼的是一把灰扑扑的肉干。

围在包裹旁边的几人伸手就去拿，王守一锄头砸过去。

"急什么？！爷都还没拿，你胆儿倒挺肥。"

这个王守是村长的儿子，也是远近闻名的恶霸，村里的好东西都是他头一个分。那个村民即便被砸伤了手也不敢还嘴，只低声下气地赔笑。

王守冷哼一声回过头，拿起一条肉干就往嘴里塞。身后的村民眼神都定在他的手上，赤裸裸的垂涎和渴望。

这几年，各地都在闹饥荒，人人吃不饱，所有能充饥的东西已经都被人们吃光了，连深山里的树皮都被剥了个一干二净。这种情况下，肉可是实实在在的好东西。

肉干当然可以果腹，可是王守却感觉胃里竟生出一阵奇怪的干渴。

"还成吧，味道比我们村后头的白肉差远了。"他咂吧咂吧嘴，把剩下的肉干和铜板一起揣到怀里，"行，准你了。"

其他玩家在后头窃窃私语，看起来都松了一口气。

"这么简单？只需要把行囊交出去就能过关？"

"我刚刚看了下，我包里也是些干粮。"

也有玩家欲哭无泪："啊！怎么办，我的身份设定里没有包裹啊。"

"我也没有，难道我们就进不去了吗？"

有了拉乌打头，不少玩家都乖乖排队等待村民检查自己的包裹，那些没有包裹的玩家只能尴尬地站在一边。

宗九老神在在地站在一旁。他本来就是两手空空，道具都被放进了系统背包。

检查结束后，村民们搜刮出了一大堆食物，一个个喜上眉梢，态度也松动不少。

"行吧,既然交了好处,我们村就暂且收留你们一段时间。"

但面前有三十几人,王守想起村里没那么多空房。

他想了想:"这样吧,老强,交了粮的你带他们去空房,没交粮的就带到老槐树后头去。"

那个叫老强的村民猛然抬头,神情犹豫:"那边……会不会不太好?"

"能有什么不太好。"王守不耐烦地说,"这都这么久了,就你们神神道道的。"

老强不敢反驳,只好连声应下。临走前,王守示意他附耳过来。

"盯紧这群人,他们里面肯定还有大鱼。"

不远处,宗九混在没交粮的队伍里,默默为他们口里说的"老槐树后头"抽了张牌。

他低下头,不动声色地看着手里的逆位牌,陷入了沉思。

那张牌是星辰牌的第十三号牌,死神。

一边跟着老强往前走,宗九一边在心里回忆了一下《星辰指南》的内容。

二十二张星辰牌里,最不祥的当属十六号的"高塔",无论正位还是逆位,都具有摧毁一切的可怕破坏力。而死神牌看似不祥,实则带着一丝生机,尤其在呈逆位时,这生机就能增大。

正位死神:失败,结束。

逆位死神:抛弃过去,浴火重生,向死而生,奇迹。

浴火重生。宗九稍加思索,若无其事地将牌收回。

这时,队伍也恰好停下了脚步。

"到了。"领头的老强在路旁的一座土房前站定,"刚刚交了粮的住这儿。"

随后他远远地一指:"没交粮的,你们住那树后头。"

他指着的小路尽头,那里有一棵老槐树,泛黄的叶片垂在枝干上,随着路边吹来的冷风晃荡。

就在槐树的枝叶背后,一座老旧的土房岿然而立。

交了干粮的玩家们用怜悯的眼神看了没交干粮的人一眼,心里庆幸万分。结合之前王守和老强的对话,明眼人都瞧得出,那个老槐树背后的破房子绝对有问题。

弹幕也议论纷纷。

【明明都是一起进来的玩家,却因为有人身份卡初始设定里有包裹,有人

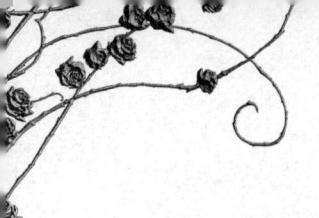

没包裹，导致开局就出现天差地别的差距，这副本真的看运气啊。】

【同意！说实话，我觉得那个破屋子肯定有蹊跷。】

【你们觉得，没交干粮这边的玩家谁会最先遭遇不测……】

【首先排除暗，其次排除魔术师，其他人……不好说。】

另一边的玩家们明显内心十分不平，但是在手拿锄头的村民面前也不敢多说什么。

可能真的是倒霉，没交粮的这组实力参差不齐，新玩家占了大半，老玩家寥寥无几，只有一个高等级的第三名暗，往下直接就是C级。

在这种情况下，人们都会下意识想要找个主心骨，于是众人都往暗那边瞟去。可惜暗偏偏不动如山，对目前的情势不置一词，反倒低眉沉目，好像在思考着什么。

他这副模样，一众D级、E级的新玩家更不敢上前搭话。

过了一会儿，终于有玩家畏畏缩缩地开口：“我……我们要不要先到房子那边看看？”

虽然不知道这个副本是什么年代，但能够发生大规模的饥荒，想来也不太可能是什么和平年代。现在天色已经不早了，再拖下去恐怕天就要黑了，就更可怕了。

有玩家附议：“对，我们还是赶紧去看看吧，不然天黑了就不好了。”

话虽这么说，但大家你看看我，我看看你，谁也不迈开脚步。

正在这时，宗九放下手臂，率先朝着路口走去。众人眼睛一亮，立刻跟上。

新玩家们不用说了，全部对宗九心服口服。很多老玩家虽然看他不太顺眼，但是面对一口气冲到上三级的宗九，心里对他的实力也多有忌惮。

对于跟在身后的一行人，宗九毫不在意，他走到那棵老槐树面前，蹙起了眉。

有人纳闷："奇怪。我们刚刚走过来的时候，那些树的树皮都被剥干净了，怎么这棵树的树皮还没人吃？"

"因为槐树属阴，没人敢吃。"宗九开口，"你们谁手上有兑换了的道具，都准备一下，我们进屋看看。"

众人看着树背后那黑黢黢的屋口，腿都软了。

"快点，就进屋瞧瞧，人这么多有什么好怕的？马上天就要黑了，有房子睡总比没房子睡好。"宗九一边催促，一边装模作样地从黑色暗匣里掏出把普通匕首来。

大家看他一副胸有成竹的样子，还以为这把匕首是从韦加城换来的高级道具，也纷纷拿出了自己的道具。

"咚——"

房门破破烂烂，也没上锁，一推就开。推门那个玩家太过慌张，不小心把半片门板推倒在地上，冷风开始倒灌进去。

宗九手里攥着匕首，收敛心神，领头朝着屋内走去。这倒不是他艺高人胆大，而是因为他垂下来的另一只手上还攥着摄灵铃。

借着窗棂和被白蚁蛀出来的洞，外边的光勉勉强强照进来一些，把这座不大的土房照亮。

屋内陈列的东西不多，不过是一间荒废已久的空屋，地上满是污垢，房梁上布满青苔。摆在墙角的水缸也碎了一角，只能隐隐约约看到里面盛着的污水。

这种屋子就算是歇息也只能靠着墙眯一会儿，唯一的好处就是能躲过外头的寒风。

"啊——"跟在后头的玩家忽然发出一声短促的尖叫。

正在探查的人立刻警惕，拿着道具回头，准备迎接未知的危险。

只见墙角有只肥硕的灰色黑影一蹿，从墙上的破洞一下子钻了出去。

那个玩家支支吾吾地开口："是……是老鼠。"

众人松了一口气。这么一打岔，大家的紧张情绪消散了不少。

尖叫的玩家不好意思地挠头："我叫徐粟，对不住啊各位，我真的从小就怕老鼠，刚刚不是故意吓唬大家的。"

其他人摆摆手，有人趁机提议："既然接下来在这个副本要在一起，那我们不如先简单认识一下？"

说着，所有人又下意识把目光移向了宗九。虽然宗九本人什么也没干，但这一群新玩家已经有隐隐约约把他当头领看的意思了。

宗九挑眉。说实话，如果把自己摆在领导者的位置上，又表露出一副处处为大家好的模样，的确很难让人怀疑。难怪之前圣那么积极，就是仗着老人信任，新玩家无知，利用大众容易盲从的弱点，最终得以全身而退。

大家各自做了简单的自我介绍。互相认识了一下后，屋内气氛好了不少。

大家都随意挑了个能落脚的地方坐下，彼此对视，唉声叹气。

"明明一样都是玩家，我们可真算倒霉透了，怎么就没有包裹呢？"徐粟

看了眼外头，心有余悸，"我们要在这里待七天呢。"

"对啊，这个屋子又黑又冷的，看着都怕。"

"别提了，搞不好今晚就得这么过了。唉，不过也好，你们看外面那些村民都饿成什么样了，好歹咱们不用吃饭。"

宗九没参与讨论，他蹲在中间靠墙的位置，一边听他们讨论，一边打量着身后这堵墙。

刚刚瞥了一眼，他就发现墙面有些奇怪。

这座房子紧靠着山，房顶又是漏的，长年累月无人居住，就连墙上也生满了密密麻麻的青黑色苔藓。但如果仔细看，会发现它们生长的高度有细微的差别，造成了横截面参差不齐的景象。

宗九随意地从地上捡了根树枝，一点一点把这些苔藓给刮了下来。随着他的动作，被遮掩的墙面也露出背后的土。

在那些夯实的土墙上，一道道白痕乍然出现。

"快看，这是什么？！"

宗九的动作并没有避着其他人，屋里众人发现异样后，纷纷加入开始一起刮起了墙面。

他们把整整一面墙的青苔全部剥了下来，看着眼前的墙面，面露疑惑之色："看起来好像是有人用指甲抓出来的？"

"你们看，高度正好……"那人比画了一下，"半面墙，更高的地方就没了，手伸不上去。"

乡下土房的墙壁一贯夯得严实，这么密密麻麻、道道都有一两厘米深的痕迹，如果是人造成的，那恐怕手指都得磨断了，可如果不是人造成的……

徐粟欲哭无泪："要……要不我们还是出去露天睡吧？"

其他人没有说话。

整个村子都安全不到哪里去。就算睡在外面，一样有危险，搞不好比在屋里更危险。

就在这时，木门处传来声响。

众人回头。

门口那人收回手，冷淡地扫了屋内众人一眼："出来。"

一时间，站在墙壁前的新玩家们面面相觑。

见他们没反应过来，暗的语气多了些不耐烦："不出来捡柴，难道你们想就这样在这里睡一晚？不怕被冻死？"

他这么一说，玩家们才反应过来。日子已经到了秋冬相交的时候，这间破土房顶多挡挡风，何况深山里昼夜温差还大，众人身上穿着的衣服都不算厚，要是就这样睡一晚，醒来恐怕全身都要冻僵了。

于是十几个人一窝蜂跟了出来，没人敢单独留在屋内。

他们在屋前分了两队，一队跟着暗去捡柴，一队跟着宗九去找村民。

好在虽然村子里饥荒严重，但柴火还是管够的。往不远处的山坡上一逛，在树下就能捡到不少。最后每个人怀里都抱了一大摞枯枝。

捡木柴小队回来时，找村民们借打火石的小队也回来了。

领队的宗九摇头："不行，他们不愿意借。"

虽然早就知道这些村民是什么嘴脸，但连最廉价的打火石也不愿意借，实在让人憋了一肚子火。

新玩家们顿时怒了，骂骂咧咧地开口："这群人没一个好东西，谁愿意保护他们啊！"

"就是，一群孬种。"

"气死老子了。"

宗九眸里闪过一线光。他猜对了，普通卡的主线任务还真是保护村民。

"可是，那现在我们怎么办？"

暗皱了皱眉："我可以点火，走吧。"

可以点火是什么意思？

其余人看着大佬抓着一捆木柴，也不敢多问。十几个人有人抱着柴火，其余的两手空空，重新回到小路尽头的房子旁。

这么一通折腾下来，天空也差不多变成了乌青色。

黑夜将至。

走到路口的时候，徐粟忽然再度"啊"了一声。

走在他前面的玩家再次被他吓了一跳，语气暴躁："你怎么又叫了？又有老鼠？"

"不……不是。"徐粟声音发抖，伸出手指，"那……那上面，好……好像有个人。"

所有人顺着他指着的方向看去。

土房前槐树的茂盛树冠下，居然有一个"NPC模型"吊在那里，模型的出

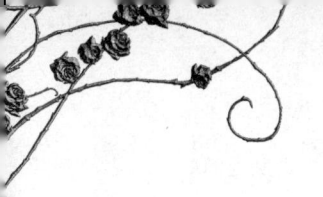

现，证明有NPC在这里"死"去了。

不过，在这个副本里，已经死去的NPC都会被大家通称为"遇难者"。

过了好一会儿，才有人犹豫地开口。

"那……那是个遇难者？"

宗九皱眉："应该是。"

弹幕捏了一把汗。

【看这个遇难者的状态，死亡时间应该已经有好几天了。】

【可是刚刚镜头转到这里的时候，我记得没有看到有东西啊。】

【这么快就进入情节了，这个副本的难度果然不低。】

宗九回头问了一句："我们刚出来的时候有谁注意到这棵树吗？"

其他人纷纷摇头。进屋前大家都仔细检查过，不可能树冠上挂着那么大个人还看不到。而且从他们进屋到离开再到回来，也就不到一个小时。

这棵老槐树高度足有十几米，树干笔直，通身没有凸起或可以使得上力的点，根本不可能在短短半小时就爬到树冠的位置，更别说还要挂上遇难者，想要掩人耳目可谓难如登天。

这一下，更是谁也不敢再靠近那房子，于是一队人在这等着，另一队人去找村民。

等众人齐心协力把遇难者放下来后，所有人都愣住了。刚刚还骂骂咧咧的村民吓得连滚带爬地回去喊人，留下玩家们面面相觑。

宗九后退一步，从一旁玩家抱着的柴火里捡了根树枝，上前去检查。

与此同时，主系统的提示音也在他耳边响起。

【非主线任务物品，提交失败。】

宗九垂眸，若有所思。看来想要完成主线任务，他还得亲手确认每一个遇难者是不是人偶师想要寻找的"完美的遇难者"。

徐粟惊呼："这不是刚刚给我们带队的那个人吗？"

"可……可是……"有人声音发抖，"不是说这个NPC已经死了几天了吗，那刚刚给我们带路的那是——"

一片死寂。

死亡时间和刚才老强给他们带路的时间对不上。

显而易见，要么这具模型是假的；要么……刚刚给他们带路的人有问题！

第十四章

饥荒山村

天色越来越暗，群山静寂。恰在这时，赶回去的村民也举着火折子朝这边走来。

"都聚在这里干吗？"王守来的时候手里还端着碗筷，应该是被人从饭桌上喊过来的。

等走近看清后，他吓得一屁股坐在当场，手里的碗一下子翻到了地上。

宗九站在一旁，不动声色地往他打翻的碗里瞟了一眼，只见深红色的泥土裹着一块泛白的肉，从碗里滚落在地。

用土当饭固然引人惊异，深红色的土更是少见，但旁边还配着一块肉，这就让人不解了。

能吃得起肉，还会没饭吃不成？

就在宗九想挪过去仔细看看那块肉的时候，村民里产生了一阵剧烈骚动。

"快——"看清遇难者的死状后，王守撕心裂肺地大喊，"叫……叫我爹来！"

因为这一连串的动静，交了粮的那队人也从屋子里赶了出来，围在一边窃窃私语。

讨论声在静寂的黑夜里回响，隐隐约约能捕捉到"内鬼""村民""出事了"这样的字眼。

"那一队肯定有内鬼。"易锐思站在安东尼的身后，愤愤地开口。

内鬼卡和普通卡之间最大的不同，就是他们主线任务上的冲突。

保护村民是普通卡的任务，现在既然已经死了一个NPC，很难说背后有没

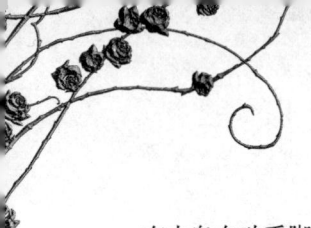

有内鬼在动手脚。

而且，遇难者是在老槐树上发现的，想来也是另一队的人嫌疑更大。

就在刚才，和没交粮的小队一样，交了粮的队伍里也迅速选出了一个领导者。

拉乌不表态，这个美差就落到了安东尼的身上。毕竟身为第二名的左膀右臂，安东尼也算是实力强劲，由他来领导也无可厚非。这一队是老玩家居多，活下去对人手一件特殊道具的他们来说并不算多难的事。相比起来，如何进行更多的险境挑战，完成随机任务，提高自己的系统评价，才是他们的首要目标。

夜色中忽然出现一大一小两个身影。

老人家拄着拐杖一瘸一拐，手里牵着瘦巴巴的小孩。看到坐在地上的王守时，小孩松开手跑了过去，口里还喊着爸爸。

"村长！"拿着锄头的村民们纷纷让出一条路。

村长手里拿着旱烟，点了点头，缓缓看向地上的遇难者。

不知道是不是夜色的缘故，有那么一瞬间，宗九感觉对方的整个眼珠都变得漆黑。

王守将孩子拉到身后，神色慌张："爹，约莫一个钟头前老强还跟着我。"

其他村民都围拢过来，等待着村长的决断。

"李婆婆说得没错。"许久后，他才从长长的烟嘴里嘬了一口，"这次恐怕是真的。"

"那怎么办？"村民一阵骚动，"大家伙就这样等死吗？"

"就是，要真像她说的那样，那岂不是全村都——"

"急什么，急能吃得着大米啊？"村长不耐烦地敲了敲烟柄，"都回去，天已经黑了，等明天一早再去土屋里找李婆婆想办法。再说了，那婆子日日神神道道的，说不定就是个巧合呢？"

显然，这番话相当具有说服力，骚动逐渐平息。其他村民也被说服，一个接一个举着火把回去了。

围观的玩家面面相觑。他们觉得这个村的村民实在太过淡定，简直不像目睹了惨案现场的。

这里有人死了，正常情况下不是应该赶紧想办法找凶手吗？看他们的神情，居然好像早就知道了凶手一样。再说了，这个人刚刚还在给他们带路，转头就成了一个遇难者,中间的时间差根本不容忽视。

如此蹊跷的情况下,通伯村的村民还能不慌不忙,也解释不通。

事情绝对没这么简单。不少有经验的老玩家对此心知肚明。特别是拉乌,更是眉心紧锁。

事情发展至此,这个副本的核心问题已经昭然若揭。既然主线任务是保护村子里的人,就说明一整个村子都有危险。也就是说,这里有一股强大的精神力的可能性很大,否则实在难以针对整个村的人。

一般而言,出现这样的情况,背后一定有些不为人知的隐情。只有弄清这个村子里到底发生了什么事,才能更好地保护村里的人。

徐粟低声发问:"那我们今晚怎么办?"

他们住的房子在老槐树的后头。前边就是发现遇难者的地方,说不怵那是不可能的。更何况那房子不仅外表看起来破旧,里面也阴冷潮湿。

"按这个副本的难度来看,那些异常肯定不会是巧合。"有人干笑几声,"我觉得为了保险起见,我们还是想办法换个地方,或者干脆就在外面露营算了,反正有火,大家围成一圈也不算冷。"

宗九佯装思考,出言附和:"我觉得这个提议不错。眼前安全最重要,我们还是离那间土房远一点吧。"

谁也不愿意靠近那土房,这个提议正合大家的意。

除了暗意味不明地瞥了宗九一眼,其他人都纷纷表示赞同。

对这道目光,宗九权当没看到。

其实对于宗九来说,这个副本最大的变数是暗。因为宗九有把握瞒过其他人,但他对暗这个不按常理出牌的家伙却毫无办法。

但是,在收容所的时候,暗的确给他送了很多线索,在韦加城也一样。这样已经算得上明晃晃地示好了。

可惜,宗九只信自己。

这时候,没交粮小队的人已经随意在房屋周围选了块空地,把柴火堆在了地上。

准备工作做完后,所有人的视线都瞟向了站在一旁无所事事的暗。大家都很好奇他要用什么方法点火。结果所有人都看见,暗慢悠悠地掏出了他的罗盘。

S级大佬掏出了S级道具,这是不是代表周围不太平!

玩家们悚然一惊，纷纷警惕地环视周围。

暗连眼皮都没抬，把八卦盘在手上转了半圈。离卦正对着的方位，木柴一下子燃起了火。

立刻有人贴心地给出了解释。

【我知道了，刚刚去查了查，原来罗盘里还有金木水火土五个元素，这么说，点个火也不是不能理解，就是有点浪费冷却时间。】

众人惊呆了。谁能想到，这么厉害的S级道具，居然被暗拿来点火。

简直是暴殄天物！

深山里夜色沉沉，天地间仿佛只剩一个颜色，远处群山莽莽，伸手不见五指。

今晚没有月亮。

火光映在每个人的脸上，一张张面容在明明灭灭的火光中隐约可见。晚间的风有些大，大家围坐在一起烤着火，还算暖和。

在这种氛围下没人睡得着。一时间，众人低头的低头，看天的看天。

宗九特意挑了一个远离暗的位置。

沉默中，有人打破了寂静："不如我们来聊聊天吧，一直这么安静，怪无聊的。"

"聊吧，聊些什么？"立马有人接话。

"哎，这个主线任务到底是什么情况，如果是保护整个村子的人，那我们岂不是已经失败了？"

"应该不是，保护型任务也不一样，这个看起来是只要有一个村民活下来都算作过关。"

一个C级老玩家开口："一共有七天，这还只是第一天。我建议等到第六天看村子里还有多少人，我们再集中保护那几个人就行了。"

热浪顺着火舌腾起，大家一时间相顾无言。刚刚这人说的办法虽然不太人道，但的确可行。

他们不像安东尼那一队应对得游刃有余，在这样近乎S级难度的副本里，中低级玩家能保护好自己就不错了，若说还想要保护NPC，那实在有心无力。

"反正还有六天时间，不急。"宗九活动着冻僵的手，"我们首先要弄清楚这个村子发生过什么，这样应对起来也有头绪。"

他一开口，大家纷纷表示赞同。

"那不如我们相互交流一下情报？"宗九颔首，"刚刚那个村长儿子过来的时候碗里装着土和肉。"

这么明显的一幕，显然不可能只有宗九一个人注意到。

立马有玩家接话："我看到了，我还发现，他走后有村民捡了他打翻的东西吃。"

徐粟绞尽脑汁："那个红色的土我有一点眼熟……啊！想起来了，我捡柴的时候在远一点的土坡上看到，村后头有一块地方用土墙隔起来了，那里的土好像就和碗里的一个颜色。"

他这么一说，旁边有人也回忆起来："我好像也看到了，是不是土墙背后还有一座土屋那里？可惜那时候天色已经暗下来了，没怎么看清。"

宗九暗暗皱眉。

他想起刚才村长提到的土屋和李婆婆，心里多留意了几分。

只可惜副本才刚开始没几个小时，接下来他们还要在这里待六天，加起来得到的信息也有限。大家七嘴八舌讨论了几分钟，发现很多都落不到实处，话题就开始慢慢偏移了。

夜晚总能激发人们聊天的欲望。聊了一会儿后，不仅气氛变好了，大家也多了些同病相怜的感觉。

宗九适时提议："大家不如聊聊进入无限循环之前都是干什么的吧。"

宗九当然知道，这些人记忆里的"初始身份"都是系统给他们捏造的，他也并不关心系统给他们安排的故事。

从始至终，聊天的节奏都被他不着痕迹地掌控着，就像当初在舞台上，他引导观众将注意力从一处转移到另一处那样。

这个话题打开了大家的话匣子。

"唉，我就是个普普通通的毕业生，刚找到工作，第一天上班，结果刚出门就被丢到这里来了。"

没交粮的队伍里，除去暗和一位C级老玩家许森以外，其他全都是新玩家。

有人起头，大家都打开了话匣子，彼此大倒苦水。

"差不多，我在办公室拿着书准备去给学生上课，一回头就到玩家宿舍了。"

"谁不是呢！好不容易休了个年假，想要窝在家里打一天游戏，睡醒就发现世界变了。"

"别提了,我还就在婚礼现场,刚拿着戒指跪下,一抬头新娘子就变成了同宿舍的彪形大汉。"

一个人苦哈哈地说,引来一片善意的哄笑。

直播间也随之开始感慨。

【怎么一下子就转到深夜频道了,其实大家都蛮奇怪的,越是在优渥的环境里越是颓丧,在逆境和绝望之中反倒会闪闪发光。】

【对啊,在没有进入无限循环之前,我觉得活着好像也没什么意思,反倒是进来后才发现生命真的很难得……唉,谁知道自己什么时候会走到终点呢?】

【这次的新玩家好有闲情逸致啊,我进来无限循环这么久了,好像基本没和别人聊过这种问题。】

【是啊,在这里真的好累,每天满脑子都想着怎么变强。有点难过,我忽然发现,我好像已经记不清楚之前的生活是什么样子了……总之应该不是像我们这样,每天提心吊胆,即便不是身处副本中,只要有一点点响动也会被吓醒吧。】

……

聊了一会儿,身为老玩家的许森明显很受触动,就连暗也松了些眉眼。

宗九低头活动着自己的手指,冷不丁听到有人把话题拉到了他的身上。

"说起来,九哥呢?九哥以前是干什么的?"

"哦,我呀。"宗九头也不抬,"你们不都知道了吗?"

【知道了?什么?难道这个白头发真的是个魔术师?】

【哈哈哈哈哈,这么说来,是把一个魔术师放进了游戏城啊!】

【终于知道为什么当初他一路赢了……我还以为魔术师只是个称号,没想到人家真实职业就是这个!】

无限循环里,一般只有实力获得大家认可的人才会被冠以称号,对那些成名已久的大佬,很多时候大家都不会直呼其名,例如驱魔人、拉乌、圣,等等。

虽然宗九现在还只是个C级,但魔术师宗九的大名已经可以说是无人不知,无人不晓。

闻言,其他人纷纷惊呼:"哇,九哥你以前真是个魔术师?"

"是啊。"宗九不在意地说,"三流魔术师,碰巧学的纸牌魔术,不值一提。"

要是放在往常，这些话宗九不会说。但他今天可能是兴致上来了，反正不过是无关紧要的信息而已，借此和大家拉拉关系也不错。

"九哥谦虚。"新玩家们赞叹，"原先大家以为你是大神，没想到是魔术师。能在紫衣NPC眼皮子底下作弊，还能让首席自动弃牌，真的太厉害了。"

宗九不置可否地笑笑。

"应该也快天亮了吧。"徐粟蹲在地上，往中间的柴火堆里添了些木柴，又抱着膝盖坐回到地上。

"说起来，主系统是不是说过，所有玩家只能留下一百人？"

许森点头："嗯。"

一百个，那就意味着只有S级和高位A级能活下来，难度可想而知。

见气氛一下子又沉闷下来，许森摸了摸脑袋："大家别太担心，当初我们这些老玩家也没想这么多，现在已经这样，也没办法了。"

"再说，我们在无限循环里待了这么久，看得很明白，除非能够成为像暗大佬这样的存在，像我们这种中间实力的玩家，次次下副本都提心吊胆，生怕哪次就有去无回了。"

坐在火堆旁的暗抬眸看了他一眼，吓得许森还以为自己刚刚的言语惹到了大佬。结果对方什么也没说，很快又垂下眼眸。

许森苦笑，还是决定把话补完："参加这个比赛，不论最后的名次怎么样，能有个好结果就行。"

宗九拨手指的动作一顿。虽然他是内鬼，但在这个副本里他和普通玩家之间并没有直接冲突。如果到最后能顺利完成主线任务并且时间还有余裕的话，帮帮这几个人也无妨。

宗九想着，撑头看向柴火的中央。

"许大哥说得对，别灭了自己的威风。"徐粟赶紧出来活跃气氛，"不如我们来讨论一下，要是拿到万能许愿券，大家都会许什么愿吧。反正大晚上做梦合理。"

这个话题还比较有意思，火堆旁的沉闷一扫而空。大家煞有其事地开始思考。

有人笑着说："要真的能有这个机会，那当然是许愿自己天下无敌啦。"

"可能会许愿直接通关无限循环所有副本？或者是不用为排名发愁好了。"

"我应该会许愿得到一个最强的道具,或者永远不用加入超难副本,最好是能脱离主系统的掌控。"

直播间的观众也纷纷开始畅想。

【是我的话,那必然是许愿要天下无敌啊!这个最现实、最实用了吧!】

【想许愿让我的兄弟回来,是他在副本里换取了我活下去的机会,所以无论现在有多么难过,我都得带着他的那份一起走下去。如果遇事轻言放弃,就浪费了他的一番苦心了。】

【对,一定不要认输!】

【如果真的可以有这个机会,请让我拿到《亡灵书》吧,我还想和死去的战友们再说说话。】

……

宗九注意到,这些人真的和暗说的一样,没有一个人意识到他们可以通过许愿的方式返回自己原来所在的现实世界。

这些人全都是被主系统从现实世界拉进来的倒霉蛋。

但宗九不是。他来了之后是真的抱着玩的心态。

对其他玩家来说,现实世界是系统给他们安排的,让他们误以为真实的"现实世界",但对宗九来说,他们的现实世界并不是他曾经身为魔术大师的那个现实世界。

毕竟无限循环世界的一切,在他的世界里,只是一款红遍大江南北的游戏。要不是宗九没料到自己会取代别人的身份进入游戏,不然早知道事先记住所有副本的剧情,绝对会成为他的制胜法宝。

所以宗九推测,就算自己对着许愿券许愿回到现实世界,系统也并不一定会把他送回曾经生活的世界,大概率会抹除他的记忆,当一切都没发生过。

只不过……回不去对他也无所谓。

宗九对自己生活的世界基本没多少留恋,就算主系统神通广大能让他回去,他大概也不会选择回去。无限循环里的各种副本在其他人眼里充满挑战,十分艰难,但对宗九来说,却充满乐趣。

他喜欢这样游走在刀尖的感觉,也喜欢这样盛大的舞台。

所以等其他人问到他身上的时候,宗九随口说了一个。反正他的手已经治好了,现在说是无欲无求也不为过,倒不如造福一下群众。

"要真能拿到许愿券的话,我应该会许愿让所有人都从无限循环里出去吧。"

现场一片静默。

等宗九反应过来不对劲的时候，火堆旁的人个个已经如奉神明般看着他了。别说徐粟、许森这些新玩家，就连一直似乎事不关己的暗也用一种极为复杂的眼神看向他。

其实，在这种情况下说到万能许愿券，反正也就是说着好玩，所有人第一想法都毫不例外的是用在自己身上。没想到宗九直接抛出一个造福所有人的答案，思想境界可说是高下立判。

弹幕一个个震惊得哑口无言。

【我的天哪……我真是对这个C级肃然起敬。】

【真的看不出来，魔术师竟然是一个这么高尚的人，对不起，我为我之前骂过他道歉！】

【没错，请他一定要赢啊！我早就想从这个破地方出去了！他赢了我们就解放了，加油啊魔术师！】

火堆旁的人都失去了言语，许久才反应过来。

他们看着宗九，深吸一口气："加油，我们相信您一定可以打败恶魔，登上首席的宝座，带领我们离开这里！"

宗九惊讶极了，他觉得，自己随口说的那些话可能带来了某种出乎意料的效果。

所有人围着火堆聊了一夜，快天亮时不少人撑不住，就地睡了过去，有这么多人围在一起，宗九觉得不用担心，也跟着小憩了一会儿。

等他醒来的时候，东方天际已经泛起了鱼肚白。只是今天天气依然不见好，阴沉沉的。

宗九的睡眠一向不深，时间也不太长，只要能维持人体机能正常运作就足够。

这会儿虽然大家都被吵醒了，但宗九的精神还不错。反观其他人，脸上都带着显而易见的疲惫。

"怎么了？"宗九率先从地上爬起来，拍了拍身上的灰。

"啊……头好痛，怎么一大早就这么多人在吵啊。"徐粟揉了揉惺忪的睡眼，等意识到自己在副本里，立刻双眼睁圆，试图驱散自己顽固的睡意。

不远处的屋子里，安东尼带着人跟在拉乌背后推门而出。他们一个个警惕非常，看到火堆前睡得东倒西歪的新玩家们，神色无一例外地带上了轻蔑——

在副本里还能睡成这样，这群新玩家也是没什么前途了。

等他们一行人率先离开后，新玩家们也陆续开始醒来。

但他们都没有动，统一看向站在一旁的宗九。

被所有人盯着的宗九："……醒了我们就赶紧过去看看？"

然后他们就这么跟在宗九背后出发了。显然，经过昨天晚上的深夜谈心，新玩家们都对这位新首领百分百信任，唯他马首是瞻。

宗九自己也想不到，他堂堂一个内鬼，又没有像圣那样大肆收买人心，只是随口说了一句，竟然就达到了这样的效果，真是受宠若惊。

第一次信口胡说被暗扒了线索，第二次又造成这么大的误会，博得了新玩家们的全部信任，难得地令宗九心里产生了一种近似怜悯的情绪，打算到时候自己主线任务完成了，就顺手帮帮这些倒霉孩子，毕竟一个给内鬼当枪使了都不知道，连内鬼本人都看不下去了。

等他们赶到现场的时候，事情正好进展到白热化阶段。

几乎整个村子的壮丁倾巢而出，一个个手里拿着麻绳和锄头。王守站在他们中间，一只手捂着受伤的胳膊，嘴里骂骂咧咧。

"那个女人真的是胆子肥了，竟然还敢打伤老子，老子今天非得教训她不可！"

"找！都给我找！她肯定还躲在村里！"

其他村民听了，一个个挨家挨户地查，踢开柴房门的声音此起彼伏。

无关紧要的人全都被赶到中央的空地上，土房里不准留人。不一会儿广场上就站了一大片人，大多数是玩家。

"他们这个村一个女人都没有。"徐粟小声说。

不仅没有女人，连老人也没有一个，放眼望去，全都是拿着锄头的瘦削男子。

"唉，兵荒马乱的年代，女人和老人这样的，自然比男人更难讨生活。"许森"唉"了一声，"这种自己都吃不饱的朝代，谁还有精力照顾弱势群体呀。"

听了许森的讲述，众人陷入思索。

恰好那边村民也回来汇报，王守听了后气得直跳脚："怎么可能找不到，那个女人肯定还在村里！"

他还在闹腾，过来的村长一拐杖敲到他头上。

"都什么时候了，一大早吵吵嚷嚷的！昨天老强的事还没长记性？"

很明显，虽然王守是村里一霸，但他面对自己的老父亲还是底气不足："爹，可是她一簪子把我刺成这样！"

老村长看了一眼他的手臂："行了行了，先找药草敷一下，赶紧带人去土屋。她一个寡妇，娘家哪里顾得上她？总还是得回来的，抓到了再让你处治也不迟。"

王守看上去也被说服了，他恶狠狠地接过一旁的布条，指了几个人："你们去村口守着。"

通伯村位于深山，想要出村只有一条路，除非继续往更深处走。但深山里面不仅没有村子，还有很多猛兽蛇虫，只要堵住出村的路，总能抓回来。

那几个村民听了，乖乖去村头守着。其他人都跟在王守背后，朝着村后头走去。

临走前，拄着拐杖的老村长特地吩咐了几句，于是有几个村民举着锄头走过来，朝着玩家吼道："你们这些逃难的也过来！赶紧的！"

这是要干吗？

大家面面相觑，纷纷跟上。

队伍一通左拐右拐，来到了村后头。

那里有块地用夯实的土墙圈了起来，宗九朝里面瞥了眼，发现正是昨天晚上大家在火堆前讨论的那块地。土墙里的土是深红色的，不仅如此，地面还比外面的路面低了不少，一看就是经常有人来取。

"看什么看，看什么看，走走走！"一旁守着的村民拿着锄头过来赶。

宗九侧了侧头，从空中抓了块碎银出来，悄悄塞到那个村民手里。

"这位大哥，您可真是误会了，我们都是从百里外逃荒来的难民，怎么敢造次呢？小小礼物，不成敬意，您不如给我们解释解释？"

【怎么回事，碎银？他是从哪里掏出来的？】

【好奇怪，这一路走过来大家都是穷光蛋，怎么就他有钱？】

【不愧是魔术师，总能出奇制胜。】

村民捏了捏手上的碎银，态度似有松动。

宗九视线一转，正好看到不远处神色不善地看着他的安东尼和易锐思那伙人。既然之前结了仇，现在宗九当然不会好心地给看他不爽的人送情报。

"等等，你过来点和我们讲。"

"行。"看在钱的分上，这村民的态度同之前有了天壤之别。而且为了独

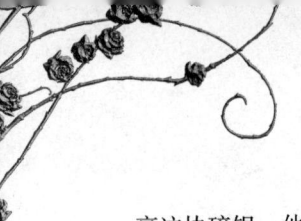

享这块碎银,他将声音压低了不少。

"你们这些外来的肯定不知道,这里可是被点化过的村子。"村民神秘兮兮地开口,"传说,古时候有个神女在这儿降生,神女用树枝蘸上露水,在我们这儿画了一块地。据说只要吃了这块地里长出来的仙草,就永远不会饿肚子,还能长生不老。"

仙草?

在一个玄幻副本里,有神女、仙草这些都不算什么稀罕事。

但是……

宗九和暗对视一眼,回头看了看土墙后的红土地。地里光秃秃的,一片荒芜,什么也没有,就连红色的土也只有浅浅的一层,贫瘠不堪。

"既然是仙草,哪有那么好得。"看到他们脸上的疑惑,村民解释,"不论是活着的种子还是树,移栽到这土里都活不了。但这土可金贵得很哩。"

说罢,他还指了指后头的小土屋:"你看,那屋子里住着的李婆婆,就是专门负责打理神女土的。"

果不其然,在这块围起来的红土地背后,一座同样砖红色的小土屋静静坐落在那里,和周围灰扑扑的破旧土房格格不入。

这样的年头还修了这么好的土屋,每餐还吃这些传说中经由神女点化而成的红土,看来这个村的人十分相信这个有关神女的传说。

宗九沉思片刻,瞥过这个村民看起来比常人大不少的黑色瞳仁,继续跟着队伍往前走去。

队伍的目的地正是那座传说中有神女诞生的土屋。

正在这时,暗不着痕迹地走到了他的身边,众目睽睽之下忽然问道:"有怀疑的对象吗?"

其他人下意识地朝这边看过来。在众人的注视下,暗面容依旧淡漠,连音量都不带压低一点的。

宗九挑了挑眉:"哦?"

"只要有超过五个人指认同一个人是内鬼,"暗语调平静,"经过主系统判定正确的话,就拥有即刻处决内鬼的权利。"

"如果能够成功处决内鬼,个人等级评分直接上升三级。"暗不着痕迹地瞥了眼虎视眈眈注视着这边的安东尼等人,与宗九目光相交,意有所指,"直接成为S级,你难道不心动吗?"

宗九微不可察地一顿。

他是故意的吗？宗九心里闪过这个念头。

暗绝对不会说废话。那这条信息究竟是真是假？

若是真的，宗九不应，显然太过突然。若是暗故意改掉几个信息来诈他引他上钩，宗九应了，其他人便能得知谁是内鬼，那就是自投罗网。

【嗯？暗大佬怎么突然提起内鬼的话题？这种时候提起来感觉好刻意。】

【没错，总感觉有点可疑，也不知道是想要试探魔术师还是怎么着？】

【啊……说起来上个副本我一直坚定以为暗大佬是内鬼。这次我不会再被打脸了！】

【不过，一遇到这种看不出内鬼的情况，直接怀疑暗大佬也不是不行……毕竟他有过"黑历史"！】

宗九抬眸同暗对视，不好意思地笑笑："啊，刚刚在走神没听太清楚，不过我暂时还没有特别怀疑的人选。而且，乱怀疑别人不太好，在没有充足的证据表明那个人是内鬼之前，我是不会对这个话题发表见解的。"

暗意有所指："指认错误会被扣分，的确谨慎为好。"

也不知道是说给他听，还是说给前面另外一队玩家听。

这么看来……是真的。

虽然宗九不太愿意相信，但刚刚暗话里包含的信息，倒真的像是专门给他送情报一样。

说实话，在对方说出内鬼可以被指认并且杀死之前，宗九还以为只需要将内鬼名字写在纸上就可以得到奖励。他没想到主系统这次竟然这么绝，直接把玩家不可互相攻击的铁律都给取消了，这一下副本的难度更高了。

怪不得这次的内鬼任务这么简单。而且暗还直接透露了普通卡的任务，太刻意了，刻意到安东尼那边的玩家个个都用狐疑的眼神在暗身上打转。

暗这家伙，既给自己送了情报，还稳稳拉了一波仇恨。毕竟，对于对面的人来说，就算内鬼真的是暗，恐怕他们也不敢指认，高位S级可不是那么好对付的。但是自己这个C级……

想到这里，宗九心情有点复杂。

这不是暗第一次帮他。

如果说第一个副本他们两个是各取所需进行交易，那特殊场景韦加城确实算是帮忙了。虽然从宗九的角度，暗那时在盥洗室里和他说的话有挑拨离间、增加他和首席矛盾的嫌疑。但不得不承认，如果没有暗送来的关于恶魔能力的线索，宗九绝对没法那么快推导出那三条关键信息，更遑论在中央游戏桌大出风头，用情报威胁恶魔，疯狂收割一百万游戏币了。

但是，前两次不管怎么样，都还能说对方是有所企图。这一次就真是白送情报了。

看暗这个样子，很可能已经怀疑到自己头上了。即便指认错误会有惩罚，但这点惩罚在家底丰厚的S级看来大概也不算什么。这就意味着，只要暗想，他随时可以把怀疑公布出来，当即让宗九成为众矢之的。结果他不但没有这样做，还主动把黑锅往自己身上揽。

宗九实在是看不懂暗这番作为。

想来想去，还就真只有对方在盥洗室说过的"你大可相信我永远不会站在你的对立面"可以解释他的动机了。

就在他沉思的时候，队伍也走到了土屋的门口。

这座土屋主体呈朱红色，外边放着香龛，烟雾缭绕，足以见得进香者众。土屋内四周垂着纱幔，朦朦胧胧，看不真切，高处的木梁上有雕刻的纹样，中央摆放着一尊手持白瓷花瓶、栩栩如生的神女像。

除此之外，神女像的下方还摆放着一个灵位，前边放着些干瘪的瓜果贡品。

这尊神女像，应该就是刚刚村民说的在此地诞生的神女了。但很奇怪，村里的人自己都吃不饱，怎么还会有条件给神女上供，他们这么虔诚吗？

宗九装作打量上头的模样，实则暗自用袖口裹住了口袋里的东西。

其他人都在四下观察，没人注意到宗九的小动作。

就在他刚刚踏入这座土屋的时候，口袋里的摄灵铃忽然开始发起烫来，即便隔着厚实又粗糙的布料，依旧能够清晰地感觉到。

难不成，主线任务里要寻找的"完美的遇难者"就在这土屋里？

宗九一边思考，一边眼睛四下张望，片刻后，他和那个躲在王守背后的小男孩对上了视线。

宗九朝着小男孩笑了笑。小男孩犹豫好久，也露出一个怯生生的笑容。

正在这时，村长上前一步，用拐杖敲了敲地面。

"李婆婆，你那日说的话真应验了！"

他心急如焚，连带着拐杖敲在石板上的声音也"笃笃笃"响，听着不免让人心烦意乱。

村长敲了好几分钟后，从神女像后方的暗处才慢悠悠地走出了一个人。这个人从头到脚都笼罩在一身格外宽大的黑袍子里，头上戴着大大的兜帽，看不清具体面容，身上却萦绕着一种让人十分不舒服的气息。想来就是村长口中的李婆婆。

其他人还没什么反应，拉乌的眉头却死死地拧紧了。

李婆婆嗓音尖厉："大清早的，在这里吵闹，也不怕神女拿你问罪？！"

"哎哟喂我的祖宗啊！"村长急得捂了捂心口，"昨夜村里走人了！要不是您这儿晚上闭门，我们昨夜就该过来了。"

"走了几个？"

"两个，一个挂在老槐树上，一个在自家水缸里。"

两个？！

玩家们悚然一惊。

保守起见，昨天晚上两队人都没去探查。面对这个高难度副本，大家做了一样的决定——等到最后两天再对村民进行集中保护。

结果没想到他们的消息竟然这么滞后，连什么时候死了第二个NPC都不知道。

但其实这个消息他们不知道也正常，第二个村民是起夜时不小心落入水缸的，天亮后才被人发现。

昨夜还镇定自若的村长一大早收到消息，吓得魂飞魄散，马不停蹄地赶了过来。

他声音颤抖："你说，她……她是不是真的回来了？"

李婆婆低声道："那两个已经运到土屋后边灵堂里了？"

"运了，运了。"村长点头哈腰。

李婆婆点头示意他跟上，便重新没入了土屋后边的阴暗处，留下剩余的人面面相觑。

正巧这时，外边有一个村民扛着锄头急匆匆跑过来："守哥，我们抓到那女人了。"

"什么？抓到了！"正靠着墙一边哼哼唧唧一边给胳膊包扎的王守立马跳了起来，"快，带我去看看！"

他面上带着毫不掩饰的喜色，连声招呼着，带领一群村民浩浩荡荡地离开了。

- 223 -

一时间，香雾缭绕的土屋里竟然只剩下玩家们。

正在这时，一直沉默不语的拉乌开口了："那人是个灵婆。"

他说的正是那个李婆婆。在这个副本的传说中，灵婆可以进入异界。但这也只是传说，在场的玩家们从未有人见过。

如果真的存在灵婆，大概也只有在这样的比较刺激的副本里，才有可能见到。

总而言之，这算是一种极为特殊的职业，并且传承极少。

就像拉乌一样。

第十五章

邪　门

拉乌是No.4在某个S级副本里通过传承所得到的名号，久而久之大家也就以此来称呼他了。

拉乌是那个副本里对法师的尊称。

其中又分为拉白和拉乌。白衣是修正道的，黑衣是修邪术的。能被称为"拉乌"的黑衣，在邪术方面的修为必定极高。

拉乌虽然继承了这衣钵，却十分不齿各种阴损手段，所以他真正学了的，只有养灵术。

要弄清楚这养灵术，那就得从游戏设定说起了。

《默菲斯契约》游戏最有意思的地方，是它完善的背景设定。不单单是副本里的背景故事有始有终，细致完善，而且是一直动态发展，根据玩家体验调整的，在这期间就产生了许多好玩的东西。

比如生灵。

生灵起初其实是游戏bug，是一些NPC在副本中"退役"后，系统没能清理干净的残存程序碎片，这些"碎片"没办法在副本里以具体的NPC形式呈现，但偏偏又能入侵影响玩家和NPC的灵识，干扰磁场造成破坏，渐渐地，这些"碎片"也就有了名字：生灵。

要是让系统自己排查每个副本去收集生灵就太麻烦了，于是，系统很机智地让玩家来做这件事。

"养灵术"应运而生。

玩家学会此术法之后，不仅可以把这些生灵收集起来，收集多了甚至还可以择其中优秀的培养做自己的副手，用以应对副本中的各种凶险情况。

拉乌不仅养灵，而且他还有要求，他养的都是那些好控制的、听话的生灵。虽然威力比不上不好控制但破坏力强的生灵，但毕竟是从S级副本里获得的能力，也算够用了。

拉乌是诅咒小队的一把手，名头让人闻风丧胆，剃着光头，平日里身旁环绕着阴冷的气息，让人难以接近，和他交好的人也确实不多——驱魔人算是一个。

正是因为如此，拉乌才能感受到李婆婆身上那股和他如出一辙的气息。

他并没有刻意压低音量，整个土屋里的玩家都听到了这条线索，并陷入了沉思。但很明显，拉乌没有要和其他人合作的意思。他说完后，一声不响地从系统背包里拿出招灵幡，朝着土屋外走去。

安东尼小队的玩家见状，也纷纷跟在后面。

只不过是短短一天，就死了两个NPC，照这个速度，最后他们的主线任务很有可能失败。更别说老玩家们还要想尽办法进行险境挑战，提高自己的评价。现在他们只能是村民在哪儿，就跟到哪儿进行保护了。

许森忧心忡忡："我们现在该怎么办？"

一群新玩家都看向站在他们面前的宗九。

宗九沉思："这样，我们分头行动，许森你带人去王守那里看看。根据前置剧情，他们应该打算把那个妇人绑了教训，既然是外嫁的寡妇，就说明之前不是这个村里的人，搞不好是我们的线索切入点。但尽量先不要和村民起冲突。"

"徐粟，你去村后头那块红土地那里，想办法搞点土出来，要不就去他们提到过的集市里看看，打探一下消息。"

"至于我，我就和暗大佬去土屋后边的灵堂，看看另外一具遇难者的情况，尽量找出些蛛丝马迹。等到正午的时候我们再统一在土屋里会合。"

这样的安排不算危险又合情合理，大家欣然接受。

随着宗九的逐一安排，其他人纷纷离去，只留下暗和他两个人。

宗九也没有要和暗交流的意思，他甚至没有多看对方一眼，而是直接朝土屋后走去，摆明了是要自由活动。

围观者纷纷表示震惊。

【这是要单独行动？魔术师好勇敢啊。】

【其实也正常，单独行动遭遇的险境挑战会增加更多的评分系数，你没看刚刚拉乌也是一个人走。】

【呜呜呜，保佑不要出事，我就指望着魔术师拿到许愿券带我们出去了。】

宗九绝对想不到，他之前随口说的那番话，居然一夜之间传得人尽皆知，不止在玩家中间掀起了轩然大波，也为他本人收获了一大批粉丝。现在宗九的人气可以说直逼十位S级了。

但这些宗九无从得知。他现在得到灵堂去看看那个遇难者究竟是不是他的主线任务所要求寻找的"完美的遇难者"。

其他人都没往这里走，只有宗九才需要去灵堂。

虽然可能性不太大，但这一路上摄灵铃都在发热，宗九觉得他的目标多半就在这附近，于是便加快了脚步。

前边是一条幽暗的走廊，一眼看不到尽头。

宗九停下脚步，一只手谨慎地握住了口袋里的摄灵铃，另一只手捏着五六张纸牌，慢慢贴着墙面，朝前方走去。

这个村子的谜团实在太多了点。

首先，仙草的传说，这种故事，一般人听听就算了，绝对不会当真。可是这个村里的人不仅听了、信了，还真的把这些他们认为能长仙草的"神女土"吃了；明明连填饱肚子都成问题，还有闲情逸致在这里进香，而且把土屋修得这么富丽堂皇，十分可疑。

其次，这里可是诞生了神女的土屋，守在里面的却是李婆婆，未免太奇怪了，更何况这李婆婆看起来名望极高，村里人个个都唯她马首是瞻，实在不合情理。

再有就是那个村长昨夜见到遇难者时的镇定表现，和那句惶恐无比的"她回来了"，像是早就知道会有命案发生一般。村里人一定知道些什么，联想到他们私底下的恶行，宗九觉得自己已经开始慢慢接近那个答案了。

他一边想，一边摸着黑在甬道内行走，脚步放到最轻。

在把眼睛强化到最高水平后，宗九的目力达到了一种常人难以企及的水平，其中就包括了夜视能力的增长。因此，在一片漆黑中，他看到面前出现了一道岔路口，刚好又累积了两次星辰牌抽卡机会，正好用上。

左边是审判，正位。

右边是月亮，正位。

正位的审判代表是非功过清算、重新开始或死而复生的意思；月亮则是一张令人不安的牌，它充满诡异和欺瞒。

宗九想了想，还是选择了右边。

不入虎穴，焉得虎子。

他往右边走了约莫两分钟后，听到黑暗中忽然传来了不甚清晰的对话声。

尖厉而嘶哑的声音极具辨识度，一听就是那位李婆婆。

"这般凄惨的状况，实在不同寻常，你把话说清楚。"

苍老的声音叹道："三年前那老婆子一个人挨不得饿，在老槐树后的那间土房子里上吊了。她一个老寡妇，没个孩子，没法去大城里享福，在这儿又没饭吃，估摸着是恨村里人没给她送饭，来报复我们了。亏得我们待她那么好，让她守着神女土，她死后还给她花钱修了个灵位……"

宗九心念一动，听前边说话声渐渐停息，立刻抬脚朝后头退去，免得撞个正着。

老槐树后的那座土房果然有问题。

若是按照老村长说的，是有人因为饿得受不了在自己土房里上吊了，墙上那些深深的挠痕又是从哪来的？

再说，若是没有做亏心事，怎么可能会大费周章在神女像前设立灵位？

结合月亮牌的含义，这村长一定在撒谎。

宗九一边退，心里一边慢慢有了成算。

他退回到岔路口的位置，朝着左边的路口走去。

就在他刚走到深处，看到远处灵堂点着的油灯时，变故突生！

没有丝毫预兆地，宗九忽然朝后一闪，堪堪躲过了黑暗中的攻击。

对方一击不成，立刻开始了第二波进攻。

宗九迅速回头，眼神锐利，指尖连动，几张卡牌便如同离弦之箭般准确无误地朝着黑暗中扎去。

很显然，对方也没料到宗九竟然在黑暗中依然拥有良好的目力。对方狼狈地朝后闪去，却不料手掌被一张卡牌直直钉在了墙上，手中那张土黄色的卡牌应声而落。

"啊——"

易锐思直起身体，满面怨毒地看着宗九。在韦加城，他在众目睽睽之下被这个新玩家打脸后便一直怀恨在心。这次恰好分配进了同一个副本，他在土屋里看到宗九离开后，就鬼鬼祟祟尾随其后，打算给他几分颜色看看。

他刚刚拿在手里的卡牌，名叫聚灵卡，可以聚集灵气，为己所用，是一种阴损道具。

本来易锐思打算把卡牌往宗九背后一拍就迅速逃跑，没想到暗算不成功还被反将一军。他又不肯承认自己技不如人，只能无力地谩骂。

"你绝对就是那个内鬼！"气急败坏的易锐思出言挑衅。

谁也没注意到，落在他们脚边的那张卡牌动了动，凭空燃起深蓝色的火光，慢慢变得焦黑，变成一团。

通伯村今天的天色比昨天的还要阴沉，空中堆满大片大片的乌云。

看天色，这几日必定会下一场大雨。

拉乌一边走，一边通过自己刚才的感知在进行分析。刚刚那个土屋的气息，并不是充斥着恶意的阴冷感，而是十分高洁的气息。但是，这怎么可能会出现在一个普普通通的深山荒村里呢？

难不成，村民们口中所说的仙草传说确有其事？

除了这个猜测以外，拉乌也想不出更靠谱的解释了。

通伯村位于深山，地势险峻，群山环抱，气候阴冷，极大程度上干扰了拉乌的判断。

不过，倒也不是一无所获。

昨天晚上，有一件事引起了拉乌的注意。为了验证这个猜想，他打算趁着村民都去捉人的时候，挨家挨户好好查一遍。

他紧了紧身上的衣袍，大跨步向前走去。

甬道里黑暗依旧。

透过从外面照射进来的细微的光，可以看到他们此刻距离灵堂不远，能感到气息更加阴冷。

【哇，这个C级老玩家好歹毒，竟然还玩背后偷袭这一招。】

【恐怕不止，看起来还想借刀杀人呢。】

【这种人能不能直接淘汰掉，好好看个比赛，不希望看见这种专门在人背后下黑手的家伙。】

【他们两个人,是不是都没注意到刚刚那张卡牌?莫名其妙就烧起来了,让人觉得不太对劲。】

面对易锐思的指控,宗九耸了耸肩:"你爱怎么想就怎么想吧,手下败将。"

对方看起来并不像握有证据,明显是因为气急败坏才说他是内鬼。除非有五个人一起指控,不然他才不会放在心上。

不过——

看着对方充满怨恨的眼神,宗九觉得,这个人对他而言始终是个隐患。

他正想开口,却忽然感到背后有一丝不同寻常的阴冷。

凉飕飕的风自平地而起,带来一丝不寻常的古怪气味。

易锐思睁大了眼睛低下头,顺着微弱的光线,他正好看到了自己脚边那一团焦黑的卡牌。

"嘶——"

易锐思的脸瞬间扭曲了。

会出现这种情况的原因,或许面前这个白头发的家伙不知道,但他心里可清楚得很。

聚灵卡是他在一个C级副本里得到的E级道具。虽然等级不高,却十分有用。

有一次易锐思为了和同队的玩家抢夺道具,无意间用聚灵卡引来了那个副本的BOSS,导致自己差点没命。后来他知道了这东西的厉害,暗暗留了几张在系统背包里,以备不时之需。

面对变故,易锐思明显颇为忌惮,宗九看起来却从容许多。

但不管怎么样,这会儿可不是隐藏身份和实力的时候了。

宗九迅速把摄灵铃掏了出来。小巧的铜铃上镌刻着一圈密密麻麻的符文,拢在手心,便随着主人的心意响起玩家无法听见的声音。

"那是什么卡牌?"宗九顺着易锐思的视线看过去,皱了皱眉。

明明他们好端端地站在这里,平白无故的,怎么会出现奇怪的东西?

"滚……滚开!"

现在这个紧要关头,易锐思哪顾得上回答他的问题,他甚至都没发现对方手上拿着的就是提示里写的内鬼专属道具,只顾得上踉踉跄跄从地上爬起,连滚带爬地朝前冲去。

然而下一刻,他就僵在了原地。

不远处的黑暗里,有一个人,正缓缓出现。

"你……你身后——"

宗九一语不发，一边摇着手里的铃，一边回过了头。

他刚刚收到主系统的【非主线任务物品，提交失败】后，就知道身后站着的是什么了。

在他身后的，正是之前淹死在水缸里的村民。

毕竟这个副本里，遇难者还可以成为傀儡，不像是其他的副本，NPC死后只剩下模型。

"啊啊啊啊啊啊啊啊！"易锐思发出了一阵惨叫。

随后叫声便戛然而止，他被淘汰了。

甬道里一片死寂。

主系统的提示音适时响起：【内鬼卡豁免权（1/3）。】

宗九看着对面那位"看"了他手上的摄灵铃一眼。

他顿了顿，停止了摇晃。

对方朝着他咧了咧嘴，机械地拎起易锐思的后领，同他擦肩而过，消失在甬道的尽头。

阴风消失，冷气散去，没人知道几分钟前这里发生过什么。

直播间观众们目瞪口呆。

【嗯嗯嗯？什么意思？内鬼竟然是魔术师？】

【哇，我就知道暗大佬不会说没用的废话。结合刚才的问话，我有理由相信暗大佬已经猜到魔术师头上了。】

【等等，为什么魔术师没有被杀啊？】

【你没看出来他拿的是内鬼卡吗，内鬼卡一般都是有豁免次数的！】

宗九长长地出了一口气，缓缓将手上举着的卡牌和摄灵铃放下。

幸好赌对了，主系统不会只安排他一个内鬼一对三十几，必定会额外赋予他一些特权。

宗九向着刚刚遇难者离去的方向走去。

不过十几步后，前方豁然开朗。

他进来的时候看到之前那个遇难者已经躺在地上，像是从来没有发生过异常情况一样。

而已经被淘汰的易锐思，这会儿也变成了一个"遇难者"，留下一个没有思想的躯壳。

宗九上前，蹲下去往旁边的易锐思的脑门上贴了张控制卡。

这是跟着摄灵铃一起发下来的F级卡牌，能够在副本内短暂地控制遇难者的行动。易锐思站了起来！

宗九说道："你先从灵堂里出去，在村子里躲好，没我的命令不准出来。"

"易锐思"机械地点点头，走了。

宗九跟在后面，边走边思考要怎么用易锐思去混淆其他玩家的注意力。这时他的身旁忽然传来一道冷淡的声音。

暗靠在甬道冰冷的墙上，扫了宗九手上证据确凿的内鬼道具一眼，径直朝他走来。

"都处理好了？走吧。"

宗九一只手拿着摄灵铃，一只手拿着控制卡，难以置信地看着暗。

远处，易锐思已经消失在了灵堂外。

现场只剩下宗九和暗。

一片令人尴尬的沉默中，只有灵堂后边的白光在寂静地流淌。

"走吧，别耽误时间。"暗正准备转身，却发现宗九迟迟没有动作，"嗯？"

宗九斟酌措辞："你这是，打算投敌？"

暗不置可否："我以为你很早就知道了。"

他虽然没说别的，但宗九却从他脸上读出了那种"这人脑子怎么还没转过来"的微妙的嫌弃。

"这个副本只有我一个内鬼。"

"是啊。"暗漫不经心，"我叛变了，现在是个精神内鬼，不可以吗？"

真不愧是暗老贼。宗九震惊极了。他觉得要是自己说一句"不行"，下一秒暗就能掏出罗盘把他当场抓捕归案。

审时度势之后，宗九选择了睁眼说瞎话："……可以，当然可以。"

【我有点没看懂这个操作！看魔术师和他对话的意思，难道暗大佬是想要转到内鬼阵营？】

【暗怎么回事，普通人为什么要帮内鬼？而且这种一开始就下发了身份卡的副本竟然还有人跳反？】

【啊，等等！那之前暗大佬故意提到内鬼，其实是在给魔术师打掩护并且送情报了？】

【暗大佬竟然和别人合作了，太出乎意料了。】

自打暗这个人出现在无限循环里,大家只听到过他算计了别人,还从没听说过他愿意纡尊降贵和别人合作。

这是第一次。

见宗九还想开口,暗淡淡地说:"我知道你还有很多想问的。但那个人在这个副本里,现在不是说这些的时候。等从这个副本回去后,我会解答你所有的疑惑。"

那个人是谁不言而喻。

"这是打算同我合作?"宗九挑眉。

"你可以这么理解。"暗语气平静,"我说过,我永远不会站在你的对立面。但我也不会像之前那样给你提供帮助,你需要拿出更多的实力向我证明,你具有值得我为你解答疑惑的实力。"

虽然永不为敌这话有待商榷,但眼下进行一次短暂合作倒也不失为一个好主意。不提供帮助也没什么,次次都像第一个副本那样简单过关就没意思了。

对于暗,宗九没什么好期待的,只要不站在自己的对立面拆他的台,他就心满意足了。

宗九伸出手:"那么,再度合作愉快?"

这一回,暗盯着宗九观察片刻,终于完完全全将手握了上去。

"那么,关于之前的话题。有怀疑的对象吗?"

"没有。"

抽牌机会每十二个小时才恢复一次,肯定要拿来获取线索。而且傀儡丝里前四根都只是间接影响被控制者,首席完全可以只植入两三根,这样被控制的人既可以保留自己的思想,又不会意识到自己被控制的事实。

暗拧眉陷入了沉思。

不知道为什么,宗九忽然想起自己之前和暗的第一次合作。那次,除了双方态度以外,大体走向和现在都称得上一样。

那时候的宗九,仗着自己知道剧情走向,大着胆子主动找上门去。暗虽然答应了,却也带着审视和不容忽视的敌意。

从始至终,这个人的孤傲未曾有过半分改变。即使有那个所谓的预言,宗九也觉得,以暗的性格,绝不会轻易相信所谓的命运。

所以究竟是什么原因,让他的态度发生了如此巨大的改变?

宗九思忖着,垂手跟着暗一起从甬道里离开。

等他们一起回到土屋的时候，许森、徐粟他们一行人也差不多都回来了。

看见他们两个，其他人也没有丝毫怀疑。

"怎么样？有结果了吗？"

许森连忙道："有有有。"

按之前的安排，他是跟着村民去看那个妇人的情况了。

宗九点点头，示意他说。

"我们跟在王守的背后，发现他们已经把妇人抓到了，就关在村北头的空柴房里。"说到这里，许森脸上露出一丝怒意，"外面有村民守着，王守那家伙就带人进去，把柴房门一关，开始狠命打那个妇人。"

队伍里的人都露出愤怒的神情。

王守这个畜生，对女人又打又骂。

随着他的打骂，女人不断求饶惨叫，呼声越来越弱。

外边的一行人听不下去，想要上去阻止他，却被守在门口的村民拿着锄头赶了回来。可即便如此，他们的反抗行为已经导致村民对他们多有戒备。

许森的语气也带上了懊恼。他不是新玩家，深知不能对副本里的人有过多的情感。他们不过是一个又一个副本的过客，完成任务后便会永远地离开这里。

但良知让他无法对眼前的惨状坐视不理。

"没事，换成我也会去阻拦的。"

宗九挥了挥手，表示这个问题可以略过："后来呢？"

"我们在阻拦的时候，王守可能听到了动静，于是便收了手，只吩咐把柴房门锁死。但我们听到他之前和其他人说等明后天处治她。"

宗九和暗交换了一个眼神："现在柴房的防守严密程度怎么样？"

许森犹豫了一下："前后都有四五个村民守着，想要绕过去有点难。"

"好，我知道了。"

宗九沉吟："照这么说，那个妇人极有可能是这个副本的突破点之一，等今天晚上趁着他们防守松懈的时候我们再过去看看。如果能把人救出来，尽量就救了吧，救人一命胜造七级浮屠，就算是在副本里也一样，再说对我们而言不过是举手之劳。"

见大家都点头，宗九又把视线转向了徐粟："你那边呢，有什么发现吗？"

徐粟说道："今天村里的人都来土屋里了，集市上一个人也没有，我们就只去了土屋围着的那个墙里偷偷拿了点神女土。"

说罢，他从口袋里掏出一包用手帕包着的土，里面正是那深红色的神女土。

暗盯着那土，皱了皱眉。

宗九没发现他神色的变化，只是点了点头："先收起来吧。"

他们在这里等了好一会儿，估摸着快到正午了，却还没看到一个另一边队伍的玩家。

在这期间，宗九特地查看了一下神女像下面的那尊灵位，只可惜上面没有人名，只写了些牌位主人曾经看守神女土地之类的介绍。

按照老村长的意思，这灵位就是村里人给那个饿死的老婆婆设立的。

就在宗九思考的时候，土屋堂后忽然传来一阵"笃、笃、笃"的声响。

老村长走在前面，拄着拐杖，一瘸一拐地从屋里走了出来。很明显，老人家有心事，因而看也没看他们一眼，径直离开了。

披着一袭黑色长袍的李婆婆跟在村长身后，兜帽遮住了她的面孔，但她周身依旧阴气环绕。

一阵沉默后，尖厉的声音响起。

"谎言，无处不在的谎言……"

宗九猛然抬眸。

"三日后的月圆夜晚，将是与异界连通的最好时机。"李婆婆低声念着，"不知名的外乡人，如果遇到危险，请随时到土屋来，这里会是最后的庇护所。

"接下来请务必小心。因为人心才是最可怕的东西。"

午后，原本就乌云密布的天色越发暗沉，让人的心情也跟着沉郁起来。

"我们现在去哪儿？"林国兴开口问道。

他因为性格好，为人又厚道，平日里和谁都相处得不错，即使在安东尼面前也敢说话。

"急什么，先到处看看有什么遗漏的信息。"安东尼停下脚步，指挥其他老玩家去附近探查，自己却优哉游哉地站在原地。

他明显没把这个副本放在心上。

虽然有两个S级和他们一起进来，但安东尼本身是高位A级，也跟着梵卓进过S级副本。如今面对这个难度还不及S级的副本，自然在态度上有些轻视。

毕竟谁也没想到,梵卓的左膀右臂之一的文森特,竟然会连比赛的第一个副本都没能撑过去,让安东尼成了梵卓身边的一把手,所以他此刻十分得意。

在这个副本里,真正需要他关注的只有三个人。

前两个自然是S级大佬,暗和拉乌。

拉乌人品正派到众所周知,暗则是强到让安东尼不敢惹。

虽然他被称为野蛮人,做事直来直去,但并不是真的没有脑子,不然也坐不到夜族高层这个位置。什么人该惹,什么人不该惹,安东尼心里清清楚楚。

除了这两位之外,还有一位,也是最重要的——那个据说潜力无限的白头发C级玩家,宗九。

至于原因——

在游戏桌上发生冲突之后,安东尼被梵卓敲打了一番。

"我讨厌忤逆我命令的人。"烛火下,梵卓的面容威严而冷峻。

他看着跪在地上的下属,声音冷硬:"记住,没有下次。"

"是……殿下。"

在来自血脉的本能压迫下,安东尼感觉自己的心脏都像被攥紧了,难受到一秒钟都难以挨过。

梵卓冷冷地看着他,没有继续施压,反而转身走到雕刻着银边花纹的窗边:"留意他。"

虽然没有说是谁,但在地上垂首的安东尼对此心知肚明。

"必要的时候……保护他。"

安东尼的表情十分难看。这是殿下唯一一次向他下达保护型命令,对象还是一个普通至极的C级,一个羽翼未丰的新玩家。

这实在叫安东尼难以理解,连实力强劲的老玩家都不曾被殿下这般另眼相待,区区一个新玩家何德何能?

话虽这么说,已经领教过一次违命惩罚的安东尼并不打算再感受一次。所以虽然他看着宗九大为不爽,在进入荒村副本后,到底还是没有动手脚。

"安东尼前辈!"就在安东尼凝神思索的时候,队里的一个老玩家从远处急匆匆地跑了过来,"我们在探查的时候,在不少村民的屋子里都感觉到了一种奇怪的阴寒气息。"

安东尼皱眉:"是不是神女土?"

以他的资历,当然知道阴气的出现意味着什么。

就在早晨，队里有一个玩家就悄声告诉他们，说根据他的了解，这种村民声称是被神女点化而得的"神女土"实际阴寒至极。

想来也是，若非如此，又怎么可能任何植物移栽过去都活不了。这样推测，在这种环境下还能活下来的植物，大概也就只有所谓属性至阳、不畏阴寒的"仙草"了。

递信息的老玩家摇头："我的感知能力有限，只觉得村头最北边那处大房子里，这种阴寒之气格外重。"

村头最北边？

林国兴沉思："那不是村长一家的屋子吗？"

昨天趁着另一队在老槐树那边捡柴，安东尼这队已经展开调查，把村里其他村民的位置和住的地方探了个七七八八。不仅如此，他们还打探到，王守的第一任妻子给他生了个儿子后难产而死，那个逃回娘家的老婆则是他后来从隔壁村娶来的寡妇，寡妇嫁过来的时候还带了一个女儿，但是已经被王守他们嫌弃女儿是个注定要出嫁的赔钱货给赶走了。

"刚我们去柴房那边看了，王守把他老婆抓回来关在了柴房里。另一队的新玩家好像因为这个和他们起了冲突，正在那里大呼小叫。"

"别管他们，一群新玩家，估计成不了什么气候。"

安东尼嗤笑一声，挥了挥手，示意他们跟上。

见有A级带队，其他想要一起完成险境挑战的老玩家自然是求之不得，连忙跟在他的身后。

走到一半的时候，林国兴忽然问："对了，有人看到拉乌吗？"

"看到了，之前他还和我们一起挨家挨户在查。"另一个老玩家耸耸肩，"不过我们是查找散发阴气的地方，他反倒翻箱倒柜，像在找什么东西一样。后来我们没关注他，一转眼人就不见了。"

说话间，他们走到了北边的土房旁。

这里现在安静得很，想必王守和老村长他们都还没回来。

安东尼打了个手势，A级和B级中几个身手好的玩家立刻轻巧地翻过了墙。

几个人快速完成了分工：有的守在门口的树后，观察外边的情况；有的去屋后头，警惕随时可能出现的其他变故。

安东尼和林国兴走进房子。

屋内光线昏暗，一切都模模糊糊，看不真切。

村长住的地方，比普通村民家条件好了很多，不仅家具齐全，还有一床厚厚的被子。除了这些以外，一眼看过去倒也没有可疑的地方。

但是……有阴气。

安东尼和林国兴交换了一个眼神。

林国兴拿出了自己的道具皮鼓，安东尼也开始发动狼人的能力，两人皆进入防备状态。

"我去卧室看看。"

林国兴指了指其中一个黑黝黝的房间。安东尼顺势走向另一边的门口，将自己隐藏在黑暗中，贴着墙根缓缓挪动。

他走进厨房。这里连窗户都没有，只有一截烟囱，伸手不见五指。巨大的黑色铁锅放在厨房的中央。下方是烧得焦黑的灶洞。

安东尼上前，用手在锅底摸了摸，顿觉手上沾了些油腻。

有油！村长家最近肯定用肉炒过菜，才会留下这样的痕迹。可奇怪的是，饥荒时期，他们在村里连一头猪都没看到，哪来的肉呢？

安东尼蹲下身去，闭上眼睛放开自己的感知力，在空气中寻找血的气息。

很快，他捕捉到一丝若有若无的血腥味。

他顺着那淡淡的气息挪到墙角，揭开了水缸的盖子。

昏暗的房间里，有一坛黑乎乎的水。

安东尼低下头，借着绝佳的夜视能力，他能清楚地看到水下沉着的东西。

结合先前的发现，有线索赫然在他的脑海里闪过。

正在这时，一只冰冷的手忽然轻轻地搭上了他的肩膀。

安东尼反应很快，在肩头传来重量时，他就以常人难以企及的速度抓住了那只手，尖锐的指甲如同刀锋一般划过，同时屈膝朝对方踢去。

然而动作还没招呼到对方身上，安东尼就停了下来，惊疑不定："怎么是你？"

"是我。"林国兴微微一笑，耸了耸肩，"卧室里没找到什么东西，倒是这边有声音，我看你迟迟不出来，于是便过来了。"

这个解释并没有太大的问题，但是不知道为什么，安东尼脑海深处始终有一根弦在紧绷着。或许正是因为这个原因，他迟迟没有解除戒备，反倒后退了半步。

"这么快就探查完了，过来也不说一声，吓老子一跳。"

林国兴的长项不在格斗方面，更像是个后勤人员。

安东尼这么想着，逐渐放松了警惕。

等等！不对！

林国兴的手还搭在他肩膀上，仿佛透过厚重的衣服，将那冷意沁入骨髓。

安东尼猛然抬头，他看着黑暗里对方的脸，下意识就想要扼上去。

林国兴的手怎么可能是冰冷的？

难道……他就是这个副本里的内鬼？

只可惜，已经晚了。

搭在安东尼肩头的手忽然用力。

恍惚间，安东尼看到对面的人露出轻蔑的笑容。

下一刻，有什么东西，从无尽的虚空中缓缓落下，扎进他的脑海中，钉入更深层的意识里。

第一根傀儡丝进行读取，第二根傀儡丝深入潜意识。

这种难以形容的剧痛只持续了一瞬，伤口都微不可察，根本无法被人眼观察到。片刻后，别说是痛楚，就连刚刚发生了什么，都随着傀儡丝的稳固而消失于意识深处。

安东尼只恍惚了一瞬，便敛了敛心神，从方才那种神志不清的状态中脱离。

就在他面前，林国兴面带担忧地在他面前挥了挥手："安东尼，安东尼？"

"啊。"安东尼张开口。他觉得自己好像遗忘了什么，但又说不清楚，只能应了一声。

面前的人笑了。

这个笑容奇怪而愉悦，可惜安东尼并没有发现。

"你怎么会觉得我是内鬼呢？我要是内鬼的话，刚刚就应该趁着你走神，直接把你解决掉。"林国兴一边笑，一边压低声音道。

"不过……我倒是有一个怀疑的人选。"

直到夜幕低垂、群山静寂之时，另一队的人都没回来。

第十六章

危机四伏

沉淀了两天的乌云终于有了些变化。

绵绵无尽的细雨从难以看清的黑暗天际落下，拍打在屋檐上，发出"啪嗒啪嗒"的声响，溅起一滴滴水花。

土房里一阵沉默。

大家都像前一天晚上一样，围着中心的火堆坐下，盯着明灭跳跃的火光。

另一队的人既然还没回来，没交粮的这队自然毫不客气地占用了他们之前留宿的土房。

别的不说，在屋子里可比在外面坐着要舒服多了，遮风又挡雨。

快到冬天了，天黑得早。他们早早地从土屋里回来，想要回来歇息一下。

经历了这样的一天，新玩家们心里都有些戚戚然。

刚才就在土屋里，李婆婆缓缓将老村长所说的那件事情和盘托出。

"三年前的一夜，传说通伯村有神女降临，方圆百里的村寨都有耳闻，当时看守神女土园子的便是那位老婆子。老身便是三年前来到这荒村土屋里的，来时那位老婆子已经去了，后来再没能感受到有神女的迹象不说，反倒连带着村子也越发怪异。此事十分蹊跷。这三日里老身得去异界，届时还需人手……若是你们在村里遇到危险，或是愿意帮忙，便来土屋吧。"

在他们歇息的时候，外边下起了瓢泼大雨。

徐粟问："另一队的人怎么还没回来？"

宗九随意从地上捡了根柴火，塞到火堆里："他们回不回得来又和我们有什么关系？依我看，他们今晚都不回来才好，毕竟他们有自保能力，在外面还能保护村民，就不需要我们出去守着了，这不是一件好事吗？难道你们还想出去淋雨？"

所有人都震惊了。

"不过我们也得出去了，天差不多黑透了。"宗九算了算时间，拍拍手，"醒了醒了，准备干活了。"

他们说好了今晚要一起去柴房救那个妇人，如今已是夜深人静，自然就该出发了。

本来他们想等到雨停，但雨势毫不见弱，反正总归要去，不如及早出发。

听到宗九的话，地上睡得东倒西歪的玩家们纷纷爬了起来。

之前在收容所副本里，一到夜晚他们都如同惊弓之鸟，完全不敢合眼。

结果这次，大家反倒都多了一种心安的感觉。

《默菲斯契约》游戏第一场比赛直接刷掉了四分之三的新玩家，能留下来的都不简单。

那时候，大家各自为战，纪律十分松散，更别提有组织和领袖了。

当初在进入老槐树后的土房时，宗九一言不发地走在最前面，仅仅一个动作就博得了大家的好感，更别说他声称想要拯救所有人的远大理想，更是令众人震惊。

众人整装待发，土房的门却忽然被敲响了。

"笃笃笃。"

这个声音平缓无比，节奏不紧不慢。

门没锁。

宗九的反应很快。

几乎是敲门声响起的下一刻，几张卡牌就出现在宗九的指缝间，随后迅疾如闪电般弹射而出，刺入土墙内，牢牢插在了门板与门框的位置上，正好挡住了将要推开的门。

"快，去落锁！"

宗九朝着距离门边最近的那个玩家大喝一声，那人下意识地照着他的命令去做了。

"哐当——"一声过后，门闩落下。

所有玩家都意识到情况异常，纷纷拿出了自己的道具，警惕地看着门口。

恰逢冷风扫着窗缝刮过，火苗闪烁了两下，悄无声息地熄灭了，黑暗里只留下一缕白烟。

像一个信号。

许森神色严肃。

这种阴寒至极的感觉十分不祥。

土房内的局势十分紧张。很多新玩家第一次面对这样的场景，手心都沁出一层细密的汗水。

宗九出言安抚："别慌，我们这么多人，屋里还有暗呢，天塌下来也有高个子顶着，怕什么。"

全程坐在墙角沉默不语的暗冷漠地掀了掀眼皮。

宗九知道，要是等到暗出手，那他们两个之前的合作条约可就不作数了。毕竟条件是暗不给任何帮助，而宗九却要展示出自己的价值，才能够从他那里换取预言和一切来龙去脉的情报。

不过这对他没什么影响。暗帮不帮忙是一回事，但这种时候搬出S级可以更快地稳定人心，何乐而不为呢？

果不其然，在宗九这么说了后，众人的神色都没有先前那么紧张了。

敲门声还在继续。刚开始节奏缓慢，像是有人拿着小锤子一样，一下一下认真地敲着。等到落锁声传来，敲门声陡然变得急促了起来。

"砰砰砰砰砰——"

仿佛真的有个急性子的人在门外，一下接一下用力地砸着破旧的门板。

老旧的木门根本无法承受这样的力道，门框都被砸得变了形。

乡下的木门本来就没有多结实，即便是从内里落了锁，也能看出好几次门闩几乎无法抵挡，被砸得木渣簌簌落下。

宗九沉声："都准备好道具，等我令下就别管三七二十一，全部招呼上去。"

玩家们屏息凝神，个个待命。

"三，二，一，上！"

话音刚落，门框骤然裂开，一道巴掌大的缝隙出现在木门上方。

遽然，一阵难以形容的寒意从门外席卷而入。

狭长的影子在隙外若隐若现。

攻击瞬间爆发，屋内，有人扔出卡牌，有人挥起避尘，有人当场结印，甚至还有人朝着门口开了一枪。

宗九左手掌心托着纸牌，右手食指、中指快速在纸牌上划过，纸牌快速飞向门缝。以他现在加持到巅峰的腕力，纸牌仿佛一把把锋利的小刀，有力地劈了过去。

危机当前，大家都顾不上考虑别的。

约莫三十秒后，门外忽然安静下来。屋内只能听到单调绵长的雨声。

"这是完事了？"徐粟颤抖地问。

没有人说话，沉默蔓延开来。

暗慢悠悠地掏出了自己的罗盘，再次为土房中心的木堆点火。

火苗瞬间蹿起，将黑暗寒冷的室内照亮。

宗九吐出一口气："我去看看。"说罢，便一手拿牌，径直走到那扇被砸得半开的木门前，将另一只手虚虚搭在门闩上。

其他人都胆战心惊地看着他的动作。

门闩都被砸得扭曲变形了。宗九毫不怀疑，他们要是再晚一点动作，这扇门都能被直接砸飞出去。

他谨慎地从缝隙里往外看了一眼。以宗九的视力，也没看到任何异常。

"咔嗒。"

木门被风吹动，伴随着吱呀响声，打开了一道缝。残叶被雨水卷进室内，顷刻在地面汇成一个小水洼。

宗九的反应很迅速，几乎是木门传来异动的那一刻就出手了。

他斜斜一扫，外边的人也经验丰富，迅速侧头避开。

一击落空的宗九，没有乘胜追击。

他看清了外面的人。

安东尼和林国兴正站在门外，身后是另一队的那另外十几个人。前者看他的神色还是那么充满敌意，后者则是老好人般抱歉地朝他笑笑。

屋里的玩家看到外面只有他们，都松了一口气。

宗九看着他们鱼贯而入，依旧站在原地，不动声色地瞥了一眼自己的手。

那里空空如也，也没有一丝勒痕。

但不知道为什么，就在刚刚，他那只手不经意扫过外面人头顶的刹那，分明感到一种被阻碍的错觉。

就像……他们头上系着线一般。

土房本来就不大，三十几个人挤在里面，每个人只能勉强有个落脚的地方。所以，安东尼一行人进来后，土房里其他的玩家都略微有些尴尬，毕竟他们占了别人的位置。

看对面安东尼隐约带着敌意的神色，宗九反倒十分随意。他不动声色地将手放下，神色懒倦，表现得滴水不漏。

"见你们没回来，我们就暂住了一下。既然回来了，刚好我们也准备出去，就此告辞。"

宗九笑眯眯地挥挥手，土房里这一队人都跟着他朝房外走去。

【魔术师这边的新玩家们素质是真的不错啊，刚刚才迎过了一波袭击，外面黑乎乎的，这就敢出去。】

【最重要的是还没有一个人有异议，哎，大家都好信任魔术师啊。我好期待他们发现魔术师是内鬼后的表情。】

"等等。"就在这一队人即将踏出土房的时候，安东尼忽然沉声道，"易锐思去哪儿了？"

来了。

宗九微微侧过头去，眼底有微光闪动："他是你们队的人，关我们什么事。"

其他人也意识到这个氛围似乎不大对劲，露出了警惕的神色。

徐粟小声嘟囔："不是吧，他们的人不见了还来问我们，神经病。"

安东尼紧紧盯着宗九，神色阴鸷："易锐思一直跟在你背后。"

"哦。"宗九懒洋洋地打了个哈欠，"他是光明正大地跟着吗？我怎么没看见？难不成别人尾随我，我还得负责他的人身安全？我看起来像这么好心的人吗？"

两队人隔着土房的门框对峙，气氛剑拔弩张。

正在这时，雨雾中忽然再度出现了一个模糊的黑影。

两队人同时朝着那里看去。

拉乌正在雨中行走。

被冰冷雨水打湿的黑袍沉甸甸地挂在他的身上，在他的身后拖出一道痕。

他捂着肩膀，指缝渗血，脸色难看到极点。

人群中，惊讶的抽气声此起彼伏。就连一直置身事外的暗，看起来也引起了重视。

这两人，一个是第三名，一个是第四名，他们的实力很接近。第四名受了伤，足以证明这件事情的严重性。

在所有人目不转睛的注视下,拉乌拧眉将手松开,露出黑色的伤口。

许多老玩家都发出了惊呼。这样的伤口,一看就很不寻常。

拉乌带回来了两个情报。

"柴房里那个妇人死了。"

所有人都能想到那个妇人是这个任务的突破口。于是在探查完必要的信息,验证了自己心里的猜测后,拉乌径直去了通伯村北边的柴房。

他到达的时候,天色已经暗了下来。先前那里守着好几个村民,但一到夜晚,这些村民全都不见了。

拉乌心中疑惑顿生,于是便召唤自己收养的生灵去村长的住处里探听消息。

然后,他就听到了这样的对话。

"爹,那臭女人怎么办?"

王守急得在土房里走来走去,听起来十分焦躁不安。

"叫你下手不知分寸。"老村长狠狠地用烟袋锅敲击炕面。

王守也后悔:"谁知道那个女人脾性那么烈。"

"算了算了,事已至此,今晚我们还有要事。明天你好好处理一下。"村长恨铁不成钢。

……

这段话里包含的信息让人震惊,足以让他确定了之前问题的答案。

拉乌转头走进柴房。

按照王守的说法,如果他没猜错的话,那个妇人应该死了。如果他利用招灵幡,或许可以尝试问出一些线索。

柴房内一片凄惨,一旁柴垛上架着一柄血迹斑斑的砍柴刀。

拉乌默念了几句咒语,确定周遭没有任何异常后,便拿着招灵幡蹲下去,准备开始工作。

就在此时,变故突生!

妇人忽然眼睛一动,同时她的指甲暴长,一下子划破了躲闪不及的拉乌的肩头,留下一道伤口。

"是我大意了。"

拉乌之前还特意感知了一下,想判断是否有异样的气息。

但是他什么都没有感知到。

这只能说明一个问题:妇人的这种情况,不是通过普通途径形成的。

"哦，这个我知道。"宗九插了句嘴，"人心才是最可怕的，土屋里那李婆婆说的。"

拉乌皱眉："这算什么……不说了。"

"还有一个情报。"他神色凝重，"这个村子的人，有恶癖。"

果然。

宗九并不意外。先不提他那个奇怪的"完美的遇难者"任务给他的暗示，就算只看这个饥荒年头的背景，也能猜到一二。

"等等，不太对。"就在众人被拉乌带回来的消息震惊时，暗忽然皱眉。

"若是王守想要处理遇难者，就得连夜加急。为什么他们要等到后天，而不是明天？"

拉乌一愣："这我也没注意，他们好像说今晚要去土屋。"

这下，不少人脸色一变。想到当初老村长从土屋里出来的神色，村里那些人趁着晚上去，居心昭然若揭。

拉乌没有和宗九这一队行动，所以不知道李婆婆曾说过夜晚土屋不开门。

宗九神色一凛："走，可能出事了。"

就在他话音刚落，带领所有人冲进雨雾中的刹那，主系统冰冷的声音响起。

【内鬼身份卡主线任务：寻找完美遇难者。任务失败。】

其他人也都收到了信息。

【普通身份卡主线任务：保护村民。任务失败。】

一瞬间，所有人都愣住了。

【两个阵营主线任务失败，无法判定，"饥荒山村"副本正在重启中……】

转瞬间，倾盆大雨戛然而止。

周遭景色倒流，回到了最初的样子。

玩家们站在一处空地上，不能移动脚步，只能看着前置剧情再度上演。

大家的脸上都是如出一辙的错愕。

没有人知道为什么两个阵营的任务会在同一时间失败，更没有人知道，为什么一个时限标注了七天的任务，才进行到第三天，他们就全军覆没了。

【副本"饥荒山村"重启成功。】

【此为该副本最后一次重启，若该次无法完成任务，则全队即刻淘汰。】

【正在抽取副本重启惩罚模式……】

【惩罚模式抽取完毕。】

- 246 -

所有玩家忽然发觉自己感觉到了久违的饥饿感。

【强制开放"饥饿"数值。】

【饥饿值上限为60，数值降到0则即时淘汰，请务必保持饱腹感。】

【取消内鬼保护，内鬼道具无法放入系统背包，请注意。】

接二连三的消息一下子让所有人都没能反应过来。

饥饿值的设定无疑大大增加了副本难度。

玩家们脸上的神情也逐渐凝重。

主线任务失败的惩罚是全员淘汰。

按照"大发慈悲"的主系统的说法，淘汰后还可以进入一个单人惩罚副本。如果能够在副本里通关的话，那就可以回归《默菲斯契约》游戏的赛场。

可惜的是，在上一轮比赛副本里，进入惩罚副本的F级玩家没有一个成功通关，最终还是被全部淘汰了。但惩罚副本意味着还能有一线生机，若是直接在副本中被判定即时淘汰，那就什么机会都没了。

这时候，每个玩家的面前都出现了一个小小的数字，那便是饥饿值。

此刻，副本才刚刚重启，饥饿值数字就低得让人心惊：19。

现在所有人都能清楚地感觉到那阵难以容忍的饥饿感。

除此之外，还有人发现了异常——他们没有看到易锐思的身影。

重启后，玩家们不管身处副本何地，只要还有一口气，都会被传送过来。

没来，就意味着对方已经在不知不觉的情况下被淘汰了。再结合之前安东尼说他曾尾随在魔术师身后的话，一时间人人神色各异，甚至不乏怀疑和打量。

一切又按先前的剧情重新展开。

通伯村头的广场上，王守带着扛着锄头的村民大摇大摆地走了过来，口出狂言让他们给点好处。

上一次，玩家们仗着自己不用吃饭，随手便把包裹里的干粮拿去换了歇脚的地方。这一回，食物就是他们的命，没有一个人愿意交出来。所以他们不约而同地选择了沉默。

"不交好处？"果不其然，王守的视线狠狠地扫过这些自称逃荒者的背上鼓鼓囊囊的包袱，脸色沉了下来。

"不交还想进我们村子？"他冷哼一声，扬了扬手，"全部给我赶出去。"

看着举着锄头就要把他们往外赶的村民，大家紧张地彼此对视。

经历了上一轮，他们已经知道这些包袱里除了干巴巴的干粮别无其他。食物是不能交出去的，其他东西又委实是没有，众人一时间束手无策。

有老玩家悄声提议："要不然我们先假意出村，等到晚上再悄悄摸进来？"

"不太妥当，我们的主线任务是要保护村子里的人，如果出了村再偷偷摸回来的话，不仅难以在村民面前取信，可能后续任务也会受影响。"

林国兴皱了皱眉："有没有别的办法，或者谁手上有其他在这个副本里有价值的东西？"

他这么一说，所有人都不约而同地想起一件事。

上次，魔术师曾经变出了一锭碎银，成功贿赂了村民。没人知道这枚碎银他是怎么弄来的，但结合易锐思离奇死亡的事情，不少老玩家心里都多了些怀疑。

霎时间，众人的目光都扫向了站在一旁的宗九。

宗九淡淡地看了林国兴一眼。

下一秒，他修长的手指在空中虚虚一握，随后一锭大头碎银静静躺在他的手心，泛着冰冷的光。

看到钱，王守的眼中立马露出了贪婪的神色。

宗九漫不经心地抛着手上的碎银："这可是我最后的盘缠了，让我再思考一下。"

他一边说着，一边暗暗打量王守的神情。

果不其然，就在宗九流露出不想把钱给他的意思的时候，对方的瞳孔十分明显地暗了一瞬，黑沉沉的，和宗九在甬道里遇到的那个遇难者如出一辙。

这验证了宗九先前的一个猜想——他们上一轮很有可能从一开始思路就是错的。

宗九眯了眯眼。

他把碎银抛过去："我只管跟着我的这十几个兄弟，其他人我不管。"

收了钱，王守当然对宗九算是有求必应。

另一队的人十分不满。

"你这是什么意思？"

"什么什么意思？我就一锭碎银，当然是能帮自己人就帮自己人，难不成你们把对我的怀疑写在脸上，我还得对你们负责？"

宗九挥挥手，原先跟在他身后的新玩家们纷纷上前一步，和另一队玩家划清了界限。

"你们如果怀疑我是内鬼,那大可以五个人一起来投我试试。就是现在副本已经重启过,整体评价都得掉一个档次,万一再指认错误,说不定各位都要降级。不费吹灰之力就解决竞争对手的感觉可真不错,你们说对不对?而且,在这种稍有不慎就可能团灭的时候,你们不想着赶紧找出副本背后的秘密,还有心情想这些?"

宗九手里出现一张卡牌,耸耸肩:"那你们加油哦。"

说完,他带着人头也不回地走进村里。

王守说道:"老强,你带他们去村后头的那座空房。"

老强应了一声。

想起那具挂在树上的遇难者,新玩家们纷纷打了个哆嗦。

不少人偷偷打量起正在听王守吩咐的老强。

他和大多数村民一样,瘦得能看出清晰的肋骨轮廓。重要的是,借着天光,能够看到老强模糊的影子。可是为什么在一个小时后,他不仅死了,还被挂到了老槐树上呢?

众人满心不解地跟在老强的后面。

宗九故意落在了队伍最后。

他不动声色地靠近暗。

暗懒懒地一掀眼皮。

在这个副本里,暗可谓是言出必行。除了重启前点醒所有人以外,其他时候在人前说的话寥寥无几。

宗九低声说:"你把头低下来一点,动作别太大。"

暗用一种看傻子的眼神看着他。

宗九:"快点,我有一个关于恶魔的想法急需验证。"

犹豫片刻,暗纡尊降贵地照做了。然后他就看到宗九抬起手,在他头顶上方仔仔细细地摸了一遍。

结果不出所料,那里什么也没有。

暗满脸疑惑。他看向宗九的眼神充满疑惑,更嫌弃了。

可惜宗九没注意到,当然,就算注意到他也不会在意。

沉思片刻后,宗九开口:"恶魔的傀儡丝是无形的吗?"

"他的能力没有任何破绽,只要达成被控制的条件,丝线会直接穿越空间

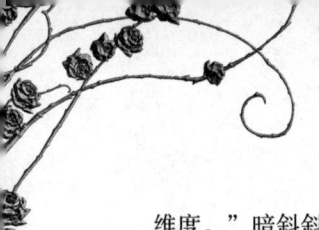

维度。"暗斜斜地看了他一眼，"要是光凭手摸就能找出来的话，那他还能成为首席？"

宗九不解，可他就是摸出来了啊，他的手摸到的那东西，绝对不是错觉。

因为在挥手的刹那，宗九感觉到的，不是一根线的触感，而是好几根。要是只有一根的话，或许可以解释为碰到了头发。但是好几根的话，触感则全然不同。更何况他的手被他强化到了顶级，无论是力量还是触觉都是一等一的，绝对不会出现判断失误的情况。

那时宗九的手往安东尼、林国兴面前一扫，唯一的感觉就是——

安东尼还好，林国兴简直就像被丝线扎成了筛子。

正是因为如此，副本重启后宗九一直在密切关注这两人。

安东尼本身就看他不爽，之前又在韦加城结下了梁子，不管是态度、语气、神色，都和之前没有太大差别。反倒是林国兴……

旁人对这位A级的印象全是敦厚老实，好说话，是个好老玩家。这次的副本里也没有和他交情特别深的人。再加上他又在另一队，唯一知道的只有当初在"饥荒山村"副本开启时，林国兴曾出声稳定局势。

要不是宗九意外摸到了丝线，他也不会关注这个没什么存在感的A级。

然而，一旦心生怀疑，就会发现对方处处都是破绽。

特别是刚刚在村口那极为高明的、祸水东引的一段话。那个风格，像极了之前盛钰一副大大咧咧的样子，表面上唯他马首是瞻，实则处处给他树敌的那种拱火挑事的感觉。

见宗九还在沉默，暗缓缓开口："五根傀儡丝里，前四根虽然可以控制当事人行动，但本人意识仍存。只有五根全部扎入，自我意识彻底消失后，才能真正成为恶魔手下的傀儡。在这期间，如果当事人能通过种种途径明确知道自己被控制了，那傀儡丝就会全部断开。"

这些是暗之前不曾告诉他的。

思前想后，宗九还是决定耗费两次宝贵的抽卡机会来验证他的猜想。如果能证明自己想的没错，以后判断傀儡就可以不再浪费抽卡的机会，直接上手去摸。

他把手揣进兜里，在系统背包里默默开始洗牌抽牌。

林国兴是不是恶魔的傀儡？结果：恶魔正位。

安东尼是不是恶魔的傀儡？结果：恶魔逆位。

恶魔这张牌的牌意充满欲望和诱惑，结合之前摸到的线，大概可以认为，正位代表完全被恶魔操纵，逆位则是还没有完全被操纵，还有一线生机。

宗九恍然大悟，脑海中灵光一闪。

如果他能摸到首席的傀儡丝，那是不是也能够一把扯断？

宗九越想越觉得自己这个思路没问题。其他人都摸不到，他摸到了，那应该也只有他能扯断傀儡丝！

有机会一定得验证一下。

虽然宗九从来不相信所谓的预言，但不管是从能力还是从之前发生的事情来看，他和这位首席确实可以说处处相克。他甚至觉得，如果换作是自己，一定会马不停蹄地赶来，把这个命中注定的对手消灭掉。

在心里打定主意后，宗九转头又低声问："你之前说首席在这个副本里，那他到底想干些什么呢？"

暗瞥了他一眼："等离开这个副本后，我自然会告诉你。"

宗九耸耸肩，也不追问，继续跟在老强背后。

这一次副本重启带来的压力，就像是一把刀，悬在所有人头顶。

为期七天的副本，刚刚第三天就被重启，更可怕的是他们还没有任何头绪或线索。

新玩家们个个面色凄然，一路上没人说话，愁云惨雾的气氛笼罩着他们。

这回是按是否给了银子来划分住处。村里唯一一座空土房，换成了他们的歇脚地。

另一队的人迟迟没过来，不知道他们会想什么办法。反正怎么样宗九都不在意。

看着老强远去的背影，许森回过头："我们要不要跟踪他？"

宗九挥了挥手："没这个必要，把门锁好，我们先来整理一下线索。"

闻言，大家都坐到地上，围成了一圈。

关上门后，土房里的光线暗了下来，只有一旁的窗户还透着点光亮。

先前所有人都在思考，再加上副本忽然重启带来的冲击感和紧迫感，让他们忽略了饥饿感。此刻坐在冰冷的地上，饥饿感卷土重来，让他们难以忍受。

"我们这一队都没有干粮，怎么办？"徐粟捂着自己的肚子，欲哭无泪。

极短时间内，他的饥饿值就从19下降到了15。看着标红的数字，徐粟感觉整个人都被蒙上了死亡的阴影。

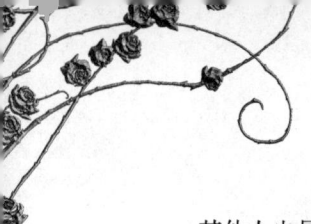

其他人也是愁眉苦脸："要不我们去附近的树林里打些野味？"

大家一致放弃了在村子里找食物这一方案。毕竟从拉乌带回来的消息来看，这个村子里的NPC都有恶癖，很难说会碰到什么。

"可是村后都是深山……"

玩家们拥有的道具，很少具备物理攻击属性，想要打到野味的难度不比那些村民小。

有人小声道："唉，就算是能打到蛇一类的也行，总算是能吃啊。就怕这个天气蛇都冬眠了。"

"难不成我们要去那个老土房附近抓老鼠吃吗？"

系统这个饥饿值设定实在可怕。一旦加上这个约束，玩家们等于和这个副本里的所有村民站在了同一阵线上。

在面临生存考验的时候，人的道德底线就会一降再降。

有人提到了之前一个叫作"致命毒气"的A级副本。

副本的背景是参与者被投送到一个充满毒雾的地方，需要达成的目标就是生存。在那里连空气都有剧毒，参与者每个人只有一个氧气瓶，氧气量仅仅能维持一天的呼吸需要。想要获得更多的氧气瓶只能靠完成支线任务，但是即使全部完成，也只能额外获得十个氧气瓶，如果平分给每个人，依然是不够用的。为了活着走出副本，终于有人动了邪念，或是阴谋算计借刀杀人，或是悄悄关掉别人的氧气阀，这些都不在主系统定位的玩家自相攻击中。

结果可想而知。进入这个副本的团队成员关系出现了不可挽回的裂痕，最终队伍分崩离析。

毕竟，这类副本考验的是，触及生存的底线时，每个人是否还能保持基本的良知。

这段经历让所有人都陷入了思索，土房里一时间叹气声此起彼伏。

宗九突然站起来，笑眯眯地说："想看我变魔术吗？"

这实在出人意料。不过，大家都觉得，这时候能做点什么事转移一下注意力也不错，于是纷纷点头。

"接下来，就是见证奇迹的时刻。"

宗九微微一笑，双手合十放于胸前，手掌一翻一扣。

下一秒，他的手心上就多了一颗红彤彤的苹果，上面打着的食用蜡在昏暗的天光下散发着浅浅的光亮，看起来诱人无比。

宗九毫不犹豫，顺手把苹果扔给了站在他对面的许森。

许森手忙脚乱地接住，一脸震惊地看着手里的苹果。

宗九转向徐粟："你喜欢吃什么水果？"

"我……我？"徐粟结结巴巴，"什么都可以吗？"

宗九微微一笑："当然，什么都可以。"

"那……榴梿？"

宗九翻转手心，一个裹着保鲜袋的榴梿就出现在了他的手里。

"考虑到其他不喜欢吃榴梿的朋友的感受，你去门口通风的地方自行解决吧。"

他转向其他人："你们想吃什么？"

玩家们振奋了，声音此起彼伏。

"想吃菠萝！"

"想吃梨子！"

"想吃猕猴桃！"

宗九一一点头，修长的手指在空中翻飞移动，每次停下的时候都会展示一种水果。

众人频频发出惊呼，热烈鼓掌，激动得满面通红，喝彩声几乎要把屋顶掀起。

没有一个人能看清他到底从哪里拿出水果的。

【天哪……有人数过他拿出了多少水果吗？人手一个，太厉害了。】

【这是魔法吧！这怎么可能是魔术！别想糊弄我！】

【这个魔术师人这么好吗？自己有吃的也不私藏。】

【是啊，本来他上次说拿到了万能许愿券后要把所有人送出这里时，我还觉得他有点虚伪，现在一看，真是好人啊。】

【不过能好到这份上是真的难得。不像圣，我就觉得他好过了头，有点虚伪。】

【同意。而且上一个副本的时候，我感觉圣忽然变得怪怪的，他以前都不那样。】

等到给每个人发了一个水果后，宗九才掏出两个西瓜，扔给暗一个，自己慢悠悠地坐下，手里卡牌唰唰几下，把西瓜切开。

暗看了他一眼："奇怪的黑色暗匣？"

宗九无语："一整个西瓜还堵不住你的嘴？"

黑色暗匣虽然有每日拿取次数限制，但因为只不过是普通物品或者道具，支持用生存点数换取拿取次数。

刚刚那些水果，大概花了宗九一千多点生存点数。讲道理，这个价格简直是天价水果了。宗九可不是会免费做慈善的性格，他早就在心里计划好要怎样把这个缺口给补回来，就等找到机会付诸行动。

等大家吃完后，宗九拍了拍手："我们来讨论一下这个村子的情况吧。

"首先，我怀疑我们上一次的思路完全错了。"

根据拉乌给出的线索来看，村民应当一大早就去了土屋里。这就意味着土屋里一定发生了什么事情，才导致两种身份卡的主线任务在同一时间失败。

两天后的早晨，土屋里到底发生了什么？

众人百思不得其解。

很明显，他们漏掉了什么必要的线索。

第十七章

头脑风暴

宗九缓缓说道："明天就算与村民为敌也得把那个妇人救下来，她是已知的唯一突破口。"

大家都没有异议。

正在这时，在门边吃完榴梿的徐粟回来了。

他小心地把门锁好："九哥，另一队的人也进来了，就在屋子外面呢。"

虽然不知道他们用了什么方法，但他们终于过来了，带路的当然还是老强。

现在老槐树上空空如也，命案还没有发生。那一队人和之前宗九他们一样，在土房门前挑了块空地坐下，正好能看到老槐树那边。

宗九"哦"了一声，往窗外望了望。

另一队人正纷纷从包袱里掏出干粮，皱着眉吞咽。

刚刚宗九这边的新玩家们已经验证了饥饿值掉落的速度，按照这个节奏，每日至少要吃两餐。按之前看到的，他们包袱里的食物可不多，顶多让他们撑到明天中午。等到那时……在他们实在找不到食物的时候，再去高价敲诈，岂不美滋滋？

宗九脑海中小算盘打得啪啪响。

夜空和他们进入副本第一天一样，乌云密布，阴沉沉地，看不见月光。

好在明天晚上才会下雨，第一个晚上没有什么大事，可以暂作休息。

这一夜过得人心惶惶。每件事情都和上一轮一模一样。

这次，在众目睽睽之下，老强没有被挂在老槐树上，而是被挂到了屋顶上。

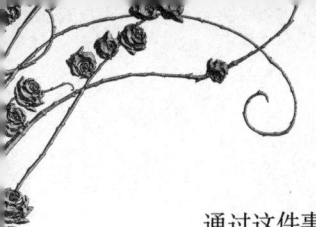

通过这件事情，宗九基本肯定了自己心里的想法。

屋子里这一队人因为吃饱喝足，先前的紧张感被冲淡了些许。更别说还有个似乎一切都没有放在眼里的宗九，这给了他们极大的信心。

因为没有特别的事情需要关注，宗九让大家好好睡觉，保证第二天有充足的体力。他们不仅要救出妇人，还要和村民对抗，哪件事都不算简单。

许森问道："那明天我们具体怎么行动？"

宗九沉思片刻："我们守在屋外，看到那妇人就把她带走。一旦得手，立马撤退到树林里，不要耽搁。"

众人没有异议。

已知的突破点只有两个，一个是关在柴房的妇人，一个是土屋里的李婆婆。

任务失败的那晚到底发生了什么无从知晓，现在能做的只有赶紧凑齐线索，避免再次出现之前的情况。

第二天一早，天还没亮，众人就纷纷准备完毕，从土房里鱼贯而出。

守在土房外面的老玩家们看到他们出来，纷纷露出警惕的神色。

由于宗九不愿施以援手，现在两个队伍之间的气氛可谓是剑拔弩张。

"隐蔽点，你们先去王守屋子周围守好。"宗九回头，让暗带着新玩家们先走，自己转头走向另一队人。

安东尼等人皆面色不善。

"紧张什么，又不找你们，我找拉乌前辈。"宗九故意将"拉乌"几个字咬得格外重，对着拉乌点点头，"前辈借一步说话？"

拉乌沉默地接受了他的提议，转身朝一旁走去。

安东尼这一队的成员关系本就松散，拉乌虽然和他们在一起，但完全我行我素。

走到一旁后，拉乌率先开口："找我有什么事？"

宗九态度诚恳："不是什么大事，就是我有一个猜测。之前听前辈说过，村口土屋前那块神女土是极其阴寒之物？"

"不错。"拉乌点点头，"那村民曾说过，任何移栽过去的植物都无法成活，便是因为那土太过阴寒。但这种阴寒并非后天形成，而是因为其天生便是阴寒之物。"

天生阴寒的东西就和天生纯阳的东西一样，十分罕见。若不是亲眼看到通伯村的神女土，拉乌也无法想象世间竟然真的会有这么纯粹的、不掺杂一丝杂质的阴寒土壤存在。

"如果非要说的话……"他隐晦地提点，"的确不像是咱们这个次元会存在的东西。"

宗九沉思："那在这种土壤上若要长出植物，又该如何？"

拉乌答："除非是纯正的至阳植物，才能在不被阴寒影响的情况下生长。"

宗九决定暂且略过这个话题："我还有一个疑问，如果那些NPC长年累月吃下这样的土壤，会不会有什么影响？"

拉乌深深拧眉："按照游戏设定来说，NPC属阳，那土壤属阴，若是长年累月进食，必然会对身体造成严重的损伤，若是再辅以外力……恐怕不止是对身体，对心智的影响只怕也不小。"

"原来如此。"宗九长长地出了一口气，"多谢前辈的解答。不知听了这些前因后，前辈对上次我提出的观点有何想法？"

很早之前，宗九就有这个猜测了。

首先，他时不时看见村子里的人瞳孔会变黑，每次短到只有一瞬间又迅速复原。

其次，他和易锐思在甬道里遇到那古怪的遇难者，也让他大为不解。

"如果长时间服用神女土，同时又满心恶念，只怕那些人迟早会彻底堕落到非人的地步。"拉乌沉眉思索，"但那需要极其可怕的恶念，不仅可怕，还要庞大。"

说到这里，拉乌陡然一惊。这个村子里的人，内心的恶念确实比他最初所想的还要庞大。

他们对同伴无比冷漠，为了自己的利益，丝毫不介意伤害他人。

唯一值得庆幸的就是，拉乌并未感觉到浓厚的怨气，村民们应该没有残害同伴。

但就是这样，恐怕一时也难以达到拉乌之前提出的、让村民们彻底堕落的条件。

宗九没有和他争辩这个话题，转而道："的确还需要更多的证据或者事实进行论证，不过既然有这个可能，我们就应当做最坏的准备，前辈认为如何？"

拉乌舒展眉心："这是自然。"

如果真的如同最坏的猜测那样，那这个村子的状况无疑会棘手得多，其严重程度，拉乌比谁都明白。

更可怕的是，恶念本就潜藏在这些村民心中，在他们反复作恶、任其累积到一定数量后，便会完全吞噬他们的心灵，让他们变得格外可怕。

得到自己想要的信息后，宗九便马不停蹄地赶往村子北边村长的土房。

上一次，天刚亮王守就带伤赶来了，他们这回既然知道必要的信息，当然要抓紧时间。

等宗九赶到土房前的时候，守在门口的许森连忙低声向他汇报："我们还没发现有什么异常。"

说到这里大家也觉得奇怪。

按照已知信息，应当在今天天还没亮的时候，妇人就会偷偷摸摸去屋里，应该是想看看她的女儿还在不在，结果却遇到了王守，情急之下用簪子刺了他一下，然后急匆匆逃了出来。

所以大家守株待兔，希望能赶在妇人进土房之前把人拦下，这样就可以避免和村民发生正面冲突，给事情留下缓冲的余地。

"继续盯着，应该差不多就是这个时辰了。"宗九抬头看了眼天色，和大家一起蹲在墙角。

十几个人不声不响地把村长家的房子包围了，不论是什么人进出，都逃不过他们的眼睛。

约莫十几分钟后，土房后的小树林里忽然传来一阵脚步声。

玩家们急忙赶到那边把人制服了。为了不让村里人听到声音，他们把妇人的嘴巴用布条堵住，带到了远离土房的地方。

他们一直走到树林深处，才将布条解开，围在妇人身边。

这时安东尼那一队也赶到了，看到他们制服了妇人，也围了过来。

妇人脸上带着惶恐，大喊道："来人啊！救命啊！你们要干什么！"

"这位大娘，我们没有恶意。"

许森连忙上去安抚。

但很显然，对方的情绪十分激动，试图逃走。众人劝了许久，妇人才稍微安静下来。

"你们真没骗我？真不是王守派来的？"

见她态度终于松动，大家也都松了一口气："我们真的不是。"

妇人看起来是信了，狐疑地看着众人："那你们先让开，我还要去找我的女儿。"

说到这个话题，大家都沉默了一下。

"你的女儿在昨天就已经……"有人意欲开口，宗九却直接拦住了他的话头。

"大娘，我们是想找你问一件事。你若是愿意告诉我们，我们自然会把你送回去。"

妇人冷笑一声："我就知道你们没安好心。"

对她这句话，宗九权当没听到，他紧紧盯着妇人的双眼："三年前，住在村东老槐树后头的那个老婆婆，究竟是怎么死的？"

妇人脸色微变："你……你们在说什么，我听不懂。"

"听不懂？"宗九轻笑，"女儿都六七岁了，嫁过来也有三四年了，怎么会听不懂呢？"

他继续往下说："这几天村里已经出现了莫名横死的村民，你虽然刚从娘家回来，也不至于半点没听说。其他人可说是因为你们之前做了亏心事，要遭报应了。"

说到这里，妇人脸上的情绪波动更加明显。

这一回，大家都看出了异常，因为她的神情既躲闪又混杂着明显的惧怕。

这确实是做了亏心事的反应。

她张了张口："要是那婆子真找回来了，告诉你们又有什么用？"

这回开口的是拉乌："若是你没做亏心事，自然不用怕。若是你做了亏心事……如果现在你肯说出真相，说不定还有法子可以弥补。"

这番话像是给了妇人一颗定心丸，于是犹豫片刻后，她终于松了口。

"……三年前，那时我带着女儿刚嫁到这个村里不久。"

这妇人本来是隔壁村的寡妇，长得美貌，命却不好，年纪轻轻就守了寡，夫家不幸，娘家日子也艰难，日子越过越不下去。

正巧通伯村村长的儿子是个鳏夫，两个村的媒人便为他们牵了线，王守见了一面后便垂涎寡妇的美貌，两人半推就便成了。

只是嫁过来后，妇人一直没能生育，王守便经常对她喊打喊骂。那时正闹饥荒，她在家里更是分不到什么饭吃。

"那老婆婆，也是个无子无女、丈夫早早去了的。不过她岁数大了，就一个人住在那个老土房里，平日里一直照料那神女土，日日夜夜洒水浇灌，还经常拿着扫帚去土屋里清扫。"说到这里，妇人吞吞吐吐，"不仅如此，她还有吃神女土的癖好，甚至一天里只吃那土。不过她人倒是心善，饥荒时自己吃土，余下来的粮食便会送给村里人。"

"只是她吃土的事情后来被村里人发觉，于是村里人也拿了土回去学着她吃。那神女土本来只有薄薄的一层，不多，大家都吃她就不够吃了。因为这件事她便和所有人闹了一阵，埋怨其他人说吃了她给的食物还要同她抢土。再后来，神女土不够了，她便饿死在那老土房里。"妇人目光闪烁，"村里人发现的时候，已经过去好多天了。"

"这事虽说村里人做得不地道，但闹起饥荒来，谁管得了三七二十一，都只想着活下去便好。亏待是亏待了那老婆子，没人去送饭，许是因为这样，她便心怀怨气，以至于如今……唉。"妇人神色有些不满，"但后来村里也给她修了灵位，这样她还要怨恨我们，未免……未免太过分了些。"

大家纷纷露出恍然大悟的神色。

唯有宗九和拉乌几人依旧眉头紧锁。

"行了，你们要我说，我也都告诉你们了，这下总可以放我走了吧。"

宗九淡淡地说："行，我们走。"

说完，他便示意徐粟他们放开那妇人，跟着自己离开。

那几人虽然摸不着头脑，但这几天来已经习惯了服从宗九的指示，于是便没有多问，直接跟着宗九从树林里离开。

至于安东尼他们，明显还想从这个妇人身上得到更多的情报，也没有上来干涉，只是冷眼看着新玩家们离开。

拉乌低语几句，也单独离开了。

宗九丝毫没有耽搁，带着新玩家们直接往村后头那个土屋走去。

许森低声问："九哥，刚刚那个妇人说的话是不是有什么问题？"

他们没像宗九那样在土屋里听到老村长和李婆婆的对话，分辨不出来两个人讲述的内容里矛盾的地方。事实上，若是之前没有收集到其他线索的话，妇人说的话倒是大体上可以解答所有的疑问。

"如果真像传言那样，是那个老婆婆来报复他们，倒也说得通。"徐粟沉思，"不论是她说的时间线还是村民们为什么要争先恐后吃神女土的问题，都能得到解决，只是……"

他想起老土房里那半片墙的挠痕，只觉得有些说不上来的怪异。具体是哪里不对，徐粟也说不上来。

"有问题，当然有问题。"宗九耸肩，"她在说谎，这太明显了。至于为什么会感到难以察觉，是因为她谎话说得极为高明，并非从头到尾全然虚假，而是真假参半。比如说，她口口声声说在乎自己的女儿，那为什么当初逃走的时候，不带着女儿一起走呢？"

刚刚妇人说话的时候，宗九一直在仔细观察她的表情。

一个人说谎的时候，表情是会有一定变化的，从她的微表情可以看出，她一定隐瞒了一些极为重要的东西。

"所以我的猜测是，她不仅说了谎，可能还是从犯之一。好了，这条线索已经被我们掌握了。既然现存的NPC已经没法提供更多消息，接下来……就得找遇难者获取信息了。"

听他这么一说，其他人才想起，土屋里的李婆婆曾经说过这几日会尝试进入异界。

在这个游戏的设定里，NPC"死亡"后，他们的意识，也就是玩家常说的灵识会进入另一个世界，一般玩家都会把这个世界称为异界。

宗九很确定，通伯村这个情状，绝对不像村民口中说的那样，是老婆婆回来找他们算账了。这村子里的人满口谎言，问他们还不如想办法直接问当事人。

或许是因为他们闹出的动静太大，一片静谧的村子早早地开始苏醒了。

远处，村民们一个个扛着锄头，聚集在王守家的土房前，又一起朝树林走去。

许森忧心忡忡："他们好像发现了，怎么办？"

"天才刚亮，会不会太早了？"

"谁知道呢，我只知道你们如果还不拿好道具，我们可能就要交代在这里了。"

不知不觉中，树林中安静下来。

大家都意识到情况不对劲，纷纷快速拿出自己的道具，警惕地环视四周。

不远处，另一队玩家在飞奔，他们身后跟着一大群骂骂咧咧的村民。

宗九一声令下："跑！"

"他们干什么了？"看到这阵仗，新玩家们都惊呆了。

这才没走多远，怎么就闹出这么大的动静？不仅怪影重重袭来，村民们也个个面容扭曲，状若疯癫，不管不顾地追了上来。

"先别管那么多了，跑到土屋里再说！"

宗九回头，卡牌从指间甩出，在冰冷的空气中嗖嗖划过，直接钉在树桩上。

其他人的动作也不慢，撑防护盾的撑防护盾，扔卡牌的扔卡牌，念口诀的念口诀，各有各的招数。

拉乌皱眉看着那些黑影，一时竟也难以判断。于是他干脆在原地默念口诀，将收在招灵幡里的灵体放了出来。

一时间，林中阴风四起，树叶翻飞。

虽然他们极力避免和村民们发生正面冲突，但既然发生了那也没办法，只能先跑再说。

一群人拔足狂奔，不一会儿就跑到了土屋前。

这个时候天刚刚亮，那个佝偻的黑袍身影正在土屋门前清扫。

玩家们一窝蜂地冲进了土屋里，火速把门关上，还有人用特殊道具给大门上了锁。

土屋门关上后，整个大殿都暗了下来，只有神女像下方灵位旁的莲花灯还幽幽地亮着。

李婆婆看着他们这一系列动作，并没上前阻拦，只是皱起眉头："你们是何人，怎敢如此放肆？"

宗九朝许森递了个眼神，后者便十分自觉地上去同李婆婆进行交涉。

宗九将视线转向了另一队的人。

"呸，那个女的果然有问题。"一个B级老玩家曹鸿涛骂着，突然"嘶"了一声——他的虎口赫然有一道触目惊心的血淋淋的牙印。

在宗九他们离开后，另一队的人想通过威逼利诱，让对方多说一些，曹鸿涛便自告奋勇上前，一边抽丝剥茧地问询，一边注意着她脸上神情的变化，很快便发现了疑点。

妇人前面的叙述看起来没有掺杂水分，但是一问到老婆婆的死因，这妇人便会出现剧烈的情绪变化。

就在曹鸿涛大喜过望，试图顺着这条线索摸出更多信息的时候，妇人忽然歇斯底里大叫起来："我已经把知道的事情都告诉你们了，你们还想要怎么样！待我好又如何，全村就她一个人能吃得饱肚子，这不都是她活该？"

说到这里，妇人自觉失言，立马重新闭上嘴巴，再怎么问也问不出一个字来。

曹鸿涛还想再逼问，妇人气急，死命在曹鸿涛手上咬了一口，随后便大声呼救，引起了村民们的注意，使得曹鸿涛等人不得已放弃了接下来的盘问。

新玩家们之前还觉得这个妇人可怜，这才惊觉她也同样满口谎言，并非全然无辜。

曹鸿涛向别人借了布条，草草包扎了一下，神色阴鸷："这个村子实在是邪门。"

另一头，许森的交涉也卓有成效。

上一轮的时候，李婆婆就在他们面前透露了自己对这座荒村的态度。所以等到这次他们拿出足够的证据时，便也没有过多地表示怀疑。

"老身懂你们的意思了。"李婆婆缓缓说道，"听你们这番讲述，直接进入异界去找那位老婆婆的灵识问清楚的确是最快捷的方式。"

这是这种玄幻类的副本特殊NPC特有的权利。

玄幻类副本有好几个世界并不稀奇，大部分NPC虽然不知道，但是部分NPC，比如那位传说中的神女，以及这位李婆婆，都能够在几个世界之间穿梭。

"不过——"她话锋一转，"进入异界需要等月圆之夜。今日并不适合。若是一定要赶在今天的话，还要劳烦你们把后头灵堂里那口深红色的空棺椁抬过来。"

众人便按着李婆婆的指挥开始分头准备，搬棺椁的搬棺椁，扫大殿的扫大殿，点蜡烛的点蜡烛。

外面村民的呼喊听得清清楚楚，还能听到锄头砍门板的声音。伴随着乒乒乓乓的响声，木屑纷纷扬扬地落下。

"开门！给老子开门！"

"这李婆婆真不是东西，我们什么都听她的，她居然向着外人！"

"村长果然没说错，她就是和那老婆子一样，巴不得我们死呢。"

……

外头的吵闹喧哗声不绝于耳，但村民们到底还是心有畏惧，再怎样咒骂，也不敢真的动手。

看来土屋里暂且还是安全的。

众人纷纷松了一口气。

安全问题得到解决后，却出现了另一个问题。

饥饿感再度袭来，同时右上角的饥饿值再度标红。

终于有个老玩家忍不住开口："婆婆,土屋里有没有什么能吃的东西啊?"

李婆婆缓缓答道:"吾等修行之人,吃食极为简陋,若是各位不嫌弃的话,可以去放棺椁的后堂找寻。"

宗九脑海中飞快地闪过一丝灵感,结合先前妇人的讲述,让他感觉已经接近最后的答案了。

听到有食物,玩家们一窝蜂地去了,可惜结果却让人大失所望。

他们带回来的不过是一些最粗糙的米糠,加起来才一捧,能不能吃暂且不论,就算真的吃了,也没法改变多少饥饿值。

可即便如此,一众人依旧盯着那捧细碎的谷糠,目光垂涎。

曹鸿涛却另有打算,他环视四周,说道:"你们看,供桌上不是有水果吗?不如我们偷偷……"

"最好还是不要。"林国兴皱眉,"这些瓜果虽然干瘪,但到底都是用来供奉的,偷吃总归不好。"

话虽这么说,却没几个人把目光从供桌上挪开。

现在每个人的饥饿值都已经飘红,而他们还得在土屋里待上整整一天,就意味着至少得吃两餐。就算加上那些谷糠和瓜果,顶多也只够四五个人吃一天。

可土屋里却有三十几个人。

另一头,有几个老玩家已经因为那一捧谷糠的归属争得面红耳赤,甚至有上升到肢体冲突的趋势。

等级低些的老玩家甚至还把主意打到了土屋外头的神女土上面。

"你们说,这村子里的人都吃,我们吃点应该也没事吧……"

"想来也是,唉,要是真到万不得已,也只能这样了。"

有人在暗处弯起嘴角。

这还只是一个开始,尚且有选择的余地。等到饥饿值从两位数变成一位数,身体和精神都经历濒死的痛苦折磨,同时又没有选择的时候,这些人一定会争吵得更厉害吧。

他十分渴望这场混乱尽快到来,这些无能又贪婪的家伙,应该这样教训他们一下。特别是……

他的视线兴味盎然地扫过站在一旁的宗九。

宗九皱了皱眉。

没由来地,他感受到一道十分熟悉的、令他十分不舒服的视线。

看着土屋里的乱象,宗九心里盘算了一下,终于在那几个争谷糠的人就要大打出手之前上前一步。

"诸位怎么就动起手了呢?以和为贵,别伤了自己人嘛。"

宗九这么一说,其他人全部看了过来。

有人冷笑:"你管我们?难不成你也想分一杯羹?"

另一个B级更是不客气:"劝你别多管闲事,不要以为得到了首席的赏识,就可以为所欲为了。"

宗九叹惋着摊开双手:"唉,我明明是来找你们做生意的。"

接下来,手掌翻转之间,一个红彤彤的苹果就出现在宗九的掌心。

早就见识过宗九手段的新玩家们已经是见怪不怪,其他玩家则是目瞪口呆。

曹鸿涛声音颤抖:"你你你你……你从哪里拿出来的?"

他猛然回头看向神女像下面的果盘,只见瓜果供品都好端端地放在那里,一个也没少。

"看什么呢!"宗九不爽,"你看看我手上这个苹果,又大又圆,和那边那些果皮都蔫了的能一样吗!"

说话间,宗九把苹果转了两圈,让所有人都能清楚地看到那鲜翠欲滴的表皮,闻到新鲜苹果的清香。

"这么大的苹果,吃完能恢复至少30点饥饿值。"迎着所有人发直的眼光,宗九微微一笑,"一个苹果一千生存点,这个价格还算公道吧?"

众人气结:"你怎么不去抢啊!"

正好这时,去灵堂背后抬棺椁的新玩家们也回来了。

因为老玩家们自恃身份不愿意动手,宗九这队的新玩家们便接下了这个工作。

他们搬来的这口朱红色的棺椁有两人合抱那么大,看起来异常沉重,好几个人合力才抬得起来。

众人把棺椁抬到土屋大堂中,稳稳放在地上,随后便忙不迭地夸起了宗九的苹果:"就是,九哥的苹果特别顶饱。"

"没错,就跟刚刚从树上摘下来一样又新鲜又脆,好吃极了!"

但是老玩家们一个个依旧满面狐疑。

安东尼冷笑:"一个苹果卖一千生存点,简直就是狮子大开口,你抢钱啊?"

宗九无辜地说:"我这不就在抢……啊,不,你听说过供不应求吗?这里可是饥荒副本,这种情况下一个苹果有多宝贵,不必我多说吧?这可相当于续命的东西,难道你们觉得你们的命不值这个价?"

这一番反问,让所有人哑口无言。

"我还是看在你们是一起下副本的同伴,大家都不容易,才给你们开的友情价。"宗九挑眉,"算了,既然你们不要,那我就只能造福新玩家咯。"

说着,他又转过身去:"来来来,兄弟们,开饭了,今天想吃什么?"

"番石榴!"

"菠萝蜜!"

"葡萄!"

"柚子!"

"杧果!"

新玩家们兴奋地七嘴八舌,老玩家们则目瞪口呆地看着宗九接二连三地变出一种又一种水果。

"这是……特殊道具?"有老玩家不确定地问,一边面露不屑,一边眼巴巴地看着新玩家们大快朵颐。

林国兴眯了眯眼。他不说话,自然也会有人出头。

曹鸿涛酸溜溜地说:"喂,你刚刚不是说苹果一千生存点一个吗,凭什么他们没给钱也能吃?"

宗九嗤笑一声:"他们叫我大哥啊,大哥给小弟吃的天经地义。难道你也叫我大哥不成?"

曹鸿涛的脸色一阵红一阵白。他身为B级玩家,自然不可能管一个C级的新玩家叫大哥,就算这个新玩家再有潜力也一样。

他不叫,他身边其他人可就不一定了。

饥饿值降低的速度实在太快,短短的时间里又往下掉了5个点。一个C级的老玩家实在饿得不行了,战战兢兢叫了句"大哥"。

宗九下意识地应了一声。

直播间观众笑疯了。

【我真的是要被他笑死了,这真是个人才啊。】

【是该有人挫挫这些老玩家的锐气了。想要人家帮你,还看不起人家,真没意思。】

【就是,都已经重启副本了,再拖延下去搞不好得团灭。没想到都到这时候了,老玩家还放不下架子,拎不清啊。】

既然应了声,宗九也不能白占人家的便宜。他摸出一颗苹果递了过去。那个C级老玩家急忙接过去,连连道谢。

这下动了心的老玩家更多了。

可惜下一个厚着脸皮上来叫大哥的老玩家没得到苹果,他气得跳脚:"凭什么,我也喊了!"

宗九一本正经:"优惠仅限一位,要是听到喊我大哥我就给吃的,那我的生意还做不做了。"

这时拉乌收回了招灵幡,走上前来,十分干脆地和宗九交易了五千生存点数,拿走了五个苹果。

"看见没,人家拉乌就不拖泥带水,直接交易。"宗九耸耸肩,"各位想清楚了,生死就在一念间,现在可不是吝啬生存点数的时候。"

大家都看出来了,宗九就是在趁机报复这些人之前对他的百般嘲讽。众人满心怨气,但没有办法,只好纷纷排队用生存点数换吃的。

谁叫他们之前看人家是新玩家就排挤欺负人家呢,只能说算计到头还是坑了自己。

宗九看着入账的生存点数,开心极了。

他把手和眼睛都进行了强化,又换了很多道具,一百万游戏币已经所剩无几。他还打算找一副称心的卡牌进行强化,而且不能仅仅是物理攻击层面的强化。想达到那个程度,所需的生存点数可不是一个小数目,本来他还有点发愁,没想到这个副本居然给他这么好一个机会。

众人交易后,安东尼终于臭着一张脸也过来了。

宗九头也不抬:"两千点一个。"

这是明晃晃的挑衅。安东尼发出一声冷笑,一只手形如利爪,冲着宗九左手而去,竟然想要强抢。

宗九动作迅速,轻飘飘地后退一步,躲过安东尼的第一波攻势,二人便缠斗起来。

两个人当然都没有下死手,安东尼的目标是苹果,至于宗九的目标——他瞅着一个空当,手掌变招,迅速朝前劈去。这个动作却让他的口袋略微敞开,从安东尼的位置隐约能看到从那里露出的卡牌一角。

就在安东尼发愣的片刻，宗九的手掌飞快地扫过了他的头顶。

摸到了。两根。

手上的触感冰冷坚韧，无法和任何一种已知的丝线比较，只能说更像富有特殊韧性的钢琴线。

宗九眯了眯眼，手掌一用力，刚刚还来势汹汹的安东尼被他推得一个趔趄，朝后踉跄两步，这才稳住了身子，继而对宗九怒目而视："你干了什么？"

两根线，那就意味着只有读取记忆和植入潜意识的功能，还没达到控制的地步。难怪说恶魔的控制神不知鬼不觉，原来是循序渐进的啊。

宗九也不回答，只是默不作声地松开了手。两根看不见却只有他摸得着的丝线一下子烟消云散。就在他扯断傀儡丝的瞬间，那种被窥视的感觉再度强烈了起来。

宗九的目光缓缓扫过在场的所有人，终于定格在某一处。

林国兴双手插兜，依靠着墙壁的身体缓缓站直了。他碰了碰自己的嘴唇，露出一个让人脊背发寒的笑容。

宗九读得懂唇语。

他分明在说："真是一个不错的惊喜。"

第十八章

不按常理出牌

原来是这样啊。

宗九眯了眯眼。

他扬手把苹果扔给安东尼："不打了。"

安东尼正脸色不善地看着他，苹果飞来的时候，他还以为是什么暗器，下意识抬手去挡，没想到指甲直接扎进果肉里，果汁溅了一手。

"你这是什么意思？"安东尼的表情更难看了。

宗九恹恹地挥了挥手："累了，不想打了。"

闻言，安东尼更生气了。他睁着一双红眼睛看着宗九的背影，告诫自己务必冷静，不要忘记梵卓的命令。但是……

虽然安东尼对林国兴在土房时和他说的话持怀疑态度，但所有的犹豫都在看到那黄澄澄的卡牌的一刻烟消云散。

原来宗九真的是内鬼。

如果可以联合四个人一起指控宗九，把他淘汰出局，那么即便是违反了梵卓的命令，也可以归咎为副本阵营不同。

安东尼看了眼手上的苹果，又看了眼宗九的背影，眼中闪过一抹深思。

另一边，宗九靠在墙边陷入了沉思。

他觉得事情一定没有这么简单。

恶魔既然就是游戏指导师，那他在这个游戏里就已经拥有了可以说是至高无上的权力。在这种情况下，他的目的究竟是什么，就格外耐人寻味。

饱餐一顿后，大家都有些昏昏欲睡。

外头的村民还在大呼小叫，只是隔着门板听不太清。

"有线索了？"暗席地而坐。

宗九十分干脆地说："嗯，注意林国兴。"

上一轮他们没能从妇人口中得到答案，剧情也没有发展到现在这一步。今晚究竟会发生什么，谁也说不准，说不定还有其他线索。

暗没有问他怎么发现的。

他正打算说话，神女像下方黑暗的甬道里忽然再度传来一阵喧哗。几个老玩家鱼贯而出，其中一人手里还扯着一个小孩。

这个小孩众人都不陌生，正是跟在王守背后的那个。

"我们想去灵堂后边探探地形，结果就看到这个小孩偷偷摸摸从墙那边翻过来，于是便带过来了。"

说是探探地形，其实老玩家们都知道，这几个人是想要通过一些别的途径——例如险境挑战——来拉高自己的评分。没想到，线索没找到，小孩倒是抓来了一个。

"一个小孩怎么翻过那堵墙？"宗九皱眉。说这句话的时候，他特地扫了眼林国兴的位置。在发现对方已经离开之后，内心立刻亮起了警示灯。

见他询问，那几个老玩家连忙道："我们也在问他这个问题，但他死活不说话，像个哑巴。"

正默念经文的李婆婆缓缓开口："甬道下方有可以关闭的门，只要关上，村民便无法通过。"

"行。"宗九点点头，"后头还有人吗？有的话赶紧把他们叫回来吧。"

众人纷纷应声，准备去把还没回来的人叫回来。

一直站在一旁闭目养神的拉乌也开口了："我和你们一起去。"

先前因为受伤未愈的缘故，拉乌一直没有多说什么话，抓紧时间在疗伤养神。但若是真的有村民溜进来了，仅凭这么几个老玩家是很难拦得住的。

一个高位S级主动协助，其他几个老玩家自然是受宠若惊，连声道谢。

有个老玩家挠了挠头："那这个小孩子怎么办？"

"交给我吧。"宗九点头示意。

宗九目送那几个老玩家再次进入甬道后，这才将目光放到小孩身上。那小孩被放到地上后，立刻躲到了宗九身后。

"别怕别怕。"宗九第一次见小孩子这么热情，有些手忙脚乱。即便这样，他也不忘先摸一把小孩头上有没有奇怪的丝线。

没有。

不错，是个好孩子。宗九顺势摸了摸小孩的头，从暗匣里掏了一块糖递过去，蹲下身，笑得和蔼可亲："小弟弟，哥哥问你一个问题好不好？"

童言无忌。有些大人不一定知道的事情，说不定反倒能在小孩子这里得到更多的线索。

那个小孩子本来还有些警惕，但是吃了宗九的糖后就被征服了，点了点头，眼巴巴地看着他。

"哥哥想问问你，记不记得三年前，一位住在村里老槐树背后房子里的老奶奶？"

小孩子怯生生地说："记得。奶奶对我很好，经常给我送好吃的。"

有戏！

宗九和暗交换了一个眼神，继续循循善诱道："那老奶奶后来为什么不见了？"

问到这个问题，小孩子露出努力思索的神情。

"爸爸说奶奶吃了仙草，去了一个我们找不到的地方啦。"说完后，小孩子意识到面前的大哥哥应该不知道仙草是什么东西，于是连忙解释，"仙草就是吃了以后不用饿肚子，可以长生不老的仙草。只要吃了仙草，我们就可以不用再吃饭，只要吃一点点神女土就可以每天饱饱的，不会饿了！"

这两段话里包含的信息太多，一时间让宗九脑子里零散的线索指向了截然不同的两个答案：一个是村民为了欺瞒小孩子，编造了美好的故事；另一个则是令人不寒而栗的凄惨结局。

接下来任他再怎么问，都问不出更多的线索了。

宗九再度摸了摸小孩子的头，给他递了块糖："就在土屋里玩吧，外面危险，别出去了。"

小孩看了眼糖，又看了眼他，乖乖地点头，一溜烟跑去神女像下面蹲着看火烛了。

宗九长长地出了一口气，从地上站起。

暗挑眉："如何？"

他的语气淡然，一副洞悉事态的模样。

"严谨点，还是等李婆婆进入异界的结果出来再说吧。"宗九看着小孩子童真无邪的侧脸，缓缓笑了，"不过我现在倒是能彻底确定普通卡的主线任务到底是什么了。"

普通卡主线任务是保护村民。但事实上，这个村子里很多人已经不再能称为真正的村民，眼睛整个变为黑色，就是这些人堕落的标志。

所以，普通卡的任务，指的其实是保护村里正常的NPC，或者说，保护还正常的人不随着那些人一起堕落。

不仅宗九已经发觉，在线索互换过后，拉乌应该也猜到了这个答案，不然他不会主动提出跟着老玩家一起去灵堂看看。

如果顺着这个线索继续推断，那内鬼卡所需要的完美遇难者很有可能就是——

宗九正在凝神思考，殿内白烛的火光忽然齐齐朝一旁掠去。

有人意识到情况有异："等等，刚刚那些去甬道里喊人的人呢？"

神女像下方的甬道内依旧漆黑一片，听不到一点脚步声。宗九面色一变，卡牌已然拿在手中，紧紧盯着甬道口。

说时迟，那时快，一道黑影被人从里面扔了出来，落到了地上。

后面是面色难看的拉乌，他一只手紧紧搭着一个浑身浴血的老玩家的手臂，一只手操纵着招灵幡，大吼一声："关门！"

被这一幕震到的玩家们这才反应过来，一窝蜂地冲上去，将甬道两旁的木门合拢。

在上锁的时候，他们听到甬道里发出凄厉的痛呼，又逐渐归于沉寂。

"后面还有人？"新玩家们神色惊恐。

拉乌将人放下："有一个不留神伤到了脚，没能跟上来。"

这个人的下场可想而知。

所有人陷入了沉默。

就在刚才，他们顺着甬道往灵堂走去。走到一半的时候，拉乌率先察觉了异常：太安静了。

整条甬道内听不见任何声音。

前面的人战战兢兢打开手电筒，然后就遇到了埋伏……

一起去的六七个老玩家，最后只回来了三个。拉乌搭着手臂的这个，则是生死未明。

身为第四名，拉乌的实力自然不可小视。他当时走在队伍最前面，又扛下了大部分攻击，现在还能在极端凶险的情况下保护这些人全身而退，实属不易。

然而宗九却没有关注这件事。他把目光投向地上躺着的那个全身鲜血的老玩家。

正是林国兴。

宗九皱了皱眉。他上前一步，蹲到地上，佯装为他检查伤势。

林国兴确实伤得很重，看起来暂时丧失了行动能力。宗九不动声色地把他踩在林国兴手上的脚挪开了。

很明显，恶魔对林国兴的控制程度远胜于安东尼，五根傀儡丝让他完全成了恶魔在这里的傀儡，而傀儡是否会被淘汰，从来不在恶魔的考量内。

但不管怎样，林国兴现在这副模样，在宗九看来绝不是意外，应该是一次有预谋的行动。

有人担忧地问："林前辈没事吧？"

宗九摆摆手，同时若无其事地去摸他的头顶，笑容温和："就是伤得重了点，不碍事。"

其他人无话可说，这么重的伤在这位的眼里，居然是不碍事？

结果，宗九才笑到一半，手指就顿在了原处。因为林国兴的头顶上此刻什么也没有。

没有傀儡丝，没有那种冰冷的触感。

宗九意识到了什么，他维持着脸上的表情，不动声色地起身，将位置让给了上来照顾林国兴的其他老玩家。

不远处的黑暗里，有人挑衅地弯起嘴角。他的面容在烛火的映照下显得模糊不清，伽楼罗纹明灭闪现，令人毛骨悚然。

他们相隔不远，那笑容也不过一闪而逝，但宗九已经了然于心。

最不祥的预感成真了，还真是怕什么来什么。

这一招苦肉计实在是高。

当暗朝他看过来的时候，宗九什么也没说，只是背地里悄悄比了个数字。

果不其然，暗同样眉心一拧，陷入深思。

如果恶魔控制的只是林国兴，那事情还好办。可恶魔如果控制了拉乌，事情就变得棘手得多。

宗九退回到墙角的暗处，大脑开始疯狂转动起来。

恶魔应该没有以玩家的身份参与到副本里，不然他们不可能至今还没看到人影。那么，他应该是以NPC身份参与到剧情中，在不知不觉中控制了玩家，继而加入到了副本内。

宗九总不可能把每一个NPC或者每一个玩家的头顶都摸一遍，这当然不现实。

所以……到底是谁呢？

他将手伸进口袋，实际上是放进了系统背包里，将星辰牌拿了出来。

就在一天前，宗九通过那两次抽牌，成功验证了安东尼和恶魔的真实身份，也用掉了自己储存的两次机会。想要等到冷却时间结束，要等到今天晚上了。

宗九在心里叹了一口气。

土屋里依旧一片嘈杂，疗伤的忙着疗伤，其他人帮不上忙就继续帮李婆婆做准备工作。

门外，木屑陆续飘落。有玩家正在土屋里寻找能加固门板的东西。

借着棺材的遮挡，宗九冷眼观察着那些在帮拉乌和林国兴包扎的玩家，眼神锐利。

又是那种熟悉的感觉。

宗九浑身战栗，因为实在是很少有这样让他提起兴致的时刻。他喜欢这种感觉，哪怕是将自己逼到崩溃尽头再一举突破的快感，也远远不能够和此刻相提并论。

他觉得首席的心情应该同他一样。

因为，在韦加城温暖的灯光下，宗九曾看到对方眼眸中燃起冷淡裹挟着兴奋的暗火，像是要拖拽着他进入无底深渊的牢狱之中。

虽然很不想承认，但他们的确在某种程度上可以说是高度相似。

宗九有一种预感，在这个副本结束的时候，恶魔无处不在的爪牙和魔术师，必定只能活下来一个。

你死我活而已。

他已经准备好了。

时间在焦灼中缓慢前行，但夜晚依旧如约而至。

在外头天色将要彻底暗下来的时候，李婆婆终于从神女像前起身。

她在那里坐了整整一天。

无论是外面村民们拿着农具敲打门板的吵闹，还是老玩家们负伤跌跌撞撞地回来，抑或是土屋里其他人的喧哗，对她都没有丝毫影响。

待李婆婆起身，大殿里的说话声也戛然而止。

在土屋里玩了快一天的小孩早已累了，随便找了个角落，睡得正香甜。

外面的村民们吵闹了一天，此刻也终于静了下来。

整个土屋里都静悄悄的。

黑袍下传出了尖厉的声音。

"进入异界分为三步，既然是要寻那灵位上的人，老身待会儿便会点上一盏油灯放在那东西上头，你们万万不可主动将其熄灭。"李婆婆指了指棺椁。

按照游戏设定，只有在阴气重的时候，进入异界的成功率才高。若是等不到月圆之夜，就得借助外物来增加阴气，例如摆放在大堂中央的这口深棺。

"整个土屋里不能有人站着，所有人都必须坐下，除了念咒外全程不可说其他的话。最迟到子时前，只要那油灯熄灭，就代表老身回来了。"

众人闻言，便按照李婆婆说的，一个个围着中央的棺椁席地而坐。

"老身戌时开始念咒，你们所有人须得闭上眼睛跟着念诵十遍。若是念错了，轻则头晕目眩，重则魂飞魄散，祸及己身。"

众人纷纷打起精神，连连表示会好好念诵。

李婆婆满意地点点头，将咒语念了三遍，方便他们记住。

玩家们默不作声地纷纷记录。

"你们若是有缘，或许会在念完咒后发生灵识离体的现象。若出现此类情形，莫要着急，不要离开大堂便好。等走灵灯熄灭时，灵识自然会回到身体里。"

所有人点头如捣蒜，表示明白。

"既如此，那便开始吧。"

就在李婆婆席地而坐的同时，宗九也收到了主系统提示下一次可以进行星辰牌测算运势的时间已经到了。

偏偏赶在这个时候。

宗九稳稳心神，先跟着所有人一起念起咒语来。

三十几个人的念诵声汇聚在一起，传到了外面。

这场景着实有些诡异。

念第一遍的时候，土屋里的玩家们就感觉凉风四起。

只不过，大家都按照李婆婆说的，双眼紧闭，没人敢睁眼。

在念诵咒语十遍后，李婆婆的声音戛然而止。

其他玩家纷纷战战兢兢地睁开了眼睛。

大殿内寒冷而昏暗，唯有棺盖上的灵牌和油灯发出浅淡的光亮。

首座上，李婆婆身披黑色兜帽的身影坐得笔直。

"有谁灵识离体了吗？"

"那老婆子是不是进入异界去了？"

"不知道啊，我怎么什么都看不清！"

"我怎么觉得有点可怕啊！"

他们低声讨论着，很快发现，还有一个人没有睁眼。

盘膝坐在一旁的宗九眉头拧紧，双眼紧闭，看上去十分不妙。

宗九感觉自己的状态很不好，整个人似乎泡进了塞满冰块的冰水里，本来就没有知觉的身体更加如临冰窖，身上的粗布麻衣仿佛都结满了冰碴子，叫人觉得冰冷刺骨。

这样看来，他就是那个倒霉的所谓有缘人！

其实早在李婆婆说出那句话的时候，宗九就有预感了。

毕竟这么多人里面，就他一个人手持内鬼卡，更别说他的身份还是人偶师。

宗九无奈地睁开眼，映入眼帘的并非漆黑一片的大殿，四周是一片死气沉沉雾气重重的灰。

他跟着李婆婆一起，进入了异界。

这很危险。

暗口中说着不插手这个副本的剧情，实际上在今天下午等待的时候，还是好心给宗九科普了一下能够进入异界的灵婆的事情。

灵婆一般都会设立一个时间点或者是其他方式，来标记自己回来的路。

因为若是找不到这条路，就再也回不来了，也就等同于就此死去。

所以，宗九决定先去周围看看，能找到李婆婆更好，不然他自己一个人待在这里，想要回去恐怕很难。

他缓缓朝前走去，忽然感觉周遭阴风阵阵，身边出现道道黑影。

宗九目光一凛，打开系统背包正欲掏出道具，却发现什么都拿不出来。

【玩家处于特殊场景，无法使用实物道具。】

宗九一惊，转过身拔足狂奔。

星辰牌用不了。之前那些兑换的道具也都用不了。奇怪的黑色暗匣更加直接，只能拿出些纸币。

还有什么能用的！

宗九暗骂一句，一边跑一边开始一件件尝试是否有能使用的道具。

黑影们从四周向宗九围堵而来，宗九万般无奈，正准备后退时，手指忽然不经意间摸到了自己口袋里的东西。

他愣了一下，迅速反应过来那是人偶师的道具。

副本里拿到的内鬼道具在该副本内没法放进系统背包里，所以宗九就一直把摄灵铃和卡牌揣在兜内，没想到这两样东西倒是也一起被带来了。

"铃铃铃铃铃——"

摄灵铃的声音人是听不到的，但是此刻对这些黑影却极具威慑力，让它们不敢再靠近半分。

宗九舒了一口气，一边摇晃摄灵铃，一边朝前走去。

唯一的问题就是摄灵铃使用时间最长只有十分钟，之后就要冷却半个小时，才能再次使用。他在心里估算了一下距离，打算先冲进城中再说。

没想到，就在这时，一截枯槁的手指忽然轻轻地搭在了他的左肩上。

宗九瞳孔骤缩，猛然回头。

身披厚重黑袍的李婆婆正提着一盏灯站在他的身后。

那是走灵灯。

灯内悬着一根猩红色的火烛，在慢慢地燃烧。宗九记得她在土屋里说过，等到火烛燃烧殆尽，她若还没返回，那便永远回不去了。

此刻，李婆婆的声音喑哑，令人感到毛骨悚然："孩子，你怎么会在这里？"

宗九露出茫然的神色："我不知道啊，在念完咒语后，我就出现在这里了。"

"罢了，既然来了，那便跟着老身吧。"李婆婆一副不想多说的样子，示意宗九直接跟上她。

走灵灯幽幽亮着，驱散周遭的黑暗，辟出一条光路来。

宗九跟在李婆婆的背后，心中的疑惑越来越大。

他觉得这件事情实在是巧合得有些诡异。

为什么偏偏是他呢？

宗九怀疑的目光投射到了前面那个佝偻着的背影上。

李婆婆这个NPC，刚开始大家都以为是个帮助型NPC。毕竟在一个群狼环伺的副本里，不可能一个帮助性的角色也没有。

既然给了他们提示，又告知了不少情报，甚至还为玩家们提供了避风港，就已经足以证明李婆婆的身份，玩家们自然放下不少戒备。

而拿了内鬼卡的自己，便有可能和这些帮助性角色相敌对。

所以宗九有怀疑过李婆婆就是他要找的完美遇难者。

本来他还想趁着进入异界，等李婆婆的灵识脱离身体，去试试她是不是自己的任务目标，不然也不会特意挑了个离李婆婆最近的位置。

真是计划赶不上变化。宗九内心哭笑不得，沉思良久，还是决定先按兵不动，毕竟他现在实在是身不由己，等回去后再验证他的猜想也不迟。

两人一前一后朝着那座城走去。

走着走着，宗九装作不经意地开口："婆婆，我们这是要去哪里啊？"

他问话后，却久久没能得到回应。

就在宗九准备问第二遍的时候，阴森森的声音终于响起："去找那个老婆婆的灵识。"

宗九："去哪儿找？"

"你跟着就是了，问这么多做什么？"

宗九只好放弃同李婆婆搭话。

他跟在李婆婆的身后，走过寒冷的荒原，走过滚滚流淌的河川，终于来到城外。

城门口的队伍一眼望不到头。

李婆婆毫不犹豫，领着宗九直接往最前方走去，完全无视队伍中愤怒不满的眼神。

黑色的岩城墙下，有提着红灯笼的差役正在门口一个个进行登记。

宗九往里面看了看，发现城内道路整整齐齐，两边悬挂的灯笼红通通一片，道路两旁的房屋鳞次栉比，甚至还有马车在道路上行驶，一派繁华景象。

差役头也不抬，在纸上记录着："一个个排队，插队的都去领鞭子。"

落笔片刻，差役似乎又察觉这气息有些不同寻常，便抬起了头。

"原来是来寻人的。"差役看了看李婆婆，挥挥手，让一旁的小童先来接替他的工作，这才开口，"可带了……"

李婆婆侧了侧身，露出身后的宗九。

"不错。"差役露出了满意的神色，"随我来吧。"

他带着两人进了城内离城门最近的一座府邸，李婆婆被迎到了前厅，宗九单独被差役带到了后殿。

宗九当然猜得出李婆婆是存了过河拆桥的心思，于是便在袖子里悄悄攥紧了摄灵铃。

哪想到差役把他带到后殿后，怜悯地看了他一眼，直截了当地说："问吧。"

宗九心下诧异，于是便按照原先的计划，询问了老婆婆当年的遭遇。

差役没想到他问的竟然是这个问题，惊讶地说："那位可是大善人，怎么会来我们这种专门囚禁恶人的地方？"

《默菲斯契约》游戏最令人称道的地方就是完整的世界观，它不仅构建了一个个副本世界，每个副本里的每个NPC都有完整的成长线，甚至连这些NPC死后，灵识会去的"异界"，游戏设计者都考虑到了。

以前设定是好人的NPC，会去上异界享受优待。

同样，坏事做尽的NPC，会来到下异界，自食其果。

游戏开发者是想通过异界告诉玩家，善有善报，恶有恶报，需得心存善念，不忘本心才行。

而如今，宗九他们所在之地，就是下异界。

宗九心下一惊，连忙继续追问。

差役沉思片刻，倒也知无不言，把事情的前因后果给宗九清清楚楚地捋了一遍。

毕竟，三年前，这件事曾经掀起过轩然大波。

虽然明知道只是故事，但是宗九还是听得心里难受极了。

第十九章

不是冤家不聚头

这位老婆婆一生无儿无女，丈夫又去得早，年老后便独身住在通伯村老槐树后头的土房里。

那时候，通伯村只在村后有破土屋一座，破破烂烂还漏风。

但有关神女的故事，却在村里代代相传。

传说神女曾点化了村里的一块地，这地和其他黄土地完全不同，颜色呈深红色，上面不管栽种什么都无法成活。按照传说，这块地上若是某一天长出了植物，那一定是吃了后可以长生不老的仙草。

但到底大家也只把它当作茶余饭后的故事，从来没人相信过。毕竟那块神女土不管过了多少年，也没见上面冒出来过一点绿色。

村里没人愿意照料那块寸草不生的神女土，老婆婆便一个人包揽了，每天日出而作、日入而息，把破土屋扫得干干净净，精心照料着神女土。

其他人都在背后笑话婆婆，婆婆也不在意。

就这样，一晃十年过去了。

说来也奇怪，那时候老婆婆已经六十好几，却还精神矍铄，丝毫不见老态，甚至还能自己拿着锄头往来耕作，叫人啧啧称奇。

也恰好在那年，饥荒爆发。

先是天公不作美，一整年都是大旱；又有蝗灾泛滥，颗粒无收。

没有饭吃，就杀了家里为过年准备的猪。猪吃完了，就吃谷糠。谷糠没有了，只能挖点野菜。最后，村里的人饿得把树皮都剥来吃了。

某一天夜里，老婆婆做了个梦。

梦里，她见到一位神女脚踏祥云，身披七彩霞光。

"你同我有缘，这些年的辛劳我都看在眼里，你且去那地里罢。记住，那有缘之物性烈至阳，并非人身能够直接承受。服用后你需每日定量食用至阴的神女土，不需太多，一抔即可。待一年之后，便可功德圆满。"

说完后，神女翩然离去。

老婆婆醒来后，发现天还没亮，便披了件衣服，提着灯出了门。

果不其然，在那寸草不生的神女土里，一株仙草正静悄悄地立于其中，周身笼罩着淡淡的光华，比清冷的月光更甚。

老婆婆才知道，原来村子里多年来的传说是真的。

服下仙草后，老婆婆发现自己骤然耳清目明，身轻如燕。往日里提水觉得累，如今即便提着水也能健步如飞。甚至连脸上的皱纹也平复不少。整个人可谓焕然一新。

最重要的是，吃下仙草后，老婆婆发现自己每日只要按照神女说的，服用少量的神女土，便一整天都不会感到饥饿，不需要再吃其他的东西。

说到这里，差役也不由得感慨老婆婆的善良。

既然每日只用吃神女土，老婆婆便将自己的食物和地里的少量收成全部分给了村里人，有村子里吃不饱饭的小孩，也有村长家那个刚嫁过来的、怀着身孕正缺营养的儿媳。

却不想久而久之，这件事反倒引起了村里其他人的注意。

每人每户每个月也就收那么点粮食，一个人都吃不饱，老婆婆怎么会有多余的粮食分给别人？

于是村里人便偷偷跟着老婆婆，终于发现了神女土的秘密。

吃那土便可以填饱肚子。这个消息瞬间传遍了整个村子，村民们纷纷抢着去吃神女土。

原本厚厚的一块地，被挖得所剩无几。

可神女土是至阴之物，村民们吃了几天，便发觉神女土没有他们想象中那样有饱腹的功效，反倒把自己折磨得奄奄一息，便勃然大怒。

在他们眼里，老婆婆是藏了私的罪人，有好事都不愿告知大家，便要拿她是问。

老婆婆有苦不能言。仙草只有一株，她既不能说出事情真相，也不知该从何说起。

饿极了的村民见老婆婆什么都不肯说，便把她锁在了屋子里，然后把那间老土房用木板钉死，恶狠狠地放话："既然你不愿说，那让大家看看你能不能活到七天后吧！"

差役长长地叹了一口气："这可实在是苦了那老婆婆了。当初神女说了，虽然每日不需再额外进食，但神女土还是要吃的，不然遏制不住仙草的阳性。更何况就算服下了仙草，却也不过是个普通人，如何能忍受七日滴水不进？"

七日后，村民们再拆开木板去看的时候，发现半面墙壁都是老婆婆因百般痛苦挠出来的痕迹，而老婆婆躺在屋子中央，已然陷入昏迷。村民们上去一探鼻息，发现老婆婆只是晕过去了，却没有就此饿死。

通伯村有神女显灵的事情，这时已经传得方圆百里无人不知，其中不乏能人异士，来此想要一睹究竟。

其中便有一个心思诡谲的李婆婆。

这个李婆婆歹毒非常，垂涎仙草而不得，便想出了一条毒计。

她教唆村里人，一面告诉他们吃了仙草就能填饱肚子，长生不老；一面又告诉他们可惜仙草只有一株，被那老婆婆一个人藏私吃了。

那时村民们看老婆婆七日粒米未进都没死，对李婆婆的话自然尽信不疑。再加上他们吃了大半个月的神女土，体内阴气聚集，更是放大了人心中的恶念。

李婆婆便趁机煽风点火，撺掇村民烧死老婆婆。

没想到，这样的建议，竟然得到了村民们的一致认同。他们选了个月黑风高的日子，在村子中架起一处火刑场，将老婆婆投入其中。

差役说："李婆婆原本与村民约定拿老婆婆的灵识作为交换。但谁也没想到，就在老婆婆被杀害后，整个通伯村都像蒙上了一层黑漆漆的阴影，老婆婆的灵识也不翼而飞了。"

其他人不知道，但是差役们清楚得很。这是因为老婆婆一生行善，最后在身体被村民烧毁后，并没有对村民们心怀怨恨，而是就此功德圆满，脱离苦海了。

村民们见四周变得暗沉，都吓破了胆，忙不迭在李婆婆的指引下，为老婆婆在神女像前设了个灵位，又把破土屋修缮一新，只为求个心安。

"那些人何其愚蠢。"差役嗤笑一声，"据说他们在那之后，不仅没能一劳永逸地饱腹，反倒还染上了各种恶习。不仅如此，这些人还在继续食用神女土。犯下如此恶行，体内又有太多阴气累积，那村里的人已经不能被称为人了。有朝一日他们要是死了，是得去赎罪的。"

闻言，宗九长长地出了一口气。

难怪。

难怪宗九会在老土房那里抽到一张逆位的死神牌。

原来当时老婆婆确实是真的死了。但她却又因一生行善，最终得以解脱。

那日宗九在分岔路口抽到的月亮牌，原来指的并不单是老村长的欺骗，也包含了李婆婆的谎言。那场对话分明就是一场精心策划的骗局。

不管是老村长、李婆婆、妇人还是王守，自从他们进副本以来，遇到的所有NPC，竟没有一个说的是实话。

而且从一开始，李婆婆主动提供的那些线索，就彻底把他们误导了。

其中有很多次，玩家们可以找出村民语句中自相矛盾的蛛丝马迹。但他们偏偏先入为主，将李婆婆这个主动告知线索的人放在帮助型NPC的位置上，从未想过原来她才是那个造成这一切的罪魁祸首。

难怪这个副本的难度这么高，难怪明明有七天时间，第三天就能团灭。他们掌握着错误的证据，再怎么也不可能走到正确的道路上来。

这个不着痕迹，用话语循循善诱，蛊惑人心，热衷于挑事拱火，却又把自己独立出来，隔岸观火，静观他人在绝境中痛苦和丑态的行事作风——

宗九现在百分之百能确定，扮演李婆婆的人是谁了。

想通后，他急着朝差役点点头，正准备回去好好找人算账，不想却被拦下了。

差役说道："等等，你现在可是被卖到这边的人了，还想去哪儿？"

宗九蒙了。

见他一副毫不知情的茫然模样，差役眼中的怜悯更甚。

或许是抱着让他死也死个明白的想法，差役拍拍他的肩："你傻啊，刚刚我不是和你说了吗，罪魁祸首就是李婆婆。喏，就是外头那位。她可比那些目光短浅的村民聪明多了，知道食阴土会使心智被腐蚀堕落。所以从一开始，这两条路李婆婆便都没有走。"

宗九脑海中灵光一闪。

完美遇难者绝对指的是没吃过阴土的人。

"那李婆婆经常会把那些内心堕落的村民卖到这里,以此给自己换些好处。如今特殊时期,大家也都是睁一只眼闭一只眼。"

看宗九无言以对,差役安慰:"放心吧,反正那些村民的内心已经堕落了,早晚会把目标锁定到李婆婆身上的。"

所以任务才会在第三天失败,这样看来是那些村民冲到土屋里去,把李婆婆也给烧了。

难怪两个主线任务会同时失败,原来竟是因为这个。

事情的真相是弄清楚了,但是如果直到副本结束,自己都没能回去,主系统肯定会直接判定他即刻淘汰,而并非任务失败淘汰,这样的话,下场就是直接被踢出局。

这回可真是被恶魔结结实实地坑了一把。

看来,这是自己扯断了恶魔的傀儡丝后,恶魔回敬自己的礼物。

宗九心中冷笑。

他反手掏出摄灵铃,神色诚恳:"这位大人,您看这样,我把这个留下来作抵押,您大人有大量,给我走个后门如何?"

差役看上去有些犹豫:"你这摄灵铃不错,但品阶稍微有些低了,我不好和上面交代……"

他的话头被生生掐断。

因为宗九凭空掏出了一大把银票,轻描淡写地问他够不够。

在那个瞬间,空气似乎都凝固了。

宗九一副丝毫不知道自己做出了什么惊世骇俗之事的样子,又问了一次:"够不够?"

差役眼神发直,吞吞吐吐:"这……要是被抓到了可是很严重的。"

虽然这么说,差役却止不住朝着那沓厚厚的银票上看去,不禁悄悄咽了下口水。

宗九一瞧便心知有戏,表面不动声色,却又从黑匣子里掏了一沓银票,一张一张往上面加码。

差役左瞧瞧,右瞧瞧,一拍大腿:"唉,这样吧,我们走偏点说,你先把银票收收,这要是被抓到就麻烦了。"这可不是他的意志不坚定,而是对方给的实在是太多了!

宗九闻言,连忙乖乖把银票收起,在心里比了个"耶"。

成了！

这个在所有玩家眼中都毫无价值的黑色暗匣，简直就是为他宗九而存在的，竟然每每都能有出其不意的效果。

差役道："这件事情就暂且先这样了，我睁一只眼闭一只眼，反正若是上面查起来，这些银票也足够了……对了，你这是要回去找那李婆婆算账？"

宗九回头："不然呢？"

"你先别急，这城门你自己是出不去的。就算出去了，那李婆婆可是厉害得很。"

差役收了银票，自然继续设身处地为他考虑："这样吧，反正那李婆婆坏事做尽，早晚要受这一遭，你要是愿意再多给点，我还可以派几个帮手和你一同前去。"

宗九欣然应允。

最后，等宗九离开的时候，身后还跟了三四个仆从。

他们出城不久就看到了远处那个提着走灵灯的身影。

李婆婆这个NPC的设定是年迈的老玩家，走路速度不快。再加上走灵灯的存在，让其他生物全都不敢靠近。所以此时放眼看去，李婆婆的方位简直一目了然。

宗九带着仆从们，大摇大摆地向那边走去。

看着前方忽明忽暗的光线，他忽然心生一计，便招呼跟着的仆从们围过来听他吩咐。那些跟随的仆从在差役的提醒下，都知道面前这位出手如何阔绰，自然不敢怠慢，连声应允。

"行，那就按我说的去做吧。"宗九看着仆从们领命而去，露出一个得意的笑。

首席现在的心情很不错。

看着宗九的身影消失在府邸的后殿时，他便用傀儡丝控制着李婆婆的身体，提着走灵灯离开了。

进入异界后，若是没有走灵灯的指引，再想回来难如登天，更别说还是在李婆婆的算计下。等到副本时间结束，或者普通卡完成主线任务后，没完成任务又回不来的内鬼自然会被主系统判定即刻淘汰。

这个副本里没有一个无辜的NPC，所有NPC都是加害者，每个NPC都在说谎。

老村长在说谎，王守在说谎，妇人在说谎，李婆婆同样在说谎。如果非要找出一个没说谎的人，那就只有村长家那个不知世事的小男孩了。

而这个李婆婆，便是整个荒村副本的幕后黑手。

玩家想要寻求生路，只能一个个问过去，再对每个人的话展开逻辑推理，找出蛛丝马迹。

老实说，这有点难度，因为很难有人能保证不被任何言语影响或先入为主。

本来还想陪他多玩一会儿的。恶魔漫不经心地想。

毕竟……真的很难遇到这么有趣的对手。

恶魔从来都不相信那个所谓的预言。现在看来，其中的确有几分可信。

在他同主系统做了交易后，他的傀儡丝就再也无法用任何手段摸到，除非是依靠极其特殊的道具，但是现在的玩家里，还没有人持有这样的道具。

至于能够空手摸到，实在是闻所未闻，的确同预言里"天定的宿敌""能力的克制"不谋而合。

只是——

想起预言里说的"宿命相逢的对手""唯一能够遏制恶魔的存在"……

黑暗中，恶魔随意拨了拨手中的丝线，露出一个颇觉无趣的神情。

可惜还是太弱了。

弱到让人提不起欲望。

恶魔这么想着，放任傀儡丝操纵NPC，自己从高背椅上起身。

此刻的他作为扮演NPC的游戏指导师，不需要和其他玩家一样进入副本。而傀儡丝可以自由穿透空间，所以他的本体其实还在玩家宿舍里，哪里都没去。

首席的宿舍在整个玩家宿舍的最顶层，不仅是复式结构，占地面积还极大，甚至拥有一片空中花园。

站在空中花园向下望，能够看到玩家宿舍位于一座孤岛上，四周是茫茫大海，下方是悬崖峭壁，可以算得上风景秀丽。

A级以上玩家的房间设施齐全，风格也可以随着玩家的心意调整更换，至于S级玩家的宿舍更是奢侈富丽。总之在物质上面，主系统一向慷慨大方，毫不吝啬。

恶魔口中哼着怪异的曲调，踩着摇摆的舞步走到酒柜前。

房间里没有开灯，他的视线却丝毫不受影响。

恶魔拿着玻璃杯在手中把玩，正准备看看另一具被他深度操纵的傀儡，却发现饥荒山村这个副本里似乎有意外发生。

只见副本中，李婆婆忽然被几个仆从拦下。

仆从们板着脸，面无表情："刚刚你离开后，大人发现档案里缺失了一页，我等奉命前来搜查。"

恶魔也并非每时每刻都在控制NPC。

大多数时间里，除非是特别有兴趣的副本，恶魔都会选择让NPC按照原本性格自由发挥。毕竟扮演NPC比扮演玩家难度更甚，需要严格贴合剧情。

一般情况下，除非是拿到要求苛刻的身份卡才需要严格进行扮演，其他更多时候只是随便给NPC一个身份就好，并不严格规定角色性格。

而恶魔只有在打算主导剧情走向的时候，才会自己上手去控制。所以在他停止控制后，NPC就按照自身性格行事了。

按照这个副本的背景，李婆婆不过是个贪生怕死又心思歹毒的普通人。

面对差役她唯唯诺诺，面对村民她凶狠强横。如今既然被拦下，又惦记着走灵灯燃烧的时限，自然是战战兢兢地应了。

等恶魔发现的时候，身披黑袍的李婆婆已经乖乖把走灵灯放下，举起双手，任凭仆从们进行搜身。

这会儿他们正好站在河川唯一的桥上，下方便是囚禁着恶人灵识的河水。

恶魔感觉自己右眼皮再度跳了跳。

上次出现这个预兆，还是在韦加城，魔术师一举在主系统面前掀了他三个马甲的时候。

恶魔顿觉事态不妙，急忙放下酒杯，准备重新操纵这个NPC。

变故突生。

地面上放着走灵灯那处，暖光忽然晃了晃。

有人把那盏灯提了起来。

李婆婆猛然回头。

宗九正站在李婆婆的身后，手里提着那盏走灵灯，笑意盈盈。

李婆婆操着苍老的声音问道："孩子，你这是……"

宗九挑了挑眉。

看着仆从把面前这个NPC制住，宗九勾起了唇："孩子？"

他没有继续再废话，而是直接抬起腿来，一脚把人从桥上踹了出去。

"其实吧，我更喜欢你当初叫我九哥的模样。"

这座桥距离河面少说有十米，而且除了以特殊力量架构的桥体以外，任何东西从这条河上经过，都会感受到莫大的引力，被拉扯着落入河中。

李婆婆从桥上掉了下去，便像断了线的风筝一样，直线坠入河底，连一朵浪花都没能激起，和之前数不尽的邪恶灵识一样，被囚禁在了河底。

【NPC扮演任务已失败。】

【赛场：A级副本饥荒山村。】

【扮演NPC角色：心思歹毒的幕后黑手李婆婆。】

【失败原因：灵识消亡。】

黑暗里，失去了操纵角色的傀儡丝开始缓慢回收，重新缠回了那双修长的手上。

过了许久，恶魔的唇角渐渐上扬，和那双透着冰冷残酷气息的瞳孔一样，似乎燃起了丛丛暗火。

恶魔转过身，端起红酒一饮而尽。

冰冷的酒液缓缓滑落，却压抑不住再度沸腾的血液。

这可真是一个……莫大的惊喜。

默菲斯契约

下

妄鸦

著

长江出版社

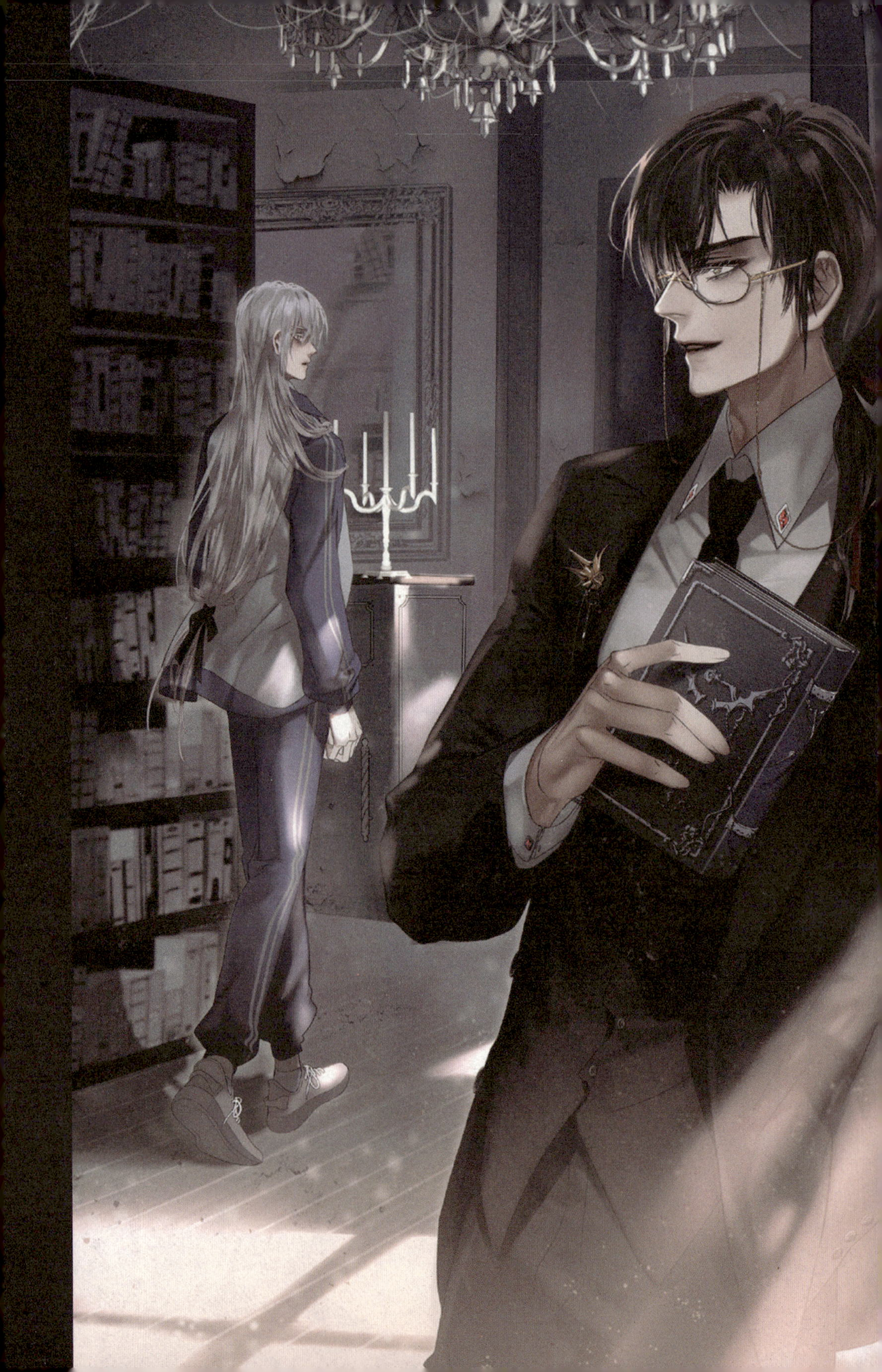

——不如这样……我们来玩个游戏吧？

——可以啊。

魔术师，从不信命。

目　录
CONTENTS

第二十章　　遭遇指控　　　　　　　　289

国王游戏

第二十一章　　A级副本　　　　　　　302

第二十二章　　旧关系　　　　　　　　316

第二十三章　　国王游戏　　　　　　　330

第二十四章　　预感成真　　　　　　　343

第一工厂

第二十五章　　突如其来的消息　　　　356

第二十六章　　可怕的工厂　　　　　　369

第二十七章　　惹　事　　　　　　　　385

第二十八章	危险人物	402
第二十九章	鬼使神差	421
第 三 十 章	抓住机会	438
第三十一章	摸　索	451
第三十二章	多了一个	466
第三十三章	情况有变	483
第三十四章	新的线索	498

七彩游乐园

第三十五章	好好走下去	514
第三十六章	自我总结	530
第三十七章	七彩游乐园	543

默菲斯契约

Mephos Indenture

第二十章

遭遇指控

宗九感到愉快极了。

这回提着走灵灯，一边走一边哼歌的人换成了他。

虽然李婆婆只不过是恶魔扮演的NPC，但想到对方错愕的眼神，宗九就恨不得放声大笑，抒发自己大仇得报的快乐。

"不必担心，那李婆婆没法再兴风作浪了。"

仆从们告诉宗九，只需要念动李婆婆教给他们的咒语便可以回去，宗九便照做了。

灰蒙蒙的灵堂内，宗九忽然睁开了双眼。

土屋里实在是太吵了，宗九只觉得耳边嗡嗡响，听得最清楚的，是徐粟兴奋的喊声："暗前辈！九哥醒了！九哥终于醒了！"

行了行了小声点，再吵又要晕了。宗九想。

直播间一阵轰动。

【啊啊啊啊！魔术师终于回来了！】

【刚刚是怎么回事？看到那个李婆婆一下子就死了，我还以为魔术师也会领便当，没想到他竟然回来了。】

【不管怎么说，魔术师人真的不错。当初他说的话大家都忘了吗？这次一

看，人家不光目标远大，为人也挺温暖的，愿意免费给新人水果吃的人，在游戏里还是蛮少见的。】

......

宗九一边揉着太阳穴一边问："刚刚发生了什么？"

徐粟急忙答道："是这样九哥，大家当时一起在土屋里念咒，李婆婆进入异界。结果我们看了一圈，才发现九哥你也跟着身体发凉，无论怎么喊，你都没有半点反应，把我们都给急坏了。"

当时事发突然，众人猜测是他们中间某个环节出现了操作失误，导致宗九发生了李婆婆之前说的灵识离体的现象。

可由于没法验证，谁也不知道这个猜测对不对，大家只能焦急地等待。

先前李婆婆的警告足够让所有人心怀警惕，没人敢在灯熄灭之前起身，甚至连说话都不敢，只是互相交换着眼神。

安静的土屋里，只能听到睡在一旁的小男孩浅浅的呼吸声。

直到坐在首位的李婆婆的身体猛然倒地。

这是什么情况？！众人你看看我，我看看你。终于有一名玩家大着胆子挪了过去，颤颤巍巍将手伸过去一探："死......死了！"

土屋里顿时哗然一片。

大家面面相觑："我们还等着李婆婆带回线索，好搞清楚这座荒村到底有什么古怪呢，她怎么死了？"

这下子大家纷纷从地上起来，上前去查看。只有两位S级依旧岿然不动，如老僧入定一般坐在原地。

玩家们准备仔细检查李婆婆，惊讶地发现她竟然已经面目全非了。

拉乌下意识皱了皱眉："看她的情况，多半是遇到了异类的攻击，恐怕会产生无法估量的后果，这个地方不太安全，甚至有可能会让她发生异变，先搬进棺材去吧。"

实力强劲的拉乌都发话了，其他人自然不会不听。

众人急忙合力挪动棺盖，把尸体安放好。盖紧棺盖后，才纷纷松了口气。

"等等！"曹鸿涛忽然说道，"魔术师的意识不是被李婆婆带走了吗？走灵灯没熄灭，那肯定是有人还没回来。可是，李婆婆怎么可能无缘无故地死掉！除非有人……"

他话没说完,但所有人都听出了背后的意思。

安东尼的目光闪了闪。

新人们纷纷表示反对。

"说什么呢,九哥怎么可能是内鬼!"

"就是,你们这群没良心的,要是九哥是内鬼,之前怎么可能给你们吃水果?"

不提这个还好,一提这个,老玩家们一个个更生气了。

"一个苹果一千点生存点数,这就是奸商,明晃晃地抢钱!"

"依我看,他是内鬼的可能性最大。哪有人刚好就有这么个道具,还这么狮子大开口的!"

C级玩家闯过一个副本只能得到两千点生存点数,而且就算是对他们这些资历深厚的老玩家,一千点生存点数也不是可以随意挥霍的数目。

之前魔术师醒着的时候,大家都怕得罪了这位祖宗,谁也不敢说什么重话。现在这人还能不能醒过来都不好说,他们自然借机破口大骂,抒发自己被宰的不满心情。

"怎么就不能怀疑了?"曹鸿涛冷笑一声,"有没有兄弟愿意和我一起验证一下。反正指控内鬼就算指控错了,也只是扣掉三千点生存点数作为惩罚而已。我就是咽不下这口气!"

他这么一说,老玩家们自然群情激愤。

不得不说,宗九这一波仇恨还是拉得很稳的,至少这些被他敲诈过的玩家对他真是恨得牙痒痒,十几个老玩家里竟然有一大半人响应了曹鸿涛的提议,凑齐五个人可以说毫不费力。

拉乌抬了抬眼,略感意外。不知道为什么,他明明对魔术师并无恶意甚至还有点欣赏,但看到眼前这一幕后,潜意识里竟然有些奇怪的幸灾乐祸。

与此同时,曹鸿涛毫不废话,凑齐人后直接就提交了申请:"主系统,我们申请指控C级玩家宗九为这个副本的内鬼。"

所有人都屏息凝神,等待着主系统的答案。

半分钟后,冰冷的机械音在玩家们耳边响起。

【指控正确，该场比赛只有一位内鬼。阵营敌对模式开启，"不可互相攻击"条例暂时解除。】

老玩家们俱是一愣，继而便是狂喜：没想到误打误撞，还真把唯一的内鬼给揪出来了！

接下来只要他们把内鬼解决掉，就能够直接评分翻倍。更何况如今当事人已经失去了意识，真可谓是得来全不费工夫！

他们的视线落在了还在昏迷的宗九身上，不约而同地出手……

徐粟不好意思地抓了抓自己的头发："再后面的情况九哥你就都知道了。"

宗九四下看看，只见土屋里两方人马正在对峙，彼此之间剑拔弩张。他的第一反应便是看向拉乌，却发现对方并没有参与到这场骚动中来，只在外围远远地看着。他转而去找安东尼，却发现安东尼站在他前面不远的地方，竟然还是背对着他？

"啊，对了。"徐粟忽然像是想起一件事情般，小声同他说，"之前主系统证明你的身份后，没想到安东尼前辈竟然是最先出手……呃……出手帮忙的。"

这个可真的是实实在在的出手帮忙，不掺任何水分。

在主系统确认了宗九的内鬼身份后，以曹鸿涛为首的老玩家们立时扑了上来，都想借机混点分。说时迟那时快，安东尼瞬间完成了形态的转化，把这些人挡了出去。

在场众人都惊呆了。

想到这里，徐粟又说："安东尼前辈还说……谁敢对你出手，谁就是与整个夜族为敌。"

这句话的分量不言而喻。

夜族作为游戏内公认的大势力之一，影响力可谓举足轻重，不知道多少人为了加入其中几乎挤破脑袋。安东尼是夜族高层，他这一表态，对面好几个等级低的新人立马退缩了。

别说徐粟了，宗九都有点蒙，既是为了对方与之前截然不同的态度，也是因为事情的发展。不过现在不是蒙的时候。

李婆婆是回不来了，但宗九的任务还没完成。想要完成内鬼卡任务，他还得靠近李婆婆的躯壳才行。但是，宗九左看看右瞧瞧，愣是没看到李婆婆的躯壳。

无奈，宗九只能看向暗，结果刚想问李婆婆的躯壳去哪儿了，对方就言简意赅地开口："放棺材里去了。"

弹幕笑疯了。

【啊哈哈哈哈哈哈哈……】

【怎么办，身为内鬼，好不容易才回来却得摸遇难者，结果遇难者还在棺材里，笑死我了。】

【魔术师太倒霉了吧，我刚刚看到他们好几个人才把棺盖揭起的，他一个人该咋办啊？】

宗九无言以对，他看了眼放在大堂中央关得严丝合缝的朱红色棺材："谁让放的？"

暗淡淡地说："拉乌。"

宗九很想吐槽，还以为暗和自己结盟多少会对自己有帮助，结果没想到对方全程划水，什么都不管。

此刻在另一边，不知道是不是宗九等人争执的声音太大，睡得正香的小男孩被吵醒了。

小男孩揉了揉眼睛从地上爬起来，小步跑到门口，哭着叫爹。

守在外边的村民这下子急了。

王守虽然之前随随便便就把女儿卖了出去，但对这个唯一的儿子宝贝得紧，简直是放在手心怕摔了，含在嘴里怕化了。儿子一哭，王守急得双眼通红，也顾不上之前和李婆婆约好的事情，招呼着村民们用锄头向土屋门砸去。

"砸，都给我砸！"

之前不过是为了逢场作戏，要动起真格来，土屋门这薄薄一层木板哪里能够抵挡，被村民们三下五除二砸了个稀巴烂。

土屋里的玩家们惊呆了，冲进来的这些村民，早已经不能称之为人，他们有多强大、多可怕，大家心里都清楚。

这下子没人顾得上杀死宗九了，玩家们纷纷动用自己的道具开始反击，力求保命。土屋内一时间狂风大作，纱幔被横空截断，纷纷扬扬飘落在地。

"你们去保护那个小男孩！"

宗九一拧眉，努力按下自己的乏力感，也拿着纸牌加入了战斗。

作为在场唯一一个知道三年前村里发生的事情的真相的人，宗九猜测，这个小男孩便是普通卡主线任务的关键。

普通卡的主线任务是保护村民。现在村民的心智已经全部堕落了，只有这个小男孩尚且没事。要是连他也不能幸免，那普通卡的任务就算是失败了。

本来普通卡的任务能不能完成，和宗九这个拿了内鬼卡的没有半点关系，他也不是个古道热肠的人。而且在明面上，两方阵营处于敌对的关系，宗九应该利用优势加以诱导，哄他们走进死胡同才对。

但当初宗九有危险的时候，这些新人竟然一个不落地选择了帮助他。就算他在内心吐槽这些人居然单纯到这种地步，到底还是有一种欠了人情的别扭感，于是现在就当投桃报李了。

暗的反应速度最快，在宗九点出小男孩的关键性后，他长袖一挥，直接把人带到了保护圈里，快得让人怀疑他是不是早就猜了出来。

见儿子被夺，王守更是气得面目狰狞。

小男孩看着王守的样子，吓得一屁股摔到地上："你……你不是我爹！"

听到这句话后，王守瞳孔里的黑色竟有了消退的迹象："娃啊，你看看我，我就是你爹啊！"

他正想把儿子抢过来，另一边却出事了。

在激烈的打斗中，不知道是玩家还是村民撞到了中央的棺材，放在棺材盖上的油灯和灵位都被撞得晃悠了一下，竟齐齐坠落在地。

"啪嗒——"灵牌四分五裂。

在灵位碎裂的瞬间，浓郁的黑暗立刻成形。

土屋门前忽然显现出异象。

这其实是再简单不过的玩意——全息投影，但是村民和已经被吓蒙了的玩家，哪里知道这些。

巨大的篝火架设在中央，火焰熊熊燃烧着。无数村民站在篝火旁，将昏迷的老婆婆绑在架子上，声音尖厉的李婆婆在一旁对着村民们发号施令。

这正是三年前，村民们残害老婆婆的景象！

新玩家们一个个被吓得目瞪口呆。

与此同时，王守眼中的黑色彻底褪去了。不仅是他，不少村民都被这一幕吓到，变回了正常的瞳孔色，面色看来惊恐至极。

"回来了……那婆子真的回来了！"

这振聋发聩的吼声，一下子就把所有村民都给吼愣住了。

土屋门口的惨象依旧没有停止。

多年来，这一幕如梦魇般在所有犯下滔天恶行的人脑海里重复上演，让村民们夜夜无眠日日不安。

"呼呼呼——"风声猎猎，似乎有什么事情要发生了。

刚刚还聚在土屋外的村民吓得像是火烧了屁股一样轰然逃散，连农具都散了一地。

土屋里的玩家也面露警惕，步步后退。

宗九若有所思。他趁乱走到了棺材边，想要伺机完成自己的主线任务。结果他十分难过地发现，即便他和李婆婆的尸体只隔着一层木板，主系统也没有要提示他已经完成内鬼卡任务的迹象。

难不成还真得再开一次棺不成？

正在宗九兀自苦恼，准备认命去掀棺盖的时候，身后忽然传来一阵惨叫。

村民们已经在惊恐之下跑的跑散的散，只有王守因为惦记着儿子，留在了土屋里，在其他人警惕的注视下，他突然一屁股坐到地上，神情惊惶，向后退去。

暗淡的夜色下，那块碎裂的灵牌发出了浅金色的光芒。

拉乌率先闷哼一声，手里的招灵幡瞬间被强制收回；安东尼也露出了痛苦的神色，夜族的能力被大幅度压制。整座土屋里，只要使用属性阴寒的道具的玩家全部感到了能力被削弱。

暗眉头紧拧："来了。"

正护着小男孩的徐粟愣了："什么来了？"

下一秒，已经不需要暗再作答。

有细碎金光从地面升起，慢慢聚集到空中，身披七彩霞光的朦胧虚影逐渐明晰，比之前土屋里的微弱灵气更甚的圣洁气息笼罩了这里。

没有人看得清光芒中模糊的面容，只有王守依旧在凄厉地尖叫。

"是她……是她……果然是她……"王守声音都在颤抖，作为第一个发现老婆婆不需要吃饭的人，他自然对一切经过和细节一清二楚。

当初，他娶回隔壁村那个寡妇后没多久，妇人就怀孕了，结果生下来的是个死婴，王守觉得晦气得很。

那日王守从外头回来，看到坐月子的妇人躲躲闪闪，神色惊惶，心里生了疑，便把她从炕上赶下来，从被褥里搜出一块刚咬了几口的饼来。

"好啊，你个臭婆娘还私藏了吃的？"王守恶狠狠地将饼夺了过来，作势要去打她。

妇人还在坐月子，吓得花容失色，立刻招了："是……是村口那老婆子悄悄塞给我的！"

那老婆子？王守顿时生了疑。

后来，他便发现了老婆婆手中有余粮的真相。再后来，也是他带头把那土屋封死又烧了老婆婆。

如今看到这一幕，如何叫王守不肝胆俱裂？

从碎裂灵位上浮现的佝偻身影虚虚一指。

有如天光乍破，鸿蒙初生，金光划破漆黑苍穹，洒落苍茫大地，片刻间便驱散了外头那片幻景。

土屋里的玩家终于看清了，金光中那人身披彩衣，唇角带笑，面目慈祥，正是老婆婆。

"缘已尽了，老身奉命前来，将那土收回。"

大家回头一看，土屋外的神女土竟然就这么悄无声息地消失了。

众人唏嘘感叹，讶异不已。

有人忍不住发问："您不恨吗？难道不想报复吗？"

"一切皆有因缘，爱恨产生羁绊便是攀缘。真正的善从不因恶而改变。不攀缘，自然也就放下了，何处有恨？"

金光里的老婆婆笑了笑，身影消散在了空中。

没想到，这个副本里的受害人竟然真的放下了仇恨。

这让众人久久难以回神。

过了好一会儿,才有人突然说道:"等等,我们的主线任务呢?"

想起那个"保护村民"的主线任务,众人心里一阵不爽,回过头却发现,刚刚吓得号啕不止的王守已然浑身僵硬,没了气息。

众人不禁感慨,害人终害己,只能说这也是他咎由自取了。

宗九却似乎不为所动,蹲在朱红色的棺材前,一只手扶着棺盖,另一只手作势往上抬。奈何这副棺材不是一般地沉,抬了两下愣是纹丝不动,于是便招呼身后的徐粟和许森帮忙:"来来来,搭个手。"

其他人这才反应过来。

曹鸿涛大吼一声:"还愣着干什么,上啊!"

宗九不在意地挥了挥手:"暗不会见死不救,反正还有安东尼,一个S级,一个A级,有这两个人我们怕什么,继续抬。"

安东尼气得暗自咬牙。要不是梵卓的命令,他才不会管这个家伙。虽然这么想着,安东尼还是认命地出手,把曹鸿涛几人拦下。

宗九更惊讶了。到底是什么原因,让他对待自己的态度前后截然不同?

正想着,宗九猛然觉得手下的棺盖动了动。

"嘎吱——"

宗九心下一喜,正准备加把劲的时候,又感到不对——这力道并非从外施加,而是从里面来的。随后,他便感到自己的手指忽然像是被一根根丝线缠上,巨大的力道让人避无可避。

宗九内心暗道不好。

转眼间,所有人眼睁睁看着那沉重的棺盖轰然抬起,仿佛从黑暗中张开的血盆大口,生生将宗九拽了进去。

"咚——"随着沉闷的一声,棺盖被重新合上了。

众人都面面相觑,难以理解。

守在一旁的徐粟和许森连忙上前试图撬开棺材,其他新人们也纷纷上前帮忙,可惜即便他们齐齐用力,棺盖却依旧像是被钉死在棺材上面一样,根本没法撬开半分。

被关在棺内的宗九内心又好气又好笑。

在意识到棺材是从里面被打开，被那冰冷又极富韧性的傀儡丝缠上后，他就有不好的预感，却没想到，自己竟会被这股力道直接拉扯进去。

等到他反应过来的时候，棺盖已经轰然落下，自己竟被困在了这黑暗逼仄的棺内。更让他无法容忍的是，这些傀儡丝竟像被驱使着一般，将他的双手捆到了背后，牢固而无法撼动。

最叫宗九生气的是，自己都被拉进棺材里了，肯定可以碰到李婆婆的尸体了，但偏偏主系统默不作声，并没有告知自己完成了主线任务，这说明真正的遇害者此刻并不在棺材里。

是自己大意了。被恶魔控制的拉乌提出的建议，原来就是要针对自己。

恶魔观察着宗九神色的变化，轻声一笑："怎么？敢对我的傀儡下手，却没预料到后果？"

宗九冷哼："没想到首席阁下纡尊降贵，动用权限也要来解决我这个小小的C级。"

或者应该说，出乎他意料的是，首席竟然动用权限，不远万里地来追杀自己。更想不到，首席竟然敢公然违抗主系统的规则，以真身出现在了这个副本里。

真身的傀儡丝确实比操纵傀儡的傀儡丝难对付多了。宗九自己无论如何暗自使力，都没法挣脱傀儡丝对双手的束缚。

恶魔暗自扬眉，低声笑道："因为你实在太有意思了。"

让他忍不住想要由自己亲手摧毁。

说话间，恶魔的手停在了宗九的脖颈处。宗九强忍怒意的样子，落在恶魔眼中，如同一只遇到危险炸了毛的猫。这让恶魔更加兴致高昂。

恶魔忽然屈膝顶在宗九的胸口，冰冷的手指遽然收紧，充满恶意的眼神在宗九面上扫过。

宗九被迫抬头。

森冷杀意在狭窄黑暗的空间内悄无声息地弥漫。

宗九忽然嗤笑一声。明明掐在他脖子上的手越收越紧，他却如同毫无知觉般懒懒抬眸，说道："要杀就杀，别废话。"

明明身处劣势，却毫不畏惧，倒真是有几分胆识。

恶魔终于正眼打量起这个预言中的自己的宿敌，冰冷的手指稍稍松开："你不怕？"

"是啊，我不怕。"宗九的话音断断续续，但始终没有停下，"不仅不怕……我还要告诉你一个秘密。"

恶魔慢条斯理地回应："说来听听。"

傀儡丝将宗九的双手从背后缓缓提起。

为了掩饰此刻手上正在为逃生所做的准备，宗九只能俯下身去，渐渐向着恶魔靠近。

四下一片静谧，犹如坟墓。

就在两个人的鼻尖快要贴到一起的时候，宗九开口了，他的声音沙哑，却散发着自信："反派……死于话多。"

下一秒，黑暗中猛然迸发出耀眼的火光。

楠木制成的棺材结实厚重，却极易被点燃。而宗九手中骤然出现的火把舔舐着棺盖，顷刻间，染着油的火把便将棺木点燃。

高温和烈火让这狭窄的空间瞬间化成一片火海，掉落的火星和燃烧的木条将二人衣角点燃。

宗九笑了。他如恶魔一般压低声音，话语中透出丝丝冷意："怎么样，真身上阵的首席大人恐怕还没品尝过死亡的滋味吧？"

"的确没能感受过。"

恶魔一改先前的慵懒神色，大笑着松开了掐着宗九脖颈的手，转而将他强硬地摁住，封锁了一切可供对方逃离的路径。

那笑声低沉暗哑，却又和以往有了微妙的不同："真遗憾。我改变主意了。"

他们怀抱着对彼此的杀意，一同沉入烈火地狱。

四周一切在烈焰中化作灰烬。

国王游戏

第二十一章

A 级副本

此刻在土屋里，众人为了救出宗九，依然在对着那棺木刀砍剑劈，可棺木却兀自岿然不动。

就在众人束手无策之时，突然棺盖微微一动，仿佛有什么东西将要从里面破棺而出。

大堂中央突兀地冒起白烟，棺面上朱红色的漆被烤化。一簇摇曳的火苗忽然从棺顶燃起，火焰骤然拔高，整个棺材被熊熊烈火笼罩。

在场所有人都惊呆了。

暗目光一凛，迅速掏出罗盘，一股清泉化作水幕，朝着中央的棺木浇下，水势逐渐将烈火压制。

待火灭掉后，棺材已经整个烧得焦黑，众人透过一旁残破的木板可以看到，那棺木中竟然空空荡荡，什么也没有。

许森急得大喊："什么情况？人呢？"

土屋里一众见多识广的老玩家们也纷纷猜测。

"唉，这人都不见了，多半是没咯。"

"难得有一个这么有潜力的新人，可惜可惜。"

"这能怪谁，还不是自己把自己作没了，先前还那么得意呢。"

……

一片冷嘲热讽中，暗意味不明地看了那烧成焦炭的棺材一眼，余光扫过向外走去的拉乌，撂下一句："走了。"

新人们都沉浸在宗九可能遭遇不测的悲伤中，一时间没人响应。

先前这支由新人组成的队伍里，宗九是说一不二尽得人心的领导者，反倒是暗这个S级一直在明目张胆地划水。此刻听他这么说，徐粟愣了一下：

"去哪儿？我们难道就不管九哥了吗？"

暗淡淡地扫了他一眼："带上那个小孩。"然后没有解释一句，便直接走出土屋门，留下新人们欲言又止，面面相觑。

虽然预言中表示宗九的确会有一劫，但绝对不会是此刻，时机未到。而自己，也没有向这些人详细解释的义务。一边想着，暗一边稍稍拉下头上的斗笠，加快了脚步。

在最终确定身份之前，宗九是死是活都同他关系不大。死了，只能说明他不是预言中的那个人。而他要活到第三轮评选之后，才能得到验证的机会。

这个副本的任务已经差不多完成了，只需要收个尾就行了。

他得加快速度了。

【A级副本：饥荒山村。普通卡主线任务已完成。】

【请稍等，通关奖励正在结算中……副本关闭中……三十秒后马上进行传送，传送地点：会议厅。】

随着主系统提示音响起，荒村周遭的一切都停滞了，而后缓缓变成交叠的色块。

空地上，众人都松了一口气。

在刚刚的副本任务收尾工作中，他们看着那些在金光笼罩下或四散而逃或灰飞烟灭的村民，不禁一阵唏嘘。随后，他们把小男孩委托给和王守约好的贩夫，希望他能为这孩子寻一个好人家，保证他能在这乱世有一条活路。

任务完成了，但他们的心情却格外抑郁。

周遭的环境开始不受影响地发生变换，荒村的色彩逐渐消散。

众人再度置身华丽的会议厅中。

高高的穹顶下，赤金吊灯的光线流淌，深红色的地毯上有金色花纹蔓延，目光所及之处都被镀上了一层暖调。

大厅四周的天使神像摇身一变，成了奥林匹斯十二主神。

大厅里站满了玩家，放眼望去各处人头攒动。

肉眼可见的，人数再一次大幅减少。越低等级的阶梯上，人数少得越厉害，不过比起上一次几乎减半的人数来说已经好太多，至少还不算特别惨烈。

只不过所有回来的人脸色都不太好，低等级阶梯上依旧还有人紧张到崩溃大哭。

现在还在等待阶段，阶梯上不时会有一道光闪过，预示着又有一个玩家被传送出副本，即将加入参与评级的行列。

徐粟等人垂头丧气地站着，直到主系统冰冷的声音在大厅里响起。

【所有玩家已集合完毕，即将开始第二轮小节赛后暨第三次等级评定。】

【每一轮小节赛结束后，将会淘汰当前最低的等级。根据比赛规则，在本轮等级重评定后拿到E级的玩家，将自动投入惩罚副本。】

此刻最紧张的，自然是E等级阶梯上站着的玩家了。毕竟，在第二轮等级评定结束后，被送入惩罚副本的几万名F级玩家，没有一个通过考验重新回到比赛中来。

【全景摄像头开启中……开启成功。】

弹幕上叽叽喳喳，调整着观看直播的角度。观众们自由放大着画面，观察着每一个玩家——当然仅限于低位的玩家，高位玩家可以用权限自由关闭拉近摄像头的选项。

【冲冲冲！唉，可惜我最喜欢的魔术师没了，伤心！】

顿时，这条弹幕便被推到了高位，引发一片惊呼。

【什么？魔术师没了？】

【不太可能吧，昨天还有大佬在论坛开帖分析他的实力来着！】

【你们能不能别造谣了，自己看清楚，魔术师还好端端地站在C级的阶梯上呢！】

众人依言看去，果不其然，在C级阶梯密密麻麻的人群里，宗九正好端端地站在那里。

有人一巴掌拍在满面沮丧的徐粟肩上："九哥没事！"

徐粟回过头，正好看到宗九朝着他这边挥了挥手。

没有人知道刚刚宗九经历了什么。

事实上，就在不久之前，宗九差点以为自己要死了。

当他和恶魔被熊熊烈火包围，在他感觉火舌舔舐到他的脚踝时，忽然传来了冰冷的提示音。

【已搜寻到主线任务物品，提交成功。】

【A级副本：饥荒山村。内鬼卡任务已完成。】

【请稍等，通关奖励正在结算中……马上将开始赛后评级……传送地点：会议厅。】

在四周景物凝固成色块的刹那，宗九猛然抬头。

他看到，在重重烈焰中，恶魔狭长的双眼染上了一抹叫人心悸的暗光，仿佛将映在那双暗金色瞳孔里的自己，拖进了深不见底的寒潭。那一瞬间，宗九产生了一种错觉，自己将某种堪称世间最可怕、最扭曲的恶兽放出了牢笼。

下一刻，身上的禁锢感消失了。

周遭如地狱般的场景，瞬间变成了灯火辉煌的会议厅。

在昏暗的灯光下，宗九凝视着自己的手。

他早已准备好的、计划用在被火焰吞噬那一刻的替身娃娃，此时还好端端地躺在系统背包里，并没有派上用场。因为千钧一发之际，主线任务突兀地完成了。很难想象其中没有恶魔的干预。

但这更令他难以理解，明明前一刻恶魔的手还死死掐在他的脖子上，他十分确定，恶魔是真的想要杀死他的。可为何在那个瞬间，突然改变了主意呢？

宗九抬头望去。

在金红色穹顶下的至高之处，十把王座巍然矗立，除了最中间的那把以外座无虚席。

会议厅穹顶上的吊灯突然尽数熄灭，等到灯光再度亮起后，整个大厅除了最下面那级阶梯和十把王座外的其他地方，全部陷入了深沉的黑暗。

开始了。

【E级玩家等级评定开始……系统评分正在发放中……】

越过神色各异的一众玩家，宗九看了看那群新人的评级。

他们完成了主线任务，中间也经历了几次险境挑战，算是平安通过了副本的考验。主系统也还没苛刻到那种程度，所以他们都拿到了D等级评定。

他们高兴之余，还不忘隔空朝高处C级台阶的宗九这边致意，引得不少人打量围观。

对宗九来说，这一幕实在太尴尬了，他只好当作没看见。

【D级玩家等级评定开始……系统评分正在发放中……】

和上一次等级评定不同的是，这次低等级玩家里并未出现爆冷现象，基本上只是以原来等级为基础上下浮动一个等级。

有人欢喜有人愁。但是对天生感情冷淡的宗九来说，这些他都毫无兴趣。

随着D级评定结束，C等级的评定即将开始。

老玩家们都在交头接耳，和宗九一起进入荒村副本的，对他的行为耿耿于怀；而其他和他没有交集的，则或是观望，或是心怀妒意。

B级阶梯上，曹鸿涛"呸"了一声："哼，还真让他回来了。"

宗九站在那里，神情懒倦，对他人的眼光视若无睹，在心里默默盘算着回去之后的计划：可能花生存点数先治一下伤，再好好睡个觉……

至于评级，他其实不太关心。毕竟他这次不但被识破了内鬼的身份，还亲自出手弄死了恶魔控制的NPC。所以他心里清楚，他的评级肯定不会太高，也已经做好了被投入惩罚副本的准备——对那个单人惩罚副本他早就十分好奇了。

【C级玩家等级评定开始……系统评分正在发放中……】

果不其然，宗九头上刹那间飘出来一个大大的紫色的"F"。

大厅内再度一片哗然。

除非是违反了主系统立下的铁律，或是在副本内实在表现得太差，不然怎样也不至于得到如此低的评级。

最顶层王座上的众人也看了过来。

"上个副本拿了S，这次只拿了F？这未免太离谱了。"驱魔人侧过头去，"老乌，你上一个副本是不是和这个小子在一起？"

拉乌沉默地点头。

"他表现得怎么样？"

"不可能只得到这个评价。"拉乌没有多加评价，显然是不想多说。

但他一句话已经透露了足够多的信息，排除消极对待比赛的情况，会得到这个评级……似乎只有可能是因为违反了某一条铁律。

系统评级出炉后，弹幕一片哀号。

【回去洗洗睡吧，游戏指导师评价一般都是跟随系统评价的，玩完咯。】

【F级……这也太离谱了，难道他这是杀了个玩家不成？】

【不是没可能哦。我全程关注了荒村那个副本，里面正好淘汰了一个C级，那人好像之前在韦加城还和魔术师有些过节。野蛮人还说那个C级跟踪魔术师来着，结果一回头人就不见了。】

【啊，有过节不奇怪吧。但因为这个就动手淘汰别人真的很夸张了，这不是自己找死吗？】

【算了，大家也都散了吧。惩罚副本有多难大家心里都清楚，别抱无谓的希望了。】

就在人们或叹息或感慨或幸灾乐祸的时候，忽然传来一声惊呼，喧嚣的大厅顿时安静了下来。一切似乎如历史重演。

宗九猛然意识到了什么。但是他并没有抬头，因为如血的光芒已经映到了他的手腕上。

所有人都看到，在主系统紫色的F评级旁边，一个闪烁着红色光芒的字母悄然浮现。

S级。

这是游戏指导师给他的等级评定。

宗九很惊讶。

他知道，他和首席对彼此的杀意都没有作假。

他也清楚，只要有机会，他依然乐得给首席找麻烦，即使这样可能会再拿到主系统的F级评定。他相信对方也是如此，不然不会反复设局，千方百计想要弄死他。

恶魔是个睚眦必报的人。一直以来，宗九对这一点十分确定。自己算计了李婆婆，恶魔就亲自追了过来；自己给了部长NPC一榔头，恶魔就动用游戏指导师权限给了自己一个F级评定。

但现在，他倒是有点改变想法了。

与其说是睚眦必报，不如说，恶魔这个人是个疯子，他行事的出发点，只是"觉得有趣"。

宗九搞不懂，也不打算搞懂这个毫无章法、莫名其妙的家伙到底在想什么。

会议厅内，众人在激烈讨论着。

"这是怎么一回事？"

"怎么每次魔术师的两个评定等级都相差这么多？"

"就是啊，一般来说游戏指导师评级不都是跟着系统评级走的吗？"

确实，根据以往的经验来看，大多数情况下，系统评级和游戏指导师评级都是相同的，就算不同，两者之间的差距也不会太大。

像宗九这样，连续两次横跨七个等级的情况，还真是头一次出现。如此反常的事情，偶然一次尚且可以说是巧合，但居然接连出现两次……

连几位S级也不免暗自心惊。

他们身居高位，对局势的了解更系统、更清晰，拥有更高等级的权限，自然也知道更多寻常玩家不知道的事情。但即便如此，他们也同样难以理解游戏指导师为何对这位新人的态度格外不同。

几人低声议论。

唯有一人，一脸高深莫测、沉默寡言，看起来似乎不愿多谈——暗安静地端坐在No.3的王座上，视线淡淡地落到前方雅典娜雕像手中的盾牌上。

之后的一切便一如往常了。

只有几个B级升上了A级，他们当然也受到了热烈的关注。但能撼动最上方那十张王座的人，依旧没有出现。

而S级内部的排名中，仅仅是No.5驱魔人和No.4拉乌两人互换了一下位置，其他人则没有发生变动。

【第三轮等级评定已结束，玩家开始位置变动。】

宗九身上依旧挂着那张绿色的C级玩家胸牌，双手抱肩站在原地没动，看着其他玩家挪位置。毕竟又是一个S一个F，连挪位置的工夫都省了。

这一次，替代F级成为最低级的E级阶梯上一片悲戚，有人号啕大哭，有人大吼大叫，有人低声祈祷……

现场一片愁云惨雾，引人唏嘘。

【惩罚副本正在开启中……强制传送已执行完毕。】

代表E等级的阶梯也和F等级一样，霍然消失了。

会议厅中，人数再度锐减，只剩恐怕不到五千人了……

两轮之后，没有到D级的已经全部被淘汰了。能达到D级的，可以说全部都有一技之长：要么头脑灵活，要么握有特殊道具，要么豁得出去，要么换到了保命倚仗……

总而言之，现在玩家们的综合素质和比赛刚开始的时候比，整体提升了一大截。

这时候，最受大家关注的，便是刚才消失的那级属于E级的阶梯。

"这次惩罚副本也不知道有没有人能回来。"

"是啊，上次F级全军覆没了，唉，想想好可怜。"

但事实上，很多经验丰富的老玩家内心都在盘算，是否可以将惩罚副本作为一个逃生渠道。

很快，这一轮惩罚副本便有了结果。对于那些E级玩家而言，他们已经经历了重重厮杀，但由于主系统对副本内外时间流速的调整，在身处会议厅的玩家们来看，他们只不过消失了短短几分钟。

空荡荡的台阶上骤然出现了一道白光。

【这次惩罚副本竟然有人回来了！】

【看来惩罚副本也没有我们想的那么难！】

【可能因为之前是F级玩家，让我们把难度想得太高了。毕竟F级玩家综合素质比较一般，把他们扔到B级副本搞不好都会全军覆没……】

【有道理哎。】

白光消失后，寂静席卷大厅。

出现在阶梯上的那人已经动弹不得，只有微弱的呼吸声能够证明他还活着。

"赶快向主系统申请恢复！""只需要五百点，快申请啊！"大厅中，喊声此起彼伏。

那人试图申请，开口却只能发出细若游丝的声音。

"嘀嘀……"

片刻后，仿若神迹的金光降下，地上那人遍布全身的伤口尽数消失，取而代之的是一个衣着整齐的中年男人。只是所有人都能看到，那人眼神涣散，双手下垂，像是生生被人抽走了灵识，宛若一具行尸走肉。

【玩家已陷入疯狂状态，强制治疗载入中……】

又是一道白光闪过，唯一幸存的E级玩家再度消失了。

众所周知，如果被主系统判定在副本内受到极大刺激，精神状态不适合再继续进行比赛的话，会被送去进行强制治疗。如果能恢复，就可以判定通过了惩罚副本的关卡，重新加入比赛；若是恢复不了，则会被主系统直接淘汰。

会议厅再次陷入沉默。

完全无视众人的低落心情，系统播报的声音再度响起。

【第三轮副本开启时间为七天后。】

七天？！

大家面面相觑。上一次副本与副本之间的休息时间只有三天，这次却足足增加了一倍。看起来，很有可能又要开启什么特殊活动了。

韦加城的残酷，给众人留下了深刻的心理阴影，但也在短暂的时间内，大大提升了他们的实力。

那么这一次，会是什么呢？

【在本次两个副本中场休息的间隙，玩家宿舍顶层将开放特殊活动：国王游戏。】

国王游戏！

了解这个游戏规则的玩家都面露惊讶。

【游戏规则与注意事项手册已放入每位玩家宿舍内。】

【活动于明日晚上正式开启，敬请期待。】

等级评定结束了，玩家们四散而去。

宗九径直回到自己的宿舍。

这一次，一路没有人再来找他的麻烦。

因为宗九的等级没有发生改变，宿舍都不用更换，实在是很方便。回去后他什么也没干，洗了个热水澡就直接睡了。

一夜无梦。

醒来后，宗九有种不知自己身在何地的恍惚感。他下意识地收拢了自己的手指，体会着双手的触感，这才缓缓回神。

自己还是在《默菲斯契约》里。否则，怎么可能拥有这样完好无损的双手？

宗九仰头躺了好一会儿，无声地笑了笑，这才从床上爬了起来，一看时间，才发现自己竟然睡了快十个小时。

十个小时？

宗九皱了皱眉。这个时间对他来说太反常了，往日就算再困，他顶多也就睡七个小时，平时则更少，甚至有时只睡两三个小时。

他下意识把手伸到自己头顶摸了摸，生怕那里出现一根傀儡丝。

理所当然的，那里空空荡荡，什么也没有。

宗九努力忽略心头的困惑，拿起了国王游戏的介绍手册，只见上面赫然几个大字：国王游戏规则与注意事项。

因为不知道主系统所谓的国王游戏与自己了解的国王游戏是否一样，宗九翻开了小册子，认真看了起来。

与韦加城相比，国王游戏没有那么残酷。

但也只是"稍微"而已。

国王游戏的规则是十个人一起进入游戏，使用某一种同花色的牌按顺序发牌，拿到鬼牌的就是国王。

国王不知道其他人手中的牌，也不知道自己的暗牌，他只能按扑克牌的号码随机点两位来完成一件事情。而被点到的人必须无条件服从国王的命令，不然就会受到惩罚。

这本来是个用来促进感情的游戏，如今却被《默菲斯契约》推上了舞台，规则自然也被主系统进行了调整。

为了避免玩家之间互相攻击或提出不合理的剥削要求，命令只能由主系统提出，国王的权力被规定为只能随意点人强制服从命令。

即便如此，依然有人利用规则来铲除竞争对手。

而且，参加者有十分之一的概率抽到国王，只要成为国王，就能直接得到一千点生存点数的奖励，甚至还能进行道具盲盒抽奖。就算抽不到国王，如果被国王点到，只要完成任务后就会有丰厚的奖励。

对新人来说，这些无疑有着莫大的吸引力。

游戏将在玩家宿舍的另一处举行。

为了营造气氛，主系统特地开放了顶层的特殊场景——露天酒吧，据说一起开放的，还有观景台和无边泳池。

和韦加城赌场一样，特殊活动不强制要求玩家参加，有兴趣就参与，没兴趣、不想参加的话也可以七天都在宿舍里休息。

最关键的是，规则资料最后一页的底部用红色标明了十三个大字：系统发牌，严禁任何方式的作弊。

看到这一条后，宗九果断把说明资料扔到了一边。

他怀疑这条规则是专门给他设立的，就和当初在现实世界里的游戏城外边挂着的"魔术师与狗不得入内"一个道理。

作弊都不行，没意思，玩不起。作为一口气赢到一百万筹码的大魔术师，早就被养刁了胃口，对这种一局纯靠运气还不能动手脚的小游戏根本没兴趣！

再说了，自己暂时不缺生存点数，在上次更是把道具赚了个盆满钵满，完全没必要再贪图更多。

想罢，宗九把册子一丢，开始捣鼓起自己的扑克牌来。

虽然之前赚得的筹码已经被他挥霍殆尽，但在饥荒山村里他又赚到了一万多生存点数，正好可以强化出一副扑克牌。

这种方式是直接对现有的普通道具进行强化，让其拥有相当于特殊道具的能力。虽然相对便捷，但是所需要的生存点数却昂贵到令人咋舌。饶是手握一万多生存点数的宗九，也只能勉强强化出一副。

不过，对他来说，一副已经够了。反正是消耗类道具，够用就行。

在反复强化与尝试中，时间飞速流逝，一晃就到了晚上。宗九把强化好的牌一收，准备动身去餐厅看看有没有自己感兴趣的食物。在这里，生理需求虽然已经被剔除，但是生物钟和生活习惯并没变，一整天什么都不吃，总归还是有点别扭。

正在他准备换衣服的时候，忽然传来"笃笃笃"的敲门声。

这个时候来敲门，莫不是来寻仇的吧？

宗九摸了摸头发，顺手抓了张扑克牌，打开了门。

门外站着一位皮肤格外苍白的玩家，看起来十分眼生，不过从这个夜族的外貌特征来看，对方的身份可以说是暴露无遗，想来应该是夜族小队的成员。

宗九瞥了一眼那人胸口的等级标识：B级。

"魔术师阁下。"对方率先朝他鞠了一躬，神色诚恳。

宗九懒懒地点头："什么事？"态度这么好，应该不是来寻仇的吧。

这一幕，所有在这条走廊上的玩家都看到了。他们纷纷窃窃私语。

"哇，那人是夜族小队的哎，来找魔术师干什么？"

"什么时候魔术师和夜族也扯上关系了？他不是那位大人看好的人吗？难不成夜族还想和那位大人抢人不成？"

在一众C级玩家的好奇目光中，来自夜族小队的B级玩家弯腰递给宗九一封火漆封口的信件，双头鹰徽记在走廊昏暗的灯光下熠熠发亮。

"殿下诚邀您今晚在玩家宿舍顶楼小聚，请务必赏脸前来。"

C级玩家们纷纷倒抽一口冷气。

"竟然是夜族的邀请函！"

那是夜族邀请其他人前往他们生活的夜族古堡的凭证，随着时间的推移，也渐渐衍生出招揽他人加入其组织的含义。

听到"殿下"的时候宗九有刹那的犹豫，过了片刻才反应过来指的是No.2——梵卓。

他有点疑惑。

想起当初从安东尼脑袋里拔出来的傀儡丝，宗九觉得自己有必要去跟他聊聊，判断一下在被控制的过程中有没有什么特殊的感受，或是会不会产生一些副作用，例如格外困倦等。

这么想着，宗九接过了那封信。

B级玩家行了个礼，离开了。

宗九没有理会走廊上的窃窃私语，直接把门"砰"的一声给关上了。

晚上七点，玩家宿舍的顶层空间骤然开始扭曲。

【限时场景：露天酒吧，已开启。】

【全景摄像头已开启，露天酒吧开放期间将对所有游戏桌进行全程定点直播。】

【七日后国王游戏关闭，该场景则继续保留，供日常娱乐使用。】

顷刻间，S级玩家宿舍外扩充出了一块巨大的平台，池水从无边泳池的边际落入下方深不见底的海中，像是一条自天边垂落的白练。若是有人在日落时分来到观景台上，便能够观赏到天边艳似火烧、海面浪涛翻涌的美景。

露天酒吧里，吧台上方酒杯倒悬，来自各地的美酒将酒柜填满，调酒师们站在吧台后，恭恭敬敬等待着客人的吩咐。灯光温暖，清泉潺潺，轻柔悦耳的吉他声，营造出舒适安逸的氛围。

为了配合露天酒吧的出现，这里增加了几部直达露天酒吧的电梯。

等待特殊场景开启的玩家们守在电梯外，讨论着这次国王游戏将会以什么形式进行，场面热闹非凡。

直到拿着夜族邀请函的宗九出现。

这位风头正劲的最强新人，无疑瞬间成了众人视线的焦点。

宗九对众人的打量视若无睹。

他走出电梯，等候在一旁的侍者便迅速走了过来上前："魔术师先生，这边请，梵卓先生有请。"

随后，他便在其他人的注视下，被迎到了露天酒吧另一侧专门供给玩家小聚的空中茶室。

这边的茶室只有A级以上的玩家才有使用的权限，而且这个时间也没有人有兴致来喝茶，所以四下几乎是漆黑一片。

不知道是不是错觉，宗九往这边走过的时候，似乎看到有傀儡丝的寒光在黑暗中一闪而过。

侍者把他带到了一间玻璃茶室门口。

推开门，身穿黑金色制服的男人正背对着他站立在茶室内悬挂的绘画前。

在他身旁，安东尼垂首沉默地站在墙边，看到宗九也不敢表现出半分敌意。

空气中飘着清幽的茶香。

随着脚步声越来越近，梵卓缓缓转过身来。

看着宗九的面庞，梵卓的暗红色眼眸里闪动着仿佛与生俱来的寒意。

"你来了。"他冷冷地说，"我多年未见的表弟。"

第二十二章

旧关系

表弟？

宗九挂在脸上的礼貌笑意顿时消失了。

虽然被这个称呼震得瞬间失语，但宗九还是立刻想通了事情关键。

虽然宗九这个角色的性格原本胆小又懦弱，一心只想依附各位大佬走捷径，根本不想自己努力，最后当然没有一个人愿意管他。这位大家族娇生惯养的小少爷气不过，发誓绝不认输，结果只是许愿要抱到最厉害的人的大腿，然后报复其他人。这让宗九又硌硬又轻蔑，内心对这人嗤之以鼻。

所以此刻梵卓这一声"表弟"，对宗九来说实在是出乎意料又莫名其妙。

毕竟原主这样一个不动脑筋的炮灰型角色，是怎么和游戏里的No.2扯上关系的？

这是系统安排的，还是在进入游戏之前，两个人就有关系？梵卓和他一样，也有现实记忆？

暗之前曾经交代过他，主系统会慢慢地让人"找回记忆"。

当然，这部分记忆是系统编造的，还是真实的，暗不知道，宗九一个"冒名顶替"的就更不知道了。

安东尼在一旁被这个消息震惊了，他万分庆幸自己之前没有阳奉阴违与宗九为敌，不然以殿下和这家伙的关系，自己以后恐怕处境艰难。

茶室里陷入一片尴尬的沉默，只能听见茶水沸腾的声响。

对于这个突然蹦出来的表兄弟的身份,他得赶紧想个办法蒙混过去。

过了许久,宗九才缓缓开口:"不好意思,您哪位?"

梵卓刚要说话,宗九立刻补上了一句:"听说我不久前出过车祸,失忆了。"

虽然摆明了睁着眼睛说瞎话,但是宗九一点都不害怕被拆穿。

如果他们的关系不是系统安排的,而是现实世界里,原主和这位梵卓就有瓜葛,那他这样也能解释得通。

梵卓能有这样强的实力,应该是早就进入了游戏,至少也得有好几年。这里应该同现实世界间存在着时间差,梵卓很有可能不知道宗九说的是真是假。宗九就打算钻这个空子。

宗九很确定,梵卓可能会对自己的话产生怀疑,但是他就算想破脑袋都不可能猜出自己不是原主。所以宗九打定主意,不管对方怎么说怎么做,自己都用失忆这个理由给糊弄过去。

果然,梵卓眯了眯眼,锐利如刀的视线,在宗九的身上划过。

梵卓心里十分清楚,这个解释根本不合理。一个人就算记忆会丧失,性格怎么可能会彻底改变?

他言简意赅:"伸出你的手。"

宗九照做了。

梵卓看到,自己面前摊开的双手白皙修长,小指的末端有着和常人不同的、轻微的弯曲弧度。容貌可能相似,声音可以模仿,但身上的细微伤痕却无法伪装。

"是你。"他淡淡地点了点头,冷硬的面庞竟然稍稍柔和片刻,"多年不见,你长大了。"

宗九困惑不解,对方口口声声说他们是表兄弟,可为什么会多年不见?

"我们以前认识?表兄弟又是什么意思?"宗九决定先套到点人际关系的信息再说。不然这次有人叫他表弟,下次万一又有人和他攀亲戚,一再这样可叫人受不住。

梵卓没有说话,只冷冷地扫了一眼正在旁边眼观鼻、鼻观心的安东尼。

安东尼立马会意:"属下告退。"

他行了个礼,转身就准备走。

宗九叫住了他："哎哎哎，等等。"

安东尼僵在原地，垂在一旁的手缓缓攥紧。

他暗自担心，宗九该不会是要报复自己，打算让自己难堪吧。

结果出乎他的意料，宗九只是说有事想问问他，让他稍等片刻。

安东尼松了一口气，顶着梵卓的眼神，匆匆忙忙答道："我会在外面等您和殿下谈完，届时您再找我吧。"说罢便逃也似的离开了。

转瞬间，茶室里只剩下两个人。

梵卓做了一个"请"的动作，宗九也不扭捏，直接坐在沙发上，给自己斟了一杯热茶。

故事并不长。

在《默菲斯契约》游戏里，自身综合实力越强，主系统给他们的人设就越完整，也会越趋近现实人设，例如暗，或是位列No.2的梵卓。

按梵卓的说法，他是四年前进入这个游戏世界的。他和宗九小时候曾经关系很好，但等他们长大后，两家关系已经疏远了，事实上他们已经十几年没见过面了。后来梵卓的父亲去世，他接手家族生意，在行业内呼风唤雨，更是把这个小表弟忘到了脑后。

他没有告诉宗九的是，在他进入游戏之前，属下曾对他提过这位小表弟的一系列荒唐行为。所以当初在韦加城，他对宗九反复试探打量。

没想到，对方居然宣称失忆了。

梵卓心念一动。或许……谁还能一直没有改变呢？自己会变成如今这般冷酷决绝，那别人又如何不会发生改变呢？

"原来如此。多谢阁下上次帮忙解围。"宗九点了点头，放下了茶杯，"不过既然我已经失忆，我们又多年不见……"

"如今你我皆是身不由己，谈论这个并无意义。"梵卓淡淡地说，"且我们也算得上远房亲戚，举手之劳，不足挂齿。"

事实上，梵卓约宗九见面，自然不是因为这种无聊的原因——他是想问宗九，文森特死亡的原因。

梵卓和圣一向不对付，和暗更是交情平淡，还被他坑过。收容所副本只走出来三个人，在梵卓看来，找宗九询问是了解真相最便捷的方式。

可惜宗九对文森特是真的没有什么印象。他对文森特的了解，全部来自别人的叙述和游戏介绍里提到的强劲的实力，以及因为过于自信选择了单独行动导致开局被淘汰。

"我明白了。"宗九这么说了，梵卓也没有继续追问，只是冷冷地说，"了解一下情况而已，若是因为自大而导致的死亡，那是他咎由自取。"

宗九自觉没什么事情了，便提出告辞。

"我送你。"梵卓站起来，和他一起走出了茶室。

看到他们两个并肩而行，天台上原本喧哗嬉戏的玩家们骤然安静下来，所有人的眼神中都满是讶异："为什么夜族的梵卓殿下会和魔术师走在一起？""他们怎么看起来关系还不错？""这也太奇怪了！"

……

然而这一切只是众人的视线交流，没有一个人敢出声质疑，生怕自己惹到冷酷狠辣的No.2。

让人惊讶的是，此刻的梵卓居然一副心情还不错的样子。

宗九自己也有些纳闷。

不过当他在那双暗红色的眼眸里捕捉到些许怀念神色的时候，就什么都懂了。

不管这个环境让他们发生了什么样的转变，他们都曾有过或天真单纯或温柔真诚的过往。即便是梵卓也不例外。

而且，那应该是一段不错的回忆，令人即便身处重重危机之中，回想起来依旧会觉得温馨。

为了不被淘汰，不惜冠上了夜族姓氏的梵卓，对昔日的生活应该还是心存怀念的。这么一看，自己倒是沾了原主的光。宗九漫不经心地想着。

直到梵卓和宗九离开后，众人才开始议论。

"不愧是梵卓，气势好足啊。"

"魔术师是什么情况，搭上了夜族？他不是那位大人看好的人吗？"

"真令人嫉妒，人比人气死人啊！新人都这么厉害，我们老玩家压力太大了吧？"

对于他们的话，宗九充耳不闻，走到吧台随意地点了一杯威士忌。

"好的，先生。请稍等。"

接过调酒师递过来的烈酒，宗九偏过头同安东尼说："你从荒村副本回来后有没有感觉经常很困？"

"没有。"虽然有点费解，但安东尼还是回答了。

"那你有没有感到自己头顶很痛，或者被什么东西扯着？"

"……没有。"

"那你难道没有感觉自己的思维变得很奇怪吗？"

"没有。"安东尼有些不耐烦，他怀疑这人是在耍自己。

宗九用古怪的目光打量了安东尼几眼："哦，那没事了，你走吧。"

安东尼满心莫名其妙，但想到宗九和梵卓的关系，也只好沉默着离开，只留下宗九独自坐在吧台旁深思。

夜幕低垂，闪亮繁星悬挂在天际，实在是难得一见的好天气。

天台上，国王游戏进行得如火如荼。

"我命令拿到红桃3和红桃5的玩家执行命令。"

"哈哈哈哈哈，这个命令好尴尬，你们快脱了裤子去玩家宿舍跑一圈。"

"得到任意一位S级的夸奖？这是什么高难度任务！"

"如果没完成任务要割肉，这可太狠了，兄弟们我先失陪了。"

……

海风的腥咸气息萦绕在凝神思索的宗九四周。

看到宗九的酒杯空了，侍者立刻上前询问："还要再来一杯吗，先生？"

"谢谢，不必。"宗九不想让自己喝醉，只是摆了摆手，示意站在另一边的侍者给他拿盒烟来。

他确实不喜欢烟味，但是很奇怪，今天的酒似乎格外醉人。宗九半撑着头，神情有几分懒倦。

昏暗处，正背身整理酒柜的调酒师，在没人能看到的地方，诡异地弯了弯嘴角。

"先生，我来帮您吧。"就在宗九摁了几次打火石都没反应后，调酒师十分贴心地放下了正在擦拭的酒杯，转头给宗九递火。

宗九顺从地低了低头，他感觉自己有些晕。

白色的烟雾缓缓升起。

在头脑骤然清醒的瞬间，宗九看到一双冰冷的暗金色眼眸在烟雾后一闪而过——身穿白衬衫黑马甲、戴着手套的调酒师正双手撑在吧台上，饶有兴致地看着他。

宗九："原来大名鼎鼎的首席还有兼职调酒师的爱好。"被植入傀儡丝的当事人的确如同暗所说的，对此毫无知觉。即便强制拔出来，他们也没有任何曾被控制的感觉，这真是如同BUG一样强大的能力。

"不不不。"调酒师笑着摇了摇手指，"你是第一位。"

首席今天看起来心情不错，直接抽出了一瓶未开封的新酒，动了动手指，酒瓶、酒壶就动了起来，自行完成了鸡尾酒的调制。

恶魔笑眯眯地将酒推到宗九面前："龙舌兰日落，请。"

"盐和柠檬都不给，算什么龙舌兰，你自己喝去吧。"宗九冷笑。

"那真遗憾，只能我自己享受了。"恶魔看起来对他的抗拒并不在意，耸了耸肩。

这种一拳打在棉花上的感觉让宗九有点烦躁。

这家伙神出鬼没，竟然让自己在毫无察觉的情况下喝了他的酒。真是一丝都不能松懈。

"放轻松，放轻松。"仿佛能够察觉他的心情一般，首席将两手稍稍下压，"要是我想，刚才就在威士忌里动手脚了。"

宗九不为所动，冷冷地说："你的目的。"

"别这么戒备嘛。"恶魔将食指放在唇上，示意对方安静下来。

宗九这才注意到，他们的言语交锋已经引起了不少人的注意。

一般情况下，若是首席出现，天台上他的狂热追随者们一定会疯了一般围上来。可奇怪的是，现在他们都像没看到调酒师的异常一般，眼神只在宗九的身上打转。

恶魔一脸戏谑地开口："与其问那个家伙，为什么不直接来问我呢？"

他听见了自己和安东尼的对话。宗九皱眉。虽然自己在这里坐了有段时间了，但也不排除对方一开始就守株待兔的可能。

宗九丝毫没有在背后说人是非被现场抓包的尴尬，嗤笑道："难道我问了，你就会告诉我？"

这很可能涉及首席傀儡师能力的界限、范围，甚至还有控制的条件，这些毋庸置疑是极其隐秘的信息，一旦知道了，不说正面应敌，至少能够成为防备首席的重要筹码。宗九当然想知道。

恶魔微笑："那可不一定。"

他直视着宗九，压低了声音："如果你能够……取悦我的话。"

宗九冷笑。他慢条斯理地站起身，把燃着的烟搁到一旁，朝着吧台背后的人钩了钩手指，示意对方凑近些。

然后，便一拳朝着那张脸挥了过去："足够取悦你了吗？"

这一拳自然什么也没打到。

宗九感觉自己的手在空中撞上了千万道冰冷又极富韧性的钢线，每一根都把手背割得生疼。而他的手距离那张脸仅隔几寸，但无论如何也打不到对方。

偏偏那张脸的主人还笑眯眯地说："别这么凶嘛。"

恶魔微微钩了钩手指，来自虚空中的冰冷触感全部消失不见，但是宗九的手却依旧没法更进一步——

恶魔伸出戴着白手套的食指，轻轻点在了宗九的手肘上，宗九便如同被定在空中，动弹不得。

这一幕让在场所有人都大为惊讶。

宗九的视线落在了自己手背上。

因为刚刚太过用力，此刻横贯在他手背上的是一道触目惊心的细长血痕。

原本微微渗血的伤口在被恶魔按过之后，有鲜血顺手背蜿蜒而下。

宗九忽然想起，在韦加城他接过恶魔的蔷薇花时，也出现过极其相似的一幕。

蓦然间，他脑海中灵光一闪。

"猜到了吗？"恶魔笑意盈盈地看着他，白手套的指尖已经被鲜血染红。

能力者和特殊体质者、特殊血统者都不同。能力者发动能力需要制约或媒介，例如操纵水的No.6，能力必须在有水源的地方才可以发动。

首席也一样。

宗九觉得，他知道恶魔发动能力的媒介是什么了。

他甚至还有一个更加大胆的猜想。如果这个猜想成立的话，宗九面对首席的底牌就能再加一张。

第二天，夜族向魔术师发出邀请函的消息传遍了玩家宿舍。

不少人表示亲眼看到宗九和No.2一起从茶室里走出来，二人并肩同行，相谈甚欢，气氛融洽。

梵卓对宗九的和颜悦色、礼遇有加，更加令众人难以相信。

"魔术师难道要接受夜族的招揽？"众人议论纷纷，"看来夜族会再添一员大将。"

"哎，前途这么好，怎么可能选择接受转化当夜族呢。"

"可是夜族实力那么强，心动很正常，难道你们面对夜族的招揽不会动心？副本这么难，能不被淘汰就不错了，谁会计较这么多。"

"魔术师也算是个人物，一个C级新人两次拿到那么匪夷所思的分数就罢了，还能博得好几位大人的青眼。"

除去这些杂七杂八的议论，更出现了梵卓要将魔术师当作夜族继承人来培养的离谱流言。

在露天酒吧的另一头，矗立着十扇风格不同的大门，那是S级玩家的宿舍。

往日S级玩家有自己的餐厅厨房，还有不间断的客房送餐服务。宿舍内设施更是一应俱全，需要任何其他物品都可以随时让侍者送上来，根本就不需要自己下楼。如果要进出，每间S级玩家宿舍内都有私人电梯，一直通到外面的海滩。所以，这几扇大门差不多算是摆设，平日里基本不会有人进出。

宗九走到门前的时候，只感觉自己背上落满了火热的目光。

众人都觉得他是要去梵卓的房间，结果令人大吃一惊，他扭头来到暗的门前，敲了敲门。

更加出人意料的是，门真的开了。

看着轻车熟路走进去的宗九，围观群众全都惊呆了：这位出尽风头的C级新人竟然和首席、梵卓、暗都有交情，这是什么情况！

暗的宿舍，是与他本人如出一辙的冷淡风格。内部装饰走极简路线，放眼望去只有黑、白、灰三种颜色，周围的饰物都被推开，客厅中央铺了个阵图，宿舍的主人正在中间打坐。

宗九无奈道："你这是在干什么呢？"

暗睁眼淡淡地看了看他："坐。"

客随主便，宗九挑了块地方，也有模有样地坐了下来。

他突然来找暗，主要还是想弄清楚那个预言。

宗九已经打定主意，预言的事儿随便听听，绝不当真，但可以用来刺探暗身上仿佛笼罩着迷雾般的秘密。毕竟在荒村副本里暗没什么特别的表现，通过得轻松又随意，可是评分竟然也没低多少。这实在不像主系统的风格。直觉告诉宗九，暗身上，一定有他想知道的事情的答案。

"我来收取我应得的报酬。"

暗没有回答，重新闭上了双眼，继续凝神打坐。

看他这样，宗九也不催，开始百无聊赖地打量着周围。

四下再度陷入寂静。

过了许久，暗才缓缓开口："你不是这个世界的人。"

宗九挑眉："你之前在收容所就说过了。"只不过那时他忙着转移话题，顾左右而言他，这个话题就不了了之了。

暗淡淡地说："不错，那时我内心尚存怀疑，如今却十分肯定了。"

"哦？说来听听。"看他一直揪着这个话题，宗九觉得非常奇怪，况且，若不是有足够的经验，怎么可能一眼便看出蛛丝马迹？其中必有蹊跷。

哪想到，暗再度陷入了沉默。

又是一阵漫长的等待。就在宗九想上去推一把看看他是不是睡着了的时候，暗忽然又睁开了眼睛。

"给我一滴你的血。"暗说。

血？

宗九心下一惊。

与恶魔的接触，让宗九怀疑傀儡丝的植入媒介就是"接触"或是"造成有血液的伤口"。如今暗提到要一滴血，宗九自然是要谨慎行事。

见他的眼神充满了怀疑，暗冷道："你可以免除恶魔的控制，自然也可以免于血液诅咒。

"如果不给我你的血,我无法确定你就是预言中的那个人。"

这是最让宗九疑惑的。他能够感到暗知道很多自己的事,其中不少甚至宗九自己都是刚刚了解。按照暗的说法,这一切都和那个预言脱不开干系。

宗九挑了挑眉,不再废话,干脆利落地从口袋里掏出一张扑克牌,在无名指上轻轻一划。

没想到,暗只是把那滴血收了起来,开口道:"你知道这个预言是谁做出的吗?"

宗九表示愿闻其详。

暗吐出了三个字:"我的老师,古大师。"

这个名字在《默菲斯契约》游戏里可谓大名鼎鼎,传说他足不出户便可以天下为棋,叱咤风云,是个极富传奇色彩的人物。

然而暗口中所说的古大师却并非这位赫赫有名的游戏历史人物。他说的,是一名十年前活跃在游戏里的玩家。

十年,对于人员更迭速度飞快的游戏来说,简直漫长得如同几个世纪。

很多人认为,这里每三年便是一个轮回,玩家会经历一次彻底的洗牌,弱者的存在痕迹就此被彻底抹杀,能被人长久铭记的,只有真正的强者。

而暗口中所说的古大师,就是这样一个人,也是唯一一个在玩家中口耳相传的、据称真的上知天文下知地理甚至可以窥探未来的传奇人物。

暗缓缓开口:"当年,老师只差一点,便能将所有人从这个游戏中拯救出去。"

至于结果如何自然不必多说,不然他们也不会现在还在这里挣扎求生了。

"虽说失败了,但老师在弥留之际,耗尽心力进行推演预测:十年后,会有一位容貌迥异的异乡人进入游戏,继承他的意志,完成他最后的遗愿。而我——"暗说,"便是那个奉命于此等待、辅佐那个异乡人的人。"

奉命于此等待并辅佐?

莫名其妙,这是什么老套的剧本!宗九暗想。

只见对面的暗却是面色平常,继续用毫无情绪起伏的声音讲述着。

如果仅仅是拯救所有人离开这里,或许并不一定需要自己从旁辅助。但更为棘手的是，还会出现一位强大至极的终极反派。而这个与他处处作对，对他百般阻挠的人，就是他命中注定的宿敌。

　　为了等待救世主的到来，暗一直在这里等待。在这个过程中，他发现，那位救世主的宿敌早在几年前就已经来到了这个游戏世界，并且凭借着自己强悍的实力与人格魅力，获得了大量崇拜者与追随者。

　　这个人，正是热衷于挑事拱火看热闹的首席——恶魔。

　　自己莫名其妙就成了救世主。这个消息令宗九大为震惊。

　　等他把这些消化得差不多了，才出声问道："这么说，你已经在游戏里等了十年？"

　　暗摇头："我并未见过老师他本人。"

　　此游戏世界无法脱离，唯有《默菲斯契约》提供了离开这个世界的途径——奖励给C位出道的玩家的万能许愿券。但是，因为主系统会模糊玩家们的记忆，已经没有人会把回到现实世界作为自己的目标与理想。在此之前提出过这个想法的，只有那位古大师。

　　预言里明确提出的判断救世主身份的办法的其中一条，就是如果出现了一个同样抱有这个念头的人，那便是继承了古大师意志的人。

　　"当年老师只差最后一步便能成功，可惜功亏一篑。"暗面容平静，"好在老师留了后手，将他意识的一部分封印在了罗盘里，等待着后来人开启这一段尘封的过去。所以并非你想的十年之久，而是两年前，得到这个S级道具后，我才在名义上成了老师的学生。"

　　罗盘？

　　宗九的视线转移到那个S级特殊道具上。

　　话是这样说，但是，古大师既然能够算到十年后会有继承他意志的人到来，自然也能算到罗盘会被谁拿到。从这个角度思考的话，暗的确是他指定的继承者。

　　暗依然在径自说着："在你到来之前，游戏里没有任何一个人拥有免疫首席控制的能力，更没有人拥有反抗他的力量。而且按照老师的预言，首席的目的是把所有人留在这个游戏的世界里。"

　　"说到底，你不过是想寻找一个能够完成古大师意志的人而已。"宗九摊了摊手,"可我对拯救世界没兴趣。你们真是误会了。"

不仅没兴趣,甚至相反——就像疯狂的首席对这里的感觉一样,这才是宗九的真实感受。

至于当初在荒村里说的那些话,本来他只是随口一说,没想到暗却当真了。

宗九委婉地说:"要是能拿到万能许愿券的话,或许我会考虑,但我现在才C级,你未免太看得起我了。"

就算宗九对自己的能力有信心,但比赛才过了两轮,他没想过自己最后能拿到第一名,强敌当前,变数也大。普通人连S级都不敢肖想,谁会去觊觎首席那个位置?

暗冷冷地说:"不是相信你,是相信古大师老师的预言。"

宗九的回答更加直白:"我的答案依旧不变,魔术师从不相信预言。"

暗不为所动:"我只完成老师交代的事情,无须征得任何人同意。"

听到这话,宗九缓缓笑了。

"你知道吗,我觉得这句话才比较符合你的性格。"宗九意味深长,"因为我知道,你绝不是一个甘愿老老实实辅佐别人的人。"

闻言,一直闭目打坐的暗终于抬眸,深深地看了宗九一眼。只是他并没有应答,反而另开话题:"你最好在下一个副本开启之前升到B级。当然,相信与否是你的自由,我只负责告知。"

宗九离开了。

在回宿舍的路上,他陷入了沉思。

乍一看,暗的说辞逻辑严密,让人挑不出其中的错处。

古大师这个人的确存在,只要有心,也不难打探出事情是否和暗说的一样,他也没必要在这种无关紧要的细节上造假。

但是,越是看似正确,宗九越觉得其中大有问题。

最可疑的就是暗的态度,哪有他自己口中所说苦苦等待救世主的样子?

更何况,像暗这样孤傲又自负的性格,宗九宁愿相信他把救世主给宰了,然后自己去当救世主,都不信他会忠心耿耿辅佐自己。所以,之前暗所说的种种,宗九根本没打算相信。

不过，暗有一句话，宗九还是打算听的，就是那句"在下个副本之前提升到B级"。因为暗刚刚说完这句话，宗九就听到主系统宣告扣除了暗两万生存点数，理由是透露情报。

主系统曾再三强调过不准高等级玩家向低等级玩家透露或者买卖情报，那么扣除暗的生存点数，就说明这个情报一定具有相当的价值。

宗九决定放手一搏。

现在等级评定早已结束，想要逆风翻盘，只能依靠特殊活动。

宗九在房间里又窝了一天，之后慢吞吞地挪到了露天酒吧，旁观了几场国王游戏。

总的来说，这里的国王游戏和宗九之前接触过的差不多。游戏以桌为单位开展，每桌参与游戏者为十人，每轮游戏分为三局，每局由一位国王选择两名被命令的对象，只要完成了国王的命令，抽中国王的玩家和完成了命令的被命令对象都可以得到奖励，而没被点到的玩家，也同样会有奖励。

游戏当然也是分等级的，和韦加城的游戏桌一样，分成S、A、B、C、D五个等级。等级越低，命令的难度越小，惩罚越轻，当然奖励也越少。

表面上看起来，国王游戏比起韦加城要温和不少，但事实上低等级的游戏桌能拿到的奖励微乎其微，命令却无比讽刺，甚至还有"跪下来舔国王的鞋面"这样侮辱人的命令。而高等级游戏桌奖励丰厚，命令则更加残忍，可以说是赤裸裸地在挑战底线。不止一个游戏桌，气氛从刚开始的其乐融融，最后发展到大打出手。

还说什么"促进友谊"，不结下血海深仇就不错了。宗九一边无奈地想着，一边自顾自走上前去。

游戏区域前的工作人员立刻恭恭敬敬地问道："先生您好，请问是要单独开桌还是直接加入游戏？"

"单独开桌，S级。"

这话令围观的玩家们纷纷惊呼。他们当然不知道，暗曾经给宗九测算了一下，要求他去参加特殊活动，拿到S级游戏桌的国王后，抽取序号为7的盲盒。

S级国王游戏的难度不言而喻，这两天只有一桌开了，其中有一个玩家没能完成任务，当场便被系统即刻淘汰，可谓惨不忍睹。

但是围观的不少人此刻却摩拳擦掌，跃跃欲试。

毕竟这次主系统可是说得清清楚楚，不允许任何形式的作弊——他们都在等着看魔术师的笑话。

第二十三章

国王游戏

对于那些曾在副本里被宗九狠狠算计了一番的老玩家，很多人都想借机好好教训一下这个不知天高地厚的新人。

尤其是曹鸿涛，还忙着呼朋唤友，只不过并没有人买他的账。

一旁的徐粟见状，立马扯了扯许森的衣服："九哥被人欺负了，这我们还不上？"

许森面露犹豫："这可是S级游戏桌……"

"老许，你得够义气啊！九哥之前可是整个副本都在帮我们。"徐粟一拍大腿，"哎，你不去我去，反正我从小到大运气都好。九哥有难我必须两肋插刀啊！"

而这些或担忧或焦急的眼神，宗九通通当作没看到。

有了首席假扮调酒师的先例，他这次特意确认了调酒师的身份，但为了万无一失，他还是亲自去泡了杯茶。

等他端着茶回来，发现自己这一桌已经座无虚席。

除了他自己，另九人分别是曹鸿涛、徐粟、许森、圣、阴阳师、驱魔人、林国兴，还有一个位列No.8的黑巫师和一个B级玩家冯玉成。

这一桌竟然聚集了四位S级大佬！

围观群众无不倒吸一口凉气，直播间弹幕更是开始刷屏。

【这可太刺激了！】

【S级怎么都来这个桌了,看来大家对魔术师都很感兴趣啊。】

【想什么呢,这两天一共就开了两个S级游戏桌,这是第二个,S级大佬当然就来咯。】

【哈哈哈哈哈哈,我的天,阴阳师怎么也来参加这个游戏?这可是纯靠运气的游戏啊。】

【我笑死了,他是来给新人送温暖的吗?】

一看到林国兴,宗九的眼神立时锐利起来。

这人在荒村的时候成了恶魔的傀儡,被操纵着接近拉乌,在恶魔成功控制了拉乌后,林国兴便成了一枚弃子,没想到最终还能不被淘汰,实在是不容易,也算有点真本事了。

"失陪一下,茶有些泡浓了,我再去加点水。"谨慎起见,宗九佯装倒水,转身离开,趁机又用星辰牌测了一次,想看看恶魔有没有重新操纵这位倒霉的A级玩家。

结果是正义正位。

但宗九不信恶魔不在这个游戏桌上。他觉得以恶魔的性子,肯定不会放过这个暗算自己的大好时机。

还剩两次占卜机会。

宗九想了想,测了一次黑巫师,测了一次圣。前者是隐士正位,后者……宗九看着手中的恶魔正位,冷笑一声。

他还记得,林国兴头上被扎了五根傀儡丝的时候,自己抽到的牌就是恶魔正位。而安东尼头上只有两根的时候抽到的牌是恶魔逆位,说明恶魔逆位是不完全操纵,恶魔正位是完全操纵。而圣对应的是恶魔正位,这就意味着,圣已经是一具被完全操纵的傀儡了。

这个结论让宗九想起一些自己之前忽略了的蛛丝马迹。

很多人曾提到的,圣在参加这个比赛后就变得有些莫名奇妙。

宗九曾经看到的游戏攻略里有以每个人为第一视角的剧情走向,却独独没有圣的第一视角;甚至包括宗九曾经对圣内鬼身份的猜测……

或许早在《默菲斯契约》开始之前,圣就被控制了。

S级玩家个个身手出色、实力不凡,自己不可能从他们头顶上一个个摸过去。要不是有这副星辰牌，恐怕自己也无从下手。恶魔这张底牌，不仅挑得好，藏得也够深。

"不好意思，让各位久等了。"

回来后，宗九特地挑了个远离圣的座位。

圣温和一笑："没事。"

宗九也微笑回礼，视线扫过圣的片刻，心下有几分唏嘘。

除非恶魔主动放弃这具傀儡，不然被深度操纵的圣永远都无法脱离他的掌控。

暗没有说恶魔的目的是什么，但宗九觉得自己大致猜到了：

先是早早深度操纵了圣，又拿A级当跳板去操纵拉乌，再加上首席本体，更别说剩下的S级里不知道还有没有被他操纵的人——

恶魔的目的，恐怕是操纵所有的S级。如果真的让他做到了，就算有再多变数，万能许愿券最终都是恶魔的囊中之物。

可是恶魔又和主系统达成了什么交易？为什么能够在比赛中享有如此多的特权？而且既然如此，直接把万能许愿券从主系统那里要走不就好了，何必多此一举？其中是不是有什么不为人知的秘密？

谜团一个接一个袭来，叫人应接不暇。

宗九揉了揉自己的太阳穴，暂时放弃了思考："开始吧。"

【7号桌开始游戏。】

【正在洗牌中，请稍候……】

为了确保公平，国王游戏的洗牌过程格外烦琐漫长。国王游戏的氛围又不像韦加城那样紧张刺激，条件限制也没那么大，众人的姿态相对比较放松。

宗九在等待之余感到有点无聊，转头一看，发现自己身边正好坐着驱魔人和阴阳师，便开口攀谈起来："啊，我记得你，你是不是之前在中央游戏桌弃牌的那位？"

阴阳师神色恹恹地看了他一眼，并不想接话。

另一边的驱魔人忍不住笑了笑，压低声音道："宗小兄弟，你可别给人家心口插刀了。"

这位阴阳师能位列第十位，论实力也算是大佬级的人物了，当初以一己之力通过了S级副本"百鬼夜行"，继承了副本中阴阳师土门家族的阴阳道，于是大家便开始称呼他为土门。只不过，他最出名的倒不是他的实力，而是倒霉的运势：只要是和拼运气相关的游戏，他可谓屡战屡败，从未得手。

此刻听到驱魔人的话，土门咬牙切齿："我这次必定一雪前耻！"

运气一贯不错的宗九表示，自己实在不太理解这种痛苦。

【洗牌结束……正在发牌中。】

【发牌结束。】

【公布本局命令：得到同桌任意一位玩家的部分灵识，限定时间三分钟。】

虽然灵识是这个游戏里的设定，但是抽取灵识的过程还是十分痛苦，要是有法术道具的还好，否则硬抽的话，和从身体里拔出一根筋来差不多。

当然，抽取部分灵识不会让人淘汰，只会让人元气大伤。

可是没人敢不顺从，因为系统接下来说——

【命令失败则立刻出局。】

【现在，请国王举起牌。】

黑袍下伸出来一只苍白的手，手中纸牌上的小丑咧嘴大笑。

本轮的国王是No.8——黑巫师。

主系统冰冷的声音再度响起。

【请国王任意指定两位玩家完成本局命令。】

桌边众人严阵以待，驱魔人笑了一声："这个命令有点意思，赶紧挑两个速战速决吧。"

所有人的牌都压在桌面上，每个人只知道自己的牌。国王也只能盲选，点到哪两个人，他俩就得完成命令。

弹幕满是担忧。

【这个命令简直绝了，这是要让桌上的人互相攻击啊。】

【而且只有三分钟……果不其然，名副其实的绝交游戏，太残酷了吧。】

【看了下这桌的实力分布，四个S级，A级和B级有三个，魔术师虽然是C级，但是实力有目共睹，还有一个许森是C级，但至少也是个老玩家，剩下一个是个D级的新人，这人可有点危险了。】

— 333 —

【D级？竟然有新人敢在这个地方跟大佬们同场博弈。】

【灵识……这是为了完成游戏命令，能向主系统申请恢复吧？不过一定很痛……】

此刻众人的视线都不经意地落到了徐粟的身上，身为这一桌等级最低的人，他毫无疑问会成为众人开刀的对象。

黑巫师却并不着急宣布命令对象，反倒不紧不慢地抽了个国王盲盒。

所谓国王盲盒，是一排整齐分布在游戏桌旁的灰盒子，上面标注着1到10的序号，供抽到国王的玩家进行抽取。从中不仅可以抽出随机道具，还有可能抽到生存点数或者是特殊惊喜奖励。

【恭喜本局国王获得特殊道具：沼泽魔药（B级消耗品）。】

众人惊叹不已。

"不愧是S级的游戏桌，国王盲盒随随便便一抽也是B级的特殊道具，真好啊。"

"那你也不看看惩罚是什么，失败可就当场出局了。"

"也不知道谁会被点到，要是打不过别人，就完成不了命令了吧？"

黑巫师从盲盒中拿起那瓶颜色诡异的深绿色魔药，在手上晃了晃，看上去对这个奖励十分满意。

【请国王任意指定两位玩家完成本局命令。】

主系统再度提示。

"那就——红心7和红心2。"

黑巫师一边说着一边翻开了自己的暗牌——很好，没有坑到自己。

游戏桌上，手持这两张牌的人顿时脸色煞白。

这两人，一个是曹鸿涛，另一个则是许森。

黑巫师话音刚落，曹鸿涛瞬间从座位上跳了起来，直向徐粟扑去。

与此同时，一张扑克牌带着劲风，划过曹鸿涛的手背，深深钉在了桌上。

"你这是什么意思？！"曹鸿涛捂着手上的伤口，怒道。同时响起的，还有主系统宣布扣除宗九生存点数的通报。

宗九似乎对此毫不在意，扬了扬下巴，冷冷说道："没别的意思，徐粟是我罩着的小弟。你打小弟，老大出手，有什么问题吗？"

曹鸿涛还欲上前。见状，宗九微微一笑："你可以试试，到底是你快，还是我的扑克牌快。之前我在韦加城兑换了那么多生存点数，就算主系统要扣也不愁不够用。"

徐粟简直感激涕零。

但现在更值得担心的，是另一个被点中的人——许森。

游戏桌上浮动的红色数字一刻不停地跳动着，半分钟时间一晃而过。

许森手里出现了一把寒光闪闪的尖刀。

徐粟咬咬牙，突然从座位上站了起来，对许森说："老许，做人要有担当。是我拉你进来的，我负责。你挖吧！大丈夫不落泪，我忍得住！"

许森用看傻子一样的眼神看了徐粟一眼，猛然丢下手里的刀，用手对着自己的胸口挖了下去！很快抽出了一根泛着淡淡黄色的，长筋一样的东西。

——这就是没有道具，普通人抽取灵识的方式！

徐粟吓傻了："许……老许，这是干什么，你疯了吗？！"

许森满头冷汗，忍着剧痛，没好气地开口："你能不能动动脑子？九哥刚递的情报还不够？"

有人明白了。

【等等，主系统命令的原话是得到同桌任意一位玩家的灵识，拿自己的灵识，没毛病啊。】

【天哪……这个恐怕一般人也想不到吧。】

【不是，你们发现没有，主系统这个命令有漏洞。刚刚魔术师攻击了那个B级，结果被主系统扣除了生存点数。如果一开始就打算攻击其他人，且不说难以达成，就算成功了也得扣一大笔生存点数。难怪许森说魔术师在帮忙递情报。没想到啊，魔术师可真是个好人。】

【确实是这样，三分钟想要打赢别人完成命令真的很难，但是从一开始就把目标定在自己的身上就不一样了，又不需要扣生存点数，也更容易完成。】

直播间观众能看出来的事，这张桌上的大佬们自然也都想到了，但大多数都选择了旁观。

不过许森的干脆果决倒是受到了众人的一致赞赏，驱魔人甚至吹了声口哨，竖起了大拇指。

还剩二十秒的时候,许森长出了一口气——他完成了主系统发布的命令。

【C级玩家许森已完成命令,获得奖励:盲盒挑选机会一次。】

见状,拿着大祭司之杖待命已久的圣立刻开始低声吟唱。

金色的治疗光芒在空中聚集流转,落到许森身上,他苍白的脸上立刻多了几分血色,治疗的效果立竿见影。

国王游戏进行途中,玩家不能向主系统申请治疗,只能挨到三局游戏结束。好在圣在这一桌,至少能够先为许森疗伤,也是不幸中的万幸了。

"多谢阁下。"许森连忙低声道谢。

另一旁,曹鸿涛已经急得团团转。

他好歹是个B级,自然也已经想通了其中关键,再加上看到圣的鼎力相助,于是也和许森一样拿着刀捅向了自己的胸口。

可惜的是,曹鸿涛落后了不少时间,还剩十秒钟。

曹鸿涛又疼又急,双眼充血,手上加大了力道。可惜,一切已经太迟了。

【时间到。】

主系统声音冰冷。

【B级玩家曹鸿涛未能完成命令,惩罚即刻执行。】

"啊啊啊啊啊啊——"曹鸿涛的惨叫声回荡在上空,随后他便倒了下去,再也没能站起来。

【惩罚执行完毕,B级玩家曹鸿涛确认出局。】

在一旁围观的新人们被这一幕震撼到哑口无言。或许是之前的气氛太过轻松,他们并不相信这个游戏会有多么艰难。这会儿目睹了现场,才知道S级游戏桌的难度绝非浪得虚名。

【第一局游戏结束,下一局游戏将在十分钟后开始。】

此刻,S级游戏桌上鸦雀无声。

S级、A级的几人心下唏嘘不已,但是依然镇定。

徐粟心里怕得不行,但又惦记着是自己把许森拉到这个国王游戏里来的,经历了刚才那一幕,"愧疚"两个字简直写在了徐粟脸上,于是对许森更是嘘寒问暖,恨不得端茶倒水,照顾得无微不至。

许森哭笑不得:"最痛的时候都熬过去了,现在还能有多痛?再说了,参不参加也是我自己的选择。更何况我还因祸得福了呢，和往后的艰难求生比起来，这点疼痛也算值了。"

完成命令后的奖励是一个道具盲盒。许森手气不错，开出来一个十分稀有的A级功能性道具，惹得不少围观的玩家眼热无比。

许森不过是一个普通的C级玩家，却得到了A级道具，确实算得上幸运！

S级道具寥寥无几，普通人不敢奢想；A级道具也数量有限，现在的A级玩家们也不是人人都有，还有不少是靠着其他能力将低级道具强化上来的。

许森心性、能力各方面都不错，缺的就是称心的特殊道具。可想而知，得到这个A级道具，对他来说必定是如虎添翼。更别说黑巫师朝他流露出其所在的组织——巫魔会——的招揽之意。

巫魔会这个组织，因为基本由获得巫术类能力的玩家组成而得名。虽然人数不多，但由于实力强劲，也算是游戏中的几大组织之一。能够得到这样的大组织的招揽，同样也是许森始料未及的。

尽管又惊又喜，他依然十分坚定地摇头："多谢阁下的好意，但我也是九哥的小弟之一，不可能背叛他。"

宗九无言以对。

弹幕纷纷表示恍然大悟。

【难怪魔术师要帮这家伙，原来他也是魔术师的小弟啊。】

【这个我倒是有印象，之前在荒村副本的时候，他和徐粟都是魔术师罩着的。当时魔术师的阵营有十几个新人，个个都对他忠贞不贰。】

【等等，你们不觉得他们这样很像在组成一个新团队吗？】

【没想到啊，这个看起来云淡风轻的家伙竟然也想建立自己的势力？仿佛看见一股新势力逐渐成形。】

"既然如此，是我唐突了。"黑巫师看了宗九一眼，兜帽下那双深绿色的眼睛神情冷漠，不带丝毫感情。

宗九在《默菲斯契约》里取得的人气和绩效有目共睹。虽然他现在只有C级，但已经没有人小看他，所有人都相信，这位同时被首席、梵卓、暗都看好的新人必定前途无量。

几个身为团队领袖的S级对他的态度倒是一如往常，但如果他也着手准备建立自己势力的话，那就另当别论了。以他现在的威望，这个消息恐怕瞬间就会传遍整个《默菲斯契约》玩家宿舍。如果这是真的，届时不知道会有多少新人主动前来加入。

只有土门和驱魔人这样的自由人对此丝毫不在意。

驱魔人还在一旁同土门说笑："你今天运气还不错啊，我还以为第一轮就会点到你。"

土门冷哼一声："都说了今天我一定可以逆风翻盘，你不信？"

"这么有自信？"

"你看着吧，上次在韦加城我可是换到了一个好东西，今天必定能够翻盘。"

身为资深的老玩家，驱魔人很清楚，有些能力传承带有奇怪的副作用。

像土门这种情况，很难不怀疑是因为阴阳师的能力带来的副作用，才让他变得如此倒霉，毕竟在他获得这个能力之前，运气远远没有差到这个地步。

【土门大佬回回都这么说，哈哈哈……】

【并且屡败屡战，屡战屡败，但不愧是大佬，心态真好，又果断，之前在中心游戏桌上一看牌不好，直接不再下注，及时止损，退出了！】

【毕竟能倒霉成这样也是一种天赋了，可怜啊。】

十分钟过后，主系统的播报再一次响起。

【第二局游戏开始，正在洗牌中……】

【洗牌结束，正在发牌中……】

【发牌结束。】

所有人桌面上都出现了一张牌。

【公布本局命令：请选择两个玩家，最先到达草坪的玩家才能留下来。】

【命令失败则立即淘汰。】

【现在，请国王举起牌。】

宗九懒懒地抬起了自己的手："看来我运气还不错？"

按照暗的提示，他需要抽取国王盲盒，如果他一直抽不到国王，那就要无止境地一直玩下去。这才第二局游戏他就抽到了，实在算得上幸运。

和黑巫师一样，宗九也没有先公布选定的玩家，而是抽了个国王盲盒——

毫无疑问是序号7的那个。

【恭喜本局国王获得特殊惊喜奖励：玩家等级提升一级。】

宗九身上绿色的C级玩家胸牌，瞬间变成了象征B级的黄色。

与此同时，他收到了主系统的通知：宿舍更换提升，从四楼的C级豪华单间换到了五楼的B级行政套房，同时开放同楼层的行政酒廊和电话送餐服务。

围观众人目瞪口呆。

"盲盒抽出的特殊惊喜奖励还能提升玩家等级？"

"哇，要是有A级抽到这个岂不是直升S级？可S级只有十个席位，这是要加席还是要把人挤下去？"

"想什么呢，特殊惊喜奖励哪是那么容易抽到的，等级提升可是第一次见。"

"这个奖励也就听起来还不错，还不如给生存点数呢，谁知道下次评级他会不会再掉下去。"

这时，宗九已经开始指定本局完成命令的玩家了。

"请红心5和红心3完成本局命令。"

土门把自己手上的红心5一扔，一下子站了起来："怎么可能？！我可是在韦加城花大价钱换了一张吸取厄运符——"

【什么？是不是那个五万筹码一张的A级符？】

【……五万筹码买一个好运气，可能这就是大佬吧。】

等土门把那张好运符掏出来的时候，所有人都沉默了——那张符已经从土黄色变成了深黑色。

主系统发出提示：【该A级道具吸取厄运值已达上限。】

驱魔人笑得最大声。他拍了拍土门的肩："别挣扎了，走吧，兄弟。"

土门正生气，回头一眼看到驱魔人手上拿着的红心3，更生气了："你笑什么！一样这么倒霉，你还在这里笑这么开心？"

驱魔人还在笑："这才刚过了一局，你的吸取厄运符就没用了，你自己说好不好笑。"

土门作势要去踢他。

所有人心里都隐隐有些担忧。

土门和驱魔人因为他们平易近人又有趣的性格，一直有着极高的人气。

但是这一局的命令，只有先到达草坪的那个人才能留下来，所以势必有一个人要面临出局的命运，这个无情的事实像一块巨石压在了所有人的心头。

他们纷纷出谋划策，试图想出破局的方法，却一无所获。反倒是两位当事人，看起来一点也不心急。

驱魔人拉着阴阳师跑到无边泳池旁往下面看。

他们位于玩家宿舍的顶层，距离最底下的草坪有几十米的距离，站在这里只能看到一片绿油油的草。

其他人都好奇地看着他们两个，想看看怎么解决。没想到驱魔人直接从系统背包里掏出来一条绳子，声称要把土门和自己捆在一起。

围观众人恍然大悟。

"我懂了！"他们惊呼，"只要同时到达草坪，就可以两个人一起留下来。"

这个想法不错，但操作起来难度却很大。

首先，要是素不相识的两个人，第一反应肯定都是转头就跑，自己先跑到了再说。就算是旧相识，遇到这种情况，只要有人生出二心，这就是铲除对方的好时机。所以能这样操作，一定得保证被抽到的两个人的人品都靠得住，还得是彼此了解、有些交情的朋友。

但是，两个人即使一同站到门口，一起迈出脚去，如果非要计较，也能算出细微的差距，从而判断出谁先到达草坪。

在众人的议论声中，驱魔人又向主系统兑换了一个透明大箱子，正好能把他们两个关进去而不留一丝空余。

土门上前用笔蘸了朱砂，在箱子表面画了好几个符咒，其中一个是定身符，画在箱子表面就能让箱子在掉落过程中也保持垂直状态笔直地掉落，如果他们事先将双脚也固定在同一水平面上，掉下去后自然也能同时到达草坪。

然后他们又将一些特殊道具粘在箱子上，说是让箱子更加牢固，同时还可以减少反作用力，确保他们从这里落下去不会摔死。

"搞定了！"驱魔人满意地拍了拍手。

做完这一切，他们按之前的计划背靠背捆好，把自己关进了箱子里，并拜托其他人把箱子从无边泳池的边缘推下去。

徐粟目瞪口呆:"这样也行?"

众人看着箱子缓缓飘向地面。大概五六分钟后,在土门的灵力操纵下,箱子平稳地降落在一处平整的草地上。

所有人都紧张地屏息凝神,等待最后的结果。

【S级玩家土门,S级玩家驱魔人,已完成命令。】

【获得奖励:玩家挑选盲盒一次。】

电梯门再度打开,驱魔人与土门并肩而出,接受着众人的掌声与喝彩。

驱魔人下结论道:"其实说你运气不好吧,你每次的运气从某种方面来说又还挺不错。"

的确如此,在韦加城的时候,土门拿到了最差的牌,但幸好他及时抽身,避免了最后的惨剧,真正倒霉的,反而是留下的人;这次参加国王游戏又被抽中,虽然看似只有一半机会,但抽到的另一个人却是颇有交情、人品性格都信得过的老朋友……不管怎么说,这些都是不幸中的万幸。

【第二局游戏结束,最后一局游戏将在十分钟后开始。】

这一局游戏结束后的气氛比上一局好了很多,两个玩家同时通过考验,给周围还在进行游戏的其他人打了一针强心剂。

"大家在看到题目后也别太着急。"圣笑着说,"其实只要冷静下来思考,多为其他人考虑,完全能够从这个看似必死的游戏中找到生路。"

其他人都随声附和,宗九淡淡地瞥了他一眼,低下头凝神思索。不得不说,恶魔的演技实在是很不错。之前只是怀疑圣伪善,没想到,竟然是早早就被恶魔控制了。不过幸好发现得早,还可以提早准备。

其实自己的目的已经达到了,完全可以全身而退,可是还有最后一局,这让宗九莫名有些不好的预感:首席绝不会随随便便让傀儡浪费时间参加一个毫无用处的特殊活动。

他总觉得最后一局不会像之前这么简单。

【正在洗牌中……】

【发牌已结束,请本局国王举起手中的牌。】

这种不安在宗九看到圣举起了手中的鬼牌后达到了顶峰。

【本局命令：拿回一个曾经赠予他人的东西，时限为三日，失败则出局。】

【注：若是玩家确认从未有过赠予他人的行为，可以向主系统申请更换命令。】

这是个什么命令？

大家面面相觑，颇有些丈二和尚——摸不着头脑。

这个命令听起来比之前的两个要简单得多，不仅是简单，可以说完全毫无难度！

不少人都开玩笑。

"一轮到圣，命令的运气都变得温和了。"

"确实感觉温和了不少，而且竟然还有补充条件，不愿意出东西还可以换命令，真不错啊。"

"确实，这个只需要得罪一下别人，而且说是国王游戏的要求大家应该都能理解。不像前两个任务，全都和性命相关。"

圣思索片刻："那就红心9和红心10吧。"

他翻开了自己的暗牌，愣了一下："竟然抽到我自己了。"

在他的对面，宗九盯着手里那张红心10，心头掠过一丝阴霾。

宗九回头，面色不善："你们谁还留着上个副本我给你们的水果。"

徐粟傻了："九哥，我们当时都吃了啊，皮都没剩下……"

宗九无奈。

"主系统，我要申请更换命令。"

【检测到玩家曾经有将物品赠予他人的行为，申请驳回。】

完了。

宗九心想。

他最不好的预感成真了。

第二十四章

预感成真

宗九不死心,他问徐粟和许森:"上次的水果,你们就真的一点都不剩?难道你这个吃榴梿的还会把果皮给吃了?"

徐粟哭丧着一张脸:"九哥,不是我随地乱丢垃圾,可那榴梿皮也没法放进系统背包里不是?"

闻言,宗九幽幽地叹了一口气。如果不能从荒村副本里他分给别人的水果下手,那他就只能想到最差的那个答案了——

在韦加城,恶魔曾带着杀气弯腰低头说"我很看好你",并笑眯眯地递给自己一枝蔷薇花。但是,自己却故意不肯给恶魔面子,在众目睽睽之下把花送给了紫衣荷官。

时间过去这么久,韦加城都永久关闭了,这蔷薇花上哪找去啊!

宗九忽然想起,当时拉乌还找他换了五个苹果,内心又燃起了希望。

可是想到拉乌现在的情况,宗九觉得心更累了——林国兴头上那几根傀儡丝,现在可都在拉乌头上扎着呢,找拉乌和找恶魔本人有什么区别?

反观圣这边,几乎立刻就有圣殿的人上前,恭恭敬敬把自己的道具献上,毕竟圣殿的人都是圣的拥护者。

这个命令对圣来说毫无难度的另一个原因,是因为他帮助过的人实在是太多了,甚至有时候在副本里遇到没有道具的新人,他也经常助人为乐,不仅带人过副本还送道具。有一些后来发达了的老玩家还留着当初的道具,圣随便逛一圈就拿到了主系统命令要求的赠送给别人的道具，当场就提交了命令物品，可以说不费吹灰之力。

【S级玩家圣，已完成命令，获得奖励：玩家挑选盲盒一次。】

【因最后一局游戏时限为三天，本桌游戏提前结束，其余玩家参与奖励已发放至各人系统背包，请注意查收。】

【本轮游戏结束。】

随着主系统的提示，游戏桌旁的人也纷纷起身离开。

黑巫师厚重的黑袍一扫，转身就不见了。

驱魔人准备拉着土门去喝一杯，结果转头看到宗九还坐在那里，不由得有点疑惑："怎么了这是？想不起来自己送谁东西了？"

他这么一问，大家全都看向了宗九。

刚刚已经提交了任务的圣也转过头，露出关切的神情："需要帮忙吗？"

呵，装模作样！三局游戏前两局那么严苛，第三局画风突变，还是这么一个格格不入的命令，要是说没有恶魔在背后动手脚，谁会信啊！

宗九在心里暗骂。

自从知道圣的傀儡身份后，他怎么看圣怎么觉得虚伪。不过现在宗九还不打算暴露他知道圣的身份这一点，毕竟不知道以后能不能用来牵制首席。

宗九不露声色地笑笑："没事，我已经有头绪了。"

圣看起来还是有些担心的样子："那好吧，如果有什么需要随时可以叫我帮忙。"

弹幕里也讨论着。

【不会有什么问题吧？怎么看魔术师的表情都是很勉强的样子。】

【刚刚主系统都驳回他的申请了，说明他肯定送出去过东西咯。】

【确实，一般能送出去东西，彼此关系都不会太差。只要说是国王游戏的要求，拿不到就会死，总不会见死不救嘛。而且圣还愿意帮他，这个和之前两个命令比起来简直是送分题。】

【我还挺好奇的，不知道魔术师送了谁东西，居然会这么苦恼。】

【我也好奇。】

......

游戏桌上的人都离开了，宗九溜达到一边的吧台旁。他找到一个打扮得很像是大堂经理的NPC。

"先生，请问有什么吩咐？"

宗九："上次特殊活动韦加城永久关停了，那里面那些负责发牌的NPC呢？在露天酒吧或者玩家宿舍当差吗？"

NPC面色为难："先生，NPC都是主系统分化的虚拟工作人员。活动关停后也会跟着转移，上个特殊活动的NPC已经回归了主系统的意识，我们则是经受过专业酒吧服务训练的NPC，若是本次活动关停，同样也会回归主系统，没有继续存在的可能。"

这就难办了，宗九烦躁地揉了一把自己的头发。

在他身后，徐粟和许森两个人像小尾巴一样跟了过来。许森的伤在宣布游戏结束后向主系统申请了治疗，现在已经完全康复了，除了胸前衣服的血迹，完全看不出之前曾经丢过灵识。除了他俩，荒村副本在宗九阵营的新人几乎也都跟来了。

"你们干吗呢？"宗九还在回忆自己还有没有送出去过东西，一回头看见背后的众人，当即一愣。

徐粟高喊："一，二，三——"

众人齐呼："老大好！"

"上次在副本里没时间和九哥道谢，今天我们特地约好一起来感谢九哥。"许森连忙解释。

宗九看了他们几眼，忽然上前在每个人的头顶摸了摸。

所有人都乖乖地站在原地，一句也没有多问，搞得宗九一时半会儿也不知道怎么解释，只好挥挥手："行了行了，有这个工夫还不如多去玩几场，看看能不能赢到些有用的东西提升自己实力。"

"是！我们一定会好好努力，绝不辜负九哥的栽培！"

徐粟像模像样地敬了一个礼，像是打了鸡血一样带着其他人冲向了游戏区。

看着这几个人的背影，宗九纳闷：这些新人也不知道怎么想的，被内鬼卖了还帮内鬼数钱，现在还要认他当老大，这种堪称奇葩的脑回路竟然不是因为被扎了傀儡丝，真令人迷惑。大概是自己个人魅力太强了吧。

不过被徐粟他们这么一打岔，宗九倒是想起过自己还送出去什么东西了。

于是，他再一次敲响了暗的房门。

上一次他们的交谈算是无疾而终。但暗明确表态了，说不与他为敌，还说要辅佐他，在宗九的心里，暗就是一个免费的军师，不用白不用。

门自动滑开了。

宗九再一次顶着所有人的视线，大摇大摆地走进了No.3的房间。

这段时间暗完全没有出现在众人视线中，也没有参加国王游戏，不知道是要干什么。宗九刚走进来，暗便眼也不睁头也不抬地问："何事？"

宗九问道："我之前给你的那滴血能不能还给我？"

暗霍然睁眼。深邃如同寒渊般的双眼直直看向宗九，冷冷地说："不行。"

暗要拒绝，宗九也没办法。

按暗的说法，那滴血是他们之间的交易，宗九猜他是拿去验证自己到底是不是预言中的救世主了，就算不是，交易已经达成，自己的确没有再要回来的道理。

或许是看自己刚刚效忠的主公面色不好，暗终于问了一句："发生了何事？"

"别提了。"宗九恹恹地说，"参加国王游戏，抽到了拿回一个赠予他人的东西的命令。"

"恶魔的蔷薇花？"暗一针见血。见对方点头，他露出思索的神色，"那朵花是他的一个特殊道具。"

特殊道具？

宗九有些惊讶："一朵花有什么用？"

"或许永远沾满露水不会枯萎？"这个笑话可有点冷，特别是从暗口中讲出来。

宗九无语，旋即想通了事情的关键："既然是特殊道具……等等！"

他脑海中飞快掠过韦加城中那一幕——从点烟作弊，再到首席意味深长的表情。

宗九发现了问题。

当初他是利用快速换牌的技术出千，那恶魔呢？恶魔从始至终可是双手交叉，一副兴致缺缺的模样端坐在首座，并没有过换牌的举动。

当时他忙着自己手头的动作没顾上细想，现在回忆起来，就意识到事情全部指向唯一的可能——恶魔控制了NPC。

这样就不需要恶魔亲自动手了。

原来他把从人家那里拿来的蔷薇花，转手送给了本人的傀儡。傀儡肯定把花送回了恶魔手里。现在他要做的，就是要从恶魔手上再把花拿回来。也就是说，他还是得去找恶魔一趟。

估计恶魔如今正好整以暇地等着他上门呢。

暗缓缓地说："不过，还有一个办法。"

他手中出现了一把奇怪的钥匙："B级道具，万能钥匙。你可以挑个时间，去首席的房间里，当一回梁上君子。"

宗九失笑。他觉得暗可真有意思，潜入首席的房间偷花，亏他想得出来。

暗淡淡地看了宗九一眼。

"第一，那是首席随身携带的特殊道具，几乎永远插在他的西装口袋里，你上次看到他的时候，它应该还待在它那里。"

宗九回忆起上次在酒吧相遇的时候，虽然恶魔一身侍者装扮，但那枝蔷薇花依旧在衣襟处含苞待放。那时宗九还以为，那只是对方在装扮方面的爱好，根本没想到那是几经转手最终又回到本人手中的最初的那一枝。

"第二，由第一可得出，首席不会把它收到系统空间内。第三，这个题目的内容和后续走向应该都在首席的掌控中。他多半在等你上门找他，此时若是你偏不走寻常路，或许还能打他个措手不及。"

宗九幽幽地说："你大可以把那滴血还给我，大不了我再给你一滴。"

"你若是早一刻来，或许还能拿到。"暗摇了摇头，"现在那滴血已经拿不回来了。"

暗指尖一弹，那把万能钥匙到了宗九的手里。

"这虽然只是一个B级消耗品道具，却十分难得，游戏里不会有第二把。只要你做事足够谨慎，成功率很高。"

事已至此，的确没有更多选择了，总比当面去问恶魔要好些。

宗九"啧"了一声，略有些烦躁地收起了钥匙。

还有三天，万一想出了其他的办法呢。

第二天早晨的时候，徐粟带回来了一个消息。

他从身后拿出了那个略有些干瘪脱水的苹果："老大！拉乌说他的苹果还留下了一个，让我带过来给你。"

然后，宗九把这个苹果提交给主系统的时候，后者显示拒绝接收。

【该物品为交易物品，非玩家单方面赠予，无法提交命令。】

果然。

宗九皱着眉将苹果放回了徐粟的手里。

"你拿回去吧，替我道声谢就行。"

先不说拉乌有没有被傀儡丝控制，是不是故意做出这番行为的，这几个苹果本来就是用生存点数进行交易的，无法算作宗九单方面的赠予。之前是他想岔了，但刚刚的主系统回复，让他确认了自己的猜想，无疑是再次切断了他的后路。

接下来的一天内，宗九就当无事发生一样，该干吗干吗，甚至还去二楼的餐厅里逛了一圈，顺带下到一楼挑了几件新衣服，过得十分悠闲。

这一次，高等级的玩家们虽然依旧态度冷漠，但也没有再主动上来招惹他，反倒有不少新人和低等级老玩家表现出了投诚的意思。同时，因为之前宗九的表现，好几个大组织都开始对他多加关注。毕竟如果宗九真的要建立属于自己的势力，那无疑是要从其他各大势力的手中分一杯羹。

目前B级以上的玩家里，除了那几个实力过硬的S级，其他人都是有组织的。毕竟游戏的副本难度高，实在不适合单打独斗，首选还是加入综合实力强大的组织。

现在比赛已经进行了两轮，最终能通过考验的名额是固定的，人选也已经差不多确定了，老玩家尚且不够分的席位，新人们再来分一杯羹，这是让所有资深玩家都感到担心的局面。但是直到现在，除了夜族向宗九发出了似乎带有招揽之意的邀请函，其他势力都还没有更多的动向。

至于宗九，他的重心都放在了房间里发现的一张小纸条上，那上面只有四个字：集体副本。

第一场是比赛开始，第二场是多人副本，到现在第三轮，主系统直接把各个等级都投入了同一个集体副本内。其中光是B级就足足有近千人，等级低但是人数多，难度自然更大。

难怪暗让他最好赶在下个副本开启之前将自己的等级提升到B，这么一看，恐怕C等级玩家的处境将十分凶险。

这一次，主系统恐怕是真的要开始大规模筛选淘汰玩家了。

到第二天晚上，宗九不得不又一次去了露天酒吧，故意挑了之前的那个位置，和上次一样点了杯威士忌。

在调酒师转过身来后，宗九遗憾地发现，那就只是一个普通的系统NPC而已。

"谢谢。"

宗九将酒一饮而尽后就转身离开了。但之后，他却换了套衣服，戴上了假发和墨镜，准备按暗说的去做贼。他小心翼翼地避过他人耳目，佯装不经意地贴着墙根行走。

没有人注意到这个奇怪的人。

刚刚宗九故意去吧台给调酒师留下了一张纸牌。

"请代我转告首席，午夜十二点，我准时在吧台等他。"

恶魔知道宗九要找他，所以他赴约的可能性很大。只不过他应该想不到，宗九会选择直捣黄龙。计划看起来简陋，但成功的可能性是有的——主要还得看运气。

宗九静静地蹲在墙边，等待十二点的到来。

在十一点五十分的时候，透过明暗闪烁的灯光，宗九看到吧台旁多了一个模糊的影子。

机会来了！

宗九握着钥匙来到门前。钥匙在接触到门的那一刻瞬间便消失不见。

【B级道具：万能钥匙，已使用。】

沉重的大门骤然开启，室内漆黑如墨。宗九闪身而入，大门在他身后悄无声息地关闭。最后一点光亮也就此消失，屋内再度陷入死寂。

房间里没有一点光源，厚重的窗帘和挂毯将月光也遮住，放眼望去只有伸手不见五指的黑暗。

如果说暗的宿舍是黑白灰色调的极简风格，那首席房间内的风格就是极度的冷郁，每一个角落都充斥着令人不安的元素。

宗九知道，他最多只有十五分钟时间。如果恶魔发现他长时间没去赴约，一定会察觉出问题。

幸好他的运气还不错，纵使这么大的房间，也只花了三分钟，便锁定了目标——墙边衣架上的一件黑色西装衣襟上，一枝艳红的蔷薇在静静绽放。

宗九眼睛一亮，快步上前，然而走到一半却意识到了问题所在。

寂静黑暗的背景中，他听到了一丝不易察觉的水声。

这一切恰恰都在宗九和暗的计划中。

因为不能确定恶魔是不是在房间内，更不能确定红蔷薇会不会被他随身携带，于是保险起见，宗九打算先行把首席给约出来，然后再悄悄潜入他的房间。

如果首席去赴约了，暗便会留在吧台旁牵制住恶魔，宗九则趁机在他的房间搜寻一番。如果找到花，就可以利用暗给他的道具——空间口袋，神不知鬼不觉地将蔷薇花带走。

如果首席没有去赴约，那就要看宗九的运气了，因为很有可能被抓个正着。为了万无一失，暗推算出，宗九在十一点五十分左右进去，能够得到意外的惊喜。

如今看来，暗说的惊喜，应当就是面前这个了——人在洗澡的时候当然是穿不了衣服的，就算是永远随身携带蔷薇花的首席也不可能把花给带到浴室去。

现在就是绝佳时刻！

黑暗中，宗九向那枝怒放中的蔷薇花走去，每一步都走得小心翼翼，力求不发出任何声音。

走到酒柜的阴影处的时候，宗九忽然停住了。

他意识到了最重要的问题——这是个开放性浴池。饶是神通广大的暗也没料到这点。要是他没有注意到，只怕刚刚就会被抓个正着。

宗九盯着那片铺满月光的地面，陷入了沉思。如何在不被首席察觉的情况下，通过这一段区域呢？

不安在宗九的心中逐渐扩大。

宗九堪堪侧过身去，蹲到了酒柜后方那片阴影里，放轻了呼吸。

"哗啦啦啦——"水声突然响起。随后恶魔的脚步声离门口越来越近。

宗九蹲在酒柜后，眉头紧锁。他在认真思考现在冲过去抢下蔷薇花是否有成功的可能。

以前他从没有这样的情绪，越是紧张的时候，他的心绪反而越平静。这种渴望与之针锋相对的念头，只有在对上首席的时候才有。

某种意义上来说，古大师的预言一点也没错。他和首席的梁子越结越大，简直是命中注定的宿敌。

此刻宗九觉得自己真是进退两难。要往前，估计刚跑出去就会被傀儡丝拦下；但往后退结果也是一样。他只能静观其变。

黑色的影子在地毯上逐渐拉长。

"嘎吱——"酒柜被打开了，恶魔在悠闲地哼着歌。

宗九把自己继续往阴影里缩了缩，打定主意绝不主动出来。他的手指已经按上了纸牌，紧紧盯着地面那片已经近在咫尺的阴影。他已经想好了，若是有异动，不管打不打得过，先出手再说。

争斗一触即发。

突然传来一阵不紧不慢的敲门声。

主系统冰冷的声音适时在空中响起：【暗有急事求见。】

恶魔似笑非笑："什么急事？"

【对方选择面谈。】

【读取另一条未读消息：B级玩家宗九邀请您在露天酒吧见面，时间为五分钟后。】

"哦？"恶魔兴致渐起，状似无意地扫过酒柜后的阴影，遗憾地将这瓶新酒放回酒柜，"那就只好暂且失陪一下了。回见。"

房门再次关上了，宗九冷静了半分钟，从阴影里走了出来。

现在是十一点五十七分，距离他约恶魔见面的时间还有三分钟。

暗实在是太可靠了!

或许因为走得匆忙,首席没有换上那件黑西装,蔷薇花也还留在原处。

对宗九来说,这简直是最好的结果。他快步上前,将花一把抽出。

蔷薇花果然还像之前一样,静悄悄地怒放,像是被定格在这最美好的时刻。

不过宗九可没兴趣欣赏,他直接向主系统提交了任务。

【B级玩家宗九,已完成命令,获得奖励:玩家抽取盲盒一次。】

这下宗九心里的大石头可算是落地了。事情虽然完美解决了,但他还是稍微有点不甘心。

宗九站在原地,摸了摸自己的下巴。

这个命令可是恶魔操纵着圣搞出来的,签于之前恶魔也不止一次算计过自己,所以现在嘛——

宗九的目光在衣架那件黑西装上打转。

他嘿嘿一笑,从奇怪的黑色暗匣里掏出一把大剪刀,把衣柜里整整齐齐摆放着的十几件西装全部剪了,布料碎片散落在地。

末了,宗九干脆把恶魔挂在床头的那件西装也顺手拿了下来,随后转身朝房间深处走去。

保险起见,他不打算从正门离开——他选择了S玩家宿舍自带的专人电梯。

然后,宗九愉悦地哼着歌,往自己的房间走去。

一想到恶魔回来后会看到的场景和会露出的表情,宗九的心情就格外舒畅。

他此刻还不知道,这份好心情只能持续到他关上自己的房门,回头看到黑暗中一张似笑非笑的脸之前。

宗九打开了自己的房门。

他的房间也很大。

B级玩家住的是行政套间,也就比A级的总统双层套房稍微少了一层而已。因为懒得装修,宗九直接选择了主系统提供的装饰模板里自己看得最顺眼的一款,也算是冷淡的风格,色调上蓝白灰交错,手工编织的布艺沙发,米白色的绒线毯,随房配送的英短蜷着胖乎乎的身体在地毯上睡得正香。

套房的另一面是大落地窗,窗外是模拟出的白雪皑皑的景象,一窗之隔的室内却是温暖如春。

如果不是如此危险的游戏，相信很多人都愿意在这栋宿舍里度过余生。

宗九这么想着，却忽然感到背后似乎有一道令人十分不适的、如同某种冰冷的爬行动物的视线。

他猛然回头。

在玄关的一侧，有冰冷寒光在十指间翻飞跳跃，映出手指上一道道纵横交错的丑陋疤痕。

借着微弱的亮光，靠着玄关墙壁的恶魔似笑非笑："回见？"

宗九无言以对。原来恶魔早就发现了他，只不过没有当场揭发他，结果宗九却全不知情，拿着剪刀把人家的衣服几乎全部剪了，拿走人家最后一件衣服还被人赃并获。

他瞄了眼掉在脚边的黑西装，不着痕迹地默默往身后踢了踢。

宗九清了清嗓子："就算是游戏指导师，私闯民宅也是犯法的。"

话虽这么说，宗九还是开始不动声色地后退，更是抓紧扑克牌，等待着随时可能来临的变故。

"哦？是谁私闯民宅在先？"恶魔的语调缓慢柔和，其中透着不容忽视的压迫，脸上挂着笑，一步步朝着宗九走来。

宗九眯了眯眼，突然发起进攻，鬼牌和黑桃国王带着毫不掩饰的杀气势不可当地朝着恶魔飞去。

恶魔灵活地侧了侧头，湿漉漉的黑发被削落一缕。那两张牌贴着他的脸颊飞过，深深没入玄关后方的黑暗处。

"咔——"随着一声巨响，偌大一扇玻璃窗从中间出现了裂纹。

正在酣梦中的猫咪被惊醒，在沙发上弓背炸毛，露出受惊的神情。

宗九却动弹不得。他被一股力量掼到玄关处，千万道看不见的丝线将他牢牢困在墙边，连刚刚抬起的手腕也被死死摁住。

黑影笼罩在宗九的头顶，扭曲着将他吞噬。

恶魔靠得越来越近，尖锐又危险的冷郁气息令宗九透不过气来。

紧接着，宗九的假发和墨镜突然被丝线挑落在地。恶魔看着他，笑意愈深："不问自取可不是什么好习惯，嗯？"

宗九后脑勺贴着门板,挑眉冷笑:"送出去的东西,怎么叫不问自取了?某些人送出去,又让自己的傀儡拿回来,才不是什么好习惯吧。"

看着恶魔眼底浮着的戏谑的光,宗九更加不爽:"用傀儡丝算什么本事,有本事凭自己赢了我。"

恶魔但笑不语。他清楚地感觉到,被傀儡丝按住的指尖绷紧,傀儡丝感觉到的压力预示着宗九根本没有放弃挣扎,只是在等待时机,随时可能发起反攻——就好像当初在荒村的棺材里一样。

恶魔喜欢刺激,喜欢这种不确定性,不过这会儿,他倒不太着急知道宗九又要玩什么新花样。他更想把这当作礼物封存,等到最合适的时机,再慢慢拆开。

恶魔漫不经心道:"你在和暗合作?"

"是又如何,不是又如何?"宗九冷哼。他现在和暗之间只不过是单方面利用的关系,并且暗也对此心知肚明。他绝不会放下戒心和他人合作,因为,他不相信任何人。当然,这一点他并不打算告诉恶魔。

"哼,不过是一个欺世盗名、沽名钓誉的伪善家伙。"很明显,暗在恶魔心里评价极差。

这倒是个机会。宗九面上泰然自若,心里已经涌起多套些情报的想法。

恶魔像是感觉到了他的心思一般,话锋一转:"既然你选择同他合作,为何不愿意想想预言的另外一个可能呢?"

"没兴趣。"宗九瞪着恶魔,分毫不让。

片刻后,他突然感到衣服的口袋里出现了一个坚硬的异物。

"期待你改变主意。"恶魔压低声音,笑眯眯地说,"不过,下次要来的话,欢迎走正门。"

宗九感到束缚住自己的力道骤然一松。

下一刻,恶魔在宗九的注视下,退到了玄关的阴暗角落,接下来便如同融化在黑暗中一般,骤然消失不见。

宗九缓缓靠到墙上,这才发觉,自己背上竟冒出了一层冷汗。

过了一会儿,宗九掏出了刚刚被恶魔塞到上衣口袋里的东西。

一张纯黑色的S级房卡。

第一工厂

第二十五章

突如其来的消息

【请所有玩家于上午十点准时赶到三楼会议厅集合。】

一大早，主系统广播又是响了足足三遍。

这次大家已经驾轻就熟。

如今玩家的最低等级已经变成了D级。等这一轮结束后，能留下来的就只有上三级了，处在淘汰边缘的玩家内心自然焦灼无比：有紧张得睡不着觉的，有趁着这几天在宿舍内醉生梦死的，有一大早起床去餐厅饱餐一顿的，还有在露天酒吧彻夜狂欢的。

面对即将到来的险境，很少有人能保持平常心。宗九和这些人当然不一样，他安安稳稳睡了一个晚上，第二天一早准时起床洗漱。

然后，他顺手摸了一把正缩在沙发上的猫咪的脑袋。

"要是这次能升级，回来后就带你去住更大的房子。"

不得不说，B级套房配的宠物猫，颇合他的心意。

猫咪睁开蓝灰色的眼睛瞄了宗九一眼，舔了舔自己的爪子，又窝到壁炉旁的软垫上了。

等宗九到会议厅的时候，那里已经差不多站满人了。

有了前车之鉴，这次大多数玩家都选择提前过来。

宗九一进入会议厅，当即便吸引了众人的注意。不仅是他出众的外形，还因为现在的他有可能成为新组织的领导者。

在登上属于B级的台阶前，宗九抬头看了眼最高处。

果不其然，最中心的那把王座依旧空无一人。

"借过。"宗九朝着阶梯上的B级玩家们点点头。

B级玩家们对他的态度普遍不冷不热，不像低等级的玩家们不假思索因嫉妒打压其他人。更何况，这些高等级的老玩家各自隶属于不同的组织，除非是响应组织领袖的号召，不然谁都不会贸然出手，去做出头鸟。

对宗九来说，倒也算省了不少事。

不久后，四周便开始燃起星星点点的火光。最前方的立体屏幕面前，模模糊糊的主系统拟人态聚集成形。

【时间已到，会议厅大门已封锁。】

厚重的大门缓缓落下，镏金吊灯一个接一个熄灭。

【会议厅场景更换中……请稍等片刻。】

伴随着一阵响声，原先围绕在会议厅四面的墙壁再度升起。

不少新人对这一幕还留有心理阴影——曾经外面的骇人场景实在令人印象深刻。

然而这一次，呈现在众人面前的画面，却和之前截然不同。

雪白的天鹅从天际掠过，顺着天际金色的日光降落。

高大的神殿矗立在远方，众神的雕像立于雪白廊柱顶端，清澈的泉水折射出七彩的光芒。

玩家们站立在奥林匹斯山的山巅，脚踩青翠欲滴的草地。远处飘着一片片洁白的云朵。

就在所有人面对这场景惊叹不已的时候，机械音缓缓响起。

【第三轮副本为集体副本，由每个等级的玩家集体进入同一大型副本，副本等级为超A级。S级玩家将随机分配到其余四个等级副本进行比赛。】

C级和D级的玩家们开始窃窃私语，S级、A级、B级因为早已知晓，神色不见丝毫意外。

【副本准备中……副本准备就绪。】

【除了C级玩家外，其余等级玩家即刻开始进行空间转移。】

熟悉的失重感从阶梯下方传来，玩家们只觉得脚下一轻，面前的景色便凝固成了大片大片的色块。

【嘀嘀嘀，主系统正在链接中。】

【B级集体副本前置剧情载入中……】

刚刚那蓝天白云、神殿草地的场景骤然一变，深灰色的乌云聚集在低矮的水泥屋顶上，黑沉沉的，叫人莫名地心绪烦闷。

这是一所十分老旧的工厂，不论是从门口锈斑斑的铁栅栏，还是从破败的前台都能看出，这里已经存在有一定年头了。

办公楼是里面唯一一栋重新粉过的建筑，与之相比，员工宿舍更是简陋得可怜，仅仅用木板草草拼起。

工厂的门前，用红色大字写着免责声明：本工厂包吃包住，严禁私自外出，若员工在厂内出现意外事故，本厂概不负责。

门口的安保室还有人在发放免责声明。

玩家们发现他们无法控制自己的身体，只能眼看着自己的手不受控制地伸出去，在那条件严苛的"免责声明"上摁下红手印。

与此同时，有人站在厂门口高声讲解："没错，我们一定会给大家提供最好的工作环境的……"

与此同时，众人看到了与这破旧厂房不相匹配的、厂门口悬挂着的崭新牌匾，底色漆黑的牌匾上题着几个龙飞凤舞的大字：第一工厂。

这时，所有低着头的NPC全部抬起了头。玩家们惊恐地发现，这些人的脸上一片空白——他们竟然是没有五官的无面人！

看着这些无面人，所有人都忍不住感到一丝毛骨悚然。他们明明没有五官，却依然能够让人感受到似乎是满意的、殷切而扭曲的笑容。

与此同时，NPC宣布，未来的一百二十天是工厂的项目冲刺时间，在这一百二十天里，他们将会同吃住，共进退，迎接即将到来的每一场考核。

等所有人签完，NPC依次下发黑白卡片。

"嘎吱吱吱吱——"

高大的铁门被关上，足有手臂粗的铁链被锁到了铁栅栏上，锁孔也被灌上了水泥。

玩家们像提线木偶般被领进了工厂，场景从厂门口变成了深灰色的广场。

四周是低矮破旧的厂房，面前是沾满污渍的前台，整个工厂四周竖起高高的墙，墙上缠绕着荆棘铁线高压网，像是将天空也囚禁于其中。

与之前空空荡荡的广场不同，这片面积不算大的地方如今四四方方地摆满了破破烂烂的木质工位。

一群穿着白衬衫、工装裤的NPC站在最前方，脸上空白一片，好似从同一个模具里倒出来的雕塑。

办公楼大门前的台阶上，有旗帜在缓缓飘扬，并非任何一个国家的国旗样式，也预示了这并非现实，而是一个扭曲的虚拟世界。

终于，这一幕凝固在众人眼中。

【前置剧情结束，主系统链接完毕。】

【《默菲斯契约》第三场开启，当前位于B级玩家集体副本：第一工厂。】

【该场通关模式为生存模式，无须领取主线任务。】

闻言，广场上的玩家们皆是面色凝重。

如果说保护型任务是所有玩家都不愿意领到的任务，那生存模式任务则是各种类型的任务里最凶险的一个。不知道会有多少人会被淘汰。

回过神后，不少人开始不动声色地打量周围环境，从排满整个广场的桌椅，到广场水泥地缝里生出的草，再到考核台上开裂的缝隙。

环境固然重要，大多数玩家更关心参与本场比赛的S级究竟有哪几个。

可是此刻广场上的人实在太多，每个人都穿着一样的厂服，很难一眼就从人群中找到戴着红色胸牌的S级。

就在玩家们观察的时候，直播间也被开启了。

【全景摄像头已开启，此轮比赛全程仅对每个厂房开放直播。】

【玩家已进入直播状态。】

比起A级集体副本的场地而言，B级集体副本的观众显然要少一些。

【直播间开启了，兄弟姐妹们冲啊！】

【进来了进来了，B级大佬们的场地……这是工厂吗？】

【看起来是的，而且还是那种破破烂烂的工厂。太惨了吧，也不知道这是什么类型的副本，工厂的话看起来可发挥空间很大啊。】

【另一边A级玩家全都被扔到邮轮上去了，不过是豪华邮轮哦！D级好像

在一座荒岛，也不知道是不是要搞荒岛惊魂。C级倒是留在了奥林匹斯山，不过有可能是这几个等级里最艰难的。】

【这个场地有哪几个S级哇？大家快一起拉镜头找找。】

【啊！我看到了一个，是黑巫师！等等，梵卓和土门也在。】

【这局有看头啊，就是从直播开始整个论坛都没在副本里看到过那位大人，也不知道他参与到集体副本了没有。】

就在弹幕刷屏的时候，主系统的最后一条提示也悄然来临。

【第一工厂副本已正式开启。】

【本次副本时长为一百二十天，第一百二十天中午十二点准时关停副本，开启结算。】

伴随着主系统机械音的消失，仿若凝固的场景也在瞬间恢复了生机。

站立在考核台前最中间的厂长接过了下属递来的话筒。

"欢迎大家在未来的一百二十天里在第一工厂共同工作。在入厂房之前，我们将在广场上举行入职前的考核，请各位员工按照各个厂房的序号就座。"

序号？

玩家中有人摸了摸口袋，发现了曾在前置剧情里出现过的黑白色小卡片，上面清晰地写出了每个人的厂区分配。

宗九也低头去看。他被分在了第九区。

一旁的广播在引导员工们寻找自己所在厂房的位置。

偌大一片广场被划分成十个区域，每个区域正好一百名员工。

所有人都沉默着，没有一个老玩家会像鲁莽的新人那样，傻到去试图反抗NPC。

等到员工全部入座之后，站在广场东边的考核台前的厂区管理员和工作人员也纷纷走了下来，每一行每一列前后中间都站了一位，极具压迫感。

这下广场上更是鸦雀无声。

厂长似乎对此十分满意。

人事部长高声宣布："考核时间一共四个小时。其间若是发现作弊现象，将全部按照厂规处理。考核结束后各区将按照成绩排名编排序号，每个厂区最后一名将被处罚，请各位员工慎重对待。"

处罚？！

玩家们不动声色地对视，心中浮现一个可怕的猜测。

每个人都暗下决心，决不能在这场考核中落到全区倒数第一！

厂区管理员们开始分发考核材料。

等玩家们拿到手上才发现，这次考核的居然是最简单的串珠子。

这可真是出人意料。他们还以为这个考核另有玄机，谁又能想得到，这竟然真的只是一次普普通通的考核。

用这样的简单到可笑的串珠子来决定生死，未免太过可笑了，更是令所有人措手不及。

一名玩家忍不住怒骂出声。就在其他人准备开口附和的时候，"啪"的一声让所有人都愣在当场，只见刚刚发声的那名玩家背上的衣服破了，多了一个清晰的掌印。

NPC的力气，哪里是玩家能够承受的。

"啊啊啊啊啊啊——"那人大声惨叫着。

厂区管理员冷漠地收手："不允许交头接耳，记一次处分，考核结束后执行。"

广场上再次安静下来。

虽然这些厂区管理员都没有五官，但每一个玩家都能够感受到他们偶尔扫过自己时那如鹰隼般的视线，并被激起阵阵鸡皮疙瘩。

与其他人的慌乱相比，三位S级显得格外冷静，梵卓和黑巫师甚至已经冷静地开始拿起尼龙线串珠子。

这也算是S级权限的优势之一。B级玩家只知道要进入集体副本，S级却事先知道这次的副本不仅和工厂有关，还要真的参加考核，于是提前做了不少准备。

同样是S级，土门却撑着头，神情萎靡。他本以为这次就算真的要考核，也一定会有发生在工厂里的超自然事件，没想到，真的一开局就是考核，还是他最不擅长的手工活。

弄得他无言以对。

这时其他玩家也已纷纷拿起珠子，可是看着面前的珠串，实在是无从下手。

宗九也拆开了装珠子的袋子，但是他没有急着动手。他佯装将装珠子的塑料袋翻了一面，拉开了桌板，把手里的卡片放入桌内的储物处。

好几个厂区管理员的视线立马扫视过来。

然而宗九脊背挺直，似乎什么都没有注意到，他放完东西后重新盖上塑料袋，没有任何试图作弊的意思。

那几道视线盘旋了一会儿，这才缓缓收回。

只有低头的宗九眼神晦暗。

他的手不动声色地抚摸着薄薄的桌板，感受着从背面传来的那深深的、凹凸不平的字迹。

就在刚才，桌板打开的刹那，他看清了桌板上刻着的字。

密密麻麻用小刀刻下的字分布在老旧腐朽的木质桌背，它们的内容一般无二——救救我。

天空依旧阴沉沉的。

这样的天气放在平时，总让人有风雨欲来的感觉。放在现在，倒是让参与考核的员工们不必被烈日骄阳晒得满头大汗了。

考核场上安静得很，几乎落针可闻，偶有珠子落在托盘上的叮当的响声。

生死当头，甭管手速快手速慢，他们也得拼命干啊！

串珠子一共分为三类，比较好串但是分值很低的大珠；难度一般，分值也中等的中珠；还有最难串但是分值最高的小珠。

对很多人而言，小珠实在是太难了，所以选择跳过，先去串一些容易的。

宗九暗想，这个考核对手速快的年轻玩家，应该有优势——比如之前在收容所遇到的那个盛钰。

盛钰！想到这个人，宗九眼神再度一沉。

他突然意识到之前没发现的问题。

首先，按他之前看过的游戏攻略，盛钰是个原本不存在的角色，会出现是不是因为自己的异常进入改变了游戏剧情走势？其次，盛钰一出场就被首席控制了，这其中是不是有一些不为人所知的原因？

结合自己与恶魔的几次交锋，宗九觉得，如果他的想法成立，很有可能恶魔从更早之前就盯上了他，可他却对此一无所知。

令人恼火。

宗九撑着头，右手转起了珠串。

正好巡视到他身边的厂区管理员看到这一幕，冷声提醒："考核期间不允许转珠串。"不过幸好只是出言提醒，并没对他动手。

宗九乖乖停止，继续埋头串珠子。

时间一分一秒地过去。

整整四个小时，令人如坐针毡。

天空依旧乌云压顶，却不见有要下雨的迹象。

考核即将结束的时候，发生了一段小插曲。

一名西装革履的男人悄无声息地出现在众人面前，黑发扎在脑后，暗金色的眼眸中含着冰冷笑意，面容俊美又棱角分明，和其他没有五官的苍白面孔截然不同。

是首席——恶魔！

他的出现引起了一阵骚动，很多玩家都激动得面红耳赤，一边注视着站在考核台前的恶魔，一边彼此间交换着难以置信的眼神。

有不少人参加这个比赛就是为了一睹首席的风采。可惜从《默菲斯契约》游戏开始后，已经经历了两轮副本，都没有传出看到首席在哪个场地出现的消息。

甚至就连例行的等级评定和副本开启时，首席也一直不见踪影。

现在他竟然出现在B级玩家的集体副本里！

直播间开始了疯狂的讨论。有不少人提出了质疑：首席竟然堂而皇之地出现在了管理员席，厂长和人事部长居然都对其礼遇有加。

【好奇怪啊，他为什么没有换厂服？难不成这是首席的特权？】

【应该就是吧。毕竟没有人知道他之前是在干什么。】

【那首席和No.2的差距真的好大，不过也是，第一名肯定不一样。】

【等等，首席的蔷薇花怎么不见了？】

【居然有人不知道，蔷薇花早就被首席送给那个魔术师啦。】

就在考核场上B级玩家们还在为了见到首席激动的时候，人事部长忽然冷声宣布:"考核时间到!"

　　守在一旁的管理员立马开始有序地收拾。当然,更多的管理员依然站在原地,关注着有没有人有作弊行为。

　　收好后,管理员捧着考核成果,按照厂区顺序放在考核台前的桌子上。

　　那里早已坐了三十几位NPC,开始飞快地检查计数,他们的速度极快,如同机器一般。

　　另一边,NPC们已经在广场旁边贴上了"厂区排行榜",只等分数核算完开始依次进行排名。

　　玩家们胆战心惊,按照这个速度,恐怕一个小时……不,半个小时之后,就能看到这次的排名,那将决定那十个人的命运。

　　就在他们各自紧张的时候,人事部长朝着恶魔点了点头,转身向所有人宣布。

　　"各位员工,这位是我厂外聘的特级管理员兼技术顾问南波万南厂区管理员。在接下来的一百二十天里,南管理员将指导大家的工作,让我们掌声欢迎!"

　　"啪啪啪啪啪——"

　　众多首席的崇拜者几乎把手掌都拍红了。没人去想为什么他被称为南管理员,更没人去质疑为什么他们都是员工,首席却是管理员。

　　老老实实坐在座位上的宗九愣了一下,而后忍不住笑出了声。这真是一个假得不能再假的化名了,毫无诚意,还很搞笑。

　　他这一笑格外引人注意,至少对那个从一开始视线就落在他身上的人来说是这样的。

　　暗金色的眼睛危险地眯起。

　　人事部长恭恭敬敬地问道:"南厂区管理员,您看,您现在是……"

　　"不必。"恶魔漫不经心地抬了抬手,"我只进行指导和监督。"

　　"哦,对了,不是说要选区管理员吗?"

　　人事部长连连点头,没有五官的脸上满是谄媚:"对对对,您有这个意愿简直是我厂最大的荣幸!"

　　区管理员?一众首席的崇拜者们立刻眼神灼热,充满期盼。

恶魔淡淡一笑："那就第九区吧。"

宗九心里暗道不好，他抬起头去，好巧不巧，正迎上对方似笑非笑的视线。

"哦？这个区怎么还有一个染头发的？"

所有人的视线都齐刷刷地转向宗九。

【嗯？这是什么情况？首席是姓南吗？】

【南波万南波万，不就是首席吗？这一听就知道是假名啊。】

【奇怪了，魔术师不是这位大人欣赏的新人吗，现在怎么突然当众为难起他来了？】

【你们都忘记上次魔术师接受夜族邀请函的事了吗，这是明晃晃地打首席的脸，首席是不是要报复他啊？】

宗九气得说不出话。整个广场上的玩家来自五湖四海，什么颜色的头发都有，偏偏要揪着自己，摆明了就是故意针对！

偏偏那人看起来还不打算放过他，反倒从考核台上缓缓走了下来。

所有人都在看他，恶魔却不疾不徐、准确地踩着地面上的阴影走向宗九，像一位锁定了猎物的猎手，又像撑着黑伞的绅士，流露出优雅的气息。

走到宗九面前后，恶魔故意拖长声音："不仅染发，还戴夸张的美瞳，公然违反厂规厂纪。"

【哈哈哈，染发还戴美瞳。】

【魔术师真惨，被这个倒霉的设定坑到无话可说。】

【他是不是要被拉去把头发给染成黑色……】

【不是吧，那在场这么多不是黑头发的玩家，都得染头发？】

人事部长点头哈腰："是我们的失误，我们忘了通知员工来工厂之前打理好头发了。"

"那按照厂规，这个情况该怎么处理来着？"

"这——"

部长露出为难的神情。"厂门已经锁死了，现在也没法让这些违规的员工出去整理，不如……"他小心翼翼地打量着这位南厂区管理员的脸色，"不如记个过？"

若只是一般的进场打工，记过最多就是扣点工资，但是他们这毕竟是在副本里，要是记过了，很有可能会影响最终的系统评判。

宗九举手："我这是白化病，不是染发。"

白化病？这下人事部长也没话说了，他看向恶魔，很明显是想让对方定夺。

恶魔饶有兴致："哦？那下班来我办公室检查一下。"

宗九暗道不好。这个台词很熟悉，简直和收容所那个主任NPC如出一辙。

"自然，自然。"部长擦了擦汗，"这是南厂区管理员您区里的员工，您想怎么安排都可以。"

话题转到这里，众人恍然大悟——首席根本没有惩罚宗九的意思，反倒有点向梵卓与他所率领的夜族挑衅的感觉。

不少人都在偷偷打量梵卓此刻的表情。

恶魔是游戏里不可撼动的神话，要是夜族发起反击，一定很精彩。

可让他们失望的是，梵卓并没有多少表情，神情依旧威严而冷漠，即便是穿着和大家一样的厂服，也丝毫没有削弱他的气场。

【我懂了，首席是因为自己看中的后辈被梵卓抢先收入麾下心里不爽。】

【这么一说真的很有可能。如果单纯想敲打对方，应该不会这么温和吧？】

【但是，首席做事一向只凭着自己的喜好来。】

此时，众人的注意力已经都回到了检查考核结果的厂区管理员们身上。

他们惊恐地发现，这么一会儿时间，堆积如山的珠串竟然已经被数了大半，按照分数高低堆叠在一旁。

随着未核查的珠串越来越少，现场的气氛愈发紧张。

天色阴沉，广场上一片死寂。

终于，最后一份珠串数完。

厂区管理员开始往厂区排行榜上誊分，一串等于一分。

红纸被张贴在榜上，黑色的墨迹衬得那纸愈发鲜艳。

人事部长拿过话筒："全体起立！"

玩家们便在工作人员的指引下起身，站到空隙间，按照区域排成一列列纵队。

"下面开始按照总分排名宣布名次。"

"按照读到的名次，每个区进行内部排名。第一名坐在序号一的位置，以后这个序号就是你们在区里的工号。从今天起的一百二十天里，没有人在乎你们叫什么名字，统一按照×区第×号称呼。"

毫无疑问，第一名落到了梵卓身上。

不过尴尬的是，即便是厂区第一名，也才不到一千分。

第二名的黑巫师就更惨了，距离第一名的梵卓直接低了三百多分。因为是在三区，黑巫师便坐到了三区第一名的位置。

这还只是第二，接下来的只会更惨。

第三名当然不可能是另一位S级——阴阳师土门，而是一个众人没多少印象的半夜族。出乎意料的是，他竟然也是一区的，成了一区的第二名。

至此，一区便拿下了前三名里的两位。

前三名顺利出炉，接下来是四到十名。

"全厂第四，九区宗九。"

宗九挑了挑眉，在无数惊讶的目光中走到本区第一的位置就座。

他没有理会其他人的眼光，径直拿起管理员助理放在他桌面上的珠串盘看了起来。

在这副本里，他有一点很有优势的地方，就是他已经把自己的手的灵活度强化到了顶级。

很快，前十名便宣布完毕。

不知道是不是故意的，这十人分布非常平均，除了一区和十区，一区得了两位前十，十区却一位都没得到。

之后宣读的声音越来越快。

玩家们纷纷按照名次在各个厂区领工号就座。名次越往后，没有被点到名的玩家就越紧张。

在这样的生存副本里，落到最后无疑是被宣判了"淘汰"，还是这样窝囊地淘汰。没人会愿意用这样的方式收场。

名次读到了最后五十名。

令人惊讶的是，这时，没读到名字的人里，还有位居S级的土门。

已经坐到座位上的玩家们纷纷开始交换眼神。

总不至于处罚一个S级吧！

终于，就在所有人提心吊胆的时候，土门的名字终于在倒数第十三个被读到了。

"第九百八十七名，七区，土门。"

土门松了一口气，也不知道该说是幸运还是不幸。

他以前就很讨厌考核，进了游戏后也一样，不会因为位列S级就比别人快。但这次好歹也是踩着死线过关，这位倒霉的阴阳师感动得几乎热泪盈眶。

人事部长收起名单："厂区排行榜公布到此结束。"

至此，最后十名终于揭晓。

站在那里的那十名玩家不敢置信地愣住了，有人高声抗议道："这不公平！"

"就是，凭什么刚入厂的入厂考核就得决定我们的生死啊！我们以前又没学过这个！"

"这是耍我们玩儿吧？"

面对他们的抗议，NPC不为所动。

人事部长直接冷漠地下令："拖下去！"

下一秒，这十个玩家就被押了出去。

没有人敢上前违抗NPC的命令。他们心知肚明，和NPC作对，不会有好下场，就算是S级，落到倒数十名也是这样的结果。

直到这一刻，所有人才认清一个事实：这个副本和他们先前经历的所有副本都不一样。在这里，每个人不论拥有什么等级的特殊道具，拥有多少保命底牌，也全部变得毫无用处。

这时候，人事部长低声说道："那个……南厂区管理员啊。"

"嗯？"

"刚刚那个染头发的员工考了厂区第四呢。"

人事部长搓了搓手，谄媚道："我厂对工作表现良好的员工一向有所优待，您看是不是——"

"放心。"恶魔露出一个假笑，冷冷地扔下四个字，"我有分寸。"

第二十六章

可怕的工厂

失去特殊道具后,再强大的玩家也不过是个普通人。

转眼之间,广场上那十个人已经满身伤痕,没有一个能好好站着了。

终于,人事部长挥了挥手,他们被拖了回来。

看着倒在地上的十个人,其余玩家都被惊得目瞪口呆。

"把他们扔到地窖里去。"

人事部长冷漠地看着那十个人:"原本不想下手这么狠,可惜这些人竟然出言不逊,试图忤逆工厂的规章制度。你们听好了。在第一工厂,偷懒的员工没有留下来的资格。"

【哪个工厂是这样的?】

【果然这年头只要活得够长,什么副本都看得到,绝了。】

【我以为上次那个把穷人关在下水道的副本就够恶心了,没想到这个更甚。】

【这个副本真的好可怕,比那些有怨灵和怪物的还可怕。】

人事部长依旧在侃侃而谈。

"在接下来的一百二十天里,我们还将进行四次大型考核。分别为第一次月度考核、春考、第二次月度考核和夏考。其中不包括没有惩罚的每周例行小测。只有通过这四次考核的员工,员工测评才算达标。而在每次考核中拿到各区第一的员工,就是截至下次考核前的区代。"

所谓的区代就是区管理员代表的简称,毕竟管理员不可能时时刻刻巡视厂区，就需要一个和员工同吃同住的人代为管理，这就有了区代。

除了区代，每个厂区还根据流水线的流程不同，分了许多组长。

比如品控组长、装配组长等，组长们负责这一流程的工作验收和监督工作，并且要做好工作日志，实时汇报给区管理员。

台下，玩家们一个个眼观鼻、鼻观心，心里却都清楚得很：夏考正好被设在第一百二十天当天。

只要能够挨到那一天的中午，他们就可以解脱了。

按主系统之前给的副本评分标准来看，甚至都不需要玩家们进行什么险境挑战。在这个诡异而不按常理出牌的副本里，拿到的综合名次就决定了玩家下一轮等级评定里能够拿到的评价分数。

但这会儿没有玩家去想这个，能够留下来都不错了，哪还顾得上别的？

尤其是土门，他已经垮了脸，觉得自己这次掉出S级可以说是毫无悬念了。

就在大家各自盘算的时候，人事部长又扔下来一颗深水炸弹："……本次考核淘汰各区倒数十名，下一次月度考核我们将按照平均分进行十个区总排名。排名倒数第一的区，将全体被处罚！"

这一下，所有玩家都露出了难以置信的神色。

按平均分排名！

这意味着每个区九十九位员工必须共进退。只要有一个人没有竭尽全力，考核拖了后腿，就有可能会让全区连带着一起受罚。

届时要面对的，绝不是简简单单轻描淡写的处罚，而是关系到会不会被淘汰的生死之战！

想起方才那十位玩家毫无还手之力的惨状，大家自心底油然生出一阵害怕。

因为从这一刻开始，每个人的命都不仅仅掌握在自己的手上，还掌握在其他员工的手上！

主系统这一规则，便是直接将原先各有组织的众位B级玩家全部打乱，重组为十个不同的阵营。而其他区的员工也不再是同组织的同僚或朋友，而是正儿八经的竞争对手。

【这有病吧，下次月度考核直接淘汰一个区？】

【一个区可是有九十九个人啊！说淘汰就淘汰了？搞没搞错？】

【就是啊，万一还是个有S级玩家的区呢？我已经开始紧张了。】

【这是什么地狱级副本啊！我的天哪，要是区里有人成绩差拉低平均分，岂不是一整个区都得跟着陪葬？】

十个区的玩家里，又数第十区的反应最为激烈。

前十名有两个都在第一区，第十区的第一名全厂排名第十二，与其他区拉开好大的差距。

他们安慰自己："别怕，第一场考核哪里看得出这么多，等经过三十天工作，说不定我们能冲到前面呢。"

"就是，别灭自己威风，长他人志气。"

"对，事关生死，我们不能自己先乱了阵脚。"

……

紧接着，人事部长宣布了考核结束、下午照常上工的消息。

于是玩家们便按照指令，各自将桌椅搬回自己所在的工作间。

工作间里已经整整齐齐地贴好了日常上工时间表。

时间表上没有早中晚餐，很明显，主系统这是专门根据玩家不需要进食的特性，对日程进行了调整。

早班一个小时，上午四个小时，下午四个小时，晚班两个小时。下午下班到晚班期间有一段员工自由安排活动的时间，用于每日洗漱；晚班原本有三个小时，第三个小时也由员工自由安排。一天安排得可谓满满当当。

气氛最活跃的非第九区莫属。

毕竟方才在广场的时候，那位大人可是直接点名要做九区的区管理员。

能够得到首席亲身指导的机会，九区的玩家们都感到万分荣幸。当然，除了宗九以外。

回来后，管理员们还没到场，玩家们纷纷叽叽喳喳地讨论了起来。

"我们的区管理员竟然是那位大人！"

"我的天，实在是太荣幸了！"

"真没想到，这一次副本他竟然会亲自参与。"

宗九在旁边听着，发现这些玩家入戏也挺快，这就已经开始以"我们区"

称呼，这着实是个很不错的现象。

不过听他们一直感叹着首席的加入，宗九着实有点不爽，于是他打断了他们的讨论。

"你们的思想理论是不是都是零分？"

其实考试的时候不单单只考珠串，还有一些对工厂规章制度的考核、思想理论考核和机械知识考核。这些分数也会计算在总分之中。

只不过相比起这些题目而言，珠串这种容易上手的，反而是最简单的。

众人沉默。

他们还没想好该对宗九摆出一个什么样的态度，但对方毕竟是全厂第四、区里第一，还是人事部长指定的区代，恶魔看好的"潜力股"。想想这个工厂的规章制度，搞不好到下一次考核前大家都得听他的要求行事，谁也不好拂了他的面子，于是便纷纷开口回答起来。

"是啊，我思想理论考核基本写满了，结果也是零分，真的离谱。"

另一个工号99的玩家叹气："我也差不多写满了。我手速不行，珠子怎么都串不进去，还以为能靠这个拉分，结果连一分都没拿到，差点就……"

工号99，意味着排在全区最后一名，的确是踩在生死线上，差点就沦落到区倒数十名一样的下场了。

"唉，下次考核就是按区排名了。"

众人忧心忡忡，不由得苦笑："要是比其他的我们还行，可是我们也没有进厂打工的经验……这可太难了啊。"

再想到要与昔日的朋友、同僚为敌，大家心里到底有些郁闷："从前我们在游戏的时候都是以小队行动，大家都是一起出生入死的好兄弟，哪想到这次……唉。"

"先别想这么多。"宗九皱眉，"还有三十天，所有人都在同一条起跑线上。届时怎么样谁也说不准。

"难道你们会选择就此放弃，把机会拱手让给他人？"

工作间里，众人沉默不语。

但也有人不服："这不过是一次考核而已，你以为你这个第一能有多少含金量？谁知道会不会等到下次月度考核就被人超过了。"

"哦？不好意思，就算是入厂考核你也只考了五十几名，你行你下次也考个第一给我看看？"

那人哑口无言。

"既然我是区代，那我的话就先放在这里。"宗九双手抱肩，神色冷淡，"接下来的三十天，我不希望我们第九区有人拖全区的后腿。"

"从现在开始，不管你们是愿意还是不愿意，来自哪个组织，有多么厉害的保命手段，都不重要了。我们是一条线上的蚂蚱。不管你们以前有多强，属于哪个组织，在这里，考核成绩才是保命的唯一指标。当然——"宗九拖长声音，"要是有谁不服我这个区代，要么就在下次考核超过我，要么就干脆打一架，打不过我就乖乖闭嘴听我的。"

厂区里突然安静下来，众人纷纷露出激动的神情。

宗九大感意外，随之意识到发生了什么，缓缓转过身去——一位拿着资料本的黑发男人正站在他的身后，身形修长。冰冷的手搭在宗九肩头，冷意浸透单薄的厂服，让宗九感到刺骨的寒意。

"很不错的动员演讲，但是容我提醒一句。"他笑眯眯地说，"工厂严禁私下斗殴，违者直接记过。"

首席一出现，工作间里顿时一片死寂。

宗九气结。这个首席就是专门来给自己找麻烦的吧。

他说这些本来是想树立自己身为区代的威信，因为在这样的集体副本里，所有人一荣俱荣一损俱损，一旦有人掉链子，那全区九十九人都要跟着被处罚。这对于习惯了独来独往的宗九来说简直无法忍受。

他可不想把自己的性命交给这些完全不认识的人掌控，所以他要主动出击，让这些人对这件事重视起来。

结果话说到一半，这位南波万厂区管理员就来拆台了。说不是故意的，谁能信呢？

宗九默默前进一步，挣脱了那只搭在肩头的手。

他注意到对方虽然身穿西装，双手却再次戴上了那双白手套。但即便如此，他依旧能感觉到对方身上散发着的寒意。

联想起之前看到首席手上纵横交错的疤痕，宗九若有所思。

首席看起来对宗九的冷淡也不甚在意的样子。他耸了耸肩，转头走向培训台："准备上工了。"
　　首席发号施令，谁敢不从？
　　在场的玩家们你看看我，我看看你，纷纷掉转头回到工作台上，没有一个人多嘴——虽然他们感觉到这两个人简直是针锋相对。
　　宗九准备挑个最后排的位置，结果刚往后走，似笑非笑的话语便从他身后传来："区代应该起表率作用，所以要坐在第一排。"
　　宗九刚刚迈出去的脚生生一收，回头面朝首席，毫不示弱地伸手拉开了第一排的座椅，稳稳当当坐下。
　　于是，首席看到的就是面前的宗九气势汹汹的样子。
　　出乎众人意料，首席发出了一声轻笑。
　　其他人看着这一幕，眼中满是不加掩饰的震惊。

　　除了九区的区管理员以外，首席还担任全厂机械知识的教学。
　　如今，他就是在给员工们进行知识培训。
　　众人安静了一会儿，终于有一位首席的崇拜者大着胆子开口："大人……"
　　恶魔的神情稍显不悦："叫区管理员。"
　　那人看起来惶恐至极，立刻抖如筛糠。
　　"南……南厂区管理员。"
　　恶魔这才漫不经心地颔首："接下来的一百二十天里，我不希望从你们口中听到任何除了'区管理员'这几个字以外的称呼。"
　　"这里是《默菲斯契约》的副本世界。我是NPC，是你们的区管理员。但这并不代表你们就可以在这十个区里高人一等，不战而胜。"
　　这番话可谓十分严酷，毫不留情。不仅表明了身份立场，还对众人都不甚明了的背景进行了解释。
　　众人恍然大悟。
　　原来首席的权限和他们不一样，普通玩家需要进入副本，而首席却可以扮演NPC。
　　这已经足够解释为什么从第一局开始，不管是玩家们还是弹幕，都没人看到首席的原因。

不仅如此，众人更是纷纷猜测起扮演NPC的规则要求。

这涉及角色扮演模式的分类。角色扮演难度分为低、中、高三大类：低度角色扮演模式就像荒村副本那样，仅仅给一个普通卡或者内鬼卡的身份；中度角色扮演模式的身份卡上则会给出一个人物性格，玩家需贴合身份卡给出的性格行事；而高度角色扮演模式最难，不仅需要躲避副本内部的危险，还需要结合身份卡给出的所有信息进行完美的角色扮演，并且在这个过程中，一旦被NPC察觉出异常，很有可能会影响接下来的副本走向。

如今首席这么说，大家都默认了他拿的就是角色扮演型NPC的身份卡。

NPC有NPC的限制，玩家也有玩家的限制，既然是扮演，又是在副本里，自然无法徇私。

这令大家都陷入了沉默。

就算首席是他们的区管理员，也无法带来任何帮助。这令大家的心头都一阵迷茫。

第一次月度考核，就要淘汰整整一个厂区，那么春考呢？第二次月度考核呢？夏考呢？最后能够成功通关这个集体副本的，又能有多少人呢？

首席淡淡地说："下次月度考核在三十天以后，希望诸位不要让我失望。"

简短的一句话，直接调动了全区玩家的情绪。

众人精神振奋，齐声道"是"，声音格外洪亮。好像对他们而言，让这位大人不失望，就是值得他们为之奋斗的目标。

对于这样的场面，首席似乎并不感到意外，甚至看起来对这一切兴致缺缺。

其他人没有注意到这一点，但宗九可是看得一清二楚——毕竟他坐在第一排。

宗九不着痕迹地撇了撇嘴。

"1号。"就在宗九思考的时候，低沉的声音骤然在培训台响起，"你是区第一，你来分析一下这次考核的机械知识卷面。"

机械知识才拿了不到二十五分的宗九无语，明知道自己完全不会还让自己回答，分明是故意难为人。

宗九含恨起身。如果眼神能够杀人的话，他觉得对方已经被他杀死千百

— 375 —

次了。

最终，这次培训首席一共问了三个问题，点宗九回答了三次。

前两次他侥幸过关，第三次因为回答错误被罚了站。

这下大家都看出来首席就是单纯在针对宗九了。众人纷纷猜测，是不是因为宗九没有拒绝No.2的招揽，引得首席心生不满。

终于挨到培训结束，全区霍然起立向首席道别。

唯有宗九反其道而行，镇定自若地坐着，一派冷漠。

恶魔也不计较，反而随手抄起没翻开过的资料，缓缓从培训台上走下。

所有人的目光都追随着他。

恶魔走到宗九面前，敲了敲桌面。

宗九不抬头，闭目养神。

他确实奈何不了恶魔。但是经历了荒村副本后，恶魔不知为何反而收敛了杀意。

在众人的视线中，首席将手中的资料放到宗九的桌上，声音戏谑："晚班结束后……别忘了来我的办公室。"

直到他的背影消失后，区中众人爆发出一阵惊呼。

他们难以置信地看着宗九："你刚刚忤逆了那位大人！"

"而且还是公然违抗唱反调！我的天哪！"

千言万语汇成一句话，那就是——

你怎么敢这么做！你知道他是谁吗！他可是立于游戏顶端不知道多少年的人！

宗九真心觉得，只要一碰上恶魔，低等级玩家还好，越是这些高等级玩家就越跟被洗了脑一样盲目又激烈。

"哦。"宗九冷漠地应了一声，"我们现在在副本内，他扮演厂区管理员，我是员工。既然玩家与玩家之间不可以互相出手，而且在玩家宿舍一样不可以互相攻击，直到比赛结束都是这样，除了下次考核我们区全军覆没以外，他能对我动手吗？"

"既然如此，我为什么要怕他？"

众人无话可说，确实是有理有据，没法反驳。

但就这样全然接受宗九的话,他们依旧心有不甘。

过了好一会儿,有人回过神来,叹息着说:"你是新人,你不懂那位大人有多么强大。"

首席其人,没有人知道他的真名,只是用"恶魔"这样的词语来称呼他,只因为这个人足够强大,强大到可怕。

他就像一个谜团,在游戏的世界里横空出世,所有人为之狂热。

起初,恶魔因为毁掉了一个S级副本而出名。

谁也不知道在那里发生了什么,人们仅仅知道,随着恶魔的黑皮鞋踏出副本,主系统宣布该系列副本全线崩溃的提示音也同时响起。

要知道,S级副本虽然难度高到令人惊恐,但会重复出现,只不过往往会间隔很久,例如"亡灵资料"副本。虽说游戏里不会保存历史记录,但玩家们进入这些S级副本的时候,都还能找到前辈们留下的蛛丝马迹。

可恶魔却是每进入一个副本,就把一个副本世界给弄崩溃。

他的强大闻所未闻、见所未见,也从来没有人能想象。

不论是S级副本还是其他级别的副本,都有十分完备的背景或设施。

在恶魔出现之前,最夸张的情况也不过是实力强劲的玩家将一个副本里的某个场景给毁掉。毕竟游戏里玩家们的个人实力有目共睹,"不可凌驾于系统之上"的铁律也摆在那里,能够让玩家发挥的余地被压缩到微乎其微。

在这样一个所有人的目标都是留下来的地方,有人却在最高处摇摆,漫不经心地哼着歌。在扭曲到不成调子的哼唱声中,无数个副本轰然坍塌。

恶魔这个人,从不和他人合作,独来独往,神秘莫测。而且他发动攻击的时候敌我不分,经常会间接波及己方。但有恶魔参与的副本,玩家的死亡率却是出了名地低。

S级副本这样动辄参与者团灭,死亡率超高的地方,能碰上恶魔,简直是求也求不来的好事。

他的第一批崇拜者,就出自这些幸存者。

能进入高级副本的玩家,本身实力也不会太差,因而受到的震撼更大。

侥幸留下来的他们颤抖着说,那个人是个不折不扣的疯子。

恶魔的疯并不是真正的病理上的疯癫,他只是轻而易举地勾起人们心中最可怕、最黑暗的部分，人们所有的痛苦和挣扎，在他眼中都不值一提。

没有人比他更懂规则，也没人能比他更熟练地将规则玩弄在手心。他像一位居高临下的统治者，高高在上地冷眼看着世间百态，偶尔泄露出来的恶意又叫人胆寒。

他撑着黑伞漫步在这个肮脏丑恶的游戏，暗金色瞳孔中偶尔闪出几分兴趣，但时常兴致缺缺，好像没有什么东西能够永远留驻在他的眼里，傲慢到不可思议。

漫不经心的强大，游走在刀尖般危险的优雅，同时又拥有可怕的人格魅力，这是个叫人畏惧又忍不住被吸引的存在。

那个玩家还在吞吞吐吐："……那位大人的追随者很多，但既然我们现在是一个区的，他又是厂区管理员，所以还是尽量不要正面敌对为好。"

对这些长时间生活在游戏里的玩家而言，这个观念已经根深蒂固，难以扭转。

想要打破这个局面，除非恶魔陨落，新神加冕。这一点，也和古大师的预言不谋而合。

宗九垂下眼帘思忖着，一言不发。

之前发生过一件事，令他记忆犹新。

在恶魔离开后，宗九抽了一张星辰牌。他想看看，恶魔和暗这两个人，究竟谁说了谎——虽然这两个人说的话宗九全都没信。

出乎意料的是，宗九在他们身上抽出了同一张牌。

默念暗时，抽到的是月亮正位。恶魔则是月亮逆位。

在荒村副本里，推测李婆婆的时候，他也抽到了这张牌。

月亮牌逆位，代表云雾拨开初见月，破晓，转机；在正位时代表危险的潜意识，不祥，没有预知到的危险，诡异不安。

下午的培训上完后，玩家们都回到了宿舍。

中午到下午、下午到晚班之间，都有一段供员工活动的时间。

第二节晚班结束才是真正意义上的下班，第三节晚班由员工自行安排，例如去办公室问题目。

和破旧的工作楼一样，宿舍潮湿逼仄。

不少人望而却步，窃窃私语："这个宿舍看起来很不对劲啊……怎么感觉阴森森的。"

另一边，打探到这栋宿舍前身的玩家正在同大家分享自己的信息。

"你们看到另一栋宿舍了没？喏，就那边。"

大家都顺着他手指的方向看过去。广场的另一边，还有一栋外形与他们的宿舍楼一样的楼房矗立在一旁，只不过入口用铁链锁死，禁止任何人进入。

"那栋据说以前是男员工宿舍，去年都还有人住。我们现在住的宿舍，是之前的女员工宿舍。"

听他这么说，所有人都有些疑惑。

为什么工厂不开放男员工宿舍，反而把女员工宿舍给他们住？

【我有一种不祥的预感。】

【我也是，结合前面的剧情让人觉得大事不妙。】

就在弹幕讨论得热火朝天的时候，宿舍管理NPC出现了。

宿舍管理NPC也和前面出现的厂区管理员NPC一样，脸上冷漠而空洞，只是沉默着把所有玩家带进宿舍楼。

大堂贴着发黄的瓷砖，周围是环绕的楼梯。

"每天早上6:50起床，7:30必须离开宿舍。晚上11:30准时熄灯断电，11:50宿舍锁门，如果查房没看到人直接记夜不归宿的大过。凌晨我会例行巡逻，如果看到谁的宿舍有光亮，或者是哪间宿舍有吵闹的声音，同样记过。"

宿舍管理NPC在强调宿舍的纪律，天花板上，一截长长的绳子垂了下来。

像是注意到众人的眼神，宿舍管理NPC解释："那是之前留下来的，每一年都有人承受不住这里的压力，用它结束生命。也不知道今年能不能有所不同。"

如果宿舍管理NPC说的是真的，这里一定有数不尽的怨念，在如此阴森又压抑的地方生活一百二十天，难度不言而喻。

对众人进行了一番威吓后，宿舍管理NPC才正色道："行了，不和你们说了，分宿舍吧。"

众人本以为宿舍也是按厂区分配，结果没想到竟然允许他们自由组合。

这工厂会这么好心？

众人满心惊讶。不过这个时候也没人出声质疑，而是默默开始寻找伙伴。

宿舍是十人寝，只要凑齐十个人就能去宿舍管理NPC那里领牌子。

在场玩家都是老玩家，基本都有舍友人选，或是去找同组织的队友。

只有宗九孤零零地站在原地。

没人敢贸然上去邀请他，宗九看上去也没有主动去寻找舍友的意思。

直到一名灰发男人分开人群，带着下属从不远处走来。

梵卓看向宗九，礼貌地点了点头："一起？"

四周看到这一幕的玩家都惊讶不已，纷纷交头接耳："难道之前那些传闻是真的？魔术师拒绝了那位大人的好意，转而加入了夜族？"

"多半是真的了，你什么时候看过No.2大佬这么主动去邀请谁？"

"魔术师怎么想的啊，多难得的机会，这么多年了，那位大人也只对他一个人表达过欣赏……"

这些窃窃私语全数落在梵卓耳中。

梵卓眉心深拧，挥了挥手。

一区那个厂区第三的下属立马会意，高声宣布："殿下打算召集全厂的区代一起工作。在同一间宿舍交流起来会更加方便。就在刚才，巫魔会的黑巫师阁下也同意加入其中。"

经过他的解释，闲言碎语也都停息了。

只不过所有人都知道，这只是为了方便各区之间的沟通。

但是，就算知道梵卓是原主的表兄弟，宗九也没打算给他多少面子。

所以，他在略微思索后，才点头同意。

这个副本摆明了是想让他们相互竞争。在这种情况下，如果玩家内部能够团结起来，也不失为是个好办法。但是只管一个区就够宗九头大了，他可不想当出头鸟。现在既然梵卓一副想要带头管理众人的模样，宗九也乐得配合。

B级玩家里夜族和巫魔会的成员都不在少数，领袖们既然已经达成了共识，更没有人会跳出来提出异议。

于是十个区的区代便依次站到了中间。

梵卓扫了一圈，视线落到七区区代身上。

这人也是夜族的成员，他朝梵卓倾身行礼后，自觉退出了领导圈。

一脸茫然的土门被加了进来。

他看着这一圈学霸，挠了挠头："这……我不是区代啊？"

梵卓摆摆手："七区区代是我的下属，绝对服从我的调配，加入和不加入区别都不大。"

土门很无语。

作为随机分配到这个副本的四位S级之一，土门虽是个自由人，却也在玩家之中有着不小的人气威望，身为S级的他的实力更是不容小觑，加入核心领导圈倒也无可厚非。

这一行人共同去领牌子，宿舍管理NPC抬头看了他们一眼："都是区代？那去101吧。"

众人鱼贯来到101室，打开了房门。

宿舍很简陋，十张铁床上铺着木板，床上只有一卷发霉的棉被和一个枕头，至少得套上两层枕套、被套才能隔绝那种腐朽的气味。宿舍里还有一个狭窄的独立卫浴。

来到这个副本的玩家足有九百九十人，一同住在这栋五层楼宿舍里，淋浴房、开水房、厕所等公共设施远远不够。

整栋宿舍楼只有一间淋浴房，内里什么遮挡都没有，只有一根根的铁管安在斑驳肮脏的墙壁上。偏偏热水只在固定时间段供应，每天光是洗澡都会是一场大战。

独立卫浴简直是给他们的特别优待。

"看起来还不错，我们不用去和其他玩家抢大淋浴房的位置了。"

土门往里面看了一眼。这个淋浴间虽然不大，但足够他们用了，他忍不住感叹："优等员工有优待，这工厂真现实。"

宗九身旁的黑巫师突然出声："开始吧。"

这句话像开启了一个讯号。

黑巫师手上升起浅淡黑雾，梵卓暗红的眼睛则像被点亮一般。

宿舍内一片寂静，直到黑巫师手上的黑雾将梵卓指着的几个难以察觉的边角堵住后，众人才面面相觑。

"可以了。"

梵卓的眸光暗了下来。他略有些疲惫地揉了揉自己的太阳穴："接下来一百多天麻烦你了。"

黑巫师不在意地收手："小事。"

宗九眯了眯眼，看懂了他们打的哑谜："窃听器？"

之前在工作间的时候，他就注意到工作间前后方都被安了监控。不仅是宿舍，走廊上也有，楼梯间也有，宿舍楼的大堂和过道也有，但出乎意料的是就连宿舍里也有。

"是，这所工厂里到处都是监控和监听。"梵卓脸色低沉，"等宿舍分配完，各区区代最好都去通知一下自己厂区里的玩家，把人叫出来，一个一个传达。"

"这些天里，如果有什么重要的事情，切忌在公共场合直接开口。"

这么多的监视设备，所有员工的动向厂方简直了如指掌。能够想到，NPC应该是很不希望玩家们联合起来的。

"先不说这个了，各自整理一下再商讨吧。"

宗九环视四周，挑了一个上铺的位置，然后踩着一旁的扶手跳上去，卷起袖子，十分熟练地开始铺起床来。

他刚铺好床，准备下去拿枕套的时候，一截苍白的手臂正好从黑袍里探出，将枕套递了上来。宗九低头一看，身披黑袍的黑巫师正站在他床边，从他这个角度只能看到兜帽下轻抿的薄唇。

"多谢。"他道了声谢。

黑巫师似乎冷淡地颔首。

他修长苍白的指尖在空中轻点，被褥和枕芯就被黑雾卷着，自己飞到了枕套被套里。

这一手着实把宗九给惊到了。

没想到黑巫师的能力还挺方便。

把宿舍整理完毕后，十个人坐下来开始商量思路和对策。

其他几个B级都不敢说话，看上去十分拘谨，只有宗九坐在自己的床上，垂下双腿，神情悠闲。

梵卓屈起指节，缓慢地在桌面敲动。

"既然下次月度考核一定要从十个厂区里淘汰一个，那就只能从分数上下功夫。"

"你的意思是罢考？"

黑巫师不赞成地摇了摇头："主系统不可能没想到全体员工罢考的可能，届时很可能将我们推向更加糟糕的境地。"

"不。"梵卓淡淡地说，"如果所有人都不作答，故意答错题，罢工，他们又该如何界定这个最后一名？"

宿舍里的人都陷入沉思。

这个想法并非不可行。

就算真的有惩罚，这么多玩家，平均分摊到每个人的身上后应该也不会太重。

黑巫师皱眉："但这个想法实施起来有难度。"

的确如此。就算这里有两大组织的头领，但号召力到底比不上恶魔那样惊人。只要十个厂区里出现了一个动了笔的叛徒，那对于其他区的打击都是致命的。

"还有一个月时间，可以不用这么着急。"

实在想不出办法，梵卓又道："中间未必不会有其他的变故，先静观其变，届时再行定夺。"

月度考核问题过后，又有新的问题出现。

他们关心的另一个问题是，这究竟是一个单纯的生存副本，还是一个生存灵异型副本。

对于这个问题，土门给出了十分肯定的答案："这个宿舍，不，这个工厂死过很多人。很多很多，远比我们想象中的还要多。"

因为，自从踏入这所工厂起，那种深入骨髓的阴冷就让土门浑身都不舒服。

工厂本来就建立在一个非常阴冷的地方，再加上挥之不散的厚重怨气，秋天便已阴冷如同寒冬。但出乎意料的是，虽然有着这么阴冷和残留的怨气，土门却没有感觉到任何异类的存在。

　　他叹了一口气："可能是生前对这里太失望了……但到底不是灵异型副本，对我们来说也是不幸中的万幸了。"

第二十七章

惹　事

晚上七点钟，所有人准时去了工作间，开始准备上晚班。

有一个人不巧迟到了两分钟，就被管理员助理拦在了楼梯口，随之而来的是传遍了整栋工作楼的惨叫声。

现在大家都知道了第一工厂的惩罚措施：处分是体罚；记过是打一顿再关禁闭七天，不存在提前出来的可能；记大过还不知道，想来也只会比前面两个更可怕，没有人想尝试。

不仅如此，在这里，只要违反厂规都会被处分，在宿舍也一样。

最大的问题是，这个副本的时间周期太长了，整整一百二十天，这意味着他们在四个月内都无法返回玩家宿舍。

往日里在副本内受伤，只要还留着一口气在，回到游戏中花五百生命点数就能向主系统申请恢复。现在在工厂里受伤了，除非运气好到刚好有治疗类的特殊道具，不然都得自己养。

工厂里连个医务室都没有，养伤不比普通人快。

在这种艰难的情况下，仅有的几个有治疗能力的玩家，简直被众人视若珍宝。

晚班时各区分别组织玩家去搬材料，把所有要用到的材料和一些办公资料都搬来了。

今天基本没上几个小时，但生死关头，玩家们个个硬着头皮对着办公资料看考核题目，也顾不上自学能不能看懂，首先把考核的标准答案纷纷核对了一遍。

悬在天花板上的监控一直在转动。

偶尔有晚班的巡逻员或管理员助理在走廊上游荡。

【这也太苦了……还有一个月，也不知道下一次月度考核他们能考出什么水平来，有没有人预估一下啊？】

【一个月熟练掌握整个工厂的流程，还要达到老工人的手速……其实我觉得可能性不太大，厂区第一顶多做到及格就不错了吧。】

【我也觉得，一个月能够格已经很厉害了，拭目以待咯。】

别说是弹幕了，就是玩家自己也没想到。

玩家里不乏像土门那样完全不擅长手工，记忆力也不行，记不住题目的人，但不管他们过去是怎样的，现在都被迫拿起资料，认真工作，认真准备考核。

这还只是第一天，火热的工作氛围就营造了起来。

没人想成为最后一名。

宗九因为从恶魔那里收获了一本记满笔记的工作手册，今天晚班便优先选择了看机械知识。

手册一看就是主系统准备的NPC道具，上面的字四四方方、端端正正。宗九虽然没看过恶魔写的字，但也一眼看得出来，这绝不是他本人的手笔。

除此之外，身为区代的他还要关注厂区内部的情况。

因为之前恶魔突如其来的打岔，使得宗九放狠话的效果大打折扣。

先前那个提出异议的53号玩家看起来倒是不敢再对宗九有什么意见，不过反正宗九也不求人人都听他的，只求接下来的日子能专心工作就行。

在这样紧张的氛围中，两个小时晚班很快就过去了。

"丁零零——"刺耳的铃声撕裂了深沉夜色。

玩家们纷纷起身，同时不忘带几本资料回宿舍。

宗九也拿了本资料准备离开。看到他起身，有玩家犹豫着叫住了他。

"什么事？"宗九侧过头来，扎起的白发顺着肩头滑落，精致完美的侧脸在白炽灯的光芒下显得格外耀眼。

【虽然说了很多次了，但我还是想再大喊一句，魔术师可太好看了！】

【呜呜呜呜，我也这么认为！是我心目中第一大帅哥！】

【谁又想得到，当初我是因为一张脸就喜欢上了他呢？明明可以靠脸，却偏偏要靠实力。】

那人顿了一下，这才犹豫地开口："那个……南厂区管理员不是说让你下班后去办公室找他吗？"

下午不算下班，晚班总该叫下班了吧，更何况晚班最后一个小时本来就是自行安排的时间，不去似乎说不过去。

宗九面无表情地撂下一句："哦，不去。"

说实话，宗九压根就没想过乖乖照恶魔的话去做。恶魔叫他去他就得去吗？那他岂不是很没面子。

难道他之前做了什么事给了对方这种错误的印象吗？而且就算要听，他也绝对不会听南厂区管理员的话。

宗九说到做到，轻快地转身，径直跟着众人下楼回宿舍了，留下那人目瞪口呆地看着他翩然离去的身影。

宿舍内，三位S级也纷纷选择了挑灯夜读，奋战至午夜十二点。

这一点梵卓所拥有的能力实在令人羡慕——他越晚越精神。

宗九深夜的时候才把资料搁下，去外面接水，回头却看到梵卓还手握珠串，在埋头练手速。

这可真是莫名其妙。

宗九摇摇头，准备睡觉，却见梵卓搁下手中的物件，并低声对他说了句"晚安"！

宗九内心有一瞬间的惊讶，但既然对方先开口，他便也回应了一句。不管怎么样，按照身份设定，他们还有远房亲戚这层关系在。

宗九觉得梵卓对这个小表弟有滤镜，虽然嘴上不说，但的确对他格外照顾。

他心里想着这些，踩着楼梯爬上床，没有看到下铺黑巫师幽幽睁开的绿眼睛。

宗九本想着未来三天的工作内容都是实践为主，没有机械知识的培训安排，可谓高枕无忧。

结果没想到的是，在他光明正大放了首席的鸽子后，没过几天就遭了现世报。

这两天的工作排得满满当当，而且脱离了实践，大部分还都是要死记硬背的内容，管理员讲的内容有限，更多的还是要靠他们自学。

看着工作表，宗九心里生出不祥的预感。

当恶魔踩着铃声走进工作间，微笑着宣布今天要讲解人体和机械知识结合的时候，宗九越发感到不安。

特别是在恶魔笑眯眯地说出"我们厂区也有设计机器人的工作，要设计好机器人，自然要先了解人体，为了让员工们更好地了解人体结构构造，接下来，我会挑选一个员工配合"之后。

果不其然，他点了点宗九："你到培训台上来演示一下。"

宗九对其怒目而视，咬牙切齿地走上培训台。

一个流水线工厂，怎么会有设计机器人这种高精尖工作，恶魔这摆明了就是故意的。

【他到底怎么惹了首席，每次都被针对可太惨了吧？】

【我觉得，与其说是针锋相对，其实更像小朋友故意找麻烦。】

出乎意料的是，恶魔并没有再继续戏弄他，反倒真的认认真真地培训起来。

他培训的时候喜欢带着一根拐杖，当然不是因为恶魔瘸了，这个拐杖就是他经常用来指员工的工具。

渐渐地，区里的玩家也专注起来。生死关头，没人顾得上关注别的了，工作间内除了恶魔的声音，只能听到笔尖在资料页上摩擦的沙沙声。

唯有宗九，才能深深体会到对方隐藏在斯文外表下的真实意图。

"这里是喉咙，我们设计机械，特别是类人机械的时候，这里也很重要。"

冰冷的拐杖顺着宗九的下颌骨向下移动，在喉结处转了一圈，又顺着T恤的边缘划过锁骨："支气管下来通往左肺和右肺。"

即便隔着一层衣服，坚硬的拐杖也戳得宗九浑身难受。下个动作更是差点让他原地蹦起来。因为那根拐杖不偏不倚，正好落在了宗九的心口。

心脏无疑是人体最重要的器官之一。仅仅是这么一个小动作，已经让宗九浑身寒毛直立，血液直冲头顶。

"这里是心脏，人体的血液泵，重约二百五十克。"低沉的男声在宗九耳边响起，带着显而易见的戏谑，"哦？心跳非常有力，可见身体很健康。"

宗九眼神凌厉，趁着有培训台遮挡，一脚狠狠踩在了恶魔的黑皮鞋上，还用力碾了碾。

宗九自认自己情感淡薄，很少有人能让他产生这么剧烈的情绪波动。除了首席，这人次次都能准确无误地惹怒他。

这一脚宗九丝毫没有留情，铆足了劲。反正有培训台的阴影遮挡，也没人发现这点小动作。

第一工厂给员工们配的都是普普通通的帆布鞋。这种鞋最大的特点，就是鞋底很硬。用力踩下去，被踩的人……应该是挺疼的。

恶魔却面不改色心不跳，甚至就连培训的语调也没有丝毫波动，只有微微收紧的白手套才能窥见他些许心情。

"心脏在纵膈腔之内，外面是肋骨，下方是膈肌。"

拐杖末端的力道一下子加大，缓缓在心脏处游移。反复几次后，终于渐渐移开了。要是再来几次，宗九觉得自己真的能当场和恶魔打起来。

然而宗九还没来得及松口气，恶魔下一个动作又差点让宗九浑身一紧。冰冷坚硬的尖端绕到心脏下方，极具恶意地开始左戳一下右戳一下。与此同时，他还在针对人体结构侃侃而谈，声音像大提琴奏鸣般低沉悦耳。

彻骨的冷意让宗九想起恶魔永恒不变的冰寒体温，但这并不妨碍他继续在脚上用力。

他们两个人在培训台上暗自较劲，下方玩家奋笔疾书，为了生存努力。

弹幕有讨论也有调侃。

【有些知识很精确啊，首席是学过相关的知识吧！】

【只有我一个人觉得魔术师的脸色很差吗？非要形容的话就是面色铁青。】

【被这么针对谁会心情好啊，不过我还挺期待魔术师在这个副本能有什么出色表现，希望他早日到达更高的等级吧。】

【没错，魔术师加油啊！】

一个小时的时间居然如此漫长。

终于，在宗九脚快要累了的时候，休息铃终于响了。

没想到，恶魔居然如同没听见般，毫无停下的意思。直到休息快要结束了，恶魔才宣布结束，同时将拐杖收回，轻笑一声。

"多谢这位员工的配合。"

宗九整了整衣服，冷哼一声，头也不回地回到座位，留给所有人一个冷漠的白色后脑勺。

扳回了一局的恶魔心情颇好，回了办公室。

第一工厂所有厂区管理员的办公室都在一间屋子里，只不过因为首席这次扮演的NPC比较特殊，所以在办公室内为他另行隔出了一个小办公室，享受和人事部长一样的待遇。

正好有一个无面人厂区管理员端着水杯从饮水机前转身，看到他的样子后神情讶异。

"南厂区管理员，你的鞋面怎么这么脏？外面下雨了吗？"

"哦，这个啊。"首席弯了弯嘴角，"被一只猫踩了一脚，不碍事。"

"我们工厂里还有猫？"无面人狐疑。

"当然，一只银渐层。"恶魔笑意愈深，"凶，但还算可爱。"

接下来的日子过得飞快。

一把名为死亡的刀悬在所有玩家的脖子上，工作效率自然格外高。即使每天一刻不停地工作，也没有人提出异议。

第一次月度考核前的几次工作测验，也让大家对前景有了大致的认知。

毫无疑问，全厂平均分最高的厂区还是一区。但出人意料的是，最后一名竟然不再是第十区，而是变成了八区。

至于宗九所在的第九区，排名相当不乐观，一直徘徊在第八和第九的位置。

为了避免第一次月度考核就被淘汰，宗九安排了区里名列前茅的玩家分小组辅导排名倒数的那几个人。

优等员工和差员工组队练习被安排在第三节晚班，每天下了第二节晚班后九区都会自觉留在工作间，准备开始训练。

"我们现在是一条线上的蚂蚱，下次月度考核只要有一个人拖后腿，很有可能就会连累整个区。大家都是成年人，更何况还都是B级玩家，不会连这点道理都不懂。"

大家看着绩效单，谁也没有出口反驳，已经完全接受了宗九的话。

说起来也实在是九区倒霉，排名倒数的几个，尤其是99号，不管是手工还是理论知识都不行，真的是怎么教都教不会，怎么练都练不快。

终于，在又一道题怎么都讲不通后，宗九放下资料，揉了揉太阳穴："实在无法理解的话，你还是试试专攻实践吧，去练手速吧。"

99号看起来都快哭出来了："抱歉，魔……区代大人，抱歉，真的很抱歉。"

看得出来，大家都紧张到了一定程度。

原先的评判标准全都被打乱，唯有"分数"才是硬性指标。

大家表面上不说，但其他区工作成绩差的玩家的日子也不太好过。

特别是排名靠后的那几个厂区，每个人用尽办法提升成绩。饶是如此，日子依然不太好过，还会不时受到来自NPC的刁难。

例如99号，他之前只是个没有组织的自由人，没想到魔术师这个全区第一的工作狂竟然亲自给他练习，这令他感激之余，也为自己的愚钝焦躁。

"没事，学不会不是你的错，每个人都有各自擅长的地方。"宗九觉得自己的脾气在这里变好了不是一点，"七区的土门还是个S级呢，成绩比你还差，不要妄自菲薄。"

99号热泪盈眶："是！我会继续加油的！"

【万万没想到，短短几十天里，S级大佬也会变成被嫌弃的存在。】

【之前我还以为土门大佬是没有准备好，现在我知道了，他是真的手残。】

【不仅手残，还运气差，机械知识的题目，一个选择题四个答案，不会做也有四分之一的概率蒙对，可偏偏土门大佬就能猜中每一个四分之三，呵。】

【嗨，霉运加身的手残，这是什么糟糕至极的组合！】

这天晚上，101宿命再次召开了讨论会。

"还有三天就是第一次月度考核了，大家有什么更好的建议吗？"

这二十几天里，他们也想过不少办法，包括先前梵卓提出来的所有人都罢工的办法。

但这些计划都有再明显不过的纰漏，一旦出了差错，后果很难预料。

主系统的用意很明显，集体副本就是一个淘汰的过程，再加上十个厂区之间的竞争关系，即便住在同一个宿舍，也很难放下防备心联合起来。

"不如先试试那个罢工的办法。"梵卓的手指在桌子上不疾不徐地敲打。

"办法总是试出来的，如果能够借此摸到主系统的底线，也是一件好事。"

这回没人提出异议。

黑巫师甚至还补充了一个B计划。

罢工很容易看到，因此只要考核场上所有员工互相监督，保证没有人动手即可。

若是有人动手的话，这个计划就当不存在，转而正常考核。毕竟所有人的命都是命，要是有如此居心不良的家伙从中破坏，这种没有约束力的约定只能作废。

这个方案虽说不算十分完美，但大家还是决定试一试。

既然确定了方案，就要通知各区员工了。

第一工厂内遍布摄像头和监控器，想要传递消息只能一个接一个地当面传达。

于是各区区代便将分布在不同宿舍的厂区成员叫出来，由他们向本宿舍的人传递这一消息，并再三叮嘱让所有人都注意保持警惕。

"考核的那一天，所有人都不要动手，可以睡觉也可以沉默待着。只要大家都这样，群体行为必然不会过度波及个人。"

短短一天时间，所有人都知道了这个计划。

如果能够顺利执行的话，的确是再好不过。

然而在距离考核只有一天的时候，终于还是出事了。

有人在宿舍内讨论这个计划被发现了，于是管理员助理把那间宿舍的十个人都抓了出来，在走廊上分开训斥并加以处罚。

其他宿舍都关紧了门，没有一个人敢出去，也没有一个人能睡着。

终于，一名玩家承受不住，坦白了实情。有一个人开了头，其他九个自然也不再坚持，纷纷说了出来。

一墙之隔的宿舍里，宗九把笔搁下："这个计划失败了。"

的确，不仅仅是失败，因为这个消息的泄露，第二天天还没亮，所有玩家就被赶到广场上。人事部长告知他们必须在烈日下站上整整一天，每一个小时可以休息一次，一次休息五分钟。但如果这期间被管理员助理发现动了，就会被记过。

这真是种煎熬。

早上七点，冉冉升起的红日逐渐拨开了云雾从东方升起，将金色的日光洒遍大地。

蓝天白云，这可以说是一个月来天气最好的一天了。往日里，天空永远都是一成不变的铅灰色。

可今天，这阳光真的是美好得毫无必要。

只是罚站，听起来还好，但真的在烈日下站上一个小时，每一分每一秒都显得格外漫长。

头一个小时，在管理员助理喊出"时间到"的时候，大家都在原地活动酸痛的身体关节。

这种惩罚对强化过肉体力量的玩家来说还比较好应对，尤其是夜族那些玩家，他们的身体机能被大幅度强化了，一个小时站下来面不改色心不跳，只是在原地伸懒腰。

接下来的时间却越来越难熬。

偏偏这个时候，人事部长还在考核台上喋喋不休，试图磨灭他们的斗志：

"你们的计划厂方都知道了，要是明天考核的时候敢有人罢工，不论人数多少，通通按照厂规处置，不要抱有侥幸心理。如果人数过多，我们会考虑直接把你们开除。"

与此同时，主系统也传来一条温馨提示。

【若是达成"被开除"副本结局，则直接出局。】

众人无言以对，心里默默叹了一口气。

集体反抗这种解决方法，在集体副本里不算罕见，主系统既然搞出了这个比赛，那肯定料到了之后的发展。这个结局就算没有NPC出手，也不算意外。

至少对梵卓这种S级来说，他们早就做好了在考核中途迎接这些NPC发难的准备，如今只不过是验证一遍罢了。

其他人也沉默不语，尤其是每区倒数那几位。

集体反抗是行不通了，一时半会儿没人能想出更好的办法，明天的考核多半只能照常进行，注定有一个区的玩家会在这里被淘汰。

而这还只是第一次月度考核。等这个副本结束的时候，能不能留下一半的人都是未知数。

一个上午的时间悄然过去，但玩家们还要忍受半天的折磨。

红日高悬，气温也越来越让人难以忍受。明明是冬天，却热得人满头大汗。

只是半天，一些体能不好的玩家已经开始头晕目眩，有的一言不发就昏迷倒地，却被管理员助理拖到一旁，一桶冷水泼醒过来，又被赶回去继续罚站。有些站不住的，忍不住动的，伸手去挠痒痒的，也都挨了管理员助理的处罚。

中午，人事部长继续威逼利诱。

"你们要是愿意供出主谋者，指认这个联合反抗计划是谁想出来的，就不用继续遭这份罪，还能回去休息一天。"

谁想出来的？

气氛一下子变得尴尬起来。

大家心里都清楚，当然是各区区代一起想出来的。偏偏两个区的区代不仅是S级，还是他们不少人的顶头上司，谁也不敢得罪。

本来工作间以外的地方是不进行直播的，但因为这是全厂性行为，主系统便临时加开了个总直播间，给其他没能加入《默菲斯契约》的玩家们进行现场直播。

人事部长的话让这些观众大为气愤。

【哇，这一招真的恶心透了，阴险小人。】

【不供出主谋者就全部连坐，真是杀人不见血，我最恨这样的手段，没有之一。】

【是真的恶毒，没什么好说的，就祝这个地方早日倒闭吧。】

【唉，心理战术这一套他们玩得这么溜，现在广场上可是有将近一千个人，只要有哪怕一个人掉链子……之前传消息的时候不就是吗。我觉得不太妙，因为人心真的经不住考验。】

见他们闭口不言，NPC也没有立马就要问出答案的意思。

毕竟，大多数员工只有在忍不下去、快要崩溃的边缘才会乖乖听话。他们就是要利用人的心理弱点，击溃这些玩家的心理防线，逼他们招认。

而且，他们还有半天的时间。

时间在一分一秒流逝。

好不容易挨到下午，人事部长却宣布，原定于明天的考核推迟。

只要没供出主谋，他们就得一直罚站，直到午夜，甚至不仅仅是今天，还有明天、后天……直到供出主谋。

听到这个，一些玩家便流露出了不满情绪。

"什么嘛……这个馊主意又不是我们想的，凭什么我们也要跟着受罚。"

"对啊，早知道是这个结果，谁会答应。"

"我们又没做错什么，还不都是那个宿舍，连累所有人。"

人在遇到这样的无妄之灾时，第一时间考虑到的总会是自己。只不过碍着核心领导圈都是些不好惹的大人物，在没有出头鸟的情况下，大家还是选择了忍。他们都是B级玩家，心里自然有所顾忌，要是换成新人，估计在管理员助理问的时候就全部说了。

然而很快，这个僵局就被彻底打破。

下午四点左右，人事部长突然宣布了一条消息："每区前三名出列休息，不用再罚站了。其他人继续。"

在这里待了快一个月，大家都习惯了这里就是对工作成绩高的员工明目张胆地照顾，甚至犯了错都有可能取消惩罚。

迄今为止，整个101宿舍没有人受过一次罚，就连他们有时故意不按规定行事，也没人对他们怎么样。

反观其他人，哪怕只是熄灯后露出光亮被抓到，也会被勒令到外面罚站一晚上，就算是被冻得牙关打战，也无法博得厂区管理员和宿舍管理NPC的同情。

但这一回，人事部长的话激起了所有人的不满，广场上的玩家们几乎失控了："凭什么啊，明明就是他们这几个区代想的垃圾办法，现在却要我们生生受着。"

一石激起千层浪。有了第一个人，自然就会有其他人。

"就是，大家都是玩家，谁比谁高贵，这么多漏洞的计划还非要施行，现在拉全体玩家受罚。"

"他们是人，我们这些普通玩家就不是人吗？"

喊得最大声的全是没组织的自由人，也就是梵卓和黑巫师口中所说的变数。

本来这些人是可以被争取的，可惜这整整一天的惩罚和之前长期的不公正待遇，摧毁了他们所剩无几的理智。

【果然，我就知道人心经不起考验。】

【毫不意外的结果，用在分裂组织团队上真是屡试不爽。】

【每到这种时候，就是甩锅的大好时机，区代出发点都是为大家好，经过这一次，恐怕也心凉了。】

【这里要的不就是这种结果嘛，就是要破坏玩家之间的关系，造成他们敌对。】

宗九一动不动地站在原地。他很安静，也不说话，更没有任何意外的神色。

在那些玩家把各区区代供出来后，广场上的气氛就变得十分诡谲。

人事部长点名让所有区代出列，站到考核台下。

宗九和其他区的第一名一样，沉默地出列，站了过去。站在他身边的正好是梵卓。

宗九刚刚站过去，就听到梵卓低声道："如果待会儿有变数，直接把我供出去，不用顾虑。"

宗九颇为意外地抬头看了一眼。

梵卓侧脸线条冷硬，目视前方。他不仅是在对宗九说话，也是对其他区代说话："这件事既然因我而起，那么由我承担责任自然无可厚非。不必感到愧疚。"

黑巫师不赞同地拧眉："既然是大家一致同意的，那倒不如一起认了，分摊给十个人总比一个人好。"

"无所谓。"梵卓语气森冷，"任何一个想要脱身的人都可以选择供出我，我不会追责。"

人事部长的话语还在继续："我不相信这么多好员工都选择了这条不归路，我再给你们一个机会，供出主谋者，其他人都可以免受惩罚。"

十个区代全都不为所动。

能和S级近距离接触，对另几人来说，是求也求不到的好事，没人会在此刻为这点小事去得罪他们。

"真没想到，你们会做出这样让人失望的事。"仍然没能等到结果的人事部长摇头，"既然如此，那就全体记大过，分开审问。"

"让我看看……先从九区区代开始吧。"

众人不禁心头发颤。

在这个地方，记过就已经足够让人难受，记大过又该有多可怕，没有人敢去想。仅仅"审问"两个字，就足够吓人了。

宗九眼神一暗，开始在心底思索对策。他已经决定，实在不行就去惩罚副本走一遭。反正看情形，今天必定要有人血溅当场。

管理员助理们上前，准备把宗九带走，一道懒洋洋的声音忽然响起："慢着。"

所有人回过头去，只见恶魔从楼梯上缓缓走了下来。

广场上不少玩家都露出激动的神情。虽然恶魔平日里亦正亦邪，但如今进了集体副本，大家都下意识把他扮演的这个NPC划分到了玩家的阵营。

恶魔慢条斯理地同宗九擦肩而过，压低了声音："记住，你欠我一次。"

弹幕欢欣鼓舞。

【救兵来了！放心了放心了，这位大人每次出场都令人激动。】

【难怪这次首席会扮演NPC，原来是主系统想要降低一下难度啊。】

【这个副本有点压抑，我想换个别的看了，大家有其他推荐的场地吗？】

【隔壁A级的豪华邮轮已经快进到在北冰洋上被海怪盯上，奥林匹斯那边升级到神战场面，荒岛拉了个生存条出来，都在啃树皮了，这个副本到现在反而是视觉冲击最小的，而且有首席，收视率也最高。】

【走什么啊，结合这位大人以往去过的副本来看，这个副本很有可能也会被毁掉，嘻嘻嘻，真的好期待能看到这一幕啊！】

就在所有人都充满期待的时候，宗九却觉得恶魔脑子坏了。把宿敌给救了就算了，现在还来这一招？

恶魔端起厂区管理员NPC的架子宗九都敢放他鸽子，现在还指望自己履行承诺，这简直就是天方夜谭。更别说就算恶魔不出手，他也能完美解决，根本不需要多余的人插手。

不过，既然恶魔自愿帮忙，宗九自然乐得接受。

人事部长看起来面子有些挂不住："可是这……南厂区管理员，虽然您是本厂特聘的厂区管理员，但这些员工行为不检点，品德败坏，试图破坏工厂规章制度，总不能就这样轻轻揭过，也要有些惩罚措施才行吧。"

恶魔轻笑一声，尾音上扬，却隐含着森森冷意："的确，但这些都是成绩优秀的员工，万一受不住，本厂的工作效率必然会受到影响，您说是不是？"

一语中的。

人事部长擦了擦头上的汗。

恶魔继续说着："若是这些优秀员工出了什么差错，想必部长也不好和甲方交差，倒不如换个惩罚的办法。"

"再说了——"恶魔眯起眼睛，"你点名要第一个带走的这位，正是我十分欣赏的员工。"

他刻意在"十分欣赏"四个字上面加重了语气。

宗九内心疯狂吐槽。的确是十分欣赏，欣赏到每个小时只点他回答问题，答不出来就罚站。不过宗九的机械理论成绩倒是因此突飞猛进，稳居厂区第一，也是因祸得福了。

人事部长惊出一身冷汗。

他先前没想这么多。恶魔的一席话让他意识到这些人是厂区前十名的优秀员工，要是抓到了主谋还好说，没抓到主谋还全部罚了，之后工作效率不高，可是要被甲方怪罪的。

"南厂区管理员提醒的对，这些都是我厂优秀员工，就算是犯了错，难道也要像那些差员工一样受罚吗？"人事部长理直气壮地将特权说成了合理，丝毫不顾及那些排名倒数的玩家难看的脸色。

最后，经过首席的插手，这次集体罢工未遂事件，总算是被轻飘飘地揭过了。人事部唯一的要求是现在各区的区代在下次月度考核的时候必须保持厂区前十名的身份，不然还得记过。

经过这件事情后，所有人都对第一工厂对优等员工的偏袒有了新的认知。

它把玩家分成了三六九等，甚至还有意引导在员工之间形成新的等级，实在是太过分了。

与此同时，此次事件的结束也宣告玩家之间试图结成的盟约彻底作废。

这意味着在这个副本内，玩家们不可能再次全体联合起来了。

随之而来的是针锋相对的局面越发严重。

虽然几个S级什么都没说，那天在广场上最先开口表示不满的玩家，却隐隐约约被孤立了。所有人都选择明哲保身，不去触霉头。

月度考核推迟了三天举行，于是众人利用这三天疯狂练习。

在此期间，梵卓找到宗九进行了一次深谈。

梵卓的语气还是那样冷硬，深深的关心被掩盖在这样的话语下："平日最好少和那位首席接触，他的能力有问题，也很可怕。"

就连面前这位强大的No.2都如此评价恶魔，可见恶魔在众玩家心目中是一个怎样的形象。

宗九猜，或许是梵卓看到他和恶魔在广场上的互动，才特意出言提醒。

看在表兄弟的关系上，梵卓对他也算尽心尽力，关照有加，在不涉及原则问题的情况下，遇到什么都是能帮则帮。想起先前他抽到的暗和恶魔的身份牌，宗九眼神一转，决定在梵卓这里探一探，看看能不能得到更多的情报。

"预言？"

很明显，梵卓知道这则预言。

"的确有这么一回事。"

身为一方大势力的首领，总能知道比普通人更多的情报。

古大师作为游戏中的大人物，事迹不仅在后来的玩家里口耳相传，也在各个势力中留下了线索和档案。

十年前，当时如日中天的古大师决定要毁掉这游戏。他的追随者和恶魔不同，恶魔的强大被所有人畏惧，人们只敢看着他的背影，崇拜他却不敢上前。而古大师则是一个合格的领导者，有手段有谋算，能狠能忍，同时也有远大的抱负和理想，演讲能力过人，在这个游戏世界里，很少有人不被他震撼。

再加上古大师的终极目标惠利众人，虽然他像所有隐士高人那样有着怪异的脾气，依旧召集到了许多志同道合、愿意追随他的人。

可惜的是，这个计划还是失败了。失败的原因究竟为何已经不可考，但是在失败前夕，古大师曾对自己如同迷雾般的未来有所预感。

占卜者不自卜，特别是这样涉及命数的问题，所以他选择为游戏的未来占了一卦。

这一卦便是在S级副本"远古神灵"中进行的，同行的至少三个小队的近百位高级玩家看着他，据说他手捧罗盘，为窥探未来付出了惨痛的代价，却依旧完成了这个预言。

梵卓回忆着档案里的内容："预言里提到，未来有一个会继承他意志的人，还提到了一个与之敌对的宿敌，甚至准确预言了这场比赛。"

这个预言刚开始没有多少人在意，直到主系统突然宣布开展这场比赛，才重新进入大家的视野。众人才知道，原来十年前，古大师就预言了这场比赛的存在，并且坦言这会是唯一一个离开游戏的机会。这则消息一出来，便引起了所有势力的高度关注。至此，古大师的预言才真正得到了重视。

只不过，即便是夜族的情报网，也无法确定预言中的救世主和大魔王分别是谁。或者说，对大魔王的人选大家已经有所揣测，对救世主的人选却迟迟难以确定，寻不出下落。

"这个预言有什么问题吗？"

宗九摆了摆手："没有，就是之前听暗提了一下，有点好奇罢了。"

先前测出暗很有可能骗过他，让宗九对此产生了兴趣。虽然他本来也不太相信暗的话，但还是想弄清楚对方葫芦里卖的什么药。

星辰牌的冷却时间需要二十四个小时，宗九每天就算没有特定目标也会抽一次牌，免得可抽牌次数积累在三次上限这里，那就亏大了。

于是这二十几天，宗九把暗告知他的那段信息翻来覆去地再三测算。

他想找出暗到底哪句话在骗他。

问题就出在这里。

宗九反反复复地测了好几遍，发现古大师的预言确有其事，预言的内容暗也并未加以隐瞒。偏偏他只要一测暗是不是在骗他，月亮正位牌就会出现。

他本来是想借这个行为解答心中疑惑，结果疑虑反而越来越重：因为搞不清楚暗到底在哪里骗了他，毕竟S级道具说暗的话都是真话。

这不得不让宗九产生另一个猜测——难道暗是不怀好意,故意推波助澜?

月亮正位除了欺骗以外,还有令人不安和晦暗的意思,也不一定仅仅指欺骗。为此,宗九又把暗那句"永远不会与你为敌"也测了一遍。

结果是太阳正位。

这就代表"不与你为敌"这话童叟无欺,绝对发自真心,不存在暗对宗九存有加害心理的情况。

这个结果令宗九茫然。

他实在不明白,暗为什么会自愿辅助自己,堂堂No.3,因为一个预言,就这样一路把一个新人捧上来,太奇怪了。

暗不在这个副本里,宗九也没法问他,只好暂且作罢。

本来宗九以为暗让他早日升上B级是另有原因。现在看来一切谜团都得等他下一次回到玩家宿舍后才能得到解答。

于是他选择先去问梵卓。

没想到,宗九提到暗后,梵卓更加眉头紧皱,眼神也有些复杂。

许久后,他才开口:"此人老奸巨猾,同样不宜深交。"

宗九一愣,没想到梵卓对暗的评价比恶魔还低。或许因为他和恶魔至少还没有正面冲突,对方怎样与他没半点关系,可暗当初却真的算计过他。

宗九当然不知道,在梵卓眼里,这个初出茅庐的表弟要是和暗私下接触,只怕会被算计得晕头转向,毫无招架之力。

或许是意识到自己语气太过僵硬和冷酷,梵卓尽量让自己柔和一些。只可惜他身居高位过久,效果并不明显:"你刚来这里,只怕并不了解,这里很多人都并非表面表现出的那样,对人多抱有一分戒备,不会有错。"

宗九哑口无言。

他感觉自己被教育了。

第二十八章

危险人物

对于暗这个人，夜族也有一些资料记载，其中最重要的，便是他的来历。

因为罗盘的缘故，不少人都猜到了他便是当初古大师选定的学生。

当年古大师身死，十年过去后，当年那些和他一起的旧部也已全军覆没，记载更难得一见。古大师究竟给自己的学生留下怎样的任务，谁也不得而知。

这些都在其次，最重要的是，所有人都不觉得暗是个好人。在这一点上，他们和宗九观点一致。就算古大师留了任务，暗也不像是会乖乖听话的那种人，更何况每个组织对他的警惕程度几乎拉满。

还有一点估计梵卓也想不到，他眼中尚且稚嫩的表弟，已经和他刚刚说的两个危险人物都混熟了。

宗九和梵卓谈话过后的第三天，被推迟的月度考核姗姗来迟。

同样的时间，同样的地点，甚至就连天气也恢复了往日的暗沉。

玩家在指令下将工作台和椅子一起搬到了广场上，排列得整整齐齐的，占据了整个广场。

马上就要考核了，广场上的气氛紧迫又沉闷。这一回可不像上一轮入厂考核那样，大家没有准备全凭运气，而是真正检验实力的时候了。

宗九透过窗子看到管理员助理们正在挨个检查工作台，一旦发现有问题，就把整张桌椅一起更换。

宗九回过头来，严肃的视线在全区员工身上扫过。

"马上就要考核了,不用我说大家也都知道,这场考核关系到全区所有人。"

虽然宗九知道,这个游戏失败不过是删档退回现实世界,但是在这个压抑的氛围下,NPC的话还是具有一定震慑力的。

"一共只有四个小时的考核时间,实践和理论都有涉及,肯定是做不完的。大家优先做自己会的,手速快的串珠子,手速慢的答理论知识,理论知识里有不会的题,就跳过。"

宗九的视线在那几个练习不见成效的玩家身上停留了片刻:"不要给自己太大的压力,实在不会也别紧张,尽自己的能力多写吧。"

催生出这令人无法理解的古怪情景的,是这个副本所处世界扭曲到畸形的价值观。

在这样扭曲的观念影响下,工厂都开始要求入厂的员工签下所谓的免责协议,第一工厂也是如此。

这一切都令进入这个副本的众人极为不满,但他们要先能够通过这个副本,才有余力考虑其他的,此刻他们唯一能做的,就是应付眼下这场考核。

很快,员工们接到了下楼准备考核的通知。

宗九在全区的强烈要求下和他们一起加油,虽然他心里觉得这个举动真是傻透了。

"一,二,三,加油!"

加油打气之后,宗九又特别关照了一下这个月都由他亲自辅导的99号。

在其他区,最后几名都是被隐隐冷落的存在。只有九区,不仅气氛不错,众人还分别抓着几个倒数的人练习,倒是因此建立了深厚的友谊。

"别紧张,好好做,尽自己的能力就行。"

宗九看着一脸沮丧的99号安慰道。

虽然不擅长工作,但99号的人品、性格却是有口皆碑,经过一段时间的相处,更是和所有人都成了朋友,甚至有几个组织产生了在副本结束后招揽他加入的意图。

这对于一直是自由人身份的99号,也是不错的选择。

"好!"99号拉着98号几个人给全区俏皮地敬了个礼,"不辱使命!为九区争光！"

十分钟后，待玩家全部入座完毕，考核开始。

考核场上只能听见笔尖落在卷面的沙沙声和珠串落在盘子里的声音。

【也不知道这一回厂区的平均分能提到多高？】

【上回周测的时候成绩几乎翻了一倍，到底哪个厂区落后，看来还不好轻易判定。】

【现在看，土门大佬的第七区有点危险，魔术师的第九区也差不多，不过我个人觉得八区也有可能，四区也很危险……这几个区都有亮眼的玩家，要是集体淘汰了还蛮可惜。】

【我先切出去，等四个小时后再回直播间来看结果。】

宗九正埋头答题，冷不丁一道阴影笼罩下来。

首席今天穿着十分正式，或许是担任全厂管理员的缘故，除了西装、领带、白衬衫，甚至还装模作样地戴上了金丝框眼镜。平光镜片遮挡了他不怀好意的视线，只有在光线照射过来的时候，才能看到镜片边缘镀上的冷淡色调。

看到宗九抬头，首席漫不经心地扯了扯领带，向下瞥了他一眼："认真考试，我脸上没有答案。"

宗九没说话，只是转了转笔，充分表达了自己的不屑，继续低头答题了。

他虽然很想回首席一句"别在我面前晃来晃去"，但考核纪律中有一条就是不允许说话。

宗九才不上他的当。

这一回，四个小时过得更快。

"考核结束，请所有员工停止手上的动作，等待监考厂区管理员检查。"

考核台前传来考核结束信号的时候，所有人都停了手。有一名玩家还差一个就能把一个珠串串完，还在死命挣扎。

然而下一秒，他就痛呼一声。手上的珠子直接被一名管理员助理打飞出去。

"五区14号，考核结束后还未停手，记一次处分，考核结束后三天内自觉领罚。"

广场上寂静一片，只能听到那名玩家的痛呼声。

没人去关心这点小插曲，玩家的视线全部跟随着考核台下检查成绩的厂区管理员移动着。

这是漫长的等待，也是煎熬的审判。

终于，最后一份珠串也数完了。

人事部长慢吞吞地走上考核台，拿过红纸，开始依次宣布厂区前三名和厂区名次。厂区管理员们也把批改完成的卷子分发下来。

这一次宗九从厂区第四升到了厂区第三。

"平均分第一名，一区；平均分第二名，三区；平均分第三名……"

被念到的厂区众人纷纷松了一口气，互相击掌鼓励。

越往后念，剩下的厂区越紧张。回想起第一次考核时倒数十名的惨烈结局，有些玩家已经控制不住开始在座位上颤抖。

宗九侧了侧头，看到99号一脸沮丧地把头靠在桌面。

这副模样，一看就是没考好。

人事部长宣布到第八名："第八名，九区。"

九区的玩家皆是一愣，继而面露狂喜，从座位上起身鼓掌。

"过了，我们不是最后一名！"

"你小子行啊，这样都能过了，区代看来没少给你练习！"

"这几十天里天天陪你工作，头都要秃了，回宿舍后可得请大家吃饭！"

九区其他人把还没搞清楚状况的倒数几名架了起来，扔到空中，露出如释重负的笑容。他们喜笑颜开，在座位周围庆祝起来，和还没被念到名字的两个厂区形成鲜明的对比。

第八名宣布过后，第九名也即将出炉。

没有被点到名字的两个厂区，一个是土门所在的七区，另一个则是八区。这两个区的玩家，个个都紧张至极，手心冒汗，紧紧盯着考核台。

这种集体淘汰制完全不在乎厂区第一名的全厂排名，只要集体不达标，都一样要受罚或淘汰。

七区和八区这两个区里都有卷面分数很不错的员工，如今却依旧得和其他人一起受罚，心态不平衡再正常不过。八区的优等员工甚至开始骂骂咧咧，责怪区里那些成绩拖后腿的员工。

特别是七区99号的土门，所有人都看得出这位S级大佬的紧张。多凶险的情况他都不怕，也只有考核才让他这么提心吊胆，不仅害怕自己连累全区，也害怕近在咫尺的屈辱的死亡。

【我好紧张，怎么办，如果土门大佬也出事了，那岂不是S级就要空出一个席位来？】

【这个副本根本就不讲道理……】

【唉，那还不都得由主系统说了算？这系统本来就蛮不讲理。】

【这一局考的明显就是玩家的组织合作能力，可惜了上一次合作计划中偏偏有叛徒存在。】

人事部长故意多停顿了一会儿，才缓缓宣布。

"平均分第九名……七区。"

宗九看到，土门像是重重地松了一口气般，紧紧合拢的双手不着痕迹地松开，关节处一片通红。

"动手！"

"不要坐以待毙，该动手了！"

与此同时，被淘汰的第八区玩家忽然发生了躁动。

他们早早准备好了所有特殊道具，在人事部长念出第九名后就立即行动起来。没有人会想被这样可笑至极的方式淘汰，谁也不接受如此荒唐的命运，这一点绝对是众人的共识。反正横竖都是淘汰，若是把全区玩家的力量集合在一起反抗的话，说不定还有一条生路。

这一刻，宗九突然意识到了什么。

土门毕竟是S级，总不可能一点保命手段和底牌都没有。而且他们在一个宿舍，大家都能看到，土门平日里总是开着灯工作到深夜，实在困极了就往脸上画个符咒，有几次宗九一不留神看过去甚至被他吓到。

虽然平日里不说，但土门明显对自己的工作成绩满心忧虑，据说为了以防万一，他已经悄悄给全区准备了阴阳符。如果最后一名真的是七区，土门应该是打算带领全区员工反抗了。

就像现在的八区一样。

"无关人等请立即从广场撤离，五分钟内若是广场还有闲杂人等，将一并处罚。"

看到八区玩家集体选择了反抗，领导层的人也没有表现出多少意外，他们每年都能看到太多这样自以为可以反抗成功的员工。

无面人们立马上前，其他区的员工见状纷纷有序撤离。

就在所有无关人等离开广场后，广场上局势再度发生了变化。玩家们背靠背缩成圆形，无面人则不断缩小着包围圈。

宗九站立在三楼的栏杆前，眉头紧锁。其他几位区代也站在他附近，观察着广场上的局势。

八区的集体反抗也是他们先前商讨出来的结果。

罢工的行动失败后，区代们就决定再商量其他的办法。将希望寄托于全体玩家身上是绝对不可靠的，于是这一次他们还是先考虑了最糟糕的情况。

虽然希望渺茫，但也不妨一试，至少能试探一下对方的底线。

其他玩家也密切关注着八区的反抗。哪怕只有一个人能冲出重围，都能给所有人提供宝贵的经验。

"局势不太妙，应该是无用功。"看着广场上如今的局势，黑巫师幽幽地开口，"到底是集体副本，目标就是优胜劣汰，不存在绝地反击的可能。"

就像当初那十个B级一样。

考核的倒数十名被残酷地直接淘汰，好歹还是在没有充足的准备时。

这一回却是一个区的玩家都做好准备严阵以待。

这更让人迷茫。

弹幕还在为他们加油鼓劲。

【虽说是集体副本，但一个区的玩家齐力反抗，会不会有奇迹发生？】

【我也在思考这个问题，整整九十九个人，万一能够做到呢？】

【不上也得死，上也得死，那肯定是选择上啊！】

可惜，依旧没有用。

"他们的特殊道具用不了了。"宗九眉头紧锁。

所有人都看到，在人事部长宣布结果的那个刹那，八区所有玩家的特殊道具都失去了效用。

这依旧是一场单方面的惩罚，甚至因为玩家们试图反抗的缘故而变得愈加惨烈。

冷冷的阳光照在广场上，整整一个区就这样被淘汰了。

梵卓暗红色的眼睛里多了几分晦涩难言，他哑着声音道："还有三次考核。"

各区区代沉默不语，没人表态。

无法彻底团结依旧是横亘在他们之间最大的问题，上次互相揭发的情况依然有可能重演，甚至有人把这视为解决竞争对手的好时机。

对于这些人来说，就算能想出两全其美的好办法，他们也不会愿意配合的。

惩罚结束，人事部长宣布了下一次考核的安排："春考安排在三十天后。下一次考核平均分没有超过一千的厂区，将全区处以惩罚。"

宗九的视线从广场上挪开，看向了不远处的树荫下。

恶魔脸上依旧挂着那副看起来只是为了装模作样的金丝边眼镜，这削弱了他周身那种诡异而尖锐的气息，反倒多了几分深沉优雅的书卷味。

树叶的阴影将他完美遮挡，任何落到他身周的光，都如同被吸入黑洞般湮灭。

面对这一出惨剧，恶魔神情冷漠，无动于衷。

然而，就在宗九视线移到他身上的片刻，恶魔懒懒地抬眸，视线准确无误地锁定了正站立在三楼栏杆处的宗九。

起风了，有白色的碎发随风飘动。

即便距离如此遥远，恶魔依然隐约能看到对方的神情——那是和自己如出一辙却又截然不同的漠然。

他们那么相似，却又截然不同。

某种意义上，古大师的预言实在准得可怕——从看到宗九的第一眼起，恶魔的浑身血液都在叫嚣着告诉他，这个人注定要与他为敌。

暗在另外一个C级副本里动的手脚，享有部分游戏指导师权限的恶魔心知肚明。

最迟在这个副本结束后，他们之间看似平静的关系就会被潜伏于其下的汹涌暗潮彻底打破，或者就像预言说的那样，走上彻彻底底、不可转圜的对立之路。赶在敌人羽翼未丰之前将他解决，无疑是最优解。但或许是在那片狭窄空间里，如同璀璨星火般的眼眸太过耀眼，耀眼到让恶魔体会到经年未曾感受到

- 408 -

的冰寒血液再度沸腾的滋味。

这么有趣的对手，可不那么好找。

长久以来，恶魔从游戏里感受到的乐趣，都比不过与宗九寥寥几次交锋。他的存在于恶魔而言，代表着难得一见的新奇与惊喜。

如果直接毁掉的话，就太没有意思了。

那就希望……在他被毁掉之前，能让自己玩个痛快吧。

恶魔微微一笑，忽然收拢无名指、小指，将大拇指、食指和中指绷得笔直，朝着远处栏杆外的宗九比出了开枪的手势。

二人相隔甚远，宗九却看清楚了恶魔的口型。

风里飘荡着充满期待的笑声。

"Boom——"

全厂都处于低迷的气氛中。

好不容易通过了第一次月度考核，可是后面还有春考、第二次月度考核和夏考。

第一次月度考核是淘汰一个厂区，春考则是平均分没有达标直接处罚。所有人都不会忘记那些因未达标被直接淘汰的人的惨状。

更令人胆寒的，是春考的要求。

平均分一千分。

这对于他们来说，绝对不是一件简单的事。就连平均分第一的一区，距离这个分数线也还有一段距离。

这次不需要厂区之间进行竞争，只要没达到这个分数就会被全区淘汰。

所有人如同上次一般开始了疯狂的练习。

九区的工作热情更是前所未有，同时因为朝夕相处同舟共济，即便之前互有矛盾，现在关系竟是缓和了不少。

但是宗九不开心。他觉得自己好累。

以前他是潇洒自在只顾自己开心耍帅的魔术师，现在他是拖家带口需要拉扯一个区的区代。幸亏宗九记忆力超群，头脑出众，要是换一个人，恐怕难以兼顾。偏偏这区员工们全心全意信任着他，再加上大家的命运息息相关，让他实在不能不管。

　　九区排名倒数的几名员工对宗九可以说是言听计从，绝无二话，和某些端着前辈架子的截然不同。他们这样的态度，让宗九更加不知道该怎么办是好。

　　终于有一天发生了一件怪事，打破了他们紧张而单调的生活。

　　事情的起因是九区的员工在打扫卫生时，在培训台木板的隔断里，发现了一本破旧的日记。

　　从记录的内容可以看出，这是之前的员工留下的，里面还夹着一些成绩单，通过分数能猜到主人似乎是一位成绩优异的女员工。

　　说来也奇怪，他们进入这个集体副本后不是没有想过寻找NPC留下的线索或蛛丝马迹，可惜所有痕迹都像是被人刻意抹去一般了无踪迹。

　　这本日记，就是他们进入副本后最大的收获。想必也是因为藏在这个隐蔽的地方，才能幸免于难，没有被工厂统一清理掉。

　　"快打开看看，别的区都没发现这种东西，万一里面有什么副本背景的线索呢！"

　　"没错，如果能找到些线索，说不定还能有新的进展。"

　　日记既然是九区的人找到的，那么先由九区众人研究一番，倒也合乎情理。于是他们凑在一起，看着宗九缓缓打开了这本尘封多年的日记。

　　不仅仅是九区的员工，正守在其他厂区直播间的玩家们也闻讯而动，切来看热闹。

　　【哎呀，这应该是这个集体副本到现在为止出现的第一个特殊道具吧？】

　　【赶紧看看是什么东西，会不会是什么重要线索。按照一贯的套路，日记本就是记载这些内容的。】

　　【确实，要是有一个解局的办法，那就太好了。】

　　在众人热切的注视下，宗九泰然自若地翻开了日记本。

　　诡异的是，这本日记本并没有主人的姓名，只是字迹宗九看着很眼熟。

　　3月3日：我不想上班，可生活所迫，我还是来到了这里。

　　3月5日：好可怕……这个工厂好可怕，如果工作成绩不好的话……

前面并没有太多特殊的地方，宗九翻阅下来，也只看到一些琐碎的记录，字里行间能看出第一工厂的严苛与残酷。

这些都是大家已经知道的，即便看了用处也不大，没有多少参考价值。

终于，继续翻了几页后，他们看到了一些真正有价值的东西。

日记本里的字迹越往后越凌乱，能够明显看出日记本主人写下这些字时不稳定的精神状态。

转折点从出现在日记中的另一个人开始。

4月6日：这本日记对我来说是每日繁忙工作里唯一可以令我稍稍放松的东西。只有在写下这些字的时候，我才不像一个仅仅只为了工作而生的人。

4月8日：区代真的是一个很好的人，即便自顾不暇，也抽出时间为全区做心理辅导。

4月11日：第一次月度考核，前面的女员工偷偷给我塞了一颗糖，我躲在被子里打开它，虽然已经融化了，但真的好甜。

4月12日：大家都很好，我也想变成这样可以温暖别人的人。

……

5月10日：全区一起约好了，要一起走下去，存到足够的钱后，离开这里。

写到这里的时候，字迹重新变得清晰、工整。

直到——

5月14日：怎么会这样？

可惜的是，再往后的两三页纸像是被什么东西沾湿弄脏，糊成了一团。

到这里，字迹重新恢复了潦草。

他们已经心知肚明，这本日记的主人走出去的可能性不大，不然怎么会将自己的日记本留在这里，而不是在离职时带走呢？

7月4日：我已经找到了，就在地窖的旁边……可区里只有三个人，如果我们中间没有人做出改变的话，下一次考核我们全区都会下场凄惨。

7月5日：今天拍员工合照，快门按下的刹那，照片上……只有我一个人了。

7月6日：救救我，不论是谁，救救我好吗？我已经撑不下去……撑不下去了……

7月7日：如果不出意外的话，这是我最后一次写它了，今天晚上我就要把它放到培训台里。如果有后来者看到，请一定要赶在悲剧发生之前，阻止这一切。就像前面说的那样，这个转化的过程是不可逆的，即便到如今，大家一个个成了他们当初心目中最讨厌的样子，可为了走下去，我们只能这样，别无他法。他们用自己拯救了厂区，拯救了我。现在，轮到我了。

日记到这里戛然而止。

看完日记后，大家面面相觑。前面都是些日常记录，最后一页又讳莫如深。更多的线索，无疑在前面被撕掉的那几页里。

宗九率先发问："你们扫除的时候还有其他的发现没有？夹缝里没其他的东西了？"

99号拨浪鼓一样摇头："当时我们一起打扫培训台，里面除了这本日记和几张接近满分的单子，什么都没有了。"

宗九沉吟片刻，指着日记本上"员工合照"三个字："这个东西，应该会是我们解开谜题的关键。"

大家纷纷表示认同。

忽然有人意识到了这里的漏洞："按理来说，工厂不应该把历年优秀玩家的员工合照放在光荣榜上摆出来看吗？可是我们在这里这么久了，也没见过这么个东西。"

【事出反常必有异象，肯定有问题。】

【没错，既然已经找到了事情的源头，顺着排查下去就行了。】

【我有点在意日记里面提到的那个不可逆的悲剧，这到底是什么意思啊，难不成为了区里其他人，之前的离职员工都牺牲了自己升职的机会？】

【那也不对啊，他们要是不在了，还能一起拍员工合照吗？】

在五天后的早晨，众人看到了这个问题的答案——

有一个B级玩家变成了无面人。

这件事情发生在土门所在的第七区,上次厂区排名刚好位列第九。

单纯从考核成绩来看,这里的所有人水平都算不上优秀,但排名最后的区和排名第一的区平均分还是有一段距离的。平均分达到一千,对一区来说难度肯定比七区小很多。

在这种情况下,七区的氛围明显更加压抑。

偏偏七区的最后一名居然是个S级,区里其他人虽说心有不满,但谁也没勇气指责土门,只能一个个冷漠以对。

全厂差员工的日子都不好过,不仅要格外拼命地工作,还得接受同区员工的冷眼,除了梵卓的一区、黑巫师的三区,毕竟这几个区的区代都是S级,其他区就算是区代,也因为同为B级的身份,在区里其他人眼中并不具有发号施令的威信。所以,区内的气氛并不融洽。

当然,日子最难过的,还是在第一次月度考核前出卖了所有人的404宿舍。

好巧不巧,404宿舍里有一个人,是七区的倒数第二名。

变成了无面人的,就是这个人。

事情发生在当天早晨。

清晨六点五十分,宿舍准时奏响广播,所有人都赶快起床洗漱。

在告密事件后,所有人都不愿意再和404宿舍的人来往,404宿舍的几人只能彼此交流。其中有一位名叫梁明德的B级玩家,他在盥洗室接水的时候,回头看到水龙头前背对他站着的好像是同宿舍的人,于是便走上前去,拍拍对方的肩:"这么早?昨晚练习了一夜?"

对方没有回答,而是继续刷牙,盥洗室里只能听到轻轻的"沙沙"声。

梁明德也没在意,一边低头刷牙,一边口齿含糊地低声说着:"要我说啊,你和土门一个区是真的委屈了。他是倒数第一,区里的人却都不敢说他什么,偏偏就只针对你,这也太不公平了。真要是把人逼急了,下次考核就干脆罢工,总不能自己一个人倒霉,全区一起淘汰算了。"

但是对方始终没有应答,这让梁明德渐渐感觉到异常:以往每次说到这个话题,这人一定会立刻义愤填膺地破口大骂,今天怎么会如此安静呢?

梁明德转头看向对方。

只一眼,他便被吓得魂飞魄散,手里的水杯打翻在地。

"你……你的脸到哪里去了?"梁明德颤抖着问,后退几步拿出了自己的特殊道具。

七区倒数第二名正面朝着梁明德,那张脸平整光滑,原先应该有五官的地方全部空白一片,如同肉色的背景。

无面人没有作答,甚至没有多看梁明德一眼,就像一个按程序行走的机器人般,端着杯子径直离开。

毫无疑问,这件事情在玩家里掀起了轩然大波。

"一个玩家,怎么可能突然变成了无面人?"101宿舍里,新一轮区代会议正在进行。所有区代都聚集在一起,"这中间一定有什么催化物,或者某种污染源,让他变成了这样。"

他们在今天上午的时候,一同去七区观察了那位变成无面人的玩家。

可是,不管他们怎么和那个玩家聊天搭话,甚至叫他的名字,对方依旧没半点反应,只是安安静静呆坐在座位上,脸上一片空白,就像是灵魂都生生被抽走了一样。

土门给出了更多的线索。

"他还是有反应的。例如在培训会上厂区管理员点到他回答问题,他会起来作答。还有今天周测,他也一样把试卷写得很满。由此可见,变成无面人,并不会影响一个人的思维能力。"

这就更可怕了。之前这个副本里只有工厂的NPC才是无面人,现在就连玩家也出现了这样的转变,是不是意味着在接下来的时间里,会有越来越多的玩家变成这样?

四区的区代打了个寒战:"等等,不仅仅是这个工厂的领导,当初我们在前置剧情里看到的其他人,不也一样没有脸吗?"

"确实,这其中一定有什么共同点。"

"那你们说,变成了无面人后,他能不能再变回来?"

宗九没有说话。

在这个游戏里，死人倒是不至于，变成无面人的情况大概率是被淘汰了，而且是在游戏里的数据都被抹除，这个玩家直接被淘汰，不像在其他副本里，"死"了还能去惩罚副本，有重来的机会。

玩家能够回到自己的世界，忘掉这一段记忆，但是对还在游戏里的人而言，这就是"生离死别"。

更何况，其他玩家还不像宗九这样知道这个游戏的本质，他们是真的担心自己会在这个游戏里彻底消失。

宗九沉思片刻，还是没有将他知道的游戏原理和九区发现那本日记的事情透露出去。

不说明游戏原理，是因为他不想被其他玩家当成神经病。

不说出日记本的事，也并非是他不愿意共享情报，而是即便在101宿舍里，也存在着截然不同的几种意见，例如五区的区代，比起全员通过，他更想达到集体副本筛选的目的，对其他人的生死并不是很在意。

面对这样的变数，稍有差池可能就会再次出现第一次月度考核时消息泄露的局面，自然还是要谨慎为妙。

坐在宗九对面的黑巫师不露痕迹地从兜帽下看了他一眼。

只可惜宗九正在凝神思考，没有注意到那双审视自己的绿眼睛。

就在出现无面人的消息开始在玩家中蔓延的时候，第二天的厂内动员会上，厂方对这个情况做出了回应。

只在第一次全体员工动员和考核前出现过的厂长，再一次出现在主席台前，没有五官的脸上带着显而易见的喜悦，语气慷慨激昂。

"万万没有想到，在春考到来之前，出现了这样一个振奋人心的好消息！若是放在往年，这么优秀的员工，至少都得在春考之后才会大批出现。由此可见，大家真是天赋异禀，未来不可限量！"

他朝着考核台下挥了挥手："来，好孩子，到这边来。"

那个率先变成无面人的玩家像一具提线木偶般大跨步走到了考核台前。

厂长满意地拍了拍他的肩："这就是本厂培养的优秀员工。"

"来。"厂长亲切地招呼站在考核台旁的厂区管理员们，特别是七区的区管理员,"快上来和今年第一位做出正确选择的优秀员工合影!"

很快,考核台上便站满了人。

区管理员一片空白的脸上似乎露出了充满期盼的笑容,那名无面玩家便也露出了如出一辙的笑容。

广场上陷入了死寂。

厂长讲话时不允许员工私底下交头接耳,但所有玩家脸上的表情都不太好看,这却是显而易见的。

就在今天上午,本周周测的成绩新鲜出炉。原本在七区还排名倒数第二的无面玩家,一跃成了全区第一,总分甚至超越了全厂第一的梵卓,接近满分。

这是怎么回事?所有人都满心费解。

会发生这样的变化,说是奇迹也不为过。

别说是玩家了,就连弹幕也是满满的惊讶。

【天赋异禀?我的天,难道这个工厂的目的,就是要把他们都转化成无面人?就像厂区管理员一样?】

【我的妈呀,这也太可怕了吧!难怪在工厂里找不到多少以前员工留下来的线索。那结局是不是这样,没变成无面人的人全都在残酷的竞争下被淘汰,留下来的人为了不被淘汰,努力工作,最终一样在竞争下变成了无面人?】

【我怀疑这就是这个工厂的最终目的。】

厂长注视着这名无面玩家走下考核台,转而对众人说道:"我希望在未来三次考核中,能够出现更多这样优秀的摒弃杂念一心一意工作的员工。"

宗九跟着沉默的众人回到了工作间。

他冥思苦想了两天,终于意识到为什么会觉得日记本上的字迹眼熟了。趁着还没开始上工,他掀开了自己那张桌子薄薄的桌板。

桌板的背后,正是考核时他发现的、用小刀刻了整整一面的"救救我"的字。宗九在木桌背后细细摸索,果不其然,找到了一处同培训台一样的夹层,里面似乎有什么东西。

他从里面抽出了一张泛黄的纸。

这是一张员工合照。照片上的人身穿蓝白色的厂服,直视着镜头。整整一个区的人，几乎全都没有脸——除了站在最后排的那个女员工。

女员工的表情很难过，因为她也只剩下半张脸了。

这张员工合照平平无奇又扭曲诡异。所有人都站得整整齐齐，没有五官的面孔露出如出一辙的古怪笑容。

最后排的那个女员工看着镜头，嘴角故作开心地翘起，眼睛里却盛满几乎要溢出来的悲伤。

宗九还注意到，女员工垂落在一旁的手腕上满是触目惊心的伤痕，有新有旧，触目惊心。

这张照片无疑同样是宝贵的线索。

宗九修长的手指缓缓从这张泛黄的员工合照上划过。他没有说话，也没有通知任何人，而是默默将照片收到了自己口袋里。

无面人的出现，让全体B级玩家都陷入了更加紧绷的状态。特别是在主系统给出无面人无法返回玩家宿舍并恢复原貌的答复后，所有人都明白了这个转变的意义。

即使玩家濒临死亡，都可以医治如初的主系统，面对转变成无面人的玩家，却表示拒绝接收。

会出现这种情况，只有一个原因，就是这个玩家的数据已经被主系统删除，也就是说，他被淘汰了，永远不会再回来。

这无疑是一个可怕至极的消息。偏偏又没有人知道无面玩家究竟因何形成。

变成无面人的玩家只有这一个，缺少可以参照的对象。在众人的猜测中，原因不外乎"工作成绩差""似乎被孤立""没日没夜埋头工作"等模糊的理由。

仅仅一天的时间，无面玩家只不过是将所有资料题浏览了一遍，就从七区倒数第二的成绩一跃升至全厂第一，不管是理论还是实践都接近满分。但是对这个玩家个人来说，他无疑已经失去了自我，成了人工培养出来的"完美机器"，是厂长站在考核台前不吝惜溢美之词大力夸耀的存在，却也丧失了人格。

但从全厂利益出发，却是一件毋庸置疑的好事，因为无面玩家的分数是厂区第一梵卓的两倍。从厂区倒数第二飞升到厂区第一，大幅度提升了七区的平均分，一下子就把七区从最后一名拉到了九个区的中游。况且无面玩家的成绩十分稳定，接连两次周测都能保持自己的水平，没有发挥失常的情况发生。

渐渐地，不仅仅是全厂，七区区内也没有多少讨论声了。

这名无面玩家之前在区内就不受欢迎，是被大家嘲讽排挤的对象，本身又不隶属于任何一个组织，实力只是中等，同他稍微熟一点的只有第一个发现他异常的梁明德，但也仅限于交谈。这样一个人，如今发生了这样的事，既没有人真正为他难过，也不会为了他想方设法寻求逆转的办法。如此结局，实在是可悲又可怜。

但所有人都无能为力。比起这个，即将到来的考核对大家更为重要。

时间悄悄流逝。

终于，在本月过了第三周后，距离春考仅剩八天。

各区都急得不行，因为即便所有人拼了命一样工作，但这么短暂的时间，想要达到这样的分数，委实有些困难。但为了留下来，他们只能把一切时间和精力都用在了练习上。

全厂九个区，还有六个区距离一千分仍有差距。这六个区里，九区距离一千分还差近五十分。

大家心中的惶恐可想而知。要是换成等级稍微低一点的玩家，恐怕会直接崩溃。

更可怕的是，人事部长竟然还反复强调今年员工素质不错，不仅这么早就有员工做出了正确的选择，目前也还没有一个员工承受不了压力自暴自弃。

他们都是经历过大风大浪的老玩家，但此刻却都觉得，这个集体副本堪称他们经历过的最可怕、最压抑的副本。

明天就是春考前最后一次周测。

宗九刚回到宿舍，正巧听到了五区区代同另一位区代的对话。

"不仅少了一个拖后腿的，反而还多出一个接近满分的，变成无面人可不就是件好事嘛。"

"要我说啊，我们区里那几个倒数的家伙也变了算了。"

宗九皱了皱眉。

在101所有区代中，就数五区区代最偏激。他并不是B级玩家里综合实力最强的，却是考核成绩最好的。而且他还在心里计划着，想要借这个千载难逢的机会，先下手为强，排除掉一些未来的竞争对手。

说话间隙，五区区代看到了不远处的宗九，不忿地嘟囔了一句："看什么看，我又没说错，局势这么艰难了，还在这里装模作样。"

说着说着，他突然想到首席和梵卓都对宗九青睐有加，心里不禁生出几丝退缩。

宗九冷冷地说："没看你，但你吵到我了。"

宗九轻蔑又不屑的神色将五区区代的怒火彻底点燃："你以为你是谁？新人就敢这么嚣张？你不要以为仗着那位大人的偏爱就能为所欲为。"

下一秒，纸牌凌厉地破空而来，不偏不倚地在五区区代脸颊上留下一道浅而长的血痕。在纸牌插进墙壁的刹那，冷漠的男声随之响起："好吵。"

不远处，披着黑色长袍的黑巫师放下手里的资料，俊美的侧脸在昏暗的灯光下显得格外不近人情。他那双狭长碧绿的双眼，在宗九的脑海里，猛然和另外一双毫不相干的暗金色眼眸逐渐重合。

宗九觉得此刻的自己大概有点草木皆兵。

就在不久前参加国王游戏的时候，他还用星辰牌测过，排除了黑巫师被恶魔操纵的可能。在这个副本里，他们没见黑巫师有被操纵的机会和条件，恶魔也不至于神通广大到这个地步。

其实最重要的是，宗九坚信，恶魔不可能这么好心帮他解围。

虽然他不知道为什么恶魔突然放弃了杀他的想法，但他不会天真到以为恶魔未来一直都不会对他下杀手。

比起之前二人你死我活的关系，宗九对恶魔现在这种不瘟不火的态度更为恼火，仿佛是高高在上的主人，对自己的宠物的逗弄，或是胸有成竹的捕猎者，玩弄自己的猎物于股掌之间。

傲慢如宗九，早就在心里把这个得意扬扬的恶魔骂了千百遍，发誓未来一定要他知道自己的厉害。

黑巫师一发话，五区区代瞬间退缩，什么话也没敢多说，灰溜溜地离开了。

宗九懒洋洋地回过头去，低声道谢。

对他的感谢，黑巫师并无表示。绿色的眼睛毫无感情地扫过，重新落回了手中的资料本上。

这熟悉的淡漠眼神让宗九放下心来，觉得没必要再浪费一次抽卡机会。

寝室里恢复了寂静。

宗九并未察觉，自己忽略了一件十分重要的事。

之前暗曾经说过，恶魔第五根傀儡丝的植入意味着灵识侵袭，但傀儡并非完全变成恶魔本人。为了趋向合理性，这些被完全操纵的人会被允许保有自身的性格特点。被操纵后，表现出来的性格特点依旧还是当初游戏角色的，只是内里被更高权限的意识侵蚀操纵，从而不因为性格变化过大而露出破绽。

这也是为什么恶魔的能力完全无解，因为除非被操纵的傀儡自己露出马脚，不然实在很难被旁人察觉到异常。

就像圣。

但不知道是不是因为太累了，宗九竟然没有意识到这一点。

第二十九章

鬼使神差

宗九并没有意识到黑巫师的异常,他只是感叹,在这个要求所有人都要穿着统一的厂服的地方,黑巫师依然坚持着回到宿舍就把衣服换成自己的兜帽长袍,执着得叫人心疼。

第二天的周测上,变故再一次发生。

这次一下出现了三个无面人,三个都是厂区排名倒数的玩家。

而且如同第一个无面玩家那样,他们都是在考核前夕发生了转变,然后在第二天走进考核场的刹那掀起轩然大波。

考核的结果不言而喻。

那三个区正好都是距离一千分还差一点,在无面人出现后,他们全部险而又险地越过了一千分的考核线。

这一回,三个区里的人全部选择了沉默。

这次考核后,不少人出现了五区区代那样的想法:"希望我们区那几个倒数的也早点想清楚,不要再拖大家的后腿了。""就是,还不如变成无面人,还能把平均分提高一点。"话说得越来越难听,观点也越来越极端。

截至目前,全厂九个区里,还有三个区未能达标,其中就包括了九区。

宗九最近十分严厉,拉着区里的几个倒数的员工一起反复加班练习,一刻也不放松。

九区最好的一点就是没有人对宗九出言不逊,即便先前曾有一些不同的声音，也渐渐因为宗九的倾力付出而对他心服口服，不再心怀不满。

这样没有欺凌或歧视的厂区氛围相当难得，除了梵卓和黑巫师所带领的一区、三区外，只有九区一个。

这次周测过后，九区的成绩再一次实现了大幅度提升——他们距离春考的目标分数，只差十五分了。这个结果叫人喜忧参半，焦虑难安。因为留给他们的时间已经不多了。

这天，宗九来到九区工作间的时候，发现其他人竟然都到了。

"今天来这么早？不错，有觉悟。"宗九顺嘴夸奖了一句，仔细一看却发现了异常。

只见大家围拢成一个圈，一个个脸上露出焦急且不赞同的神色。看到宗九走进工作间，他们才像是找到主心骨一般松了口气："九哥！"

"九哥你终于来了，快来劝劝这几个傻小子，他们自愿变成无面人！"

"就是，他们脑子有问题，真不知道怎么想的。"

"还说什么舍己为人，平日里怎么不见这几个嬉皮笑脸的家伙这么有奉献精神呢？"

现在厂区里已经出现了四个无面玩家，只要对比一下他们之间的共同点，就可以猜出无面人形成的原因。

首先，他们都是每个厂区排名倒数的员工。

其次，他们的社交圈都很狭窄，在区里往往被众人漠视，很少同他人交流。

最后，施加在他们身上的压力远大于其他人，这些压力足以让他们神志恍惚，甚至性格扭曲。

当然，除了这三点外，玩家们自己也要做出抉择，就像人事部长说的那样，有一定的"觉悟"。

变成无面人的这几人，内心也不如他人强大，在这种极端的压迫之下，他们选择放弃，很有可能只是为了不再继续忍受痛苦，没想到最终的结果，却是为他人作嫁衣。

透过人群的缝隙，宗九看到那几个人坐在正中间，一个个神情沉重颓靡。围在他们身边的其他人虽然一个个出言训斥，但脸上关切的神情怎么也遮掩不住。

这一刻，厂区的利益被抛之脑后，对朋友的情感占了上风。九区这些人没有一个像其他区那样，希望这些差员工以牺牲自己的方式，提高厂区平均分。

宗九眼皮一跳，凉凉地说："你们省省吧，看看人家变成无面人的玩家有多自闭。就凭你们几个这种天天闹得鸡飞狗跳的性格，能变成才怪了。有这个时间，倒还不如多串点珠子，练练手速。"

众人哄堂大笑，就连坐在中间的98号和99号也没忍住笑了出来。

宗九也不催，等他们笑够后，才恢复了严肃。众人也不再笑闹，认真地看着他。

"不仅是这次考核前，在接下来的六十多天里，我希望再也不要有人出现这样荒唐的念头。我们努力工作，不就是为了集体吗？谁敢像那个破日记里一样牺牲自己变成无面人，别怪我不客气。我们九区永远是一个集体，九十九个人，一定要一起通过这个副本，一个也不准少。"

宗九的话语虽然没有多么华丽的辞藻，却让众人都红了眼眶，99号更是抽泣了一声，没忍住掉了眼泪。

这回没有一个人笑他，大家都眼含泪水，安慰地拍着他的肩膀。这一刻，九十九颗心贴得格外近。

他们齐声高呼："我们九区，要生一起生，要死一起死，一个也不能少！"

直播间的观众们也纷纷表示大受感动。

【天哪，我也要哭了，这也太感人了。】

【九区的气氛真的是太好了，虽然考核不是最好的，但却是最有人情味的。这才是正常的厂区正常的关系，这么多个区，我还是最喜欢这里。】

【是啊，主要是九区的区代真的太好了。其他的区代哪个会费时费力给别人练习？不联合全区给他们施压就不错了，口头说着不会放弃任何一个人，私底下还不是让全区故意疏远差的员工，用行动表明自己比谁都希望这些差员工变成无面人。这几天看到太多这样的例子，让人心寒。】

【对，只有九区真正做到团结一致，没有人阳奉阴违，大家都是真心希望能九十九个人一起走到最后的。】

【经过这个副本，我是真的对魔术师改观了。不知道为什么，以前我觉得虽然他表现出彩，但好像没什么感情，对什么事情都很淡漠。哎，也不是没感

情，就是缺少人情味。这次真的让我对他刮目相看。】

【对，这也是我的感觉。唉，谁能想到呢，虽然这个副本这么残酷，但九区的感情却叫人找回了一些美好。】

对他们积极的态度，宗九感到十分满意，更加言辞恳切地向众人发起动员。

"好！我们一定努力，达到这次的考核要求！"众人情绪高涨。

宗九站在前面，心中十分惊讶。他也没想到，自己的一番话，居然取得了这么好的效果。但是他绝不会承认，刚才自己心里竟然也升起了几分豪气。

他看着埋头练习的众人，说道："你们加油，我离开一下，回来要检查。"

"是！区代！"

宗九在工作间外默默站了一会儿，叹了口气，转身离开。

只有他知道自己此刻心中有多矛盾，因为一直以来，他都觉得自己实在不是个善良的人。

在他还是个孩子的时候，就留下过待观察档案。他缺少必要的社交活动，不屑与人交朋友。因为他被心理医生检测出缺乏情感、共情能力差、漠视规则等一系列问题。

那时宗九年仅十一岁，便被学校的心理医生以有人格障碍为理由，劝说收养宗九的老修女将他带回了家。

从那时开始，宗九就知道，自己和其他人不一样。如果魔术没有出现在他的人生中，他也不知道自己会变成什么样子。

虽然他没有变成一颗人群中的不定时炸弹，但根深蒂固的性格从未改变。

比起生死，他更追求刺激；比起遵守规则，他更喜欢漠视或打破它；比起建立亲密关系或进行交际，他更喜欢独自一人。就像在这里，包括刚开始发现线索后，因为缺乏对人基本的信任，宗九甚至没打算告诉任何人。但现在……想起方才区里那九十八张笑脸，宗九感到一直如局外人的自己，竟已经不知不觉牵扯到其中。

宗九在心里微微叹了一口气。他已经隐约明白暗让他来这个集体副本的用意。

恍惚间，似乎有一双粗糙的手，再度落在他的头顶："如果找不到能够当作锁链的目标，那就去回应他人的期待吧。"

绕过阳光切割过的阴影拐角，宗九从口袋里抽出一张星辰牌。

代表梵卓的星辰牌是第四张牌，皇帝正位。排除掉梵卓被恶魔操纵的可能性后，宗九将牌重新收回了系统背包里。

宗九来到一区门口，停下了脚步。

现在并非上工时间，走廊上却只有几个人，宗九的出现自然吸引了他们的注意。

"魔术师怎么突然去一区了？"这些人小声议论，"谁不知道一区区规最严了，平常下班都在工作间里工作不准出来的。"

宗九在一区玻璃窗前敲了敲，似乎要找人。

"对啊，就算是别的区去一区找人，也得等到自由活动的时候。现在去找人，估计是得白跑一趟咯。"

然后，让他们大吃一惊的事情发生了——一区的门开了。

梵卓朝宗九点点头，两个人并肩朝着楼梯间走去。

梵卓与宗九都沉默着，但气氛并不尴尬。

他们顺着楼梯，一直走到工作楼顶层的天台。

第一工厂的天台在六楼，上面铺着厚厚的水泥，周围只简陋地用生锈的铁栏杆围了一圈，边角处却没有保护。厂方似乎完全没打算花心思把天台重新修葺一下。

今天的天气依旧阴沉沉的，看不见日光。

梵卓率先开口："你来找我，是有什么事情吗？"

宗九点了点头，从抱着的工作日志里抽出了那本破破烂烂的日记。

在九区得到日记本后，宗九并没禁止区里人说出去。所以这一周里，已经有不少人知道了这件事。

同时有传言说好几个区似乎都发现了线索。这也很合理，按照副本的套路，每个厂区都有一条线索，这才是最合理的。

原本宗九可以自己慢慢摸索，但现在，或许是被九区其他人打动了，宗九决定主动出击，寻找几个盟友。

这么多人里，位高权重又有威望的梵卓无疑是最佳人选。

这一回，梵卓一副公事公办的样子，神情严肃。对这样的态度，宗九十分满意。毕竟他把自己同游戏角色分得很开，也不希望对方看他的时候，有什么不必要的滤镜。

听宗九讲完后，梵卓毫不意外。

"针对这个发现，我的确是有意不召开区代会议，至于原因……想必你心知肚明。"

宗九当然明白。现在101宿舍里变数太多，例如五区，还有逐渐表露出类似倾向的十区。这种情况下共享情报，很容易如同当初第一次月度考核前一样生出事端。

"这不重要，重要的是合作。"宗九将手从兜里拿了出来，"你我都知道，这个副本远远没有表面上那么简单。如果不共享情报的话，一定会遗漏掉不少信息。"

意料之中的，梵卓十分爽快地答应了线索共享的请求。

两个人在天台上就地交换了线索物品，梵卓给了宗九一封从厂区门板夹缝内找到的陈年信件，宗九给了梵卓日记本和员工合照。

"如果你没有找我的话，近期我也打算找你一趟。"交换完成后，梵卓顿了顿，"直到现在，看到你还是和以前一样，我就彻底放心了。"

他补了句："如果伯母的在天之灵知道你身处此地却依旧保持着从前的善良，她也一定会欣慰的。"

宗九看着梵卓离开的背影，一时间竟不知道说什么好。

由此可见，小时候的宗九是真的给这位梵卓大佬留下过不可磨灭的好印象，即使过了这么多年，对他的善良依然记忆犹新。

但很快，宗九就什么也不想说了。因为就在他刚刚低头想要打开线索信件的时候，他再度感受到了一道肆无忌惮的目光。

宗九捏着信封的手一顿，敏锐地抬头。

果不其然，就在天台一处阴影中，一道修长的黑色身影正懒洋洋地靠在那里。

恶魔的手中傀儡丝翻飞跳跃，似乎正在编织下一个倒霉人的命运。

在宗九看过去的刹那，恶魔神色立时发生变化，露出了浓厚的兴趣。他笑眯眯地侧过头，同站在不远处的宗九打了个招呼。

"嗨。"

宗九心中大惊。

他和梵卓在这里待了这么久，敏锐如梵卓，竟然都没有察觉到另外一个人的气息，那只能说明恶魔的实力要远高于梵卓。虽然早就隐隐约约有预感，但这个事实得到确认的时候，依旧不免让人心惊肉跳。

宗九双手抱臂，面容冷淡，天台上的冷风吹来，将留在脸颊旁的碎发吹起，更加显得他姿容胜雪，眉目如画。

恶魔眼中兴致愈盛，光芒转瞬晦暗，傀儡丝瞬息之间尽数遁入虚空。

他朝宗九走来，每一步都踩着地面上的阴影。虽然没有任何多余的动作，但周身却笼罩着无比尖锐的暗光。与之相对的是那道极富侵略性的视线，落到宗九身上激起阵阵战栗。

但宗九不想就此显得自己气势矮了一头，笔直站在原地没动，语气嘲讽："没想到，首席也有听墙角的爱好。"

恶魔的神情看起来很无辜："我的区代送工作日志送到天台上来了，作为管理员，自然应该上来看看。"

他刻意压低声音，"我的区代"几个字听起来透出几分沙哑。

宗九完全不吃他故弄玄虚这套。他原先是想找梵卓交换线索后，再顺便去办公室，没想到恶魔竟然亲自跑来。

"哦。"宗九冷淡地应了一声，把手里的工作日志往对方怀里一塞，"日志给你，你现在可以走了。"

恶魔一愣，忽然低低地笑了起来。

宗九感到莫名其妙，但是此刻他可没心情奉陪，他更想回去看看梵卓交给自己的线索。

宗九理了理袖口，转头就往天台楼梯走去。

背对着敌人无疑是大忌，但是宗九不愿意对恶魔示弱。他一边走，一边将扑克牌夹在指缝间，集中精神，时刻注意着身后的风吹草动。

不过，恶魔似乎沉浸在自己的世界里，完全没在意宗九的这些小动作。

宗九来到位于天台中央的楼梯间，拉开锈迹斑斑的铁门，走进了漆黑的楼梯间，十分贴心地帮恶魔反锁了门，然后心情愉快地转身准备下楼。

突然，一道冰冷的气息拂过，恶魔的声音带着似笑非笑的语气在黑暗中响起："厂区管理员话还没说完，你怎么就走了呢？"

宗九的反应很迅速，他直接弯曲手肘朝后撞了过去，随后反手向后丢出纸牌。

天台楼梯间的电灯坏了，铁门又刚刚被宗九自己反锁，现在这一片狭窄的空间里黑得伸手不见五指。就算以宗九强化到极限的目力，也只能看到周遭模糊的轮廓。

穿梭阴影的确是一个再方便不过的技能，不仅行踪诡秘，还防不胜防。此刻，恶魔轻轻松松就躲过了宗九的攻击，修长的手指漫不经心地抬起。

无数根难以用肉眼捕捉的傀儡丝从虚空中显现，将呼啸而来的纸牌切成了两半。高速飞过的纸牌的力道被傀儡丝削弱，那些难以阻挡的纸牌被直接截断在空中。

宗九没有回头。他知道恶魔就在他的背后，但他无法转身，也没有时间转身。

两轮攻击不奏效，宗九并没有灰心丧气。按照方才那道冰冷气息判断，对方应该离他不远。

宗九当机立断，从黑色暗匣里抽出一把短匕首，看也不看便反手朝着身后狠狠扎去。与此同时，他在黑暗中屈膝，向后朝着气息传来的位置一踢。

在之前的比赛中拿到生存点数后，宗九只把手和眼睛强化到了顶级。因为他给自己的定位是灵活的魔术师，并不是单纯的打手。但自从上一次在玩家宿舍里，宗九在恶魔手下吃过亏后，就生出了想要强化身体力量的心思。

恶魔的身体格斗术究竟是什么水平，没人知道。毕竟对方更多时候根本无须展现这些，只要动动手指，无处不在的傀儡丝就能轻而易举地把猎物团团困住。

不过这里也有一点出人意料，就是宗九可以徒手扯断恶魔控制别人的傀儡丝，按照这个逻辑，只要他能够把身体力量强化，下次恶魔这一套多半就对他没用了。

突然，平整粗糙的织物贴上了宗九的手腕，宗九后踢的腿被黑皮鞋稳稳挡下。

后背传来一股不容抵抗的强大力量,直直将宗九按在楼梯间的铁门上。

"哐当——"

宗九无力地张开手指,泛着寒光的匕首坠落在地,发出清脆的响声,又顺着楼梯的缝隙落入下面深不见底的黑暗。

宗九看着面前近在咫尺的天台门锁,在心里感慨自己刚才为什么要多此一举。如果没有反锁的话,这会儿把铁门推开,估摸着还能和恶魔打上几个回合。

一时间,黑暗里只有宗九沉重的呼吸声。

恶魔感觉到宗九的怒气值骤然升高。

"放轻松,我没有要伤害你的意思。每次想要和你友好沟通前都得打上一架,就算是我,也很难招架啊。"

恶魔叹息着,另一只手绕过宗九修长的脖颈,轻轻搭在宗九的肩头。

"上次那个问题,你考虑得怎么样了?"

"什么问题?"宗九的声音如冰川般冷硬。

"你竟然忘了,真是令我难过。"恶魔假惺惺地说着,话语里感受不到一丝诚意。

他向宗九俯身,在宗九耳边轻声说:"古大师的预言声称我们不死不休,这的确不错。"

这条针对是否能离开游戏所做的预言对应的人既然已经出现,命运的齿轮自然应该开始转动。

"虽然并未提及,但你为什么不愿意去思考另外一种可能呢?"

被抓着手腕的宗九哼笑一声:"什么可能?"

"比如——"恶魔压低声音,"合作?"

宗九笑了出来。这简直是世界上最滑稽的提议。

面对宗九笑声里毫不遮掩的讥讽,恶魔也不动怒,反而歪头挑了挑眉:"这并不好笑。这个世界有数不清的娱乐方式,有阴谋与算计,也有欺骗和伪装,还有随时喝彩的愚蠢观众。那些在现实世界难以显露的恶意在这里一览无遗,玩家挣扎的表情多么有趣,不是吗?"

楼梯间一片死寂。

"为什么要像预言中那样你死我活呢？不如和我一起享受这里的乐趣吧。在这方面，我们应该相当合拍。毕竟……本质上，我们是同一种人啊。"

对恶魔的盛情邀请，宗九的回应言简意赅，只有一个字："滚。"

面对这毫不留情的拒绝，恶魔双眼缓缓眯起。片刻后，他又像想到了什么一样，复又弯起嘴角。

"没关系，可以不用这么早给我答案。"

话虽这么说，恶魔却依然紧紧按着宗九的手腕，令他动弹不得，冰冷的呼吸从宗九的脖颈处滑过。

宗九眼中的不快愈盛。

像是为了显示自己的大度，恶魔缓缓松开了手。

宗九瞬间转过身，猛然屈膝前踢，指缝间的扑克牌在昏暗的楼梯间内泛着冷光，裹挟着寒冷的空气，势若千钧般横扫过去。

恶魔显然早就料到了这一波攻击，直直退到三级楼梯开外，避开了宗九的攻击范围。

"我在玩家宿舍静待最后的答案，你随时可以改变主意。"

在侧头灵活躲过三张贴面扫来的扑克牌后，恶魔优雅地笑着，身影如同鬼魅般消散，融到身后的阴影里。

这是宗九第二次看到恶魔发动这个穿梭阴影的能力，同上次一样，他完全没看出这个能力有什么条件限制。

宗九没有动，依然保持手握扑克牌的姿势站了许久，这才缓缓放下右手，揉着刚才被恶魔禁锢的手腕，从喉咙里挤出一声笑。

要是换成普通人，恐怕在听到恶魔的合作请求时就会毫不犹豫地答应，毕竟那可是当之无愧的最强者。同这样的人为敌，无疑是一件十分愚蠢的事情。

宗九有预感，之前那些针锋相对，不过是小打小闹。恶魔从来没有认真过，更没有真正想要置他于死地。当然了，这或许只不过是恶魔觉得有趣，用来消磨时间而已。

像恶魔这样的疯子，若是真的心怀杀意，绝对不会浪费口舌，只需要几根傀儡丝便能不动声色地操纵敌人走向死亡，甚至就连主系统的规则条例也一样拦不住他。

所以宗九才笑，为了唯一值得肯定的那句。

在游戏里，强大的恶魔操纵傀儡下场挑事拱火，自己则躲在幕后看戏，欣赏着玩家在绝境时的丑态，和他们暴露出的内心深处的阴暗；魔术师则将这里当成他有生以来最盛大的舞台，用话语和表演，将所有人玩弄在掌心。

在荒村副本中是如此，在韦加城也是如此。这个遍布纷争的世界，给了原本就对此驾轻就熟的他更大的发挥空间。

——他们的确是彻头彻尾的同类。

所以很多时候，其他人难以揣测的恶魔的意图，宗九却能轻而易举理解，他甚至可以站在对方的角度，推测出对方行动背后的深意。

正因如此，宗九才会笑得这么讥讽。对他们两个人来说，"合作"这两个字，本身就是悖论。他们都不会让另外一个人分享自己的荣光，更不可能像弱者一样需要合作才能得到胜利。

恶魔这样的家伙，对人说出"合作"两个字的时候，多半只存在两种情况：一是对方有值得利用之处；二是觉得对方有趣。如果是前一种，那么就是用这个字眼来掩饰一下，等对方没有利用价值了，就可以抛之脑后；如果是后一种情况，那么更可能是以合作为借口来迷惑对方，找机会背后算计对方一下，然后欣赏对方的惊讶与错愕。

但哪种都不是真心想要合作。更何况，这个合作对象还是自己的同类，那这个行为就更值得玩味。

宗九十分确定，如果他答应恶魔提出的合作提议，那自己多半没法通过这个副本。因为那样，附加在"宗九"这个人身上的有趣的东西，在恶魔眼里便会大打折扣——无趣的人当然没有存在的必要。

更别说他们永远不可能将信任交付给除了自己以外的任何人。

所以，宗九不仅要狠狠地拒绝恶魔，还得给对方送上一份大礼。

至于向恶魔宣战的后果——

谁在意呢，他也不是第一次这么干了。

宗九没有急着回工作间，他先去了洗手间里的一个监控死角，将梵卓给他的线索打开。

这是一封有些年头的信了，和那本破旧的日记一样，一时间竟分不清哪个更古老。

如果不是上个星期工厂组织大扫除，他们恐怕很难发现这么多线索。宗九感觉，这是主系统有意安排的，因为剧情时间到了快春考的时候，他们已经适应了这个副本的节奏，也该着手挖掘深层次信息了。

这封信不长。

出乎意料的是，这竟然是一封绝笔信。

写给所有看这封信的人：

看到这封信的时候，我应该已经死了。

一个月的春考前，厂区里出现了第一个异类，一下子成了全厂第一……接下来的考核，一次比一次苛刻，直到这一次，在高不可及的分数要求和残酷的竞争下，所有的厂区都做出了选择。

区里的人一直都在孤立我，试图让我变成那样的异类，好让他们赢得这次副本。

有员工冤枉我，因为他的考核成绩比我好，所以我被记了过，或许这就是压死骆驼的最后一根稻草。看着那些自私的脸，我感到一阵恶心……这些人为了让自己平安无事，为了提高厂区平均分，他们已经将我上铺的人逼成了异类，只有我每天晚上都一遍又一遍地告诉自己不能变成那种人。

终于，我还是决定放弃自己一直以来的坚持。哈哈，因为我就是这样一个无能的懦夫。

这封信到这里就结束了，再无后续。

宗九很明白写信的人的心情。

至于无面人的出现，已经说明了日记和信件里的异类是什么。

虽说两个区的情况不同，可他们却无一例外地走向了相同的结局。

日记本里记载的那个厂区氛围很好，员工与员工之间和谐友爱，会互相加油打气。到最后，考核要求的分数越来越高，区里的人甚至一个个自愿变成无面人，借此提高全区平均分。

　　所以，7月4日的日记中才会写着："如果我们三个没有做出改变的话，全区都会下场凄惨。"可是等到7月5日拍员工合照的时候，仅剩的三个员工都不约而同地选择变成无面人，包括那个只剩下半张脸的女员工。所有人都在为了全区而努力。

　　最后，在日记的结尾，她说"他们用自己拯救了厂区，拯救了我。现在，轮到我了"，这句话，也预示了最后全区都变成了无面人的结局。

　　这两条线索，乍看之下没有多少共同点，但仔细研究的话，至少能得出一个结论：之后两次考核一定非常苛刻，所要求的分数线高到无法想象的程度。

　　特别是夏考。

　　写日记的女员工本身工作成绩很好，虽然无法达到无面人那样接近满分的程度，但也绝对不差。这样的情况下，还无法让一个正常的员工留到最后，那就意味着那场考核本身就是一个死局。

　　这意味着，如果他们不能在夏考前找到破局的办法，最终的结局，要么就是因考核不达标被淘汰抹杀，要么就是转化成没有自我意识的无面人。

　　宗九将这封信重新折叠好，放回到自己口袋里。

　　回忆起日记本上一条珍贵的线索，他想，他已经对破局之法有些头绪了。

　　可令人发愁的是，这个方法只能等到夏考的时候才能用。

　　在此之前，他们至少得撑过春考和第二次月度考核。

　　就在这样紧张的工作中，春考很快便到来了。

　　这一回，考核场中玩家们脸上的紧张神色怎么也遮不住。

　　上次好歹只是淘汰最后一名，前几名的厂区尚且能够高枕无忧。这一回却是列出了达标分数线，好几个区的成绩都是贴着一千分的线。万一这一回发挥失误，那就是全区淘汰的结局。

　　考核开始，九区排名倒数的那几人一个个慌得手心冒汗。

　　春考前，他们花了两个小时晚班的时间做了一次模拟测试，最后的总分将将达到一千分。万一这次发挥失误，很有可能会跌到一千分下，届时迎接他们的将是惨烈的结局。

宗九则是一脸平静。因为在考核前，他用星辰牌测了一下，牌面显示九区有惊无险，安然过关。所以此刻的宗九可以说是丝毫不慌。

宗九越是不慌不忙地答题，这位南厂区管理员对他就越是关注。

作为特聘厂区管理员，恶魔不仅自己站在看戏的最前列，还操纵傀儡到处凑热闹，偶尔还会亲自出手挑事捣乱。

梵卓和宗九既然在私底下交换线索，其他区的人当然也不可能坐以待毙。

所有人的小动作没一个能逃过恶魔的眼睛，他乐得看大家在这个地狱般的副本里挣扎求生。

很快，考核结束。厂区管理员们开始批改试卷。

99号坐在位子上，看起来坐立难安。他的脸涨得通红，颤抖着举手："厂区管理员，我能去个厕所吗？考……考核前紧张，水喝多了，想尿尿。"

"哈哈哈——"

现场一片哄笑，原先严肃的气氛一扫而空。

人事部长轻蔑地扫了他胸前的工号一眼，不予作答。

站在一旁的管理员助理冷冰冰地开口："如果出成绩后厂区需要处罚，而你还没回来的话，我们依然不会放过你。"

恐吓的效果立竿见影，其他生出别样心思的人安静下来。

99号原地打了个寒战："是！我会尽快回来的。"说完，便一路小跑冲到工作楼里。

平日里99号也不是第一次做出脱线的行为，九区的玩家笑过后也没说什么，反而七区的土门也跟着提出要去上厕所，之后又陆陆续续去了几个差员工。

宗九看了看99号远去的背影，若无其事地收回了视线。

大约十五分钟后，开始宣布成绩。九区众人神情严肃，脸上露出坚定不畏的神色。

人事部长开始按照平均分高低宣布分数。

在春考前一周，已经出现了四位无面玩家。等到春考当天，除了一区和九区以外，其他区也都出现了至少一个无面人，特别是五区，一下子出现了三个，排名一下子就跃居中上游。

"一千零一十四分，七区！"

七区愣了一下，纷纷鼓起掌来。

有人小声嘟囔："要不是我们区出了个无面人，这次肯定就得被土门拖累了。"

"就是……躲得过这次，躲得过下次吗？堂堂一个S级，工作能力怎么那么差。"

他们丝毫没有要掩盖的意思，这些话几乎尽数传到队伍最后头的土门耳朵内。

虽说是S级，但土门在区里的日子并不好过，大家对他极为不满，又不敢直接发难。好在他心态不错，即便如此依然能自娱自乐，丝毫没有自我放弃，依然一刻不停地拼命工作。

而且，不管怎样，他到底是个S级，能达到这个等级评定的玩家，不论是实力、心态、眼界，还是抗压能力，和其他普通玩家比强了不知多少。

宗九想了想，觉得可以考虑和土门结盟。

不过谨慎起见，他决定还是待会儿用星辰牌测一测再说。

"一千零七分，二区！"

现在宣读的分数已经到了一千多一点点，九区的玩家们脸上已经带上了沉痛的神色。

这样小的分数差距，很难再出现一个奇迹。后面再报出来的分数只会更低，万一是九百九十九分，那不是前功尽弃了吗？

现在还有三个区没有被报到分数。

"一千零二分，九区。"

九区！

九区的玩家纷纷对视，沉默片刻，发出山呼海啸般的欢呼喝彩，鼓掌大笑，引得其他区众人纷纷侧目。

但是其他人大多对他们的喜悦感到难以理解，五区区代更是带头嗤笑一声："有什么好开心的，躲得过一时，躲得过一世？还有下次月度考核呢。"

与九区的兴高采烈形成鲜明对比的，是四区和十区众人沮丧的脸。

十区的区代素来和五区区代交好，此刻已经开始控制不住地颤抖，连桌椅都被带得动了起来。他们区本来就没有厂区前十名的员工，好不容易才成功逆袭。在有无面人出现后，又导致厂区内部出现了矛盾和分歧，最终整体成绩有所下滑，这让众人悔不当初。

四区更惨，上次周测好不容易因为出了一个无面人把分数提上去了一点，可能众人因此便松懈了些。没想到这次春考有人发挥失误，一下子就把那点分数又拉了下来。

这两个区的玩家都死死盯着站在考核台前的人事部长，期待着出现最后的奇迹。

可惜的是，人事部长把手上的成绩单放下了。

刹那间，两个区的员工血液尽数凝固。

"以上就是本次春考分数达标的厂区。下一次月度考核达标绩效为平均分一千二百分，请各个厂区做好准备。接下来，考核达标人员可以离开广场。"

众人倒吸一口冷气，他们都明白留下的玩家会面临什么。而更令人心惊的，是下一次的达标分数。

平均分一千二百分！这对于他们而言简直难以想象。

不少人开始掩面哭泣。

这个副本的时间太长，这样长期高强度的压迫足以磨灭绝大多数人的斗志。他们花费这么多时间学习对如今的自己来说完全无用的知识，仅仅只是为了保住生命而已。

无力感笼罩了广场。

其他人离开了广场。这一回，没有人再有心情去看之后会发生什么。

见证过两次之后，这些已经让所有人麻木了。

宗九回到工作间，给99号递了个眼神，两人便一前一后地走到走廊。

借着广场上传来的声音，他们开始压低声音交谈起来。

"怎么样？"宗九问。

"地窖被锁住了，的确没有人，但也进不去。"99号摇摇头，"他们只在要把被放弃的员工丢进去的时候才会打开。"

99号犹豫地说："只是……我站在外面的时候，感觉里面很阴冷。"

阴冷？

想起土门信誓旦旦地说在这里没有感觉到异常生物的存在，宗九深思片刻。他觉得让土门亲自过去看看。

宗九屈起手指，在栏杆上不疾不徐地敲动："在第二次月度考核前，我们必须进地窖一次。"

那本日记里写着她找到了，就在地窖的旁边。这句话没头没尾，却引起了宗九的注意。

可惜前面几页日记被弄脏了，不然就能够得到更多线索。

但是有一点可以确定：那里肯定有什么，能够直指整个副本的核心。

令人烦躁的是，地窖建在工作楼楼下，平日里上着锁，还有管理员助理轮流站岗，这些管理员助理只有在考核的时候才会走开，所以宗九才让99号找借口跑去探寻一番。

现在他们的困难在于如何找机会打开地窖的门。

好在他们并没有等太久。

就在春考过后的第一个星期，他们接到通知，工厂将利用一个下午的时间举办篮球赛。

听到这个消息后，宗九眼神闪烁。

机会来了。

第三十章

抓住机会

　　没有人对篮球赛抱有期待，毕竟下次考核的达标分数对他们来说高得离谱，他们不希望将为数不多的时间浪费在这上面。

　　但这次会有所谓的"重要甲方"前来观看，第一工厂的全体工作人员自然格外重视，立时着手开始准备。

　　大家看到，广场上的杂草已经被清理干净，用油漆画出了一个篮球场。

　　"后天下午的篮球赛一共打三场，包括替补，每个厂区要出三名员工。"

　　这天，恶魔来到九区工作间宣布了篮球赛的要求："甲方会来视察，届时不参与比赛的员工必须坐在广场四周观看，所有人须穿戴整齐，要注意仪容仪态。篮球赛全程有摄影团队拍摄记录，后期要制作成宣传片，工厂的意思是希望各个厂区形象出众的员工积极报名参与，评优的时候也会优先考虑这些员工。"

　　听到这句话，全区员工都默默将视线投向了坐在第一排的宗九。

　　培训台上的恶魔意味深长地扫了宗九一眼："截至明天下午，有报名想法的员工可以来我的办公室申请。"

　　宗九觉得剧情似乎开始快速推进。

　　第二次月度考核的达标分数线已经让很多人几乎到了崩溃的边缘，春考他们算是勉强踩线过关，第二次月度考核的一千二百分，想要达到简直难上加难。况且就算这次通过了，按照每次考核的分数线的提升情况，夏考的分数要求很可能会提到一千五百分。这样的分数，仅凭他们自己根本不可能达到。

除非……区里出现更多的无面人。

这是所有人都能想到的，唯一的生路。

但是，无面人是自愿转化而成。

这让很多人都如坐针毡。

五区区代私下联络了几个区代，又和工作成绩好的几十个员工抱团，一起给其他人施压。

但对方也不甘示弱。况且，成绩排名靠前的员工综合实力未必就更强，那些名次靠后的员工也纷纷抱团，互相加油打气，延缓自己变成无面人的时间。

双方为了利益争执不休，势同水火，冲突也日渐加剧。

还有人跑去办公室，向首席寻求帮助，却只得到回复说NPC有NPC的任务，在玩家没能得到关键性线索前，他无法提供任何帮助。

情势陷入了僵局。

不过这些对九区倒是没太多影响。

为了稳定大家，宗九对区里的玩家透露了自己的计划："我已经和梵卓商议过了，也找到了破局的方法。唯一的坏消息是，只怕要等到夏考才能用这个方法。"

梵卓办事效率很高，在宗九和他进行第二次沟通后，他就联系了土门，两个人实地考察了一番。同时，他开始接触每个厂区的差员工团体。毕竟现在各区的优等员工团体已经不在乎别人会面临什么了，一副只要被淘汰的不是自己就无所谓的架势。反倒是差员工团体，在艰难地挣扎求生，能和他们利益一致。

"可以合作，但必须等。"这是梵卓得出的结论，这也是他结合第一次月考时告密情况的出现做出的判断。

宗九暗自感叹，梵卓这家伙的确是个好人，而且眼光足够长远。

梵卓从一开始就带领全区稳坐全厂第一的宝座，要是换成目光短浅如五区区代之辈，早就开始在区里铲除异己了。可梵卓不仅没有，还主动帮助其他区。

宗九还想起，第一次月度考核时曾经看到土门把手都抠出了血，后来打听了一下才知道那是阴阳术里的血祭。说明他早就有了觉悟，如果真的是因为他拖累了全区，他也愿意担下这份责任。

其他人并不知道这一切，但是听到宗九的话，全部精神抖擞起来。

"不就是一次月度考核嘛，春考我们能过，下次我们也行！"

"就是，我们轮流给倒数那几个小子练习！"

"兄弟们都坚持住了，我们九区得全员生还！之前多凶险的副本我们都经历过，要是在这里倒下，那可真是太不值得了。"

"管它呢，冲吧！"

宗九揉了揉自己的太阳穴："这次篮球赛很重要，我们必须借机潜入地窖。"

他把计划简略地讲了一遍，全区七嘴八舌出谋划策，其中不乏优秀的建议。大家讨论良久，终于敲定了方案。

宗九带着99号、77号两个人去办公室报名。

看到宗九这个全厂第三到来，管理员区的无面人们纷纷转过头来，在空洞的脸上对着他做出一个殷切的微笑，看起来令人毛骨悚然。

"这不是九区的区代吗？来找南厂区管理员？"

"这次表现不错，下次加油，我们都很看好你。"

另两个人看得心里发毛，宗九则是面不改色，带着那两个人穿过众人，径直走到办公室门口。

99号看着宗九敲响了首席的办公室门，欲言又止。

片刻后，里面传出一声懒洋洋的回应："进。"

99号立刻闭嘴，和77号交换了一个眼神，做了个给嘴巴拉上拉链的动作。

"嘎吱——"

还没等宗九伸手去推，灰黑色的门就轻响一声，从里面被人拉开了。

他抬头去看，这才发现办公室里站着的除了恶魔本人，还有几个一区的玩家。而刚刚给他们开门的，正是梵卓的手下之一。

梵卓正站在办公桌前，神情冷肃。

宗九挑了挑眉。

见到有人进来，梵卓没有多说什么，只是保持他一贯的姿态，轻轻朝着站在资料架前的恶魔颔首致意："多谢阁下指点。"然后便带着那几个下属离开了办公室。擦肩而过的时候，梵卓默不作声地同宗九对视了一眼。

宗九的眼中闪过一丝了然。

现在宗九已经和梵卓结为同盟，为了避人耳目，他俩选择在深夜练习的时候，靠交换辅导资料来传递消息。对方会出现在恶魔办公室的原因，宗九当然知道。

论经验，这个副本中所有人都比不上在游戏里生活了好几年且身居高位的梵卓。所以梵卓很清楚，游戏中的副本，很多都是有规律可循的，例如角色扮演型副本。

按照他的分析，恶魔是拿了这个副本的NPC的高级扮演卡。

但NPC也分为助益型NPC和黑手型NPC。一般来说，黑手型NPC很少由玩家扮演。不过宗九想了想荒村副本真正的幕后BOSS——李婆婆，觉得也不能完全排除这个可能性。

但南厂区管理员的履历很清楚，整个第一工厂的厂区管理员都知道他是工厂从外面高价聘请过来的知名管理员。而玩家们又能通过以前的员工遗留下来的线索得知，第一工厂在这位南厂区管理员来之前，就已经是这个样子。

因此，恶魔很有可能扮演的是一个助益型NPC。毕竟其他厂区管理员都是无面人，就算扮演NPC也得符合基本规则。恶魔既然没变成无面人，那就很有可能是他所扮演的NPC身上有不一样的线索。

更何况先前有胆子大的玩家去问他，得到的回应却是没能找到线索前不要打扰他，这也让梵卓越发确定了自己的推断。

于是他便决定了今天挑个时间过来试探一番，没想到无巧不成书，刚好和宗九撞上了。

只不过看办公室如今的情况，恐怕恶魔手上这条线索的确不太好拿。

"咔嗒。"

门再一次被关上，办公室内只剩下三个九区的玩家，还有站在资料架前的南厂区管理员。

恶魔黑色的碎发从脸颊侧面滑落，头也不抬："什么事？"

77号和99号大气也不敢出，拘谨地问好后结结巴巴地解释："南厂区管理员，我……我们是来报名参加篮球赛的。"

"哦？"恶魔意味不明地轻笑一声，"你们会打篮球吗？"

说到这个，99号可就有底气多了："会！"

恶魔的视线从他们二人身上闲闲扫过，落在后面的宗九身上。

自从进了这个屋子，除了刚刚和梵卓的眼神交流，其余时候宗九都双手抱臂，一副生人勿近的冷淡模样。

恶魔收回视线，漫不经心地翻着手里的资料。

大家都知道，这场篮球赛全程有摄像，要求形体外貌过关，于是77号和99号站得笔直，努力让自己看起来更加精神。

恶魔轻飘飘地落下一句："你们两个合格了。"

随后他又说道："你留下。"这个"你"是指谁不言而喻。

99号和77号看向宗九的眼神隐隐有些担忧。九区所有人都知道，南厂区管理员和区代似乎格外不对付。现在就连只是选个篮球赛人员，都能这样针锋相对。

宗九朝着他们摇摇头，示意他们离开。

办公室内恢复了安静。

恶魔合上资料，转过头来，脸上挂着难以捉摸的笑容。

宗九以为恶魔会让他展示一下篮球水平，再刻意歪曲一下；或者要再像之前培训会上一样，对他冷嘲热讽，总之不会让他能顺利报名。

于是他悄悄握紧扑克牌，准备恶魔一出手便迅速反击。

然而，对方只是淡淡说道："在你做出选择前，我不会采取任何过激举动，只会以最和平的姿态，静待你的答案。"

不过宗九觉得，恶魔这话的真实性还有待推敲，看上去十分大度，实际上暗含威胁。于是他冷哼道："要是我不答应呢？"

"话不要说得这么绝对嘛，时间还长，我更喜欢把惊喜留到最后一刻。"

恶魔耸耸肩："比起这个嘛……"

他故意拉长了语调，留下足够的悬念。

"不如这样……我们来玩个游戏吧？"

游戏？宗九满面狐疑，看了恶魔一眼。看恶魔兴致勃勃的样子，简直像是得到了喜爱的新玩具的小孩子。

这是个危险的人，疯狂而单纯，一切行为的出发点，似乎只是因为觉得有趣。他只是在寻求愉悦感。

"可以啊。"破天荒地，宗九对他回以一笑，"什么游戏？如果我赢了的话，能够得到什么好处？"

"你和夜族那家伙都没猜错，我的确掌握着你们想要的线索。"恶魔的手从旁边的资料上拂过，"如果你能给我一个意料之外的惊喜，那我便直接将线索送给你。如何？"

惊喜？

宗九想起之前自己给对方的惊喜，眉宇间闪过一抹深思。

第一次惊喜，是韦加城，他用恶魔马甲的线索空手套白狼，和主系统达成交易。

第二次惊喜，是在荒村，他直接把恶魔控制玩家的傀儡丝给扯掉。

第三次惊喜，又是荒村，他一脚把李婆婆踢进河里。

第四次惊喜，还是在荒村，他一把火点燃了棺材。

由此可见，恶魔所谓的惊喜大概等于普通人认为的惊吓。甚至可以认为，找出被恶魔操纵的傀儡，或是设局算计到恶魔，都可以被归纳在恶魔所认为的惊喜范围内。如果他是恶魔，肯定首先得解决了自己，再不济也得弄清楚自己的能力。

不过嘛……就算这是明目张胆的试探，他也接了。

宗九眼神一转，爽快地应下："可以啊。不过，我倒有个更好的想法。"

"哦？"恶魔饶有兴致地走到办公桌前坐下，双手交叉，"说来听听。"

宗九在心里打着算盘，缓缓说道："不如把线索换成一次NPC的配合。"

宗九眯着眼睛，眸光流转，像一只狡猾的狐狸。

NPC配合，这就是赤裸裸地让恶魔帮他作弊。

恶魔回答得很干脆："可以。"

这个副本的难度摆在那里，即便不要线索而是直接要求NPC提供一次配合，也不见得就能轻易闯过去。再说了，对宗九提出的配合条件，恶魔也颇感兴趣。

"不过，若是截至夏考之前，你没有给我想要的惊喜……"

宗九笑了笑："那自然是……任君处置。"

篮球队的名单很快定了下来，算上替补，七个区每个厂区出三个人，刚好二十一人。二十一个人分为三个队，每个队又选出一名体力和技术最好的人作为队长。

比赛要求按照一队和二队、二队和三队、一队和三队各打一场。这次没有什么分数要求，完全就是为了观赏性。厂方再三强调，输赢不重要，好看最重要。而且厂区管理员要求，要尽量给双方队长创造高光时刻。

所以理所当然的，外貌十分出色的宗九，成了二队的队长。一队的队长是梵卓，三队的队长是黑巫师。因为要求体力，三个队内夜族成员很多，这也给了宗九和梵卓大大的发挥空间，不用担心计划执行不顺畅。

唯一的变数就是黑巫师。

这个人平日看起来冷冷淡淡的，沉默寡言，不怎么与人打交道。

梵卓对他的评价还不错，觉得他虽然手段离奇，但人还不坏。因此他亲自去与黑巫师进行了沟通。怎么沟通的宗九也不清楚，反正最后的结果就是黑巫师虽然不入伙，但也答应了不会捣乱。

这次，宗九完全成了个撒手掌柜，只在最后一天对了个暗号，确定一切准备就绪。

转眼到了举办篮球赛的日子。

这一天天气不错，阳光洒遍大地，给平日里阴沉沉的第一工厂增添了些许难得的明媚气息。

上午三个小时后，所有的玩家纷纷回到宿舍洗漱，公共浴室里挤满了玩家。

为了应对下午甲方视察，玩家们被要求形象干净整齐，并且由宿舍管理NPC检查合格才能离开宿舍。但如果没在规定时间内到达广场，所有还在宿舍里的人都得被记过。

好在101宿舍有独立的洗浴间。

宗九在回宿舍的途中耽搁了一下，到达的时候洗浴间有人正在使用，他便捧了本资料坐在床上边看边等。

这时梵卓也回来了，手上拿着好几个崭新的布袋。

"篮球服。"他扬了扬手，将装篮球服的袋子分别扔到上下铺。

下铺伸出一只苍白的手，稳稳接住布袋。

上铺的宗九拆开绳结，发现里面装着一套再普通不过的黑白篮球服，换上后才发现，这平平无奇、过于宽大的衣服，倒更衬得他容貌精致，身形修长。

他只顾看着身上肥大的衣服，没有注意到，一双绿眼睛若无其事地收回了落在他身上的视线。

广场上，通过了检查的玩家一个接一个就座。

为了增强篮球赛的氛围，所有人被安排围成一圈坐在篮球场边，将球场里三层外三层包围起来。

各个厂区的区管理员站在各区队伍面前，不厌其烦地重复着注意事项。

没有上场任务的玩家们在一旁听着厂区管理员的教导，准备篮球赛的玩家们在广场上做着热身运动。

除了这些人，每个厂区还要通过抽签选一名拉拉队队员。土门的手气自然是百发百中，被迫挑起大梁。

裁判吹响了口哨。

第一场比赛是一队和三队进行对抗，宗九这个二队队长，自然是站在一旁观看。

梵卓就不说了，黑巫师虽然平日里把自己遮掩在宽大的黑袍下，没想到换上运动装也是有型有款，运动起来灵活轻巧。

没过多久，封锁已久的厂门传来了响声。

上了水泥的锁链被凿开，早就守候在厂门口的工厂领导立刻笑容满面地迎了上去。

不少玩家都回头张望。

不出所料，前来视察的甲方也一样是无面人。

宗九看了一眼，便收回了视线。隔着大半个篮球场，他看了眼站在九区前方的恶魔，内心稍稍安定些许。

这时，玩家队列里传来一阵明显经过排练的整齐鼓掌声。

不远处，厂长正满面春风，同甲方解释："您来得可实在太是时候了，我们工厂今天正好在举办篮球赛，看，员工们都正在广场上观看呢。"

摄像头对准了篮球场，忠实地记录着这场表演赛。无面摄像师扛着相机，随机采访了几位玩家。虽然神色一言难尽，但面对镜头时，众人还是把工厂夸得天花乱坠。

甲方代表都很满意："不错，第一工厂不愧是我们的合作伙伴。"

他们又看向特意被安排在每个厂区最前面的无面玩家，面露惊讶："贵厂竟然这么早就培养出了如此优秀的员工，实属不易。"

正在此时，哨声响起，一队和三队的比赛结束。

两队互相击掌，以梵卓为首的夜族小队成员们一个个面不改色心不跳，一点也不像刚经历过一场激烈的比赛。

接下来对战双方是一队和二队。

"双方队长握手。"宗九和梵卓上前握手，二人对视片刻，各自向自己的队伍方向走去。

篮球被高高抛起。

为了表现出真实性，双方的对抗激烈，你进一球，我进一球，比分咬得很紧。

厂长已经带着甲方代表走过来，扮演优秀管理员NPC的恶魔也冷淡地鼓掌配合。

一个无面人甲方突然说道："广场上怎么有个员工染头发？"

这一下，所有人都齐刷刷地看向球场上那道纤瘦的身影，在简单朴素的黑白运动服的衬托下，束起的白色长发更加耀眼。

"传给我！"

宗九伸出手去，接住了传来的那颗球，轻而易举地接连闪过对手，而后高高跃起——

篮球不偏不倚地落到了篮筐内。

三分！

宗九一连串动作行云流水，刚刚想要发难的甲方停顿了片刻。

厂长急忙开口解释："那位灰头发的员工是混血儿，至于那位白头发的……"

"是一种色素缺失症。"恶魔眯着眼睛打断了他，语气听不出喜怒，"我亲自检查过。"

"是的是的，我们和南管理员都检查过。"厂长正在苦恼要怎么和甲方解释，正好这边恶魔给了个台阶，于是连忙顺着说下去，"当初南厂区管理员接手这个区的时候也问过这个问题。都是误会，哈哈，都是误会。"

第一工厂的厂领导都紧张地盯着那几个无面人，等到后者点头后，这才松了一口气。

恰恰在此时，变故突生！一个夜族小队的玩家从篮筐处摔落在地，当场就爬不起来了。

现场一阵骚动。

球场上的玩家们反应迅速，立刻停下手上的动作，围拢过去。

裁判吹停了比赛，拿着花名册走过去："怎么回事？"

99号蹲在一旁，一只手搭在那人鼻子下，又将耳朵贴到对方的心口，大惊失色："厂区管理员，他没呼吸和心跳了！"

此言一出，篮球队成员一片哗然。

因为球场和外围观众席间有一段距离，其他员工不知道发生了什么事，在场外面面相觑。直播间观众倒是通过拉近的镜头，看到了全程，但他们的反应也和篮球队的玩家一样，完全不明所以。

【啊？这是什么情况？死了？】

【我是技能都点在了医学知识上的玩家，这人从那个高度摔下来，又是后脑勺着地，确实有可能当场死亡，只是这也太倒霉了吧？】

【可是他怎么会摔下来的啊？你们谁看清了刚刚发生了什么？】

【没注意啊，刚刚魔术师跳起来想灌篮，这个人和No.2一起去抢球。后来好像是不小心被撞了一下，所以从空中摔下来了？太可怜了。】

远处，正准备去视察下一片区域的甲方们也注意到了这边的异动。

裁判狠狠地看了所有人一眼，脸上露出一个阴狠的神情："闭嘴，都给我站起来。"

两个篮球队的玩家对视一眼，纷纷起身。

裁判利落地蹲下，装模作样地扶起这具全然没有了心跳和呼吸的"尸体"，大声呼唤："厂医，厂医在哪里？这位员工好像是中暑了，赶紧把人搬到阴凉处去休息休息。"

这简直是颠倒黑白。

但是，这番骚动还是引起了甲方的注意。

带头的无面人走了过来："到底是怎么回事？"

他们的视线落在刚才在广场旁端着摄像机一直拍摄全程的摄像师身上，摄像师把播放速度调慢后，举了起来。

小屏幕上显示出方才的情景。

宗九动作干净利落，接连过掉对方几个拦在他身前的队员，一个漂亮的半转身虚晃一招后转而跃起，表现出优秀的爆发力与弹跳力，直到篮筐近前。

在这个瞬间梵卓跳起捞球，另一位梵卓的下属也跟着起跳，对宗九形成左右夹击之势。

"哐——"

凭借着惊人的弹跳力，梵卓轻而易举地从半空中将这颗球截下，在那个瞬间，那人不巧被宗九撞了一下，便从空中直接摔下，后脑勺撞在坚硬的水泥地上。

弹幕展开了激烈的讨论。

【对不起，我是刚刚那个技能都点在了医学知识上的玩家，之前没注意到这人是夜族的成员，我收回前言，当我没说，抱拳。】

【刚才我真是被吓了一跳，可是那人是夜族小队的哎，体格强度跟一般人可不一样啊，要是这么摔一下就死了，那夜族就别混了。】

【而且他们本来就没有呼吸和心跳啊，所以这些人葫芦里卖的是什么药？】

【等等，我想起来了，你们还记不记得之前宗九在区里说，一定要趁这次篮球赛，找机会潜入地窖去看看？】

【这就是了，地窖那个地方天天有人把守，怎么进去才最方便？再想想那

地方的用处,这还不明白吗!】

众人恍然大悟。

地窖是用来安置因故被直接淘汰的玩家的地方,而已经没有了呼吸和心跳的玩家,自然会被直接淘汰,也就不用再想办法潜入了。夜族小队的成员实在太适合在这个时候出马了。

"这……篮球赛正常受伤,很正常的。"人事部长出来打圆场,满脸赔笑。

恶魔却站在原地看完了方才的录像,转而用一种似笑非笑的眼神看向不远处的宗九。

另一边,宗九一脸担忧,适时地扮演了一个不小心在篮球比赛中撞倒了同事的"肇事者"。

第一工厂当然不可能处罚梵卓和宗九这两个仅排在无面人玩家之后的优等员工。人事部长甚至没有询问伤者的伤势如何,反而紧张地回头问他们两个有没有受伤。

平时从没看到过的厂医们很快赶到,直接将伤者用担架抬走了。

99号接收到两个队长的眼神,心领神会,等担架走后就跟着用替补身份溜去了厕所。

这件事情算是有惊无险地解决了。作为掩饰,人事部长急忙转移话题,裁判立刻宣布比赛继续。

宗九和梵卓目光相对,梵卓趁机微不可察地同宗九点了点头。

篮球再度被抛起。

99号表面上是往洗手间的位置走,实则一直贴在一楼洗手间的外面,仔细留意着附近的动静。

梵卓和宗九制订了周密的计划,由土门提供技术支持,给了他们两张通信符,一张放在那个装死的夜族成员身上,一张在99号身上。

有了这张符,99号就能够听到那人身边的动静。

99号安心地蹲在藏身处。

果不其然,没过多久,抬着担架的厂医出现了。所谓"厂医",只不过是管理员助理临时装的。

"看来是真没气了……"

"丢到地窖去吧，心跳都没了。"

他们一边这么说着，一边急匆匆地下楼，将担架抬到铁门门口。

"今年运气不错，沼气产量也好，冬天洗澡的热水都比往常暖。"

"那可不。"

伴随着交谈声，响起了一阵窸窸窣窣的开锁的声音。

土门曾经说过，这个工厂只是怨气很重。眼下这点体现得更明显，光是靠近地窖的铁门，都能感受到森森阴寒。

99号那边收获颇丰，宗九这边也有了新的发现。

只是这个发现，并不令人兴奋。

二队和三队比赛开始前，两队队长互相握手示意。

黑巫师的手修长苍劲，就是过于瘦骨嶙峋，像是骨骼外只裹了一层皮。

宗九和他握手的时候，感到一阵彻骨的冷。

刹那间，宗九意识到了什么。

投篮那一刻，他的手指斜斜朝上，悄悄从黑巫师头上扫过。

果不其然，他摸到了几根冷冰冰的线。

第三十一章

摸　索

此刻，99号还躲在洗手间，小心地避开无处不在的监听器，把通信符贴到耳朵旁边。

刚才发生了一点事。

按照他们之前的计划，当然不可能将人真的扔进地窖去。所以对方要在被抬进地窖大门丢下去之前突然复活。

那人是梵卓的手下，当然照做，管理员助理都被这具突然复活的"尸体"吓了一跳，然后把他赶了出来。

看到他出来，在洗手间接应他的99号终于松了一口气。

"怎么样？"

两个人躲在墙角。

"不行，那里面并非直接通往地窖，铁门后还有一条过道，过道两边还有几个门。"

那人谨慎地说："不过我已经把土门给的剪纸式神放里面了，里面漆黑一片，平日里又没人，那个式神应该可以自由活动。"

"好。"99号点头，"那我们赶紧回去吧。"

此时在篮球场上，球赛正进行到白热化阶段。

已经没人记得这是场表演赛。

不知是从黑巫师故意截走宗九的球开始，还是从宗九摸到对方头上那绝对不止一根的傀儡丝开始，局势变得紧张起来。

在场众人一个个目瞪口呆，满脸茫然。

"这是什么情况……魔术师难道和黑巫师有过节？"

"那也不至于吧，要是真的有不对付的，他们怎么可能相安无事一直住在一起。再说了，之前也没听说过啊。"

"可你看这——"有人指了指场内，小声说道，"这像是在做做样子吗？"

场上，魔术师和黑巫师你来我往，剑拔弩张。而两队的其他队员们，眼睁睁看着双方队长之间燃起的激烈战意，无能为力。

一场篮球赛，硬生生地打成了他俩的单人对战。

宗九在心里默默反省了一下自己的大意。

因为黑巫师在国王游戏时还不是首席的傀儡，自己便掉以轻心，完全没有怀疑过他。

可没想到，这么短的时间，堂堂No.8竟然就被恶魔控制了，还是深度控制。这神不知鬼不觉的手段，叫人毛骨悚然。

而且现在看来，恶魔也没有一点要遮掩的意思。

广场的另一头，西装革履的恶魔依旧站在原地。宗九能清楚感受到对方落在自己身上的、让他浑身不舒服的危险目光。

看着面前瘦削冷淡、眼中时而有暗金光芒闪现的黑巫师，宗九在心里冷笑。他稍稍弯腰，盯紧篮板，蓄势待发。

宗九原先想趁机拔掉傀儡丝，可没想到黑巫师体力惊人，丝毫不落下风。

已经结束了比赛的梵卓站在一旁，眉头紧锁。

站在他一旁的下属低声开口："殿下，No.8不是答应我们会配合……"

"不碍事就行。"梵卓微不可察地摇了摇头，视线瞥向另一边坐在地上的玩家们。

迄今为止，在梵卓表露了自己想要尽可能让这个集体副本更多人生还的倾向后，不少人纷纷站队。

慑于梵卓的名头，没有人胆敢在明面上反对。就连嚣张跋扈的五区区代也只敢阳奉阴违，私底下搞点小动作。

但梵卓明白，夜族的号召力远远不足以抵消这个副本带来的高压。

而黑巫师这个人一直都低调神秘，他在游戏里的行事风格不像圣那样善良无私，却也不像暗那么诡谲乖张，更不像恶魔那样充满恶意。

总之，只要他没有直接插手干扰，梵卓都可以睁一只眼闭一只眼，毕竟计划已经达成。就像现在，玩家们各怀心思，表面却还是风平浪静，那就够了。

比赛结束了。

前来视察的甲方在全厂员工的鼓掌欢送下被送上了车。

厂门再一次被关上，手臂粗细的锁链被灌注的水泥固定在一起。

短短几天，无面玩家的数量又有增加，那几个主张孤立差员工的厂区中，增加人数最多。

现在大家都知道了，在这种环境下无面人的转变堪称无知无觉，甚至连当事人自己都不见得有感觉。

广场旁被迫干坐了一个下午的玩家终于得到了解放，迈着焦急的步伐回工作间去练习。

宗九和梵卓、土门一起留在广场，耐心地等着99号和梵卓的属下过来汇报情况。

听完他俩的反馈后，土门保守地说："大概需要三天的时间，我的式神才能摸清里面是什么状况。"

地窖平日里守卫森严，根本没人敢硬闯。好在终于有机会能成功将式神放进去，接下来就可以静待探索结果了。

"行，那有消息再说。"

几人分开后，宗九急匆匆朝着宿舍的方向走去。他现在心里十分不爽，急需发泄一下。

刚刚拐了个弯，宗九就在走廊上发现了激起自己火气的目标。

走廊上空空荡荡，黑巫师独自站在楼梯的暗处，一只手抬起，身上又换回了日常的黑色兜帽长袍。

宗九呵呵一笑，收起那张代表对方早已被完全控制的恶魔正位牌，扑克牌毫不留情地划破空气疾冲而去。他的动作很快，虽然黑巫师强化过体能，但速度上和宗九没法比。

他们在楼梯下方的暗处交手。这里连监控都没有，光线也昏暗无比，就算有人来，不走到近前也发现不了。

不知道为什么，黑巫师竟然没有过多反抗，最后一个失手被宗九按到了墙上。

宗九挑眉冷笑："怎么样，足够惊喜吗，首席？"

为防止对方耍赖，宗九特地将手挪到了黑巫师的头顶，准备见状不对，就再次扯了他的傀儡丝。

似笑非笑的声音从阴影中响起："哦？惊喜？"

宗九相当不爽。他喜欢事事都纳入自己掌控范围的感觉，偏偏出来黑巫师这么一个变数，可怕的是宗九自己竟然还完全没有发觉。看黑巫师的情况，已经达到了暗口中所说的"完全控制"。

所以过去的这两个月里，相当于他和恶魔本人同处一个屋檐下，同吃同住，中间屡次接触不说，还是同一张床的上下铺。

一想到这里，宗九的心情就跌宕起伏。

所以他打算直接回敬恶魔一个"扯掉傀儡丝"的惊喜。

然而……

戴着白手套的冰冷的手缓缓从楼梯下的阴影里出现，宗九瞳孔骤缩，却发现自己后退不得。

这倒不是他被傀儡丝拦住了，而是他们此刻所处的位置实在有点别扭。

那里本来就是宿舍楼梯下方十分狭窄的一处三角形阴影，宗九和黑巫师在这里缠斗许久，已经打得不可开交。好不容易宗九把黑巫师按到墙上，没想到恶魔竟然从阴影里走了出来，给了宗九一个前后夹击。

现在宗九面前是黑巫师冷漠苍白的脸，背后是恶魔冷如寒窖的气息。

宗九当机立断，放在黑巫师头顶上的手一把扫过去，想趁机把那几根傀儡丝给拔了。没想到他折腾了一阵，虽然牢牢攥住了那五根看不见的傀儡丝，但不管怎么用力，依然拔不动。

"噢……原来你是这么接触到丝线的。"

恶魔好整以暇地看了一会儿，便懒洋洋地将手绕过宗九的肩头，搭到了他手上，随后顺着宗九的力度，和他一起抓着黑巫师头上的傀儡丝往外扯，故作惊讶地说："哎，怎么回事，怎么拔不动？"

宗九气结。

事到如今，还有什么不明白的？只怕从荒村回去后，恶魔就针对傀儡丝进行了调整和改良，等着猎物上钩。

"不是哦。"似乎猜到了宗九的想法，恶魔微微一笑。

"深度控制本来就无法用任何手段解除。"恶魔一边在宗九耳边低语，一边依旧禁锢着宗九，手指似乎在拨动着看不见的丝线，"这个秘密，我只告诉你哦。"

被恶魔和黑巫师前后夹着，宗九觉得难受极了，他冷淡道："那阁下的惊喜游戏，在下应该通过了？"

"嗯——"恶魔拉长了声音，"倒也不是不可以，毕竟……"

他眯了眯眼："的确是一个很大的、相当出乎意料的惊喜。"

宗九皱了皱眉。他敏锐地意识到，恶魔口中所谓的"惊喜"和他意识到的"惊喜"，似乎不是同一个东西。

"说话就好好说，别离我那么近。"

就在宗九打算一手肘把身后的恶魔顶开的时候，走廊尽头忽然传来了不大寻常的声响。

"怎么回事？是不是有员工在违规斗殴？"阴恻恻的声音在远处的大厅内响起，顺着走廊一层层回荡。

紧接着，响起了东西从墙上被解下的声音。

空旷的大厅内，脚步声由远及近，其间还夹杂着东西在瓷砖上拖动的滑行声。

宿舍管理NPC来了！

宗九瞳孔一缩。

每次宿舍管理NPC见到有违反规定的员工，都会十分凶狠而严厉地进行处罚，很多人都深受其害。

宗九默默地看了一眼楼梯下方。

不远处地面上的几张扑克牌就算了，瓷砖上、墙壁上，都留下了深深的划痕，地砖上也有裂缝，一看就知道曾有人在这里大打出手。要是被抓到了，只怕是又会被处分了。

这么想着，宗九立刻就想从楼梯旁边爬到二楼去，赶紧先开溜。

"你要去哪儿？"就在宗九伸手往栏杆上爬的时候，站在他身后的恶魔忽然挡住他，又把他扯了回来。

宗九无语："宿舍管理NPC要来了，你不跑？"

不仅是要来了，他听到的那串由远及近的脚步声，距离这里应该只有几米了。难不成恶魔还打算解释一下南厂区管理员是怎么溜进员工宿舍的？

恶魔闷笑两声，一把将宗九按住，宗九挣扎了几下，却发现自己全然动弹不得。

"笃、笃、笃。"

脚步声近在咫尺。

恶魔压低声音："你给了我这么大一个惊喜，我怎么可能让你受罚。"

"是谁？"宿舍管理NPC的声音越来越近，几乎能看到那一地扑克牌了。

一张没有五官的脸从拐角处缓缓出现。

不知道为什么，就在这时，地上的那些扑克牌突然全部消失不见，只剩地砖上的那些裂痕。

宿舍管理NPC顿了一下，而后勃然大怒："这是谁弄的？！"一边说一边按开了手电筒，往楼梯下的阴影处照过去。

宗九感到光从背后照了过来。

可出乎意料的是，这光直直穿透了楼梯下的三人，照到了雪白的墙面上。宗九勉强侧过头，只能看见一团黑雾在恶魔身后升起，将他们笼罩其中。

宿舍管理NPC打开手电筒却没能看见人，脸上狐疑的神色越来越重，检查了这一带之后，又走到旁边公共浴室去了。

宗九暗暗松了一口气，紧绷的身体也稍稍放松了些。

没想到，恶魔冰冷的手指依然禁锢着宗九，同时操纵傀儡丝从地上捡起宗九的扑克牌，重新塞回了宗九的口袋中。

"不要动哦，或许宿舍管理NPC会折回来看看也说不定。"

果不其然，没能在浴室和洗手间发现异常后，宿舍管理NPC再度折返，仔仔细细地把楼梯背后搜查了一遍。

- 456 -

在光线扫来扫去的阴暗角落，恶魔与宗九紧紧靠在一起。

现在宿舍里根本就没多少人，如果对方选择守株待兔的话，宗九知道自己只要走出恶魔庇护的范围，当即就能被抓个正着。

要不是这样，他才不会硬着头皮和恶魔待在这里。

恶魔看起来心情颇好："前几天我从梵卓那里得到了一些有意思的消息。可惜，他太过谨慎，很难达成深度控制，只是植入一根傀儡丝都略感吃力。为了不引起怀疑，我撤走了那根傀儡丝。"

宗九眼神一暗，他想起暗说过的话。

第一根傀儡丝代表的是读取记忆。

"不过……这倒是让我发现了一个意料之外的惊喜。"恶魔微微一笑，"我猜，你不是这个世界的人吧？"

恶魔埋下了黑巫师这颗棋子。

即便是与主系统做了不为人知的交易的恶魔，想要对一个S级实施短时间内植入五根傀儡丝的深度操纵，依旧是一件相当困难的事。

但黑巫师却不同，恶魔几乎不费吹灰之力就控制了他。因为谁也想不到，大名鼎鼎的巫魔会首领，竟然会是恶魔的狂热崇拜者。

因为黑巫师当年得到身份传承的那个S级副本，正好是被恶魔毁掉的副本之一。或许就是因为曾经的经历留下了一颗种子，再加上傀儡丝的特性，所以接下来的傀儡丝植入异常顺利，黑巫师彻彻底底变成了恶魔的傀儡。

除非哪一天恶魔突发奇想把傀儡丝给撤了，不然任何外界事物都对此无能为力。

恶魔操纵着黑巫师，开始打探梵卓的行踪。

可惜梵卓对恶魔的能力有所察觉，和暗一样早就加以防备，准备了心灵类道具，防的就是这一日。

不过，神通广大的恶魔还是见缝插针地植入了一根傀儡丝。虽然只有短短几秒的时间，却也足够他从梵卓脑海中得到自己想要的信息。

因为恶魔对宗九很好奇。

当日在玩家宿舍的时候，梵卓说宗九和他是亲戚，表明他们是旧识的时候，恶魔便产生了好奇心。或者在更早之前，他选择操纵盛钰的时候，这家伙就引起了他的兴趣。

这个人外表看起来漫不经心，冷淡疏离，实则骨子里的疯狂程度丝毫不逊于自己。这种嗅到同类的感觉，让恶魔觉得好极了。

但是还不够，相似，却又截然不同，甚至背道而驰。

这人的身上有一道枷锁。

明明漠视规则，毫无感情，喜欢追求刺激，却每每在快要越界的时候收敛，甚至将目光投向弱者，将自己伪装成普通人的模样。

是谁给他上的锁链？

恶魔不仅好奇，还跃跃欲试地想要斩断这条锁链，将囚禁在其后的凶兽释放出来。

然后，他就看到了梵卓的记忆。或许是因为时间太过久远的缘故，那些记忆显得有些模糊，泛着暗淡的色调。

梵卓记得，自己在现实世界的身份是个混血，家族掌权者，身份显赫。

而这位大家族的继承人从小就被扔到荒郊野外进行荒野求生的训练，以便以后不管遇到什么样的危险都能完美逃生。

在梵卓七岁的时候，和其他几个家族的年轻一辈一起来到了荒野训练场，那群人中就有宗九。

只不过梵卓记忆里的宗九柔弱得好像风一吹就能倒，连枪都扛不起来。

其他的小孩因为他与常人不同的白化病人外貌经常欺负他，他也只会哭哭啼啼，毫无还手之力。不过后来，他还是在梵卓的保护下成功回到了营地。

梵卓小时候其实也没见过宗九几面，因为他很忙，忙着学习各种知识与技能，每天都如同陀螺一般不停转动。后来有几次长辈带着宗九来他家拜访，他才被允许暂停学习来陪客人玩耍。

他当初帮宗九的原因很简单，因为他受的教育里有一项叫作绅士礼仪，当时的宗九柔弱而漂亮，被梵卓误以为是个女孩子，于是他本着绅士精神，带着宗九一起通过了荒野求生考验。

这些记忆都是在七到十岁之间，除了荒野求生那一个月外，他们之间的见面时间寥寥无几。再往后，就只有在家人出事，梵卓着手执掌家族事业这艘巨舰后，偶尔听到助理提起那个小少爷脾气恶劣，尽管心中不屑，但到底也是他为数不多的家人，会有几分不舍。

恶魔若有所思地收回了傀儡丝。

他几乎可以肯定，梵卓记忆里的那个"宗九"和如今这个肆无忌惮的魔术师"宗九"，绝不是同一个人。

并不仅仅是眼神和气质的不同，也不是他看出现在这个宗九总是明目张胆和自己作对的那份胆大妄为，与当初那个"宗九"遇到危险只会哭的怯懦截然不同。

是直觉。

恶魔还不至于错认自己的宿敌。

不过……这可是一个巨大的收获。

恶魔眼中闪烁着令人捉摸不透的光，落在宗九耳畔的低语冷如地狱。

"你从哪个世界来？嗯？超S级副本？"

听到这话后，宗九挑了挑眉，却也没有多少意外。

这也不是他第一次被人点破了，之前是暗，现在是恶魔，未来就算被梵卓认出，他也不会惊讶了。因为就算他们猜到了他不是这个世界的人，恐怕也只会像暗和恶魔这样，往S级副本或者超S级副本上面猜。

除非恶魔把傀儡丝扎进他脑袋里，不然无论如何都不可能猜到，这个世界的一切，只不过是现实世界中的一个游戏。

恶魔紧紧扣住宗九，继续饶有兴趣地猜测着。

"难怪可以摸到我的线，原来你不是这个世界的人。"恶魔愉快地轻笑，"太像了……我真是对你越来越感兴趣了。"

宗九忽略了这疯子后面那句话，直接捕捉到了他话里的关键信息："像？难道你也不是这个世界的人？"

恶魔明显心情不错，漫不经心道："是啊。"

"可惜那个世界太无聊了。根本没让我玩多久，就'嘭'的一声，"他将宗九手指向掌心收拢，然后突然展开，眼中闪着恶作剧得逞的兴奋光芒，"就像这样，被我玩坏了。"

"没办法，实在没什么能让我感兴趣的东西了，所以我就来了这里。"恶魔摊了摊手，笑道，"这里多好玩啊，你不也这么觉得吗？"

宗九没有说话，而是冷淡地拨开他的手，头也不回地离开了。

篮球赛结束后，第一工厂又恢复到原来的样子。

第二次月度考核近在眼前，面对整整一千二百分的高分，没有哪个玩家敢就此松懈。

一次次周测紧随而至。

第一次周测，全厂没有一个厂区达标。

在这样极端紧张、压迫的环境下，无面玩家的转化率大大增加。

因为在春考后，厂区管理员只会选择听得懂的优秀员工进行特殊培训。

这是一个恶性循环。

刚开始，优秀员工还会为了集体利益花时间去辅导差员工，但等到春考后，抱团的优秀员工几乎都不这么做了。

因为他们发现了提高集体利益的最好办法——

不管那些差员工，出言讽刺、孤立他们，促使他们变成无面人。

其中，五区又是执行这种冷暴力的佼佼者。

当初第一个出现无面玩家的404宿舍几乎全员转化成了无面人，除了发现无面人的梁明德。但是现在五区的优秀员工都在向他施压。

五区已经陆陆续续有十几个玩家转化成了无面人，他们一下子就把五区的分数从中游拉到了第一。按照这个趋势发展下去，毋庸置疑他们区能成为第一个过线的厂区。

果不其然，第二次周测的时候，五区就稳稳过线，甚至比一千二百分还超出一百多分。反观原本第一如今第二的一区，使出吃奶的力气，距离一千二百分的线都还差一截。

这段时间里，五区的小团体别提有多耀武扬威、扬眉吐气了。

渐渐地，一直保持中立的六区和二区也学着五区，开始给区里的差员工们施压。就算是一区，也因为压力过大，迎来了他们的第一个无面玩家。

只有九区，忠实地遵守着九十九个人一起许下的诺言，一个玩家也没有变。可是，他们区的分数实在太过危险。

很快，第二次月度考核前的最后一次周测也来了。考核结束后，全区员工站在统计出来的平均分黑板面前，一齐陷入了沉默。

这已经是最后一周了，他们还只有一千一百五十多分，距离目标差四十多分。

这还是在宗九这次发挥特别好的前提下。

在一片沉默中，99号率先开口："大家不要慌，也就差四十几分而已，我们每个人加把劲努力一把，大家再多串一点珠子，这不就出来了嘛，千万不要放弃希望啊。"

他一开口，大家也都开始相互加油打气："没错，我这个礼拜都不睡了，我就不信了，那么多大风大浪都闯过来了，会被这点破题难倒。"

"对，大家一起努力，一定会有办法的！"

"九哥都说了，他这次考得好，练习得都差不多了，大家有什么不会的都可以晚班的时候找九哥辅导。只要我们一起加油，这个世界上没有迈不过去的坎。"

"还有七天，我们加油！九区加油！"

……

众人互相加油鼓劲，渐渐地，先前的沮丧一扫而空，笑容再一次出现在了九区每个玩家的脸上。

只有宗九低着头站在一旁，只觉得手心的牌滚烫——

他测了下一周的考核结果。

这张牌整体色调暗沉，背景是夜空，呈现不祥的黑色。牌面上，高高的塔立在孤崖之上，塔尖旁边飘着洁白的云。一道金色的闪电击中了皇冠状的塔顶，三个顶层的房间燃起火焰。衣着华丽的教皇和皇帝从高塔之上坠落，他们面朝下方，手臂前伸，面容扭曲而惊恐。

当灾难突然降临，一切将变得毫无意义。

这就是这张牌的含义。

二十二张星辰牌里，最具摧毁力、破坏力的，也是唯一一张正位和逆位都代表厄运的牌——高塔。

宗九现在手里拿着的就是这张最烂的牌，不幸中的万幸，这张高塔是逆位的。

虽说逆位的高塔也一样象征不幸，但好歹没有正位那么无法应对。

当然，也好不了多少。这回的情况绝对不似先前那样，而是真正的险境。

这恐怕会是一场硬仗。

这张高塔，很有可能是一种预示，也代表了一次未尽的计划，一次破坏。

宗九将牌放回系统背包，闭着眼睛开始思索解决办法，连带着培训都没怎么听。

好在这个小时培训的不是医科，没有一个永远只叫他起来回答问题的南厂区管理员，所以即使偶尔走神，培训台上的无面人厂区管理员也是睁一只眼闭一只眼，不会对他这种优秀员工进行处罚。

宗九思虑再三，终于还是再度打开系统背包抽了一张牌。

这次他询问的问题是：如何才能找到解局的办法。

这回抽出来的牌是一张倒吊人。

倒吊人意味着沉思、审视和自我牺牲。宗九看了一眼，像是意识到了什么，沉下眼眸，将牌塞了回去。

如果实在没有办法的话，他只能去找恶魔，让对方完成那个所谓的"NPC配合奖励"。

可是说实话，即便是第一工厂聘请来的厂区管理员，可能也很难阻止这件事的发生，再加上宗九对恶魔的人品又缺乏信任，觉得对方肯定会从中作梗。

但刚刚那张解局牌的出现，让宗九罕见地感到了不悦。

果不其然，恶魔很遗憾地告诉宗九，自己在这个副本的权限没有那么大。

当然了，以他的本事，想要毁掉这个副本并不难，可他为什么要这么做呢？这个副本让一些玩家的自私和恶意毫无保留地展示，这都是他最喜欢的戏码。

恶魔弯了弯嘴角："放心，既然是兑换的奖励，我当然不会让你遭遇危险。但是其他人……"

他摊了摊手："那我就爱莫能助了。"

好在这几天并不是只有坏消息。

在土门的式神纸人被放到工作楼下面那扇铁门里后，土门这几天晚上都在争分夺秒地操纵式神探索那片区域，得到了不少线索。

纸片式神的状态不太好，行动缓慢。再加上地窖那一片过于阴森，使得灵力的传输受到了不小的阻碍，所以并没有太大的进展。

不过三个星期的时间，就算再慢，也足够土门把那里打探清楚了。

那道铁门的背后是一条走廊。走廊的尽头似乎是一条密道，纸片式神发现那个地方通往工厂外的一处土墙，平日里人迹罕至，仅供工厂领导出行。毕竟大门被水泥和铁栏杆封死，工厂四周又砌着高高的围墙，上面缠绕着一节一节的电网，平日里不让员工出去，可对工厂领导应该不会这样。

所以这条密道很有可能就是那个女员工在日记本里留下的线索，也是当初他们全区想要找到的逃离工厂的求生之路。

走廊右边就是地窖。

阴寒森冷的怨气盘绕在四周，就算隔着厚厚的门板，都能听到沼气池发电机发出的隆隆声。

走廊左边的门始终上着锁，但按照纸片式神传回来的信息，这扇门里面似乎有人。

不仅如此，而且厂区管理员们每隔一个月都会轮流去里面待上几个小时。为了避免怀疑，纸片式神不敢凑上前去，只好在旁边见机行事。

结果某一天晚上，土门突然面色严肃地给宗九递了一本辅导资料。

宗九心中了然，翻开资料后，就看见里面夹着一张写了字的小纸条。

怨气太重，式神的信息从今天凌晨开始断断续续。

这两天进入左边门里的无面人增多，最后传回来的一幕是开灯，有人从地面捡起了式神纸片，再然后便完全失去了联系。

失去了联系。

宗九眼眸一沉。

即使在那里发现了能够逃离工厂的密道也没有用，因为他们的任务是在第一工厂内生存一百二十天。谁也无法预计离开工厂后的生存时间还会不会计入任务，万一不计入的话，等待他们的就是一个死局。

这让宗九又想起了自己之前的那个想法。

不过当务之急还是带着九区通过第二次月度考核。

他把纸条放回了辅导资料内，翻身从床上下去。

此刻距离起床只剩四个小时，寝室灯已经熄灭了。

宗九拿着那本资料，摸黑小心翼翼地从上铺往下爬，结果竟然踩到了一节冰冷的硬物。

宗九低下头去，看着下铺黑巫师兜帽里露出一半的绿眼睛。此刻，这双森冷幽深的眼睛，正看向宗九踩在自己手上的脚。

气氛一时陷入诡异的尴尬。

宗九不知道恶魔是睡了还是没睡，如果睡了是不是被他这一脚给踩醒的，但这并不妨碍他一不做，二不休，狠狠地往下碾了一脚，这才翻然离去，把手里的辅导资料递给不远处认真练习的梵卓。

而那双眼睛，一直幽幽地看着他的背影。

就这样，第二次月度考核的时间终于要到了。

截至第三次考核，全厂七个区里只有四个区勉强可能达到要求。

一个是无面玩家已经足有十几人的五区，并且区中无面人转化的趋势还在逐渐上升，几乎每一天都有新的玩家发生转化。

一个是拼命工作终于凭实力越线的一区。

除此之外，黑巫师所在的三区也陆陆续续有五六个人发生了转化，险而又险地达标。

同样靠无面玩家把分数提上去的，还有土门所在的七区。因为七区出现了第一个无面人，虽说七区区代是梵卓的下属，但区里的优秀员工小团体都对他有隐隐约约的敌意，并不听他的，反而学着五区那样集体给差员工施压。但幸好土门乐意为差员工们提供庇护，所以情况还没有差到五区那样的程度。

这种情况下，二区、六区、九区这三个区就如同热锅上团团转的蚂蚁。

在病急乱投医的心态下，二区和六区厂区里差员工的境遇，和七区比也好不到哪去。现在提升分数最快的方法就是有人变成无面人，一个差员工发生转化，能够给全区提升几十分的平均分，对于优秀员工而言，自然是最方便的方法。

九区却在宗九的要求下，向宿舍管理NPC申请调整了宿舍，保证九区员工所在的宿舍都是优秀员工加差员工的配置，既确保了工作氛围，又做到了资源共享。

终于，第二次月度考核到了。

在这次月度考核前，九区按惯例拨出三节晚班的时间做了一套机械知识测试题，自己测了一下平均分。可惜的是，就算整个区的人几乎不眠不休地工作了七天，最后的平均分距离一千二百分却还差二十分。

这二十分对于九区众人，就像是一道难以逾越的鸿沟。

众人都挂着青黑的眼圈和硕大的眼袋，神情麻木又难过。

宗九抬了抬手："大家别怕，我们一定会通过的。"

"尽力而为，别做傻事。这七天所有人的努力我都看在眼里，今晚回去好好睡一觉，明天务必以最饱满的状态迎接考核。"宗九已经提前重点吩咐那几个差员工宿舍的宿舍长，紧紧盯着那几个差员工，让他们不要有那个念头。

早在九区的分数远远达不到目标的时候，99号那几个家伙，就打过变成无面人拉高全区平均分的主意。这会儿摆明了分数不够，宗九不信他们不会往这方面想。所以他特地提前做好准备，让宿舍长们回宿舍后务必盯紧他们。

宗九的目光扫过所有人，平静而坚定。

"相信自己，相信九区。"

第三十二章

多了一个

第二天，所有人都起了一个大早。

九区的玩家们全部自发来区里上早班，准备迎接这场最艰难的战役。

可是，当一个人走进工作间的时候，现场只剩死一般的寂静。

随着那个人走动时机械的动作，有低低的抽泣声响起。

99号反应最激烈。

他冲上前去，号啕大哭，泣不成声。

"你自己还是个宿舍长……昨晚你还在鼓励我们，威胁我们不要干傻事。结果……结果你自己呢？！"

宿舍长呆呆地站着。他的脸上光滑一片，空洞无比，再也做不出任何应答。

悲伤同样在弹幕中蔓延。

【啊！呜呜呜呜！不要啊！】

【这让我想起日记本里那个女员工的同事了，也是这样自我牺牲……】

【呜呜呜，好难过，说好的九区一个都不准少呢？说好的一起从这个副本里出去的呢？】

【啊，我一直以为就算要变也是差员工变，他可是全区第十五名呢！在整个厂区里，这个排名变成无面玩家的就仅此一个了吧，呜呜呜……】

【唉，这说明他是自愿转化，而不是被环境或压力逼成无面人的，就是

这种自愿奉献才让人难过啊……说真的，我万万没想到在游戏里竟然还有这种人。】

这么多天下来，九区这些B级玩家都一个个熟识了起来。不管之前有没有冲突，又是隶属什么组织，这个环境让大家迅速结下了非同一般的友谊，并且在互帮互助的大环境里迅速升温。

这位宿舍长的工号是15号，成绩中等偏上，性格安静内敛。除了他以外，407里还有五个全区倒数的差员工，四个九区的第二到第十名，相当于一个优秀员工辅导一个差员工的配置。又因为15号性格好，所以被推选为宿舍长。

平日里，大家更多关注那几个差员工，很少注意到像宿舍长这样不拔尖的中游员工。

可这并不代表大家忽略了15号。他们一起奋斗，一起工作，大家彼此之间早已有了很深的感情。

因此，这一刻大家都十分悲痛，其中又以98号和99号为最。

15号性格很安静，而且人真的很好，很温柔。

平日，他永远是宿舍里起得最早的那个。去洗漱的时候，还会帮宿舍里的其他玩家把热水打了，等自己洗漱完回来后再叫醒大家。

晚上工作的时候，也是他经常出去给差员工们打水，在每个差员工身边走过的时候，还会附带一句低声的"加油"，一下子就让人重新振作起来。

在考核前一天，全区都因为平均分不达标而沮丧，回宿舍后，99号几个人虽然嘴上不说，但心里的确都像宗九猜的那样，有了想要自我牺牲的想法。结果大半夜，15号察觉到了异常，便从床上爬起来，把那几个人拎起来教育。

"还好九哥事先就吩咐了我把你们几个看紧点……你们在干什么？一个个大半夜不睡觉，睁着眼睛，露出这副表情。在这个副本你们是差员工，出了这个副本大家都是B级玩家，想想你们以前经历的那么多凶险的副本，难不成就这样一个小小的考核，就能把你们击倒吗？振作起来！"

深更半夜，407宿舍众人躲避着宿舍管理NPC的巡查，垂着头站在宿舍中间，就像犯了错误在等待厂区管理员的批评。

宿舍长叹了口气，上去给了他们每人一个大大的拥抱。

"别做傻事，九哥都说了，一定会有办法的，我们一定能从这个副本出去"

的，加油！"

407的十个人把手叠在一起，正想喊个"一、二、三，加油"，走廊上突然响起了宿舍管理NPC的脚步声。

所有人对视一眼，全都飞快地一个箭步翻身上床，躺下去盖好被子，整个动作一气呵成，只余铁床在微微摇晃。等宿舍管理NPC的手电筒光芒从门玻璃上扫过之后，他们才在被窝里松了一口气，纷纷发出一阵阵闷笑。

"骗子，你就是个骗子！你还安慰我们，说等回了玩家宿舍要全区一起去顶层酒吧喝酒，结果自己呢？"99号想起昨天晚上那一幕，捂着眼睛哭得泣不成声。

他想挥拳打到宿舍长身上，可无面人只是呆愣愣地站在原地，脸上平整一片，漠然地看着他，并不作答。

过了许久，99号才颓然放下拳头。

宗九皱了皱眉："等等，他口袋里好像有东西。"

听到他的话后，99号一把将手伸到无面人口袋里。

无面人站在原地，就像失去了灵魂的傀儡，即便被人当面掏口袋也没有任何反应。

99号从他口袋里掏出一张纸。

一张叠得整整齐齐的纸。

纸上端正的字体，407的人一看就知道这是15号的字。

写给九区的大家：

　　真的真的很喜欢和大家在一起的时候，不管是进入游戏，还是进入副本前，这都是我最开心的日子。

　　这次是我没有履行诺言，因为我真的太喜欢九区了。

　　就像日记本说的那样，总要有牺牲的人，那个人为什么不能是我呢？

　　我先走啦，不必为我担心，这是我自己的选择，没有任何人强迫我。如果实在想感谢我，那就好好走下去吧。

　　一定，一定要好好走下去，连带着我的那份哦。

在白纸最下面,还画上了一个大大的笑脸,嘴角翘起,就和平日里的15号笑起来的时候一模一样。

可他们再也看不到15号的脸了。

再也不见。

九区人情绪低迷地来到了广场。

其他区也注意到了他们与众不同的氛围,纷纷交头接耳。

其中,又属五区区代看到后冷嘲热讽得最厉害:"啊哈,不是说什么九区一个都不能少,一个无面人都不想有吗?所以说啊,某些新人就是虚伪,实际上还不是和我们一样。"

他的身后带领着一大群无面人,看起来阴森又怪异。

五区的优秀员工站在前面,差员工被隔绝在最后的位置,承受着全区玩家的排挤,根本连人头都看不到。

五区区代的声音没有丝毫遮掩,很快,整个广场上的人都看了过来,众人皆面露惊讶之色。

九区的情况全厂都有所耳闻,他们那大胆的宣言也备受瞩目,连带着宗九这个新锐B级的区代一起,吸引了不少人的注意。优秀员工中有人嗤之以鼻,很多差员工却羡慕他们区那种集体向上的和谐氛围。

不得不说的是,九区绝对是所有厂区里的一股清流。

可现在,九区竟然也出现了无面人!

众人看着被九区围在中间的无面人,私底下窃窃私语。这代表着什么?难道他们只是表面上和谐友善,私底下也同样压迫差员工吗?

99号听到五区区代的话后,气得眼睛通红,攥着拳头就想冲上去。

宗九拦住了他。

"好好考核,没有必要和这种人置气。"宗九语气平静,"15号用自己的命给全区换来的珍贵机会,难道你们想用一场打架给毁掉吗?"

果不其然,在听见宿舍长的名字后,所有人都冷静了下来:没错,当务之急是考核,不应该被其他事情转移心神。

见九区这些人没什么反应,渐渐地,五区也觉得没什么意思,声音渐渐弱了下去。

很快，所有玩家就在广场上逐一入座。

管理员助理们捧着卷子走来，人事部长宣布开始发卷。

卷子一张张发了下来，白纸黑字，冰冷得像是这个副本逐渐进入寒冬的天气。

玩家进入这个副本的时候还是秋天，现在已经到了冬天，这几天可能就要下雪了。寒风猎猎，他们却穿着单薄的厂服，搓着冻僵的手，在广场上考核。

等待人事部长说开考时间到之前，宗九一直安静地盯着自己试卷上的名字。

感情缺失让他能够在任何环境、任何场合下做到冷静，有的时候，甚至用冷漠形容都不太准确，而是冷酷。

包括刚才。

看到无面人的刹那，宗九心里涌起的并非错愕，或者和其他玩家那样的悲伤，而是快速地列出了这一个无面人能够为九区带来的好处。

九区对他来说，到底意味着什么？

宗九盯着笔尖。

要不是这个集体副本是以厂区平均分的方式排名，恐怕宗九根本就不会关心别人的死活。

可偏偏这次是团队模式，如果不管别人，自己也是死路一条。

这个副本看似存在各种困难，实际上考验的还是玩家的心理素质和面对绝境的善恶抉择。在这里，只要心理素质够好，例如能做到土门那样，待三百天都成不了无面人；至于善恶抉择就更容易判断了，只要能够达成目的，过程显然是不重要的。

从利益最大化的角度来看，五区的做法无疑是最优解，因为集体副本的目的就是残酷地淘汰弱者，没有公平可言。这种极端的、用牺牲其他人成全自己的办法，的确使有些玩家很有可能留到最后，虽然自私，但在主系统那里恐怕也是个人实力的表现。

像恶魔那样，以绝对实力碾压副本，主系统也没有要出手除掉他的打算，反而同他合作，就足够证明过程在高维系统面前并不重要，重要的只是结果。

宗九知道，自己能够冷静分析利弊，能够领悟主系统的意思，但他不会去那么做，至少现在不会。

因为他答应了要带九区所有人一起回去。

他回应了他们的期待，答应了要每个人都好好的，就一定会信守承诺，不惜一切代价。

这就是宗九的原则。无论对错，也无关道德，就像老修女曾经说的那样——既然人格缺陷让他区分不了对错，那就回应大多数人的期待吧。

"开考时间到——"

宗九盯着自己写好的名字，掐断思绪，开始作答。

他在心里默默做出了决定。

这场考核进行得紧张而焦灼。

无面人较少的一区、三区，众人的状态都是小心翼翼，谨慎无比。反观无面人较多的五区，看上去稳操胜券，五区区代甚至跷着二郎腿，一副吊儿郎当的样子。

考核中途出现了一点小插曲。

二区的一个玩家作弊，被管理员助理抓了个正着。

处理方式自然是一贯的简单粗暴，当事人直接被叫停考核，不仅卷面全部作零分处理，还被带到了考核台前施予惩戒，然后逼着他带伤在这里站上整整七天。

宗九这次答题格外认真。

15号的成绩在九区本就属于中上游，即使转变成无面玩家，能够拉动的厂区平均分要比其他区从差员工转变成的无面人要少上很多。

更何况，就算转化的是全区倒数第一，以他一人之力让平均分提升二十分，也几乎是不可能的事情。

在九区，差员工就算实在是学不会，也没有其他人怪过他们。毕竟每个人都有不同的长处。况且他们已经拿出最大的努力，能够提升的分数就算不多，也不会有人以此迁怒。

只是，落在优秀员工身上的担子就更重了。

因为他们必须拿到更多的分数。

"沙沙沙——"

宗九飞快答题。

他希望他可以为九区拿到最后那几分。

弹幕也紧张极了。

【我拉近卷子来看了，这个工厂就是故意的吧，这次卷子的难度比之前几次都要大，串的珠子也比之前小很多。】

【真的吗？如果是这样的话，那想要达到一千二百分是不是更难了？】

【那肯定是的啊……我真是无语，不仅提高这么多分数，还提高难度，我现在真的好希望那位大人能把这个副本给毁了，呕。】

【我发现这次集体副本都很过分，完全没有道理可言。另一边A级玩家的集体副本更离谱，一群人在航行中的豪华邮轮上，淡水成了稀缺资源，现在已经分裂成七个阵营，互相给对方错误信息，现场还有被感染成人鱼的玩家，真是可怕。】

【我也发现了，C级玩家的奥林匹斯副本也差不多……这次集体副本感觉就是为了暴露玩家内心的阴暗而设计的，最可气的是留下来的偏偏是那些不择手段的，真是看得我好难受。】

时间飞逝，很快，考核结束时间到了。

监考官吹哨示意停止作答。所有人都停下了笔。

同时，人事部长宣读了一项新规定。

"大家不用太紧张，因为今年员工的数量比往年要少很多，同时也为了促进员工之间的良性竞争，经过全厂厂区管理员开会讨论，我们决定将厂规里某些条例的标准稍微放宽松些。

"修改后的厂规如下：第二次月度考核中被淘汰的每个厂区的前五名员工，不用进行处罚。"

很显然，对这个新规定，许多厂区管理员看起来都不太满意。

第一工厂实施的一直都是集体淘汰制，虽然会刷掉一些成绩好的员工，但是这样的氛围带给员工更深的急迫感。这个制度他们已经沿用了很多年，最终所有的员工都在压力之下，转化成了无面人。

只不过这一年员工太少，如果延续这套方案，最后很难得到数量足够的无面人员工，为了让工厂声誉不受影响，厂方才打算保全各厂区的前几名。

和厂区管理员们的不满截然不同的，是员工们兴奋的喧哗。

各区前五名几乎都露出了轻松的表情。

"大家不要高兴得太早，这条厂规要到夏考才能生效。本次考核还是沿用之前的老厂规。"就在大家欢欣鼓舞的时候，无面人又给他们泼了一盆冷水，"为了让大家更加期待，我们决定这次月度考核不按照过关名单宣读，而是直接一个区一个区宣读考核结果。"

这就意味着，每个厂区都会有面临宣判的时刻。那时候，被点到名字的厂区紧张，没被点到名字的厂区更紧张。

听到这里，不少差员工的手心甚至都开始渗出冷汗。

99号再度举手请求去上厕所，得到许可后便离开了。

无面人厂区管理员们全都站在考核台前，兴致盎然地观察着他们的表情。

首先宣读的，是一区的成绩。

不知道是试卷难度提高还是一区发挥失误，这次他们竟然几乎是踩着分数线过的。这个结果让一区松了一口气，也让其他厂区更加提心吊胆。

自分区以来，一区的成绩一直处于遥遥领先的位置。虽说后来因为无面人数量比不上五区，名次稍有下滑，却真实地反映了玩家们在这个副本内的水平。连一区都只能勉强超过分数线十分，那其他区呢？

众人面面相觑，满心忧虑。

接下来是二区。他们区这回可是有一个作弊的员工被直接记零分，区中的很多人不仅恶狠狠地盯着那个拖累全区的玩家，心里也是一阵悲戚。

出乎意料的是，二区竟然合格了，虽然仅仅高出分数线一分。要知道，之前第三次周测的时候，仅有三个没达标的厂区，其中就有二区。他们的压力可想而知。

二区区代坐在原地，朝五区投去一个感激的眼神。之前要不是他听了五区区代的劝诫，让区里众人一同向差员工施压，使好几个差员工转化成了无面人，那么被作弊的员工拖累后，恐怕全区都得交代在这里。

紧接着是三区。三区是黑巫师所在的区，宗九想都不用想就知道，既然恶魔好不容易得到了黑巫师这枚好用的棋子，绝对不会这么简简单单让他在副本里被消灭。

果不其然，三区过了，分数甚至比前面的一区和二区还要高。

"哗——"

一连三个区，竟然都是有惊无险地过了，后面还没被点到的厂区的玩家们也开始从心底生出微小的希冀。

万一呢？

紧接着就是五区。毕竟四区早在春考的时候就全军覆没了。

五区的区代得意地哼着歌。

毫不夸张地说，他们区是全厂最有把握通过考核的。因为五区的无面人太多了，厂区氛围也紧张，临近考核更加速了差员工向无面人的转化，分数很容易就拉上来了，无须像其他区一样时刻提心吊胆，担心会不会发挥失常。

和他们的区代一样，五区的优秀员工们也毫不担心，甚至还有人明目张胆地打了个哈欠。

"好困，什么时候结束啊，我想回去睡觉了。"

……

这些人优哉游哉地说着风凉话，话锋全部指向了区里排名倒数的那些还没有变成无面人的差员工。

那几个人里，又数梁明德最被他们看不顺眼。

梁明德那间宿舍的其他九个人都成了无面人，就他一个不仅不转化，还在厂区里组织"差员工互助联盟"，每天几个差员工互相加油鼓劲。

五区好几个优秀员工看他不爽，经常欺负他。玩家之间的确是不可以互相攻击，但主系统从没说过不允许进行欺凌，所以这也成了催化他们变成无面人的诱因之一。五区的优秀员工们在背地里商量好，夏考之前一定要把梁明德转化成无面人。

结果没想到，这个梁明德还真是块硬骨头，硬生生给扛下来了。

公布成绩的瞬间，五区区代的笑容凝固在了脸上。

"五区，一千一百九十五分。"

整个广场骤然安静，旋即一片哗然。

弹幕上议论纷纷。

【怎么回事？这个讨厌的五区不是在第二周的时候就超过分数线了吗？】

【是啊，我也记得五区早就过线了啊，虽然恶心人，但是他们区无面人那么多，第三次周测考了一千三百五十几分，怎么可能这次掉到一千二以下？】

【也有可能是骄兵必败吧……刚刚考核的时候我就发现了，五区那些自我标榜为"优秀员工"的几人答题都很不认真。之前的周测也是，除了无面人之外的五区玩家里的第一名到其他区去顶多只能排进前十，在这种情况下他们估计觉得有那么多无面人拉分就高枕无忧了，所以才大意懈怠了。】

【可是再怎么懈怠也不可能这样吧……之前几次周测都很稳，直接掉一百五十多分，这肯定不正常。】

就连弹幕都能看出来的问题，当事人怎么可能看不出来？

"怎么可能……这怎么可能？！算错了，肯定是分数算错了！"五区区长疯了似的从座位上站起来，冲到考核台前，意图抢夺卷子，却被管理员助理一把推倒在地。

人事部长不耐烦地敲了敲桌面，示意躁动的员工们安静下来。

"我们从批卷厂区管理员那里得到一个消息，五区一共有十位员工罢工。"

这一下，先前的讨论声像是被从中斩断，全场静默无声。

十个人，罢工？他们疯了吗？

别说是五区了，其他区的玩家也完全没想到，脸上都流露出显而易见的错愕和惊讶。

所有人沉默了许久。只有宗九毫不意外地挑了挑眉。

现场再次喧哗起来，这回爆发的是五区的优秀员工。他们纷纷从座位上站起来，面容扭曲，面红耳赤，冲到后面的桌子前，对那些差员工破口大骂。

"你们这帮家伙，脑子里想什么呢？"

"是不是你们？！一群什么都不会的家伙！"

梁明德倒在地上，面对众人的怒火，不仅丝毫没有表现出惊恐，反倒躺在广场上哈哈大笑。

那些差员工躺在那里，纷纷以手挡脸，笑得声嘶力竭，却也酣畅淋漓，像是把这些天郁结于心的愤怒与不快一吐而出，显得畅快无比。

他们早就被逼到了绝境。摆在面前的路只有两条。如果前进，那么就要在这样的环境里变成无面人，成为五区这个令人作呕的厂区通过副本的助力；要么就是撕碎一切，同归于尽。

被五区小团体针对的差员工太多了，能够位列B级的玩家，实力绝对不差，也不像普通玩家那样胆小怕事。对于他们来说，与其在这样反复被欺压的环境里崩溃，还不如在沉默里爆发。

第二次月度考核前夕，五区的十个差员工私底下联合起来，发誓要在这次考核中报仇雪恨。

令人欣慰也令人难过的是，这十个人里，没有一个逃兵——他们早就恨死了区里这些自诩优秀员工的人。

"你们这些人都是活该！"

"你们这些只知道牺牲其他人成全自己的懦夫，哈哈哈哈哈，懦夫！我们宁可死，也不愿意变成无面人成全你们！死也得拉你们这些家伙一起！"

"早在你们分成小队来欺凌我们的时候，就该想到这一点了，哈哈哈哈哈！报应，这都是你们应得的报应！"

广场上乱作一团。

与五区鸡飞狗跳相比的，是其他区的死寂。过了许久，才有玩家颤抖着开口："五区……五区这是故意的？"

谁也没想到，五区的差员工竟然有这样的胆气。很明显，这些差员工都是忍无可忍，才会怀着必死的决心罢工。

要知道，他们同样是五区的玩家，把整个厂区的平均分拉下来，仇是报了，但自己也同样陷入了万劫不复之地。

效仿五区模式的其他几个区的优秀员工们，都开始瑟瑟发抖。

他们虽然还没有像五区那样夸张，但也已经有样学样地试着来搞这一套了。他们简直不敢细想，如果把自己区里的差员工们逼急了，他们会不会也学着来一个玉石俱焚？

一时间，广场上只能听见五区人的争吵声。这个区在厂方的眼里已经不复存在了，这会儿即使乱成一团，管理员助理也丝毫不为所动，而是等待着领导层下达最后的指令。

一片混乱里，人事部长拿着手上的名单，背过身去同管理员商量了几句，这才冷声道："安静！"

管理员助理们纷纷行动，用最简单粗暴的动作把无面人之外的扭成一团的五区玩家们分开。

人事部长冷眼看着他们，清了清嗓子："刚刚所有厂区管理员讨论了一下。尽管事发突然，但五区内还有不少优秀员工，他们服从厂区管理员安排，工作成绩良好，所以我们决定提前施行新厂规，把本来在夏考时才使用的规则提前，未达标厂区前五名的员工，这次可以免除处罚。"

他们会做出这样的决定，是因为就在刚刚，工厂特聘的南厂区管理员突然向领导层提交了一份申请。为了给这位特聘管理员面子，领导层决定采纳对方的意见，将新厂规提前施行。

人事部长的一席话，不仅让广场上的玩家们讨论声更大，更是一下子就让五区区代眼睛里重新燃起了希望的光。

他忙不迭从地上爬起来："我！我就是五区的前五名！"

五区那几个排名靠前的员工也生出了绝处逢生的狂喜："我们也是！我们成绩好，请各位厂区管理员网开一面！"

人事部长冷冷地说："那就请五区本次考核的前五名员工出列，站到我右手边的位置来。"

广场上的玩家都有些忿忿，觉得这五区大难不死，运气真是好得出奇。

之前两次考核的时候，哪里有过这样的情况？本来一直对优秀员工差员工都一视同仁，偏偏就在五区这里开了特例，实在叫人不爽极了。

而五区那些被推倒在地的差员工，更是露出悲戚的神情。

弹幕同样愤怒不已。

【什么啊……我就指望着五区自寻死路，结果现在又来这种令人恶心的反转，不看了，真叫人生气。】

【简直无语，要是能够免除前五名的处罚，那岂不是五区的差员工这次做的一切都白费了吗？明明是想要同归于尽，结果现在却出现了这样的情况。唉，只能说一句小人得志。】

【就是，五区那几个前几名真是看到都恶心。】

— 477 —

【等等，我觉得事情肯定没这么简单！事实上我在想，前五名这几个人……难道不是无面人吗？】

最后那条弹幕一下子点醒了所有人。

果不其然，就在五区那几个优秀员工一边笑着，一边努力手脚并用地从上爬起来的时候，一队队无面人听到了命令，机械地从座位上起身，朝着主席台走去。

五区一共有近二十个无面人。这些无面人的分数可以说不相上下，都接近满分，彼此之间的分差只在五分内，正好把前五名占满。

教职员工们欣慰地看着这些没有五官的"好员工"，颇感自豪："这些都是我们工厂培养出来的优秀员工。"

五区区代的笑容登时僵在了脸上。

他意识到了什么，惊恐地张大了嘴："不……不，不！"

事情的发展是所有人都没有想到的，实在是荒谬又讽刺。

原先为了留下来，用尽手段也要将区里那些差员工变成无面人。可谁能想得到，这种压迫同时也将自己唯一的赦免权拱手让人了。他们也成了无面人眼中的差员工。

但不管能不能想到，五区那些人再怎么后悔也没有用了。

只能说，自作孽，不可活。不是不报，时候未到。

终于，一场反转大戏之后，这出闹剧也落了幕。

五区的玩家们，有崩溃地趴在地上痛哭的优秀员工，也有躺在地上先疯狂大笑，然后又笑着笑着哭了起来的差员工。

即便他们沦落到如今这个下场，所有人同情的也仅仅是那些宁死反抗、拉着霸凌者同归于尽的差员工罢了。

管理员助理围在五区的玩家周围，时刻注意着他们的动向。

处罚的判定下来后，就像前两次一样，玩家们无法动用特殊道具，只能在原地默默等待人事部长将全部厂区的成绩宣读完毕后进行全员淘汰。

紧接着被宣读成绩的，是六区。这种面临生死的时刻，叫六区众人满心惊慌。

"六区，一千一百八十二分。"

这一次，大家脸上都没有露出太多意外的表情。

五区的分数会引起轰动，是因为这个厂区的那些优秀员工一副趾高气扬的样子，没有人觉得他们区会通不过第二次月度考核。至于六区，本来就位列三个不达标厂区之一，之前同样没达标的二区有一个人作弊绩效依然勉强压线过关这件事已经足够让人惊讶，六区要是也出现这个情况那就太不可思议了。因此现在看到六区没过，其他厂区也并没有那么惊讶。

"七区，一千二百一十五分。"

令人欣慰的是，七区过了，坐在最后面的土门明显重重地松了一口气。七区现在虽然无面人的数量仅次于五区，但因为区里有一个土门，气氛比五区好了不知道多少。

但让大家没想到的是，在公布七区成绩的时候，另一边五区的玩家却再度起了冲突。

他们的结局已经尘埃落定，五区每个人都知道这一点，但真的要让人坐等淘汰，他们也不会愿意，更别说还是以这样的方式迎来结局。优秀员工们把怒气全部发泄在了差员工的身上，两方一时又争执起来。

管理员助理上去维护秩序，一时间鸡飞狗跳。

宗九坐在座位上，一只手按在桌角，另一只手撑着头抬了起来。果不其然，不远处考核台下的恶魔正笑意盈盈地看着他，似乎正在等待着一场好戏。

不知道为什么，联想到恶魔之前的言论，宗九总觉得对方已经把NPC配合的奖励拱手送达。而他当时说的是……只会保证他一个人的安全，那前五名的赦免权，很有可能就是这位的手笔。

宗九心下一沉，有了不好的预感。

如果仅仅是倒吊人的话，或许并不能造成高塔逆位。出现了这张牌，或许结局就早已注定。他闭了闭眼。

宗九身后，九区的玩家们一个个双手合十，放在胸口默默祈祷，期望能够出现一次奇迹。

五区的骚乱终于被镇压下来，人事部长继续宣读九区的成绩。

终于，悬在所有人头顶上的那把刀落了下来。

"九区……一千一百九十九分。"

一片死寂。

肉眼可见的，九区玩家们脸上的表情，一瞬间被清成了空白。

一分，仅仅是一分，却有如天堑。

弹幕最先反应过来。

【为什么！不要啊！】

【九区！啊啊啊啊啊！我的九区，怎么可以！】

【唉……也不意外就是了，十全十美的承诺虽然令人感动，但大多数时候终归只是说说而已，还要看看能不能达成。】

【的确，唯一庆幸的是不知道为什么这次改变淘汰形式吧。不过九区只有一个无面人哎，就算无面人考第一，好歹还能保下前五名的另外四个人，不是全军覆没，也是不幸中的万幸了。而且魔术师还能留下来呢。】

【可那样就不是完整的九区了啊，九区其他的九十四个员工呢？】

【先别急，说不定还有其他的办法呢？魔术师之前可是亲口说了要保住全区所有玩家啊。】

广场上没有一个人讲话，只有五区的区代疯狂地哈哈大笑。

"哈哈哈，痛快，痛快！"

死亡的压力让他变得神志不清，言语混乱。但如今没有人会在乎他的反应了，所有人的视线都被九区吸引了过去。

不知道为什么，或许是宗九在前几个副本表现过好的缘故，不少人都对他抱有异乎寻常的信心，总觉得他留着什么出人意料的底牌。

果不其然，人事部长话音刚落，宗九就缓缓从座位上站了起来。

宗九面容冷静，完全不像是刚刚听到这样一个噩耗的样子。那份超然的冷静，却在这种令人迷茫不知所措的时刻，带给九区无与伦比的自信。

"不要着急，我有办法。"

都到这种穷途末路的时候了，他还能有什么办法？不仅仅是九区众人，全广场的玩家都看了过来。远处的恶魔更是挑了挑眉，饶有兴致地看着这一幕。

宗九的确有底牌。

只不过这张底牌太过讨巧，他还没有想好要不要在这个时候亮出来。

众所周知，手握足够的筹码，是可以和主系统进行交易，兑换到出乎意料的东西的。

按暗的说法，超S副本里也存在着一些少而又少的特殊途径，恶魔也在宗九面前亲口承认了这一点。宗九觉得，如果自己没猜错的话，恶魔就是从超S级副本世界来到这个世界的。

而宗九和这个世界所有的人都不一样。他来自一个和平的现实世界，和游戏里的现实世界看起来别无二致，可这个世界发生的一切，在他的世界里，都只不过是一个游戏而已。

通过先前暗和恶魔的话语中的蛛丝马迹，宗九又推测，是不是这个世界的人，对主系统具有不一样的意义。

所以，他大胆猜测，这个信息在主系统那里具有相当的分量。

或许可以用自己不是这个世界的人的信息，来和主系统做交易，救下九区所有人。对宗九来说，这看上去是下下之策，但事实上，如今也没有其他更好的办法了。

不到万不得已，宗九也不想使用，因为使用后的结果和走向皆是未知。

宗九想通之后，就直接联系上了主系统。他维持着之前的姿势，站在原地，脊背挺直。别的厂区的人开始窃窃私语，只有九区的玩家们，眼中重新燃起了希望的火花。

【已申请同主系统链接……正在链接中……请稍等。】

已经申请成功了，但应该是他依旧身处副本世界的缘故，链接的速度要比在玩家宿舍慢上不少。

宗九一边链接，一边缓缓扫过面前每一张脸。

除去唯一那张空白的脸以外，其余的每一张脸都充满希望，充满了全无保留的对他们的区代的信任，这让他们的目光都似乎带上了沉甸甸的重量。

宗九的目光扫到全区最后那个空位的时候，骤然一顿。

那是99号的位置。

在宣读名单之前，99号举手说想上厕所。

上次考核的时候99号就有过这样的行为，所以这一次管理员助理直接点头首肯了，没有多问。

可和上次不同的是，这一次宗九并没有吩咐他做任何工作。

退一万步说，从宣读一区成绩开始到现在，至少已经过了近二十分钟的时间，这么长的时间，仅仅只是上厕所，显然不合情理。

不知道为什么，一种不好的预感击中了宗九。

高塔逆位，无法逆转的破坏性厄运；倒吊人，自我牺牲与奉献。

下一秒，他瞳孔骤然收缩，快步走到最后那张工作台前。

在那张空掉的工作台上，黑色签字笔写在桌面上的字迹潦草凌乱。

那些文字，彼此毫无关联，只有唯一一串能够连接起来，连成了这样一句话——

剩下的九十七个人就拜托你了，九哥。

句子的最后，画着一个小小的、和15号留下的纸上如出一辙的笑脸。

第三十三章

情况有变

突然,广场上有一个管理员助理快步跑了过去,和人事部长耳语几句。

他们在考核台前窃窃私语,似乎还起了争执,最后拿起表反复确定了时间。

人事部长皱了皱眉,转头向身边另外一个厂区管理员吩咐了些什么。那个厂区管理员带着几个人,行色匆匆地朝着工作楼走去。

待他们离去,领导层的厂区管理员才高声宣布:"稍等,我们收到一个申请人提交的消息,九区的分数需要重新进行计算。"

众人哗然。

重新计分?这可是闻所未闻的事。

人事部长不耐烦地说:"这的确是第一工厂的厂规之一。"

事实上,领导层的人也有些纳闷。这条厂规因为实行起来太过烦琐,早在好几年前就没有印在厂规手册上了,也不知道这个申请人是从哪里知道的。

所有人的视线都投向了宗九。

"他真的想出办法了?我的天,竟然开始重新计算分数了。"

"之前那么多被处罚的区都没有什么转机,怎么就他这么神通广大,他果然有底牌。"

"这个新人也太可怕了吧,不愧是被那位大人看好的人。"

……

不同于其他区众人的惊讶,九区的玩家们一个个热泪盈眶,口里喊着

"九哥"。

可宗九却站在原地没说话。

因为他心知肚明，就在刚刚，他才成功链接上主系统，根本还没开始谈交易，怎么可能得到一个"重新计分"的结果。

这个转机，恐怕还是99号的手笔。

宗九站在工作台前，眉眼低垂，神色辨不出喜怒。他的手指从桌面那行字上面划过，蓦然回头，声音平静："你们谁知道99号去哪里了？"

九区其他的人都还没有意识到99号可能出了事，更不知道桌子上的那条留言，此刻都有些丈二和尚——摸不着头脑："他不是上厕所去了吗？"

"对啊，刚刚99号不是说要去洗手间来着，我看他往工作楼的方向去了。"

"等等，这小子怎么上个厕所这么久？我们区都要宣读成绩了……"

唯有98号，在听到人事部长说"重新计分"四个字的时候面色变得惨白。

宗九十分平静地说："我还没有来得及和主系统沟通。"

听到这里，98号突然一下从座位上站了起来，一不留神把桌子碰倒在地。

看到98号的反应，九区其他人都明白过来了。他们一下子围了过来，满脸震惊，神色焦急。

"99号，他……他……"

98号这会儿话都说不利索了，刚说了几个字就带上了哭腔。他在这一瞬间想起了很多事，那些都是有关99号行为的蛛丝马迹。

九区员工彼此之间感情都很好，甚至就连刚分区第一天，曾经出言挑衅宗九的那个玩家，最后也和大家打成一片。至于那几个素来调皮捣蛋的差生，关系更是不错，其中又以98号和99号为最。

99号在区里年纪最小，大家都把他当弟弟看，他也乐得耍宝逗大家开心。

98号也不比99号大多少，不过进入游戏的时间比99号长很多。他们两个的性格都活泼又开朗，平日里又聊得来，很快就亲密起来。

他们两个人都不是学东西很快的类型，全区优等员工轮流辅导他们，这两个人的分数依旧提不上来。两个人虽然平日里不说，但心中还是很内疚，觉得给全区拖了后腿。

第一次月度考核结束后的那天夜里，98号迟迟睡不着觉。在407宿舍终于熄灯后，99号摸黑爬到了98号的床上。

那天刚好是九区找到第一条线索，知晓变成无面人可以拉高全区平均分的日子。他们两个人躲在被窝里，一时间沉默无言。

终于，99号叹了一口气。

春考需要整整一千分，对那时的九区而言，这要求实在太过苛刻，前途渺茫。更别说他们还是全区成绩最差的那几个，只会给九区拖后腿。

那个晚上他们聊了很多，就像每一个员工在考核前的迷茫夜晚那样，谈天说地。

他们都是游戏的老玩家，可先前经历的副本没有一个同如今这个集体副本这样残酷，却又让人能感到与整体环境格格不入的温暖。

99号说，要是真的到了那个情况，不如他先去。反正他没有特别牵挂的人，为了生计所迫更是什么都做过，就算是去了副本里也没人记得他。

98号轻轻打了他一拳，说："你是九区所有人的弟弟，要上当然得大哥先上，你逞什么强，你再胡说，小心我打你。"

本来一个这么严肃的话题，他们两个你一言我一语之后，都再也装不出之前凶巴巴的语气，笑了出来。

一个星期后，他俩一起去隔壁区拿东西时，发生了一件事。

他们去的正好是在第一次月度考核里全军覆没的八区。

八区的工作间空了之后，很少会有人过去，只有在隔壁的九区有时候会有人过去拿些草稿纸或者笔。没想到，就在这个过程中，98号和99号意外地找到了去年员工在这间工作间留下来的线索。

其实每个厂区都有往年员工留下来的线索，内容各有不同，但基本都指向厂区最后的结局。

八区工作间的线索就是一本第一工厂厂规，只不过条例和现在的略有不同，多了几条隐形厂规。

再后来，15号宿舍长自愿变成了无面人。这件事情给98号和99号的打击都不小，特别是平日里和15号关系不错的99号。

从车间出去后，99号低垂着头，一直在啜泣。

他说，15号是替他去了。

98号心里也难受，他拍了拍99号的肩，却不知对方早就心意已决。

直到现在，他才知道那个时候99号做出了怎样的决定。

98号泣不成声："……他应当是在那本厂规上看到了重新计分的线索。"

宗九皱了皱眉："那条厂规的具体内容你知道吗？"

98号摇了摇头："我当时去洗澡了，洗完澡后正想看，他就说刚刚正好出去了一趟，把线索交给九哥你了。"

大家看着宗九骤然低沉的脸色，纷纷猜测出了后续。

【99号不会是根本就没把厂规线索交给魔术师吧……】

【我觉得很有可能，如果99号真的心意已决，那这件事情他应该筹备已久了，不然也不会在考核结束的时候用上厕所的借口离开。】

【唉，我猜99号手上的线索肯定有解这个局的办法，但估计不是什么好办法……98号还说他故意说自己把厂规交给魔术师了，其实那本厂规肯定还在99号手里，他只是不想让别人看到里面的内容。】

【难怪所有人都不知道有这条隐形厂规，原来从一开始，99号就把它截下来了。】

事到如今，九区的玩家们还没有放弃希望。

"如果只是申请重新计分的话，99号应该没事吧，或许他一会儿就回来了呢？"

"是啊，他平日里总是调皮捣蛋，鬼主意最多，怎么会以身犯险，去干这种傻事！"

"说不定他就是想给大家一个惊喜，所以才会偷偷躲起来……我们要相信他。"

虽然嘴上这么说着，但大家的眼泪都已经止不住往外冒了。

大家都不愿意相信那个答案——重新计分，很有可能是按九十八个人计分，而不是九十九个人。

就在九区众人对话的时候，那几个去而复返的厂区管理员回来，同人事部长说了几句话，又叫了管理员助理过去。

之后不久，第二次统分的结果出来了。

人事部长宣布："九区，一千二百一十一分。"一切就此有了定论。

"这不公平！"最先吼出声的当然是五区区代，"凭什么他们可以重新计分，我们也要申请！"

不仅仅是五区，同样不达标的六区也群情激愤，在广场上吵成一片，NPC交头接耳，都在说当年没把这条厂规延续下去的确是件好事。

无面人神情相当不耐烦："申请重新计分，如果最后对出来的分数和现在一致，那申请人便得承担处罚。你们两个区有人愿意站出来申请吗？"

刚刚还吵闹的两区员工全部安静了下来。

这两个区中的玩家有那么多自私自利到极致的人，没有人愿意用自己可能要承受的痛苦，去换取全区的平安。

话虽如此，依旧有人不服："那为什么重新计分后他们的分数变高了？"

很快，大家就知道了答案。

方才那队匆匆离开的管理员助理终于回来了，还抬着一个黑袋子。

没有人说话。

人事部长拿着话筒冷笑："因为早在第一次统分之前，重新计分的申请人就被淘汰了，现在九区只有九十八个人，没有九十九个。"

弹幕中众人都震惊了。

【我的天哪，99号这是……】

【唉，我果然猜对了。这种时候要是突然失踪，想也不会是好事，可我真的没想到他竟然……就算是变成无面人也好啊。】

【可能也是没办法了吧，之前15号的事情的确给他打击太大了，而且变成无面人也需要时间，他们今天早上来工作间的时候才知道15号出事了，总不可能半个小时开考后就能变，唉。】

看到那个黑袋子后，九区的玩家们终于再也忍不住，一个个哭成了泪人。

他们经历了这么多副本，或许都没有这么难过的时候。

所有人都沉默着。

管理员助理们渐渐走远。98号怒吼一声，就想冲上前去把袋子抢回来。

宗九的声音冷冷地在他头顶上炸响："你想让99号白白牺牲吗？"

98号被九区其他人按住肩膀，只能颓然蹲在地上，号啕大哭。

因为99号的牺牲，他们得救了，但他们甚至连99号最后的念想都拿不回来。

一千二百一十一分，比一千一百九十九分只是多了十二分，却给九区走在黑暗里的九十七人，点亮了一盏象征着生的希望的灯。

但那位点灯人却只是笑着朝他们挥了挥手，跟在已远去的15号背后，与他们相背而行，永远消失在了无边无际的黑暗中，再也没有回头。

成绩宣布完，人事部长进行了关于夏考的考前动员。

"恭喜各位员工已经在第一工厂生活了九十个日日夜夜，很快，我们就将迎来最后三十天的冲刺。"

广场上此时只剩下五个区，对比最开始的十个厂区，已然削减了一半，更别说里面还有不少无面人。

所有人都沉默着，心底皆是深深的疲惫。

这样一个折磨身心的副本，明明并不可怕，等待他们的却是无法反抗的命运。

但终于，终于，要迎来最后一轮了。

只要过了最后三十天，就能达成生存一百二十天的主线任务，回到玩家宿舍。

最后，人事部长终于宣布了夏考的达标成绩。

"本次夏考的达标分数线是一千四百分，期待大家的好成绩。"

没有人说话，甚至没有人对这个异乎寻常的超高分数发表意见。

第二次月度考核结束后，整个厂区的气氛都压抑极了。

那个下午，没有人学得进去，随处可见崩溃的玩家在大哭，处处透着压抑。

宗九要求九区所有人都休息一个下午，回宿舍去好好睡一觉，一切事情都等明天再说。

101宿舍中的区代已经少了近一半，只剩下梵卓、黑巫师、二区区代、六区区代、局外人土门，还有宗九。

101宿舍久违地召开了区代会议。

只不过这一回的发起人并非梵卓，而是宗九。

宗九坐在桌前，开门见山道："既然已经到最后一次考核，这个副本最简单的解决办法，相信各位也都心中有数了。"

的确，这个副本最简单的破局方法，其实他们早在第一次月度考核之前就已经想到了。

那就是团结。

如果当初没有告密者的意外泄密，第一次月度考核他们应该就能用集体罢工的方式通过，毕竟法不责众，主系统再怎么残酷，也不可能在第一轮就把全部B级玩家都给抹杀掉。第一工厂知道了他们的心思后补充的那条规则，反倒更像是居高临下的嘲讽。

听宗九这么说，六区区代翻了个白眼："那又如何？走到现在这一步，再说什么团结都没用了。现在看的是平均分，难道你团结起来就能把每个厂区的平均分都拉到一千四百分？"

二区区代也点头附和："不是我们想制造无面人，而是按照这个局势看，只有转化足够多的无面人，才有可能完成任务。"

局势实在严峻。

如果说先前的一千分、一千二百分，尚且还能挣扎一下，夏考的一千四百分，就是彻彻底底把所有人的路都堵死了。

按照这两位区代的想法，平均分一千四百分，大概需要近五分之四的玩家转化成无面人，剩下的五分之一也不能太过拖后腿。

这样算下来，最后能完成任务的，差不多只有一个区，正好同系统想大幅度筛减玩家数量的意思不谋而合，也是现今他们能够想到的唯一生路。

可经历了五区差员工鱼死网破的行为，本来打算效仿的二区和七区玩家们都吓破了胆，不敢再给差员工找不痛快，就怕他们联合起来重复五区的悲剧。

而且这两个区里无面人都不在少数，前五名都被无面玩家占着，一旦出现这样的情况，大家都没办法走完副本。

"那是因为你们从一开始就选了最烂的那条路。"宗九冷酷地说，"那既然这样，我就直说了，我希望你们在接下来的三十天里绝对服从我。"

土门看着宗九，心里有些担忧。

自从九区的两个人为了提高厂区平均分，一个自愿变成了无面人，一个自愿牺牲了自己，宗九就似乎变了一个人。很难形容那种感觉，就好像他之前一直都漫不经心地游离在外，现在某种束缚他的枷锁终于被解开。而解除封禁的他会做什么，没有人清楚。

他的话丝毫不留情面，刺得两位区代面红耳赤，二人一下子站起来，脸上皆露出不屑："不过是一个和我们一样的B级玩家，凭什么想要命令我？"

六区区代更是呸了一下，指着坐在一旁的三位S级："三位S级的大人都还没说话，你在这里唱独角戏，狂什么狂？"

一直沉默的梵卓终于说话了："他的意思就是我的意思。"

土门也收回了视线，随声附和。

就连从来都只作壁上观、冷淡到极致的黑巫师也微微颔首，表示赞同。黑色兜帽之下，一双如雪夜孤狼的绿眼睛发出幽光，只有处于他视线下的宗九，才能感受到对方掩盖在这具傀儡外壳下的愉快的审视。

"满意了？"宗九嗤笑一声，声音里透着再明显不过的讥讽。

当众被打脸，两位区代的面色青一阵红一阵，难看极了。但因为只是B级玩家，面对三位S级谁也不敢跳出来反对，纵使心里再有一万个不愿意，也只好认了。

但是，六区区代虽然认栽，心里还是憋着一股气："行。那你说让我们听你的，你总得告诉我们你有什么计划、找到了什么解决的办法、怎么样才能让大家都走出副本吧。如果你仅仅只是在这里开空头支票，我们就算表面上听你的，你也没法让我们发自内心信服。"

这下不仅仅是他们，就连三位S级也看了过来。

梵卓支持宗九明显有他自己的考量，可能其中还带上了一点点对表弟的维护之情。

土门则是彻头彻尾的依靠直觉。他觉得宗九虽然态度和气质都与先前截然不同，但直觉告诉他这种改变并非坏事，于是毫不犹豫地选择了相信对方。

至于被恶魔操纵的黑巫师……

恶魔只是纯粹地想看戏。认真起来的魔术师看起来就很有趣，让他忍不住兴奋起来。

面对六区区代的质疑，宗九屈起指节，轻轻在桌面上敲动。

"笃、笃、笃。"

一下接一下，仿佛给这个副本敲响了走向死亡和终结的丧钟。

虽然宗九一直不愿承认，但不可否认，这一回，他真的生气了。

宗九的眼眸深处像是燃起了一簇烈火："我的计划就是……毁掉这个副本。

"用最解气的办法，炸不掉就烧掉。"

毁掉这个副本，还是炸毁？

宿舍里一时间没有人说话，唯有呼吸声清晰可闻。

昏暗的灯光下，几个人神情各异。梵卓依旧是那副不苟言笑的模样；土门觉得气氛有些奇怪，打圆场地笑了笑；其他两位区代则表现出显而易见的不信。唯有黑巫师，宗九分明看到兜帽下那张苍白的脸上诡异地弯起的嘴角。

这个计划实在是太出乎意料了。

众所周知，曾经在游戏里毁掉过副本的唯有恶魔一人，并且手段未知、过程未知，所有人看到的都只是他踩着崩塌的副本离去的背影。恶魔能够在这个世界收获这么多狂热的支持者，和这一点也不无关系。

另外，玩家们每次从副本回来后，都会根据个人表现和评价，得到不同的休息天数。表现得好，休息期可能有一个月；如果表现不好，可能只有三天时间就得再度进入下一个副本。所有人都在这样的环境中苦苦挣扎，就连那位曾经公认最强的古大师也无法打破副本的限制。

恶魔却可以。

只有他可以。

他以一己之力碾压副本，毁灭副本，面对副本来或不来全凭自己的心情，轻而易举地把所有人玩弄于掌心。

正是如此，他才能成为众人眼中如同神明一般的存在，稳居榜首，俯瞰众生。

六区区代想出言嘲讽，但迎着宗九的冰冷视线，即将脱口而出的话语却哽在喉咙中。过了一会儿，才敢小声嘟囔："谁信啊！嘴上说得好听，要是毁掉副本真的这么简单，这么多S级大佬还不早就办到了。"

"你似乎搞错了一件事。"宗九笑了，"我不要你相信，我只需要你服从命令。"

一旁的梵卓，眼眸中划过一抹深思之色。直到这一刻，他才感叹这位曾经只会哭哭啼啼的小表弟，竟然已经成长为一个与幼年时截然不同的人。

本来梵卓对以前的记忆就模糊，对宗九的印象也十分有限。

但不知道为什么，前几天他忽然又回想起了不少细节。例如他的助理曾提到过的，这位小少爷性格骄纵，但因为相貌出众，追求者无数，风评不佳。

那时梵卓忙着站稳脚跟，哪里有心情关心这些。现在回想起来，只觉得记忆中的宗九的行事风格相比面前这位英姿飒爽的魔术师，有着浓浓的违和感。

玩家在进入游戏后性格发生巨大的改变倒也可以理解，可宗九的改变，似乎又和寻常人不太一样。

当初在韦加城，梵卓没有贸然相认，也是基于这点考虑。虽然宗九声称是因为自己发生了意外故而失去了部分记忆，但梵卓依旧满心疑惑。

失忆真的会让人的气质、性格，甚至一切……都变作截然不同的模样吗？

正在沉思的梵卓忽然察觉到一股不同寻常的敌意。他敏锐地抬起头，却没有发现任何异常。

他只是看到，坐在对面的黑巫师冷淡垂眸，正凝视着自己飘起黑雾的苍白手指。

虽然经过数个小时的休息，但直到第二天上工，九区众人依然精神不佳。

其实不仅仅是九区，其他厂区也是这样。没有人在听到夏考的要求后还能泰然处之。

或许是出于对工厂声誉的考虑，工厂颁布了几条新规定，可以看出各方面对玩家们的管束都有所减轻。不仅每天早上多了半个小时的睡眠时间，晚上也开放了专门用于考前冲刺的办公室。如果有员工觉得没必要再去工作间，也可以向区管理员申请进行自由活动，遇到问题再去办公室找厂区管理员们解答。

当然，稍显宽松的条例背后，是逐渐逼近终局的脚步。

都说有泪不轻弹，偏偏九区的玩家们个个眼睛都肿了。当他们来到工作间，看到那个永远不会再有人的座位，和不再有喜怒哀乐只知道拼命工作的无面人，每个人都不禁再次双眼泛红。

这一刻，大家都再次清楚地认识到——他们永远不会再回来了。

宗九走进工作间时，看到便是众人垂头丧气的这一幕。

他反手关上门，手指间霍然亮出几张纸牌，瞬间投向了工作间的几个角落。

"噼啪……滋滋滋……"监视器和窃听器被打落在地，发出几声噪声后，成了几块废铁。

毁掉一切监控设施后，宗九目视众人，冷静地说："九区不能再少人了。现在九区有多少人，我就会完整地带多少人出去。"

那平静话语下隐藏的怒火，每个人都能感受到。

大家都看着他，没有人说话，只有低低的抽泣声。

此刻不需要言语。

"从今天开始，我们不用练习了。"

所有人都明白，短短三十天，他们不可能在区中不再有人转化为无面人的情况下，提升平均分达到夏考的要求。但是，如果不工作，那他们要做什么呢？

迎着所有人疑惑的眼神，宗九冷然："15号和99号不能白白牺牲，他们的仇，我们不能不报。"

没错。全区玩家都攥紧了拳头。

"我有一个计划，要在夏考当天实行。"宗九轻描淡写，"我们不考试了，就直接把这个副本毁掉给他们陪葬，好不好？"

所有人精神一振，异口同声："好！"

正在观看直播的玩家们，都震惊了。

【啊，魔术师这番话，不会是我想的那个意思吧……】

【我也在想，虽然知道他一向很狂，但这未免也太狂了，要知道，那位大人也在这个副本啊，他们真的不会打起来吗？】

【呜呜呜，燃起来了！大家要为15号和99号报仇啊！】

【唉，虽然我觉得毁掉副本难度真的太大了，但是，魔术师总是能创造奇迹，就算最后没成功，我也会记住这一刻的感动。】

【魔术师加油，九区加油！话说我明明是首席的忠实拥护者，为什么会喜欢这个总是和那位大人作对的家伙啊！】

宗九的计划要开始实施了。

早在他通过土门的式神从地窖中得到线索时，他就想到了这个计划。不过在此之前，他得让所有人都听他的话。

计划很简单，成功率极高，但是对时间的要求非常严格，必须等到夏考那天才能实行，而且需要所有人的配合。

为了避免像第一次月度考核那样出现泄密人或告密者，宗九觉得，自己需要所有人的绝对服从。

在这件事上，他相信土门和梵卓都会配合他的计划。至于其他那两个区的区代，虽然贪生怕死，但是在一条必死之路面前，唯一的希望会让他们乖乖听话。

唯一的问题，就是九区之外那四个区里存在的不稳定因素，例如那几个侥幸坚持到现在的告密者，他们能告密一次，自然也能告密第二次。

为了杜绝这个隐患，宗九想到了一个办法。

99号牺牲自己救下全区，意味着宗九在恶魔那里的奖励兑现失败。

但是，宗九已经想到了【让NPC配合行动】这个"奖励"的更好的使用办法。

恶魔的心情很好。

最近这段时间，他操纵着黑巫师到处看戏，收获了不少乐趣。

第二次月度考核的时候，事情的发展出人意料，尤其是撕下了平和面具的宗九，让恶魔觉得非常有趣，特别是在对方说出"要毁了这个副本"之后，恶魔心中的兴奋更是瞬间冲到了顶点。

他期待着二人的再次交锋。

当宗九来到恶魔的办公室，却发现对方早就在等他了。

"不久前管理层因为一些情况联系了我，听说你把区里的监控器全部拆了？"

恶魔把玩着钢笔，在宗九推门而入时状似漫不经心地发问，却隐约透露出几分赞赏。

令他意外的是，宗九并非自己一人来的，他身后还跟着一些人。

那些是各区曾经的告密者和不服从管理的刺头，是各区的"不稳定因素"。他们站在门口，在看到办公室里的恶魔后，一个个吓得大气都不敢出。

这些玩家被六区区代粗暴地推进办公室后，站在原地瑟瑟发抖。

而站在众人前面的宗九，不仅毫无畏惧，甚至向恶魔发号施令道："让他们绝对服从我。"

恶魔挑了挑眉，还不等他开口，宗九像是知道他要说什么一般补充道："阁下在第二次月度考核中对我没有提供丝毫帮助，NPC配合奖励沿用至今，不过分吧？"

"你让我去操纵这些家伙？"恶魔的目光扫过宗九身后的一众玩家，语气喜怒难辨。

身为傀儡师，他的确有这个能力，但是他也不是什么人都愿意操纵的。

当初，他操纵盛钰，是为了接近宗九；操纵林国兴，是为了控制黑衣阿赞。他的操纵对象，要么是他为了达成目的的跳板，要么就直接是他的目标本人，至于面前这几个……

宗九身后，好几个玩家以为他发怒了，吓得战战兢兢，几乎要倒在地上。

反倒是宗九本人，一脸事不关己的无所谓，仿佛局外人一样，甚至淡淡地反问道："堂堂首席，不会言而无信吧？"

恶魔用意味深长又叫人毛骨悚然的目光打量了他许久。

下一刻，窗边如挂毯般的红色窗帘无风自动，本就昏暗的房间内更是光影明灭闪烁，无端透出一阵阴森之气。

恶魔懒洋洋地抬手，冷风从平地掀起，整个房间的温度骤然降低。在洁白的手套周围，千万道看不见的丝线泛着金属般冰冷的寒光，锐不可当地从虚空中射出。

可惜办公室里没有人能够看见这一切。

黄昏时暗淡的日光从扬起的窗帘处照射进来，在办公室的棕色地板上，映出一道道纵横交错的影子，透着难以言喻的诡异。

玩家们一个个睁大了眼睛，面容惊恐，还来不及发声，话语就永远地被封在喉咙中。他们的头垂了下来，一个个沉默地站在原地。

做完这一切，恶魔从资料桌前起身，目光含笑："够了？"

这是宗九第一次看到恶魔在自己面前使用傀儡师的能力。

完整观看了全过程后，宗九不得不承认，面对这般神鬼莫测的手段，说心里不忌惮那是不可能的。

他提出这个兑现奖励的要求，再故意把这些人带过来，其实也是挑明了自己试探对方的意思。毕竟恶魔已经套出了自己不属于这个世界这个关键线索。

那么现在自己这样做，也不过就是以其人之道还治其人之身罢了。

然而，宗九不仅仅是试探，还刻意带了将近十个刺头员工过来，为的就是看看恶魔傀儡师能力的天花板在哪里，可以一次性操纵多少人，完成彻底操纵除了身体接触和流血以外又需要多少其他的条件。

可他失策了。

恶魔甚至没有正面接触任何一个人，仅仅动了动手指，就把在场的玩家们都变成了他的傀儡。但他以前的确透露过自己能力的某些条件，宗九不觉得恶魔会在这种问题上说谎。

宗九挑眉："够了是够了，但你确定他们已经被操纵了？你的能力不是需要身体接触才能发动吗？"

恶魔笑了笑："在普通情况下，的确是如此，但是在这个副本里嘛……总有些意想不到的情况。"

见宗九还想开口，恶魔忽然上前一步，用手指轻轻点了一下宗九的额头："嘘，你的奖励已经兑现。"

轻薄柔软的手套也掩盖不住手指的冰冷，宗九昂着头，毫不示弱地同恶魔四目相对。

恶魔低头看着宗九，只感觉自己的每一根汗毛都在叫嚣着，要自己把对方毁掉。但是他知道，这个能够给自己带来更多惊喜的魔术师，值得更长久的等待。

"如果什么都告诉你，解谜就没有乐趣可言了。现在，就让我看看，你怎么毁掉这个副本。"

恶魔微微一笑："别忘了，你还欠我一次。"

从办公室离开后，宗九面色阴沉。

这一次试探，结果只能说是喜忧参半。他没能得到更多关于恶魔能力的信息，不过倒也达到了自己的目的，至少不听话的人都变得听话了。

就是这个"听话"，只不过是被恶魔操纵的结果。但是对宗九而言，这些人就算不配合他的工作也无所谓，只要不添麻烦就行。

接下来的安排，就是——没有安排。

二区区代对宗九的计划明显缺乏信任，在响应他的同时，依然叫全区员工在剩下的三十天里努力冲刺，争取达标，也算是做两手准备。

九区的表现却与他们截然不同。

既然宗九说接下来的时间不用工作了，他们真的没再继续工作，每天想方设法放松心情，晚上也早早上床睡觉，几天下来个个精神抖擞。

第一次周测，他们全区的分数不升反降，再度回到了一千一百五十几分，震惊了所有人。

但是不管别人如何评价猜测，九区依然不为所动，继续随心所欲自娱自乐。

在第二次周测后，一条新的线索被送到了宗九的面前。

早在上个月的时候，土门的式神就在地窖附近失去了联系。在纸片式神最后传回来的画面里，有一位无面人厂区管理员似乎在角落里看到了这张纸片，顺手拿了扫帚，把纸片扫到了一旁。

就在所有人都觉得纸片式神已经"英勇就义"的时候，土门做了一个梦。

阴阳师和式神之间会有一些微妙的联系，特别像是这种完全用阴阳师的灵力培养出来的式神，很有可能会在灵力不足或者彻底消亡之前以梦境的方式，将最后收集到的画面和线索传递给它们的主人。

真可谓踏破铁鞋无觅处，这线索正好来自地窖附近那个经常有无面人出入但是并不知道用途为何的房间。很有可能当初纸片式神恰巧被带了进去。

式神传回来的画面里有一摞摞雪白的卷子，还有无面人围在桌前出题的场面。

那个房间竟然是第一工厂的试题库。

第三十四章

新的线索

这条崭新的线索，让101宿舍再度召开了区代会议。

二区区代第一个念头就是溜进去偷一份试题出来，只要提前知道了题目，夏考就能够全员过关，而不需要因为压迫差员工担心被差员工反扑。

虽然考核的过程中分为实践和理论两个部分，但理论的分数可比实践，也就是做流水线串珠子的分数高多了，要是机械知识的卷子能做到满分，大家不用串珠子都能过关。

对这个想法，宗九未置一词，只是淡淡地说："这个副本不能留。"

二区区代面露不快。他对宗九毁掉副本这个异想天开的想法并不看好。

先前既是迫于压力不敢多说，也因为确实没有更好的办法。但是现在一条简单的明路摆在眼前，当然应该选这条。

"现在说这些也没用。"宗九泼冷水道，"不管是毁掉副本，还是偷卷子，都得进入那扇铁门。你们进都进不去，说这些也是白说。"

确实，现在最重要的，是要怎么样才能溜进去。

铁门外面有两个管理员助理，从早到晚片刻不离地守在门口，两个小时一轮区，员工只要靠近都会被警告，甚至会被处罚。同时，一旦出现异常，他们会立刻拉响警报，全工厂的管理员助理会在第一时间赶到现场。

"我再说一遍，我的计划必须等到夏考当天才能实施。"宗九毫不妥协，"至于你们，如果有和我不一样想法的，欢迎自己去那里试试。能偷出试卷是你们的本事，但我只会按照我的计划来。"

这场厂区会议结束得十分迅速。几位S级看起来都对这个计划很有兴趣，打算同宗九联手，试试能不能真的毁掉这个副本。但别的人还是心有疑虑，不敢像他们一样把宝全部押在最后一天。

最终二区区代还是组织了人，试图闯进试题库。

他们计划得很周详，效仿了篮球赛时的套路，但是这一次，管理员助理们吸取了之前的教训，并不打算直接把这玩家丢进地窖。于是计划宣告失败。

两个区的区代回来商量一番，依旧没有放弃。

"我们得换个办法。可以试试能不能把人引开。"

"有道理，我们试着去问问土门大佬。"

对此，土门给出的答案是，不一定非要闯进去，只要能再把纸片式神塞到门缝里，纸片式神能将试题变成画面给传过来。

于是他们选定了一个无面人，悄悄把式神藏到他身上，等着他进入铁门。

但也不知道是怨气实在太重，还是试题库靠近地窖的缘故，纸片式神虽然再度混了进去，传回来的画面却模模糊糊，他们只能看清几道题，且式神灵力损耗特别大。

见这一招也没用，他们甚至出了下下策，试着去骚扰站在铁门面前的助教，结果被厂方注意到了，不仅把前来骚扰的人赶走，还加强了警戒，变成了四个人守着。

第二天，人事部长在考核台上宣布夏考将分A、B、C、D四组试卷，题目的顺序都被彻底打乱，让所有员工不要怀有侥幸心理。

对此，九区的玩家都对他们的成事不足感到无奈，什么情报都没得到就算了，还让厂方察觉到了端倪，事先有所防备。

宗九叹了口气："无所谓，本来就没指望他们有什么用处，不添乱就行，只要那铁门还在那里，多少人守着都一样。"

这些天，九区的员工们表面上一直在玩，实际上却和梵卓一起，不着痕迹地开始做起了准备。他们利用休息时间在工厂里到处踩点，全区被分成九个小队，每个小队负责一个区域，将工厂的平面图给画了出来。

除此之外，他们还从其他厂区搬来了不少资料和试卷，每个人桌子上都全了厚厚一摞。

【我现在真的是越来越好奇魔术师究竟要怎么毁掉这个副本了。之前说炸掉，难道是利用沼气池？可是那里很难溜进去吧？】

【是啊，毁掉副本应该就是真正意义上的毁掉吧。说起来这个判定标准真难，如果不小心杀死了NPC，岂不是还得被扣评分？】

【……而且毁掉副本会不会扣分啊？如果扣评分的话，会不会被投进惩罚副本？】

【不不不，如果能够达到主系统判定"该副本已被毁坏"的标准，不仅不会被扣评分，反而还会加分哦。不过当然，如果没能达成这个判定标准，又杀了副本NPC的话，那确实很可能因为倒扣评分然后被直接淘汰掉。那位大人可不是这么好模仿的！】

【好吧，这么一看，想要达到判定标准肯定难度非同一般，希望九区能加油吧。】

时光飞逝如白驹过隙。

终于到了夏考当天。

气氛紧张极了，所有人就像绷着的一根弦，随时都可能从中间断裂。

前一天晚上几乎所有人都失眠了。

当然，不包括宗九。

早上起床，宗九慢吞吞地把被子整理好，坐到寝室桌子前叠了一架纸飞机塞在兜里，这才悠悠然走去工作间，不想却在工作楼楼梯拐角的地方迎面撞上了一个熟人。

恶魔依旧西装革履，皮鞋锃亮，懒洋洋地靠在墙上，百无聊赖地把玩着一枝蔷薇花，明显早已在这里等待多时。

宗九无语。

这蔷薇花看起来很眼熟，该不会是首席又花了生存点数从主系统那里兑换出来了吧？

"别挡道。"宗九声音冰冷。

"别这么凶嘛。"恶魔依旧是那副令人火大的笑眯眯的表情，"我可是来帮你的。"

宗九嗤笑一声。

恶魔装模作样地露出一副受伤的表情,一只手覆在胸前佯装行礼,另一只手将蔷薇花递了过来。

这一回,宗九终于从主系统冰冷的提示音里,知道了这朵花的真相。

【游戏指导师已关闭隐藏系统。】

【B级道具:B612星球的蔷薇。】

【道具用途:随机固定任意一位对象,时限三分钟。】

【注:该道具为消耗型道具,剩余使用次数:三次。但因此道具特殊性,可以无视一切道具封禁条件使用。使用次数消耗完毕后将化为一枝普通的、永不凋谢的蔷薇。】

B612星球的蔷薇?

真稀奇,恶魔这样的人,竟然会随身携带童话故事里的蔷薇花。

宗九挑了挑眉。

这一回他没有拒绝,而是十分干脆地伸手,打算接过来。谁料,恶魔紧紧捏住蔷薇花,并不放松。

宗九颇有些意外地抬眸:"怎么?舍不得了?"

"怎么会。自从我将它送给你的那一刻起,它就属于你了。"

恶魔耸了耸肩,神情愉悦:"希望你没有忘记我们的约定,在这个副本完成后……我静待你的答案,希望你做出正确决定。"

这是考核之前最后的早班时间,也是能够让玩家们喘息的最后半个小时。

九区的所有玩家早已穿戴整齐,没有一个人坐在座位上,所有人都站着,分成了十列纵队,整整齐齐站在工作间里,神色肃穆。

除了他们以外,工作间里只有依旧端坐的无面人,还有那个空缺的、永远不会再有人的位置。

所有人心里都清楚,他们是要去为15号和99号报仇。

整整三十天的准备,成败在此一举。

宗九站在工作间的门口,看着外边升起没多久的朝阳,但他们都十分清楚，这所工厂冰冷得如同坟墓。

距离考核时间还剩二十分钟。

宗九看到有管理员助理陆续出现在广场边。

他走出工作间，隔着走廊同远处的梵卓打了一个手势，转而朝着厂区内点头下令。

"开始行动。"

这个行动的开始时间是他们经过反复推敲定下来的。

这个副本的关闭时间，正好是第一百二十天的中午十二点。

因为今天要考核，昨天熄灯时间提前，今早的起床时间也跟着提前。之前批改十个厂区的试卷都只需要不到半个小时，如今只有五个区，批改起来只会更快，顶多十几分钟就能出成绩，再加上宣读，还有充裕的时间对未达标玩家进行处罚。

所以玩家们不会等开考后才动手，必须先动手才能保住先机。

就在宗九一声令下后，九区的十列纵队按顺序走出工作间，大都很快消失在走廊上，只剩两队人还跟在他身后。

今天的计划早就刻在九区每一位玩家的心里，和他们失去两位同伴的悲切情感交织，最终化为熊熊燃烧的怒火，让他们誓要毁了这个副本给为大家牺牲的同伴陪葬。

九区把计划告诉了其他厂区，但却要求计划中最重要的部分必须由九区玩家亲自完成，即便出现伤亡也在所不惜。

这背后的意思大家自然都懂。

在这样的集体副本里，能够有这样的情谊，也实在是难得。

一队人同宗九点头示意后匆忙下楼。他们得提前赶到铁门附近，拦下那些可能会被警报吸引来的管理员助理。

跟在宗九身后的土门手里的阴阳符蓄势待发。另一旁的黑巫师和梵卓，一个事不关己，一个冷漠严肃。

黑巫师不捣乱宗九就谢天谢地了，完全不指望他提供帮助。至于梵卓，他早已和宗九就另外一个任务达成协议，如今调遣了自己的部下往广场而去。

宗九带领第二队下楼，径直向铁门赶去。

铁门门口已经站着四个管理员助理，还有其他无面导师在进进出出。看到宗九等人，管理员助理们都警惕地握紧了手。

"工厂重地，无关人等请速速离开，禁止在此处逗留！"

他们实在是运气不好，碰到管理员助理们在搬卷子，但他们不可能比现在更早，那样更加显眼。好在他们早就料到了如今的情况，个个以迅雷不及掩耳之势掏出了特殊道具。

二队的玩家全都是宗九精挑细选出来的身体强化者，可以直接用武力拦住那几个管理员助理，防止他们出手干涉。

土门一个闪身，手里开始快速结印，符咒接二连三地掠过那几个管理员助理，直冲铁门。

"轰——"

下一秒，铁门便在众人合力攻势下轰然开启，露出后面黑黝黝的通道。

"快！"众人面露喜色，齐齐朝着那里冲去。

与此同时，刺耳的警报声也在厂区中响起。

"嘟嘟嘟——"

几乎是警报声响起的刹那，管理员助理们全部停下手头的动作，纷纷朝着铁门赶来，手里还拿着棍棒之类的武器。

早已守在外面的几队玩家蜂拥而上，挡在通往铁门的必经之路前。

试题库内传来人事部长的怒吼："反了！这些员工真是反了！"

警报声响起的刹那，所有人都意识到了问题——他们的特殊道具同时失去了效用。

来了。宗九和土门视线相对，不再耽搁，带着两名玩家毫不犹豫地朝前冲去。

自从发现在广场上被处罚的玩家会被封禁动用特殊道具的权限后，他们就满心警惕，如今事到临头，大家虽然心里皆是一沉，倒也不至于惊慌失措。

在距离地窖一步之遥的地方，宗九一脚往门上踢去，却不想被弹了回来。

这门竟然上了锁！

这是他们计划中控制不住的变数，可现在的情势容不得他们细想。

宗九掏出口袋里的圆珠笔，朝着锁孔狠戳几下。土门见状，迅速从口袋里掏出两枚回形针递过去："用这个！"

宗九迅速将回形针掰成铁丝，伸到锁孔内。幸好开锁对宗九来说并非难事，毕竟他也经历过不少逃生魔术，熟练掌握了开锁技能。

就在宗九集中注意力开锁的时候，铁门内逼仄的过道上也出现了新情况。

试题库门口，失去了特殊能力的土门和玩家们拉着把手，试图把门拉紧，不让关在里面的人事部长和无面人管理员助理们出来。

可没了特殊能力，大家都是普通人，哪里比得过无面人管理员助理？

铁门外面也同样乱得一团糟。

第一工厂的管理员助理太多了，人数几乎能和五个区的玩家持平。玩家们失去了特殊道具和能力后，局势几乎发生了翻天覆地的变化。

NPC的力量太过强大，玩家们赤手空拳根本没法招架，被逼得一步步后退。

"不行，我们得给九哥争取时间！"眼看着管理员助理们将战线推到铁门门口，就要突破防线的时候，九区的玩家们纷纷怒吼，"兄弟们上啊，还愣着干什么，能争取一分钟是一分钟！我们要给15号和99号报仇！"

其他厂区的玩家们瞠目结舌地看着九区众人冲上前去。

他们无视阻拦，手拉着手，背朝着管理员助理们，组成一道长长的人墙，死死守在楼梯口。

管理员们冲过来，想要冲开他们。九区众人被冲得身躯摇晃，汗如雨下，脚底却像是生了根一般，丝毫不退。

"我们……要给……15号和99号……报仇。"

这一幕对其他厂区的玩家来说，可谓触目惊心。

扪心自问，他们是绝对不可能为了给一个已经淘汰的玩家报仇做到这个份上的。也正是因为如此，如今看到这一幕后，受到的冲击和震撼才会愈加强烈。

另一边，地窖旁的那队也没能支撑多久。

试题库的门随着一声巨响，从里面轰然打开。

土门瞳孔骤缩，还没来得及说话，背后便传来一股力道，他脚下一个趔趄，被推到了一旁。

一旁的九区玩家们在这个时刻，犹如心灵相通般，和外面手拉手组成人墙的众人做出了同样的选择：他们直直冲到了那扇门前，忍痛用身体堵在门口充当肉盾。

人事部长的怒吼在狭窄的走廊上回荡。

宗九蹲在地上，一向波澜不惊的他手心也隐约有些汗意。

外面连天的哭喊和惨叫，都在告诉他这宝贵的开锁时间是怎么换来的。

也不知过了多久，就在门锁终于要被打开的时候，宗九身后传来微弱的声音。

"快……快一点，我们撑不住了。"

话音刚落，那个说话的人便"咚"的一声倒下了。

黑影覆盖在宗九头顶，最先突破防线的管理员助理扯住他的衣领，仗着蛮力就要把他往后扯。

就在这个瞬间，挂在地窖门上的锁终于应声而落。

在被扯着后退的当口，宗九一脚朝前踹去，一只手抓住刚刚倒下去尚有气息的那名九区玩家，大吼一声："都退出去！"同时他另一只手拉开胸前的拉链，直接挣开厂服外套，把几个玩家猛地往身前推了出去。

守在门口的玩家听到宗九的命令，七手八脚地把几个挡在门口的队员扯了出来。

这一声像是解开了一个禁令，所有听到信号的人都在同一时间呼喊着将信号传达出去，纷纷退开。刚刚组成人墙遍体鳞伤的玩家们，也松开彼此拉着的手，朝着先前地图上标注好的空旷地带跑去。

地窖沉重的大门徐徐打开。

原来，地窖是一片几乎相当于工厂四分之一大小的坑洞……

土门心中唏嘘不已，下一刻便被宗九推了出去。

此刻，整个走廊里，只剩下宗九一个人。他掏出那枝蔷薇花道具，看也不看，朝着身后一点。

人事部长还在试题库内，推搡着人往外走，同时口中骂骂咧咧，扬言要让这些胆敢在夏考当天闹事的员工好看。

然而，就在下一秒，他发现自己走不了了。

并非因为他动不了，而是第一个走到试题库门前，想要将铁门关上的管理员助理被定在了原地。

趁着这好不容易争取来的喘息机会，宗九闪过另一只阻拦的手，就势在地上一滚，灵活地滚过走廊，来到了铁门前。

同时，他掏出了自己早已准备好的、放在口袋里的那架纸飞机。

宗九蹲在地上，一只手拿着纸飞机，一只手将打火机凑近纸飞机的头部。

火焰燃起，在纸上跳跃着，现出明亮的金红色，像死神送出的催命符。

那一刻，宗九面容冷峻，缓缓站了起来，猛然将燃着火的纸飞机扔向早已被地窖中的气体充满的地下走廊。

刹那间，火光顺着纸飞机的飞行轨迹渐次亮起，如愤怒的火龙一般，直直朝着沼气池的方向扑了过去。

在纸飞机冲进地窖的那个刹那，尖端那一小簇明灭起伏的火焰骤然暴涨，瞬间将飞机点燃。

但这只是一个导火索，精彩的还在后头。

这个地窖，本质上就是一个巨大的沼气池，在这个密闭环境下生成了大量易燃易爆气体——甲烷。在与空气发生混合的情况下，只要一点点火星，便会发生九区众人都希望看到的景象——爆炸。

千钧一发之时，宗九轻巧地翻上楼梯栏杆，大喊一声："趴下！"

"轰隆隆——"

霎时间，地动山摇。

熊熊大火瞬间冲破铁门，像是自地狱席卷而来，吞噬一切。

灼热的气浪冲天而起，像是裹挟了此地不知多少人的怨恨，凄厉地哀号着。

远处，九区的玩家们在火光中开怀大笑，他们将准备已久的资料本扔到地下室被火焰覆盖的门上，或是直接点燃后扔到工厂中的其他地方，希望让大火烧得更旺些。

他们终于用一把火和九十七颗复仇的心，成功地点燃了这所扭曲又诡异的工厂。

15号和99号流下的血，必须用另外的血来偿还。

火势迅速蔓延，广场地面开裂，水泥砖瓦纷纷被爆炸掀起，一旁的花坛被炸得土石乱飞。

玩家们早就对爆炸有所准备，一个个要么躲到工作楼的楼梯上，要么躲到远离地窖的广场角落，只有几个倒霉蛋被爆炸冲起的土石砸到，痛呼一声摔倒在地。

管理员助理们就没这么幸运了。

被拦在铁门内的管理员助理率先受到了冲击，纷纷葬身火海。广场上那些没来得及躲开的也被掀翻在地，扭曲挣扎。

广场已经被大火烧得面目全非，与地窖仅一墙之隔的试题库也无法幸免，那些数之不尽的试卷，在火中全部燃烧起来。

可能这些工厂领导做梦也没有想到，把题库和地窖建在一起，刻意设置了承重结构，让管理员助理集中看守，以为是最保险的方案，结果到最后，这片地方竟然成了他们的葬身之地。

"走！"

第一轮爆炸过后，宗九拽着身边几个玩家，一起跟跟跄跄往外走。

他们距离爆炸中心最近，不仅皮肤轻度烫伤，耳朵也都被强烈的声波震得鲜血直流，耳鸣阵阵，一时间什么也听不见。这还只是第一轮爆炸，如果再来一轮，搞不好这栋工作楼都保不住，现在留在这里就是死路一条。

但是他们还要在这里挨四个小时，因为副本要到今天中午十二点才会关停，这也是宗九之前提出要等到最后关头才动手的原因。

要是春考前他们就把这里炸了，那主线任务就完不成了，等于搬起石头砸自己的脚。

所以在最后的夏考时候动手，保证达到主系统概念中的毁掉副本的标准，同时还得在副本里不被淘汰，才能一举完成两个任务。

他们面临的严峻形势让直播间观众们一阵心焦。

【他们还得在这里待四个小时，那么多管理员助理，他们怎么应付啊？】

【问题是现在这边不少玩家都负伤了，再撑四个小时，真挺难的。】

【还是相信大家！反正一想到这个副本还有那位大人，我就完全放心了。】

【醒醒吧，首席哪里帮过玩家啊。】

很快，直播间众人发现，这些玩家早就做好了准备——不光是九区，其他各区的玩家们，全都提前准备好了足够多的资料本，一早都堆到了门口。

现在，所有的玩家都拿着资料本，冲到广场上被炸开的裂缝处取火，随即如同忘记了身上的伤痕和随之而来的疼痛，带着大仇得报的快意笑容，将已经燃烧起来的纸张，传遍工厂的每一个工作间，明亮的火光映在每一扇玻璃窗上，工作楼走廊早已是一片火海。

不止工作间，宿舍也被资料本上的火苗点燃，不一会儿就被熊熊火焰吞没了。

"哈哈哈哈哈哈——"

快乐的笑声夹杂在爆炸声中，传遍全厂每一处角落。

玩家们依然在厂区里奔跑着，传递着火种，宛如传递着燃起的希望。

大家都想把这一百二十天里在这个破地方吃的苦、受的气，一次性讨回来。

与兴奋的玩家们截然不同，黑巫师从一开始便袖手旁观，一副事不关己的冷淡模样。

此刻，他暗绿色的眼睛越过梵卓和梵卓头上那根难以察觉的傀儡丝，望向远方。

就在宗九没有注意到的时候，恶魔动摇了梵卓的记忆。这个副本本来就是恶魔的天堂，恶魔可以轻而易举地找到机会，送给宗九一份大礼。

现在这个副本里的S级，已经有一半落入了恶魔的掌控，就连一直严防死守的梵卓也难逃一劫。虽然植入一根傀儡丝也干不了什么，顶多只能读取记忆，连半分控制都做不到，且根据梵卓的警惕程度，短时间内想要增加傀儡丝的数量有些难度。可是，在植入第一根后，只要不让梵卓本人察觉，再植入后面的，只是时间问题，最终彻底掌控梵卓也不是完全做不到。

这时，第二轮爆炸接踵而至，震得众人头晕目眩。沼气池里难闻的味道冲天而起，散布在这片狭窄的区域，令人作呕。

沼气池的爆炸只炸死了人事部长，鲜少现身的厂长还没有出现，玩家们不会天真到以为这样就能一下子解决掉整个第一工厂的中坚力量。

远处传来玩家的惊呼："快跑——这楼的地基被炸毁了，要塌了！"

明明距离和主系统交易的终极目标又近了一步，恶魔却显得有些意兴阑珊。

他靠在阴影里，看着整个第一工厂都被烈火包围，看着工作楼的左翼轰然倒塌，看着宗九轻盈灵活地在废墟和烟尘中穿梭跳跃如同精灵一般，看着他被熏黑的脸上依旧明亮的眼眸，看着他将手中的纸牌点燃后飞也似的挥向四面八方。

在他们这么一通折腾下，第一工厂已经被毁得不成模样。

房屋、广场，塌的塌、炸的炸，完全看不出半点原先的样子，说是满目疮痍、面目全非也不为过。要是让恶魔来点评的话，他会说，副本虽毁，过程却毫无美感，丝毫不合他的美学。

想要毁掉一个副本，可谓难如登天。

因为高级副本很多都是以另一个世界为背景，有一套独立的世界观，如果想要彻底毁掉这个副本，就得毁灭这个副本所在的世界。但就算是首席，想要直接毁掉一个世界也可说是难如登天。

第一工厂这个副本就属于独立世界，不过幸好主系统进行了场景限制，又在绝对的死局里留下了地窖这唯一的生路，不然想毁掉这个副本，无疑是天方夜谭。

这群玩家运气倒是挺好，找到了这个看似无解的副本里另类的生门。恶魔漫不经心地想着，神情懒倦。

不过……运气好也是实力的一种。

恶魔弯了弯嘴角，悄无声息地融入阴影里。

剩下的玩家们背靠背站在避开了地窖的广场西南侧，隔着火海同外边的管理员助理对峙。先前一直不见人影的厂长也出现了，站在人群背后，面容扭曲。

这群玩家里，突兀地多了一个无面人。

15号是被九区众人硬拉过来的，就算他现在变成了无面玩家，九区的人也没有把他丢下，反而在本就人手不多的情况下一直派人守着他，硬是把他带到了安全的地方。

宗九在最前面，将燃烧的纸张，朝着外面试图突围的管理员助理们扔过去。

一个管理员助理躲闪不及，被火焰烧到，顿时浑身僵硬，竟然不伸手去灭火，而是站在原地，等待着火焰蔓延。

原来他们怕火！

随后，宗九发现，在火焰周围，这些无面人的行动变得格外缓慢。而且他发现，无面人若是被火点燃，空白一片的脸就会扭曲，然后重新化作一张张惨白的脸，消失在炽热烈火里。

宗九把自己的发现告诉了所有人。

梵卓点点头，从系统背包里抽出了自己的道具——相刀"卡利"。这是梵卓在S级副本受封夜族爵位时被赐予的武器，也是一件强大的A级道具，后来更是在其他副本里被强化到S级，大大提升了梵卓的个人实力，也是他稳坐No.2的底气之一。这把刀最大的特点是，只要在敌人身上造成伤口，刀刃就会源源不断地吸取对方的血液。

此刻作为特殊道具的能力虽然失效，却并不会影响卡利的锋利。

"我们必须主动出击。如果我没有猜错，不仅是毁坏场景，还得把这些NPC清除掉，才能算是真正摧毁了第一工厂这个副本。"梵卓说道。

听到他这么说，自然不会有玩家怀疑。

"不用动手！他们怕火，只要让火把这里全烧了就行。"

于是众人都学着宗九那样，把资料页揉成纸团点燃，扔向四处。

效果惊人，本就来势汹汹的烈火连成了一片，将整个广场围在其中。

无数无面人哀号着消失在火焰里。

"轰隆隆——"

不知道过了多久，又是一阵房屋倒塌声。

整个工厂里的工作楼，终于再也没有一座是完好的，看起来惨烈无比。

大家都满心焦急，因为他们还剩四个无面人没解决。

第一工厂的厂长一直躲在几个管理员助理的背后，站在火海之外的另一块空地上，试图联系外界求救。

因为他们之间隔着大半个篮球场，距离实在有些远，怎么也没法让火烧到那边，急得大家团团转。

"怎么办？我们硬闯？"

"不行。"宗九直接否决了这个建议,"这么远的距离和这么大的火,能不能跑过去还是一回事,很有可能跑到中途就烧死了。"

随着一条条建议纷纷被否决,大家陷入了无计可施的境地。

正在大家一筹莫展的时候,变故突生。

一直被九区玩家护在身后的15号突然动了起来。他直直冲上去,一把将前面几个玩家撞开,头也不回地冲进了火海中。

被撞开的人愣住了,茫然地坐在地上。

"宿舍长!"

这番变故实在是太过惊人,一时间竟没人反应过来,只有98号仿若大梦初醒般大吼一声。

98号眼角淌下滚滚热泪,用尽全身力气朝着火海咆哮:"你要去干吗,你是不是听得懂我们讲话,你回来啊!"

可是,变成无面人的15号对98号的呼唤充耳不闻。

他向前跑着,鞋底和裤脚因踩进火里被烧得焦黑,他却像感受不到痛楚一样继续往前冲去,笔直地跑向厂长和那两个管理员助理所在的地方。

就连弹幕也惊呆了。

【这是怎么回事,第一次听说无面人还能有意识!】

【难道无面人可以转化回来吗?可是我记得好几个区得到的线索中都说无面人是绝对没法转化回来的,难道规则改了?】

【不对啊,之前好几个区都在无面玩家身上做了实验,就是想看看他们是不是真的失去了意识,结果大家得到的结论都一样,确实是已经没有自主意识了。而且如果不是这样,怎么可能不被主系统接收?】

【等等,我突然想起来,九区这个15号不太一样啊。别的区那些无面人可都是被环境压迫转化的,九区这个15号却不是,他是出于对同伴的爱自愿变成无面人的,这两种不同原因转变的无面人之间就算有不一样的地方,那也合情合理吧?】

【啊!有道理!】

在就要冲到目的地的前一秒,15号终于回头。

隔着熊熊燃烧的烈火,有那么一个瞬间,九区所有人好像重新看到了那张平日里嘴角永远挂着笑意的、安静又温柔的脸。

可是没有。

火光后面的脸依旧平整光滑，没有表情，也没有任何要变回来的迹象。

只是最后那一刻，在应该是嘴的位置，裂开了一条长长的细缝。那条细缝嗫嚅着，似乎想要说什么，却已经来不及了。

15号已经冲过了覆盖了半个篮球场的火海，变成了一个火人，空白的脸孔更是再也看不到了。

当然，这时已经没人注意这些了，因为所有人都知道了15号接下来将要做什么。九区众人喉咙都喊哑了，一个个哭得泣不成声。

"15号，你有种啊，你既然听得懂，怎么就不回来啊！你回来啊！"

"你这算什么，你明明就还有意识，把我们当傻子一样蒙在鼓里是不是很好玩啊！"

"你和99号就是两个白痴！听见没有！大白痴！"

听着身后的怒骂，15号在心里无声地笑了笑。

他也不知道自己为什么要笑，只是此刻他的思考速度就像放慢了无数倍。

他在原地站了很久很久，听着那些爆炸声、吵闹声。然后，在他还没有意识到的时候，身体已经先一步行动了起来。

或许是自愿转化的缘故，他奇迹般地被保留了一丝意识，却无法控制身体，只是横冲直撞地跑了过去。

或许在他的潜意识里，一直都想守护这个可爱又温馨的集体。

哪怕已经离开了这个游戏，他的执念也残留了下来。

既然已经无法挽回了——

那么，就让他再为九区做最后一件事吧。

15号张开了双臂，扑向了站在空地上的厂长和管理员助理们。

九区众人只能远远地看着15号的背影。

他的背影决绝，宛如扑火的飞蛾，去冲向自己最后的使命。

也像在和所有人无声地说——

我不后悔。

七彩游乐园

第三十五章

好好走下去

在副本关闭前的最后五分钟里，没有人看到，暗处的阴霾诡异地聚集起来，在地上游弋，渗透进这片充斥着硝烟、火焰和哭号声的世界。

作为毁副本专业户，恶魔一眼就看出，如今这个模样不可能通过主系统的判定。不过，对于第一次尝试的新人来说，能够做到如此地步，当然值得嘉奖。

他太无聊，也太孤独了，太期望有一个同类站在他面前，期待亲眼看着对方从稚嫩走向成熟。

看在这出好戏足够惊喜的分上——

暗处的恶魔盯着远处被簇拥着的宗九，意味不明地轻笑一声，旋即后退一步，再次没入无尽黑暗。

站在广场中央的宗九似有所觉，抬眸看去。

然而，入眼皆是熊熊烈火，烟尘漫天，看不到丝毫人影。

但不知道为什么，直觉让宗九警醒。

恶魔一定背着他干了些什么。

下一秒，没被任何人看到，阴影悄无声息地贴到躲在断壁残垣里的最后一个NPC身上，将他的瞳孔瞬间染黑。

也就是在这一瞬间，冰冷的系统提示音在每一个人耳边响起。

【倒计时一百二十天已到，主线任务截止。】

【剩余生存人数：四百六十一人。】

刹那间，刚刚还在翻滚闪烁的烈火，飘在半空中的试卷，尽数定在当场。

透过断壁残垣可以看到警车已经赶到。

无面人们沉默地站在外边。因为副本主线剧情的设定，他们只能充当配角，无法插手分毫。

更远一点的地方，摄像机在不知疲倦地将工厂里的情况播报给这个副本中的各大媒体。

没有人知道这件事是否有用，或许不久后废墟之上还会建起一所新的第一工厂。

只是这一切已经和脱离副本的玩家们无关了。

主系统的机械音响起后，所有的背景都化作凝固的色块，静止在空中。

【请稍等，系统正在判定中……】

【B级玩家集体副本：第一工厂，副本已毁坏。】

【通关奖励正在结算中……副本关闭中……三十秒后马上进行传送，传送地点：会议厅。】

进入副本时，B级玩家足足有一千人。而离开时，人数却大幅度减少，只剩不到原来的一半，相当于每两个B级玩家里，就有一个永远止步于那个残酷的集体副本中。

一时间没有人说话，沉痛的寂静在众人间蔓延。

九区众人抹着眼泪，朝着周围的熊熊烈焰和断壁残垣，最后一次，深深地鞠躬。

他们会好好走下去，带着15号和99号的那份一起，好好走下去。

会议厅还是B级玩家们离开时的模样。

奥林匹斯山上青草苍翠欲滴，主神像高高矗立在远处，青春女神的金瓶里流淌的泉水不再泛着清澈，而是折射出不祥的色彩。

所有人都能看得出来，这里经历过一场激烈的战斗。

除了分布在不同副本的S级以外，其他A、B、C、D级玩家，每个级别都单独开了一个集体副本，时间统一为一百二十天。

现在时间一到，四个等级的幸存者们全部被转移回来，在会议厅里面面相觑。

　　B级玩家被扔到残酷的第一工厂副本，经历了严苛而又惨烈的考核大战，并且淘汰了足足五个厂区的人。

　　A级玩家也好不到哪里去。他们的副本被设定在一艘出海不久的豪华邮轮上，主系统给每个人施加了必须喝水的限定，于是淡水就成了这艘邮轮上的稀缺资源。玩家们登时便分裂成了好几个阵营，上演的戏码一个比一个精彩。

　　D级玩家的集体副本则在一座荒岛上，强迫玩家们上演一场荒岛求生。

　　最凄惨的则是C级玩家。

　　他们就地被投放到了奥林匹斯神山。

　　C级玩家台阶上的人数也削减得最厉害，原先足足好几千人，现在缩减到只有一千人出头，甚至还淘汰了一个S级，可见其难度。

　　经历了这样漫长而煎熬的副本，所有玩家脸上都带着显而易见的疲惫，人人都有种恍若隔世的不真实感。

　　一百二十天，比起那些艰难危险但时间短暂的副本来说，这个漫长的集体副本，更像一场痛苦的煎熬，让人即使能够留下来也同样身心俱疲。

　　不少玩家蹲在地上，捂住脸号啕大哭。

　　【全景摄像头开启成功。】

　　伴随着主系统声音响起，四周的高墙也从虚空中缓缓下落。半分钟后，奥林匹斯山脉消失在众人视线中，大厅重新变成了红色地毯铺地、镏金吊灯高悬的华美模样。

　　【所有玩家集合完毕，即将开始第三轮小节赛后暨第四次等级评定。】

　　【因第三轮小节赛为淘汰制的集体副本，所以该次评分不对玩家进行等级淘汰，仅进行等级变动。】

　　主系统这一条消息出来，一片愁云惨雾的玩家们露出了些许的宽慰神色。

　　他们好不容易从集体副本里留下来，回来如果又要接受等级淘汰，那实在太残忍了。好在这一回集体副本已经达成了主系统的目标，主系统也就没有再将玩家们逼得太紧。

宗九依旧站在B级玩家的台阶上，连姿势都没有变过。

下方，刚刚从副本中死里逃生的徐粟和许森都朝他挥了挥手，表示自己没事。

宗九淡淡地点点头，顺带抬眸看了看高处，暗依然好端端地坐在那里，中心那把王座依旧空无一人。

宗九没有忘记，他和暗还有一笔账得算。当然了，就算没有这件事，他相信暗也会主动来找他。

在此之前，最值得他在意的还是恶魔究竟在第一工厂副本最后时刻干了些什么。

穹顶上的吊灯开始一盏接一盏熄灭。

这次不进行等级淘汰，氛围轻松了很多，没有了先前紧绷的状态，熟人之间甚至已经开始说笑起来。

"这回集体副本可真是太难了。"一个A级玩家叹了口气，"整个A级竟然才只留下来一半，赶得上S级副本了。"

有B级玩家接话道："确实，要不是魔术师和梵卓殿下带我们一起把副本给毁了，B级能回来的人就更少了。"

他说完这句话后，周围瞬间安静了。

所有听到这句话的A级和C级都用惊讶万分的眼神看着他。

"你说什么？你们毁了集体副本？"玩家们难以置信地问道，"毁了？主系统判定的毁了？"

一石激起千层浪，越来越多的玩家听到这个消息，纷纷看了过来。

无一例外，大家脸上全部流露出震惊的神色。

"怎么可能……这么久了都没听说过除了那位大人以外，还有人能完美地毁掉一个副本。"

"就是，若是没达到主系统判定标准的话，只要存在一个差错，都会按照伤害NPC对他们进行直接抹杀，不然也不会这么多年尝试的人都没几个。更何况这次还是这么高级的副本，怎么可能呢？！"

听着众人的窃窃私语，死里逃生的B级玩家们十分不服气。

"要是不信的话，大可以去问问其他人啊。"

"就是，一个人可以说是骗你，我们这么多人，你问问其他人试试？"

众人面面相觑，终于接受了这个惊人的事实，连连惊呼。

"厉害啊，你们怎么是做到的？"

"我们也没想到……主要是刚好那个副本也有一个绝佳的环境，总而言之，中间发生了很多事，说不清楚，但结果就是我们把那里给炸了。"

"虽然当时很压抑，但现在回想一下，真是太解气了！"

"可不是吗，那个环境太叫人难受了，想到终于炸了那个变态的地方，过瘾！"

"太酷了，魔术师真的有一手。啊，那时候我们都在为了应付夏考拼命练习，结果人家大摇大摆玩得开心，没想到最后计划还进行得这么顺利，唉，当初怎么就没被分到九区！"

"确实。之前真的不能理解，为什么他们区的玩家都愿意维护人际关系，现在终于懂了。"

他们纷纷回忆，感慨万千。

B级玩家说出他们毁了副本后，整个大厅，除了D级新人以外，其他人全都惊呆了。

王座上的S级也听到了下方的讨论，俱是一惊。

他们向土门求证，毕竟进入这个副本的另两个S级，一个是无情的梵卓，一个是冷漠的黑巫师，都不是好相与之辈。而土门平日性格极好，大家也乐得和他搭话闲聊。

土门也没有避而不谈，不仅十分爽快地承认了，还简单地介绍了事情的大致经过，引得S级们赞叹连连。

这件事的意义S级们自然是心知肚明。

这是除了恶魔以外，第一次有人成功地毁坏了副本。更令人惊奇的是，梵卓竟然还不算是主要领导人，听土门的意思，整个计划的主要实行者竟然是那个新人宗九，当真是后生可畏。

其实从主系统宣布【所有玩家已到齐】的时候，王座上就隐隐约约有异动了。

而这阵异动，源自一张空出来的王座。

那个位置原本属于No.9。

老实说，S级少了哪一个都会引起无数讨论。但这一次，可能是下方B级玩家们毁掉副本的事情太过惊人，使得众人一时间没能注意到王座的空缺。

这一次，No.9去的就是最艰难的C级玩家集体副本，与他一道去的还有No.4——驱魔人。驱魔人的脸色很难看，刚刚传送回来的时候，不少人都看到他右肩上有一个深深的伤口，即使花费生存点数进行了修复，他的面色依旧因为失血过多而苍白。

王座空缺，只有一种情况。那就是原本这个位置的人死在了副本里。

可那再怎么说，也是一个S级啊！更何况还是唯一一个顶级灵媒，是各个组织都想拉拢，遇到危险也会竞相保护的对象。

驱魔人缓了好一阵子后，终于开口："No.9被附身了。"

C级玩家面对的集体副本的凶险程度，难以用三言两语来表述。

他们要面对的，是奥林匹斯山上展开的神战，玩家需要选择不同神仙NPC，加入他们的阵营，并且从中推选出一位直接对接NPC的话事人，奉为神长。

这些NPC有好有坏，有些NPC并不在乎自己的玩家，神战时直接派他们上去打头阵送死。有些NPC倒是会表现得稍善良一些，但这也仅仅只有少许。

在这个副本里，玩家之间相互厮杀也就罢了，输了还可能被自己选择的NPC降下神罚。

刚开始，神长这个职位对玩家们而言是个香饽饽，毕竟只要坐在神殿里指挥即可。出人意料的是，在最后十天发生的一场神战，有NPC直接神降到了神长的身上。

也是那一次，所有玩家才搞明白一件事——

那些神仙NPC，实际上都是堕落的恶神。

他们没有看过那些神的真面目，还以为真的如同雕塑上呈现的样貌一般圣洁，殊不知夜半时分，月光照过来的时候，映在草地上的他们的身影，全部是张牙舞爪的怪物。

先前被认为拥有莫大荣耀——得到NPC的赏赐、庇护——的人，也随着NPC的陨落暴毙而亡，至于神长，也成了NPC转世的替身。

"实在也不怪No.9不细心，主系统故意给了我们一个很容易混淆的主线任务，从一开始所有玩家的想法就是选择更好的NPC，投入其麾下。更别说后来NPC还赐下那么多特殊道具……"

奥林匹斯山珍藏的道具数不胜数，那些赏赐下来的道具，等级最低的也在B级以上。

C级玩家几乎都是处于不上不下位置的老玩家，想借着道具提升自己的等级，渐渐地，在这样的糖衣炮弹下，所有人都忘记了警惕，甚至真的发誓向NPC效忠，只为换取更多好处。

可惜，向恶神效忠，相当于把命送上了贼船。

这些效忠的人最后也没能把得到的道具和财宝带回来，反而因为自己的贪欲被淘汰了。

"No.9本可以避免，但可惜他的灵媒天赋太过出众，从一进去就被盯上了。等我们意识到的时候，他已经成了替身，说什么都没有用了。"

"可惜了。"驱魔人说完No.9的经历后，其他S级纷纷叹息。

他们之间或深或浅都有点交情，能从几百万人里成为S级的都不是什么简单人物，别的不说，他们都是自信满满能够争夺最后那个C位的人选，没想到这次No.9却是出师未捷身先死，折损在了这个连S级副本都不是的地方，令人唏嘘。

"不过——"圣沉思片刻，"如果空缺一个S级的话，也不知道补上来的会是哪位。"

的确，此刻对他们而言更实际的，是猜猜谁能补上这个位置。

"可能是夜族的安东尼，他在A级的排位一向很高。"

有人立刻说："这样的话，夜族可就有两个S级了。"

他们在那里猜来猜去。被提到的还有另外几个势头、口碑都不错的A级，例如常年手握罗盘的风水师，在异域副本里得到过奇遇的养蛊人，还有森林巫师等，都是综合实力排名较高的A级，要不是S级只有十个名额，这几个也很可能榜上有名。

倒是土门，沉思着坐在王座上没有说话。

毁坏副本这样的大事，在主系统那里拿一个S级评价绝对不算难事。

只要游戏指导师评价不出岔子，No.9这个位置归属，说不定可以震惊所有人。

他看向B级玩家所在的位置，心里已经有了定论。

在下方玩家津津乐道B级炸工厂的事迹时，D级和C级玩家的评分出来了。

这次D级里没有掉到E级或F级的，最差也是保级，所以大家都很放松。

这两个等级没有多少出彩的，倒是许森和徐粟的经历值得一提。

徐粟从D级升到了C级，这家伙也是好运，D级是荒岛生存副本，他为人又比较单纯，在副本里为团队找出谁是化作人形的奇怪生物做出了巨大贡献，算是新人里上升速度较快的几个之一。

许森的评级变动则是迄今为止最耀眼的，直接从C级一跃到了A级，令人震惊。

现在所有人都知道许森是宗九的小弟之一，和宗九一起参加国王游戏的时候，还很幸运地抽到了一个A级道具。这也让众人有了心理准备。毕竟，以A级道具的稀有程度来说，连很多A级玩家都没有。所以这次他在等级评定里直接升上A级，其他人虽然眼红，却也算在意料之中。

很快，亮起的台阶就转移到了B级的位置。

【B级玩家等级评定开始……系统评分正在发放中……】

B级台阶上，宗九什么也没说，但很显然，因为这个副本后劲儿太大，曾经在副本里并肩作战的、隶属九区的那九十六名玩家，纷纷默默围拢到了他的身边。

大家都知道，这回系统评分给的不会低。

因为不仅是九区，几乎是所有的B级玩家一起，齐心协力毁了一个副本。

果不其然，每个人头上出现的系统评价，最差的也依然是B级，曾经的九区员工头上的标志则全都是A级。

"等等，不对啊，九哥明明是组织策划和主要指挥者，为什么也和我们一样是A级，不应该是S级才对吗？"

一片欢呼声里，98号疑惑地发问。

他不说则已，一说，所有人都将疑惑的视线投向了宗九。

系统评价过后就是游戏指导师评价。

游戏指导师评价基本都是跟着系统评价走，很少会有例外。

然而这一回却不同，B级玩家全员在游戏指导师评价环节都收到了一个B级。

除了宗九。

他的头上再度慢悠悠地冒出来一个血红色的S。

大家都惊讶不已，不论是游戏指导师给众人的B，还是独独给了魔术师的S。

这个S级评价象征着游戏指导师肯定了魔术师在第一工厂副本的表现。那究竟为什么，系统评价又偏偏只有A呢？

宗九摸了摸下巴，暗自深思。

他想起了副本结束时，在烈火中一闪而过的那个身影。

台阶上的玩家们对此也议论纷纷。

这次回来的B级玩家们，最差也拿了双B的评分，保证不会掉级。

至于魔术师，很快大家就看到了他的综合评分。只见随着头顶上两个字母的融合，宗九的黄色胸牌变成了更鲜艳的橙色，中间还标着一个小小的A。

果然是A级！

玩家们纷纷倒抽一口凉气。

心里有准备是一回事，真正看到又是一回事。

如果说刚开始看一个E级新人拿到S级评价，大家还有可能心中不服，但仅仅是三轮等级评定过后，这个新人已经直接从E级升到了A级，这样巨大的差距只会让人收起轻视和妒忌，转为满心的敬畏。

唯有宗九本人，依然静立在原地，指尖轻轻从A的轮廓上划过，垂眸看着那个字母，一言不发，像是陷入漫长的沉思。

很快，评分环节结束。

比较遗憾的是，截至S级评分全部出来，No.9的位置依然没有归属。

A级玩家没有一个得到双S评价，成功升上S级。土门则是将自己的霉运再度发挥了个十成，被系统扣了些分，好在他的基础分在这里，不会仅仅因为一场副本的评分稍低就掉下S级，暂时也还没有人越过他上位成功，于是依旧稳坐第十的位置。

很快，等级调动开始了。

能够从B级升上A级的人只有极少的几个，反而还有好几个人掉到了下面的等级。宗九挪动脚步，成为为数不多从B级走上A级台阶的一个。

这一回，再也没有人表现出敌意了。

这三轮副本已经足够展现他的实力，更别说他被首席看重，同几位S级都交好。高等级的玩家们十分爽快地接受了他的存在，所有人都满面笑容，欣然鼓掌。

宗九不喜欢虚与委蛇，但也点了点头，表示承情，站到了一旁。

等级调动结束后，主系统开始宣布接下来的安排。

【因第三轮副本历时较长，游戏指导师为了让诸位玩家能将状态调整到最佳，特地动用特权，将第四轮副本开启时间定为一个月后。】

一个月后！

不少玩家都露出了惊喜的神色。

的确，这次在副本中度过的一百二十天，让大家身心俱疲，都需要一段长时间的休整，才能从那种紧绷的状态里解脱出来。

当然，不少玩家也注意到了主系统这条通知里的特殊之处：延长休息时间的待遇，来自游戏指导师本人的特权。

这位神秘的游戏指导师从《默菲斯契约》开始的时候就存在，并且彰显出了自己作为主系统合作者的巨大影响力。他也是第一个被人知道的能够在游戏里同主系统进行平等对话的存在，当初曾经提问游戏指导师身份的暗，更是只收到一个"问题超出玩家权限范围，不予作答"的回应。

连暗这样几乎算是一人之下万人之上的高位玩家都无权得知游戏指导师究竟是谁，难道只有升到No.2甚至首席，才有知晓游戏指导师真实身份的资格？

端坐在高处的暗忽然嗤笑一声，讥讽地扯了扯嘴角，锐利的视线从最中央的王座一扫而过。

这时，主系统又宣布了另一项安排。

【在本次两个副本中场休息间隙，玩家宿舍外的岛屿将开放特殊活动场景：七彩游乐园。】

所有人静默了一瞬，脑海中不约而同冒出一片问号。

如果说之前的赌场和国王游戏尚且能够理解，这次的七彩游乐园简直叫人摸不着头脑。

　　终于，有人说："哦，我知道了，按照主系统一贯的风格，这肯定不是什么普普通通的游乐园，一定另有玄机。"

　　另一人赞同地点头："那肯定啊！两个副本之间的间隙活动就是用来提升玩家实力的，我倒是有些期待了。"

　　这边话音刚落，主系统的下一条提示音就紧随而至。

　　【因检测到玩家经历集体副本后心理数值不太稳定，本次副本活动以心理疏导和娱乐为主，除去本月下旬将在七彩游乐园举行的为期两天的万圣节逃生活动以外，该场景不开放任何其他活动。】

　　这下所有人都陷入了沉思。

　　按照主系统这番话来看，这次开放的游乐园，主要的目的真的是玩家们放松娱乐？

　　只不过，这下大家更迷惑了。

　　在冰冷的机械音响过后，会议厅的穹顶骤然闪亮。

　　顷刻间，那些缀着流苏的赤金吊灯，绘着天使的穹顶，四周严丝合缝的大门尽数变得透明。

　　就像有人用看不见的笔在虚空中遥遥一点，按下了开关，从会议厅的地面开始，四周的墙壁变成了透明玻璃，一直向上延伸，最后覆盖到穹顶。

　　玩家们像是被玻璃罩子罩住，但是可以清楚地看到外面的景象。

　　玩家宿舍建在一座孤岛上，四周只有茫茫无际的大海。

　　比赛刚开始的时候，有玩家曾经出去看过，宿舍外边什么也没有，只是一片陡峭的悬崖峭壁。但是等到第二次比赛结束后，他们发现，主系统在外面开辟了一片高尔夫球场，供玩家们放松娱乐。

　　这一回，原本只有一片悬崖的孤岛更大了。

　　在高尔夫球场的右侧，一大片新的建筑正在出现，直接从无到有，宛如神迹。

　　巨大的城堡最先在游乐园中央落成，其他建筑围绕在四周，如众星捧月一般。

　　高高的摩天轮矗立在城堡的左侧，每一条铁臂连同上面小小的吊车一起漆成了不同的色彩，五颜六色，缤纷绚丽。

海盗船、旋转飞椅、尖叫鬼屋、超级大转盘、跳楼机、过山车……这些也各自占据一席之地，光是过山车都有四个，从垂直过山车到家庭过山车，设施完善到令人惊讶。

双层旋转木马奏着舒缓的《降E大调夜曲》，彩灯明灭闪烁。一旁推着冰激凌车的侍者穿梭在不同的游乐设施之间，小丑牵着卡通气球站在广场上。爆米花炉接连炸响，水上乐园掀起了巨浪，碧绿色的河水上有独木舟移动。

烟花在城堡顶端炸响，五光十色。远处的阳光从云端洒下来，晴天正好。好一派和煦的景象。

主系统的解说声遥遥响起。

【平日游乐园不限游玩次数，偶尔会在游乐园内设置惊喜任务，完成者将得到不同等级盲盒抽取次数作为奖励。】

【万圣节逃生活动定于本月十九日和二十日，活动规则手册已放入每位玩家宿舍内。游乐园将于明日午夜正式开启，敬请期待。】

玩家们沉默良久。

在听到主系统播报之前，所有人都感到费解，为什么主系统会觉得游乐园能够平复无法抹平的副本伤痛？是把他们当小孩子吗？

现在，亲眼看到七彩游乐园后，所有人的内心陡然一变：看起来还挺好玩的！谁说成年人就不能去游乐园了！一定要玩个痛快！

等级评定结束后，玩家们就地解散。

按照惯例，接下来的一个月就是玩家的自由活动时间。

玩家宿舍的电梯依然是高级又豪华，一个按键就能把玩家直接送到房间门口。更别说按照A级玩家享受的待遇，从踏出电梯的那一刻，就有总统套房的专属侍者守在一旁。

"先生您好，我是您的A级玩家专属管家。"身穿燕尾服的侍者恭敬地朝第一次踏足A级玩家宿舍的宗九弯腰行礼，"若是您想更改我的性别或是声音，可以随时在套房光屏内进行设置。我将负责您在A级套房内的生活起居、餐饮服务，只需要按响房间内的管家铃，我将随时为您服务。"

好家伙，够气派。宗九心中感叹。

想起之前E级玩家时的十人间硬板床，宗九一边心里暗暗感慨着万恶的等级制度，一边点点头，走进了侍者为他打开的房门。

即便从行政套房换到了总统套房，他之前选定的装修风格也没变。

房间内依旧色调冷淡，大片的落地窗外是模拟的森林雪景，区别在于玻璃窗一旁多了个门，推开门走出去后可以发现，套房真的拥有一座小型的正在下雪的后花园。

镶嵌在墙壁内的壁炉里炉火烧得正旺，棕红色的木头堆积在下方，明明燃着火，却奇异地没有烟。

套房够大，几乎是B级玩家宿舍的三倍，浴室里的小浴缸也变成了嵌入式的冲浪泳池。宗九在心里比对了一下泳池和首席房间里那个大型的浴池，摇了摇头——还是觉得自己的冲浪浴池看着顺眼多了。

房间内还点着不知名的冷香，芬芳馥郁。

几乎是宗九刚走进，脱鞋赤脚踩在毛茸茸的地毯上时，那只一天到晚只会睡觉的蓝白英短立刻从壁炉旁的窝里一跃而出，胖乎乎的身体在地毯上一颠一颠地跑过来，在宗九裤腿旁蹭了蹭。

宗九颇有些受宠若惊。

他蹲下身去，两只手熟练地绕过猫咪的腿，将它从地上拎到自己胸口。

"嘶——你又胖了。"

猫咪叫了两声，舔了舔自己的爪子。

宗九眯了眯眼。

房间换了，猫还在。之前套房没那么大，也就够它跑两圈，那么现在这套房间应能让它住得更舒服点了。

于是他一只手抱着猫，一只手拿起桌上那本七彩游乐园规则手册，舒服地往床上一躺，打开册子翻阅起来。

从这个册子里的内容来看，的确和主系统说的一样，这个特殊场景开放就是给玩家疗愈心灵的。

游乐园左边圈了一大块草地，右边则是一大片覆盖着雪白细沙的海滩。

那里之前还是乱石嶙峋，然而现在已经被全部改造，被主系统纳入游乐园的范围。

光游览手册上写到的游乐设施就有三百多种，还不包括类别相同的设施，例如那四种不同形式的过山车，就被统一归类成一项。在各种常规项目之外，还有了热气球、摩托艇、高空跳伞、悬崖蹦极等刺激项目被设置在了海边。

手册最后写着，为了让玩家们体验到游乐园的快乐，每游玩一个项目都会发放一张特殊的体验卡。只要能在一个月内将园内所有的游乐设施全部玩一遍，带着收集完成的体验卡就可以到中央城堡去兑换一个C级盲盒。

这个奖励倒是不错。

虽说项目很多，但好歹有一个月的时间，而且这些项目最惊险的只有蹦极，比起那些艰难凶险的副本来说简直是小巫见大巫。

只需要付出时间，不需要付出任何代价，想必不少玩家都会选择去收集体验卡，特别是缺少道具和生存点数的新人。更何况奖励的还是C级盲盒，万一特别走运开出特殊道具，那就真是太值了。可以说从活动开展的角度来看，主系统的确是善心大发。

确实挺有意思的。

宗九笑了笑，继续往后翻。

游乐项目介绍完，接下来就是主系统所说的那为期两天的万圣节逃生活动了。

游玩都是次要的，最值得关注的当然还是特殊活动。

果不其然，这一回主系统也没有让人失望。当时说逃生活动在本月十九日和二十日展开，但其实满打满算根本连一天都不到。非要说是占用两天时间，只是因为活动将从第一天晚上九点开始，一直持续到第二天的清晨六点。

按手册上的提示，当天主系统将在游乐园投放数百个外形不同的玩偶。

这些玩偶有好有坏，坏玩偶们其实都是些性格迥异但同样凶残的超自然生物；当然，与之相对的，好玩偶们则心地善良，被它们抓到只会被吓唬一下。当然了，到时候哪个玩家还会傻乎乎去分辨哪个是好玩偶哪个是坏玩偶，看到玩偶的第一反应肯定是先跑为上！

每过一个小时，主系统就会宣布一个新的安全屋地点。

玩家们只要在安全屋里，就不会被坏玩偶杀死。但安全屋的地点每过一个小时会变动，玩家必须从这个安全屋转移到另外一个安全屋。

游戏规则很简单，只要能够在游乐园里坚持十个小时不被抓住淘汰，即可算作普通通关。

普通通关可以得到一次A级盲盒抽取次数外加三千生存点数，奖励实在丰厚，估计看到这里，不少在心里打退堂鼓的玩家都会重新考虑。

除此之外，逃生还有一个特殊通关任务，只要能够完成这个任务，就可以得到一次S级盲盒抽取次数。

但总体来说，这是一个自愿报名参与的活动，不强制参与。有兴趣的玩家只需要十九日晚九点的时候留在游乐园就行。

看完后，宗九有点感兴趣。

一个月的休息时间对他来说有点长，不活动活动筋骨那也太没意思了。再说……游乐园不也是魔术师最喜欢的舞台之一吗？

他将手册搁到一旁，眼眸微沉，将趴在他胸前睡觉的猫咪抱到另一旁的枕头上，从床上跳了下去，随手解开自己的外套。

房间里壁炉烧的温度太高，又开了中央空调，和外面的雪景格格不入。

不得不说，A级的待遇真是不错，套房里不但日常用品一应俱全，连衣服都结合宗九的风格喜好，给他搭配了不少，而且每一件都十分合身。

宗九看了一眼，随手抽出一件平平无奇的白衬衫扔到床上。

在他背后，蜷缩在床上的猫咪支棱起脑袋，意味深长地看着他的一系列动作。那双冰蓝色的眼睛里，竟然划过一抹暗金色的痕迹。

等到宗九走进浴室，有水声响起后，英短才迈着懒洋洋的步伐，朝着浴室走去。

只可惜它得意的姿态没能维持太久。

就在它刚刚走进浴室的时候，一股不可抗拒的大力就从它头顶传来。

宗九骨节分明的五指捏住了猫咪的后颈肉。

这只小猫咪被直接从柔软的地毯上提到了冰冷的半空中，四只脚扑腾个不停，发出凄惨的叫声，一副弱小可怜又无助的模样。

宗九冷笑："你装，你再装？"

他另一只手往猫咪头顶摸去，果不其然，摸到一根冰冷的傀儡丝。

"出息了啊，首席，连猫都控制，还要不要脸了？"

身份被识破后，猫咪立刻停止了无谓的挣扎，瞳孔里的金色范围越发扩大，变得冰冷又危险。

"想知道你是哪里露馅的吗？"宗九挑了挑眉，漫不经心地抓住那根傀儡丝。

"这猫对我从来都是爱理不理，和我生活在同一个屋檐下都像是委屈了它。"

"只有你，呵，装都装不像。"

第三十六章

自我总结

恐怕恶魔自己也没想到，他不久前才对"你让我去操纵这些蝼蚁"心有不满，结果转过头自己为了打探到宿敌的更多情报，监视对方的动向，居然在人家的小猫咪头上植了根傀儡丝。

种了傀儡丝也就罢了，没想到还被当场捉了个正着。

最重要的是，事先对方既没有摸到他的傀儡丝，也没有通过别的行为进行判断。让他露出马脚的，竟然是他最引以为豪的演技。

不得不说，对热衷于演戏的恶魔而言，这简直是奇耻大辱。

本来宗九只是对今天猫咪的异常有些怀疑，于是站在浴室门口守株待兔，果不其然，事情和他想的一样。

呵呵，在第一工厂副本里犯下的错误，他绝不会再犯第二次！

宗九一只手拎着猫，另一只手毫不犹豫地将傀儡丝掐断，确认无误后才将猫放下，安抚似的用指尖钩了钩它的后颈。

猫咪的瞳孔恢复了往日正常的冰蓝色，高傲又冷淡地看了他一眼，似乎在表达对他的不满。

宗九无奈，虽然很怀念刚刚那只黏人的猫咪，但果然，此刻这副模样，才是真正的正常猫咪应该有的气质。

宗九揉了揉猫咪圆滚滚的头，陷入了沉思："说起来，似乎还没给你取名字呢。"

没有人知道，宗九天生就对猫这种生物极具好感。

小时候他还在孤儿院时，抚养他的老修女曾经养了一只橘猫。可惜修女老了，橘猫也老了，后来老修女去世，橘猫就被托付给了宗九。

参加葬礼的时候，宗九看着棺椁被埋到深深的地下，上方黑铁十字架在墓碑上发出暗沉的光。牧师在远处沉沉念颂，高声吟唱："她平息了一切的劳苦，灵魂已经归于平静！"

后来橘猫去世，宗九找了个铁盒子，午夜时分带着猫去了那片墓地，把猫也埋了进去。那时尚且年幼的他以为葬在这里就能去往天堂，于是希望橘猫也能像牧师说的那样，归于平静。

后来他展现出惊人的魔术天赋，被一位魔术师收为学徒，之后又因为每天赶赴世界各地巡演，很难在一个地方安定下来，于是养猫的念头虽然一直在心头徘徊，但却一直搁置，最后不了了之。

再后来，他的手受伤，就更没有心情养猫了。

没想到兜兜转转，竟然是在比赛之余达成了夙愿。

"有了。"看着英短那双冰蓝色的眼睛，宗九弯了弯嘴角，"就叫你大魔王吧。"

大魔王对自己的新名字显然很不满意，瞥了他一眼后，迈着优雅的猫步离开，去呼呼大睡了，独留宗九在原地耸了耸肩，继续洗澡。

回到玩家宿舍，让他有种回归现代文明社会的感觉。

泡了个热水澡，也似乎洗去了一身的疲惫。宗九洗漱完毕，重新回到床上，顺手将床边的灯关上。

"叮"的一声，套房内暗了下来，只有壁炉内的火焰仍然在跳跃，散发出明明灭灭的光亮。

片刻的静谧后，似乎有阴影在黑暗中游弋，渐渐聚集扩大，但是在某个瞬间，突然又化作潮水般散去。

柔软的大床上，宗九眼睫微动，警惕地睁开双眼。

然而，他观察了十几分钟，房内也没有出现其他异动。

宗九再次缓缓闭上了眼睛。

窗外，大雪正如飘絮般飞舞，将高高的树冠裹上一层银装。

大魔王窝在壁炉边，尾巴有一搭没一搭地扬起又落下。

一切归于沉寂。

宗九醒来时，已经是第二天了。

这一觉睡得他神清气爽，浑身都充满了活力。

A级专属管家为他准备了一份极其丰盛的早餐，又为大魔王放上了一碗温度刚好的水煮鸡肉，这才恭敬地离开。

在享受这顿美餐前，宗九先用星辰牌占卜了一下，确定刚刚那位贴心至极的管家没有被越来越无聊的恶魔操纵，这才埋头开吃。

没想到，就在宗九吃早餐的时候，门外忽然来了一位不速之客。

"笃、笃、笃。"

敲门声响起的时候，魔术师正在一边享用着美味的培根，一边盘算着该用这回提升等级拿到的八千点生存点数强化身体的哪个部位。

思绪骤然被打断，宗九懒洋洋地放下刀叉，点开了光屏上的摄像头。

看清楚外面站着的人是谁后，宗九挑了挑眉。

门外不是别人，正是暗。

黑木制的雕花大门悄无声息地向两旁划开，露出灯光昏暗的玄关。

暗一身仙风道骨的黑色长袍，脚步带风，目不斜视地走了进来，面容依旧如同往常那样沉静冷淡，毫无波澜。

"稀客啊。"宗九还坐在床上，懒懒地撑着头，举起一旁的豆浆遥遥示意，"吃了早餐没，要不要一起吃？"

可惜暗看上去对美餐丝毫没有兴趣。

他在玄关和客厅交界的地方站定，身形高大挺拔，面容冷峻，唯独一双黑色的眼睛一眨不眨地盯着还在大快朵颐的宗九。

他不讲话，宗九也乐得安静，继续埋头细嚼慢咽。

暗似乎一点也不急，只见他在偌大的房间里踱了几步，挑剔地找了一处布艺沙发，泰然自若地坐下了。

宗九顿时就明白了。

暗这家伙果然是故意让他进入B级集体副本的。虽说C级集体副本也的确凶险，但比起B级来，还是少了点东西。

估计暗想让他懂得的就是这点东西。

然而没有人会喜欢被人算计，就算是出自好意，那也不行。

宗九手里锃亮的餐刀在指间转过一圈，划出一道明亮的银光，落在餐盘边缘时立马刮出刺耳尖厉的噪声。

"想说什么就直说，这回不是我有求于你，反倒是你有求于我，遮遮掩掩的没意思。"

即使宗九如此不客气，暗也丝毫不为所动。

他意味深长的目光在宗九身上转了又转，这才不疾不徐地开口："很好，你应当知道我的用意了。"

宗九把餐刀往桌上一拍，冷哼一声："那可真是让暗先生失望了，我已经和恶魔联手，道不同不相为谋，你请回吧。"

暗却像是听到什么好笑的事，破天荒地轻笑一声："你不会。"

"那你说说，我怎么就不会了？"宗九挑了挑眉，"相信你也早看出来了，我和恶魔本质上是同一种人，不然你何必一直遮遮掩掩防备着我？"

他说的是真心话。恶魔别的连篇鬼话宗九一个字都不信，但说他们两个是同一种人，这却没有任何可反驳的地方，就连宗九内心也深以为然。

他不认为这瞒得过暗，因为宗九从来没有在对方面前试图遮掩自己的本性。所以在想通了暗的用意之后，他心里就清楚这场谈话在所难免，不过是谁先来找谁的问题罢了。

暗深邃的眼眸遥遥同他对视："恶魔是从无束缚的野兽，道德、律令、礼法……这些他都不在乎，但你不同。"

"你身上有一道锁链。"暗意有所指，"更奇怪的是……你自己清楚锁链的存在，却并不想挣脱它，因为你看到了挣脱它之后的模样，并没有束缚，或许只是单纯不希望自己变成那样，仅此而已。所以，我猜，这锁链是你自愿给自己戴上的。"

宗九脸上的笑意慢慢淡了下来，先前带着的敌意烟消云散。

他不说话，暗反而继续高谈阔论，同时还从沙发上站了起来，缓缓在房间里走来走去。

"B级玩家副本发生的事情我都知道了，果然和罗盘推演出来的一样，既然你已经想清楚我的用意，我便不多说了。不过……我还有一事不懂，需要你为我解惑。"

话都说到这份上了，宗九耸了耸肩："愿闻其详。"

不错，他和恶魔像，但也不像，他俩如同两个极端，背道而驰。

一个肆意妄为玩弄世人，一个冷淡内敛漠不关心，两个人的影子逐渐重叠，只可惜一个浮于光亮，一个沉于深渊。

恶魔朝他表明合作的意图时，不论是不是打着先假意收买他再找机会算计他的主意，宗九都不可能同意。这是他的原则。暗既然看穿这一点，他也懒得隐瞒。

暗走到他面前，眼底满是探究："你明明可以不管九区，可以不为那两个人报仇，为什么要去做？"

"因为我对九区许下了承诺，我不是言而无信的人，既然说过，就一定会做到。"半晌后，宗九才开口，"至于99号和15号……"

灯光下，宗九的面容带着不近人情的冷酷。这一刻，他才终于说出了自己内心的真实想法。

"——这些人的苦难之所以吸引我，是因为它们本无必要。"

"既然没有必要，我心情好时带着高高在上的怜悯去帮个忙，那不就和恶魔心情好到处挑事害人一样，这之间又有什么区别呢？"

宗九说完这句话后，室内一时陷入久违的沉寂。

正如他说的那样，选择帮助九区，仅仅是因为他曾经许下的承诺。

之所以为99号和15号报仇，更大程度上还是因为宗九觉得自己没有实现诺言，心生怒气罢了。

毕竟，像他这样的人，帮助别人并非因苦难本身动容，也不是出于任何目的，很可能仅仅是心情好了顺手帮一下而已。同样是以此来寻找快感，他和恶魔的区别，就在于方式不同。

至于其他的悲欢喜怒，天生情感缺失的他，同他人之间的感情如同被分隔在两个世界。无法领悟，谈何共情？

暗愣了一下，一向淡漠的神色也有些许的松动。

"善恶有时区分没有那么明显。"

这番话倒是让刚刚才展现出自己冷酷一面的宗九不知道怎么接了。

自从进入这个游戏系统，暗还是第一个这么对他说话的人，更何况这家伙平日里还智谋过人，这番话就更加有分量了。

宗九沉默半晌，语气间有一丝不易察觉的迟疑："……随你怎么说吧。"

暗看着他，心底难得升起了一丝不知道该如何开口的情绪——可能是怜悯。

一个人若是连情感都体会不到，那未免太可怜了。他将很难体会到亲情、友情，以及爱情。他将无法感受到亲人的关爱，也不会想要做出等同的回报，甚至在葬礼上都掉不下一滴眼泪；他将孤独，因为他不会有朋友，更不会有爱情。人世间的喜乐悲欢都同他无关，他只是孤单地游荡在人世间。

暗不清楚恶魔是不是也和宗九一样，在感情方面与他人之间有着天然的壁垒。但不可否认的是，在他来看，他们这样的人干出什么事情来都不奇怪，毕竟对他们而言，世间万物都枯燥乏味，乐趣只能靠他们自己去寻找。

对恶魔来说，他的兴趣就是以别人的痛苦为乐。

那么对宗九来说——

思及此处，暗骤然明悟。

他想起了宗九在第一个副本时说过的话。

一位双手残废、无法再操纵曾经自己最引以为傲的纸牌的绝望的大魔术师，如果要作恶的话，早在命运跌落至人生谷底的时候，就应该挣脱那截锁链，变成如同恶魔那样的存在。

可宗九没有。

这不仅令暗更加坚定了先前推测出来的"锁链是宗九自己给自己戴上的"结论，也让他明白了这一切背后的意义。

暗闭了闭眼，不禁在心里感慨。不愧是罗盘推算出来的救世主。还有什么比明明相似却又背道而驰的两人更容易成为宿敌？即便会因为彼此本性的相似互相吸引，但最终只会兵戎相见。

试探根本就没有必要，自己不应该怀疑的。暗心中暗想。

房间内一片静寂，只有宗九端着豆浆小口啜饮的声音。壁炉内，柴火还在噼啪噼啪地燃烧，火光明灭跳跃。

"他邀请你了？"

宗九平淡回答："嗯。"

和聪明人说话最舒服的，就是不必将每句话说得太直白，只需稍加提示，对方便能自己想明白事情的后续发展方向。暗立刻就明白了，恶魔还在等宗九的答复，以及……

"你如果拒绝的话，那就是真正的敌人了。"暗淡淡地说，"他的目的是控制所有S级，而你迟早会升上S级，你们之间的分歧和冲突在所难免，你应该清楚这一点。"

"不错。"宗九点点头，将杯子放回到桌面上，"敌人的敌人就是朋友，恭喜你，虽然我还不打算上你的贼船，但至少现阶段我们目标一致。"

"我猜暗先生来此，也不是为了和我叙旧的吧。"宗九笑了笑，"我已经拿出了我的诚意，如果先生没有证明自己的意思，那就请回吧。"

"不急。"暗掸了掸衣襟，一副终于下定决心、要和他促膝长谈的模样。

"实不相瞒，我倒是有一计。"

宗九一愣，进展得这么快吗？

当然，宗九对暗的态度依旧半信半疑，因为他心里还惦记着上次对话后，自己测出的暗有隐瞒和欺骗他的地方。不过他几次找机会偷偷用塔罗牌测了一下，惊讶地发现这家伙这回竟然态度十分真诚，完全没有借机给自己下套。

送走暗后，宗九沉思许久。

这可真是奇怪，一次对话真的能产生这么大作用吗？明明暗之前的态度还令人半信半疑，如今却发生了翻天覆地的改变。

宗九摇了摇头，换了一套衣服，慢悠悠地离开了玩家宿舍。

现在才八点，距离午夜七彩游乐园开放还有好几个小时。

宗九之所以出来，是因为他收到了几个B级玩家的邀请。

集体副本真的很利于增进彼此的感情，例如九区众人曾经约好了回玩家宿舍后要去顶层酒吧喝酒，就定在了今晚。

等宗九赶到的时候，九区其他人已经全部到齐了。

此刻顶层酒吧灯光闪烁迷离，乐队在一旁激情演唱，先前用作国王游戏的桌子现在已经成了一座座吧台。

更远处的大桌子旁坐着九十六个人，还有两杯斟满了酒的杯子，放在桌子最中间。

"九哥来了！"

"九哥晚上好，来喝酒！"

大家都喝得有些醉了，眼睛也红红的，不知道在聊些什么，气氛倒是不错。

宗九看他们这样，便随意从一旁的侍者手上拿了杯酒，遥遥致意："不管怎么说，留下来了就好。"

这句话却像是打开了某种开关，玩家们的眼睛更红了。

经历了第一工厂副本后，不论是依然在B级还是上升到A级的玩家，一提到那一百二十天的生活，都忍不住伤心难过。

酒过三巡，有人突然问道："九哥，你是不是准备筹建自己的组织？"

这一番话，一下子就让桌上所有人看了过来，大家全部目光灼灼，等待他的回答。

宗九顿了顿，语气含糊："的确有一点想法。"

他这么一说，那几个升上A级的玩家立刻了然于胸。

对建立组织这种麻烦事，宗九一向敬而远之。这回他的态度上有所松动，的确是事出有因。

众所周知，高级玩家能够提前得到下个副本的线索提示。A级玩家已经算是立于整个《默菲斯契约》的顶尖了，得到的线索自然不会少。

下个副本，主系统给高级玩家们留下的提示是集体副本。

因为A级可以得到的线索更多一点，所以宗九知道，下一个副本并不是随机分配的集体副本，而是可以由玩家组队参加的副本。

既然是可以组队参加，其中可操作性就大多了。与其分到一队散漫的队伍，倒还不如自己组个队，至少可以保证都是信得过的成员。

至于暗，身为No.3，他知道的只会更多。

那天他们谈了那么久，自然不会只是闲聊，而是依据如今的现状，共同对未来做了初步规划。基于这次的自由组队前提，暗提出了自己的想法。

对如今整个S级的局势，暗都不太看好，直接点出现在恐怕有近一半的S级都落到了恶魔的手中。

宗九想了想黑巫师和圣，外加拉乌，深以为然。

既然已经确定未来他和恶魔的冲突无可避免，倒不如先下手为强。

前一天等级评定结束后，暗就联系上了土门和驱魔人，因为这两个人是如今S级里他唯二比较信得过的、没被恶魔控制的人。

换句话说，暗算是已经帮宗九铺好了路，至于上不上这条和恶魔作对的船，那就随宗九的便了。因为即便他不与暗合作，暗也不可能任由恶魔胡作非为下去，势必要展开反击。

对于如今的处境，宗九早已有了心理准备。

一直都是恶魔处于主导地位，这回，宗九跃跃欲试，想先发制人。他自问还没怕过谁，况且和恶魔作对跟与他合作相比，实在是刺激太多了。

所以，宗九和暗决定在游乐园开放期和接下来的集体副本中，联手给恶魔送上一份意想不到的巨大惊喜。

计划的第一步，就是假意同意恶魔的合作。

听宗九这么说，大家一下子兴奋起来。

"九哥，你要是真建立组织的话，我们大家伙可都愿意跟着你。"

"就是，我们都是真心实意把你当大哥看的，九哥你一个新人，现在才过了几轮副本就到了A级，未来不可限量啊。"

"没错没错，我们都想跟着九哥。"

越是身处困境越能看得出一个人的能力，宗九的确让他们心服口服。

"再说吧，说不定很快就又有机会了。"宗九笑了笑，"下个副本的事先不急，你们有人打算参加万圣节逃生活动吗？要不要和我组队参加？"

这当然不是宗九一时兴起。

他心里很清楚，下一轮集体副本过后，毫无疑问会淘汰掉D等级玩家，届时就只剩下S、A、B、C这四个等级的玩家。这四个等级加起来估计堪堪两千人，而且经过多轮淘汰之后，实力已经有了基本的保障。

根据暗所说的，前面三轮副本都是A级副本，接下来这个副本的难度很可能真的达到S级。那么按此推测，再下一轮副本的难度，绝对不可能比S级低。不光是推测，暗还拿出了令人信服的证据："罗盘无法推演出再下一轮副本的任何情报。只有超S级副本，甚至是更加高级的世界，才有可能会出现特殊道具无法使用的情况。"

宗九明白了，他们在这个副本里都是普通人，没有任何其他的依仗，只能靠自己的头脑，想想都知道这会有多艰难。

"超S级副本在游戏的历史上仅仅出现过一次，进入副本者无人生还。不仅如此，那个超S级副本还释放出一个极为可怕的存在。"暗意味深长。

宗九眼观鼻、鼻观心，并不作答。

他对恶魔的控制免疫这点被发觉后，已经被两个人拿来利用了。

好在暗看起来也全不在意。毕竟他信誓旦旦地说，自己的使命只是找到预言中的人，辅佐其完成古大师的毕生夙愿。

但不管怎么样，他们得出的结论都十分值得推敲。

毫无疑问，如果进入超S级副本，别说两千人，就算是五千人，恐怕最后能留下来的也就五百人。相当于在这个超S副本之后，只需要再进行一场最终决战，就能选出《默菲斯契约》里最后留下来的一百人。

换言之，他们的时间并不多。

如果要抢占先机，必须先做好最差的打算，尽量保证留下的是自己人。这样，万一其他S级都被恶魔掌控，好歹还有与之对峙的可能。

宗九心知肚明，他和暗已经是绑在一条线上的蚂蚱，恶魔又明晃晃地表达了对他的兴趣，更别说他既不受恶魔的控制，又能够扯断傀儡丝，要是真的正面开战，恶魔第一个要解决的一定是他。

那么，自己为何不先下手为强呢？

宗九话音刚落，那九十六名玩家，全部齐刷刷地举了手。

98号笑道："九哥，不用数了，我们都去。"

"唉，要是我们当初强一点，可能15号和99号就不用牺牲了。"

"是啊，说到底还是我们太没用了，给九哥拖后腿。"

"这次活动我已经决定要去了，富贵险中求，想提升实力，总得付出点代价。"

"我也一起。"

"加我一个。"

"我也去。"

……

在这场比赛中，B级玩家一直处于一种不上不下的尴尬地位。既比不上A级玩家那样强大，在组织里担任重要职位，时刻受到关注，但在组织中又大多是中流砥柱一样的存在，可谓比上不足比下有余。

他们来参加这场比赛，不少都是跟随组织进来的，听到主系统宣布最后只能留下一百人，都有些心灰意冷。

可现在不同了，现在他们身上背负着的，不仅是自己走下去的希望，还有15号和99号的份额。而恰恰又是这两份，赋予了所有人仿佛永远也使不完的劲。

看到他们已经做出了决定，宗九便给徐粟、许森传了信息，让他们也来顶层酒吧会合。

等人到齐后，宗九就开始针对这次活动进行部署。

他和暗的关系现在还不能暴露。

"距离万圣节活动还有二十天，在这期间大家也不要放松，先把七彩游乐园的体验卡盲盒拿到手，也能顺带进行踩点。"

主系统确实很阴险，公布了逃生的玩法和规则，但是却没有公布七彩游乐园的地图，甚至还十分贴心地告诉大家，园内有不少直通玩家宿舍的空间门，不会让参与者把时间浪费在回宿舍休息的路上。

这就是赤裸裸地在告诉大家，要是有心参与万圣节逃生，就必须赶在这二十天里把游乐园的地图给摸索出来，不然到时候主系统直接宣布安全屋是哪个建筑或游乐设施，他们都不知道该往哪里跑。

可是，七彩游乐园实在太大了。

站在玩家宿舍的顶层朝下俯瞰，原本只有几块岩石的岛屿现在已经被拓宽到不可思议的程度。数百种游乐设施，分布在巨大的难以想象的游乐园中。

"一共一百一十个人，那就分成十一个小队。"宗九摸了摸下巴，"我们要做的事，就是先把游乐园的地图给画出来。一定要能精确到空间门，不能有半点闪失。"

这的确是一个大工程，再加上每个人都需要拿到体验卡，接下来的二十天，想必是不会太轻松。

众人齐齐应声，表示自己绝对会完成任务。

看到大家的配合，宗九也十分满意："走吧，午夜也差不多要到了，我们先一起去看看。"

将近午夜的时候，七彩游乐园里的异动才缓缓停下。

玩家们在会议厅里看见的游乐园，还只是个半成品。在他们回宿舍后，游乐园还在一点一点继续完善。

直到现在，完成搭建的游乐园中，中央城堡被成千上万的射灯映照出明艳的色彩，七彩灯笼飘浮在空中，树上垂落的流苏灯光闪烁，如火树银花，绚烂耀眼。

"砰——"

午夜零点，就像被按下开启键般，城堡背后骤然有千万朵烟花升空绽放，将夜空照得犹如白昼，令人目眩神迷。

远处的海中，绚烂的防水彩灯在海面上下浮沉，巨大的深海射灯让没有光到达的海底明亮澄澈，也让海底隧道缓缓显现，放眼望去尽是一片耀眼星海，恍若童话世界。

【特殊场景：七彩游乐园，已开启。】

【全景摄像头将在各个区域内开启，万圣节活动期间将为每位参与活动选手开放个人专属摄像头和直播间。】

【活动结束后该场景永久保留，供日常娱乐用途。】

冰冷的机械音刚刚消失，如同魔术一般，刚刚还空旷无比的游乐园大门口忽然冒出许多多的工作人员。

与韦加城和顶层酒吧不同的是，这些工作人员既没有穿着统一制服，也没有玩家宿舍最常见的燕尾服，反而套着各式各样的玩偶衣服……完全没有重复的数百位玩偶工作人员，有的推着冰激凌车，有的推着爆米花车，有的挎着装满了新鲜水果的小篮子，还有的手里拿着水枪准备在水上乐园附近派发。

有位玩家快步走到小熊玩偶前，从小熊手中的托盘里拿了杯果汁。

正在此时，主系统再度出声。

【新增特殊提示。】

【游乐园内工作人员，全部由万圣节活动NPC扮演。】

万圣节活动NPC？

那不就是——

小熊玩偶缓缓抬起头，涂着鲜艳红色油彩的嘴角诡异地翘起。

那个刚刚才从小熊手上拿过果汁，正端着杯子畅饮的D级玩家看到这个样子，吓得脊背一僵，一边跌跌撞撞地掉头就跑，一边连声惨叫："救命啊——"

仿佛在等被吓破胆的玩家远去，主系统停顿片刻才继续发出提示。

【在万圣节活动开启之前，NPC不会对玩家造成任何威胁，头套也无法以任何形式摘下。与此同时，玩家也无法在这段时间对NPC使用特殊道具，请知悉。】

像是附和主系统的话般，小熊的大脑袋僵硬地点了点，红色的油彩愈发触目惊心。

四下一片寂静，玩家们目瞪口呆，面面相觑。

宗九挑了挑眉，低声和自己身边的九区小分队——就是他们这些九区成员组成的小分队——成员们对话。

宗九想召集些人和他一起进入团队副本，但这并不代表他一定要建立组织。毕竟九区这些玩家在加入《默菲斯契约》前，也各自都有所属的组织和长时间合作的队友，非要他们在两个组织间做出选择，不仅没有必要，还会引来不必要的敌视。

因此，组建临时团队就成了这时的最佳方案。

"这些玩偶倒是有点意思，大家在探查的时候也多注意一下。"宗九盯着玩偶们，"你们还记得小册子上面写了万圣节活动时的玩偶也分好玩偶和坏玩偶吗？主系统说了在万圣节之前NPC不能对玩家出手，可没说玩家不能去和玩偶攀谈搭话，寻找线索，对不对？"

第三十七章

七彩游乐园

九区小分队的玩家们恍然大悟。

虽然没法弄清楚玩偶NPC的真实身份，但套套近乎、说说话还是可以的。只要能交流，就可以得到信息，这是玩家们在副本内生存必须要掌握的技能。

"九哥说得对，我们在画地图的时候也得注意一下这个方面。"各位小队长纷纷叮嘱着自己的组员。

七彩游乐园虽然没有地图，但是却划分为十一个区域，恰好和九区小分队的分组情况相吻合。大家一致同意每一组负责一个区域，之后便在乐园门口分道扬镳，各自去往本组的任务点。

宗九作为他们的领导者，眼下倒是没什么任务。他抬头看了看夜色，便背着手慢慢在园区里踱步。

七彩游乐园里的气氛很热烈。

不论是灯光、布景、装饰，还是随处可闻的欢快音乐，全都洋溢着美好欢乐的气息。花坛里艳丽的郁金香，特意塑造成小松鼠模样的洗手池，还有地面上一路铺着的浅棕色地砖，生动精美的卡通画……一切细节都极具童话感。

在这样轻松浪漫的环境中漫步，的确让众人紧绷的状态松弛下来，暂时忘却了烦恼。

不少玩家都在悄悄观察着宗九。

作为风头正盛的新人，宗九升到A等级后自然更加引人注意。只不过这回没人胆敢再上前挑衅，都在一旁用敬仰的目光看着他，偶尔遇到的A级玩家，大多也会同他点头示意。

宗九漫无目地逛了一圈后，兀自走到一个冰激凌车面前停下。

冰激凌车后面，一个小黄鸭玩偶正在蹦蹦跳跳，看起来活泼又可爱。

宗九走上去，敲了敲玻璃窗："劳烦给我一个香草味冰激凌。"

小黄鸭停下动作，黑豆般的眼睛打量了他几眼，才用胖嘟嘟的小翅膀拿起冰激凌勺，笨手笨脚地挖了一碗，递给宗九。

"多谢。"宗九接过冰激凌，又拿起一旁的可可粉撒在上面，这才转身离开。

主系统发放的玩偶服不仅能够起到遮蔽作用，还能隔绝所有特殊道具的探测能力，甚至连玩偶自带的阴气也可以一并除去，这会儿就算有顶级灵媒站在这里，在没有主系统提示的前提下，也看不出这些玩偶身上的问题。

但宗九却能直观地感觉到这只小黄鸭身上释放出的丝毫不加掩饰的恶意。

看来可以确认了，一区售卖冰激凌的小黄鸭绝对不是主系统手册里的好玩偶。

宗九在心里默默记了一道，一边吃着冰激凌，一边朝前走去，看到有玩偶便上去招呼几句，不一会儿怀里就抱满了爆米花、可乐、冰激凌等食物。

但是，宗九这一路试探下来，好玩偶一个都没见着。

大多数玩偶身上散发的恶意，即便是厚厚一层衣服也挡不住，一看就是怨念深重的坏玩偶。

明明主系统发下来的手册里说了好玩偶与坏玩偶的比例为1：3，怎么完全不是这么回事！想找个好玩偶这么难？

宗九无奈地走到树下，将那些零食放下。

此刻的游乐园灯光明亮，如同白昼。

经过一整天的休息，玩家们已经恢复了精力，正在游乐园里玩得不亦乐乎。

一区最受欢迎的玩偶，是一个提着装了草莓的篮子的小红帽，既因为这个玩偶娇小可爱，同时也因为这是众多玩偶里极少数愿意和玩家们搭话的。

甜甜的声音从远处传来。

"谢谢哥哥，哥哥人真好。"

小红帽语气温柔乖巧，说自己是被狼外婆吃掉才变成了玩偶。于是不少玩家都在心里把她划入了好玩偶阵营，过来照顾她的草莓生意。

宗九远远地看了一眼，便不感兴趣地收回视线。

这个小红帽一看就不是什么良善之辈，虽说从表面上看不出什么问题，但整个游乐园里这么殷勤的玩偶可不多见。有了万圣节逃生活动这个前提，玩家和NPC的关系就变成了老鹰与小鸡，就算是好玩偶，也不可能主动去和小鸡套关系。

"啊啊啊啊啊——"

乐园内播放着悠扬动人的钢琴曲，悬挂式过山车在欢快的乐曲中轰然驶过，上方传来一阵阵兴奋的尖叫。

一圈游览后毫无斩获，宗九便也去了那架过山车入口处排起了队。

这架过山车堪称整个七彩游乐园里最长的过山车，虽然比不上中央的垂直过山车来得刺激，但轨道在整个园区穿过，乘坐一圈，就相当于把整个游乐园给游了个遍。

在乘坐过山车的时候，宗九收到了暗的信息。

【海边的热气球可以俯瞰整个园区，好几个S级也在这边。】

这当然也是七彩游乐园里的项目，气球吊篮里有操纵杆，可以坐着在空中进行游览，正适合用来观察游乐园地形，那些有自己的组织的S级，就是这样做的。

【好。】

这二十天里，星辰牌的占卜次数都被宗九用来检测又有没有S级被恶魔操纵。

现在还不确定的，只剩下梵卓和因为能操作水而被称作冬的No.6。

但是，谨慎起见，宗九决定，干脆把S级全部再测一次。

他一边想着，一边正准备拿星辰牌占卜，却瞥见了出乎意料的一幕。

不远处，穿着小丑服的小丑手里牵着一大束气球，正百无聊赖地靠在墙边扔着石子。

"气球！五彩缤纷的漂亮气球！有没有人要一个？"

小丑的语调诡异阴森，声音飘忽不定，听起来像拿着电锯锯过厚厚的铁板，叫人毛骨悚然。至于他的妆容，厚厚的白粉覆盖着他的脸孔，五颜六色的油彩层层糊在脸上，看起来太过诡异，很容易就让人联想到某些可怕的童谣。

看到大家不仅没有人要他的气球，反倒一个个避开他，小丑摇头晃脑地转来转去，笑容越发古怪狰狞。

谁知宗九突然上前："给我一个气球吧。"

"这位客人，是想要气球吗？"

看到有人来，小丑激动得差点蹦起来，咧着嘴笑起来，脸上的油彩挤到一起，看起来十分诡异。

宗九点点头，脸色不变："嗯，就那个笑脸气球吧。"

小丑紧紧地盯着他，确定他不是在开玩笑后，发出尖厉的笑声，小心翼翼地解开白绳，将笑脸气球递了过来。

"谢谢。"宗九淡定地道谢，牵着气球正准备往回走，没想到却被小丑叫住："等等。"

宗九回过头，只见小丑站在阴影处，脚上的尖头鞋踢着石子，犹豫了好久才开口："我一直在这里卖气球。"

宗九一副了然于胸的模样，点点头道："知道了，我会来找你玩的。"

直到现在就遇到这一个好玩偶，就算小丑不说，宗九也打算未来的十几天经常来找他联络联络感情。

小丑一愣，脸上的笑容越发扩大，看起来毛骨悚然。他带着被人需要的幸福笑容站在原地，目送着宗九离开，这才捧着脸自言自语道："好哦，我等你来找我玩。"

告别了至今发现的唯一的好玩偶后，宗九继续在游乐园里逛着。

盯着气球上大大的笑脸，宗九顿了顿，低下头去，把绑着气球的白线系到了衣袖的纽扣上，继续慢悠悠地踱步。

说来也是神奇，在他遇到第一个好玩偶后，接下来遇到的玩偶们总的来说好坏参半，不像之前全都只能感受到丝毫不加掩饰的浓重恶意。

渐渐地，宗九发现了规律。

那些外表看起来可爱的玩偶，提着草莓篮子的小红帽、手里抓着萝卜的大白兔……几乎无一例外，全是坏玩偶，而且主系统承诺的在最后的逃生活动之前NPC不会伤害玩家的话，令这些家伙都对玩家表现出了友善的一面，让不少低等级的玩家对他们放松戒心。

与之相反，那些脸上涂着鲜艳油彩的小丑、打扮混乱言语疯癫的疯帽子、身穿红裙飘在空中的诡异女人……这些玩偶反倒让人感觉不到那浓重的恶意。

但问题是，他们看起来确实不太正常，疯疯癫癫、古怪诡异的样子，实在是会让正常人望而却步，确实也很难主动上前与他们搭话。

只能说，不能以貌取人，即使对方是玩偶也不行，因为谁也不知道玩偶外表下的家伙内心是好是坏。

宗九还在游乐园里独自走着，炫目的灯火让园区每一处看来都熠熠发光，无数人影同他擦肩而过，很快便在夜空下渐渐模糊。

对于此刻的宗九来说，身边已经没有可以探听情报的玩偶，随身还带着一个气球，根本没法乘坐那些刺激的游乐项目，这让他竟然有点茫然。

他并不知道，自己行走在彩灯下的身影，正映入远处一位正在作画的艺术家眼中，成了他创作的灵感。

玩完整个游乐园的项目兑换一个C等级盲盒，这个奖励对低等级玩家来说还算不错，对高等级玩家来说就有些不够看了。因为想要拿到这个盲盒，这二十天就得几乎马不停蹄地在游乐园里参加游乐项目。对于高等级玩家来说，浪费这么多时间只得到一个C等级盲盒，实在不划算。

因此，做项目的差不多都是低等级的玩家们，而高等级的，尤其是有组织的玩家们都在画地图、打探情报，为二十天后的万圣节活动作准备。

除了百无聊赖的宗九。

这时他已经默默走到了旋转木马的入口。

这个旋转木马位于城堡旁边，一共有三层，远远地看去就像一个梦幻的蛋糕，每一层都泛着温暖的色彩。宗九挑了一匹白色的木马坐了上去，音乐响起，木马旋转，气球也随之上下而动。

直到他发现这座空荡荡的旋转木马上还有另一个人。

那个人坐在马车上，笑容温和，金发闪耀，白色长袍上滚着华丽的金丝，看起来圣洁高贵。

察觉到对方窥探的视线，宗九向对方投去一瞥，眼神锐利。

圣十分友好地和他打招呼："魔术师，好巧啊，你也在玩旋转木马？"

宗九简直气不打一处来，这哪里是巧，分明就是故意的！早就被恶魔操纵的圣，绝对是恶魔的所有傀儡里最难对付的那个。但是宗九的情绪瞬间平复，冷淡点头道："原来是圣阁下，好巧。"

圣完全不介意宗九的冷淡，态度如常："第一个副本后，小兄弟果真青云直上，前途不可限量。"

宗九听着这个称呼，觉得有点牙酸："谬赞了，不敢当。"

他可不打算和恶魔的傀儡有过多的接触，于是等旋转木马一停下，便找借口离开了。

圣淡淡地笑着目送宗九走远后，才缓缓离去。

远处的道路旁，那位艺术家玩偶，还在为刚刚灵光乍现的作品做细节的调整。

这位艺术家，原本是个F级副本的小BOSS，存在的意义差不多就是给进入游戏的新手练胆的。他生性平和，只要对方能看得出他画作的内容，都能安稳过关，绝不会加以为难。偶尔遇到十分对他口味的玩家，艺术家甚至还会以自己的旧画笔之类的特殊道具相赠，口碑极好。

这次，被主系统拉到这里后，艺术家观察了一下周遭的环境，便优哉游哉地开始作画。

他的作品其实大多是风景画，很少有人物肖像。但他没有想到，自己看到气度不凡的宗九在星空下独自前行，竟生出无穷的灵感，让自己产生了强烈的创作欲望。

艺术家还在飞快地画着，为这幅即将完成的作品而激动。他有预感，这幅作品一定会成为他最满意的人物画像，甚至有望成为传世名作，这叫人如何能不为之欣喜呢？

随着画中人狭长的双眼最终被勾勒完成，心无旁骛的艺术家终于满意地放下了画笔。他正想好好欣赏一下这幅画作，身后却传来一个温和的声音："画完了？"

是圣。

此刻，他已经来到画架旁，蓝眸中染上了冷冽的暗金色，视线正牢牢地盯着那幅画。

画确实很美。

深沉的夜幕下，点点繁星与金红灯光遥相呼应，绚烂明亮，气质清冷眉目如画的宗九薄唇轻抿，神情淡漠，正抬眸凝望星空，身侧一只气球轻轻飘动。

这一切都在艺术家高超的画技下，被呈现得淋漓尽致。

可是圣看着这幅画，神情却有些神秘莫测。

"如何？"艺术家以为他要夸赞自己的作品，得意扬扬地让开了两步，方便对方观赏。

"差远了。"圣轻笑一声，忽然抄起一支画笔，蘸了颜料便往上涂。

圣的动作太快，以至于艺术家还没反应过来，画上的人就被染上了一抹深沉的黑。

艺术家勃然大怒，正要打落画笔，却发现这个正在画布上落笔如飞的人，艺术造诣似乎并不在自己之下，甚至更胜一筹。

不消片刻，这幅画成了另外一副模样。

宗九身周原本铺陈的纯净的白，此刻已尽数不见，转而布满了深沉黏腻的黑。那黑色张牙舞爪地将宗九围拢包裹，令他仿佛深陷于魔鬼掌心，被拖拽着下沉。

画面在黑色的衬托下，呈现出与之前全然不同的另一种意境。

圣捏着下巴，兀自欣赏了许久，这才满意地点点头。

"多美啊，这才是他应有的模样。"

（未完待续……）

图书在版编目（CIP）数据

默菲斯契约 / 妄鸦著．—武汉：长江出版社，2022.11
ISBN 978-7-5492-8584-6

Ⅰ．①默… Ⅱ．①妄… Ⅲ．①长篇小说－中国－当代
Ⅳ．① I247.5

中国版本图书馆 CIP 数据核字（2022）第 214295 号

默菲斯契约 / 妄鸦著．

出　　版	长江出版社
	（武汉市解放大道 1863 号　邮政编码：430010）
市场发行	长江出版社发行部
网　　址	http://www.cjpress.com.cn
责任编辑	陈辉
印　　刷	三河市中晟雅豪印务有限公司
版　　次	2022 年 11 月第 1 版
印　　次	2025 年 3 月第 8 次印刷
开　　本	700mm×970mm 1/16
印　　张	35.5
字　　数	640 千字
书　　号	ISBN 978-7-5492-8584-6
定　　价	78.00 元（全两册）

版权所有，盗版必究。如有质量问题，请与本社联系退换。
电话：027-82926557（总编室）027-82926806（市场营销部）